中国古代文体学史

第四卷　何诗海 著

吴承学 主编

明清文体学史

北京大学出版社

图书在版编目(CIP)数据

中国古代文体学史. 第四卷, 明清文体学史 / 何诗海著. -- 北京：北京大学出版社, 2024. 10. -- ISBN 978-7-301-35475-9

Ⅰ. I209.2

中国国家版本馆 CIP 数据核字第 2024DN5740 号

书　　名	中国古代文体学史：第四卷·明清文体学史 ZHONGGUO GUDAI WENTIXUESHI: DI-SI JUAN · MINGQING WENTIXUESHI
著作责任者	何诗海　著
责任编辑	徐　迈
标准书号	ISBN 978-7-301-35475-9
出版发行	北京大学出版社
地　　址	北京市海淀区成府路 205 号　100871
网　　址	http://www.pup.cn　新浪微博：@ 北京大学出版社
电子邮箱	编辑部 wsz@pup.cn　总编室 zpup@pup.cn
电　　话	邮购部 010-62752015　发行部 010-62750672 编辑部 010-62752022
印 刷 者	大厂回族自治县彩虹印刷有限公司
经 销 者	新华书店
	650 毫米×980 毫米　16 开本　29.5 印张　418 千字 2024 年 10 月第 1 版　2024 年 10 月第 1 次印刷
定　　价	148.00 元

未经许可，不得以任何方式复制或抄袭本书之部分或全部内容。
版权所有，侵权必究
举报电话：010-62752024　电子邮箱：fd@pup.cn
图书如有印装质量问题，请与出版部联系，电话：010-62756370

目 录

绪 论 ·· 1

第一章 明代文章总集与辨体批评 ··· 26
 第一节 "以体制为先"与"假文以辨体" ································ 26
 第二节 序题:一种流行的批评方式 ······································ 32
 第三节 文体分类:集大成与新开拓 ······································ 38
 第四节 明代文章总集的特色与影响 ···································· 46

第二章 何、李之争与复古派的诗学辨体 ·································· 50
 第一节 前七子的崛起及其诗学旨趣 ···································· 50
 第二节 李梦阳的诗学辨体 ·· 65
 第三节 何景明的诗学辨体 ·· 76
 第四节 何、李之争的诗学内涵 ·· 79

第三章 作为批评文体的明清文集凡例 ··································· 86
 第一节 凡例之渊源及其发展 ··· 86
 第二节 文集凡例的文学批评性质 ······································· 89
 第三节 文集凡例的文体特征 ··· 94
 第四节 明清文集凡例与文体批评 ······································· 98

第四章 明清别集的冠首文体及文体学意义 ···························· 113
 第一节 朝廷公文 ··· 114
 第二节 试策之文 ··· 117

第三节　讲学之体 ………………………………………… 121
　　第四节　别寄怀抱之作 …………………………………… 124
　　第五节　生平得意之体 …………………………………… 128
　　第六节　冠首文体多元化的文体学意蕴 ………………… 132

第五章　明清文体应酬功能之争 ………………………………… 137
　　第一节　明清文体应酬之盛 ……………………………… 137
　　第二节　对诗文应酬习气的批判 ………………………… 141
　　第三节　儒学纲常与"文体不废应酬" …………………… 147
　　第四节　应酬文体品位的提升 …………………………… 154

第六章　明清时期的诗文之辨 …………………………………… 161
　　第一节　诗文之辨概述 …………………………………… 161
　　第二节　"诗文难易"之争 ………………………………… 164
　　第三节　清代"诗文相通"论 ……………………………… 181

第七章　史传入集的文体学考察 ………………………………… 200
　　第一节　《文选》确立的文体学传统及对传统的悖离 …… 200
　　第二节　四部疆界的突破 ………………………………… 204
　　第三节　总集的辨体功能 ………………………………… 208
　　第四节　叙事文地位的提高 ……………………………… 211
　　第五节　史传经典与八股研习 …………………………… 215

第八章　明清"私人作传"之争 …………………………………… 221
　　第一节　"私人作传"作为问题及其历史 ………………… 221
　　第二节　从"不为人立传"到"不为国史人物立传" ……… 227
　　第三节　关于"私人作传"合法性的辩护 ………………… 231

第九章　明清八股批评 ·················· 240
第一节　两种对立的八股观 ·················· 240
第二节　章学诚的八股论 ·················· 245
第三节　《制义丛话》与八股批评 ·················· 258

第十章　文体学视域中的明清类书 ·················· 271
第一节　《文通》与明代文体学 ·················· 272
第二节　从《渊鉴类函》看清初文学与文体观 ·················· 284
第三节　《古今图书集成·文学典的》文学与文体观 ·················· 301

第十一章　明清戏曲文体论 ·················· 321
第一节　戏曲著作凡例与戏曲批评 ·················· 322
第二节　王骥德《曲律》的戏曲论 ·················· 343
第三节　四库馆臣的戏曲观 ·················· 357

第十二章　明清说部入集论 ·················· 368
第一节　明清说部的内涵 ·················· 368
第二节　传统文集中小说作为文体的缺失 ·················· 372
第三节　明清文集中的小说 ·················· 375
第四节　明清说部入集的文体学意义 ·················· 381

第十三章　《四库全书总目》的文体学思想 ·················· 388
第一节　文体谱系与文体本色 ·················· 388
第二节　文体分类与归类 ·················· 392
第三节　文体源流论 ·················· 398
第四节　折中骈散的文体立场 ·················· 401
第五节　史传与小说之辨 ·················· 403

第十四章　清代骈文理论与批评的发展 ························· 409
　　第一节　清代骈文正名与辨体 ····························· 409
　　第二节　骈散之争背景下的《四六丛话》 ················· 426
　　第三节　"四六难于叙事"说发微 ························· 440

结　语 ·· 460

绪　论

明清文学作为中国古代文学史的最后阶段,既是发展期,又是总结期,作家众多,社团林立,流派纷呈,作品浩繁,各种文体争妍斗奇,如云蒸霞蔚。历史上产生的一切重要文体形式,几乎都在这个时期出现过复兴和繁荣局面,却很难举出公认的、最能体现这个时代成就和特色的代表性文体。"一代有一代之文学"①的文体偏盛状况已明显弱化。然而,文备众体的创作实绩,为明清文体学研究提供了丰富、具体的实践基础,使这个时期文体学的学术视野、研究深度和学术创获不断超越前人,具有显著的集大成性质。明代诗文辨体风气之盛、成就之高,明清八股、戏曲和小说批评的繁荣,以及清代的骈散之争等,不但极大拓展了文体学的研究疆域,也将传统文体学推向前所未有的高度。

一、明清文体学的基本文献

明清文体学的集大成地位,以文体学史料的集大成为基础。宋代以降,雕版印刷术的进步,为书籍的生产和传播提供了巨大便利。尤其到了明清时期,出版业空前繁荣,使得这一时期生产、留存的文献数量远远超过前代。仅就集部文献看,中国古籍总目编纂委员会编《中国古籍总目·集部》(2012)著录了7175部明人别集,崔建英辑,贾卫民、李晓亚整理的《明别集版本志》(2006)则著录了3669种明人别集版本。而柯愈春《清人诗文集总目提要》(2001)著录清代诗文作者约1万人,别集数量约4万种,超出此前历代别集数量的

---

① 王国维《自序》,《宋元戏曲史》卷首,中华书局,2010年,第1页。

总和。集部之外,经、史、子部典籍情况类似,其数量之庞大,是明之前任何一个朝代都难以企及的。这些浩如烟海、茫无涯涘的传世典籍,包孕着纷繁复杂、取之不尽的文体学史料。兹仅就其荦荦大者,略举数端。

首先是总集。传统总集的功能,不外乎两种,"一则网罗放佚,使零章残什,并有所归;一则删汰繁芜,使莠稗咸除,菁华毕出"①。但明代有些总集,编纂目的既不是"网罗放佚",也不是"删汰繁芜",而重在文体辨析,其代表有吴讷《文章辨体》、徐师曾《文体明辨》、贺复徵《文章辨体汇选》、许学夷《诗源辩体》等。从选本角度看,这些总集影响不算大,因此,一般的文学史和批评史都很少涉及这些著作。但是,从文体学看,这些总集是明代辨体思潮高涨的产物,在文体分类和体性辨析上,具有集大成意义,同时又赋予总集"假文以辩体"的新功能,广泛使用将选文与序题结合起来辨析文体的方法,对明清文体学产生了深远影响。有些总集,虽未以"辨体"命名,辨体意识却贯穿全书。如明初高棅《唐诗品汇》即通过辨别诗体来宣扬其诗学理想。全书"校其体裁,分体从类"②,包括五古、七古(附长短句)、五绝(附六绝)、七绝、五律、五排、七律(附七排)等七个部分。高棅之所以分体编排,显然是为了便于"别体制之始终,审音律之正变"③,是辨体意识在体例安排上的体现。《历代名公叙论》引殷璠语:"夫文有神来、气来、情来,有雅体、野体、鄙体、俗体。编记者能审鉴诸体,委详所来,方可定其优劣,论其取舍。"④可见,审鉴体制是此书定优劣、论取舍的前提。又,王志坚《四六法海》也采用了分体编次的体例。该书辨体的重点不是各体文章的起始之作,而是这种文体最早出现骈俪化倾向的作品,所以

---

① 永瑢等《四库全书总目》卷一八六,中华书局,1965年,第1685页。
② 高棅编选《唐诗品汇》,上海古籍出版社,1988年,第10页。
③ 同上。
④ 《唐诗品汇·历代名公叙论》,上海古籍出版社,1988年,第11页。

其辨体重在古骈之变。方濬师称此书"取材宏富,推本溯源","实骈体中精善之本"①。所谓"推本溯源",即指辨析骈文发展流变。此外,黄佐《六艺流别》、宋绪《元诗体要》、黄溥《诗学权舆》、周珽《删补唐诗选脉笺释会通评林》、费经虞《雅伦》等总集,在辨体批评上都有重要意义。

清代总集,以"辨体"命名的虽然不多,但继承了明代以序题展开文体批评的形式,还表现出许多新的特色。比如,在文体分类上,既重细分,又重归纳,建立了门、类、体三级分类体系,表现出避繁就简、综合条贯的特征。如储欣《唐宋八大家类选》将八大家古文分为六类三十体,姚鼐《古文辞类纂》把古今文章分为十三类,各类统若干体;曾国藩把各种文体分为三门十一类,分别为著述门(三类)、告语门(四类)、记载门(四类),都体现了力求精简、以简驭繁的文体分类思想。成书于康熙年间的《明文得》,保存了明代各个时期有代表性的八股作家作品,所录范围既广,数量亦多,其中有许多"元墨""会墨""乡墨""程""拟程"之作,文献价值不言而喻。书中每篇都有圈点、旁批、总评和段落标志。总评部分,一般先辑录前代八股名家如汤宾尹、谭友夏、陈大力、艾千子、钱吉士、钱谦益、韩求仲、韩慕庐等人的评语,最后加上自己的评判。这些圈点、评语对于细读八股文本,研究明清八股理论等,有着重要参考价值。陆葇《历朝赋格》汇选历代之赋,并按语体形式分骈赋、骚赋、文赋三体,与传统的古赋、骈赋、律赋、文赋四分法有较大差别。此书凡例批评前人赋体分类的缺陷,阐发自己的分类理据,认为"古赋"之"古"只是一个时间概念,而时间是变动不居的,称古称今,具有相对性,不宜作为文体名称,因此摒弃了古赋这一文体概念。此外,黄宗羲《明文海》、范良《诗苑天声》、俞长城《一百二十名家全稿》、方苞《钦定四书文》、杜文澜《古谣谚》、陈耀文《花草粹编》、曾王孙等《百名家

---

① 方濬师《评选四六法海序》,蒋士铨《评选四六法海》卷首,同治十年(1871)藏园刻套印本。

词钞》、孙默《国朝名家诗余》、朱彝尊《词综》、王昶《明词综》、张惠言《词选》、周济《宋四家词选》等总集,其文体学意蕴都值得挖掘。

其次是诗文评。以诗话、文话为代表的诗文评著作,是中国古代文学批评的主要体式,其中多有文体学内容。张戒《岁寒堂诗话》云:"论诗文当以文体为先,警策为后。"①倪思曰:"文章以体制为先,精工次之。失其体制,虽浮声切响,抽黄对白,极其精工,不可谓之文矣。"②《后山诗话》曰:"杜之诗法,韩之文法也。诗文各有体。韩以文为诗,杜以诗为文,故不工尔。"③都可以看出对文体问题的重视。然而,类似内容在明代以前的诗话中并不丰富,且多呈零散、随意而发的形态,缺少对各种具体文体系统、细致的辨析。明代以后,随着辨体意识的高涨,对诗文体制源流的探讨,成为诗文评的热点,讨论的问题也更为广泛、丰富、具体,不再是一些笼统的观念。明李东阳《麓堂诗话》、谢天瑞《诗法》、宋孟清《诗学体要类编》、谢榛《诗家直说》、王世贞《艺苑卮言》、刘世伟《过庭诗话》、梁桥《冰川诗式》、王世懋《艺圃撷余》、胡应麟《诗薮》、胡震亨《唐音癸签》、王昌会《诗话类编》等,清王夫之《薑斋诗话》、吴乔《围炉诗话》、王士禛《师友诗传录》、冯班《钝吟杂录》、钱良择《唐音审体》等,皆为代表作,多有诗学辨体的重要意见。如李东阳《麓堂诗话》辨古诗与律诗曰:"古诗与律不同体,必各用其体乃为合格。然律犹可间出古意,古不可涉律。"④辨诗、词、文之异曰:"诗太拙则近于文,太巧则近于词。宋之拙者,皆文也。元之巧者,皆词也。"⑤王世懋《艺圃撷余》论作古诗曰:"作古诗先须辨体,无论两汉难至,苦心模仿,时隔

---

① 张戒《岁寒堂诗话》卷上,丁福保辑《历代诗话续编》,中华书局,1983年,第459页。
② 王应麟《玉海》卷二〇二《辞学指南·制》引,《景印文渊阁四库全书》第948册,台北,台湾商务印书馆,1983—1988年,第294页。后文引用《景印文渊阁四库全书》皆依此版本。
③ 何文焕辑《历代诗话》,中华书局,1981年,第303页。
④ 李东阳《麓堂诗话》,丁福保辑《历代诗话续编》,中华书局,1983年,第1369页。
⑤ 同上书,第1379页。

一尘。即为建安,不可堕落六朝一语。为三谢,纵极排丽,不可杂入唐音。小诗欲作王、韦,长篇欲作老杜,便应全用其体。第不可羊质虎皮,虎头蛇尾。词曲家非当家本色,虽丽语博学无用,况此道乎?"① 胡应麟《诗薮》辨析律诗与绝句曰:"杜之律,李之绝,皆天授神诣。然杜以律为绝,如'窗含西岭千秋雪,门泊东吴万里船'等句,本七言律壮语,而以为绝句,则断锦裂缯类也。李以绝为律,如'十月吴山晓,梅花落敬亭'等句,本五言绝妙境,而以为律诗,则骈拇枝指类也。"② 清吴乔《围炉诗话》卷一:"问曰:诗、文之界如何?答曰:意岂有二? 意同而所以用之者不同,是以诗文体制有异耳。文之词达,诗之词婉。书以道政事,故宜词达;诗以道性情,故宜词婉。意喻之米,饭与酒所同出,文喻之炊而为饭,诗喻之酿而为酒。文之措词必副乎意,犹饭之不变米形,啖之则饱;诗之措词,不必副乎意,犹酒之变尽米形,饮之则醉也。文为人事之实用,诏敕、书疏、案牍、记载、辨解,皆实用也。实则安可措词不达,如饭之实用以养生尽年,不可矫揉而为糟也。诗为人事之虚用,永言、播乐,皆虚用也。赋而为《清庙》《执竞》称先王之功德,奏之于庙则为《颂》;赋而为《文王》《大明》称先生之功德,奏之于庙则为《雅》。二者必有光美之词,与文之撦拾者不同也。赋而为《桑柔》《瞻卬》刺时王之秕政,亦必有哀恻隐讳之词,与文之直陈者不同也。以其为歌为奏,自不当与文同故也。赋为直陈,犹不与文同,况比兴乎? 诗若直陈,《凯风》《小弁》大诟父母矣。"③ 冯班《钝吟杂录》卷三"正俗"论铭、诔、箴、祝、骚、赋等文体与诗的联系和区别曰:"古人文章,自有阡陌。《礼》有汤之盘铭,孔子之诔,其体古矣。乃三百五篇都无铭诔之文,故知孔子当时不以为诗也。近世冯惟讷撰《诗纪》,首纪'古

---

① 李东阳《麓堂诗话》,丁福保辑《历代诗话续编》,中华书局,1983年,第775页。
② 胡应麟《诗薮》内编卷六,上海古籍出版社,1958年,第121页。
③ 吴乔《围炉诗话》卷一,郭绍虞编选《清诗话续编》,上海古籍出版社,1983年,第479页。

逸',尽载铭、诔、箴、诫、祝、赞、飝辞,殆失之矣。《元微之集》云'诗之流为赋、颂、铭、赞',大抵有韵之文,体自相涉。若直谓之诗,则不可矣。铭、赞、箴、诔、祝、诫,皆文之有韵者也。诗人以来,皆不云是诗。诗人已后,有骚、词、赋、颂,皆出于诗也。自楚人以来,亦与诗画界,此又后人所分也。"①对这些问题进行系统、细致的深入探讨,昭示了明清诗学辨体已发展到一个崭新的阶段。又,杨慎《词品》、张綖《诗余图谱》、毛奇龄《西河词话》、万树《词律》、陈廷敬《钦定词谱》、陈廷焯《白雨斋词话》等词话类著作,对于明清词学和词体批评研究,具有重要的史料价值。1934 年,唐圭璋《词话丛编》出版,收历代词话 60 种,其中绝大部分为清人著作,可见清代词学文献之丰富,词体批评之繁荣。

除了诗话、词话,明清时期的文话著述也极为丰富,对文章体式的辨析,多在文话中展开。其重要者有王行《墓铭举例》、陈懋仁《文章缘起注》、袁黄《游艺塾文规》《游艺塾续文规》、左培《书文式》、黄宗羲《金石要例》、唐彪《读书作文谱》、王之绩《铁立文起》、张谦宜《絸斋论文》、孙梅《四六丛话》、阮福《文笔考》、浦铣《历代赋话》、李调元《赋话》、王芑孙《读赋卮言》、梁章钜《制义丛话》等。除了通论多种文体外,值得注意的是,明清时期出现了单论某种文体或文类的著作,如论碑志文体的《墓铭举例》《金石要例》,论科举文体的《游艺塾文规》《制义丛话》,论骈文的《四六丛话》《文笔考》,论赋体的《历代赋话》《赋话》等,充分体现了文话著述不断专门化、精深化的发展趋向。

再次是类书。传统类书,钞撮、汇聚、辑录四部典籍而成,学者多用于校勘、辑佚,主要关注其保存文献的价值。其实,就文体研究看,综合性类书是对于整个知识体系的总结,内容包罗万象,当然也反映出对于文体及文体理论的认识,是文体学研究重要的史料来

---

① 冯班《钝吟杂录》卷三,《丛书集成新编》第 8 册,台北,新文丰出版公司,1985 年,第 706 页。

源。明清时期,类书数量、规模、种类、征引范围等,都迥超前代,为明清文体学研究提供了丰富的史料。据张春辉《类书的范围与发展》统计,明代类书有176种,《四库全书》收录13种,存目126种①。解缙等《永乐大典》、朱权《原始秘书》、王三聘《事物考》、唐顺之《荆川稗编》、徐炬《新镌古今事物原始全书》、冯琦《经济类编》、王圻《稗史汇编》、徐元太《喻林》、彭大翼《山堂肆考》、吴楚材《强识略》、张存绅《增定雅俗稽言》、俞安期《唐类函》等,或网罗鸿富,或征引审慎,或题材、体例有所创新,皆明代类书中的佳作。其中《永乐大典》收集我国宋元以前图书文献七八千种,涵括了经、史、子、集、释、道等方面的珍贵资料,其规模之宏大,内容之浩博,保存古代文献之丰富,在世界文化史上罕与伦比。尽管此书正本、副本皆先后亡佚,四库馆臣修《四库全书》时,仍辑出经、史、子、集四部书共385种、4946卷,保存了大量珍贵文献。仅就文体研究言,关于颂、诗、辞、原、铭、启、简、制、谥、誓、祭、簿、赋、诫、论、状、录、律、札等文体类目的丰富史料,皆赖《永乐大典》得以存世。又,朱权《原始秘书》是在宋代高承《事物纪原》基础上编纂而成的,故其性质、体例皆与高书相似,分类编排,旨在探求世间万物之始。为了纠其"鄙陋",所增补甚多。其中卷七"符玺诏敕""文史经籍"两门涉及符节、玺、敕、制、诏、诗、赋、碑、赞、碣、颂、序、誓、引、说、问、解、辩、露布等110余种文体,不但远远超过《事物纪原》中的文体种类,甚至比任昉《文章缘起》还多30余种。这些类目的增加,或由于文体孳生,如手札、门状等,都是唐宋以后产生的新文体;或由于文体细分,如诏类析为诏、凤诏、遗诏等。还有一些,是从古已有之的创作形态中挖掘出来的,如谶纬、童谣等,先秦即已萌蘖,两汉蔚为大观,《左传》《战国策》《史记》《汉书》《后汉书》等多有记载,但一般的文体学著作和类书很少将其立为文体类目。《原始秘书》打破了

---

① 《文献》1987年第1期。

传统文体分类的框架,从较早的经、史著作中总结、挖掘出这些文体或"前文体形态",不仅丰富了古代文体分类的内容,也更符合建立在政治、礼乐制度和实用性基础之上的中国古代文体学的实际情况。

清朝立国,大兴文治,类书编撰之风更为兴盛,涌现出《渊鉴类函》《佩文韵府》《骈字类编》《古今图书集成》《子史精华》等一大批类书名著。其中成书于康熙年间的《渊鉴类函》,其"文学部"文体类目有诏、制诰、章奏、表、书记、檄、移、图、谶、符、诗、赋、七、颂、箴、铭、集序、论、射策、连珠、诔、碑文、哀辞、吊文24种,类目主要沿袭明人俞安期的《唐类函》,收录传统诗文文体,对于产生年代较晚而广为流行的新生文体,如词、八股、戏曲、章回小说等,基本采取视而不见的"默杀"态度。"文学部·诗四"的诗体分类接近严羽《沧浪诗话》,而新增了"何李体(何景明、李梦阳也)、七才子体(东郡谢榛、济南李于鳞、吴郡王世贞、长兴徐中行、广陵宗臣、南海梁有誉、武昌吴国伦也)、李长沙体(茶陵李东阳也)、公安体(袁宏道暨兄宗道、弟中道也)、竟陵体(钟惺、谭元春也)"①等类目。众所周知,明清之际,随着复古派流弊的日益暴露,以及新朝文教重建的需要,士林中兴起了对明代学风、文风的反思和批判,前后七子、公安派、竟陵派往往成为声讨、扫荡的对象。张英、王士禛等没有随波逐流,在《渊鉴类函》中设置了相关条目,虽未作褒贬评价,但至少没有对这些在明代文学史上曾经产生重要影响的文体和文派视而不见,这种尊重历史事实的理性态度,无疑值得肯定。成书于雍正年间的《古今图书集成》,是现存规模最大的类书,分六大汇编,编下分典,典下分部,全书共6117部,构建了古代中国庞大而完整的知识体系。其中"理学汇编"的"文学典"按文体类别编次,计有诏命、传、记、论、经义、诗、词曲等48部,亦即48类,反映了时人心目中重要和常用的文体。与《文章辨体》等明代文

---

① 《渊鉴类函》卷一九八,《景印文渊阁四库全书》第987册,第172页。

体学著作相较,此书文体分类比较简明,故类目较少,但增加了经义、词曲等新目,体现了文体价值观的变化。如词曲二体,在传统观念中品位卑下,故此前综合类文体学著作都轻视甚至无视词曲,不予收录。此书态度显然要开明些,特设"词曲部"。又,从此书 48 类文体序次看,实用文居先,其中又以帝王的下行文为先,诗赋、词曲类抒情文体居后,体现了重文体实用功能和尊卑有别的正统文学思想。这些都是研究明清文体观念的重要史料。

除了总集、诗文评、类书外,明清文体学史料还广泛分布于经、史、子部其他著作中。经部如郝敬《尚书辨解》、张自烈《正字通》、万时华《诗经偶笺》、贺贻孙《诗触》、徐乾学《读礼通考》等;史部如黄光昇《明代典则》、申时行等《大明会典》、郑晓《吾学编》、郭孔延《史通评释》、黄叔琳《史通训故补》、王鸣盛《十七史商榷》、赵翼《廿二史札记》、钱大昕《廿二史考异》、章学诚《文史通义》、纪昀等《四库全书总目》等;子部除前文所论类书外,层出不穷的笔记杂撰,都有丰富的文体学内容,如赵㧑谦《学范》、郎瑛《七修类稿》、杨慎《丹铅余录》、焦竑《焦氏笔乘》、胡应麟《少室山房笔丛》、李栻《困学纂言》、方以智《通雅》、顾炎武《日知录》、赵翼《陔余丛考》、钱大昕《十驾斋养新录》、袁枚《随园随笔》、杭世骏《订讹类编》、汪师韩《韩门缀学》、周中孚《郑堂杂记》、梁绍壬《两般秋雨庵随笔》等。如《学范》卷上"明体法"条:"诗:五言古诗宜清婉而意有余。七言诗宜峭绝而言不悉。五言长篇宜富而赡。七言长篇宜富而丽。五言律诗宜清而远,必拘音律。七言律诗宜壮而健,时用拘律。五言绝句宜言绝而意有余。七言绝句宜意绝而言不足。歌:宜通畅响亮,读之使人兴起。吟:宜沉潜细咏,读之使人思怨。行:宜快直详尽。曲:宜委曲谐韵。谣:宜隐蓄近俗。引:宜引而不发。古乐府:宜喜怒哀乐各极其情,而范之以理。骚:宜情深痛切而极有情。"① 从

---

① 赵㧑谦《学范》卷上,《四库全书存目丛书》子部第 121 册,齐鲁书社,1994—1997 年,第 329 页。后文引用《四库全书存目丛书》皆依此版本。

不同诗歌文体的体貌特征入手,强调写作时应该把握的原则和纲领。又如《七修类稿》卷二九《诗文类》"各诗之始"和"各文之始"两条,分别探讨了诗文各种体裁的起源、功用、发展过程等,所涉文体有四言古诗、五言古诗、七言古诗、五言绝句、六言绝句、七言绝句、歌、行、篇、辞、引、吟、曲、谣、叹、怨、律诗、排律、拗体、诏、敕、制、诰、策、表、露布、檄、箴、铭、颂、赞、纪、序、论、说、解、原、奏疏、传、行状、题跋等 40 余种。在论述中,多能广泛吸收前人意见,又能断以己意。《日知录》多论诗、古文、八股的内容,如卷一六"明经""秀才""举人""进士""科目""制科""甲科""十八房""经义论策""三场""拟题""题切时事""试文格式""程文""判""经文字体""史学"等,卷一七"生员额数""中式额数""通场下第""御试黜落""殿举""进士得人""大臣子弟""北卷""糊名""搜索""座主门生""举主制服""同年""先辈""出身授官""恩科""年齿""教官""武学""杂流""通经为吏"等条,卷一八"破题用庄子""科场禁约"等,涉及中国古代科举制度、形态与相关文体。《诗触》卷首冠以四论,其第一篇论诗与歌谣、讴、诵、谚语不同,深得四库馆臣赞赏。徐乾学《读礼通考》对礼制文体,尤其是与丧葬类相关的文体史料的搜集整理,有集大成之功,许多观点也颇有创见。章学诚《文史通义》以史传为古文正宗,认为古文家必须精通史学,长于史传,又提出"文体备于战国""六经皆史"等著名论断,具有重要的文体学理论价值。类似史料,在明清浩如烟海的典籍中,俯拾皆是,为深入研究明清文体学,挖掘、提炼富有学术价值的文体学问题,提供了取之不尽、用之不竭的原矿。

二、明清文体学的文学史背景

文体学的发展,以文体写作为实践基础,故对其研究应了解相关的文学史背景,明清文体学也不例外。肇始于宋元时期,以说唱文学、戏曲、小说为代表的俗文学,入明后逐渐发展为声势浩大的文学潮流,并取得了丰硕的创作成果。以诗文为代表的传统雅文学,呈现出不可逆转的衰微趋势,但仍顽强地占据着文坛正统地位。明初文坛呈现出自由抒写的多元化态势,成就较高的是由元入明、经历过元末大动乱的作家。如被明太祖誉为"开国文臣之首"①的宋濂,主张文以载道,宗经师古,其文深得唐宋古文风致,以传记等记叙文成就最高;刘基兼擅诗文,文以寓言集《郁离子》最负盛名,有先秦诸子遗风,诗以乐府和古体诗见长;高启有"开国诗人第一"之誉,于汉魏、六朝、三唐诗皆有所涉猎,创作上呈现出多样化面貌,尤以歌行体见长。此外,闽派林鸿、岭南派孙蕡、江右派刘崧等诗人,也各具才情和面貌。尤其是闽派的高棅,编纂《唐诗品汇》,有力推动了明诗宗法盛唐的潮流。永乐至天顺年间,社会比较繁荣稳定,出现了以"三杨"为代表的台阁体,雍容闲雅,讴歌盛世,其末流肤廓冗沓,激起后人的批判。如成化以后,以台阁重臣李东阳为领袖的茶陵派,力挽台阁体颓波,但未能完全摆脱台阁文风。弘治、正德年间,以李梦阳、何景明为代表的前七子崛起于文坛,抨击台阁体的平庸熟烂,高倡"文必秦汉,诗必盛唐",掀起了声势浩大的复古潮流。然其末流又有刻意以古范、字模句拟之弊,故遭致吴中作家祝允明、唐寅、文徵明等的抵制。吴中作家缘情尚趣、追求自适的创作倾向,与七子派机械拟古格格不入,成为晚明公安派文学解放思潮的先声。而正德、嘉靖年间的王守仁、杨慎等都能卓然自立,不为七子派所牢笼。尤其是王慎中、唐顺之、茅坤、归有光等,力矫七子派拟古之弊,倡导学习唐宋大家,被后世目为唐宋派。随后以李攀龙、王世贞为代表的后七子复起,再次主盟文坛,掀起了第二次复古高潮,并有后五子、广五子、续五子、末五子等为之呼应,其声势远较前七子为盛,而末流之弊不断加剧。故有徐渭、李贽、汤显祖、公安派、竟陵派等先后崛起,以童心、至情、性灵等独特文学主张矫正前

---

① 徐咸辑《皇明名臣言行录·前集》卷二,《续修四库全书》第520册,上海古籍出版社,2002年,第181页。后文引用《续修四库全书》皆依此版本。

后七子之弊,直至明社丘墟。此外,公安三袁、陈继儒、张岱等的小品文,也构成了晚明文学的绚丽风景。

明清易代,对经历沧桑巨变的文人的思想观念产生了强烈震撼。黄宗羲、顾炎武、王夫之等文学观虽不尽一致,但都重视文学的社会功用,抛弃了晚明文学表现自我、个性解放的追求。钱谦益及虞山诗派,主张转益多师,兼学唐宋,对七子派、公安派、竟陵派多有反思和批判。黄宗羲、吕留良、查慎行等着意提倡学宋,造成了诗坛上的唐宋诗之争。吴伟业梅村体叙事诗,乃歌行体之绝唱。王士禛以神韵说号召,对清诗面貌的形成厥功至伟。清中叶,沈德潜倡格调说,翁方纲倡肌理说,袁枚倡性灵说,蔚为一时之盛。尤其是袁枚的性灵说,对清代中后期李调元、张问陶、舒位、龚自珍等走上绝去依傍、自我创新的道路,影响尤深。陈维崧、朱彝尊、纳兰性德、张惠言、周济等的词作和词学理论,标志着词坛经过数百年沉寂后的中兴。阳羡词派、浙西词派、常州词派等先后崛起,推动了清词的繁荣和词学理论的发展。文章领域,侯方域、魏禧、汪琬被誉为清初古文三大家,继承韩欧传统,或长于析理,或擅写人状物,为桐城派的嚆矢。桐城方苞从归有光文章中提炼古文艺术法则,即著名的义法说,在创作上获得"归方"并称的美誉,成为一代文宗。乾隆时期,刘大櫆、姚鼐及姚门弟子梅曾亮、管同、方东树、姚莹、刘开等相继登上文坛,形成声势浩大的桐城文派,雄踞清代文坛长达两百多年。与桐城古文较短量长的是骈文作家。经过元明两代的沉寂与衰微,清代骈文迎来了全面复兴。作家队伍、作品数量远远超过唐宋、元明时期,现存骈文总集十多种,别集近百种。就创作成就言,清代骈文个性化突出,各种风格、流派纷呈争妍。陈维崧挺立于清初,追摹庾信,气脉雄厚,风骨浑成。尤侗、吴绮、吴兆骞、章藻功、毛奇龄、朱彝尊各逞其才,共同开启了骈文的兴盛局面。清代中期,袁枚、邵齐焘、刘星炜、吴锡麒、孔广森、孙星衍、洪亮吉、曾燠、纪昀、阮元、汪中等名家先后崛起,或追踪颜、谢,或醉心徐、庾,或规摹温、李,或取法欧、苏,形成群星闪耀、争相辉映的鼎盛局面。清代后期,刘开、董基诚、梅曾亮、王闿运、李慈铭、王先谦、易顺鼎、皮锡瑞等奋其余烈,绽放出古代骈文的最后光芒。

"八股取士"是对明清士人影响最为深远的制度。其文以四书五经命题,略仿宋代经义,而代古人语气为之,体用排偶,俗谓八股,又称制义、制艺、经义等。不过,洪武三年(1370)定科举考试科目,并未规定制义的程式,文体仍沿宋元试士之法。自洪武至天顺,以科举出身而有文名者,有黄子澄、丘濬、解缙、薛瑄、商辂等人,其制义多"敷演传注,或对或散,初无定式"①。成化、弘治年间,是八股文体定型阶段,王鏊的出现,标志着八股文体真正臻于成熟。其文纯雅通畅、深醇典正,被后世誉为"成弘文体",是制义风格和治世之文的崇高典范。正德、嘉靖之后,八股体制出现新变,开始了"以古文为时文"的发展阶段。唐顺之的创作,标志着新变的开始。他开创了以古文为时文的风气,其制艺娴于古文法度,循题腠理,随手自成剪裁,而能贯通经旨,首尾天然绾合。归有光上溯秦汉,追求古拙之气,深味程朱道学,以启立言之功,在古文和时文创作上都取得了卓越成就,使"以古文为时文"的创作理念和批评标准更为深入人心。七子派的王世贞、公安派的袁中道、江西派的艾南英、云间派的陈子龙等,尽管在师心与师古、取法秦汉与取法唐宋等问题上,曾针锋相对,势如水火,但都对"以古文为时文"表示赞赏并付诸实践。入清之后,储欣、韩菼、李光地、方苞等时文家,奉正、嘉作者为典范,继续高倡"以古文为时文",推动了八股的进一步繁荣。贺贻孙称赞徐巨源制义"原原本本,出之经史,真能以古文为时文者"②。戴名世甚至宣称"顷者,余与武曹执'以古文为时文'之

---

① 顾炎武著,黄汝成集释,栾保群、吕宗力校点《日知录集释》(全校本)卷一六,上海古籍出版社,2006年,第951页。
② 贺贻孙《徐巨源制义序》,《水田居文集》卷三,《清代诗文集汇编》第21册,上海古籍出版社,2010年,第496页。后文引用《清代诗文集汇编》皆依此版本。

说,正告天下"①,俨然奉此为不可动摇的原则。八股在清代仍能续命数百年,与奉行"以古文为时文"的创作理念息息相关。

随着城市商业经济的繁荣,市民阶层的壮大和出版印刷业的发展,明代文学创作的接受对象日益市民化和商业化。源于勾栏瓦舍的戏曲,因迎合了这种文化消费需求而空前繁荣,产生了朱权《卓文君私奔相如》、刘东生《娇红记》、王九思《杜甫游春》、康海《中山狼》、徐复祚《一文钱》、吕天成《齐东绝倒》、陈与郊《昭君出塞》、冯惟敏《僧尼共犯》、徐渭《四声猿》等一大批杂剧名作。更重要的是,明代戏曲作家吸收宋元南戏的艺术特征,融合北曲声腔和元杂剧精华,创造了"传奇"这种戏曲新形式,成为明代戏曲的主要体式。明初邱濬《五伦全备记》、邵璨《香囊记》带有浓厚的道学气息,艺术上也不够成熟。明中叶李开先《宝剑记》、梁辰鱼《浣纱记》、王世贞《鸣凤记》等作品问世,带动了传奇体制的定型和昆腔改革。至汤显祖"临川四梦"问世,戏曲创作达到了元杂剧之后的又一高峰。沈德符《万历野获编》谓:"汤义仍《牡丹亭梦》一出,家传户诵,几令《西厢》减价。"②吴炳、孟称舜、洪昇等玉茗堂派剧作家,从剧本立意构思到曲词风格,都刻意模仿汤显祖。清代戏曲创作保持了明末的旺盛势头。吴伟业《秣陵春》、尤侗《钧天乐》、朱素臣《十五贯》、李玉《清忠谱》、李渔《笠翁十种曲》、洪昇《长生殿》、孔尚任《桃花扇》、张坚《玉燕堂四种曲》、唐英《古柏堂传奇》、蒋士铨《红雪楼九种曲》、黄图珌《雷峰塔传奇》等,代表了清代戏曲的创作成就。地方戏的勃兴和京剧的诞生,弹词、鼓词和子弟书的蓬勃发展,标志着通俗文学的发展进入了崭新的阶段。

与戏曲接受对象的市民化、商业化、通俗化相似,章回体通俗小说《三国志通俗演义》《水浒传》《西游记》《封神演义》《金瓶梅词

---

① 戴名世《汪武曹稿序》,王树民编校《戴名世集》卷四,中华书局,1986年,第101页。
② 沈德符《万历野获编》卷二五,中华书局,1959年,第643页。

话》的陆续写定、问世和盛行,充分显示了文学正在有力地向着近代化变革。在宋元话本小说基础上发展起来的,以"三言""二拍"为代表的白话短篇小说,呈现一派繁荣景象。入清以后,白话小说依然保持强劲的编创势头。仅顺治、康熙年间,即涌现出上百部作品。其中有些是对明代小说的续写或仿作,如天花才子评《后西游记》、陈忱《水浒后传》、丁耀亢《续金瓶梅》等。西周生的世情小说《醒世姻缘传》受《金瓶梅》影响而又别具特色。张匀《玉娇梨》《平山冷燕》《定情人》、徐震《合珠浦》《珍珠舶》《赛花铃》等是才子佳人小说的代表作。吴敬梓《儒林外史》是古代讽刺文学最杰出的代表,曹雪芹《红楼梦》是世情小说最伟大的作品,代表了白话小说的艺术高峰。李汝珍《镜花缘》借学问驰骋想象、寄托理想、讽喻现实,在小说史上别开生面。文言小说方面,以明初瞿佑《剪灯新话》拉开帷幕。它标志着明代传奇小说的崛起,有力影响着明清文言小说的创作。李昌祺《剪灯余话》、玉峰主人《钟情丽集》、祝允明《志怪录》、梅鼎祚《青泥莲花记》、何良俊《语林》等,都是明代文言小说的佳作。清初蒲松龄《聊斋志异》以传奇法志怪,是明清时期艺术成就最高的文言小说,甫一问世,即风行天下,追随仿作络绎不绝,如沈起凤《谐铎》、和邦额《夜谭随录》、袁枚《子不语》等。纪昀批评蒲松龄"一书而兼二体"[①],作《阅微草堂笔记》以抗衡《聊斋志异》,以笔记体记述见闻,发表议论,辨正史地讹误,虽独树一帜,却失去了《聊斋志异》的文学精神和艺术境界。

  以上对明清文学史的粗略勾勒,虽难免挂一漏万,但足以显示明清文学创作众体兼备,如上国武库,千门万户,无所不有,各种文体资源都可得到充分挖掘、利用和探讨。这是明代之前的文体学无法比拟的优势,也是明清文体学广博渊深和集大成地位的文体实践基础。明清文体学就是在这样的基础上蓬勃开展并达到古代文体学

---

① 盛时彦《姑妄听之跋》,纪昀《阅微草堂笔记》,上海古籍出版社,1980年,第472页。

的巅峰的。

三、明清文体学的主要内容和特征

作为中国古代古体学发展的最后阶段,明清学人在文体形态、文体分类、文体批评及文体学史研究等方面,都表现出集大成与新开拓并举的特色。当然,这是视明清为一体的笼统之论。如分而论之,则明清两代文体学的内容、特征、理论贡献和地位等,既有一脉相承之处,又各具鲜明的时代特色。

明代文体学空前发达。对诗文体制规范及其源流正变的探讨辨析,成了明代文学批评的核心议题,也是明人普遍使用的批评方法。诗文辨体在明代发展到最高峰,其成就是此前任何一个时代都无法比拟的。这主要表现在如下几方面。

一是辨体批评地位的提高。辨体批评作为一种批评方法,至少在汉末即已出现。曹丕《典论·论文》在奏议、书论、铭诔、诗赋等文体的对比中,彰显各自的体貌特征,这已是典型的辨体批评,尽管论述还较简略。此后,陆机《文赋》、刘勰《文心雕龙》等在研究文体时,都采用了这种批评方法。宋人辨体意识更为自觉,诗文之辨、诗词之辨等成为诗话中的常见论题。然而,辨体批评并没有成为宋代文学批评的核心,更未能引领整个文学批评潮流。到了明代,随着复古思潮渐成主流,辨体批评的地位急剧上升。盖复古必须确立师法对象和文体典范,而这正是通过辨体制、溯源流、明正变、品高下来实现的。辨体批评因此成为明代文学批评的核心,许多重要论题与文学流派之争在本质上都与辨体相关。如前后七子的复古思潮,尽管其内部有种种分歧,但其复古策略相同,都是推崇典范文体,尊重文体规范;公安派与性灵派认为文体规范会戕害自我性灵,扼杀艺术创造力,因而主张独抒性灵,师心自运。屠隆、李维桢等既意识到复古模拟之弊,也不满公安派蔑视文体规范的偏激,因而主张兼取性灵和文体规范。明代文学批评,主要即由这三股思潮激荡、交汇而成,由此引发的唐宋诗之争、唐七律第一之争、诗史之辨、格调说、性灵说,以及七子派与唐宋派之争等,无不以"辨体"为枢纽。明代许多集部著作,如《文章辨体》《文体明辨》《诗源辩体》等,其题名好以"辨体"标榜,原因正基于此。辨体批评已成为引领明代文学思潮、展开流派之争的核心内容和主要方法,并由此奠定了明代文学批评的基本格局。

二是辨体批评系统性、理论性的增强。明以前的辨体批评,除《文心雕龙》《沧浪诗话》等少数著作较有体系外,大都散见于诗话、文话、序跋、书信及笔记杂撰之中,往往随兴所至,内容不够集中,成果不够丰富,远远谈不上系统性。明代辨体批评,当然也有不少这一类零星意见,但更值得注意的是,出现了许多内容丰富、体系完整、逻辑严密的辨体批评专著,如吴讷《文章辨体》、徐师曾《文体明辨》、许学夷《诗源辩体》等。《文章辨体》是明代第一部以"辨体"命名的文章总集,采辑前代至明初诗文,分体编次,计59体。每体之前各有序题,广泛征引《说文解字》《文心雕龙》《文章缘起》《文章正宗》等以及当代人的相关论述,一一辨析各种文体的性质、功用、体制特征及其发展演变轨迹,"使数千载文体之正变高下,一览可以具见"①。《文体明辨》在内容、体例上都深受《文章辨体》影响,以序题形式辨析文体,而所录文体类目远远超出《文章辨体》,达127种之多。在一部著作中,对如此众多的文体展开全面、系统的集中探讨,这在文体学史上是前所未有的。许学夷《诗源辩体》代表了明代诗歌辨体的最高成就。其《凡例》曰:"此编以'辨体'为主,与选诗不同。故汉、魏、六朝、初、盛、中、晚唐,盛衰悬绝。今各录其时体,以识其变。"可见辨体既是此书宗旨,也是核心内容。在具体论述中,许学夷以诗体正变为标准,梳理历代诗体的源流演变,并与对历代具体作品的艺术造诣、风格的分析紧密结合,探索其艺术规

---

① 彭时《文章辨体序》,吴讷《文章辨体序说》,人民文学出版社,1962年,第7页。

律,"先举其纲,次理其目","既代分以举其纲,复人判而理其目。诸家之说,实悟者引证之,疑似者辨明之,反复开阖,次第联络","以尽历代之变"。① 全书纲举目张,体系俨然,史论结合,有理有据,充分体现了明人理论建构的努力及在辨体批评上达到的理论高度。

  三是文体辨析的深化。宋人辨体意识的增强,源于对文学创作中"以文为诗""以诗为词"等破体为文现象的不满,故强调文各有体、文章以体制为先,必须严格遵守体制规范,从而兴起了辨体批评之风。而这种辨体,主要是辨析不同文类体制的异同,如诗文之辨、诗词之辨等。对于同一文类内部相近文体的辨析,还比较少见。明代辨体批评除了继承诗文、诗词等不同文类的辨析外,更关注同一文类内部各文体之间的细致辨析,从而使辨体批评走向深化。如李东阳《麓堂诗话》强调文、诗、词之间各有泾渭,当严守界限;而在诗歌内部,又注重古诗与律诗的区分:"古诗与律不同体,必各用其体乃为合格。然律犹可间出古意,古不可涉律。古涉律调,如谢灵运'池塘生春草,红药当阶翻',虽一时传诵,固已移于流俗而不自觉。若孟浩然'一杯还一曲,不觉夕阳沉';杜子美'独树花发自分明,春渚日落梦相牵';李太白'鹦鹉西飞陇山去,芳洲之树何青青';崔颢'黄鹤一去不复返,白云千载空悠悠',乃律间出古,要自不厌也。"② 又同为七言古,胡应麟《诗薮》辨析其不同时代的风格差异曰:"初唐七言古以才藻胜,盛唐以风神胜;李、杜以气概胜,而才藻风神称之,加以变化灵异,遂为大家。"③ 这种细致入微的文体辨析,成为明代文学批评的显著特色。这一点,还可从明人文体分类中看出来。宋李昉《文苑英华》将所录文章分为 39 体,吕祖谦《宋文鉴》分 59 体,明徐师曾《文体明辨》127 体,贺复徵《文章辨体汇选》132 体,而黄佐《六艺流别》多达 150 余体。这种类目增长,固然有

---

① 许学夷《诗源辩体凡例》,《诗源辩体》,人民文学出版社,1987 年,第 433 页。
② 李东阳《麓堂诗话》,丁福保辑《历代诗话续编》,中华书局,1983 年,第 1369 页。
③ 胡应麟《诗薮》内编卷三,上海古籍出版社,1958 年,第 55 页。

新文体孳生的因素,但更多是基于对相近文体细微差别的体认和辨析而新立的名目。

四是辨体批评体式的创新。古代文章总集编纂,一般有两个目的,一是保存文献,二是择优汰劣。而明代许多诗文总集,其主旨却在辨体。吴讷《文章辨体》较早开此风气。此书以"辨体"命名,已明确揭橥编纂宗旨。在"凡例"中,作者强调文章体制的重要性,批评历代文章总集的不足,或只收一代,所见文体不广;或编次无序,难见文体演变之迹;或归类过泛,难考众体异同。吴讷有鉴于此,所以要取长补短,编一部包罗众体的总集,以期对历代各种文体的源流演变有一全面、清晰、综合的研究。稍后徐师曾在《文章辨体》的基础上踵事增华,纂成《文体明辨》84卷。在自序中,作者明确表示,"是编所录,唯假文以辨体,非立体而选文,故所取容有未尽者"①,即所编总集不是为了荟萃菁华,而是借所选文章以辨析文体,因此,有些优秀作品尽管很有影响,但辨体意义不大,也不予选录。"唯假文以辨体"将这一类总集的辨体宗旨和功能概括得极为准确、显豁,充分显示了明代文体学研究的特征。潘援《诗林辨体》、孙鑛《排律辨体》、贺复徵编《文章辨体汇选》等,都是在吴、徐二书影响下产生的以辨体为主旨的总集。可以说,总集已成为明代最具特色的辨体批评形式。

明代总集的辨体功能,主要是通过"序题"实现的。所谓序题,指在分体编次的文章总集中,置于每种文体之前,论述此种文体的体性特征及发展演变的一种批评体式。文集有序题,不始于明人,晋挚虞《文章流别集》、宋真德秀《文章正宗》、元祝尧《古赋辨体》等,在各类文体之前都有小序,其实质就是序题。然而,这种序题,在当时毕竟是个别的,未能形成影响。与选文结合,以序题系统探讨各种文体,并成为一种重要的文体学研究方法和普遍的研究风气,是从吴讷《文章辨体》开始的。稍后,潘援在

---

① 徐师曾《文体明辨序》,《文体明辨序说》卷首,人民文学出版社,1962年,第78页。

《文章辨体》影响下,编成《诗林辨体》19卷,分体编次,各著序题。《文体明辨》《文章辨体汇选》等也采用这种体式,全面、系统辨析各类文体,进而形成一种新的文体研究传统。又,明程敏政《明文衡》、唐顺之《荆川稗编》、清《古今图书集成》、《渊鉴类函》"文学部"等都大量收录《文章辨体》序题。可见,序题不仅成为明清以来流行的辨体方式,而且已获得独立的文体地位。这是明人在辨体批评上的又一重要特色与贡献。

  与明代相较,清代辨体风气有所退潮。以诗、文关系为例,清人多主诗文一理、诗文相通,与明人严守诗文疆界,反对破体为文形成鲜明对比。其根本原因在于宗宋思潮的崛起,而理论基础则是诗文相通说。清人通过阐发诗文体性、功用、艺术手法、审美旨趣等方面的相通相近,确立"以文为诗"的正当性和宋诗的艺术价值及历史地位,促成了清诗发展由唐入宋的转型。诗文相通说也随之成为清代诗学的主流观念。又,从文体分类看,清人的文体分类,一方面越分越细,一方面又有追求简明的倾向。如果说前者体现了文体分类的传统态势,主要是惯性作用力的话,那么,后者则体现了清人独特的文体观,因而更值得关注。在代表官方、正统、集体学术思想的《四库全书总目》中,馆臣对历代总集文体分类之繁碎屡致不满,如卷一九二批评《文体明辨》的分类"千条万绪,无复体例可求,所谓治丝而棼者欤?"①卷一九一批评《文章类选》"标目冗碎,义例舛陋,不可枚举。如同一奏议也,而分之为论谏、为封事、为疏、为奏、为弹事、为札。诗不入选,而曲操、乐章仍分二类"②。可见馆臣反对凡有细微差异,即立为一体的烦琐之风,追求一种更能概括文体本质特征,因而也更为简明扼要的文体分类。在实践上充分体现这种追求的,以姚鼐《古文辞类纂》为代表。姚鼐把古今文章为论辨、序跋、奏议、碑志、辞赋等13类,每类又分若干体。这种分类方法的特点是,从文体功能出发,将古今文章分为若干大类,大类之下,再分文

---

① 永瑢等《四库全书总目》卷一九二,中华书局,1965年,第1750页。
② 同上书卷一九一,第1739页。

体细目,以类为纲,以体为目,层次井然;既不过于笼统,又不过于琐碎,并且符合中国古代文体分类带有很强的实用色彩,往往由其功能而定体的特点;与此前的文体分类相较,更为科学、合理,故被总集编纂家奉为圭臬,在此后的文体分类学上产生了重大影响。此外,与明代相较,词学理论与批评的兴盛,也是清代文学批评的重要特色。清初阳羡派陈维崧一反轻视词体的传统观念,认为各种文体并无高低贵贱之分,苏轼、辛弃疾等的词作成就和价值足与汉乐府、杜诗媲美,其原因在于打破了诗庄词媚的传统偏见,以词抒情言志,深雄雅健,拓宽了词境,提升了词品,丰富了词的表现力。陈维崧本人的词作,注重表现社会现实,词风以豪迈奔放为主,兼有清真娴雅之美,充分践行了其词学理论。浙西派朱彝尊论词,有强烈的流派意识,主张宗法南宋,以姜夔、张炎为典范,崇尚雅词,强调审音合律、立意造语醇正精美俊健。常州派张惠言以"意内言外"来界定词体,强调比兴寄托,体现了对词意内蕴的高度重视。周济在推尊词体、重比兴寄托方面,修正、发展了张惠言的理论,倡言词体非寄托不入,专寄托不出,诗有史,词亦有史,通过考察词史以辨别正变,构建统序。这些观点和批评方法,深刻影响了晚清民国的词学理论和词体批评。

  明清辨体批评中,八股批评无疑是极富时代特色的论题之一。在明清五百多年的历史中,对文人生活、文学生态产生最大影响的因素,当推八股取士。没有哪种文体像八股那样普遍、深刻地影响着士人的前途命运、生活方式和精神面貌,也没有哪种文体像八股那样引起如此激烈、持久的争议。贬之者斥八股为利禄之具、敲门之砖,甚至为明朝亡国的祸首,欲"搜天下八股之文而尽烧之"[①]。褒

[①] 吕留良《戊戌房书序》,《吕晚村先生文集》,《续修四库全书》第1411册,第157页。

之者以为八股代圣贤立言,"可以致兴正学、成实材之效"①;就艺术形式论,"文章者,艺事之至精,而八比之时文,又精之精者也"②,可谓推崇备至。然而,自近代以来,由于救亡图存和社会变革的迫切需要,对传统文化的反思、批判乃至彻底否定成为主流思潮,八股成了人人喊打的"过街老鼠"。明清时期肯定八股、为八股辩护的声音被严重遮蔽,逐渐消失在文学史的叙述视野中,从而极大损害了文学史的真实性、复杂性和完整性。要还原明清文学的原始语境,必须深入探讨八股对明清士人生存状态和精神世界的形塑,考察八股形态特征及其对文学发展的伤害,以及对诗歌、古文、小说、戏曲创作的影响。这对整体把握明清文学的历史特征至关重要。

除了八股,骈文批评是明清诗文批评中又一极富时代特色的论题。相较于元明两代的衰落清冷,清代骈文创作迎来了全面复兴,作者众多,名家辈出,作品数量和艺术水平也超过以前任何时代,足与六朝、唐宋并列,成为骈文史上的辉煌时代。与此相应,骈文理论和批评出现了前所未有的繁荣。除了大量集序、书信等散论形式的批评外,更出现了众多规模宏大、内容精深的批评专著。曾燠《国朝骈体正宗》、张鸣珂《国朝骈体正宗续编》、李兆洛《骈体文钞》、吴鼒《八家四六文钞》、姚燮《皇朝骈文类苑》、汪传懿《骈文南针》、王先谦《十家四六文钞》、黄金台《国朝骈体正声》等骈文选本,以及孙梅《四六丛话》、彭元瑞《宋四六话》、蒋士铨《评选四六法海》、孙德谦《六朝丽指》等文话著作,在在体现了清代骈文批评之热烈,理论探讨之深入。尤其是发生在古文家和骈文家之间的骈散之争,几乎贯穿整个清代文学批评史,既是对历代骈文写作经验的总结,又反映了清人对骈文的起源、称名、功用、地位、体性特征、审美旨趣等的基本看法,是明清文体学理论和批评的重要组成部分。

---

① 王慎中《易学经义考最录序》,《遵岩集》卷九,《景印文渊阁四库全书》第1274册,第236页。
② 刘大櫆《徐笠山时文序》,《刘大櫆集》,上海古籍出版社,1990年,第93页。

诗文批评之外,明清戏曲、小说文体论,也取得了令人瞩目的成就。明朝开国近百年间,虽有朱权《太和正音谱》、贾仲明《续录鬼簿》等戏曲学专著,但总体来看,戏曲批评以宣扬教化为主,理论贫乏,进展缓慢。明中期以后,随着戏曲创作和演出的发展,戏曲理论与批评也渐趋活跃。李开先、何良俊的曲体论,尤其是《琵琶记》《西厢记》《拜月亭》等著作孰为"绝唱"的争辩,王世贞《曲藻》、徐渭《南词叙录》、李贽评点《西厢记》《琵琶记》等剧作,吴江派和临川派关于曲律与曲意关系的讨论,王骥德《曲律》关于戏曲理论的系统建构,以及吕天成《曲品》、沈德符《顾曲杂言》、凌濛初《南音三籁》、祁彪佳《远山堂曲品》《远山堂剧品》、王思任《批点玉茗堂牡丹亭叙》《王实甫〈西厢〉序》、沈宠绥《度曲须知》、沈自晋《南词新谱》等,在戏曲文体研究上都各有重要贡献。明清之际,金圣叹评点《西厢记》,围绕此剧的伦理观念、创作与作者自我、形象塑造和具体写作艺术等问题而展开。李渔《闲情偶寄》中的曲论,兼论编剧、导演和教习,是戏曲创作和表演理论的总结,其中关于案头之作与场上搬演两兼其美,结构、词彩、音律三者先后关系等的论述,代表了古代戏曲文体论的最高水平。李调元、焦循、张潮等从声腔、曲意、文辞等方面分析花部优于雅部的特征,充分体现了肯定通俗文艺的卓见和胆识。丁耀亢注意区别戏曲与诗、词的差别,认为浅近、稳贴是戏曲的特点;吴伟业重视戏曲感动人心的艺术力量,黄周星主张戏曲当具有雅俗共赏的艺术品位;尤侗认为曲是诗词的必然发展,近世文人能驾驭曲方能更好地作诗填词,颠覆了轻视词曲的传统观念;洪昇倡言戏曲创作"义取崇雅,情在写真"①,孔尚任在肯定历史剧文学性的同时,突出强调所叙史事的可信性。这些观点,都从不同层面丰富了对戏曲文体的认知。

明清通俗小说批评的兴起,与戏曲批评兴起有着大致相同的社

---

① 洪昇《长生殿例言》,《长生殿》卷首例言,人民文学出版社,1983年,第2页。

会、文化背景。杨雨曾充分肯定罗贯中对通俗小说的倡导之功。蒋大器《三国志通俗演义序》可谓现存最早的通俗历史小说专论,从大众传播、接受角度分析了历史著作的局限和通俗小说语言明白易懂的优越性。李祥《三国志传序》、博古生《三国志序》、林瀚《隋唐志传通俗演义序》、余邵鱼《题全像列国志传引》、陈继儒《叙列国传》等鼓吹历史小说"羽翼信史""为正史之补"的功用,反对捉风捕影、杜撰无稽。熊大木《新刊大宋演义中兴英烈传序》强调史书与小说有所不同,肯定小说中情节虚构的意义。酉阳野史《新刻续编三国志引》、袁于令《隋史遗文序》等认为,史书贵真,小说贵幻,历史小说取材于历史但不必拘泥于史实,可适当进行艺术想象、虚构、夸饰。随着《水浒传》的风行于世,李开先、徐渭、李贽、叶昼、袁宏道、袁中道、胡应麟、沈德符、谢肇淛、陈继儒、冯梦龙等,都不同程度地肯定这部小说在文字描写、情节构思、布局谋篇、形象塑造等方面的杰出成就。金圣叹尤其推崇《水浒传》写活众多各具面貌和性格的人物,以及"左右相就,前后相合,离然各异,而宛然共成"[①]的结构艺术。李渔以创新与教化相结合作为小说创作的高境,认为要塑造个性鲜明的人物,作者必须设身处地,与人物完全融为一体。此外,毛纶、毛宗岗评《三国演义》、张道深评金瓶梅、脂砚斋评《红楼梦》、闲斋老人评《儒林外史》以及天花藏主人论才子佳人小说等,都从不同层面丰富了通俗小说文体理论。至于文言小说批评,明代主要集中于传奇小说,尤其是《剪灯新话》《剪灯余话》的相关序跋、桃源居士《唐人小说序》,以及汤显祖、欧大任、王稚登、李贽、袁宏道等关于《虞初志》的序跋、评点等;清代主要集中于《聊斋志异》批评。另,《四库全书总目》在小说著作提要中,发表了许多关于小说文体的意见,也值得关注。

综上所述,作为中国古代古体学发展的结穴,明清文体学在文体

---

① 金圣叹《水浒传序一》,施耐庵《第五才子书水浒传》卷一,上海古籍出版社,1994年,第19页。

史和文体学理论研究等方面,既集传统文体学之大成,又有诸多新开拓。然而,现代学术史对明清文体学的关注程度及所取得的成绩,远远不能与这种集大成地位相称。已有的研究成果,主要集中在明清文体形态和文体史方面,文体学理论研究甚显冷落,只有一些单篇论文和少数专著,无论是数量还是影响力,都缺乏引人注目的亮点。就明清文体形态研究而言,由于受五四以来新文学观念的影响,对于戏曲、小说的研究远远盛于对传统诗文的研究。二十世纪八十年代以来,这种局面才有所改观,传统诗词、八股文、晚明小品、清代骈文等逐渐引起学界的关注,甚至形成若干学术小热点。然而,即使是这些一度成为热点的文体形态,也没有获得透彻的研究。如八股文,探讨较多的是其社会文化背景,对其体制形态、写作技法的考察,往往还是给人雾里看花或隔靴搔痒的感觉。又如清代骈文作家、作品数量超过历史上任何一个时代,艺术成就也很高,但是绝大多数骈文作家、作品还没有得到研究。因此,从整体上看,明清文体学研究还处于起步阶段,远未形成气候,大量盲点、空白点亟待探索,有待发掘、拓展的学术空间非常广阔。

第一章　明代文章总集与辨体批评

明代是继南朝之后又一个文体学极盛的时代,而就研究规模之大、研究范围之广而言,明代远在南朝之上。对文章体制规范及其源流正变的探讨成了明代文学批评的中心议题,"辨体"之风,承宋元而来,至明代而集其大成。明代文体学的成就、理论的创获与形式特点,突出体现在一批兼选本和辨体批评著作于一身的文章总集之中。这类总集,以《文章辨体》《文体明辨》《文章辨体汇选》这三部分别编纂于明初期、明中期和明末清初的文体学著作最有代表性,充分体现了文章总集在"撷取精英"之外,又被赋予了辨体批评的功能。这是明代文体学鲜明的时代特色。

第一节　"以体制为先"与"假文以辩体"

明确以辨体为宗旨的总集,并非始于明代。元祝尧编纂的《古赋辩体》是传世总集中第一部明确以"辩体"命名的辞赋选本。全书8卷,外集2卷,录先秦至宋代辞赋及由辞赋衍生之体凡133篇,按时代序次分为楚辞体、两汉体、三国六朝体、唐体、宋体,又据文体形态提出古赋、俳赋、律赋、文赋四种文体概念,一一辨析其体制特征、发展演变等。全书融赋选、赋史、赋论于一体,以古诗之义和吟咏性情为标准,以小序、题解为主要批评方式,构建了一个内容丰富、体例严整、富于理论价值和思辨色彩的辨体批评体系。明人钱溥谓此书"辨之甚严而取之甚确","得是集而辨其体,未为无助于世"①。清四库馆臣也赞赏此书"采撷颇为赅备","于正变源流,亦言之最确"②。可见此书问世后,颇受好评。更重要的是,此书辨析赋体的内容,频繁为《文章辨体》《文体明辨》等书所征引,对明代复古论者辨体意识的张扬,对明人高倡"文章以体制为先",以及以总集、序题等方式展开辨体批评等风气,产生了重要影响。

"文章以体制为先"是宋人的说法③,但到了明代,差不多成为文学批评的一句口头禅,而"辨体"则是明代文学批评的一个"关键词"。这种特色恰好表现在明代的文章总集中。《文章辨体》《文体明辨》《文章辨体汇选》三书的书名都标榜"辨体",这恐怕不是偶合。《四库全书总目》卷一八六"总集类总序"说:"文籍日兴,散无统纪,于是总集作焉。一则网罗放佚,使零章残什,并有所归;一则删汰繁芜,使莠稗咸除,菁华毕出。"④这是一般编纂总集的两个目的,但明代部分总集编纂的目的既不是"网罗放佚",也不是"删汰繁芜",而重在文体之辨。徐师曾《文体明辨序》中说:"是编所录,唯假文以辩体,非立体而选文。"⑤这句话说得最透彻,最有代表性。"假文以辩体"概括了明代此类总集的一个显著特征:其宗旨在辨体,而非选文,即从辨体批评出发选取在文体发展史上有代表性的作品。有些"文不工"但有辨体意义的文章,也收录在内。而在文学史上地位高、影响大的作品,若无明显的辨体批评意义,则未必入选。因此,明代总集与此前的文章总集相比,文体学的意识特别突出。

---

① 钱溥《古赋辨体序》,踪凡、郭英德主编《历代赋学文学辑刊》第 1 册,国家图书馆出版社,2017 年,第 5—6 页。
② 永瑢等《四库全书总目》卷一八八,中华书局,1965 年,第 1708 页。
③ 王应麟《玉海》卷二〇二引倪正父语。江苏古籍出版社、上海书店,1987 年,第 3692 页。
④ 永瑢等《四库全书总目》卷一八六,中华书局,1965 年,第 1685 页。
⑤ 徐师曾《文体明辨序说》,人民文学出版社,1962 年,第 78 页。

吴讷《文章辨体》50卷①是明代较早开此"辨体"风气的总集。其《文章辨体凡例》说:"文辞以体制为先。古文类集今行世者,惟梁昭明《文选》六十卷、姚铉《唐文粹》一百卷、东莱《宋文鉴》一百五十卷,西山前后《文章正宗》四十四卷、苏伯修《元文类》七十卷为备。然《文粹》《文鉴》《文类》惟载一代之作;《文选》编次无序,如第一卷古赋以《两都》为首,而《离骚》反置于后,甚至扬雄《美新》、曹操《九锡文》亦皆收载,不足为法。独《文章正宗》义例精密,其类目有四:曰辞命,曰议论,曰叙事,曰诗赋。古今文辞,固无出此四类之外者。然每类之中,众体并出,欲识体而卒难寻考。故今所编,始于古歌谣辞,终于祭文,每类自为一类,各以时世为先后,共为五十卷。"②吴讷主张"文辞以体制为先",强调体制的重要性。他又批评历代总集的不足,或只收一代,所见文体不广;或编次无序,难见文体演变之迹;或归类过泛,难考众体异同。吴讷既有此种认识,自然要取诸家之长,而避其所短,以期对历代众多文体的源流演变有一个全面、清晰、综合的研究。

《文体明辨》③编撰者徐师曾则认为,随着文章之学的发展,严于"辨体"是自然合理的趋势:"盖自秦汉而下,文愈盛;文愈盛,故类愈增;类愈增,故体愈众;体愈众,故辩当愈严。"④此语透露明人为何热

---

① 《文章辨体》的版本,常见的有《四库全书存目丛书》集部第291册,据吉林省图书馆藏明天顺八年(1464)刻本。另《续修四库全书》第1602册,内集据北京大学图书馆、外集据北京图书馆藏明天顺八年刻本影印。"存目"与"续集"两种虽皆标"天顺八年刻本",但实不同。两书各有漫漶处,可以互校。《续修四库全书》本的可辨度更高些,但也有一些问题,如把原版《文章辨体》卷四九之十一页误拼成卷二九之十一页,详见《续修四库全书》第1602册,第651页。
② 吴讷《文章辨体凡例》,《文章辨体序说》,人民文学出版社,1962年,第9页。
③ 《文体明辨》编成于隆庆四年(1570),徐师曾《文体明辨》自序写于万历元年(1573),所以此书的印行当在1573年或稍后。据《中国古籍善本书目》,《文体明辨》主要存世版本有:明万历游榕铜活字印本、明万历十九年赵梦麟刻本、明抄本、明崇祯十三年(1640)沈芬沈骐笺刻本等。现在该书最易见本为《四库全书存目丛书》本,据北京大学图书馆所藏万历年间归安少溪茅乾健夫校正、闽建阳游榕制活板印行本影印。
④ 《文体明辨序》,《文体明辨序说》,人民文学出版社,1962年,第78页。

衷辨体的时代要求。徐师曾批评那些认为"文本无体,亦无正变古今之异"的说法,认为"文章之有体裁,犹宫室之有制度,器皿之有法式也。为堂必敞,为室必奥,为台必四方而高,为楼必陿而修曲,为筥必圜,为筐必方,为簠必外方而内圜,为簋必外圜而内方,夫固各有当也。苟舍制度法式,而率意为之,其不见笑于识者鲜矣,况文章乎?"①该书的编撰宗旨就是"假文以辩体"。徐师曾主张文各有体,且文体有古今正变之别。

明末贺复徵显然有意接踵吴讷《文章辨体》、徐师曾《文体明辨》,并在二书基础上加以扩展,另编成《文章辨体汇选》②,这从书名即可以看出。因此,在文体分类、选文、编纂体例上,《文章辨体汇选》都明显吸收了吴、徐二书的成果,而规模更浩大,收罗更宏富③。此书收录先秦至明末(个别清初)经、史、诸子、百家、山经、地志等各体文章,类聚区分,合132类,780卷。规模之巨大,甄录之广博,为历来总集所罕见。

当然,也不光是标明"辨体"的总集才重视辨体。明初高棅《唐诗品汇》也是通过辨别诗体来推崇诗学理想的。《唐诗品汇》全书"校其体裁,分体从类"④,囊括了五古、七古、五律、七律等唐诗中最常见的七种体裁。高棅之所以分体编排,显然是为了便于"别体制之始终,审音律之正变"⑤,即辨析唐诗各种体裁发展演变的历程。

---

① 徐师曾《文体明辨序》,《文体明辨序说》,人民文学出版社,1962年,第77页。
② 参见《四库全书总目》卷一八九《文章辨体汇选》提要,中华书局,1965年,第1723页。《文章辨体汇选》书成后,流布不广。四库馆臣当时所见,也只是传播甚稀的抄本,该书收入《景印文渊阁四库全书》第1402—1410册。
③ 详参吴承学、何诗海《贺复徵与〈文章辨体汇选〉》,《学术研究》2005年第5期;又见吴承学《中国古代文体学研究》下编第十一章,中华书局,2022年。
④ 高棅编选《唐诗品汇》,上海古籍出版社,1988年,第10页。
⑤ 同上。

明代有些总集在辨体方面比较特别,如王志坚所编《四六法海》十二卷①,分体编排,该书辨体的重点不是各体文章的起始之作,而是这种文体最早出现骈俪化倾向的作品,所以其辨体重在古骈之变。如敕托始于宋武帝《与臧焘敕》,诏托始于沈约《劝农访民所疾苦诏》,表托始于陆机《谢平原内史表》,章托始于沈约《为晋安王谢南兖州章》,书托始于魏文帝《与吴质书》,七托始于曹植《七启》等。四库馆臣称所列这些作品"大抵皆变体之初,俪语散文相兼而用",颇中肯綮。馆臣对明代文章选集评价不高,但对此书颇为赞赏,称王书"俾读者知四六之文,运意遣词,与古文不异,于兹体深为有功",又谓此书"虽为举业而作,实则四六之源流正变,具于是编矣,未可以书肆刊本忽之也"②。

明人总集的着眼点大多在于辨体,最终目的却是通过辨体推崇某种理想。中国古代文体论的一个传统,就是在文体谱系之中,文体是有等级差别的,它取决于文体的正变高下。虽然明人的文章总集有集大成的倾向,但是在复古思潮统治文坛的明代,强调文体的古今正变仍是明代总集的一个显著特色。

彭时《文章辨体序》高度评价吴讷《文章辨体》:"辨体云者,每体自为一类,每类各著序题,原制作之意而辨析精确,一本于先儒成说,使数千载文体之正变高下,一览可以具见,是盖有以备《正宗》之所未备而益加精焉者也。非先生学之博、识之正、用心之勤且密,宁有是哉?"③其中虽不乏溢美成分,但大致还是公允的。"数千载文体之正变高下,一览可以具见",这正是明代总集在文体学上的主要贡献。《文章辨体凡例》说:"四六为古文之变,律赋为古赋之变,律诗杂体为古诗之变,词曲为古乐府之变。西山《文章正宗》,凡变体文

---

① 王志坚编《四六法海》,易见本有台湾商务印书馆《景印文渊阁四库全书》第1394册。
② 《四库全书总目》卷一八九,中华书局,1965年,第1719页。
③ 彭时《文章辨体序》,见吴讷《文章辨体序说》,人民文学出版社,1962年,第7页。

辞,皆不收录;东莱《文鉴》,则并载焉,今遵其意。复辑四六对偶及律诗、歌曲共五卷,名曰《外集》,附于五十卷之后,以备众体,且以著文辞世变云。"①《文章正宗》选文标准以"明义理,切世用"为主,其体制则"本乎古,其指近乎经者"②,因此,一切骈偶声律之作,皆摒弃不录。《文章辨体》深受《文章正宗》影响,把一切古体视为文章之正,把一切骈偶声律之作视为变体,归入《外集》,附于正体之末,表现了明代复古思潮对吴讷文体论的影响。

  徐师曾同样重视文体的"正变古今之异"③。《文体明辨》把文体分别系之正编与附录,这当然反映出徐师曾的文体价值观。在这方面,徐师曾受到吴讷的影响,但彼此的文体观念同中存异,异中有同。《文章辨体》把连珠、判文、律赋、律诗、排律、绝句、联句诗等文体作为附录,而《文体明辨》则把它们列入正编,相较而言,徐师曾的文体观念较为开明。《文体明辨》的附录文体,绝大多数是游戏、娱乐与宗教方面的内容,这些文体与正选的文体相比,在当时社会生活的实际运用中,确实是比较次要的、非主流的文体,所以徐师曾把这些文体列入附录大致可以理解,也是符合实际的。但是词是唐、宋以后最为普及与发达的文学文体之一,徐师曾仍把它作为诗余而列入附录;而当时盛行的南北曲甚至在附录中连位置也没有,可见徐师曾的文体观念仍然比较正统,与吴讷并无本质差别。

  《文章辨体汇选》虽不像《文章辨体》《文体明辨》分内、外集或正编、附录,但全书的编纂始终贯穿着明古今、严正变的宗旨,同一文体则以古老的、传统的体制为正体,以后起的体制为变体,以特殊的体制为别体,崇古卑今的观念很明显。此外又有古体、近体、散体、律体、骈体、唐体、宋体之分。这些概念,实际上也都渗透着明古今、严正变的意识。

---

① 《文章辨体凡例》,《文章辨体序说》,人民文学出版社,1962年,第10页。
② 真德秀编《文章正宗》,《景印文渊阁四库全书》第1355册,第5页。
③ 《文体明辨序》,《文体明辨序说》,人民文学出版社,1962年,第77页。

第二节　序题：一种流行的批评方式

从文学批评形式来看，序题形式盛行于整个明代，是明代最有特色、影响最大的文学批评方式之一。序题不但是明代总集编纂的流行方式，也成为明清乃至现代学术界所重视的一种批评文体。作为一种批评形式，"序题"之名，始于明代。序题是指在文章总集中，编者对各种文体渊源流变与文体特色的阐释。刘勰提出"原始以表末，释名以章义，选文以定篇，敷理以举统"①，差不多成为后代文体学研究的不二法门。刘勰所标示的这种系统的文体学研究方法，一般为诗文评著作所采用，但是明人却将其运用在文章总集之中，并以序题的方式形成一种传统。明人的总集把序题与文选结合起来，更为具体地体现了文体的分类、渊源流变与体制，并且形成一种重要的文体学研究方法和普遍的研究风气，这也是对文体学研究的独特贡献。序题形式与一般专著专论不同之处，就在于它"假文以辨体"，为读者提供了可供揣摩的文体文本。序题虽然有一定的独立性，但是要结合所选的作品才能得到完整的理解。吴讷《文章辨体凡例》说该书"每体自为一类，各以时世为先后"②，这也是明人总集的基本体式。所以如果把明人总集中每种序题与文选结合起来，其实就是一部中国古代文体发展简史。

关于"序题"一词，此处须略加辨说。1962年人民文学出版社出版于北山校点《文章辨体序说》、罗根泽校点的《文体明辨序说》，此后，学术界都把此类文字称为"序说"，但是明人用另一个专门术语即"序题"指称这种形式。《文章辨体凡例》说："仍宋先儒成说足以

---

① 刘勰著，詹锳义证《文心雕龙义证·序志》，上海古籍出版社，1989年，第1924页。
② 《文章辨体凡例》，《文章辨体序说》，人民文学出版社，1962年，第9页。

鄙意，著为序题。录于每类之首，庶几少见制作之意云。"①彭时《文章辨体序》也称："辨体云者，每体自为一类，每类各著序题。"②程敏政《明文衡》卷五六"杂著"特收《文章辨体序题》。③ 可见无论是作者还是当时论者，都称这种形式为序题。所以，笔者认为目前学术界流行的"序说"一词，似不如明人所用的"序题"一词确切。

总集文体序题传统远可追溯到魏晋，如挚虞《文章流别集》，近可追溯到宋元，如宋代真德秀《文章正宗》把文体分为四大类，每类都有小序；又如元代祝尧《古赋辩体》把赋分为楚辞体、两汉体、三国六朝体、唐体、宋体，于每体之前各有一序，论述其源流演变及特征。④ 但挚虞《文章流别集》已散佚，而宋元文章总集的文体序题，毕竟是个别的，也谈不上系统。在总集中对文体分类加以系统序题的风气始于明人，这种风气在明初已经出现。高棅《唐诗品汇》的"叙目"，详细论述了各体诗歌的起源、唐前发展状况以及唐人的继承、开拓和衍变，从而达到"别体制之始终"的目的。由于《唐诗品汇》在明代有着重要的地位，自然会对后来的总集产生巨大影响。明宋绪编《元诗体要》14卷⑤，选录元一代之诗，分为37类⑥。其文体学价值主要体现在，对每一类体裁都用简短的序题概述此种文体的发展流变、体制特征以及各体诗歌的选录标准等，例如："七言古体：古诗七言从张衡《四愁诗》来，变柏梁体耳。唐初王子安《滕王阁诗》、宋之问《明河篇》，语皆未纯。至王、岑、李、杜，方成家数。是编凡清

---

① 《文章辨体凡例》，《文章辨体序说》，人民文学出版社，1962年，第9页。
② 《文章辨体序》，《文章辨体序说》，人民文学出版社，1962年，第7页。
③ 程敏政辑《明文衡》卷五六，《四部丛刊初编》集部，上海书店1989年版。
④ 从吴讷《文章辨体》的书名可以看到《古赋辩体》的痕迹，其"序题"的形式也借鉴此书，另外他对赋分类与叙说，几乎全取此书，足见其影响之深。
⑤ 根据《中国古籍善本书目》，《元诗体要》有明宣德八年（1433）刻本，明正德十四年（1519）刻本，清嘉庆三年（1798）刻本等。现在比较常见本子是台湾商务印书馆《景印文渊阁四库全书》第1372册。
⑥ 四库馆臣称此书分为三十六体，不确。详见《四库全书总目》卷一八九，中华书局，1965年，第1714页。

壮奇丽,雄深浑厚,其音律皆足以为法者取之。"①《元诗体要》的序题较多地吸收了宋代以来文体学研究的成果,同时在选诗标准上表现了编撰者的文体学思想。尤其值得注意的是,《元诗体要》是较早将序题与选诗合为一体的诗歌总集。

《元诗体要》毕竟还只是诗歌一体,就文章总集而言,真正对明代总集形成序题风气起重要作用的是吴讷《文章辨体》。序题在《文章辨体》中已被视为一种独立的文体,并广泛用来论述各体文章。此后徐师曾《文体明辨》、贺复徵《文章辨体汇选》等,不论在宗旨、体例还是具体内容上,都明显受到《文章辨体》的启发和影响。吴讷《文章辨体凡例》说:"仍宋先儒成说,足以鄙意,著为序题,录于每类之首,庶几少见制作之意云。"②此语很精粹地概括出明人文体序题的内容和形式特点。其序题置于每类文体之前,先是广泛征引《说文解字》《文心雕龙》《文章缘起》《文章正宗》《宋文鉴》《古赋辩体》以及当代人的相关论述,又申以己意,将继承与创新较好地结合起来。如记的序题:

> 《金石例》云:"记者,纪事之文也。"
>
> 西山曰:"记以善叙事为主。《禹贡》《顾命》,乃记之祖。后人作记,未免杂以议论。"
>
> 后山亦曰:"退之作记,记其事耳;今之记,乃论也。"
>
> 窃尝考之:记之名,始于《戴记》《学记》等篇。记之文,《文选》弗载。后之作者,固以韩退之《画记》、柳子厚游山诸记为体之正。然观韩之《燕喜亭记》,亦微载议论于中。至柳之记新堂、铁炉步,则议论之辞多矣。迨至欧、苏而后,始专有以论议为记者,宜乎后山诸老以是为言也。
>
> 大抵记者,盖所以备不忘。如记营建,当记月日之久近,工

---

① 宋绪编《元诗体要》卷二,《景印文渊阁四库全书》第1372册,第515页。
② 《文章辨体凡例》,《文章辨体序说》,人民文学出版社,1962年,第9页。

费之多少,主佐之姓名,叙事之后,略作议论以结之,此为正体。至若范文正公之记严祠、欧阳文忠公之记昼锦堂、苏东坡之记山房藏书、张文潜之记进学斋、晦翁之作《婺源书阁记》,虽专尚议论,然其言足以垂世而立教,弗害其为体之变也。学者以是求之,则必有以得之矣。①

记作为独立成熟的文体,是比较晚近的,所以"《文选》不列其类,刘勰不著其说,则知汉魏以前,作者尚少;其盛自唐始也"②。吴讷正是重在总结唐以后的记体体制,以补萧统、刘勰等早期文体学家之未及。他在引用了潘昂霄《金石例》、真德秀(西山)、陈师道(后山)的相关论述后,对记这种文体的起源、内容、表达方式等方面的发展变化作了综合论述,认为记以叙事为主是正体,以议论为主是变体,但这种变体并不影响其价值。所言有史述、有论断,可谓前修未密,后出转精;内容之丰富,立论之精当,超过了此前任何一家。陆深亦称此书"号为精博,自真文忠公《正宗》之后未能过之"③。后来徐师曾《文体明辨》、朱荃宰《文通》④、贺复徵《文章辨体汇选》中关于记的论说,基本是引用或檃栝吴说而稍加发挥或补充。

徐师曾《文体明辨》的文体序题数量大增,有些序题是自创的,有些则是在《文章辨体》的基础上发展的。如《文章辨体·判》论判从唐判开始,而徐师曾则引用字书,阐明"判"的本义,追溯先秦汉代判狱的形态,还把判文分为12类,其立论基于吴讷,但分类与分析更为细密,颇有自己的见解。徐师曾的序题多引前人的文体理论,又有所辨正和发展。如论的序题引用字书与刘勰的话,又加以辨正:

---

① 《文章辨体·记》,《文章辨体序说》,人民文学出版社,1962年,第41—42页。
② 《文体明辨·记》,《文体明辨序说》,人民文学出版社,1962年,第145页。
③ 陆深《俨山外集》卷一〇《溪山余话》,《景印文渊阁四库全书》第885册,第58页。
④ 朱荃宰《文通》,《续修四库全书》第1713—1714册收录,《四库全书存目丛书》集部第418册收录,均据明天启六年(1626)刻本影印。

> 按勰之说如此。而萧统《文选》则分为三：设论居首，史论次之，论又次之。较诸勰说，差为未尽。唯设论，则勰所未及，而乃取《答客难》《答宾戏》《解嘲》三首以实之。夫文有答有解，已各自为一体，统不明言其体，而概谓之论，岂不误哉？
>
> 然详勰之说，似亦有未尽者。愚谓析理亦与议说合契，讽（讽人）寓（寓己意）则与箴解同科，设辞则与问对一致：必此八者，庶几尽之。故今兼二子之说，广未尽之例，列为八品：一曰理论，二曰政论，三曰经论，四曰史论（有评议、述赞二体），五曰文论，六曰讽论，七曰寓论，八曰设论，而各录文于其下，使学者有所取法焉。其题或曰某论，或曰论某，则各随作者命之，无异义也。①

他对于《文心雕龙》与《文选》关于论的分类都提出不同的看法，又把论进一步分为"八品"即八细类。《文体明辨》的文体序题可称古代文体分类学理论的集大成者。

贺复徵《文章辨体汇选》也是在《文章辨体》基础上加以补充的。《四库全书总目》卷一八九谓此书"以吴讷《文章辨体》所收未广，因别为搜讨。上自三代，下逮明末，分列各体为一百三十二类。每体之首，多引刘勰《文心雕龙》及吴讷、徐师曾之言，间参以己说，以为凡例"②。该书每类文体前的序题，存录了历代文体论方面的大量资料，同时也表现了编者本人的文体观念，具有相当高的文体史料价值。所引前人资料，更为广博，其中又以引刘勰、吴讷、徐师曾最多。如卷四八状类引刘勰语③、卷五一约类引徐师曾语④、卷四四一问对类引吴讷语⑤等。编者序中只引一家之说，表明赞同其意见。若征

---

① 《文体明辨·论》，《文体明辨序说》，人民文学出版社，1962年，第131页。
② 《四库全书总目》卷一八九，中华书局，1965年，第1723页。
③ 《文章辨体汇选》卷四八，《景印文渊阁四库全书》第1402册，第237页。
④ 《文章辨体汇选》卷五一，《景印文渊阁四库全书》第1402册，第273页。
⑤ 《文章辨体汇选》卷四四一，《景印文渊阁四库全书》第1407册，第474页。

引数家之说,则表明各家所见互有异同,可互相发明、引申、补充。如果有异议或补充,则在序末以"复徵曰"申述己意。如卷一二五表类在引用吴讷的解说后,又参以己意:"复徵曰:按表有三体,分而别之,一曰古体,二曰唐体,三曰宋体。学者宜有以考云。"①表示对吴讷的补充。又如卷四三五解类在引用了刘勰、吴讷的意见后加按语:"复徵曰:《文选》以七为一体,固非。前说以七入解,亦欠妥。"②这表明编者对解的看法,与前人有较大差别。大凡贺复徵加上按语的地方,都表现了他对文体的分类、特征、源流演变等方面的独特看法,值得特别重视。

除了《文章辨体》《文体明辨》《文章辨体汇选》之外,明代还有不少总集采用序题的方式,如黄佐辑《六艺流别》20卷,黄溥编《诗学权舆》22卷,周珽辑注、陈继儒批点《删补唐诗选脉笺释会通评林》60卷等总集都有序题。其中黄溥《诗学权舆》将古今诗体诗分为32类,分别是歌、谣、骚、辞、赋、铭、操、乐府、古诗、行、歌行、古风、颂、赞、引、曲、调、唱、诔、叹、篇、文、吟、怨、弄、思、乐、哀、愁、别、律诗、绝句。每类之下各有序题,多以简短的语言论述这类诗的起源、体制、功用、表现特征等,并列举其代表作品。如歌的序题:"放情长言,抑扬曲折,必极其趣,不拘其句律,亦不严守其音韵。肇于屈平之《九歌》,盛于唐宋诗人之作。有一句之歌,若《汉书》'抱鼓不平董少年'之类;有两句之歌,若荆卿《易水歌》之类;有三句之歌,若汉高祖《大风歌》之类;有五句之歌,若杜子美'曲江萧条秋气高'之篇。"谣的序题:"播于徒歌,通乎俚俗者谓之谣也。古有《康衢谣》是已。后王昌龄《箜篌谣》、马子才《长淮谣》之类,亦其遗意与?"③这类序题,对于了解诗歌诸体的体性特征及相近诗体的差异性,颇有裨益。黄佐《六艺流别》一书的序题尤其值得注意,黄佐的

---

① 《文章辨体汇选》卷一二五,《景印文渊阁四库全书》第1403册,第440页。
② 《文章辨体汇选》卷四三五,《景印文渊阁四库全书》第1407册,第427页。
③ 黄溥编《诗学权舆》卷一,《四库全书存目丛书》集部第292册,第11页。

序题涉及150多种文体,数量最为可观。黄佐在每种文体前都附有小序,对各类文体及其相互联系作简要说明,并解释选文标准,这些小序具有相当高的文体学价值。四库馆臣称赞黄佐"在明人之中学问最有根柢"①,尽管把该书列入"存目",但认为其"分类编叙,去取甚严"②。黄佐学术精深,其序题也很有见地,如题辞一体的序题:

> 题辞:题辞者何?题诸前后,提掇其有关大体者,以表章之也。前曰引,后曰跋。须明简严,不可冗赘。后世文集有"读某书"及"读某文","题其前"或"题其后"之名,皆本赵岐《孟子题辞》也。③

黄佐以赵岐《孟子题辞》作为题辞文体之起源,颇有价值。《六艺流别》的编成与刊刻都早于《文体明辨》,可惜历来不受重视。

第三节　文体分类:集大成与新开拓

明人许多总集编纂的目的在于辨体,其辨体不但朝细密周全的集大成方向发展,而且在深度上有较大的开拓。这是明代文体分类学上的一个特点。值得注意的有两个方面:一、唐宋以后,出现大量新文体,包括正统文体与民间文体、雅文体与俗文体,以及杂体和运用性文体,都被明人总集收罗殆尽。二、挖掘和总结出传统文体分类学视野之外的大量的早期文体或文体形态,拓展了文体学研究的疆域,这方面尤其重要。

吴讷《文章辨体》采辑前代至明初诗文,分体编录,大旨以真德秀《文章正宗》为蓝本,分古今各种文体为古歌谣辞、古赋、乐府、古

---

① 《四库全书总目》卷一七二《泰泉集》提要,中华书局,1965年,第1503页。
② 《四库全书总目》卷一九二《六艺流别》提要,中华书局,1965年,第1746页。
③ 黄佐辑《六艺流别》卷一八,《四库全书存目丛书》集部第300册,第459页。

诗、谕告、玺书、批答、诏、册、制、诰、制策、表、露布、论谏、奏疏、议、弹文、檄书、记、序、论、说、解、辨、原、戒、题跋、杂著、箴、铭、颂、赞、七体、问对、传、行状、谥法、谥议、碑、墓碑、墓碣、墓表、墓志、墓记、埋铭、诔辞、哀辞、祭文等50大类，另有《外集》收录连珠、判、律赋、律诗、排律、绝句、联句诗、杂体诗、近代曲词等9类，共计59类。其中某些大类之下又分子目，如古赋以时代先后分楚、两汉、三国六朝、唐、宋、元、国朝诸体；乐府分郊庙歌辞、凯乐歌辞、横吹曲辞、燕飨歌辞、琴曲歌辞、相和歌辞、清商曲辞；古诗分四言、五言、七言、歌行等。与此前的文体学著作相比，《文章辨体》的类别显然增多了。吴讷是在总结唐、宋以来古文家创作实践的基础上扩大文体分类的，如确立了唐、宋以后新兴的文体原、解、判等体裁，丰富了文体的类别。

徐师曾《文体明辨序》谓该书："大抵以同郡常熟吴文恪公讷所纂《文章辨体》为主而损益之。《辨体》为类五十，今《明辨》百有一；《辨体》外集为类五，今《明辨》附录二十有六。"[①]可见《文体明辨》是在吴讷《文章辨体》基础上编撰的一部文章总集，全书所列文体种类正编有101种，附录有26种，共127种。如果仅统计其大类的话，大致有以下文体：

正编：古歌谣辞、四言古诗、楚辞、赋、乐府、五言古诗、七言古诗、杂言古诗、近体歌行、近体律诗、排律诗、绝句诗、六言诗、和韵诗、联句诗、集句诗、命、谕告、诏、敕、玺书、制、诰、册、批答、御札、赦文、铁券文、谕祭文、国书、誓、令、教、上书、章、表、笺、奏疏、盟、符、檄、露布、公移、判、书记、约、策问、策、论、说、原、议、辨、解、释、问对、序、小序、引、题跋、文、杂著、七、书、连珠、义、说书、箴、规、戒、铭、颂、赞、评、碑文、碑阴文、记、志、纪事、题名、字说、行状、述、墓志铭、墓碑文、墓碣文、墓表、谥议、

[①] 《文体明辨序》，《文体明辨序说》，人民文学出版社，1962年，第77页。

传、哀辞、诔、祭文、吊文、祝文、叚辞。

附录：杂句诗、杂言诗、杂体诗、杂韵诗、杂数诗、杂名诗、离合诗、诙谐诗、诗余、玉牒文、符命、表本、口宣、宣答、致辞、祝辞、贴子词、上梁文、乐语、右语、道场榜、道场疏、表、青词、募缘疏、法堂疏。①

以上文体又可能包括系列下属文体。比如古歌谣辞一项，就包括歌、谣、讴、诵、诗、辞、谚；赋又包括古赋、俳赋、文赋、律赋，可见此书所涉及的文体实际上要远远超出其目录所列的数量。《文体明辨》所录的文体大致是在《文章辨体》的基础上增减的。如《文章辨体》哀祭类文体有诔辞、哀辞、祭文三类，而《文体明辨》则增为哀辞、诔、祭文、吊文、祝文、叚辞六种。又如释道类文体道场榜、道场疏、青词、募缘疏、法堂疏等，均为《文章辨体》所未有。《文体明辨序》曰："至于附录，则闾巷家人之事，俳优方外之语，本吾儒所不道，然知而不作，乃有辞于世。若乃内不能辨，而外为大言以欺人，则儒者之耻也。"②徐师曾认为，对这些文体，可以"知而不作"，但不可不知。《文体明辨》收录了宋代以后社会与民间流行的各种俗文体（包括宗教文体），如致辞、贴子词、上梁文、乐语、右语、道场榜、道场疏、表、青词、募缘疏、法堂疏等。这是《文体明辨》与《文章辨体》在文体收录方面的最大区别。《文体明辨》把《文章辨体》之50余种文体扩充至120余种，远比《文章辨体》详赡细密，显示出中国古代文体的丰富性，在文体分类学上有重要意义。

自魏晋南北朝以来，中国文章学的文体分类基本是按《文选》所设置的文体框架而展开的。这个理论框架是在当时文笔之辨的背景下产生的，所以在传统的经、史、子、集之中，唯青睐集，而基本不顾及经、史、子部。明代文体学把经、史、子、集都置于视野之内，发

---

① 《文体明辨序说》，人民文学出版社，1962年，第67—71页。
② 《文体明辨序》，同上书，第78—79页。

现和总结出大量文体或"前文体形态",大大丰富了文体分类的内容,而且更为符合中国古代文章学的实际情况。

黄佐的《六艺流别》就是为了补《文选》之阙佚,凡是《文选》所选过的,它一概不选。此书收录文体有150多种(其中12类为附属类,有文体小序而无范文),在明代文章总集中涉及文体最多。《六艺流别》是一部特色鲜明的选本,它从文本六经的观念出发,首次以选本的形式把古代的基本文体形态分别系于《诗》《书》《礼》《乐》《春秋》《易》之下,形成六大文体系列,重新建构了一个中国古代文体庞大的谱系。该书完全按照这种"文本于经"的思想来编排。其目录所标的文体系统,极为简明清晰:

> 诗艺:谣、歌
>
> 谣之流其别有四:讴、诵、谚、语
>
> 歌之流其别有四:咏、吟、怨、叹
>
> 诗之流不杂于文者其别有五:四言、五言、六言、七言、杂言(附:离合、建除、六府、五杂组、数名、郡县名、八音)
>
> 诗之流其杂近于文而又与诗丽者其别有五:骚、赋(附:律赋)、词、颂、赞(附:诗赞)
>
> 诗之声偶流为近体者其别有三:律诗、排律、绝句
>
> 书艺:典、谟
>
> 典之流其别有二:命、诰
>
> 谟之流其别有二:训、誓
>
> 命训之出于典者其流又别而为六:制、诏、问、答、令、律
>
> 命之流又别而为四:册、敕、诫、教
>
> 诰之流又别而为六:谕、赐书(附:符)、书、告、判、遗命
>
> 训誓之出于谟者其流又别而为十一:议、疏、状、表(附:章)、笺、启、上书、封事、弹劾、启事、奏记(附:白事)
>
> 训之流又别而为十:对、策、谏、规、讽、喻、发、势、设论、

连珠

誓之流又别而为八：盟、檄、移、露布、让、责、券、约

礼艺：仪、义

礼之仪义其流别而为十六：辞、文、箴、铭、祝、诅、祷、祭、哀、吊、诔、挽、碣、碑、志、墓表

乐艺：乐均、乐义

乐之均义其流别而为十二：唱、调、曲、引、行、篇、乐章、琴歌、瑟歌、畅、操、舞篇

春秋艺：纪、志、年表、世家、列传、行状、谱牒、符命、叙事、论赞

叙事之流其别有六：叙、记、述、录、题辞、杂志

论赞之流其别有六：论、说、辩、解、对问、考评

易艺：兆、繇、例、数、占、象、图、原、传、言、注①

假如从文体发生学来看，把中国古代文体基本形态的渊源一一归之于六经，显然有简单化和"附会牵强"之嫌。但从文体分类学的角度来看，《六艺流别》仍有创新思想。文体发展到明代，数量极多，黄佐意在对这些复杂纷纭的文体总其类别，以简驭繁，起到纲举目张之用。黄宗羲《明儒学案》卷五一谓黄佐之治学"以博约为宗旨"②，《六艺流别》正反映出这种以博返约的学术精神。黄佐《六艺流别序》引董仲舒之论曰："《诗》道志，故长于质。《书》著功，故长于事。《礼》制节，故长于文。《乐》咏德，故长于风。《春秋》司是非，故长于治。《易》本天地，故长于数。"③黄佐根据这种理论，强调六经的不同功能与影响。在他的文体谱系中，六经的功能已经被抽

---

① 《六艺流别》目录，《四库全书存目丛书》集部第300册，第70—72页。
② 黄宗羲《明儒学案》卷五一，中华书局，2008年，第1198页。
③ 黄佐《泰泉集》卷三五，陈建华主编《广州大典》第56辑，集部别集类第7册，广州出版社，2015年，第426页。

象化与模式化了:《诗》"道性情","诗艺"主要包括诗赋文体;《书》"道政事","书艺"主要包括公文文体;《礼》主"敬","礼艺"主要包括礼仪文体;《乐》主"和","乐艺"主要包括音乐性文体①;《春秋》主"名分","春秋艺"主要包括叙事与论说文体;《易》主"阴阳","易艺"主要包括术数类文体。这样看来,他的所谓"六艺流别",本质上是从文体功能出发,创造出一套新的文体分类法,这是有其合理性与创新性的。明代以文体为核心的文章总集不少,如《文章辨体》《文体明辨》《文章辨体汇选》等,但如果就其理论的独创性与系统性而言,则无出黄佐此书之右者。

《六艺流别》的分类对于研究先秦文体作用尤大。中国古代的文体分类学,大体所根据的是南北朝以后的文体,大量在先秦时期的文体形态与泛文体(有些还是口头形态),在后代已不存在,或者已改变形态。正如章太炎所说:"文章流别,今世或繁于古,亦有古所恒睹,今隐没其名者。"②如先秦时代的让,原来是运用性的口头文体,在后代已演变成其他专门的文章文体了。所以一般的文体学著作像《文体明辨》是不把它作为文体的。但是从先秦的文献看,这是当时使用相当频繁的形式。黄佐谓:

> 让者何? 责人而冀与之言,先人后己。《国语》祭公谋父,称古有威让之令是也。《字通》作"攘",盖人心从逆,道先王之成宪以禁止之。凡天子柔远人、怀诸侯,与诸侯列国兵争而为文告之辞,必自威让始。《文心雕龙》曰:"齐桓征楚,告菁茅之阙;晋厉伐秦,责箕郜之焚。"详其意,又檄文萌矣。③

黄佐从《左传》中选出《襄王逆政之让》《定王问鼎之让》《管仲伐楚之让》《展喜犒师之让》《孔子夹谷之让》。又如《六艺流别》所

---

① 刘勰、颜之推与郝经等人主张"文本于经",但都没有把《乐》列入其中。黄佐特别把《乐》列入文章本源之一,可见他对音乐性文体的重视。
② 章太炎《国故论衡·辨诗》,上海古籍出版社,2003年,第87页。
③ 《六艺流别》卷一二,《四库全书存目丛书》集部第300册,第325页。

收录的讴、诵、语、诅、祷、兆、繇、例、数、占、象、图、原、传、言、注这些早期文体形态也是文体学上非常少人注意到的。

贺复徵《文章辨体汇选》也是有意突破《文选》的框架。从萧梁时的《文选》开始,下至《文苑英华》《唐文粹》《文章正宗》,直至明代《文章辨体》《文体明辨》等著名总集,虽以"文"命名,实际都兼收诗赋,且诗赋在全书中多占有重要位置。而《文章辨体汇选》皇皇780卷,立132体,却不录诗赋类,显然是把诗赋排除在文章之外的。可见其文章内涵正是以叙事、说理、议论为主的实用性文体,而不包括以缘情体物为主的诗赋在内,这在明清文章总集中是相当独特的。《文章辨体汇选》另一个值得注意的现象是大量选入先秦和两汉史传文章。《文选序》在谈到选文原则时,明确把史类作品排除在"篇翰"之外。此后历代总集,大多接受《文选》的分类法,将史著排除在文章之外。至南宋真德秀《文章正宗》,这种界限才开始打破,然而,其所收史传之文,数量还不大。《文章辨体汇选》则大量收录《左传》《国语》《史记》《汉书》《后汉书》等史籍之文。如仅仅传记类,就录《左传》14卷,《史记》17卷,《汉书》8卷,《后汉书》《三国志》等也收录不少。而本纪、实录、仪注、书志、世表等本来仅仅见于史籍的文章,也被大量收录,并各自成为众多文体中的一类。要之,史书中的篇什,在《文章辨体汇选》中占了相当大的分量,这在历代总集中也是罕见的。

《文章辨体汇选》规模浩大,收罗宏富。大类之下,往往又根据不同的特点或使用场合,分若干小类。如卷三九二"论"下又设8类,分别为理论、政论、经论、史论、文论、讽论、寓论、设论①。卷四八三"传"下又分7品:"一曰史传,二曰私传,三曰家传,四曰自传,五曰托传,六曰寓传,七曰假传。"②而卷二八一"序"下竟分为经、史、文、籍、骚、赋、诗、集、政、学、志等30余子类。这些都反映出

---

① 《文章辨体汇选》卷三九二,《景印文渊阁四库全书》第1406册,第699页。
② 《文章辨体汇选》卷四八三,《景印文渊阁四库全书》第1408册,第63页。

明人对文体的分辨越来越细致,越来越严密。吴讷把文体分为59类,徐师曾增至127类,贺复徵又增至130余类。如果仅从绝对数量上来看,贺书与徐书相较,差别不大。但徐书中有诗赋类25种,而贺书不收诗赋。因此,就文类而言,贺书新增了30类。其中有些是细分,如徐书把奏对、奏启、奏状、封事、弹事等归入奏疏类中,而贺书则都单独列类,徐书中纪事类,贺书析为纪和纪事两类;有些是新立,如九锡文、日记、故事、品、榜、训、篇、寿辞、本纪、实录、仪注、世表、史传、世谱、年谱等。这样分也许失于烦琐,然而,它表现了明人试图认识文体之间细微差别的意识。在所分文体中,凡涉及前人没有解说的,或作者新设立的,因无复依傍,往往自为解说。如卷二八九锡文类是贺复徵新立的,作者解说这种文体得名之由和风格特征:"按《说文》:'锡,与也,赐也。'《易》云:'王三锡命,开国承家。'人臣至册以九锡,此乃奸雄篡窃所由始,而非国家之利矣。然其文必典雅闳肆,极其铺张,录之以存一体。"①揭示了九锡文类的起源、性质和文体风格。又如卷六三九日记类:"复徵曰:日记者,逐日所书,随意命笔,正以琐屑毕备为妙。始于欧公《于役志》、陆放翁《入蜀记》,至萧伯玉诸录而玄心远韵,大似晋人,各录数段以备一体。"②日记也是新立的文体,贺复徵揭示了这种体裁随意命笔而委曲备至的优长,并列举了代表作家和作品。四库馆臣对《文章辨体汇选》编者用力之勤、收罗之富,以及在保存文献上的功绩,给予了较高评价:"坠典秘文,亦往往有出人耳目之外者。且其书只存抄本,传播甚稀,录而存之,固未始非操觚家由博返约之一助尔。"③《四库全书简明目录》卷一九亦言:"自《文苑英华》以来,总集之博未有如是书者,亦著作之渊海也。"④其实,《文章辨体汇选》的编纂

---

① 《文章辨体汇选》卷二八,《景印文渊阁四库全书》第1402册,第151页。
② 《文章辨体汇选》卷六三九,《景印文渊阁四库全书》第1409册,第645页。
③ 《四库全书总目》卷一八九《文章辨体汇选》提要,中华书局,1965年,第1723页。
④ 参见《四库全书简明目录》卷一九,上海古籍出版社,1985年,第860页。

宗旨、体例、性质乃至存在的缺点都和《文章辨体》《文体明辨》非常相近，《四库全书》将吴、徐二书列入存目而把《文章辨体汇选》选入正编，最主要的原因，恐怕是把它作为历来"总集之博"者的代表吧。

第四节　明代文章总集的特色与影响

在中国文学批评史与学术史上，明代文章总集的文体学价值基本上是被忽视的。清人对于明人学术的歧视与轻蔑往往导致在文学批评上的某种偏颇。在清人编纂的最具权威性的《四库全书》中，吴讷《文章辨体》、黄佐《六艺流别》、徐师曾《文体明辨》等几部明人重要的文章总集都被列入存目之中。《四库全书总目》基本没有看到明人总集在文体学上的成就与贡献，相反，求全责备的苛刻之论很多，集中反映在对其文体分类的批评上。

的确，由于明人总集追求文体齐备，所以有时不免繁杂、琐碎。《四库全书总目》批评它们有"治丝而棼"的毛病①，不是没有根据的。事实上，清人对这种弊端颇有共识，故在总集文体分类上，一方面保持着析类趋于繁密的传统态势，一方面又出现了归并同类，追求简明的倾向。如储欣《唐宋八大家类选》将八大家文分为6类、30体，姚鼐《古文辞类纂》将古今文章分为13类，每类下分若干体，都可视为对明人烦琐分类的反拨。② 但是，对于馆臣的相关批评，有时必须加以辨析。明人总集分类上的缺陷固然与编者本人的学术观点相关，但与中国古代文体本身的复杂性与传统文体分类标准的多元化也有很大关系，四库馆臣本身也难免此病。③ 另外，对《四库全

---

① 《四库全书总目》卷一九二，《文体明辨》提要，中华书局，1965年，第1750页。
② 详参何诗海《从文章总集看清人的文体分类思想》，《中山大学学报》2012年第1期。
③ 参见吴承学、何诗海《论〈四库全书总目〉的文体学思想》，《北京大学学报》2007年第4期。

书总目》的批评也不能不加分析的接受。如四库馆臣批评吴讷《文章辨体》说:"今观所论,大抵剽掇旧文,罕能考核源委,即文体亦未能甚辨。如内集纯为古体矣。然如陆机《文赋》、谢惠连《雪赋》、谢庄《月赋》,已纯为骈体,但不隔句对耳。至骆宾王《讨武曌檄》,纯为四六,而列之内集;又孔稚圭《北山移文》亦附之古赋。是皆何说也……其余去取,亦漫无别裁,不过取盈卷帙耳,不足尚也。"①馆臣所指出的问题当然是存在的,但如果细读《文章辨体》的话,可以看出吴讷采用这样的分类是有自己的思考的,而不至于像四库馆臣所批评的那样"漫无别裁"的"愦愦"不堪。《文章辨体》其内集、外集的区分是从文体而不是从语体上去区分的。除了唐代科举考试的律赋之外,赋作都列在内集。编者并不是不知六朝的赋有骈俳之习。"古赋"三之"三国六朝"条即有此语:"建安七子,独王仲宣辞赋有古风。至晋陆士衡辈《文赋》等作,已用俳体。流至潘岳,首尾绝俳。"②可见四库馆臣所批评的,吴讷已指出了。又因该书以文体分内外集,所以檄文在内集,这也正是"骆宾王《讨武曌檄》,纯为四六,而列之内集"的原因。另外,四库馆臣批评该书把孔稚圭《北山移文》亦附之古赋的做法,也是因为该书没有把移文当作一体之故。《文章辨体》在文体分类上出现的许多问题与它把文体分为内集和外集有关。四库馆臣把《文章辨体》列入存目,却把在此书基础之上编纂的《文章辨体汇选》列入正编,取舍未免失当。

明人总集在文体学上的特点和贡献是值得重视的。明代总集与此前的文章总集相比,"以体制为先""假文以辨体"的文体学意识特别突出。明人许多总集通过编纂总结了唐宋以后出现的大量新文体,同时又突破了《文选》所设置的文体框架,把经、史、子、集都置于文体学视野之内,挖掘和总结出大量早期文体或文体形态,在文体分类学上取得了集大成与开拓并举的成就。明人严于辨体、强调

---

① 《四库全书总目》卷一九一,中华书局,1965年,第1740页。
② 《文章辨体序说·古赋》,《文章辨体序说》,人民文学出版社,1962年,第22页。

文体古今正变的意识，当然是明代文学复古思潮的表现。在中国文学批评史上，"辨体"常被指责为形式主义。其实，严于辨体的本质是突出文体的个性与品格，强调文体的古今正变有利于考察审美趣味的历史演变。自宋代以来至明清，性灵论者强调人各有体，辨体论者强调文各有体。表面看来两者似乎成水火之势，其实是相克相生，所争不同，而殊途同归：他们的追求最终都是指向文学作品审美的多样化与丰富性。

虽然学术界在理论上忽视明代文章总集的文体学价值，但实际上，明代文章总集的编纂与序题形式，集中反映了明代文学批评界的辨体之风与集大成的特色，是明代最有代表性、影响最大的文体批评。这里仅以《文章辨体》《文体明辨》二书序题被"转载"的情况为例，来看明人总集的"影响因子"。程敏政《明文衡》卷五六"杂著"特收《文章辨体序题》，此前，文章总集中收录这种文体序题很少见到。明人唐顺之《荆川稗编》卷七三收录吴讷《文章辨体二十四论》①、卷七五又收《文章辨体序题》②。吴楚材辑《强识略》卷一九"文章部"差不多收录全书序题③。清代《古今图书集成》、《渊鉴类函》"文学部"多处引用《文章辨体》的序题④。《文体明辨》的序题在明清两代也颇有影响。贺复徵编《文章辨体汇选》，清王之绩《铁立文起》⑤对《文体明辨》序题多加采录。清人陈枚辑《凭山阁增辑留青新集》⑥卷四之《古学辨体》辨明一百多种文体，基本采用了《文体

---

① 唐顺之《荆川稗编》卷七三，《景印文渊阁四库全书》第954册，第603页。
② 《荆川稗编》卷七五，《景印文渊阁四库全书》第954册，第644页。
③ 吴楚材辑《强识略》卷一九，《四库全书存目丛书》子部第181册，第772—782页。
④ 蒋廷锡等《古今图书集成》，中华书局、巴蜀书社1986年影印本；张英、王士禛等编《御定渊鉴类函》，《景印文渊阁四库全书》第982册，第32页。
⑤ 王之绩《铁立文起》常见有清康熙刻本，《四库全书存目丛书》集部421册据以影印。
⑥ 陈枚辑，陈德裕增辑《凭山阁增辑留青新集》卷四《古学辨体》，《四库禁毁书丛刊》集部第54—55册，北京出版社，1997—2000年。后文引用《四库禁毁书丛刊》皆依此版本。

明辨》之说。清人方熊《文章缘起补注》[1]主要是取材于《文体明辨》的序题。清人曹本荣所编《古文辑略》[2]各体前都引《文体明辨》的序题。清代《古今图书集成》"文学部"引用《文体明辨》的序题极多，《渊鉴类函》"文学部"对《文体明辨》亦有所引用。在现代，由于《文章辨体》与《文体明辨》的序题部分被整理出来，其影响就更是不言而喻了。不夸张地说，明代文章总集序题的文体学思想，已经成为明清以来知识界的一种普遍"知识"[3]。

总而言之，明代文章总集的辨体批评成果和文体学思想在明清以来产生了巨大的影响，这种影响一直延续到现在。

（本章由吴承学执笔）

---

[1] 方熊《文章缘起补注》，参见《文章缘起》一书，《景印文渊阁四库全书》第1478册，第204页。
[2] 曹本荣编《古文辑略》，《四库全书存目丛书》集部第387—392册。
[3] 明清以来，官修、私修的类书都收录大量明人总集的序题，而类书正是最能代表一般知识的书籍。

第二章　何、李之争与复古派的诗学辨体

明代文学思潮的主流是追求复古。复古必须确立文体典范和师法对象,这正是通过辨析文体和品评高下来实现的。辨体批评因此成为明代文学理论和批评的核心内容,许多重要理论命题和不同流派之争本质上都与辨体相关。如前后七子的复古理论,尽管其内部仍有不少争议,但理论核心都是尊重文体规范,推尊典范文体;公安派、性灵派反对恪守文体规范而戕害自我性灵及艺术创造力,高倡师心自运,不拘格套,独抒性灵;王廷相、屠隆、李维桢等既意识到复古派机械模拟之弊,也不满师心派蔑视规范的偏执,故采取折中立场,兼取性灵与文体规范。综观明代的文学批评,主要即由这三股思潮冲突、碰撞、交汇而成,由此引发的各种争鸣,如诗文之辨、唐律第一之争、诗史之争等,无不以辨体为武器。明代许多总集或诗文评著作,其题名好以"辨体"标榜,原因正基于此。辨体批评已成为激扬文学思潮、开展文学争鸣的核心内容和主要方法。尊体与破体,是统贯明代文学运动的枢纽,不把握这个枢纽,便无法深刻理解各种纷繁复杂的文学争论。本章着重探讨以李梦阳、何景明为代表的明代影响最大的文学流派——七子派的复古思想及其诗学辨体理论。

第一节　前七子的崛起及其诗学旨趣

前七子是明代弘治年间(1488—1505)兴起的倡导诗文复古的文学流派,成员包括李梦阳、何景明、康海、王九思、徐祯卿、王廷相、

边贡等,而以李、何为核心。七子俱于弘治年间中进士,同于京城任职,在弘治、正德之交,以复古相倡导,致力于诗和古文辞创作,彼此唱和,声应气求,继李东阳而起,主持文柄,即所谓"坛坫下移郎署",在当时有巨大的声势与号召力,对明中后期文学的发展产生了重大的影响。①

李梦阳,字天赐,又字献吉,号空同子,庆阳(今属甘肃)人,后徙居河南扶沟。弘治七年(1494)中进士,历任户部主事、户部郎中,累官至江西提学副使。何景明,字仲默,号大复山人,信阳(今属河南)人。弘治十五年中进士,授中书舍人。因上书攻讦刘瑾专权,遭免职,后官至陕西提学副使。不久病归,卒,年仅三十九岁。据前七子成员康海记载:"我明文章之盛,莫极于弘治时,所以反古昔而变流靡者,惟时有六人焉:北郡李献吉、信阳何仲默、鄠杜王敬夫、仪封王子衡、吴兴徐昌谷、济南边廷实,金辉玉映,光照宇内,而予亦幸窃附于诸公之间。"②稍后的杨慎,也称七子派结盟与李、何扭转诗风是在弘治年间,其论曰:"弘治间,文明中天,古学焕日。艺苑则李怀麓、张沧洲为赤帜,而和之者多失于流易;山林则陈白沙、庄定山称白眉,而识者皆以为旁门。至李、何二子一出,变而学杜,壮乎伟矣。"③可见前七子诗学理论的主要对立面是以李东阳为代表的茶陵派与以陈献章、庄昶为代表的陈庄体性理诗。当时首倡结社的主帅是李梦阳,何景明中进士结识李梦阳时只有十九岁,其诗风转变受到李梦阳的影响。对此,后七子阵营的汪道昆记载:"初,献吉崛起北地,倡江东、历下二三君子,讲业京师。先生至,大悦之,相与道古,遂骈肩而进,先二三君子鸣。其论世,则周、秦、汉、魏、黄初、开

---

① 据廖可斌考证,前七子真正活跃的时间是从弘治十五年(1502)到正德六年(1511)的十年间。详参廖可斌《明代文学复古运动研究》第三章"复古运动第一次高潮兴起的历史条件及发展过程",上海古籍出版社,1994年。
② 康海《对山集》卷三《渼陂先生集序》,《景印文渊阁四库全书》第1266册,第342页。
③ 杨慎《升庵诗话》卷七,丁福保辑《历代诗话续编》,中华书局,1983年,第774页。

元;其人,则《左》《史》、屈、宋、曹、刘、阮、陆、李、杜。"①前七子自身对于弘治年间"坛坫下移郎署"的描写大都归结为承平既久,国力昌盛,以及孝宗奖掖文学,在回忆之中充满感怀与追念。李梦阳《熊士选诗序》云:"曩余在曹署,窃幸侍敬皇帝。是时,国家承平百三十年余矣。治体宽裕,生养繁殖,斧斤穷于深谷,马牛遍满阡陌。即间阎而贱视绮罗,梁肉糜烂之,可谓极治。然是时,海内无盗贼干戈之警,百官委蛇于公朝,入则振佩,出则鸣珂,进退理乱,弗婴于心。盖暇则酒食会聚,讨订文史,朋讲群咏,深钩赜剖,乃咸得大肆力于弘学,于乎,亦极矣!"②《朝正倡和诗跋》:"诗倡和莫盛于弘治。盖其时古学渐兴,士彬彬乎盛矣,此一运会也。余时承乏郎署,所与倡和则扬州储静夫、赵叔鸣、无锡钱世恩、陈嘉言、秦国声,太原乔希大,宜兴杭氏兄弟,郴李贻教、何子元,慈溪杨名父,余姚王伯安,济南边廷实,其后又有丹阳殷文济,苏州都玄敬、徐昌谷,信阳何仲默,其在南都则顾华玉、朱升之,其尤也。"③都以亲历者的身份,描写弘治盛世七子派崛起文坛的盛况。

学界长期将前七子诗学复古运动兴起的原因归结于反对成化年间盛行的台阁体"考实则无人,抽华则无文"④的形式主义诗风。这种观点在当时就已出现,如王九思称:"本朝诗文自成化以来,在馆阁者倡为浮靡流丽之作,海内翕然宗之,文气大坏,不知其不可也。夫文必先秦、两汉,诗必汉魏、盛唐。"⑤王九思针砭"在馆阁者",但比较含糊,而张治道在为康海所作行状中则明确指出批评对象是当时文坛领袖李东阳,其论曰:"是时李西涯为中台,以文衡自任,一时为文者皆出其门。每一诗文出,罔不模效窃仿,以为前无古人。先

---

① 汪道昆《太函集》卷六七《明故提督学校陕西按察司副使信阳何先生墓碑》,《四库全书存目丛书》集部第118册,第84页。
② 李梦阳《空同集》卷五二,《景印文渊阁四库全书》第1262册,第475—476页。
③ 李梦阳《空同集》卷五九,同上书,第543—544页。
④ 李梦阳《空同集》卷六六《外篇·论学上篇第五》,同上书,第604页。
⑤ 王九思《渼陂续集》卷中《明翰林院修撰儒林郎康公神道碑》,《四库全书存目丛书》集部第48册,第231页。

生独不之效,乃与樗杜王敬夫、北郡李献吉、信阳何仲默、吴下徐昌谷为文社,讨论文艺,诵说先王。西涯闻之,益大衔之。"①但把前七子的兴起归结于反对台阁体及有意与李东阳作对是不准确的,也掩盖了七子派兴起的深刻的批评史意义。首先,台阁体只是盛行于馆阁,并未"下移郎署",而且创作偏重朝廷公文,对当时诗坛的影响力其实相当有限;其次,作为复古格调派前驱的高棅所编《唐诗品汇》正是明代台阁诗风的范本,李东阳、杨慎论诗重格调、重音律,可他们并不反对台阁体。近年研究者又提出了一些新的看法,例如,认为前七子的兴起是为了对抗理学体。② 无论认为前七子的反对对象是台阁体还是理学体,对前七子创作的形式主义特征及其内在矛盾的论述,学界长期未能突破茅盾《夜读偶记》的影响,认为前七子无论在理论还是创作上"抛弃了唐宋以来文学发展的既成传统,走上了盲目尊古的道路。他们的创作一味以剽袭模拟为能,成为毫无灵魂的假古董"③。这种论述无疑相当滞后与简单化。

《明史》本传称李梦阳"才思雄骛,卓然以复古自命。弘治时,宰相李东阳主文柄,天下翕然宗之。梦阳独讥其萎弱,倡言文必秦汉,诗必盛唐,非是者弗道"④。尽管前七子在诗文宗法对象上,有显著的尊秦汉、重盛唐的倾向,但《明史》编撰者把李梦阳的复古主张概括为"文必秦汉,诗必盛唐",严格说来,不太准确。"文必秦汉"说只在康海、王九思二人论文中提到过,当时影响不算大;前七子其他成员大都只注重论诗,没有明确发表取法秦汉散文的主张,然而,在复古派后学论文和创作中,"文必秦汉"渐成风气。在诗学宗法方面,前七子虽重盛唐,但从未明确提出"诗必盛唐"的口号。他们的取法范围其实并不如此狭窄,最简单的表述也只是"古体宗汉

---

① 张治道《翰林院修撰对山康先生行状》,张时彻辑《皇明文范》卷五三,《四库全书存目丛书》集部第 303 册,第 476 页。
② 参见陈文新《近二十年来明代诗学研究综述》,《青海社会科学》2001 年第 4 期。
③ 参见游国恩等主编《中国文学史》(四),人民文学出版社,1964 年,第 135 页。
④ 张廷玉等《明史》卷二八六《李梦阳传》,中华书局,1974 年,第 7348 页。

魏,近体宗盛唐",与单纯的"诗必盛唐"论存在一定距离。如李梦阳主张"三代而下,汉魏最近古"①,对六朝诗则"择而取之"②,唐代自"元、白、韩、孟、皮、陆之徒为诗"③,俱不足学。何景明宣称"学歌行近体,有取于(李、杜)二家,旁及唐初、盛唐诸人,而古作必从汉、魏求之"④。康海在前七子中最早较明确地主张"文必先秦、两汉,诗必汉魏、盛唐"⑤。王廷相也曾说:"余尝谓诗至三谢,当为诗变之极,可佳亦可恨耳,惟留意五言古者始知之。"⑥综上所述,前七子诗学取法对象基本一致的表述是:古诗以汉魏为师,旁及六朝;近体以盛唐为法,旁及初唐,中唐特别是宋以下皆不足法。⑦"诗必盛唐"是清初史臣简捷而专断的概括,此论一出,影响深远,导致后人对七子派诗学主张的赞誉与批驳都不得其要领。如沈德潜《古诗源序》就抓住这一点来批评明七子:"前后七子互相羽翼,彬彬称盛。然其弊也,株守太过,冠裳土偶,学者咎之。由守乎唐而不能上穷其源,故分门立户者得从而为之辞。"⑧以"守乎唐而不能上穷其源"为明代前后七子诗学理论的最大弊病,这种批评其实是建立在对前后七子诗学主张的误读之上的。胡缵宗称:"弘治间,李按察梦阳谓诗必宗少陵,康殿撰海谓文必祖马迁,天下学士大夫多从之。士类靡

---

① 李梦阳《空同集》卷六二《与徐氏论文书》,《景印文渊阁四库全书》第1262册,第564页。
② 李梦阳《空同集》卷五六《章园饯会诗引》,《景印文渊阁四库全书》第1262册,第516页。
③ 李梦阳《空同集》卷六二《与徐氏论文书》,《景印文渊阁四库全书》第1262册,第564页。
④ 何景明《大复集》卷三四《海叟诗序》,《景印文渊阁四库全书》第1267册,第302页。
⑤ 王九思《渼陂续集》卷中《明翰林院修撰儒林郎康公神道碑》,《四库全书存目丛书》集部第48册,第231页。
⑥ 王廷相《王氏家藏集》卷二七《答黄省曾秀才》,《四库全书存目丛书》集部第53册,第149页。
⑦ 参见廖可斌《明代文学复古运动研究》,上海古籍出版社,1994年。
⑧ 沈德潜《古诗源》卷首,《历代诗别裁集》,浙江古籍出版社,1998年,第1页。

然。"①认为李梦阳"诗必宗少陵",误解就更深了。

明代性灵派作家对前七子诗学思想的抨击,主要集中于两个方面,其一是取法对象的狭隘与故作高论,如:"诗何必古、《选》,文何必先秦。降而为六朝,变而为近体,又变而为传奇,变而为院本,为杂剧,为《西厢曲》,为《水浒传》,为今之举子业,皆古今至文,不可得而时势先后论也。故吾因是而有感于童心者之自文也,更说什么《六经》,更说什么《语》《孟》乎?"②李贽所论,在推倒《六经》《语》《孟》话语权威的同时,否定文学的时代风格,走向另一个极端,是明人典型的意气用事与矫枉过正。不过,从李贽打通诗、文、戏曲、小说的"文学通论"看,其推崇《水浒传》与《西厢记》的进步文艺观是以对辨体理论的唾弃为前提。一则可见诗文辨体理论必然与复古格调理论密切相关,对当时通俗叙事文学的兴起必然形成观念的制约;再则可见性灵派文学思想的确立首先必须打破对辨体理论的程式化的恪守。其二是前七子诗学思想专重诗文格调,对文体形态风格特征的过度重视,也自有其流弊。明代诗学辨体理论的兴起,一方面有助于诗文脱离理学的制约取得独立的存在价值,但另一方面,对形式与风格的过分强调,必然导致创作者主体性的式微。

但复古格调派并不忽视诗歌的抒情特征,对于格调体制与诗歌的抒情性、主体性的矛盾,前后七子并非没有认识。对《国风》比兴传统的张扬,对中唐以后以义理入诗的否定,对诗歌叙事功能的贬抑,贯穿于明代复古格调派诗学理论的始终。复古派中重情论者的理论代表是李梦阳。李梦阳《诗集自序》记载他自己在弘治年间听了王叔武"真诗乃在民间"之论后,深自反省,恍然大悟,认识到包括自己在内的文人学士的创作只是韵语而并非真诗,他说:

李子于是怃然失己,洒然醒也。于是废唐近体诸篇而为李、

---

① 胡缵宗《鸟鼠山人小集》卷一二《西玄诗集序》,《四库全书存目丛书》集部第62册,第330页。

② 李贽《焚书》卷三《童心说》,李贽《焚书 续焚书》,中华书局,1975年,第99页。

杜歌行,王子曰"斯驰骋之技也";李子于是为六朝诗,王子曰"斯绮丽之余也";于是诗为晋、魏,曰"比辞而属义,斯谓有意";于是为赋、骚,曰"异其意而袭其言,斯为有蹊"。于是为琴操古歌诗。曰"似矣,然糟粕也";于是为四言,入风出雅,曰:"近之矣,然无所用之矣,子其休矣。"李子闻之,暗然无以难也。①

可见李梦阳并不以"诗准盛唐"为最终目标,而是主张以唐诗为起点上溯,历六朝、魏晋、两汉,直至《诗三百》,这才是李梦阳诗学复古的路径。而对《诗三百》的回归,就是对诗歌的民间传统的回归,对质朴的语言风格与传统比兴手法的回归。

前七子继承了严羽"入门须正,立志须高,以汉、魏、晋、盛唐为师,不作开元、天宝以下人物"②的观点,高自标榜,蔑视中唐以下,尤其唾弃宋、元,这种舍近求远的文学复古具有鲜明的针对性。自中唐经宋元到明中叶,古典诗歌日益理性化,以文为诗蔚然成风,诗中叙事议理,甚至以诗代论、以诗佐史的破体为诗倾向日益严重,已部分丧失了古典诗歌情景交融、浑朴圆融的审美特征。李东阳主张学诗应取法乎上,切不可从宋、元入手:"宋诗深,却去唐远;元诗浅,去唐却近。顾元不可为法,所谓'取法乎中,仅得其下'耳。"③王世贞晚年也对李梦阳"勿读唐以后文"表示理解与支持:"李献吉劝人勿读唐以后文,吾始甚狭之,今乃信其然耳。记闻既杂,下笔之际,自然于笔端搅扰,驱斥为难。"④在明人看来,宋元以来的社会生活、思维方式、创作特点、语言习惯,无疑要比汉魏、盛唐时代的更能接受。面对宋以来文体规范的淆乱、诗歌创作性理化与俗化倾向,前后七子在诗学取向上矫枉过正,强调尊体意识,在当时具有相当的理

---

① 黄宗羲编《明文海》卷二六二,中华书局,1987年,第2737页。
② 严羽《沧浪诗话·诗辩》,何文焕辑《历代诗话》,中华书局,1981年,第687页。
③ 李东阳《麓堂诗话》,丁福保辑《历代诗话续编》,中华书局,1983年,第1371页。
④ 王世贞《艺苑卮言》卷一,丁福保辑《历代诗话续编》,中华书局,1983年,第964页。

论勇气。七子派批评在批评性理化和俗化倾向时,大都毫不留情地把矛头对准宋儒理学,与当时统治者倡导的主流意识形态有明显的分歧,如李梦阳称:

> 诗至唐,古调亡矣。然自有唐调可歌咏,高者犹足被管弦。宋人主理不主调,于是唐调亦亡。黄、陈师法杜甫,号大家,今其词艰涩,不香色流动,如入神庙坐土木骸,即冠服与人等,谓之人,可乎?夫诗比兴错杂,假物以神变者也。难言不测之妙,感触突发,流动情思,故其气柔厚,其声悠扬,其言切而不迫,故歌之心畅,而闻之者心动也。宋人主理,作理语,于是薄风云月露,一切铲去不为,又作诗话教人,人不复知诗矣。诗何尝无理?若专作理语,何不作文而诗为邪?今人有作性气诗,辄自贤于"穿花蛱蝶""点水蜻蜓"等句,此何异痴人前说梦也?即以理言,则所谓"深深""款款"者何物邪?诗云:"鸢飞戾天,鱼跃于渊。"又何说也?①

"薄风云月露,一切铲去不为",典出隋代李谔《上隋高帝革文华书》对南朝形式主义文风的批判;所谓"作性气诗,辄自贤于'穿花蛱蝶''点水蜻蜓'等句",则指向北宋理学家程颐。程颐曾说:"某素不作诗,亦非是禁止不作,但不欲为此闲言语。且如今言诗无如杜甫,如云'穿花蛱蝶深深见,点水蜻蜓款款飞',如此闲言语,道出作甚?"②此论反对诗中的比兴咏物,成为后世理学中人唾弃诗歌的名言。李梦阳评程颐此言为"痴人说梦",并引《诗经》中比兴加以批驳,对《国风》比兴传统的继承,实际上就是对宋诗抛弃比兴传统的性理化的反拨。即使仅在诗学取向的范围之内,以前七子为代表的明代复古派诗学思想也呈现与宋代诗学截然不同的审美价值取

---

① 李梦阳《空同集》卷五二《缶音序》,《景印文渊阁四库全书》第1262册,第477—478页。

② 程颢、程颐《二程遗书》卷一八,《二程集》,中华书局,1981年,第239页。

向,对此陈文新的论述颇为深入,他说:

> 与宋人推崇理性有别,明代主流诗学关注的则是写作经验。经验规则取代理性规则,其表征是对前人艺术实践的信任。就七子派而论,他们信任的首先是汉魏(古诗)和盛唐(律诗)的艺术实践。他们确信,汉魏和盛唐的艺术实践完美地遵循了某种艺术法则,尽管当事人也许未能明确地意识到;后人如果有志于揭示、制定或服从规则,就必须具体地考察汉魏古诗和盛唐律诗,从中发现秩序并严格地遵循这种秩序,企图任意行事或另起炉灶是不行的,他们用经验规则取代了理性规则,习惯和传统构成这些规则的基础。①

对汉魏、盛唐创作规则的重视,就是对诗学本体及其艺术法则的回归,也从一个侧面体现了明代复古派的文学主张对程朱理学文学观的颠覆,正是明代诗学辨体理论的批评史意义之所在。

此外,还可以从七子派与明代心学关系的角度来考察前七子诗学辨体理论的意义。前七子的兴起与阳明心学的关系,是明代文学思想研究中的热点问题。《明史·儒林传》称:"原夫明初诸儒,皆朱子门人之支流余裔,师承有自,矩矱秩然。曹端、胡居仁,笃践履,谨绳墨,守儒先正传,无敢改措。学术之分,则自陈献章、王守仁始。宗献章者曰江门之学,孤行独诣,其传不远。宗守仁者曰姚江之学,别立宗旨,显与朱子背驰,门徒遍天下,流传逾百年。其教大行,其弊滋甚。嘉、隆而后,笃信程、朱,不迁异说者,无复几人矣。"②可见阳明心学在当时是作为程朱理学的对立面出现的,对主流意识形态具有极大的影响力与颠覆性。最早将阳明心学与复古运动联系起来的是晚明学者董其昌,他说:"成、弘间师无异道,士无

---

① 陈文新《中国文学流派意识的发生和发展——中国古代文学流派导论》,武汉大学出版社,2003年,第184页。
② 张廷玉等《明史》卷二八二《儒林传》,中华书局,1974年,第7222页。

异学,程、朱之书立于掌故,称大一统,而修词之家墨守欧、曾,平平尔。时文之变而师古也,自北地始也;理学之变而师心也,自东越始也。"①钱锺书《谈艺录》在引述董氏之说后称:"有明弘、正之世,于文学则有李、何之复古模拟,于理学则有阳明之师心直觉。二事根本抵牾,竟能齐驱不倍。"②可惜仅指出现象而没有加以论述。嵇文甫认为,李、何复古与阳明心学在突破传统格套的大胆创新上是相通的,同为明中叶思想解放运动的产物:"大概明中叶以后,学者渐渐厌弃烂熟的宋人格套,争出手眼,自标新异。于是乎一方面表现为心学运动,另一方面表现为古学运动,心学与古学看似相反,但其打破当时传统格套,如陆象山所谓'扫俗学之凡陋',其精神则一。"③可是还没有真正阐述清楚二者真正的异构同质性。廖可斌分析表面上完全对立冲突的学术思潮能够并行不悖的原因,更为深刻中肯,他说:

> 复古运动与阳明心学,一属文学,一属哲学,它们产生,在各自的领域都有着深远的历史原因,但同时又都是明朝弘治、正德间特定的社会现实产物,是同一时代母亲生产的一对孪生姊妹。它们的同时兴起,不是偶然的,而是必然的;不是互不相关的,而是有密切内在联系。在思维内容和思维形式上,它们之间存在着差异和矛盾。但在突破程朱理学、倡导主体精神,反映当时个性解放的时代要求的这种根本上,二者是一致的。它们可以说是当时进步思潮的两条支流。④

明代成化、弘治年间,在"八股兴而古学弃,《大全》出而经说亡"⑤的抱残守缺、拘束窒息的文化背景下,孕育这样一种具有进步

---

① 董其昌《容台文集》卷一《合刻罗文庄公集序》,《四库全书存目丛书》集部第171册,第260页。
② 钱锺书《谈艺录》(补订本),中华书局,1984年,第303页。
③ 嵇文甫《晚明思想史论》,东方出版社,1996年,第156页。
④ 廖可斌《明代文学复古运动研究》,上海古籍出版社,1994年,第65页。
⑤ 顾炎武著,黄汝成集释《日知录集释》(全校本)卷一八《书传会选》,上海古籍出版社,2006年,第1045页。

意义的叛逆的力量。王守仁是明代心学的集大成者,开辟了一代学术思潮;李梦阳是明代诗学格调说的奠定者,开辟了一代诗学思想。二人年龄只差两岁,互相钦敬与唱和,交情甚笃,在明代学术界为双峰并峙的大师。阳明心学与复古派诗学同为明代中期思想解放的产物,阳明对程朱理学的挑战,是对蹈常袭故的明代前期学术思想的革新;李、何文学复古,是对浅陋凡庸的明代前期文学思想的革新。二者路径不同,可在冲破传统思维观念的束缚,蔑视思想权威的取向上是颇为一致的。李、何文学复古运动实际上充当了以阳明心学为核心的明代思想解放运动的羽翼,这正是明代前七子诗学思想在复古掩饰之下的批评史意义之所在。

薛应旂即曾敏感地觉察到李梦阳以《史》《汉》来对抗"六经诸儒之言",是借复古之名来否定宋、元以至明前期的程朱理学,这也从侧面揭示了文学复古运动与当时心学思想潮流的关系,可见李梦阳等人的诗学思想的确具有与程朱理学思想不相容的全新的质素。薛应旂云:

> 何之言犹或近于理道,李则动曰"《史》《汉》""《史》《汉》",一涉于六经诸儒之言,辄斥为头巾、酸馅,目不一瞬也。夫《史》《汉》诚文矣,而六经诸儒之言,则文之至者。舍六经诸儒不学,而唯学马迁、班固文,类《史》《汉》亦末技焉耳。何关于理道?何益于政教哉?[①]

以李、何为首的前七子诗学取向的最大流弊是宗法标准的狭隘以及由此形成的门户习气与学阀作风,焦竑《文坛列俎序》批判明代前七子时说:"近代李氏倡为古文,学者靡然从之,不得其意,而第以剽略相高,非是族也,摈为非文。噫!何其狭也!"[②]李、何论诗取径

---

① 薛应旂《遵岩文粹序》,黄宗羲编《明文海》卷二四〇,中华书局,1987年,第2481—2482页。

② 焦竑《焦氏澹园续集》卷二,《四库禁毁书丛刊》集部第61册,第569页。

甚狭,突出表现在师法杜甫后期七言律诗高华壮丽、激昂感怆的风格,以及"顿挫倒插之法"①。清人朱庭珍批评曰:"明七子论文必秦汉,诗必盛唐,戒读唐以后书,力争上游,论未尝不高也。然拘常而不达变,取径转狭,犹登山者一望昆仑,观水一朝南海,即侈然自足,而不知五岳、四渎、九江、五湖、三十六洞天之奇,天下尚别有无数妙境界也,则拘于方隅,必不能高涉昆仑之颠,远航大海之外,徒自涯而返,望洋兴叹已耳。"②这种批评是很中肯的。明代七子派衡文评诗,"拘常而不达变",囿于一己之得,遂成门户之见,正如钱锺书所论:"盖作者评文,所长则成自蔽,囿于我相,以一己之优工,为百家之衡准,不见异量之美,难语乎广大教化。"③这种建立在门户意识基础上的狭隘的诗学取向在当时即已遭到严厉批评。同属前七子复古阵营的康海就反对专事剽袭的习气,他指出当时依傍门户者如同学舌之鹦鹉:"古人言以见志,故其性情,其状貌,求而可得焉。此孔子所以于师襄得文王也。故昔人陶则陶,杜则杜,韩则韩,柳则柳,咸自成家。今或不能自立,傍人门户,效颦而学步,志意性情略无见焉,无乃类诸译人也耶?君子不凤鸣而鹦鹉言,陋矣哉!"④

前后七子诗歌创作最为标榜的诗歌体裁主要是近体诗,尤其是七律。七子派辨体理论影响于七律,出现了明显的实字化倾向,成为明代诗歌创作的突出特征,虽不免失之平板堆垛与空疏肤廓,却可以补救中唐以后诗歌多用虚字失之繁冗靡弱的流弊。杜诗七律中二联对仗本是正、变调并存,有纯用实字典丽庄重者,如"五更鼓角声悲壮,三峡星河影动摇",而多用实字易流于平板堆垛,如"西山白雪三城戍,南浦清江万里桥"。虚字的巧妙运用能体现出流畅跌

---

① 张廷玉等《明史》卷二八六《李梦阳传》,中华书局,1974年,第7348页。
② 朱庭珍《筱园诗话》卷二,郭绍虞编选《清诗话续编》,上海古籍出版社,1983年,第2360页。
③ 钱锺书《管锥编》,中华书局,1986年,第1052页。
④ 李贽《续藏书》卷二六"康编修海"条,中华书局,1959年,第500—501页。

宕之妙,如"更为后会知何地,忽漫相逢是别筵","幸不折来伤岁暮,若为看去乱乡愁",而多用虚字则流于轻佻屈折,如"焉得思如陶谢手,令渠述作与同游"。格调派七律主雄浑高华、开阔壮大,尤着力于七律中二联的对仗,其奉为楷则者全为纯有实字典丽庄重者。钱锺书称:

> 及夫明代,献吉、于鳞继之,元美之流,承赵子昂"填满"之说,仿杜子美雄阔之体,不择时地,下笔伸纸,即成此调。稍复参以王右丞《早朝》《雨中春望应制》、李东川《寄卢员外·綦毋三》、祖咏《望蓟门》之制,每篇必有人名地名。舆地之志,点鬼之簿,粗豪肤廓,抗而不坠,放而不敛。作悲凉之语,则林贞恒《福州志》所谓"无病呻吟"也;逞弘大之观,则吴修龄《围炉诗话》所谓"瞎唐体"也。①

吴修龄即清初诗学家吴乔,对明人"瞎唐体"诗的抨击相当尖锐:"献吉高声大气,于鳞绚烂铿锵,遇凑手题,则能作壳硬浮华之语,以震眩无识;题不凑手,便如优人扮生旦,而身披绮纱袍子,口唱'大江东去',为牧斋所鄙笑。由其但学盛唐皮毛,全不知诗故也"②,"弘、嘉不自用心,只以唐人诗句为样子。献吉以'三峡楼台淹日月,五溪衣服共云山''锦江春色来天地,玉垒浮云变古今'为句样;仲默以'花迎剑佩星初落,柳拂旌旗露未干''春城月出人皆醉,野戍花深马去迟'为句样;元美以'万里悲秋常作客,百年多病独登台''风尘荏苒音书绝,关塞萧条行路难'为句样;于鳞以'秦地立春传太史,汉宫题柱忆仙郎''顾昒一过丞相府,风流三接令公香'为句样"③。这种对盛唐诗风亦步亦趋的模仿导致了后人的不满。据《然灯记闻》记载,王士禛编选《唐贤三昧集》的根本原因在于他认

---

① 钱锺书《谈艺录》(补订本),中华书局,1984年,第174页。
② 吴乔《围炉诗话》卷六,郭绍虞编选《清诗话续编》,上海古籍出版社,1983年,第665页。
③ 同上书,第676页。

为明代七子派师法盛唐过于单一,即使对王维也太专注于高华壮丽,而忽视了其蕴藉风流的本来面目。王士禛云:"吾盖疾夫世之依附盛唐者,但知学'九天阊阖''万国衣冠'之语,而自命高华,自矜为壮丽,按之其中,毫无生气。故有《三昧集》之选。要在剔出盛唐真面目与世人看,以见盛唐之诗,原非空壳子、大帽子话;其中蕴藉风流,包含万物,自足以兼前后诸公之长。"①

"瞎唐体"在陆游、元好问、杨维桢诗中已很常见。钱锺书《谈艺录》认为,陆游伤时怀古的七律中二联已经开了明七子派高华壮大之风,他说:"陆放翁哀时吊古,亦时仿此体,如'万里羁愁添白发,一帆寒日过黄州''四海一家天历数,两河百郡宋山川''楼船夜雪瓜洲渡,铁马秋风大散关''细雨春芜上林苑,颓垣夜月洛阳宫',而逸丽有余,苍浑不足,至多使地名,用实字,已隐开明七子之风矣。"②尤其是杨维桢七律中二联,上承陆游,下启李梦阳,为典型空疏肤廓之盛唐体,如:"山河大统三分国,正朔中华一百年""名传冀北三千里,威振山东四百州""铁瓮百年春雨梦,铜驼万里夕阳愁""九天日月开洪武,万国山河属大明""八阵风云闻羽扇,百年江汉见轻裘""星斗一天环北极,山河万里贡南金""万里天威龙虎北,五云佳气凤凰东"等,洵为明代七子派"百年、万里,层见叠出"(胡应麟语)的先声。

这种模仿唐人格调的"瞎唐体"突出表现在李梦阳等的创作中,已经成为明代七子格调派最有代表性的体裁。"填砌实字""说满天下",尤其表现在中二联对仗好用古代地名:

> 宋长白《柳亭诗话》卷十三《地理》条云:"金长真曰:'诗句连地理者,气象多高壮。'"因举庾开府、江令、杜工部、储太祝五言联为例,谓"皆气象万千,意与山川同廓矣"。卷二十四《明

---

① 何世璂《然灯记闻》,王夫之等《清诗话》,上海古籍出版社,1978年,第122页。
② 钱锺书《谈艺录》(补订本),中华书局,1984年,第174页。

句》条云:"金观察云:唐人诗中用地理者多气象。余谓明人深得此法",因举高季迪等十数联。卷十一《中联》条谓"句句填实,不肯下一游移字面,气象辉皇",而所举例句中,则"天潢华岳"也,"赤社黄河"也,"梁园汉节"也,"恒山太岳"也,"元王宋玉"也,"二陕三秦"也,"函关华岳"也,皆人地专名也。盖明人学盛唐,以此为捷径……纯取气象之大、腔调之阔,以专名取巧。于是"桑干斜映千门月,碣石长吹万里风""大漠清秋迷陇树,黄河日落见层城",为之既累累不休,按之则格格不通……七子之矫矫者,若空同、大复、庭实、于鳞、元美、茂秦之流,试检其五七言律诗,几篇篇有人名地名,少则二三,多至五六。①

总之,模仿成了明代诗歌积重难返的创作习气,正如清人沈楙惪所说的:"自有诗以来,求其尽一代之人,取古人之诗之气体声辞、篇章字句,节节摹仿而不容纤毫自致其性情,盖未有如前明者。"②更有甚者,刻意规仿杜诗七律,故作高古,唯重格调与语句,时有矫情做作之处,甚至文不得题,唯袭杜甫晚年感时伤世之作,而无真情实感,形成了陈陈相因的肤廓空疏的格套。正如魏守忠《田园四时行乐诗跋》引李开先语所批评的:"生太平之世,乃效杜之忧乱愁穷,其亦非本色、非真情甚矣。"③袁宏道《显灵宫集诸公以城市山林为韵》之二用不无嘲讽的口吻描绘当时这种无真情实感而模仿杜诗格套的情形是"自从老杜得诗名,忧君爱国成儿戏"。明诗凡宗法唐诗格调者多用人各地名,处处填实,以及模仿杜诗伤时感事,无病呻吟,有格调而无性情,是明代复古格调派诗歌创作的根本缺陷。

---

① 钱锺书《谈艺录》(补订本),中华书局,1984 年,第 292—293 页。
② 沈楙惪《原诗跋》,王夫之等《清诗话》,上海古籍出版社,1978 年,第 612 页。
③ 魏守忠《田园四时行乐诗跋》,李开先《李开先集》卷三,中华书局,1959 年,第 170 页。

第二节　李梦阳的诗学辨体

　　李梦阳严格的诗学辨体理论首先建立在其对"法"的本体性的认定上,即文体意识的极度强化,对文体规范无保留地认同,为成化、弘治年间庸弱卑靡的文坛注入了新的活力,这是他能在当时以一介普通郎官成为明代复古派的首领并且具有巨大号召力的原因。

　　现在学界有一种观点,认为李梦阳诗学思想的核心是主情的,是强调诗歌的抒情功能,李梦阳的真情说与李贽、汤显祖的尊情抑理相通,是晚明文学新思潮的先驱。① 笔者觉得这种观点比较偏颇。首先,李梦阳《缶音序》强调情感在诗歌中的重要地位并不是他所论述的目的,他的真正用意在于用情来对抗宋诗乃至宋以来重性贬情的理学文化传统,实属有激而发;而且,李梦阳对于真情的认识是建立在遇的基础上,即他所说的"窍遇则声,情遇则吟。吟以和宣,宣以乱畅,畅而永之,而诗生焉"②的基础上,并没有超出《毛诗序》的"情动于中而形于言"与韩愈的"不平则鸣"的认识水平,与汤显祖、冯梦龙等人把情提高到创作的核心地位根本不属于同一层次。其次,《诗集自序》借曹县王叔武之口提出的"今真诗乃在民间",更不能作为李梦阳由崇拜汉、魏、盛唐诗转而提倡民歌的证据。此论也没有导致李梦阳创作宗旨的转变,其原因是他理想中的民间"真诗"的典范乃汉魏乐府民歌,而不是下里巴人的民间山歌小调。而且他着眼的不是民歌的内容与题材的创新,而是民歌的质朴自然能得古诗格调之遗。

　　李梦阳论诗高自标榜,刻意师古,为什么又肯定民间文艺创作,并且认为"真诗乃在民间"呢?原因其实并不复杂,因为在李梦

---

① 参见章培恒《李梦阳与晚明文学新思潮》,《安徽师大学报》1986 年第 3 期。
② 李梦阳《空同集》卷五一《鸣春集序》,《景印文渊阁四库全书》第 1262 册,第 473 页。

阳看来,唐诗源于六朝,六朝源于汉、魏,汉、魏源于《诗三百》,而《诗三百》却产生于民间,以民间歌谣为主体。高踞于诗国源头的《诗三百》本就只是当时流行的民歌,故李梦阳"真诗乃在民间"实乃层层剥笋后"直截源头"之论。据李开先《词谑》记载:"有学诗文于李崆峒者,自旁郡而之汴省,崆峒教以'若似得传唱《锁南枝》,则诗文无以加矣。'"①在这种意义上,李梦阳标榜"第一义","古体宗汉魏,近体宗盛唐",与其追求"真诗",追求"天地自然之音"其实并不矛盾。"第一义"与"真诗",格调论与民间歌谣,一方面是复古,一方面是求真,看似矛盾的双方并存于李梦阳诗论中,复古的意义在廓清台阁体阘茸堆垛之病;求真的意义在提倡吟咏真性情,为明代中后期文学摆脱理学的桎梏开拓道路。故李梦阳的创作得到了激进的思想家李贽的高度肯定,据梁维枢记载:"李贽常云:宇宙内有五大部文章,汉有司马子长《史记》,唐有《杜子美集》,宋有《苏子瞻集》,元有施耐庵《水浒传》,明有《李献吉集》。或谓《弇州四部稿》较弘博。贽曰:不如献吉之古。"②将以复古为核心的《李献吉集》作为明代文学的代表,就是对李梦阳复古以存真的文学革新的肯定。然而以复古来求真的创作方法却又造成了重大的局限,过度地效摹古人诗作的体裁格调必然地束缚了诗歌自由自在地发展,"要之,以复古来求真,是李梦阳文学批评的主旨,其文学批评的意义与局限均由此产生"③。"以复古来求真"是李梦阳诗学思想的基本出发点。事实上,在李梦阳的诗学思想中,"真诗乃在民间"与他论诗首重格调是并行不悖的。所以,作为明代复古格调派首领的李梦的诗学理论的核心只能是"法",他认为法古就是法天,法自然,诗文的法式即是自然的法则,对"法"的极度的拔高,"以复古来求真"冲淡了李梦阳诗学思想的意义,实际上已经堕入了唯心的先验论。

---

① 李开先《李开先全集》,文化艺术出版社,2004年,第1276页。
② 梁维枢《玉剑尊闻》卷六,《四库全书存目丛书》子部244册,第741—742页。
③ 袁震宇、刘明今《明代文学批评史》,上海古籍出版社,1991年,第151页。

李梦阳文学创作主张的理想状态是"以我之情,述今之事,尺寸古法,罔袭其辞"①,在具体诗学批评中则不无眼高手低之处。对于诗歌体式规范层面,他的"尺寸古法"的具体要求不过是"大抵前疏者后必密,半阔者半必细,一实者必一虚,叠景者意必二"②。这种"法"只不过是作品结构方面的程式化的要求,而且这种"艺苑教师"式的具体规范,尚未脱离元人诗格指导初学诗者的技法要求,极易形成僵化的格套,招致了后人的批评。邓云霄《冷邸小言》论近体诗的体制就比李梦阳更细密也更通达:

> 李献吉云:"叠景者意必二,阔大者半必细。"此言泄律诗三昧。杜之"吴楚东南坼,乾坤日夜浮",此叠景而意二也;然极阔大矣,下即接以"亲朋无一字,老病有孤舟",又何情绪凄怆而极其细也。又,"锦江春色来天地,玉垒浮云变古今",下即接以"北极朝廷终不改,西山寇盗莫相侵",亦是景二而上阔下细。大都唐人多得此法,不独杜为然。若只管阔大说去,便无收杀,自少风致。不观善歌者乎?一声高必一声低,诗安得不尔。名园花石,部置参差,古董炉瓶,决无一对。故诗之对偶,须变化开合,呼应顾盼,两句字虽排比,而意迥不同,脉潜相贯,始称上谛。③

王夫之对这种"艺苑教师"式的刻板的诗学批评非常不满:"'一虚一实''一情一景'之说生,而诗遂为阱、为梏、为行尸。"④他认为所谓"情景虚实"之说,只能是诗歌体式的一种,并不能用它来概括全体,更不能把它奉为律令来规范创作。强调经验规则,且知

---

① 李梦阳《空同集》卷六二《驳何氏论文书》,《景印文渊阁四库全书》第1262册,第566页。
② 李梦阳《空同集》卷六二《再与何氏书》,同上书,第567页。
③ 邓云霄《冷邸小言》,《四库全书存目丛书》集部第417册,第400—401页。
④ 王夫之评选《古诗评选》卷五孝武帝《济曲阿后湖》,河北大学出版社,2008年,第255页。

承继而不知新变,正是明代诗学批评的基本局限。王夫之对明代诗学的抨击,就是针对李梦阳等人而发:

> 近体中二联,一情一景,一法也。"云霞出海曙,梅柳渡江春。淑气催黄鸟,晴光转绿蘋""云飞北阙轻阴散,雨歇南山积翠来。御柳已争梅信发,林花不待晓风开",皆景也,何者为情?若四句俱情,而无景语者,尤不可胜数,其得谓之非法乎?夫景以情合,情以景生,初不相离,唯意所适。截分两橛,则情不足兴而景非其景。且如"九月寒砧催木叶"二句之中,情景作对;"片石孤云窥色相"四句,情景双收,更从何处分析?陋人标陋格,乃谓"吴楚东南坼"四句,上景下情,为律诗宪典,不顾杜陵九原大笑。愚不可瘳,亦孰与疗之?①

可是李梦阳却把这种机械死板的创作技法上升到文学本身客观规律的高度,奉为人人必须遵守的基本准则,并且树立强势话语权威以强加于人:"振翮云路,尝周旋鹓鸾之末,谓学不的古,苦心无益。又谓文必有法式,然后中谐音度。如方圆之于规矩,古人用之,非自作之,实天生之也。今人法式古人,非法式古人也,实物之自则也。"②至少在理论上,李梦阳对于"法"的极力倡导是前无古人的。李梦阳提出的结构必须拟古,不敢稍有背离的基本准则,成了严重制约明代诗文创作的格套。从对明代文学思潮的影响看,李梦阳之所以引发崇拜抑或非议,也是因为他对于"法"的强调,即对古典诗歌体式规范的严格地恪守。后来王世贞对前七子诗学理论的修正与发展主要对象就是李梦阳,袁宏道倡导创作应不拘格套,也是主要针对李梦阳而发。

李梦阳认为诗文复古首先应该辨明体制:"夫追古者未有不先

---

① 王夫之《薑斋诗话》卷下,王夫之等《清诗话》,上海古籍出版社,1978年,第11页。
② 李梦阳《空同集》卷六二《答周子书》,《景印文渊阁四库全书》第1262册,第569页。

其体者也。"①在具体诗学批评中,他从诗学辨体的角度将五古分为《选》体五古与唐体五古两大系统,并且认为《选》体是汉、魏诗歌风雅传统的体现,是正宗嫡派,是尊体,应该大力提倡;而唐五古则受近体律诗的影响,背离了汉、魏体制传统,是旁支别子,是破体,理应加以贬抑。这种思想相对宋人如朱熹等人的重古轻律,或者重《选》诗轻唐诗,就辨体批评的严格与细密来看,明显有所进步。论其渊源,实滥觞于金代元好问:"五言以来,六朝之谢、陶,唐之陈子昂、韦应物、柳子厚,最为近风雅。自余多以杂体为之,诗之亡久矣。杂体愈备,则去风雅愈远,其理然也。"②把唐人五古分为两个传统,认为唐代诗人中除陈子昂、韦应物、柳宗元是汉、魏古诗传统的继承者外,其余的唐代五古则体式杂乱,背离了风雅传统,可以说是"诗之亡"。元好问的批判矛头主要指向杜甫以及元、白新题乐府。李梦阳继承了元好问的看法,从根本上否定唐五古,主张五古不应以唐诗为法,应取法汉、魏,下至陆机、谢灵运而止:

> 李子乃顾谓徐生曰:"子亦知谢康乐之诗乎?是六朝之冠也。然其始本于陆平原,陆、谢二子则又并祖曹子建。故钟嵘曰:'曹、刘殆文章之圣,陆、谢为体贰之才。'夫五言者,不祖汉,则祖魏,固矣。乃其下者,即当效陆、谢矣。所谓'画鹄不成尚类鹜'者也。呜呼,此可易与不知者道哉?"③

何景明赞成李梦阳的意见,也认为李、杜的歌行、近体可为楷则,初、盛唐诸人也多可取法,而古体则断不可从唐人入手,必须学汉、魏:

---

① 李梦阳《空同集》卷五二《徐迪功集序》,《景印文渊阁四库全书》第1262册,第476页。

② 元好问《东坡诗雅引》,姚奠中主编,李正民增订《元好问全集》(增订本),山西古籍出版社,2004年,第751页。

③ 李梦阳《空同集》卷五〇《刻陆谢诗序》,《景印文渊阁四库全书》第1262册,第465页。

> 盖诗虽盛称于唐,其好古者自陈子昂后,莫若李、杜二家。然二家歌行、近体,诚有可法,而古作尚有离去者,犹未尽可法之也。故景明学歌行、近体,有取于二家,旁及唐初、盛唐诸人,而古作必从汉、魏求之。①

李、何贬抑唐人五古的观点很快就被杨慎、徐祯卿、谢蕙、陈束等人继承,在明中期形成了宗法《选》诗的一派。到了后七子的李攀龙,则明确提出:"唐无五言古诗,而有其古诗。陈子昂以其古诗为古诗,弗取也。"②认为陈子昂诗也有律化倾向,不符合汉魏古诗传统,应该被摒弃,唐人五古几于一无可取,其辨体意识比李梦阳更加严格。这种过激之论招致了不少批评。清初毛先舒继承李攀龙"唐无五言古诗"的论调,他针对明中后期人对李攀龙的不满,回护说:"李于鳞云:'唐无五言古诗,而有其古诗,陈子昂以其古诗为古诗,弗取也。'两'其'字竟作'唐'字解,语便坦白。子昂用唐人手笔,规模古诗,故曰'弗取',盖谓两失之耳。"③李梦阳等人在诗学宗法上贬抑近体格律影响下的唐人五古,高自标榜,责人太严,在当时主要是消极影响。可是他们对唐人古诗与汉魏古诗的风格差异的辨析,在诗学辨体理论上具有独到的价值,对认识诗歌体制的演变与唐人在诗歌体制上的创新很有启发,在诗学批评史上具有不可抹杀的意义。但李梦阳辨体批评的理论价值长期没有得到重视,只有在陈伯海论及唐诗体制时说的一段话,从理论上阐述并印证了,李梦阳辨体理论的目的就是严格防范唐人近体对汉魏古诗的浸淫,就是反律化。虽然陈文并不是论李梦阳诗学思想的,可是不妨引录如下:

---

① 何景明《大复集》卷三四《海叟集序》,《景印文渊阁四库全书》第1267册,第302页。
② 李攀龙《选唐诗序》,李攀龙编《古今诗删》卷一〇,《景印文渊阁四库全书》第1382册,第91页。
③ 毛先舒《诗辩坻》卷三,郭绍虞编选《清诗话续编》,上海古籍出版社,1983年,第45页。

唐代的古体诗固然没有像近体那样建构出一套严整的格律,但它既然与近体共存共荣,就不可能不受到近体诗声律的影响。这种影响又可以大别为两个方面:一是正面的影响,导致古体诗的律化运动;二是负面的影响,造成古体诗的反律化倾向。前者多用律句,骈散相间,平仄互转,产生和谐流畅的音韵节奏,称为入律的古风,从"四杰"、盛唐的歌行到元白"长庆体"多取这条路子;后者常用拗句,破偶为奇,平仄倒置,构成拗怒顿挫的声腔调门,叫做不入律古风,杜甫、韩愈的长篇大章喜用此调。而不论是入律或不入律,是律化或反律化,它们共同表明:唐代古体诗在体制形式上已经不同于汉魏古诗,它失去了那种自然的音节,走上了人工声律的道路。①

前七子取法汉、魏、盛唐,强调入门须正,则必须取法乎上。他们认为中唐特别是宋元以来的诗歌创作,大都已丧失风雅比兴的传统,日益理性化,已经丧失了古典诗歌的审美特征。故虽不乏杰出作家与优秀篇章,但格调品位已低,断然不能作为取法的对象。格调论在它产生的初期就极其注意典范的选择,严羽、李东阳等都提出了与前七子相似的高自标榜、崇正抑变的主张。如严羽称:"学诗者以识为主,入门须正,立志须高,以汉、魏、晋、盛唐为师,不作开元、天宝以下人物。若自退屈,即有下劣诗魔入其肺腑之间,由立志之不高也。行有未至,可加工力;路头一差,愈骛愈远,由入门之不正也。"②李东阳则称:"宋诗深,却去唐远;元诗浅,去唐却近,顾元不可为法,所谓'取法乎中,仅得其下'耳。"③李梦阳则宣称:"且夫图高不成,不失为高;趋下者,未有能振者也。"④他对宋诗的抨击是

---

① 陈伯海《唐诗学引论》,东方出版中心,1988年,第17页。
② 严羽《沧浪诗话·诗辩》,何文焕辑《历代诗话》,中华书局,1981年,第687页。
③ 李东阳《麓堂诗话》,丁福保辑《历代诗话续编》,中华书局,1983年,第1371页。
④ 李梦阳《空同集》卷六二《与徐氏论文书》,《景印文渊阁四库全书》第1262册,第564页。

建立在对诗贵比兴的体认之上的,认为宋人诗多直言议论,甚至诽谤朝政,未得古诗含蓄蕴藉、曲折形容之妙,完全违背了《国风》以来情景交融的诗歌艺术传统。李梦阳倡导质朴自然的民间诗歌,与袁枚的倡导抒发男女之情的艳体一样,都极力从《诗经·国风》中寻找理论的根源以作为立论的依据与批判现实的武器。

同时,也必须认识到,李梦阳的诗学辨体意识虽严,可是具体诗学取向并不太死板,也是颇有通变的,也就是说,李梦阳的诗学辨体理论也是有"经"有"权"的,"经"为主,"权"为辅,"权"是"经"的必要的补充,主要表现在三个方面。

首先,在风格取法上,李梦阳论诗重格调,但并不排斥风韵,并不专以壮大高华为美,而是兼取柔澹、含蓄、沉着、闲雅等多种风格。他在论古诗之妙时就着眼于风韵,与薛蕙、陈束等宗主六朝者的言论相似,与神韵说也颇有相通之处:"古诗妙在形容之耳。所谓水月镜花,所谓人外之人,言外之言……形容之妙,心了了,而口不能解,卓如跃如,有而无,无而有。"①

其次,在师法对象上,李梦阳主张古体宗汉魏、近体宗盛唐,可是他却并不一味地排斥六朝诗,认为六朝诗"自是天地间一种文字",也有适当择取的必要,从汉魏到盛唐之间不可忽视六朝的存在:

> 说者谓文气与世运相盛衰,六朝偏安,故其文藻以弱;又谓六书之法至晋遂亡。而李、杜二子往往推重鲍、谢,用其全句甚多……大抵六朝之调凄宛,故其弊靡;其字俊逸,故其弊媚。《诗》云"乐彼之园,爰有树檀,其下维萚",择而取之,存诸人者也。夫溯流而上不能不犯险者,势使然也。兹欲游艺于骚、雅、

---

① 李梦阳《空同集》卷六六《论学下篇第六》,《景印文渊阁四库全书》第1262册,第605页。

籀、颉之间,其不能越是以往,明矣。①

最后,七子派所标榜的取法对象故作高论,甚至公然宣称"不作开元、天宝以下人物",但在实际创作中却没有严守这一准则,对中唐以下诗文往往博采泛览,其畛域并非如公然标榜的那么严格,即使在标榜格调最严的李梦阳的创作中也时有越界之处。王世贞曾记载:

> 惟《空同集》是献吉自选,然亦多驳杂可删者。余见李嵩宪长称其"黄河水绕汉宫墙,河上秋风雁几行。客子过壕追野马,将军韬箭射天狼。黄尘古渡迷飞挽,白日横空冷战场。闻道朔方多勇略,只今谁是郭汾阳"一首,李开先少卿诵其逸诗几十余首,极有雄浑流丽,胜其集中存者,尔时不见选,何也?余往被酒跌宕,不能请录之,深以为恨。②

"黄河"一诗为李梦阳模仿盛唐格调的七律名篇,王世贞对李梦阳自编诗集漏收佳作觉得遗憾。《四库全书总目提要》引用周亮工之论解释说,故意未收是因为诗中引用了唐代郭汾阳的典故,因李梦阳本人极力倡导不读唐以后书,怕贻后人口实,故不录此诗。其实这个理由并不充足,因为《空同集》卷二九还收有《无题戏效李义山体》,仿作晚唐李商隐深情绵邈的无题诗,并不刻意避嫌。用唐以后事,在七子派诗学主张中明确悬为厉禁,而在创作实践中则颇多越轨之处,钱锺书就曾以何景明为例分析前七子诗中多有用宋人典故,甚至采及小说家言之处。③ 可见前七子品评前人诗作时,苛论取法对象与一般的评论诗文之间,理论上的标榜与具体创作之间,早年结社标榜与晚年平心定论之间,均有较大差异。当时复古诸子要

---

① 李梦阳《空同集》卷五六《章园饯会诗引》,《景印文渊阁四库全书》第1262册,第516页。
② 王世贞《艺苑卮言》卷六,丁福保辑《历代诗话续编》,中华书局,1983年,第1049页。
③ 参见钱锺书《谈艺录》(补订本),中华书局,1984年,第410页。

依靠少数几个人的力量扭转诗坛积弊,矫枉过正,实属必然,言不由衷或言行不一,也在所难免。所以考察明人真正的文学主张时,一定要综合考量,全面权衡,不能窥豹一斑,不计其余。批评家有一时意气之争的话语,不仅不能代表其创作倾向,而且也不能代表其真正的诗学思想的追求,正如陈寅恪在论及元稹、白居易人格特征时所说的:"对外之宣传,未必合于其衷心之底蕴。"①明代格调派诗学批评家身处流派对立与门户纷争之中,流传至今的不少诗学文献都是当时"对外宣传"的产物,而揭示隐含于"对外宣传"背后的"衷心之底蕴"则是今天的研究者必须解决的问题。

清代学者认为,李梦阳论诗专重格调,反对宋人"资书以为诗",与严羽的"诗有别才,非关书也"一同导致明代诗人废书不观,学殖荒芜,乃成积弊。明诗人遣词用典,唯求古雅,好用汉唐成句,甚至出现知识性硬伤,杨慎的批评可谓深中其弊:

> 近日诗流,试举其一二:不曰莺啼,而乃曰莺呼;不曰猿啸,而云猿哽;蛇未尝吟,而云蛇吟;蛩未尝嘶,而曰蛩嘶;厌桃叶蓁蓁,而改云桃叶抑抑,桃叶可言抑抑乎?厌鸿雁嗷嗷,而强云鸿雁嘈嘈,鸿雁可言嘈嘈乎?油然者,作云之貌,未闻泪可言油然;荐者,祭之名,士无田则荐是也,未闻送人省亲,而曰好荐北堂亲也;夜郎在贵州,而今送人官广西恒用之;孟诸在齐东,而送人之荆楚袭用之;泄泻者,秽言也,写怀而改曰泄怀,是口中暴痢也;馆甥,女婿也;上母舅而自称馆甥,是欲乱其女也;真如、诸天,禅家语也,而用之道观;远公、大颠,禅者也,而以赠道人;送人屡下第,而曰批鳞书几上;本不用兵,而曰戎马豺虎;本不年迈,而曰白发衰迟;未有兴亡之感,而曰麋鹿姑苏;寄云南官府,而曰百粤伏波。试问之,曰:"不如此不似杜。"是可笑也。此皆近日号为作手,遍刻广传者,后生效之,益趋益下矣。

---

① 陈寅恪《元白诗笺证稿》,上海古籍出版社,1978年,第162页。

谓近日诗胜国初,吾不信也。而且互相标榜,不惭大言,造作名字,掩灭前辈,是可为世道慨,岂独文艺之末乎?①

杨慎所点名批评的诗句,除"百粤伏波"出自何景明诗外,"好荐北堂亲""批鳞书几上""山连夜郎密""麋鹿上姑苏""戎马豺虎""白发衰迟"皆出自李梦阳诗。杨慎毫不留情地讥评时人之诗,显然是有明确针对性而发。

其实,词句的古典化与雅化并非李梦阳诗学辨体理论最大的缺陷,李梦阳最大的理论误区是见体格而不见性情,即"诗中无人",这甚至遭致七子派内部王廷相的批评。王廷相指摘明代诗学格调派尤其是李梦阳专言体格的不足,相对来说更重视创作者的主体精神,这也是与他作为批判程朱理学的明代性理派心学家分不开的。他不承认普遍性的"文以代变""格以代降"说,认为诗文体格的高下还取决于创作者的主体精神与主观努力。所以他反对李梦阳拟议古人而不必"另立一门户"的论调,在为何景明文集作序时肯定了不同体式与风格并存的必要:"大观邈炎,虽经、坟、子、史,判不相能,以各发舒其华也。揆道述政,虽尧舜三王,靡所总摄,以各际会其变也,况兹以文命乎?率由嗜好成于性资。安能古今拟议,同一区畛?即云空同子调,亦无不可矣。"②他一方面提出"虽经、坟、子、史,判不相能",承认诗文体制特征并存的必要,另一方面又认为诗文体制既要受时代风气"际会"的影响,又要受创作者主体"性资"的影响,故有独成一格的必要,这正是作家独特创作风格特征如"空同子调"形成的基础。所以他虽然承认"诗贵辨体",但不像李梦阳那样刻意"师法古范"。能在"拟议"中成"变化",在效法古人中形成自己的风格,乃诗文创作的最高目标。黄姬水也认为,专以

---

① 杨慎《升庵诗话》卷一一,丁福保辑《历代诗话续编》,中华书局,1983年,第866—867页。
② 王廷相《李空同集序》,《王氏家藏集》卷二三,《四库全书存目丛书》集部第53册,第109页。据《空同集》校补。

时代格调论诗,而不具体考察诗的本质的"真",正如专以"牝牡骊黄"等外在特征相马,只在形似之间(《刻唐诗二十六家序》)可以说王廷相与黄姬水诗论在肃清李梦阳诗学辨体理论流弊的同时,已初露明代后期信心不信古的公安派诗学的端倪。

第三节　何景明的诗学辨体

复古格调派内部的李、何之争,是明代诗学批评中具有轰动效应的大事,不仅影响到后世对李、何文学思想的评价,而且导致后世对何景明文学思想的误读。事实上,何景明与李梦阳的论争主要是格调派内部对于不同诗学风格的取向之争,而不涉及格调派诗学主张本身,何景明对格调的推崇还在李梦阳之上,其辨体批评也更加严格。李梦阳主格调,可是同样肯定多种风格的并存;何景明倡言汉、魏,而不满唐宋,甚至以魏为变调之始,同卑唐宋,立论更加苛刻。他说:

> 夫周末文盛,王迹息而诗亡。孔子、孟轲氏盖尝慨叹之。汉兴,不尚文而诗有古风,岂非风气规模犹有朴略宏远者哉?继汉作者,于魏为盛,然其风斯衰矣。晋逮六朝,作者益盛,而风益衰,其志流,其政倾,其俗放,靡靡乎不可止也。唐诗工词,宋诗谈理,虽代有作者,而汉、魏之风蔑如也。①

何景明高自标榜,专取"汉魏之风",可能是有激于当时杨慎、谢蕙等人主张由杜诗上溯汉魏六朝,甚至推《选》诗于唐诗之上而发。何景明的好友杨慎就曾批评他"不熟《选》诗""不识六朝":"何仲默枕藉杜诗,不观余家,其于六朝、初唐未数数然也。与予及薛君采言

---

① 何景明《大复集》卷三四《汉魏诗集序》,《景印文渊阁四库全书》第1267册,第301页。

及六朝、初唐,始恍然自失,乃作《明月》《流萤》二篇拟之,然终不若其效杜诸作也。"①但何景明本人对具体创作中格调规范的认识比较模糊,没有什么新意。如他在与李梦阳论诗时谈起对于"法"即创作规则的认识时称:"仆尝谓诗文有不可易之法者,辞断而意属,联类而比物也。"②以诗家老生常谈的"辞断意属,联类比物"作为自我独得的"不易之法",流于相当浅薄的技法规范层面,未能超越元明诗格的认识水平,属于后来王夫之所抨击的"艺苑教师"的伎俩。明代格调派诗学辨体的主要成就在理论倡导方面,于创作实践指导层面,所得实在有限。一则因为诗不同于古文,本来就不适宜苛求细致的技法,重技法就有门派,有门派就有流弊;再则因为先立复古为纲,以步趋前人为创作目的,更是无法杜绝理论上的先天缺陷。此外七子派本只追求一时言论动人耳目,而少深入细密的理论建设。毕竟,理论呼吁比创作实践容易得多。

何景明诗学辨体理论的极端观点是认为唐人五古并不足法,开了后来李攀龙"唐无五言古诗,而有其古诗"论的先声。何景明对李、杜二家的肯定主要在于其歌行与近体诗,而认为唐人古体均不足法。其尊李抑杜,是出于对唐人自创体制尤其是对杜甫开创的唐人新体乐府的不满,认为其诗古意荡然,拟古当上求汉魏,不可学杜。何景明受杨慎、薛蕙等人的影响,规仿初唐四杰的词句清丽、风调婉转作了七古长篇《明月篇》,并在序中进一步对杜甫诗歌进行批评:

> 仆读杜子七言诗歌,爱其陈事切实,布辞沉著,鄙心窃效之,以为长篇圣于子美矣。既而读汉、魏以来歌诗,及唐初四子者之所为,而反复之,则知汉、魏固承《三百篇》之后,流风犹可征焉。而四子者虽工富丽,去古远甚,至其音节,往往可歌。乃

---

① 杨慎《升庵诗话》卷一三,丁福保辑《历代诗话续编》,中华书局,1983年,第902页。
② 何景明《大复集》卷三二《与空同论诗书》,《景印文渊阁四库全书》第1267册,第291页。

知子美辞固沉著而调失流转,虽成一家语,实则歌诗之变体也。夫诗本性情之发者也,其切而易见者,莫如夫妇之间,是以《三百篇》首乎"雎鸠",六义首乎风,而汉魏作者,义关君臣朋友,辞必托诸夫妇,以宣郁而达情焉,其旨远矣。由是观之,子美之诗,博涉世故,出于夫妇者常少,致兼雅、颂而风人之义或缺,此其调反在四子之下。①

对沿袭六朝余习的四杰的肯定,与对开启宋调的杜甫的非议,除了申正黜变的成见之外,主要是出于对风诗传统的恪守,要求诗歌吟咏性情、流转可歌。以此衡裁诗歌,必然对杜诗"致兼雅、颂而风人之义或缺"产生不满,认为杜甫长于叙事的七言诗,只是诗歌发展史上的变体,而非正体。这是诗学辨体批评趋严、取法日高的表现,是对明初诗坛并尊李、杜作为盛唐诗歌楷模的矫正,与"唐无五言古诗,而有其古诗"之论一脉相承。这种对乐府诗风人之致的强调,是嘉靖年间共同的创作习气,突出表现在何景明、谢蕙推沈佺期《古意呈补阙乔知之》为唐人七律第一。该诗为以乐府古题创作的咏怀诗,从立意、用韵到语言组合,均体现出歌行发乎性情、自然流转的特色,不符合唐人七律工整的体式规范。推崇沈佺期《古意呈补阙乔知之》,是对律诗中间出古意的肯定,可见何景明的确有与杨慎、谢蕙相通的宗法汉魏六朝、崇尚《选》诗的倾向。李梦阳论诗主汉魏,何景明则兼取六朝,二人均有取于风诗传统,李梦阳主汉魏是存"真",故仅仅是不满中唐以后诗歌的新变;而何景明取六朝则是宗"正",故于盛唐诗也要区分"正变",对杜诗深有不满,这是何景明与李梦阳诗学取向的重要差别,可惜长期未能引起学界的注意。另外一方面,后人习惯于认为明人主格调者必定专宗盛唐,可没有辨析何景明的不专主盛唐与后来公安派等对七子专宗盛唐的

---

① 何景明《大复集》卷一四《明月篇并序》,《景印文渊阁四库全书》第1267册,第123—124页。

批判实有天渊之别,对李、何之争的误读即由此而起。清代王士禛认为后人对何景明的用心多有误解,甚至以四杰七言为正体,递相仿效,蔚然成风,这是有道理的。但他转而却说:"明何大复《明月篇序》谓:'初唐四子之作往往可歌,反在少陵之上。'说者以为有功于风雅,韪矣;然遂以此概七言之正变,则非也。二十年来,学诗者束书不观,但取王、杨、卢、骆数篇转相仿效,肤词剩语,一唱百和,岂何氏之旨哉?"①并且在《论诗绝句》中再次加以申明:"接迹风人《明月篇》,何郎妙悟本从天。王、杨、卢、骆当时体,莫逐刀圭误后贤。"王士禛否认何景明是以正变论唐诗,而认为有取于风诗传统的《明月篇》是出于"妙悟",推何景明为性灵派的先驱,真可谓差之毫厘,谬以千里。

第四节 何、李之争的诗学内涵

要真正理解何景明的诗学辨体理论,就必须细致考察与正确评价李、何之争的过程及其诗学内涵。

李梦阳与何景明大约相识于弘治十五年(1502)何中进士之时,一见即引为同道,交谊甚笃。两年后,李官户部主事,何授中书舍人,与同在京城为官的康海、王九思、边贡、王廷相、徐祯卿等人相识,诸人皆为新科进士,初登仕坛,意气风发,以文会友,"共相推毂,倡复古道"②,前七子文学复古运动自此开始。对诗文复古的倡导,是前七子同道共同的志趣与追求,也是李梦阳与何景明个人交情的基础。何景明曾寄诗与李梦阳说:"人生处世间,贵在相知

---

① 王士禛《古诗选》卷首《七言凡例》,《四库全书存目丛书补编》第42册,齐鲁书社,2001年,第325页。后文引用《四库全书存目丛书补编》皆依此版本。
② 何良俊《四友斋丛说》卷二六,中华书局,1959年,第235页。

心。"①以千古知交自诩。正德三年(1508),李梦阳因上疏弹劾宦官刘瑾,被刘瑾矫旨"械致至京,复下锦衣狱",何景明上书内阁大学士李东阳,恳求其出面疏通,以救李梦阳出狱,并且有诗曰"闻君在罗网,古道正难行""冠盖京华地,斯人独可哀""世路无知己,乾坤孰爱才"②,表达了对李梦阳命运的担忧与惋惜。正如何景明赠李梦阳诗所说:"眼中何人最知己,十年之交吾与李。"③当时好友间就已经明确以李、何并称,如王廷相所论"稽述往古,式昭远模,摒弃积俗,肇开贤蕴,一时修辞之士,翕然宗之,称曰李、何云"④,甚至出现了"天下语诗文必并称何、李"⑤的局面。

  李、何二人在政治上互相支持,在文学上共同倡导,个人交情的基础非常深厚。对李、何二人反目甚至断交的记载,外界都认为主要是文学观念的分歧所致。具体时间已不可确考,大约在正德十二年(1517)。⑥对于李、何论争,后人记载中多有夸饰,如朱彝尊所论:

> 弘、正间,作者倡复古学,同调六七人,李、何实为之长。李以秀朗推何,何以伟丽目李。其后互相抵牾,何诮李"摇鞭振铎",李诮何"抟沙弄泥"。譬之针砭,不中腧穴,徒哓哓耳。两君皆负才傲物,何稍和易,以是人多附之。薛君采诗云:"俊逸终怜何大复,粗豪不解李空同。"自此诗出,而抑李申何者,日渐多矣。⑦

  正因相关记载存在夸饰,今人探讨李、何论争要注意以下几点:

---

① 何景明《大复集》卷九《赠李献吉三首》之三,《景印文渊阁四库全书》第1267册,第73页。
② 何景明《大复集》卷一六《怀李献吉二首》,同上书,第140页。
③ 何景明《大复集》卷一三《醉歌赠子容使湖南便道归省兼讯献吉》,同上书,第110页。
④ 王廷相《大复集序》,何景明《大复集》卷首,同上书,第5页。
⑤ 张廷玉等《明史》卷二〇六《何景明传》,中华书局,1974年,第7350页。
⑥ 参见王公望《李梦阳与何景明》,《社科纵横》2001年第5期。
⑦ 朱彝尊《静志居诗话》卷一〇"何景明"条,人民文学出版社,1990年,第261页。

其一，二人论诗文的往来书信都有理论偏激之处，为典型的明人式的意气用事，也不能排除复古派内部名位之争的因素，正如后来王世贞所说的："盖何晚出，名遽抗李，李渐不能平耳。"①但基本可以断言，李、何之间诗学取向的差异其实并不如他们自己所说的或朱彝尊等所记载的那样大。今人引用其书信作为诗学研究的材料时，不能忽视当下的语境。

其二，朱彝尊所引薛蕙论诗绝句共有如下五首：

> 束发从师王浚川，文章衣钵幸相传。尔时评我李何似，白首摧颓只自怜。
>
> 弱冠粗窥万卷余，壮年益览百家书。探珠赤水方亲见，披雾青天果不虚。
>
> 雅知文艺未为尊，次第沿流直讨源。不但学诗高一格，信然闻道小群言。
>
> 海内论诗伏两雄，一时唱和未为公。俊逸终怜何大复，粗豪不解李空同。
>
> 知己今无贺宾客，论文谁似鲍参军？夜光未剖千金璞，汗血空随万马群。②

自薛蕙诗一出之后，"俊逸"与"粗豪"几乎成了二人诗歌理论与创作风格的定评。这其实是不准确的，薛蕙诗中的"俊逸"与"粗豪"只是二人个人秉性的差异，而非创作风格的差异，更非二人诗学风格的追求。

其三，李、何之后的复古格调派，如后七子群体大体上早期尊李，晚年则非议李而肯定何，这与其在具体创作实践中对格调派弊端的体认有关，并不是真正意义上的"抑李申何"，更不是受薛蕙诗

---

① 王世贞《艺苑卮言》卷六，丁福保辑《历代诗话续编》，中华书局，1983年，第1046页。

② 薛蕙《考功集》卷八《戏成五绝》，《景印文渊阁四库全书》第1272册，第91页。

的影响。当时记载中李梦阳因"理屈"而向何景明"低头"是不太可靠的,如王九思称:"仲默亲从献吉游,高才妙悟孰能俦? 宁独老夫堪下拜,即教献吉也低头。"①至于后世文学理论研究中的"抑李申何",则大抵是因为对李梦阳诗学思想的简单化误读所致。

何景明与李梦阳的诗学批评差别其实并不如当代研究者所描绘的那么大,而且仅仅局限于师法古人体式的具体方法上,如果从"取法乎上""由第一义悟入"层面看,何景明的复古色彩并不比李梦阳弱。何景明高倡"秦无经,汉无骚,唐无赋,宋无诗"②,又其在《海叟集序》中,认为仅歌行与近体二体可杂取初盛唐人及李、杜二家,古体断不可师法李、杜,"必从汉、魏求之"③,所论比李梦阳更为严苛。

李梦阳与何景明诗学思想的根本差异不在于是否效法古人,也不在于取法对象,而在于效法古人的途径与步骤问题。李梦阳注重体裁法度,甚至从揣摩前人具体作品的字法、句法、篇法入手,唐临晋帖寸步不离;而何景明则认为不必斤斤计较具体的体裁法度,当广取前人名篇,涵泳熟参,逐步领悟其神情意象。可以说,李梦阳只是重"法",而何景明在"法"外兼重"悟"。故何景明在《与李空同论诗书》中概括二人的根本区别在于:"追昔为诗,空同子刻意古范,铸形宿镆,而独守尺寸;仆则欲富于材积,领会神情,临景构结,不仿形迹。"④李梦阳则针锋相对地抨击何景明:

> 古之工如倕如班,堂非不殊,户非同也,至其为方也圆也,弗能舍规矩,何也? 规矩者,法也。仆之尺尺而寸寸之者,固法也。假令仆窃古之意,盗古形,剪截古辞以为文,谓之影子诚可。若以我之情,述今之事,尺寸古法,罔袭其辞,犹班圆倕之

---

① 王九思《渼陂集》卷六《漫兴十首》之三,《四库全书存目丛书》集部第48册,第58页。
② 何景明《大复集》卷三八《杂言十首》之五,《景印文渊阁四库全书》第1267册,第351—352页。
③ 何景明《大复集》卷三四《海叟集序》,同上书,第302页。
④ 何景明《大复集》卷三二,同上书,第290页。

圆,倕方班之方,而倕之木非班之木也,此奚不可也?夫筏、我二也,犹兔之蹄,鱼之筌,舍之可也。规矩者,方圆之自也,即欲舍之,乌乎舍?①

效法途径的不同,其根源是对于古人"法"的理解分歧。李梦阳虽然不同意"自创一堂室,开一户牖,成一家之言,以传不朽者",但主张遵循古法并不意味着完全盗用古意古形加以模拟,而是要"以我之情,述今之事","总之,景明认为梦阳过于泥古,因劝诫其应当自出机轴,独创门庭;梦阳则认为古法并非死法,守法之后始可产生变化,发挥个人的特异性。也就是说,一是将法只作为固定之法来看,一是将法作为由法而生变化之法来看,便是李、何二人对所谓诗法的理解和主张的不同的关键所在"②。相对来说李梦阳论诗的"法"比何景明要深刻,包括由特定的句法、章法、语言等因素构成的古典诗歌的审美特征,形成一套具体的操作规范。而在具体诗学批评中,李梦阳并不满足于模拟形体,也不死守程式规范,反对对前人"守而未化"的模仿。他称赞徐祯卿诗"温雅以发情,微婉以讽事,爽畅以达其气,比兴以则其义,苍古以蓄其词"后,明确提出:"追古者未有不先其体者也,然守而未化,故蹊径存焉。"③可见何景明对李梦阳所论是存在误解的。

何景明在回复李梦阳论诗书中揭示二人论断之异,并非在于是否师古,而在于师古过程中风格取向不一。李梦阳欲以柔澹沉著、含蓄典厚的格调来规范与影响何景明,以救其清俊浏亮之偏,何景明则对其傲气十足的教训不以为然:

空同贬清俊响亮,而明柔澹沉著、含蓄典厚之义,此诗家要

---

① 李梦阳《空同集》卷六二《驳何氏论文书》,《景印文渊阁四库全书》第1262册,第565—566页。
② 〔日〕铃木虎雄著,许总译《中国诗论史》,广西人民出版社,1989年,第141页。
③ 李梦阳《空同集》卷五二《徐迪功集序》,《景印文渊阁四库全书》第1262册,第476页。

旨大体也。然究之作者命意敷辞,兼于诸义,不设自具。若闲缓寂寞以为柔澹,重浊剽切以为沉著,艰诘晦塞以为含蓄,野俚辏积以为典厚,岂惟缪于诸义,亦并其俊语亮节悉失之矣。①

李梦阳作诗重视雄阔壮大的气象,追求雄浑厚实的风格,贬抑何景明清俊响亮诗风为不守古人成法,因为这种风格与他所唾弃的宋元诗歌风格相近。沿此风格发展下去就会导致浅俗对高古格调的浸淫,有悖于明代诗学复古的整体趋势,并且动摇复古格调派的理论根基,而不仅仅是不同审美风格取向的问题。所以他声色俱厉、上纲上线地称何景明是"同室操戈",毫不客气地质问:"子何不求柔澹、沉著、含蓄、典厚之真为之,而遽以俊语亮节自安邪?"②何景明则主张模仿古人,必须坚持"拟议以成变化"的原则,在模仿过程中舍筏登岸,"自筑一堂奥,自开一户牖",方是复古的最高境界:

> 体物杂撰,言辞各殊,君子不例而同之也,取其善焉已尔。故曹、刘、阮、陆,下及李、杜,异曲同工,各擅其时,并称能言。何也?词有高下,皆能拟议以成其变化也。若必例其同曲,夫然后取,则既主曹、刘、阮、陆矣,李、杜即不得更登诗坛,何以为千载独步也?③

强调诗文创作当言辞各殊,潜在独步。李梦阳虽高倡格调,却停留在诗歌创作技法层面,局限于疏密阔细、翕辟顿挫等具体问题上。这些问题,属于创作中的细枝末节,既不能引以为绝对的创作规范,也不能达到"格古调逸"的创作目标,更与"情以发之"等文学情感本体论背道而驰。斤斤于此,必然流于泥塑木雕的假古董。

---

① 何景明《大复集》卷三二《与李空同论诗书》,《景印文渊阁四库全书》第 1267 册,第 291 页。
② 李梦阳《空同集》卷六二《驳何氏论文书》,《景印文渊阁四库全书》第 1262 册,第 567 页。
③ 何景明《大复集》卷三二《与李空同论诗书》,《景印文渊阁四库全书》第 1267 册,第 291 页。

何、李不同的诗歌风格取向的形成有多方面原因,对于二人气质禀赋的不同前人已经多有论述。据记载,二人虽为至交,体态风度差异很大:"李朗畅玉立,傲睨当世;何身不胜衣,赋陵作者。"①个性气质差别相当明显:"空同子方雅简默,稍饬廉棱;仲默恬淡温孙,不露才美。"②此外,还有一个不容忽视的因素就是,李、何之争中关于音节与声调的论争还包括南北不同地域文化之争。李维桢就曾经指出:"李由北地家大梁,多北方之音,以气骨称雄;何家申(信)阳近江汉,多南方之音,以才情致胜。"③何良俊认为:"余以为空同关中人,气稍过劲,未免失之怒张。"④王稚登也对生长于西北高原的李梦阳与南方吴中人士创作习气的差异有所揭示:"盖李君之才,产于北郡,其地土厚水深,其民庄重质直,其诗发扬蹈厉;吾吴土风清嘉,民生韶俊,故其诗亦冲和蕴藉,政自不能一律齐也。"⑤何景明偏爱南方"清俊响亮"的声调,对李梦阳所代表的雄奇粗犷的北方"杀直"之音深表不满,可见"伟丽""秀朗"等不仅指诗歌风格,还包括地域色彩与语言因素。

总之,李、何之争,属于复古派内部不同诗学风格取向的论争,二人对于诗歌艺术风格的审美特征的理解有差异,但在复古的基本信念上是完全一致的,对他们论诗的差异,不必刻意夸大,也不必刻意轩轾,正如清人所论:"平心而论,摹拟蹊径二人之所短略同,至梦阳雄迈之气与景明谐雅之音,亦各有所长,正不妨离之双美,不必更分左右袒也。"⑥

(本章由邓新跃执笔)

---

① 顾起纶《国雅品·士品三》,丁福保辑《历代诗话续编》,中华书局,1983年,第1100页。
② 崔铣《江西按察司副使空同李君墓志铭》,《皇明文范》卷五〇,《四库全书存目丛书》集部第303册,第407页。
③ 李维桢《大泌山房集》卷一三一《彭伯子诗跋》,《四库全书存目丛书》集部第153册,第672页。
④ 何良俊《四友斋丛说》卷二六,中华书局,1959年,第234页。
⑤ 王稚登《与方子服论诗书》,顾有孝辑《明文英华》卷九,《四库禁毁书丛刊》集部第34册,第412页。
⑥ 永瑢等《四库全书总目》卷一七一,中华书局,1965年,第1149页。

第三章　作为批评文体的明清文集凡例

凡例又称发凡、序例、叙例、义例、例言、通例、总例等，是置于卷首，揭示图书主要内容、著述宗旨和编纂体例的一种文体。古书凡例包含着丰富的文学批评内容，是研究古代文学和文学批评的重要史料来源，并逐渐成为一种重要的文学批评体式。其中集部的总集、别集、诗文评等，是古代文学研究最基本、最重要的文献，相关凡例所包含的文学批评内容尤为丰富。本章以明清文集为主要考察对象，探讨文集凡例与当时文学思潮、文学观念的密切关系，以及凡例作为批评文体的体式特征，并在此基础上揭示明清文集凡例独特的文体学意义。

第一节　凡例之渊源及其发展

"凡例"一词，源于杜预《春秋序》。杜预坚信左氏深得《春秋》大义，故"专修丘明之传以释经"，以为"经之条贯，必出于传，传之义例，总归诸凡"[①]，"其发凡以言例，皆经国之常制，周公之垂法，史书之旧章，仲尼从而修之，以成一经之通体。其微显阐幽，裁成义类者，皆据旧例而发义，指行事以正褒贬"[②]。在杜预看来，孔子之前的史书修撰已有凡例，孔子因之以修《春秋》，其宗旨在于"上明三王之道，下辨人事之纪，别嫌疑，明是非，定犹豫，善善恶恶，贤贤贱不

---

① 《春秋左传正义》卷一《春秋序》，阮元校刻《十三经注疏》，中华书局，1980年，第1707页。

② 同上书，第1705—1706页。

肖,存亡国,继绝世"①。据杜预统计,《左传》中用"凡"计五十例,即所谓"五十凡",如"凡弑君称君,君无道也;称臣,臣之罪也"②,"凡师有钟鼓曰伐,无曰侵,轻曰袭"③等,皆左氏阐发的正例,体现了普遍原则。正例之外,又有变例和非例等,可见其内容之纷繁。正因如此,杜预不仅在《春秋左传集解》中随文解释这些义例,更专门撰成《春秋释例》15卷以详尽发挥和阐述。

杜预的《左传》凡例研究影响深远,被四库馆臣誉为"有大功于《春秋》"④。当然,其所称凡例属经学范畴,是为理解、阐释儒家经典服务的。最早从书籍编纂角度,把凡例视为著述的原则、方法和体例加以探讨的,当数刘知几。其《史通》卷四《序例》曰:

> 夫史之有例,犹国之有法。国无法,则上下靡定;史无例,则是非莫准。昔夫子修经,始发凡例;左氏立传,显其区域。科条一辨,彪炳可观。降及战国,迄乎有晋,年逾五百,史不乏才,虽其体屡变,而斯文终绝。唯令升先觉,远述丘明,重立凡例,勒成《晋纪》。邓、孙已下,遂蹑其踪。史例中兴,于斯为盛。⑤

刘知几特别强调凡例在史著编纂中的重要地位,并追溯了凡例的起源和唐以前的发展状况。着眼点虽是史学,也不妨视为最早的图书凡例小史。盖任何一部有系统、有条理的著作,必有凡例可循。《春秋》如此,《左传》《史记》《汉书》《文心雕龙》《文选》《玉台新咏》等莫不如此。只是早期著述凡例不一定明白标出,而是随文体现,诚如顾炎武所云:"古人著书,凡例即随事载之书中。《左传》中

---

① 司马迁《史记》卷一三〇,中华书局,1959年,第3297页。
② 《春秋左传正义》卷二一《宣公四年》,阮元校刻《十三经注疏》,中华书局,1980年,第1869页。
③ 《春秋左传正义》卷一〇《庄公二十九年》,同上书,第1782页。
④ 永瑢等《四库全书总目》卷二六,中华书局,1965年,第210页。
⑤ 刘知几著,浦起龙通释《史通通释》,上海古籍出版社,2009年,第81页。

言'凡'者,皆凡例也。《易》乾、坤二卦'用九''用六'者,亦凡例也。"①吕思勉谓:"古人著书,虽有例,而恒不自言其例,欲评其得失,必先通贯全书,发明其例而后可。"②意与顾氏相近。汉代以后,序跋渐兴,书籍编纂原则、体例往往在序文中有说明,如司马迁《太史公自序》、萧统《文选序》等,实为序、例一体,故后世凡例又有"序例""叙例"等名称。到了唐宋时期,由于对凡例的重视,已有著述而明确拟定条例者,如唐修《晋书》原有敬播撰《叙例》一卷,惜后世失传;北宋司马光修《资治通鉴》,有《通鉴释例》一卷,"皆其修《通鉴》时所定凡例"③;南宋丁易东撰《周易象义》,"其《论例》一卷,自述撰著之旨颇备"④。南宋周弼选编《三体唐诗》,撰"选例"20条,并置于卷首。这种编纂方法,尽管在宋代还很少见,却成为后世图书编纂的重要原则。如元杨士弘《唐音》有卷首凡例6则,总计100多字,主要介绍全书体例,内容非常简略。明代著作,凡例作为专篇置于卷首渐成风气,数量远超前代,如经部有刘三吾《书传会选》凡例5则,史部有张自勋《纲目续麟》凡例一卷,子部有李时珍《本草纲目》凡例12则,集部有周珽《删补唐诗选脉笺释会通评林》凡例37则等。清人著书,发凡起例的意识更为自觉,首置凡例的现象也更为普遍。但凡官修著作,几乎没有不先撰凡例的;私家著述而首发凡例的,也蔚然成风。而凡例内容之丰富、体式之严谨、篇幅之增长,更是前所未有。可以说,在古代图书编纂史上,凡例的撰写,在清代达到了鼎盛时期。

明清凡例撰写的兴盛,使凡例逐渐获得了独立的文体地位,许多作家编文集时收录了这种文体。如明李东阳《怀麓堂集》卷六九录《历代通鉴纂要凡例》《大明会典凡例》《阙里志凡例》,程敏政《篁墩

---

① 顾炎武著,黄汝成集释《日知录集释》(全校本),上海古籍出版社,2006年,第1165页。
② 吕思勉《史通评·序例第十》,《史学四种》,上海人民出版社,1981年,第110页。
③ 永瑢等《四库全书总目》卷四七,中华书局,1965年,第422页。
④ 同上书卷三,中华书局,1965年,第21页。

文集》卷五九录《新安程氏统宗世谱凡例》《新安文献志凡例》《休宁志凡例》,夏良胜《东洲初稿》卷七录《修谱凡例》等;清李光地《榕村集》卷二录《卜书补亡凡例》、卷二〇录《诗选凡例》,章学诚《文史通义》外篇录《史考释例》《墓铭辨例》《和州志氏族表序例》《湖北通志凡例》《湖北文征序例》等30余篇,都可看出凡例已作为文之一体,在文集中获得独立地位。至近人王兆芳撰《文体通释》(又名《文章释》),立"例"体,标志着凡例文体学地位的正式确立。

第二节 文集凡例的文学批评性质

凡例体现了图书的编撰宗旨、材料取舍、组织结构、形式体例等重要内容,决非单纯的编撰技术问题,而是蕴含着撰写者相关学科的学术理念和学养识见。从文学学术看,文集与诗文评的凡例,集中体现了作者对许多文学根本问题的看法,是研究特定时代文学观念、文学思潮和文学创作的重要史料。明清文集层出不穷,许多重要文学论题,如文章功用、作家修养、文学流变、审美风格、文体观念等,无不在文集凡例中得到阐发、探讨。如明吴讷《文章辨体凡例》:"作文以关世教为主。上虞刘氏有云:'诗三百篇,有美有刺,圣人固已垂戒于前矣。后人纂辑,当本二南、雅、颂为则。'今依其言,凡文辞必择辞理兼备、切于世用者取之;其有可为法戒而辞未精,或辞甚工而理未莹,然无害于世教者,间亦收入;至若悖理伤教,及涉淫放怪僻者,虽工弗录。"[①]以切世用、裨教化为选文标准,表现了保守的文学观。当然,这种保守并未流于僵化。《文章辨体凡例》又云:"命辞固以明理为本,然自濂洛关闽诸子阐明理学之后,凡性命道德之言,虽孔门弟子所未闻者,后生学子,皆得诵习;若不顾文辞题意,概

---

① 吴讷《文章辨体序说》,人民文学出版社,1962年,第9页。

以场屋经训性理之说,施诸诗赋及赠送杂作之中,是岂谓之善学也哉?故西山真氏前后《文章正宗》,凡《太极图说》及《易传序》《东西铭》《击壤诗》等作,皆不复录。今亦遵其意云。"①可见,吴讷认识到诗赋类作品与场屋经义、性理之作有着本质区别,不可绳以一律;他赞同真德秀《文章正宗》不收《太极图说》《击壤诗》等性理名作,正显示了对文章特性的重视。

明清文集凡例常论及作家修养。如清孙维祺《明文得》"例言"曰:"文人要心境开朗,眼界空阔,自然有绝妙文字涌出。好酒好色俱不碍,以其于机趣不减也。惟好钱人,则必不能有好文字。彼时时处处念念事事都钻在利孔内盘算,纵勉强明通,亦只是活剥生吞,吃尽文章苦楚,安得有笔歌墨舞,天然机趣哉!"②好酒好色,虽非大节有亏,然在传统儒士看来,至少是"不护细行"。而经过魏晋玄学和明代心学的冲击,这种"不护细行"多少带上了"名士风流"的魅力。从文学创作看,美色、醇酒往往是点燃创作热情、激发创作灵感的媒介,充满艺术机趣。而贪钱好货之辈,人格鄙俗,机趣索然,必然写不出绝妙文字。这种观点,摆脱了传统作家论中的道德说教成分,完全从文学创作自身出发,带有鲜明的时代特色。又清陆莱《历朝赋格》"凡例":"赋家之心,包括宇宙,总览人物,斯乃得之于内,不可得而传。相如之言如是,故所为子虚大人,能使人主读之,有凌云之思也。凡工于作赋者,学贵乎博,才贵乎通,运笔贵乎灵,选词贵乎粹。博则叙事典核,通则体物精详,灵则疏理无肤滞之讥,粹则宣藻无波流之失。兼此四善,而畅然之气融会于始终,秩然之法调御于表里。然必贯之以人事,合之以时宜,渊闳恺恻,一以风雅为宗。而其旨则衷于六经之正,岂非天地间不朽至文乎?壮夫不为,是何言也?"③以博、通、灵、粹四字概括赋家的学识、文艺修养,而

---

① 吴讷《文章辨体序说》,人民文学出版社,1962年,第9—10页。
② 孙维祺辑《明文得》,《四库禁毁书丛刊》经部第10册,第8页。
③ 陆莱评选《历朝赋格》,《四库全书存目丛书》集部第399册,第275—276页。

又宗以风雅,体现了陆棻对赋的体性的独特看法。

明清文集凡例多论及文章流变。清王修玉《历朝赋楷》"选例":"赋虽本于六义,体制则有代更。楚辞源自离骚,汉魏同符古体。此为赋家正格,允宜奉为典型。至于两晋微用俳词,六朝加以四六,已为赋体之变,然音节犹近古人。迨夫三唐应制,限为律赋,四声八韵,专事骈偶,此又赋之再变。宋人以文为赋,其体愈卑。至于明人,复还旧轨。兹集诸体咸收,但求合格,譬之朱紫异章,并成机杼;弦匏各器,均中茎韶。如或词体纰杂,不娴古法者,即有偏长,亦加澄汰。"①追溯赋体的起源及体制之迭更,简笔勾勒了赋体发展变化的四个重要阶段,并表达了"诸体咸收",不拘一格的融通的文学观念。又方苞《钦定四书文》"凡例":"明人制义,体凡屡变。自洪、永至化、治,百余年中,皆恪遵传注,体会语气,谨守绳墨,尺寸不逾。至正嘉作者,始能以古文为时文,融液经史,使题之义蕴隐显曲畅,为明文之极盛。隆、万间兼讲机法,务为灵变,虽巧密有加,而气体荼然矣。至启、祯诸家,则穷思毕精,务为奇特,包络载籍,刻雕物情,凡胸中所欲言者,皆借题以发之。就其善者,可兴可观,光气自不可泯。凡此数种,各有所长,亦各有其蔽。"②将明代八股发展分为四个阶段,简要概括了各个阶段的主要成就、特征及不足,所论中肯精辟,为后世研治明八股者普遍接受。

八股是清代科举考试的重要文体,那么,八股取士的衡文标准是什么呢?雍正、乾隆两帝多次强调科场文体当以清真雅正为宗,但未阐发其内涵。方苞在《钦定四书文》"凡例"中将两帝提倡的"清真雅正"称为"清真古雅",其论曰:"凡所录取皆以发明义理,清真古雅,言必有物为宗,庶可以宣圣主之教思,正学者之趋向。"那么,何谓"清真古雅"?"凡例"又称:"唐臣韩愈有言,文无难易,惟其是耳。李翱又云,创意造言,各不相师,而其归则一,即愈所谓是也。文之清真者,惟

---

① 王修玉《历朝赋楷》,《四库全书存目丛书》集部第 404 册,第 3 页。
② 方苞敕编《钦定四书文》,《景印文渊阁四库全书》第 1451 册,第 3 页。

其理之是而已,即翱所谓创意也。文之古雅者,惟其辞之是而已,即翱所谓造言也。而依于理以达其词者,则存乎气。气也者,各称其资材而视所学之浅深以为充歉者也。欲理之明,必溯源六经,而切究乎宋元诸儒之说;欲辞之当,必贴合题义,而取材于三代两汉之书;欲气之昌,必以义理洒濯其心,而沉潜反复于周秦盛汉唐宋大家之古文。兼是三者,然后能清真古雅而言皆有物。故凡用意险仄纤巧,而于大义无所开通,敷辞割裂卤莽,而与本文不相切比,及驱驾气势而无真气者,虽旧号名篇,概置不录。"① 可见,"清真古雅"包含了理与辞两个方面。所谓清真,指义理之当;所谓古雅,指文辞之当。两者相辅相成,不可缺一。方苞还对如何达到"清真古雅"提出了自己的看法,旨在为学子指明向上一路。《钦定四书文》系方苞奉敕编定,也是唯一一部收入《四库全书》的八股文选。其选文所确立的典范意义及凡例所标举的审美风格,不仅深刻影响了有清一代的八股文风,甚至对于整个清代散文也产生了广泛影响。如章学诚曰:"仆持文律,不外清真二字。清则气不杂也,真则理无支也。"② 夏力恕《菜根堂论文》曰:"为文之的,雅正清真,包括无余矣","雅正以立其本,清真以致其精","必交相为用,其义始全"。③ 不论谈制义还是古文,他们所标举的审美风格,都与《钦定四书文》"凡例"所论息息相通。

　　古代文集素有分体编次的传统,因此,文集凡例往往论及文体问题。如清徐枋《居易堂集》有"凡例"十一则,第一则即论文章体类,其文曰:"文章重体类。《书》曰辞尚体要,《易》曰方以类聚。既有体,斯有类矣,自古编辑之家綦重之。苟体之不分,则类于何有?然此犹就其疑似豪厘之间言之,犹五谷皆谷也,而菽麦不可不辨;五金皆金也,而铅锡不可渎于黄金耳。若直非其类而讹舛淆杂,则

---

① 方苞敕编《钦定四书文》,《景印文渊阁四库全书》第1451册,第4页。
② 章学诚《与邵二云》,《章学诚遗书》,文物出版社1985年版,第81页。
③ 王水照编《历代文话》,复旦大学出版社,2007年,第4067页。

吾不能知之矣。如昌黎一集,文章家之龟鉴也,又为其受业门人李汉所编,不知何以于文之体类既有所讹,即于其自为书之例又有所戾。如《溪堂古诗》何以入杂著,《石鼎联句》何以入序中,《送陆歙州》《送郑十校理》《送张道士》,只应以序入诗中,不应以诗附序见。况《送张道士》序仅数言,而其诗则钜篇也,而竟入序中,此皆于文之体类有未叶者也。《为宰相贺白龟状》在三十八卷表状中,何以《贺张徐州白兔状》又入十五卷书启中。此皆于其自为书之例有相戾者也。"①强调区分体类在文集编纂中的重要性,尤其注重区分同一文类中体性相近的文体,批评李汉所编昌黎文集因体类混乱导致体例乖舛。徐枋还举例说明自己如何细分文体,"凡例"曰:"书后、题跋分为二类,亦犹书与尺牍也。书后必于其事有所论列,或发古人所未发,或因其事而别论他事,非仅仅片辞只语,取意于字句间者,如昌黎《书张中丞传后》是也。题跋则有间矣。识者阅吾诸篇,则划然二体,自不可合为一者。"②许多文集或文体学著作往往把书后、题跋视为同一文体,徐枋认为,两者虽有相近处,但更有较大差异:"书后"必然对原文或原书内容有较多补充、申发,而不像题跋那样,仅缀数语而已。这种辨析,细致精确,发人所未发,可见明清以来辨体之精严。

以上分析表明,明清文集凡例包含着丰富的文学批评文献和理论资源,其内容随文集内容不同而千变万化,综而观之,可谓林林总总,无所不包。文集凡例,已成为一种重要的文学批评体式。明清时期许多重大的文学思想、文体观念常借助这种体式来阐发。如方苞《古文约选序例》提出,六经、《语》《孟》是古文根源,"得其枝流而义法最精者,莫如《左传》《史记》","三传、《国语》《国策》《史记》为

---

① 徐枋《居易堂集》卷首,《清代诗文集汇编》第 81 册,第 162 页。
② 同上书,第 164 页。

古文正宗"[1],"序事之文,义法备于《左》《史》",后世古文大家,无不取法《左》《史》,如"退之变《左》《史》之格调,而阴用其义法;永叔摹《史记》之格调,而曲得其风神;介甫变退之之壁垒,而阴用其步伐"[2],故欲治古文者,必熟读三传、《史记》,方能"溯流穷源,尽诸家之精蕴"[3]。《古文约选序例》是方苞阐述"义法"理论的重要文献,历来为治桐城文论者所重视。又如曾国藩在《经史百家杂钞序例》中,将古今文体分为三门十一类,并详述分类理由及相关作品的归类。这种分类方法,吸收了姚鼐《古文辞类纂》以文体功用进行分类的成果,又增加"门"来统摄文体类别,确立了门、类、体三级分类法,体统于类,类归于门,分门别类,纲举目张,颇具系统和层次,所以产生了较大影响,如稍后黎庶昌《续古文辞类纂》就完全按照这种路数来编次。《经史百家杂钞序例》因此成为研究清代文体分类思想的重要文献。

第三节　文集凡例的文体特征

　　学界通常认为,古代文学批评最具民族特色的形式是选本、诗格、诗话、文话、评点等。这些批评体式,一般呈专著形态,较为引人注目,所以相关的研究成果非常丰富。凡例依附于专著,其内容又往往涉及图书体例和编纂技术,并非纯粹的文学批评,因而较少引起关注;与同样依附于著作的序跋相比,凡例因其文体形态的特殊性,远不如序跋那样受文论家重视。那么,凡例作为一种批评文体,其形态特征究竟如何?王兆芳《文章释》曰:

---

[1] 方苞《古文约选序例》,《方苞集·集外文》卷四,上海古籍出版社,1983年,第613页。
[2] 同上书,第615页。
[3] 同上书,第614页。

> 例者,比也,比类全书之科条也。主于校比凡要,条理始终。源出《春秋》凡例,流有汉颖容、晋杜预《春秋释例》、魏王弼《周易略例》,及隋魏澹《魏史义例》。①

王兆芳简要追溯了"例"的文体渊源,指出其文体特征在于根据著述宗旨,排比科条,确立规范,并将这种规范贯穿始终。为具体感受这种文体特征,现移录清刁包《斯文正统》"凡例"如下:

> 一、斯文之选,专以品行为主。若其言是,其人非,便失先行其言而后从之之义,虽绝技无取;
>
> 一、题目虽多,要之不出三达德,五达道外。其玩物适情,游戏小技,一切不录;
>
> 一、是集传经史之灯,为讲学明道地也。故于儒佛之辨,朱陆之辨,尤三致意焉;
>
> 一、平生所景仰佩服之人,求其文,至形寤寐。偶获尺幅,虽十朋之龟不啻也。间有一二未谙生平,则必其文之有关大道,足以匡时而砥世者;
>
> 一、近代名公诸所见录者,大抵皆作古人矣。其时贤概未入选,以盖棺论定故也;
>
> 一、古今佳文何限。一人耳目,一时网罗,岂能遍及。除所梓二百一十有六篇外,尚容续集。②

凡例共六则,除了五、六两则谈选文时限及材料处理原则,属于编纂技术外,其他四则体现了理学家对于文学功用、内容、作家修养等的看法,是典型的理学家文学批评。形式上,则排列科条,类似法律条款。这些科条,尽管从不同侧面表现了作者的文学思想,但各条之间,未必有严密的逻辑关系,所以,即使调换次序,也往往不影响表达效果;语言上,多为说明、议论文字,准确、明晰、简练,而不重藻采。从文章学看,序跋与

---

① 王水照编《历代文话》,复旦大学出版社,2007年,第6267页。
② 刁包编《斯文正统》卷首,《四库全书存目丛书补编》第34册,第174—175页。

凡例虽都附属于成部著作,其地位并不相同。序跋是辞章之一种,尽管写法不拘一格,然多讲究布局谋篇和遣词造句,重视结构精巧,层次清晰,逻辑严密,首尾浑然一体,故其佳作往往被视为文章典范而入选各类选本,如司马迁《太史公自序》、刘向《战国策序》、萧统《文选序》、韩愈《张中丞传后序》、欧阳修《五代史伶官传序》等。而凡例各条款之间,其次序先后虽可暗示主次轻重的不同地位,但从形式逻辑看,各条款只是并列关系,结构单纯,不需要精心组织和刻意安排,也就无所谓前呼后应、首尾一体、义脉贯注等辞章艺术。因此,一般的选本,都不会选录凡例这种文体。别集、总集中收录凡例,主要是为了保存文献,而非出于删汰繁芜、荟萃菁华的目的。

　　凡例排比科条的结构方式,虽乏辞章艺术之美,却为自由灵活地表达文学思想提供了极大便利。在章法谨严的辞章中,每一章节甚至句子都有独特的地位,任何增删修改都会牵一发而动全身。而在凡例的并列式结构中,条款的增减只是影响表述内容的多寡,而不影响结构的完整、组织的严密、条理的清晰和义脉的贯注等,因此,作者完全可根据著述规模及内容的复杂程度,灵活掌握凡例条款的多少与篇幅的长短,而不必顾虑章法、结构的限制。简略者如上引《斯文正统》凡例 6 则,仅 200 字,清张伯行《濂洛风雅》凡例 5 则,亦仅 200 字,每则不过三四十字。繁富者如明周珽《删补唐诗选脉笺释会通评林》凡例 37 则,3800 余字,清梁善长《广东诗粹》例言 20 则,2300 余字,每则达 100 余字;徐枋《居易堂集》凡例虽仅 11 则,而总计亦 2300 余字,每则 200 余字。当然,同一篇凡例,各条目篇幅未必均衡,简者极简,繁者极繁,如方苞敕编《钦定四书文》凡例 9 则,第 1 则 700 余字,而最后 4 则,每则不过数十字。其篇幅长短,全依内容而定,而不必像辞章写作那样斤斤于结构均衡、匀称之美。这种长短不拘、自由而近乎松散的结构形式,与诗话、文话等批评体式相近,而迥异于独立成篇的序跋类批评文体。

　　综观明清文集凡例撰写史,不难发现一个有趣的倾向,即篇幅越来越长,内容越来越丰富。许多篇幅较长的凡例,主旨鲜明,层次清晰,逻辑严密,俨然是精心结撰、独立成章的专题论文,不再是自由松散排列的科条。如清初陈祚明《采菽堂古诗选》凡例5000余字,详细阐发了其诗学理想,这种理想,显然寓有纠正明代诗学偏弊之意。前后七子以复古号召天下,其未流溺于拟古而丧失自我性情,公安派矫以性灵而流于俚俗鄙陋。故陈祚明在凡例中反复强调"诗之大旨,惟情与辞","言诗不准诸情",则"失其本矣"①;而抒发真情,文辞必归雅正,不可流于粗疏叫嚣,庳陋俚下,所谓"古今人之善为诗者,体格不同而同于情,辞不同而同于雅"②。凡例指出学近体不能只取法盛唐,而应"因近体以溯梁陈,因梁陈以溯晋宋,要其归于汉魏,此诗之源也"③,只有打通古体与近体、盛唐与汉魏六朝的界限,才能避免识见不高、取径狭隘的不足。凡例还批评《文选》以及明代中后期出现的一些汉魏六朝总集、选本体例不严谨、缺乏诗史眼光等缺陷,强调总集编纂的辨体精密和"审其源流,识其正变"的学术史眼光。总之,此凡例可视为研究汉魏六朝诗的长篇专题论文,是认识陈祚明诗学思想乃至整个清初诗学祈向的重要文献。又如管世铭《读雪山房唐诗选》凡例10000余字,只字不谈编纂体例,而是根据唐诗体裁,分"五古凡例""七古凡例""五律凡例""七律凡例""五排凡例""五绝凡例""七绝凡例"七部分,一一论述各体诗歌的体性特征、发展脉络,评价重要作家作品,合而观之,可视为虽简略而较完整的分体唐诗发展史。《读雪山房唐诗选》问世后传布不广,而其凡例论各体唐诗,产生了较大影响,故后人将凡例摘出,与原书序及管世铭杂论唐诗之语20则合为一编,以"读雪山房唐诗序例"为题单独刊行。可见此书凡例在流传过程中已脱

---

① 陈祚明评选《采菽堂古诗选凡例》,《续修四库全书》第1590册,上海古籍出版社,2002年,第579页。
② 同上书,第581页。
③ 同上书,第579页。

离选本而获得了独立的文学批评地位。

事实上,清代凡例确实摆脱了对成部著述的依附地位,开始成为一种独立、自由的文学批评文体。这主要表现在两方面,一是金石学中涌现出大量以"例"命名,探讨碑志写作规范的著作,如黄宗羲《金石要例》、梁玉绳《志铭广例》、李富孙《汉魏六朝墓铭纂例》、郭麐《金石补例》、吴镐《汉魏六朝唐代志墓金石例》、王芑孙《碑版文广例》等;二是在古文批评中出现许多以"例"或"凡例"命题,不附属于成部著作的单篇论文,如袁枚《古文凡例》、章学诚《墓铭辨例》《文学叙例》《和州志艺文书序例》、秦瀛《论行述体例》等。此外还有以"例"名书的文章学专著,如陈澹然《文宪例言》等。这种以例论文风气的兴盛,使"例"成为清代非常活跃的文学批评体式,故王兆芳《文体通释》将"例"单独立为一体,这是此前的文体学著作从未有过的,充分体现了清代文论的特点。这种特点,与清代文集凡例文学批评色彩日趋强烈的风气是息息相通的。

第四节 明清文集凡例与文体批评

古代文集历来有分体编次的传统。这种编次体例,通常会在凡例中得到说明、阐释,从而使文集凡例具有鲜明的文体批评意蕴。

一、《文选序》对后世文集凡例的影响

考察古书凡例与文体批评的关系,至少可溯源至现存最早的文章总集《文选》。古人著述极重发凡起例,盖任何一部有条理、有系统的书,必有体例可循。只是在早期著述中,凡例未必明文揭橥,而是随文体现。汉代以后,书序写作渐盛,图书编纂原则、著述体例等内容往往在序文中揭橥,如司马迁《太史公自序》、班固《汉书叙传》、萧统《文选序》等,实兼序和凡例功能,故后世凡例又有"叙例"

"序例"等名称。《文选序》论及文之界定、文体分类、收录范围、选文标准以及编纂体例等,这些内容,在后世文集中,往往是以"凡例"形式来表现的。因此,《文选序》在文体上虽属"序",实具有凡例性质,并充分实现了文体批评功能。其序曰:

> 《诗序》云:"《诗》有六义焉:一曰风,二曰赋,三曰比,四曰兴,五曰雅,六曰颂。"至于今之作者,异乎古昔,古诗之体,今则全取赋名。荀、宋表之于前,贾、马继之于末。自兹以降,源流实繁。述邑居则有"凭虚""亡是"之作,戒畋游则有《长杨》《羽猎》之制。若其纪一事,咏一物,风云草木之兴,鱼虫禽兽之流,推而广之,不可胜载矣!又楚人屈原,含忠履洁,君匪从流,臣进逆耳,深思远虑,遂放湘南。耿介之意既伤,壹郁之怀靡诉。临渊有怀沙之志,吟泽有憔悴之容。骚人之文,自兹而作。
>
> 诗者,盖志之所之也,情动于中而形于言。《关雎》《麟趾》,正始之道著;桑间、濮上,亡国之音表。故《风》《雅》之道,粲然可观。自炎汉中叶,厥涂渐异。退傅有"在邹"之作,降将著"河梁"之篇。四言、五言,区以别矣。又少则三字,多则九言,各体互兴,分镳并驱。颂者,所以游扬德业,褒赞成功,吉甫有"穆若"之谈,季子有"至矣"之叹。舒布为诗,既言如彼;总成为颂,又亦若此。次则箴兴于补阙,戒出于弼匡。论则析理精微,铭则序事清润。美终则诔发,图像则赞兴。又诏诰教令之流,表奏笺记之列,书誓符檄之品,吊祭悲哀之作,答客指事之制,三言八字之文,篇辞引序,碑碣志状,众制锋起,源流间出。譬陶匏异器,并为入耳之娱;黼黻不同,俱为悦目之玩。作者之致,盖云备矣。①

这段话论及文体多达36种,或简述某种文体的发展演变,或说

---

① 萧统《文选序》,萧统编,李善注《文选》卷首,上海古籍出版社,1986年,第2页。

明其功用,或概括其写作特点,集中体现了萧统的文体观念及文体分类思想。这些观点,多继承前人的看法,而又有发展变化。如班固《汉书·艺文志》以屈原作品为"赋",且列于四种赋作之首;在《贾谊传》中更径称屈原"被谗放逐,作《离骚赋》",代表了汉人视楚辞与赋为同一文体的观念。萧统以《离骚》与赋分别,反映了他对辞、赋二体的辨析,是一种进步的文体观念。钱穆说:"宋玉与荀卿并举,列之在前,顾独以骚体归之屈子,不与荀宋为伍,此一分辨,直探文心,有阐微导正之功矣。"①正是对萧统别骚于赋的高度评价。当然,萧统的意见,并非孤明独发。任昉《文章缘起》、刘勰《文心雕龙》就已把《离骚》和赋区别开来,阮孝绪《七录》也把《楚辞》单列一类。可见,区别骚、赋,是南朝人普遍的文体观念。又如萧统认为《诗》之风、赋、比、兴、雅、颂六义,对后世各体文章的发展有重要影响;自汉中叶以来,诗、文各体互兴,与秦、汉时期的骚、赋有了明显区别。这与笼统地以诸体文章源出五经的观点不同,所谓"众制锋起,源流间出"。其中有些是抒情体物性质的,有些是在政治和社会生活中具有实用意义的。然而,在萧统看来,都有"入耳之娱"和"悦目之玩"的功效,即都有审美价值和娱乐作用。这种文体观念,已非汉儒的功利说所能涵括。

《文选序》结语曰:"凡次文之体,各以汇聚。诗赋体既不一,又以类分;类分之中,各以时代相次。"②明确指出这部总集按体编次、类聚区分的编纂体例。这种体例是否科学、合理,必以文体分类、序次是否合理为前提。换言之,文体分类之失当必然造成编纂体例之乖舛,两者唇齿相依,不可分割。故清人徐枋《居易堂集》"凡例"曰:"文章重体类。《书》曰:'辞尚体要。'《易》曰:'方以类聚。'既有体,斯有类矣,自古编辑之家綦重之。苟体之不分,则类于何有?"强调文体分类在文集编纂中的重要性,并批评韩愈门人李汉编《昌

---

① 钱穆《中国学术思想史论丛》(三),台北,东大图书有限公司,1977年,第118页。
② 萧统《文选序》,萧统编、李善注《文选》卷首,上海古籍出版社,1986年,第3页。

黎集》在文体分类、归类上的种种过失,如《溪堂古诗》入"杂著",《石鼎联句》入"序",等等。在徐枋看来,这些问题,不仅"于文之体类既有所讹","即于其自为书之例又有所戾"。① 章学诚也认为总集、别集之类例,关乎"编辑撰次之得失"②,并批评《文选》以赋居首的序次:"自萧统选文,以赋为一书冠冕,论时则班固后于屈原,论体则赋乃诗之流别,此其义例,岂复可为典要? 而后代选文之家,奉为百世不祧之祖。亦可怪已。"③将文体类次与编集义例齐观。四库馆臣亦多有类似评论,如《四库全书总目》卷一八九《元诗体要》提要批评此书文体分类"或以体分,或以题分,体例颇不画一"④;卷一九一《文章类选》提要称此书"分五十八体,然标目冗碎,义例舛陋,不可枚举"⑤;卷一九三《荆溪外纪》提要虽欣赏此书"采摭颇为详赡",又批评其"惟诗以绝句居律体前,律体居古风前,稍为失次;又四言亦谓之绝句,而七言古诗之外又别出歌行为二门,亦非体例"⑥。这些批评,都从反面说明文体分类、次序与总集编纂体例的密切关系。

《文选》作为现存最早的诗歌文章总集,在中国文学史和文集编纂史上具有无与伦比的地位和影响。《文选》之后的著名总集,如《文苑英华》《唐文粹》《宋文鉴》《元文类》《明文衡》《古文辞类纂》《骈体文钞》等,绝大部分都采用了《文选》开创的分体编次的体例。别集编次体例虽相对多元化,但分体编次依然是常见体例。这种体例,决定了后世文集编纂者在凡例中开展文体批评、探讨文体分类与序次等问题的必然性。而这种批评和探讨,在融序、例于一体的《文选序》中已肇其端,并初具规模。

---

① 徐枋《居易堂集》卷首,《清代诗文集汇编》第81册,第162页。
② 章学诚著,叶瑛校注《文史通义校注》,中华书局,1994年,第82页。
③ 章学诚《和州文征序例》,《文史通义校注》,中华书局,1994年,第696页。
④ 永瑢等《四库全书总目》,中华书局,1965年,第1714页。
⑤ 同上书,第1739页。
⑥ 同上书,第1766页。

二、文集凡例中的文体分类

文体分类既关乎编纂体例,那么在文集凡例中阐发文体分类思想,自是题中应有之义。综观明清文集凡例,往往论及所录作品的文体类目、分类依据、文体序次以及辨析各种文体的异同等,从而具有鲜明的文体批评性质。如明唐汝询《唐诗解》"凡例"曰:"是编所选诗凡七体,而附以六言,一遵《品汇》之例。独人以世次,诗以体别,不无有所更定,如进子昂于九龄之前,分骚体、琴操于七古之末,列《长安古意》于歌行长篇是也"①,"诸家诗体,率以五、七、古、律与排律、绝句为序,而《品汇》独先绝后律,今悉从之。乃更七律于排律之前,则以篇章长短为次"②。从"凡例"可以看出,《唐诗解》的编纂体例及文体分类、序次,大致沿袭高棅《唐诗品汇》而略有调整。《唐诗解》"凡例"又对某些作品的文体属性作出细致辨析:"凡古诗有半似律体者,如伯玉'故人洞庭去'、太白'去国登兹楼'是也;有律体而彻首尾不对者,如襄阳'挂席东南望'、青莲'牛渚西江夜'是也。又有仄体而目为律者,如工部'已从招提游'、常侍'陇头远行客'是也。此类甚多,难以殚述。今归古于律,则音声不调;归律于古,则浑厚浸薄。"③文学创作中多有破体为文现象,即各种文体因素互相渗透、融合,从而模糊了文体界限,为判断文体属性带来困难。对这个问题的清醒认识,恰恰说明明人的辨体批评已达到较高水平。

《唐诗解》将唐诗分为七体,附六言一体,大概因唐诗选本采用这种分类法比较普遍,故未在凡例中解释其分类依据。清陆葇《历朝赋格》汇选历代之赋,并打破古赋、骈赋、律赋、文赋的传统四分法,将所选之赋按语体形式分骚赋、骈赋、文赋三体。在凡例中,陆

---

① 唐汝询选释《唐诗解》卷首,《四库全书存目丛书》集部第369册,第537页。
② 同上书,第538页。
③ 同上书,第538页。

莱详细阐发其分类理据。以文赋为例：

> 前乎骚而为赋者，荀卿也，独出机杼，数篇如一。若元酒太羹，未离乎素。《风》《钓》诸篇，实从此出。岂待宋人变律，始有文赋耶？论者谓其纯用隐语而不之采，是犹终日饱食，忘燧与稷也。录《礼赋》一篇，以冠文赋。凡用散词，总为一格。①

"文赋"的概念，原是宋人打破骈偶、声律的限制，以散语作赋以后才产生的，其代表作有欧阳修《秋声赋》、苏轼《前赤壁赋》《后赤壁赋》等，其时代则不早于宋代。由于这里涉及语体和时代两个标准，矛盾便因此产生。盖宋代以前，即使是骈偶、声律盛行的六朝和唐代，也有不少以散体文写的赋，六朝之前，自然就更多了。那么，这些作品，算不算文赋呢？陆莱清楚地认识到了这种矛盾，因此，凡用散体写作的，一概归入文赋。由于标准的单纯和统一，"文赋"概念不再受时代限制，从而具有了周密的包容性，从荀子开始，经司马相如、扬雄、班固、张衡，直至左思、孙绰、江淹和李白、杜牧等，都有文赋作品入选《历朝赋格》。又，在传统四分法中，为了克服双重标准的矛盾，把骈赋、律赋产生之前的赋作，一概称为古赋。而陆莱的分类中，由于文赋已包含了这些作品，便不再有古赋一类。《历朝赋格》"凡例"批评古赋说的矛盾：

> 古赋之名，始乎唐，所以别乎律也。犹之今人以八股制义为时文，以传记词赋为古文也。律赋自元和、长庆而来，欲化密为疏，不觉其趋于薄；欲去华就质，不觉其入于俚。故韩、苏诸公皆由此获高第，而自以俳优鄙之。此人之为，非赋之咎也。扬子云《甘泉》《羽猎》，自夸文似相如，而谓其追悔雕虫，乃后人假托之词耳。若由今而论，则律赋亦古文矣，又何古赋之有？②

---

① 陆莱评选《历朝赋格》，《四库全书存目丛书》集部第399册，第273—274页。
② 同上书，第275页。

古赋之古,是以时代为标准的。而时代是一个相对变动的概念,用来区别文体,具有许多模糊性和不确定性。陆葇的批评,正抓住了这种局限,充分体现了其辨体思维的缜密。《历朝赋格》"凡例"在论述立骚赋、骈赋的理据时,也都能既从赋体发展演变的历史实际出发,又兼顾分类标准和层次的一致,达到了历史与逻辑的统一。如果仅仅凭选录作品,而没有凡例的明确阐述,那么,这种赋体三分法的学理依据和逻辑思路是很难把握的。

以凡例形式阐发文体分类思想,更著名的是曾国藩《经史百家杂钞》。据此书"序例"所载,其文体分类深受姚鼐《古文辞类纂》的影响,将姚氏的文体十三类分法"稍更易为十一类"①。其中论著、词赋、序跋、诏令、奏议、书牍、哀祭、传志、杂记,这九类与《古文辞类纂》相同,而《古文辞类纂》的赠序被取消了,颂赞、箴铭附入词赋类,碑志附入传志类,与姚氏类目相校,虽"论次微有异同",而"大体不甚相远"②,所受影响极为显著。当然,这种影响,主要体现在文体二级类目上。《经史百家杂钞》将古今文体分为三门十一类,每类下又分若干体。这种三级分类法所汲取的文体学思想资源,远非《古文辞类纂》等所能涵括。由于古代文体分类在很长时期内一直采用《文选》的二级分类法,一级类目按文体分,二级类目按题材分,随着文体的不断衍生和辨体的日趋精密,这种分类法也日趋烦琐细碎,难以把握许多相近文体的共同特征。有鉴于此,南宋真德秀《文章正宗》采用文体归类法,根据形态、功用、体式等的相近性,将古今各类文体分别归入辞命、议论、叙事、诗赋四大类,极为简括,其实质是一种更高层级的分类。然而,这种大类区分,往往过于笼统,不能彰显各种具体文体的面目特征。为了克服这两种分类法的弊端,《经史百家杂钞》继承了《古文辞类纂》以文体功用进行分类的成果,又增加"门"来统摄文体类别,创立了门、类、体三级分类法。体

---

① 曾国藩纂《经史百家杂钞》"序例",岳麓书社,1987年,第1页。
② 同上书,第1页。

统于类,类归于门,分门别类,纲举目张,精心构建了一个体系完整、逻辑严密、层次清晰,既简明扼要,又包罗众有、多姿多彩的文体谱系。这个谱系,充分吸收了《文选》式二级分类法和《文章正宗》式文体归类法的长处,而避免其短处,既不流于烦琐,又不过于简略,在中国古代文体分类史上是一次重大的创造和突破。① 而构建这个文体谱系的内在理路,同样需要借助"序例"才能得到明确、清晰的呈现。

三、文集凡例对文体起源、功用、体性特征的认识

文体分类集中反映出人们对文体本质与特征的认识水平,必须通过对文体起源、功用、形态、体式特征、体貌风格等的理性把握才能实现。因此,文集凡例在阐发文体分类思想的同时,往往也会论及不同文体的起源、功用、体性特征等,从而具有显著的文体批评性质。如明周珽《删补唐诗选脉笺释会通评林》"凡例"曰:"周末惟有诗体,至楚变为骚,嗣后愈变愈流,而为二十四名:赋、颂、铭、赞、诔、箴、诗、行、咏、吟、题、怨、歌、章、篇、操、引、谣、讴、曲、词、调、律、绝句。其名种种各殊,总之皆诗人六义之遗意。"② 认为后世的骚、赋、颂、铭、赞、诗、词、曲等文体都起源于《诗经》,得《诗》六义之遗意。以今人的眼光看,律诗、绝句等产生较晚的文体,很难说与《诗经》有直接的渊源关系。然而,从抒情言志功能和追求韵律、节奏乃至音乐性看,这些文体在艺术精神、旨趣上与《诗经》确实有深层的契合,最得诗教之精神,以《诗经》为远源,至少不算离谱。早在南朝,刘勰已明确提出"赋颂歌赞,则《诗》立其本"③,稍后颜之推提出

---

① 详参何诗海《从文章总集看清人的文体分类思想》,《中山大学学报》2012 年第 1 期。
② 周珽辑注《删补唐诗选脉笺释会通评林》,《四库全书存目丛书补编》第 25 册,第 441 页。
③ 刘勰《宗经》,刘勰著、范文澜注《文心雕龙注》卷一,人民文学出版社,1958 年,第 22 页。

"歌咏赋颂,生于《诗》者也"①,呼应刘勰。南宋真德秀进一步把诗、楚辞、赋、箴、铭、颂、赞、郊庙乐歌、琴操等都归入诗赋类,并认为这类文体都深受《诗经》影响。周珽的观点,显然继承了以上诸家之说,是传统"文体原于五经"说在诗赋类文体上的深化和拓展。又明浦南金《诗学正宗》"凡例"曰:"《康衢》《击壤》,断为四言之始;《沧浪》《叩角》,断为七言之始;灵运、玄晖诸作,断为律诗之始。出自己见,余可类推。"②浦南金追溯诸体诗的起源,没有盲目比附"文体原于五经"说,而是从文体演进实际出发,故能"出自己见",给人以更多的启示。

除了文体起源,明清文集凡例还经常探讨文体功用问题。如明李鸿《赋苑》"凡例"曰:"嗟乎!赋讵易言哉!其风咏似歌诗,谏诤愈书疏,事实类尔雅,感托胜滑稽。矧孙卿、屈平皆离谗忧国,其言辞出于忠厚恻隐,故子长、孟坚每以孟轲、孙卿并称。《离骚》篇目,世亦以经名之。然则余是役也,信可鼓吹经传,宁独享之千金已哉!因广其传,与博雅者共之。"③儒家经典素有"登高能赋,可以为大夫"之说,表现了对赋的社会、政治功能的重视,汉儒以赋讽谏,则是这种功能的另一种表现形态。而赋家扬雄"自悔类倡""壮夫不为"的自白,则表现了对赋的讽谏功能的怀疑,也是对赋的文体价值的严重否定。李鸿不满扬雄对赋的消极态度,认为赋兼有歌诗、奏疏、字书、滑稽、谐谑等众多文体功能,其用极广,足可为经典之鼓吹。把赋的文体地位提得如此高,实为历来论家所罕见。又清孙维祺《明文得》"例言"载:"八股有益于大用乎?曰:有。八股之益,不惟理明而已。其气浩然,其养粹然,其识荧然,其度雍然,其格肃然,其采蔚然,而且易不敢慢,难不敢畏,大不敢放,小不敢略,丰不

---

① 颜之推《文章》,王利器《颜氏家训集解》(增补本)卷四,中华书局,1993年,第237页。
② 浦南金辑《诗学正宗》,《四库全书存目丛书》集部第302册,第11页。
③ 李鸿辑《赋苑》,《四库全书存目丛书》集部第384册,第4页。

敢肆,耆不敢窘,应上而不敢干,驭下而不敢急,有布置,有含蓄,有照应,有收拾。然则八股患其不到家耳。果若到家,是出将入相之道也。介甫当日创之,亦料不到此。"①八股作为明清科举考试的主要文体,自产生之初,就被许多人视为利禄之具,甚至被斥为明朝亡国的祸首。孙维祺认为习八股不仅可明圣贤之理,更可从人格修养、政治才干等方面培养治国安邦的人才。这种观点,未可一概斥为迂腐或迷信。八股能在一片唾骂声中存活四五百年,清廷屡次废除八股取士,却不得不屡次恢复,这些事实都提醒后人当冷静、客观地评价八股在培养人才、维系世道人心上的作用。

从《文选》开始,总集多具有删汰繁芜、流布菁华的批评功能。②哪些作品入选,哪些作品不选,其评判标准充分体现了作者对相关文体的体性特征、体貌风格等的认识,而这种认识,一般会在凡例中得到体现。如明唐汝谔《古诗解》"凡例"曰:"是编所选,大都主体裁古雅,辞意悠长,而原本性情,有关风化,但不失古人温柔敦厚之旨,即亟为收录。惟乐府自晋宋迄齐梁,半为男女唱和之作,亦其风使然,不得一切删去。姑去其甚者,存其雅者,庶几亦十三国风不删郑卫之意云。"③提倡诗体"原本性情""温柔敦厚",似是老生常谈。然而,在明代诗学背景下,这种常谈却有着明确的批判指向,即对宋人以才学、议论、文字为诗的不满,对江西派诗人瘦硬生新乃至险怪风格的不满,故所选作品多"体裁古雅""原本性情""不失古人温柔敦厚之旨"。而在许多诗论家看来,这些特征正是以江西诗派为代表的宋诗所缺乏的。又清王修玉《历朝赋楷》"凡例"曰:"昔司马长卿论赋云:'合綦组以成文,列锦绣而为质。'扬子云云:'诗人之赋丽以则,词人之赋丽以淫。'味二子之言,则赋之体裁自宜奥博渊

---

① 孙维祺辑《明文得》,《四库禁毁书丛刊》经部第10册,第6页。
② 以网罗放佚为宗旨的总集,如《全唐文》《明文海》等,追求文献的全备,批评色彩不明显。
③ 唐汝谔选释《古诗解》,《四库全书存目丛书》集部第370册,第320—321页。

丽,方称大家。然有词无意,虽美不宜。有意无气,虽工不达。观汉魏诸赋,修词璀璨,敷采陆离,要皆情深理茂,气厚格高,长篇短制,故皆可传。兹集之文,虽寡菁藻,然必以文传意,以气纬文。其或徒填奇字,意实枵虚漫衍,词气謇涩者,即属名人之篇,亦在删诗之列。"[1]早在汉代,追求赋体奥博渊丽已成共识,而堆积僻字、逞才炫学、枵虚淫靡、文气謇涩等弊端也逐渐暴露且日趋严重。王修玉选赋,既追求藻采,又重视"意"即内容的丰富、深厚,以"情深理茂,气厚格高"为赋体楷式,凡不符合这种审美理想的,皆在摈弃之列。

明清文集凡例还经常提出一些重大的文体学理论问题。如明吴讷《文章辨体》"凡例"主张"文辞以体制为先",强调文章体制的重要性,是明代文学批评的普遍风气。辨体批评因此成为明代文学批评的核心内容和基本方法。《文章辨体》书名即明确揭示其编纂宗旨,是明代较早开辨体风气的文章总集。在凡例中,吴讷批评历代总集在辨体功能上的不足,"或只收一代,所见文体不广;或编次无序,难见文体演变之迹;或归类过泛,难考众体异同"[2]。有鉴于此,吴讷自然要取诸家之长,而避其所短,编一部能全面、系统呈现历代众多文体源流演变的著作,通过精密的文体辨析,"使数千载文体之正变高下,一览可以具见"[3]。从某种意义上说,《文章辨体》实现了这个目标,为明代文体学发展作出了重要贡献。其"凡例"论文体之正变曰:"四六为古文之变;律赋为古赋之变;律诗杂体为古诗之变;词曲为古乐府之变。西山《文章正宗》,凡变体文辞,皆不收录;东莱《文鉴》,则并载焉,今遵其意。复辑四六对偶及律诗、歌曲共五卷,名曰《外集》,附于五十卷之后,以备众体,且以著文辞世变

---

[1] 王修玉《历朝赋楷》,《四库全书存目丛书》集部第404册,第3页。
[2] 吴承学《明代文章总集与文体学——以〈文章辨体〉等三部总集为中心》,《文学遗产》2008年第6期。
[3] 彭时《文章辨体序》,吴讷《文章辨体序说》,人民文学出版社,1962年,第7页。

云。"①以立意高古、体裁古雅之作为正体,以追求骈偶、声律、藻采的文体为变体,尊正体而抑变体,是明代文体批评中的流行观念。这种文体价值高下的判断,固然有失保守,但吴讷置变体于外集,比起"凡变体文辞,皆不收录"的理学家文体观,毕竟是一大进步。

四、总集凡例中的文体史

兼收众体的总集,其凡例多详论文体分类。而单收一种文体的总集,其凡例往往对这种文体的发展历程作详尽描述,从而具有鲜明的文体史意味。王士禛《阮亭选古诗》、沈德潜《古诗源》《唐诗别裁集》等皆如此。以《阮亭选古诗》为例。此书共 32 卷,分两部分。第一部分为五言诗 17 卷,卷首冠以"五言诗凡例"。第二部分为七言诗 15 卷,卷首冠以"七言诗凡例"。两篇凡例,即两种诗体的发展简史。如"五言诗凡例"10 则,"略论五言升降之变"②,从《古诗十九首》始,经魏、晋、宋、齐、梁、陈、北朝,直至隋、唐,大致勾勒出五言诗发展的基本轮廓。用语虽简,而颇见识力,如论唐五古曰:"唐五言古诗凡数变,约而举之,夺魏晋之风骨,变梁陈之俳优,陈伯玉之力最大,曲江公继之,太白又继之,《感寓》《古风》诸篇,可追嗣宗《咏怀》、景阳《杂诗》。贞元、元和间,韦苏州古澹,柳柳州峻洁。今辄取五家之作,附于汉魏六代作者之后。李诗篇目浩繁,厪取古风,未遑悉录。然四唐古诗之变,可以略睹焉。"③论唐五古的主要发展阶段,各个阶段的代表作家及其创作特色,概括了王士禛心目中的唐五古发展简史。其中没有论及杜甫,大约以杜诗不符合作者追求神韵的审美旨趣,其深层原因值得进一步探讨。

《阮亭选古诗》在清代颇有影响。沈德潜《古诗源》"例言"称:

---

① 吴讷《文章辨体序说》,人民文学出版社,1962 年,第 10 页。
② 王士禛辑《阮亭选古诗》"五言诗凡例",《四库全书存目丛书补编》第 42 册,第 196 页。
③ 同上书,第 195—196 页。

"新城王尚书向有古诗选本,抒文载实,极工裁择。因五言七言分立界限。故三四言及长短杂句均在屏却。兹特采录各体,补所未备。"①可见《古诗源》是受《阮亭选古诗》影响选编而成的。不仅如此,沈德潜还继承了王士禛以凡例描述史诗的做法,而所论更为具体、细致。又,乾隆后期,管世铭鉴于"古今诗体莫备于唐,而迄无善本。内府《全唐诗》最为大备,而卷帙浩繁,既不能家有其书,且非善读者,莫知由博返约",遂在徐倬《全唐诗录》的基础上,广搜博采,去粗取精,七历寒暑,编成《读雪山房唐诗选》,"共得诗三千九百余首,犁为三十四卷","意在备一代之大观,该三百年之正变"②。管世铭对此书颇为自负,其"自序"曰:

> 又仿王新城《古诗选》及删定洪氏《唐人万首绝句》之例,取源流大旨及鄙意之偶有所得者,著为凡例,分冠于诸体目录之前,而尽略其圈点评释,使读者各以其意求之。虽不敢谓尽有唐诗之胜,而凡为诗人之所当吟讽及有裨于诗教者,宜无不在。后之君子,或更能损益以致其精,而亦必以此为筚路蓝缕,则唐诗之有善本,实自兹编始也。③

序文明确指出此书继承了王士禛以"凡例"论诗之"源流大旨",并"分冠于诸体目录之前"的体例。所不同的是,王书为古诗选,故只有"五言诗凡例""七言诗凡例"两种。管书录有唐一代之诗,众体兼备,故有"五古凡例""七古凡例""五律凡例""七律凡例""五排凡例""五绝凡例""七绝凡例"七种,一一论述各体诗歌的体性特征、发展脉络,评价不同时段的代表性作家和作品。可见,此书虽因袭《阮亭选古诗》以凡例描述史诗的做法,而规模更大,内容更丰富。合诸凡例观之,可谓一部体系完整、严密的分体唐诗史。

---

① 沈德潜选《古诗源》"例言",中华书局,1963年,第4页。
② 管世铭《读雪山房唐诗序例》"自序",郭绍虞编选《清诗话续编》,上海古籍出版社,1983年,第1543—1544页。
③ 同上书,第1544页。

在对许多具体问题的论述上,此书凡例也比王士禛更全面、更深入。如"五言古凡例"曰:"五言肇兴至唐,将及千载,故其境象尤博。即以有唐一代论之:陈、张为先声,王、孟为正响。常建、刘眘虚几于苏、李天成,李颀、王昌龄不减曹、刘自得。陶翰慷慨,喜言边塞;储光羲真朴,善说田家。岑嘉州峭壁悬崖,峻不得上;元次山松风涧雪,凛不可留。李供奉襟情倜傥,集建安、六代之成;杜员外气韵沉雄,尽乐府古词之变。韦、柳以澄澹为宗,钱、李以风标相尚。韩、孟皆戛戛独造,而涂畛又分;乐天若平平无奇,而裨益自远。其他一吟一咏,各自成家,不可枚举。於戏,其极天下之大观乎!"①又,在管世铭的史诗观中,杜甫的地位极为崇高,故"五言古凡例"特为其立一则:"杜工部五言诗,尽有古今文字之体。前后《出塞》、"三别""三吏",固为诗中绝调,汉、魏乐府之遗音矣。他若《上韦左丞》,书体也;《留花门》,论体也;《北征》,赋体也;《送从弟亚》,序体也;《铁堂》《青阳峡》以下诸诗,记体也;《遭田父泥饮》,颂体也;《义鹘》《病柏》,说体也;《织成褥段》,箴体也;《八哀》,碑状体也;《送王砅》,纪传体也。可谓牢笼众有,挥斥百家。"②可以看出,同是论唐五古,管书凡例内容远比《阮亭选古诗》凡例丰满、厚重,其中五言古诗史上许多重要作家,如王维、孟浩然、储光羲、杜甫、白居易、韩愈、孟郊等,王士禛皆不曾涉及。这里虽然有诗学观点的差异,但从史诗的完整性看,完全无视这些作家,无论如何都是一大缺憾。

  以上分析表明,明清文集凡例中包含着丰富的文体学内容,大凡文体起源、功用、体性特征、体貌风格、发展演变及文体分类思想等,无不在凡例中得到探讨。而这些内容,以发凡起例的形式置于卷首,足见其在作者心目中地位的重要。可以说,凡例已成为明清学人阐发文学思想,开展文体批评活跃而有效的工具,具有重要的

---

  ① 管世铭《读雪山房唐诗序例》,郭绍虞编选《清诗话续编》,上海古籍出版社,1983年,第1547页。
  ② 同上书,第1546页。

文体学价值。当然,凡例毕竟依附于著作而存在,限于体例,不能全面、完整地表现作者的文学思想、文体观念。因此,必须把凡例与总集的序跋、选文及其他相关资料结合起来,使之互相验证,互为支撑,才能全面、准确地理解和把握凡例所体现的文体学思想,避免孤立片面、牵强附会或过度阐释等弊病。

第四章 明清别集的冠首文体及文体学意义

中国古代文体有着显著的价值序例,分体编次的文集,则是体现这种序例的重要载体。文体存录与否及其先后序次,往往暗含着对文体价值高下的判断。自萧统《文选》之后,兼收各体诗文的总集如《文苑英华》《唐文粹》《宋文鉴》《元文类》《文章辨体》《文体明辨》《金文雅》《明文在》等,多采用《文选》体例而稍作调整,形成较为稳定的编次传统,如先文后笔,先诗赋辞章后实用文体,先古体后近体,先四言、五言后七言等,体现了古代文学发展进程中逐步形成的审美风尚和文体观念。这种体例及其所蕴含的价值观,在宋代开始遭受质疑,并出现了真德秀《文章正宗》这样以辞命居首、诗赋居末的总集。明清时期,越来越多文集,尤其是别集,进一步突破《文选》传统,以编者心目中最重要的文体高踞卷首,彰显其特殊地位或价值。文集体例日趋复杂多变,以致四库馆臣有"四部之书,别集最杂"①之论。这种"最杂",既指内容,又指体例;既与四部之中的经、史、子典籍相较,又与集部中的总集相较。此外,还指向特定的时间段,即明清时期。明代之前的别集,仅偶有打破《文选》体例者;明清别集,固不乏因袭传统,以诗赋冠首者,而别出心裁冠以其他文体者,也蔚然成风。本章拟就明清别集中打破传统惯例的冠首文体及其文学史、文体史意义展开探讨。②

---

① 永瑢等《四库全书总目》卷一四八"集部总叙",中华书局,1965年,第1267页。
② 所谓"冠首文体",指在分体编次的文集正编中,位居第一的文体或文类,如《文选》之赋、《古文辞类纂》之论辨类,不包括附缀于正编之前的序跋、凡例、目录等。

第一节　朝廷公文

在冠首文体上,较早突破《文选》体例的,是维系王权政治运转的朝廷公文,包括诰敕诏令等下行文和奏疏章表等上行文。南宋真德秀《文章正宗》将古今文体分为辞命、议论、叙事、诗赋四大类,而首以辞命,原因在于"文章之施于朝廷,布之天下者,莫此为重,故今以为编之首"①。陈仁子认为,诏令乃"人主播告之典章",奏疏乃"人臣经济之方略",事关国政朝纲,地位最尊;《文选》先诗赋后王言,"是君臣失位,质文先后失宜"②,故其编《文选补遗》,首以诏令、奏疏等。可见宋人对文集冠首文体已有明确的理论自觉,体现了以王权政治为本位的文体价值观。总集如此,别集亦然。如宋刻本陈襄《古灵先生文集》,卷一仅录《绍兴元年求贤手诏》《熙宁经筵论荐司马光等三十三人章稿》二文,卷二之后录赋、古诗、律诗、书启、序、记等。颜真卿集,"旧皆以诗居首,至南宋复有东嘉守某兼据宋、沈本、留本改编重刻,先奏议,次表,次碑铭,次书序与记之类,以诗终焉"③。这些材料表明,宋人不仅编当代文集重朝廷公文,甚至以此衡裁、改编古人文集。《文选》确立的诗赋冠首传统,已受到冲击。

明清时期,随着王权政治不断强化,这种以政教为本位的文体价值观,在别集编纂中更为普遍,逐渐形成文集编纂的新传统。宋濂等编朱元璋《高皇帝御制文集》20卷,卷一、卷二为诏,卷三、卷四为制、诰,而古诗、律诗、绝句居最后两卷。程敏政为其岳丈李贤编《古

---

①　真德秀《文章正宗》卷首《文章正宗纲目》,《景印文渊阁四库全书》第1355册,第5页。

②　赵文《文选补遗原序》,陈仁子《文选补遗》卷首,《景印文渊阁四库全书》第1360册,第3页。

③　严可均《书颜鲁公文集后》,《严可均集》卷八,浙江古籍出版社,2013年,第278页。

穰集》30卷,卷一、卷二为奏议。四库馆臣论曰:

> 贤为英宗所倚任,知无不言,言无不从,自三杨以来,得君未有其比。虽抑叶盛、挤岳正、不救罗伦诸事,颇为世所讥议。要其振饬纲纪,奖厉人材,属朝野多故之时,能以一身撑拄其间,其事业实多可称道。至文章本非所注意。①

李贤为一代重臣,事功卓著,而奏议等关系国政朝纲的文体,显然最能体现其身份、事业,诗赋辞章则无关大体。故四库馆臣称《古穰集》"多有关系当时政事人物,可以备史乘参核者"②,显然包含着对此集编纂首重奏议的赞赏。又,明嘉靖二十年(1541)刻本《鳌峰类稿》26卷,系作者毛纪亲自编纂,卷一为内制,即代皇帝立言的诏敕、册文、策问等,次以讲章、表笺、奏疏等,最后7卷为诗和长短句。徐缙《鳌峰类稿序》曰:

> 公之文,其有皋、夔、益、稷、伊、傅、旦、奭之遗风乎?质直而浑厚,和平而简邕,如黄钟之扣,如大羹之和,如玄黄之布彩,正而雅,丽而则也。盖公自弱冠即举制科,列官禁近,以至登政府、管机务,被遇四朝,终始一节。抱忠实弘毅之资,树清介特立之操。弥纶匡弼,有安社稷之功,故其发而为言,直与典谟训诰相表里。所谓王之旧学,国之元老,言出而可以为世法者乎?③

赞美毛纪之文得皋陶、后稷、伊尹、周公等圣君辅相之遗风,可与《尚书》中的典谟训诰相表里,自然有虚辞溢美之嫌,但其中所透露的文学观念却颇具代表性,即首重文章经纶世务、匡弼朝政、安定社稷的政治功能,故以诏令奏疏冠文集之首,不屑于"与词人墨客较

---

① 纪昀等《古穰集》提要,李贤《古穰集》卷首,《景印文渊阁四库全书》第1244册,第483—484页。
② 同上书,第484页。
③ 徐缙《鳌峰类稿序》,毛纪《鳌峰类稿》卷首,沈乃文主编《明别集丛刊》第1辑第79册,黄山书社,2013年,第5—6页。

片言只字之工者"①。这种观念,对于仕途亨通、事功煊赫者言,尤其强烈,在文集编纂中也表现得更为显著和普遍。如明末清初的王铎,天启、崇祯朝历任太子詹事、南京礼部尚书,弘光朝任东阁大学士,顺治元年随钱谦益降清,授礼部尚书、弘文院学士、太子少保;有《拟山园选集》81卷,其中卷一录诏、玺书、御书、令、赦书、德音、露布,卷二、三敕谕,卷四册文,皆代帝王草拟之政令。康熙朝官拜文华殿大学士兼吏部尚书的李之芳,有《李文襄公文集》33卷,乃其子李钟麟编次,卷一、卷二录奏议,卷三至卷十二录奏疏。康熙、雍正朝名臣张鹏翮,历官河东盐运使、浙江巡抚、刑部尚书、江南江西总督、河道总督、户部尚书、文华殿大学士兼吏部尚书等,精敏干练,政声卓著,尤长于治理河道,康熙称其"自莅任以来,殚心尽力,所用河帑,谨严明晰,绝无糜费,比年两河安晏,堤岸无虞,深可嘉悦"②。张氏有《遂宁张文端公全集》7卷,分体编次,前3卷为奏疏,多陈职事,尤多关水利者,如《估筑高邮护城堤疏》《尽拆拦黄坝疏》《请开张福口引河疏》《覆桃源县黄河南岸堤工疏》《运口至滨海堤工疏》《救河南黄河决口条议》等。以奏疏冠首,彰显作者一生政绩所著、心血所聚,这在明清别集编纂中比比皆是。除以上所举外,明彭时《彭文宪公文集》、蒋冕《蒋文定公湘皋集》、王缜《梧山王先生集》、张吉《古城文集》,清张伯行《正谊堂文集》、陈仪《陈学士文集》、朱筠《笥河文集》、吴省钦《白华前稿》《白华后稿》等,皆以朝廷公文冠首,其风之盛,远超宋代。

　　除了当代文集,明清士人打破原有体例,重编前人文集,而以朝廷公文冠首的现象,也俯拾皆是。如杨时《龟山杨先生集》35卷,正德十二年(1517)刻本,源于宋椠,首4卷为诗,次以经筵讲义、经解

---

① 徐𤊹《鳌峰类稿序》,《鳌峰类稿》卷首,《明别集丛刊》第1辑第79册,黄山书社,2013年,第6页。

② 张玉书《文贞公集》卷五《大司寇运青张公寿序》,《清代诗文集汇编》第159册,第449页。

等。明万历十九年(1591),林熙春重刊此集,析为42卷,冠以上书、奏状、表、札子等奏事之体,而以诗5卷居末。又,金平阳刻本《南丰曾子固先生集》,冠首文体为古诗,次以律诗,再次以杂文、杂说、论、策问、表等。清彭期重编《曾文定公全集》,改以疏、札子、奏状等冠首,录《熙宁转对疏札子》《自福州判太常寺上殿札子》《移沧州过阙上殿札子》《请令长贰自举属官札子》《请令州县特举士札子》《襄州乞宣洪二郡状》《邹乞与潘兴嗣子推恩状》《奏乞复吴中复差遣状》等文,皆"大臣经世之略,开程朱理学之原",故"编为第一卷,令读者展阅,便见本领"①。彭氏之改编,当然体现了对以诗冠首的不满和对朝廷公文的推挹。政治功用成为判断文体价值、确定文集冠首文体的重要标准。这种观念,一直到晚清还很流行。咸丰四年(1854),方熊祥受同年王晴岚委托,为王益朋《清贻堂存稿》作序。熊祥见此稿编次体例,"凡五卷,第一卷诗,第二卷文,第三、四卷奏疏,第五卷制义",深表反对,建议修改:"祥谓先生以敢谏名天下,台省诸疏,洞见一代利弊,编辑者宜取以冠首,而以诗文附焉。此魏公象枢《寒松堂集》例也。晴岚盍更之?晴岚曰:'然。'遂书以为序。"②可见,对于立身朝堂的士大夫而言,关系一代利弊的奏疏,其地位、价值远远高于文人诗赋,理当冠于卷首,而以诗文附后。

第二节 试策之文

策文最初的功用,是对最高统治者就当前政治、经济、文化等方面所提问题的回答,近乎朝廷公文中的上行文,故许多文集往往与

---

① 彭期《校订凡例》,曾巩《曾文定公全集》卷首,《中国人民大学图书馆藏古籍珍本丛刊》第113册,北京燕山出版社,2012年,第31—32页。
② 方熊祥《清贻堂存稿序》,王益朋《清贻堂存稿》卷首,《清代诗文集汇编》第30册,第225—226页。

奏疏章表并列。自汉代以后,对策作为朝廷选拔人才的主要形式,成为一种特殊考试文体而备受关注。隋唐至明清,尽管科举制取代了察举制,试策对于士人仕宦前途依然有较大影响。乡试、会试通常在第三场考策问五道;而级别最高的殿试则仅试策一道,以评定进士名次。朝廷以此考察士子的"博古之学,通今之才,与夫剸剧解纷之识"①,选拔富有政治才华和擅长处理实际事务的官员。士子能对扬王庭,展现平生所学所养,自然深感荣幸。因此,对策作为一种考试文体,虽也有功利性质,却不像经义、八股那样受轻视,一般作者,只要写过策文,都会收入文集。

尽管如此,明代以前编刊的文集,罕见以对策冠首者。而明清文集,以对策开卷者不胜枚举。明谢一夔《谢文庄公集》卷一录策类、疏类两种文体,策类录《制策》一道;靳贵《戒庵文集》卷一只录《廷试对策》一道;章懋《枫山章先生文集》卷一录制策、奏疏两种文体;罗伦《一峰先生文集》卷一录廷试策、疏、状三种文体,每体只有一篇作品;周旋《畏庵周先生文集》卷一录《廷试策》《及第谢恩表》两篇作品;舒芬《舒梓溪先生全集》卷一只录《制策》一道。这些文集,都分体编次,而冠首文体,都是廷试之策。此外,张宁《方洲先生集》、徐溥《徐文靖公谦斋文录》、康海《康对山先生集》、董玘《中峰集》等,也都以试策冠首。清代别集,也多类似现象。潘奕隽《三松堂诗文集》、许承宣《金台集》、刘凤诰《存悔斋集》、卢文弨《抱经堂文集》、张之洞《张文襄公古文》等,冠首文体皆会试或殿试之对策。有些策文,还在题目中特别标出"殿试"字样,如卢文弨《抱经堂文集》卷一开篇《殿试对策》,乃乾隆壬申科(1752)对策;刘凤诰《存悔斋集》卷一开篇《殿试策》,乃乾隆己酉科(1789)对策,皆中一甲三名。而在题目中郑重其事标出"殿试",显然出于重科甲、感恩荣的心态。

明清试策文之备受关注,冠文集之首,体现了士人对此类文体前

---

① 徐师曾《文体明辨序说》,人民文学出版社,1962年,第130页。

所未有的推重。这种推重,与科举制的发展密切相关。一方面,经过唐宋数百年的实践,科举取士到明清时期越来越深入人心,成为社会各阶层获得或维护政治权力、士绅身份、社会文化地位最主要的途径;另一方面,随着经济发展和人口大幅增长,科举教育规模不断扩大,由唐宋时期以首都和省会城市为主向全国1300多个县扩展延伸,加上皇室、军籍、商人子弟等得以参试,明清科举考生总人数以几何级数增长,而录取人数并未随之增长。换言之,从录取率看,明清科举考试比唐宋降低很多,竞争空前激烈、残酷。① 绝大多数读书人皓首穷经,未叨一第,却又没齿难忘金榜题名。在这种近乎魔怔的执念之下,对策王庭的举子,不论最终名次如何,都是科举竞争中凤毛麟角般的成功者,是万众歆羡的对象;倘中一甲高第,更被奉若神明。以对策这种笼罩着耀眼光环的考试文体高居卷首,既有表彰、矜夸之意,又有引导、激励后学之功,故在明清别集编纂中蔚为风气。明毛宪受托校订章懋《枫山章先生文集》,"受而披阅,往复考订,稍加厘正,掇廷对策于卷首,诠定书意之重复者数通,余悉仍其旧,凡九卷"②。可见,章集冠首文体原非对策,毛宪校订时擢于卷首,以示推重。又,谢一夔《谢文庄公集》以制策开卷,卷首有嘉靖壬戌冬(1562)吴桂芳序,称谢氏"举乡会高第,天顺庚辰,英皇帝亲策诸进士,首擢公第一"③;章纶《畏庵周先生文集序》称周旋"自少游郡庠,笃志于学,登名浙闱甲榜,礼部廷对第一,盖得乎道而发为文者"④。两序都特意介绍文集作者的科举荣名,盖时论无不注目于此。又,张治道《对山先生集序》:

---

① 参郭培贵《中国科举制度通史》(明代卷),李世愉、胡平《中国科举制度通史》(清代卷),上海人民出版社,2017年。
② 毛宪《校刊枫山文集引》,章懋《枫山章先生文集》卷首,《明别集丛刊》第1辑第56册,黄山书社,2013年,第320页。
③ 吴桂芳《谢文庄公文集序》,谢一夔《谢文庄公集》卷首,沈云龙选辑《明人文集丛刊》第1期第8册,台北,文海出版社,1970年,第2—3页。
④ 章纶《畏庵周先生文集序》,周旋《畏庵周先生文集》卷首,《明别集丛刊》第一辑第40册,黄山书社,2013年,第421页。

孝宗临御,推毂求贤,策士得公,列置第一。朝野快睹,如鸟归凤。皇上喜其得人,宰执疾其盛己。贾董升堂,绛灌瞋目。是时信阳何仲默、关中李献吉、王敬夫号为海内三才,而公尤独步,虽三君亦让其雄也。当时语曰:"李倡其诗,康振其文。"文章赖以司命,学士尊为标的。前失作者,后启英明,非横制颓波,笔参造化者欤?①

康海号对山,明弘治十五年(1502)状元,有《康对山先生集》46卷,首以制策一篇,且自成卷帙。对策金銮,天子垂青,对世俗社会言,是光耀门楣的无上恩宠;对统治集团来说,是官僚制度与士人文化的有机结合,对于一代士风、文风起着导向作用。故张氏在序文中既津津乐道其世俗荣名,又郑重强调其文章司命、学士准绳的文坛地位。康氏外甥张光孝又曰:"窃尝闻我外祖制策之对,一峰非俦;长公叙述之成,崆峒退舍,谓非有良史之才,而为绝代之倡者邪?"②罗伦号一峰,成化二年(1466)状元,有《一峰先生文集》40卷,制策冠首。同为状元对策,时人犹有高下之论,盖兹事体大,身系文运盛衰、政教兴替,非仅科举荣名或辞章声誉而已,所谓"科第不足以荣人,科第以人荣也"③,"以救世为文者,可以有功于文;而以文救世者,并可以有功于世"④。正因如此,崇祯年间,文时策修订乃祖文天祥文集时,鉴于"旧刻诗为全集之首","不能使忠肝义胆之谈,扶纲植纪之作,维新而显著之",遂"易廷对策、内外封事诸作冠之。盖古谊龟鉴,忠肝铁石,昔人所称;大廷一对,真足千古;其首以是,欲俾展卷者,一览便知其梗","其维世教而兴人心,所关非浅,信

---

① 张治道《对山先生集序》,康海《康对山先生集》卷首,《明别集丛刊》第1辑第97册,黄山书社,2013年,第9页。
② 张光孝《外祖康公对山集后叙》,《康对山先生集》卷末,同上书,第439页。
③ 聂豹《重刻一峰先生文集序》,罗伦《一峰先生文集》卷首,《明别集丛刊》第1辑第53册,黄山书社,2013年,第585页。
④ 姚希孟《畏庵先生文集序》,周旋《畏庵周先生文集》卷首,《明别集丛刊》第1辑第40册,黄山书社,2013年,第423—424页。

传家之秘宝,而范世之奇珍哉!"①心忧天下、蒿目时艰的对策,必有经世致用和维护纲常名教之功,不同于一般的科举考试文体如经义、八股等。可见,无论从世俗荣名还是"三不朽"之业看,以对策冠文集之首,都有其必然性。

第三节　讲学之体

宋代以后兴起的儒士讲学之文,如语录、会语、讲章、问答等,严格来说,是一种著述体式,若按《文选》选录标准,是不能入文集的。《宋史·艺文志》著录程颐《语录》2卷、刘安世《语录》2卷、谢良佐《语录》一卷、吕祖谦《紫微语录》1卷、张九成《语录》14卷、朱熹门人辑《语录》43卷等,都是单行别出的著述,入"子类·儒家类"。这表明语录在宋元时期主要是一种儒学著述方式,很少被目为辞章。宋代以后的文章总集,也确实很少见到此类文体。

至于别集,情况较为复杂。杨时《语录》4卷,陆九渊《语录》2卷,既有单行本行世,又各入其别集,一在《龟山集》卷一〇至卷一三,一在《象山集》卷三四至卷三五。张九成有《心传录》《日新录》,附《横浦文集》后;徐积《节孝先生文集》30卷,末附《语录》1卷。可见,宋别集已偶有阑入语录者,只是位置一般比较靠后,甚至附于卷末,不那么引人注目。明清时期,语录不仅大量进入别集,且常居卷首,获得了特殊的文体地位。如明夏尚朴《夏东岩先生文集》六卷,收各体诗文,而语录冠首;王守仁《王文成全书》38卷,首3卷为《语录》,即《传习录》上、中、下卷;周汝登《东越证学录》16卷,虽以"证学录"命名,实为收录各体诗文的别集,首五卷为"会语",即

---

① 文时策《文信国公文集后跋》,文天祥《新刻宋文丞相信国公文山先生全集》卷首,四川大学古籍所编《宋集珍本丛刊》第89册,线装书局,2004年,第138页。

讲学会的语录、讲章等;冯从吾《冯少墟集》22卷,卷一至卷一二为《语录》;清谢文洊《谢程山先生集》18卷,首3卷《日录》,即理学家关于每日言行、思想的记录,类似于语录;汤斌《汤子遗书》10卷,以语录冠首,卷二以后为奏疏、序、书牍、赋、颂、论、辨、传、墓表、像赞、祭文等,而诗词居卷末。总之,明清别集中,以语录冠首者比比皆是,成为既不同于前代别集,又迥异于历代总集的鲜明特色。

明清别集以语录冠首,并非自发、偶然现象,而是有明确宗旨的自觉选择。周宗正《东岩先生文集后序》曰:

> 文弗载道,犹虚车也,又焉用文之。君子之道贯乎极,君子之文通乎道。性命道德裕于中而文章词藻丽乎外,是为有道之言,有本之文,可以通天地感鬼神,继往而开来矣。此吾东岩先生之文,萃然一出于道,而扶植三极者,安可无传哉![1]

东岩先生即夏尚朴,明中期理学家,师从吴与弼、楼谅等,传主敬之学,"平生致存心养性之功,以践夫纲常伦理之实,尝谓尧之学以钦为主,以执中为用,实万古心学之源"[2]。而最能体现其理学家身份和学术成就的,是《语录》《中庸说》,所谓"今其讲义、语录之所发挥,皆可考而知也"。以载道、贯道、扶植纲常名教的文学观来衡裁夏尚朴的文集,语录、讲章等无疑最有经世价值,地位最尊,"真布帛菽粟,有益于世,所谓古之立言者","区区文章,足为先生多乎哉?"[3]故《夏东岩先生文集》以语录冠首,以彰显其重要地位。王守仁文集的编纂,也体现了类似的文体观念和理论自觉。王氏是中国历史上罕见的立德、立功、立言三不朽兼备的人物,其文集38卷,主体是传统的诗赋辞章。但其门人徐爱、钱德洪等辑纂《王文成全书》时,冠首文体既非展现其文采风流的传统诗赋,亦非突显其名臣勋

---

[1] 周宗正《东岩先生文集后序》,夏尚朴《夏东岩先生文集》卷首,《明别集丛刊》第1辑第82册,黄山书社,2013年,第463页。
[2] 同上。
[3] 同上书,第464页。

业的章表奏疏,而是标志其心学成就、地位的《语录》3 卷。四库馆臣评曰:"盖当时以学术宗守仁,故其推尊之如此。"①这可以说是对王守仁文化史地位的定论,而语录的重要性,随之得到强化。又,清初林润芝为南宋理学家李侗编次遗文,厘为 5 卷,题为"李延平先生文集",首 2 卷为《答问》,次以他人所撰书、行状、传、诗、祭文、墓志铭等纪念文字 3 卷。何棣对此种体例深表赞赏。在他看来,"古今诸家之文集,则皆游心艺林,专习词翰,务以组织雕镂、粉饰藻彩为工;纪颂诗赋,或代歌代哭,借他人之酒杯,浇我胸中之魄礧,兹所谓文集耳"②,李侗虽擅辞章而不以文人自居,其文集不是世俗意义上的文集,"先生之著述,非文集也,乃羽翼五经,鼓吹《学》《庸》《语》《孟》之书也;贯道之器,惟先生之文足以当之"③。《李延平先生文集》中的《答问》2 卷,皆李侗与弟子问答论学之语,是羽翼五经的贯道之文的典范,也是李侗一生志业所在,故不但冠首,且为整部文集的核心内容。又,明清之际孙奇逢,治学以陆、王为本,学问平实,人品高洁,与李颙、黄宗羲并称"清初三大儒";有《夏峰先生集》16 卷,"其语录本在诸体之后"④,道光二十五年(1845)重刊此本,改以《语录》2 卷冠首,以表彰"先生之教,沛然大行,达于朝而上为道揆,施于野而下为善俗"⑤的治化之功。可见,明清时期,以语录等讲学之文冠别集之首,是对文集编撰传统的大胆突破,是一种有意味的形式。

除了语录、会语、问答等,经筵讲章也是明清别集中常见的冠首文体。所谓经筵讲章,指皇帝接受四书五经和治国理政教育的御前

---

① 《四库全书总目》卷一七一《王文成全书》提要,中华书局,1965 年,第 1498 页。
② 何棣《李延平文集序》,李侗《李延平先生文集》卷首,《宋集珍本丛刊》第 40 册,线装书局,2004 年,第 226 页。
③ 同上书,第 227 页。
④ 钱仪吉《重刻夏峰先生集序》,孙奇逢《夏峰先生集》,《清代诗文集汇编》第 4 册,第 310 页。
⑤ 钱仪吉《重刻夏峰先生集序》,孙奇逢《夏峰先生集》,《清代诗文集汇编》第 4 册,第 311 页。

讲义,是一种特殊的著述方式。讲官由"吏部、礼部、翰林院公同推举,具名陈奏"①,"必得问学贯通、言行端正、老成重厚、识达大体者"②,再由皇帝钦定,贵为帝师,礼仪隆重,地位尊崇。尽管如此,明代之前,罕以经筵讲章入文集者。而明清别集,则在在有之。刘球《两溪文集》、马愉《马学士文集》、商辂《商文毅公集》、柯潜《柯竹岩集》、彭华《彭文思公文集》、郑纪《东园文集》、程敏政《篁墩程先生文集》、张璧《阳峰家藏集》、陆简《龙皋文稿》等,皆以经筵讲章冠首,体现了对这种文体的高度重视。孔天胤《何文定公文集序》:"先生崛起河山之阳,独晓然力究圣学,敷陈王道,于道德性命之微,礼乐伦制之大,辞受取予之节,出处进退之机,审固闲定,确乎其不可拔。于是海内称理学者推先生云。先生遇孝宗朝,蜚英馆职。逮事武皇帝,日进讲经筵,谠论谔谔,要在亲贤远奸,敬天恤民,虽权幸侧目而道不少屈","其情志之端,言行之概,亦往往见诸著作"。③"何文定公"即何瑭,明武宗时任经筵讲席。序文盛赞其儒学修养、人格气节,以及启沃帝王、匡弼朝政的业绩。而经筵讲章,集中体现了其学养、人格和帝师之业,是文臣学士的莫大荣耀,故冠《何文定公文集》卷首。这种体例所体现的文体观及其深层文化心理,在明清别集编纂中具有典型意义。

第四节 别寄怀抱之作

不管朝廷公文、试策之文还是讲学之文,都折射着传统儒士立德、立功、立言三不朽的人生理想,是世俗观念中成功士人身份、地

---

① 杨士奇《杨文贞公文集》卷一《请开经筵疏》,陈子龙选辑《明经世文编》卷一五,中华书局,1962年,第1册,第108页。
② 同上书,第107—108页。
③ 孔天胤《何文定公文集序》,何瑭《何文定公文集》卷首,《明别集丛刊》第1辑第95册,黄山书社,2013年,第11页。

位的象征,因此,作为冠首文体,具有普遍意义。明清时期,还有许多文体写作,与世俗普遍热衷的荣名无关,只因记载了特殊的人生经历,寄寓着特殊的思想、情感、怀抱,在作者生命历程中具有特殊的意义,因而冠于卷首,以示珍重。以这些文体冠首,虽普遍性不如奏疏、试策等,却在更大程度上突破了传统体例的限制,促成了明清文集的多样化面貌。以序跋类为例。在传统文集中,鲜有以之冠首者,而明清别集多别出机杼者。明韩邦奇《苑洛集》22卷、陈寰《祭酒琴溪陈先生集》8卷、董光宏《秋水阁墨副》9卷、殷奎《强斋集》10卷,首2卷皆为序;清陈名夏《石云居文集》15卷、吴锡麒《有正味斋骈体文续集》8卷、李邺嗣《杲堂文钞》6卷,首3卷皆为序;薛所蕴《澹友轩文集》16卷,首7卷为序;丁澎《扶荔堂文集汇选》12卷,首4卷为序;高珩《栖云阁文集》15卷,首6卷为序。可以看出,明清别集以序冠首司空见惯。这一方面是因为明清时期序体文写作数量庞大,在不少别集中,几占一半的卷帙。而在明清人的编次观念中,"集之居前者,大约须观其全集之次,惟其所重,以其文之多而有关系者为首列,斯为得体"①,以序冠首,有其必然性。

另一方面,序体虽有"凡序文籍,当序作者之意"②的基本要求,但并无严格的程式规范,体制灵活,表达自由,或缕述生平,记载交游;或感慨兴亡,自伤沦落;或心忧庙堂,或寄傲山林,蕴含着作者一生的人事遭遇、喜怒哀乐,即生命历程中之"有关系者",故往往为作者、编者所重。如张贞《渠亭山人半部稿》5卷,乃合五部小集而成,分别为《渠亭文稿》1卷、《或语》1卷、《潜洲集》1卷、《娱老集》1卷、《遗稿》1卷。每卷皆首以序,次以记、传、墓志铭等,体例整齐划一。李澄中《或语序》曰:"盖其平生以友朋为性命,故所为文多出于邮筒赠答之余也","其言曰,文章虽载道之器,大抵皆缘朋友而

---

① 徐枋《居易堂集凡例》,《居易堂集》卷首,《清代诗文集汇编》第81册,第162—163页。
② 吴讷《文章辨体序说》,人民文学出版社,1962年,第42页。

作"，"即别有寄托，亦可指数矣，因取《易》同人之辞，而名之以《或语》。《诗》曰：'风雨如晦，鸡鸣不已。'古君子交友之道如是，其可怀也"。① 可见，张贞笃于友道，所为文章多友生赠答、契若金兰之语。而序文正是承载其生平交谊的主要文体，故冠于卷首，以示珍爱。又，李邺嗣序文写作有一特点，即详述文集作者的生平、经历，而略写文集编纂之缘起、特色等，具有"以序为传"的特征。如《太常庄公遗集序》详载庄元辰痛恨奸佞，奋起排击马士英的事迹以及作者与序主的交谊，而编集过程仅用"余感公知，将悉取公遗集传诸世而从未果，近始得数卷，因为诠次，并书公大节若此，后人读公遗文，即可慨然若见其人矣"②寥寥数语带过。《黄忠端公集序》《三楚旧劳记序》《钱孝直先生两都疏草序》《梁公狄先生遗集序》《周贞靖先生遗集序》等，内容、章法都有类似特点。这些序主大多地位不高，事迹难入国史，然其嘉言懿行、忠烈气节，不可泯没。李邺嗣借序其集以缅怀故国、表彰忠义、保存先朝文物，并将此类文体置于卷首，以昭示其苦心孤诣。

序体文在长期发展过程中，逐渐由"序作者之意"的书序、诗文序衍生出赠序、寿序等文体。这些衍生文体，世俗应酬色彩明显，不乏无病呻吟或违心谄媚之作，故备受抨击，曾国藩甚至扬言"宇宙间乃不应有此一种文体"③。此类斥责虽不无道理，但也不可一概而论。赠序、寿序体现了作者赖以生存的人际网络，序文中近乎程式化的勉励、祝祷、颂扬，是传统人伦关系、人生理想、人格修养集体无意识式地表达，只要择人而序，知体要，不虚美，裁以古义，寓规于颂，即能收扶植纲常、移风易俗、作育人才之效。正因如此，尽管方苞、姚鼐、曾国藩等都曾严厉批评赠序、寿序，但只是斥其末流，并未

---

① 李澄中《或语序》，张贞《渠亭山人半部稿·或语》卷首，徐永明、乐怡主编《美国哈佛大学哈佛燕京图书馆藏清代善本别集丛刊》第12册，广西师范大学出版社，2017年，第18—19页。
② 李邺嗣《杲堂文钞》卷一《太常庄公遗集序》，《清代诗文集汇编》第77册，第559页。
③ 曾国藩《曾文正公书札》卷五《覆吴南屏》，《清代诗文集汇编》第643册，第107页。

作根本否定,他们自己都大量创作此类作品,即是明证。鲁一同在《黄母邓孺人寿序》中认为,寿序体现了人伦之美,"士大夫吝啬刻核,薄于宗党朋友,祸及民物者,必先自薄其亲"①,从反面论证了寿序睦亲族、厚人伦、美教化的重要作用。正因如此,明清别集不乏以赠序、寿序冠首者,如侯方域《壮悔堂文集》卷一、卷二各录序16篇,且开篇为《送徐吴二子序》《赠倪荥阳序》《赠彭孝先序》《赠王子序》等赠序,既抒发易代之际时局飘摇、英雄末路的抑郁悲慨,又寄托着对后学的劝勉和期待。李塨《恕谷后集》首2卷为序,而以《送黄宗夏南归为其尊翁六十寿序》开篇。李氏古文,初宗八家,后师从王源,宗法秦汉,遂尽删此前拟八家之作,而取师从王氏之作,编为《恕谷后集》,且以曾经王氏指授删削的《送黄宗夏南归为其尊翁六十寿序》压卷,以纪念这段师友渊源以及自己文学思想的转关。既以寿序压卷,为了体例妥帖,自然要以序体冠全集之首。

明清别集中又时有以书或传冠首者,如李贽《焚书》首2卷录书答,危素《危学士全集》、吕留良《吕晚村先生文集》首卷皆录书,徐枋《居易堂集》首4卷录书,邵廷采《思复堂文集》首3卷为传,王源《居业堂集》首5卷为传。这些打破常规的卷首文体,皆源于作者生命旅程中的特殊印记,体现了独特的编纂宗旨。如徐枋《居易堂集凡例》云:"今拙集以书居首,盖此集中惟书为最多,以吾四十年土室,四方知交问讯辨论一寓于书,且吾自二十四岁而遭世变,与今之当事者谢绝往还诸书,及答一二钜公论出处之宜诸书,似一生之微尚系焉。伏读往册,如叔向《贻子产书》,于古文中亦惟书为早出,故吾集以书冠之,而尺牍次之者,从书而类推之也。"②徐枋于明清易代之际,遵父遗命不仕异族,隐居山林四十年,"前二十年不入城市,后二十年不出户庭",备尝艰辛困顿,二儿一女殒于饥寒,而矢志不

---

① 鲁一同著,郝润华辑校《鲁通甫集·通甫诗文补遗》,三秦出版社,2011年,第393页。
② 徐枋《居易堂集凡例》,《居易堂集》卷首,《清代诗文集汇编》第81册,第163页

渝,不受俗世一丝一粟,"凡交游之往复,故旧之怀思,风景之流连,今昔之感伤,陵谷之凭吊,以至一话一言之所及,一思一虑之所之,非笔之于书则无以达之,故危苦悲哀之辞,悒郁侘傺之思,质言而长言者,不觉层见而叠出"。4卷书信,凝聚着作者一生的心志、血泪和情操,故冠于卷首,"可以俯仰千百世而无愧"。① 又,邵廷采服膺浙东王阳明之学,又师从乡贤黄宗羲,得其史学真传,主张文章学术当经世致用。其《思复堂文集》首3卷为传体文。卷一所传皆王学中人,昭示邵氏的学派归属;卷二所传多绍兴人氏,彰显学派的地域特征;卷三所传多为明清易代之际的殉国臣子,旁及宋元遗民,旨在表彰幽仄,涵养世道人心。② 可见,以传冠首,是经过深思熟虑的体例,体现了作者的史家身份和独特的学术旨趣。

第五节　生平得意之体

别集编纂中有一常见现象,即将生平得意之作置于开卷第一篇,以期读者的特别关注,此即通常所谓的"压卷之作"③。计有功《唐诗纪事》载王贞白自负其《御沟》诗"冠绝无瑕"④,遂为诗集压卷;张炎擅长短句,以《春水》词名重一时,人称"张春水",后编次词集,遂以此词冠首。明清时期,在分体编次的别集中,这种"压卷"心理,又常常表现为将作者生平最得意、最擅长的文体作为冠首文体。如崔徵麟编唐顺之集,以书冠首,其序曰:

---

① 徐枋《居易堂集序》,《居易堂集》卷首,《清代诗文集汇编》第81册,第162页。
② 关于《思复堂文集》首3卷的编纂体例,可参林锋《章学诚的文集论与清代学人文集编纂》,《文学遗产》2020年第6期。
③ 关于古代文集的"压卷"现象,可参李成晴《唐宋文集的"压卷"体例及其文本功能》,《社会科学研究》2018年第5期。
④ 计有功撰,王仲镛校笺《唐诗纪事校笺》卷六七"王贞白"条,中华书局,2007年,第7册,第2251页。

> 荆川先生天资绝出,弱冠登巍科,益潜心读书。为文始尊秦汉,颇效空同。已而闻王道思之论,洒然大悟,尽改其少作。尝与茅鹿门论文千余言,极力发明"本色"二字,故其所作高卓闲淡,绝无意求工而自工。及为皇太子宫僚疏,请群臣朝贺文华殿,忤旨,夺职为民,归隐阳羡山中,益务收敛菁华,不复作应酬文字。间与人书疏往来,信口写出,无非本色流露,真先生所谓洗涤心源,独立物表,具古今只眼者,殆非道思辈所可同日而语也。①

唐顺之为唐宋派领袖,文章宏富,古文、八股皆为一代宗师。崔徵麟编《唐襄文公文定》,仅选文63篇,分体编次,厘为4卷,可谓采光剖璞,择汰精严。而4卷之中,首卷为书,录《寄黄士尚书》《答蔡判官书》《与蔡子木书》《与茅鹿门书》《与李龙冈书》《与王尧衢书》《与王龙溪书》等20篇作品。在崔徵麟看来,这些朋友之间的往来书牍,一革七子派刻意拟古、拘挛补衲、生意荼然之弊,皆能直抒胸臆,信手写出,自然本色,而具千古不可磨灭之精神。如《寄黄士尚书》"友朋忠爱之义蔼然言表,不求工于文,而文自抑扬条畅"②,《与李龙冈书》乃"指陈时事之文,明白条畅,意旨醒豁,令人一目井然,是可为法"③,最能体现唐顺之的文学思想和创作成就,故录为首卷,垂范后学。

宋代以后,理学兴起,提高了士子的思辨能力和理论水平;再加上科举考试以经义、策论取士,促成了宋人好议论的风气和论体文的兴盛。在别集编纂上,随之出现了论体文冠首现象,如吕祖谦编注《东莱标注老泉先生文集》12卷、刘子翚《屏山集》20卷,首4卷

---

① 崔徵麟《唐襄文公文定序》,唐顺之撰,崔徵麟辑并评《唐襄文公文定》卷首,《中国古籍珍本丛刊·东北师范大学图书馆卷》第55册,国家图书馆出版社,2017年,第1页。
② 《唐襄文公文定》卷一《寄黄士尚书》评语,《中国古籍珍本丛刊·东北师范大学图书馆卷》第55册,国家图书馆出版社,2017年,第13页。
③ 《唐襄文公文定》卷一《与李龙冈书》评语,同上书,第33页。

皆为论。苏洵擅政论,刘子翚擅史论,故其集皆以论冠首。明清时期,这种现象更为常见。如以诗才倾动文坛的高启,古文"该洽而非缀缉,明白而非浅近,不粉饰而华采自呈,不追琢而光辉自著,盖由其理明气昌,不求其工而自无不工也"①,可谓卓然大家,只是长期为诗名所掩而已。史载高启博览群书,尤精邃于群史,有文武才,慷慨豪迈;其自谓功名不难而致,"未尝事龊龊,负气好辩,必欲屈座人";善持论说理,每"挟史以评人物成败之是非,按图以考山川形势之险易",词锋颖锐,势不可当,颇有战国策士之风。②故周立编高氏古文集《凫藻集》,以论体文冠首,录《威爱论》《四臣论》等最能体现其才情、学识、文风的作品。又,戴名世自负史才,以修《明史》自任而未遂其志,遂淬炼生平所学于史论,撰《老子论》《范增论》《抚盗论》《史论》等,词锋犀利,议论透辟,"才气汪洋浩瀚,纵横飘逸,雄浑悲壮,深得《左》《史》《庄》《骚》神髓"③,代表着其古文最高成就,故弁《南山集》之首。此外,徐有贞《武功集》、桑调元《弢甫集》、陈祖范《司业文集》、翟廷珍《修业堂初集》等,皆以作者所擅长的论体文冠首。

当然,明清时期,也有不少批评家因反对游谈无根的空疏学风而不喜论体文,推崇源于史学、注重写实、以纪人叙事为主要内容的传记类文体。程徵榮《云溪文集凡例》:"著作不难于议论,而难于叙述。盖议论则易涉纵横,叙述则必准绳尺,此司马氏、班氏所以独有千古也。先生集中不屑屑以论著炫奇,而一卷、二卷中家传、传略煞具史才。"④在程氏看来,议论可翻空出奇,自由驰骋;叙述必须尊重

---

① 周忱《高太史凫藻集序》,《双崖文集》卷二,《明别集丛刊》第 1 辑第 34 册,黄山书社,2013 年,第 301 页。
② 高启《送倪雅序》,《凫藻集》卷二,《明别集丛刊》第 1 辑第 17 册,黄山书社,2013 年,第 604 页。
③ 萧穆《敬孚类稿》卷一〇《戴忧庵先生事略》,沈云龙主编《近代中国史料丛刊》第 43 辑第 426 册,台北,文海出版社,1969 年,第 498 页。
④ 程徵榮《云溪文集凡例》,储掌文《云溪文集》卷首,《清代诗文集汇编》第 263 册,第 268 页。

史实、严守史法,又要引人入胜,难度远过议论,其文体地位自然也高于议论。故储掌文编《云溪文集》,珍重颇见史才的传体文,弁于卷首,而不屑于论体文。传体文外,明清别集又多有以作者所擅长的记体冠首者,如明杨士奇《东里集》、萧镃《尚约居士集》、梁寅《新喻梁石门先生集》、郑本忠《安分先生文集》,清董秉纯《春雨楼初删稿》、彭泰来《昨梦斋文集》、朱采《清芬阁集》等。吴讷《文章辨体序说》谓:"《金石例》云:'记者,纪事之文也。'西山曰:'记以善叙事为主。'"①可见,在文体属性上,记与传都以叙事为主要表达方式。以记冠首,与以传冠首一样,都表现了明清文章学对叙事之才的推重和叙事文文体地位的提高。②

明清别集中,又有以律诗甚至绝句冠首者,如明钱子正诗集《绿苔轩集》分体编次,首以七律,次以七绝、五绝,再次以五古、七古;吕不用《得月稿》文体序次为五绝、七绝、五律、七律、五古、七古等;李邦光《少洲稿》为五绝、七绝、五律、七律、五言杂体、七言歌行等,刘慈孚《云闲诗草》为七绝、五律、五古、七古等。在中国传统审美观念中,较早产生的文体雅于后起文体,古诗品位高于律诗,故编纂文集时,一般遵循先五言后七言、先古体后近体、先律诗后绝句的体例,如许学夷《诗源辩体》"先五言古,次七言古,次五言律,次五言排律,次七言律,次五言绝,次七言绝"③,正是典型的诗体序次。明清别集大胆打破这种传统,以律诗或绝句冠首,其关注点是作家最擅长或最富特色的文体。如钱子正长于七律,故以七律冠其诗集。李邦光作诗,追求"措词命意,浑然天成,初无刻削之迹"④。尽管从审美旨趣看,各种诗体都可追求这种境界,但就体式自身论,最契合这

---

① 吴讷《文章辨体序说》,人民文学出版社,1962年,第41页。
② 关于明清叙事文文体地位的提高,可参何诗海《"文章莫难于叙事"说及其文章学意义》,《文学遗产》2018年第1期。
③ 许学夷《诗源辩体凡例》,《诗源辩体》卷首,人民文学出版社,1987年,第4页。
④ 邓垣《少洲先生诗选书后》,李邦光《少洲稿》卷末,《日藏明人别集珍本丛刊》第1辑第12册,西南师范大学出版社、人民出版社,2017年,第631页。

种审美意趣的诗体,无疑是绝句。律诗本以格律见长,对偶精工、严守声律是其本色。古诗篇幅较长,尽可铺排腾挪。绝句篇幅短小,既要精心锤炼,惜墨如金,又要浑然天成,融化无迹,"其趣在有意无意之间,使人莫可捉着"①,铺排、雕琢稍过,便觉累赘、梗塞。李邦光之诗,"冲淡中有隽永至味,意兴所到,随物与景,感触成声,不烦苦思削刻之力"②,最能体现这种艺术成就的,是五绝和七绝,故编集者无视其语短体轻、难以压卷的传统观念,以绝句冠《少洲稿》之首。

第六节　冠首文体多元化的文体学意蕴

综上所述,明清时期别集冠首文体丰富多样,除了传统诗赋辞章外,又有诏诰敕令、章表奏疏、试策、讲章、语录、问答,以及其他在作者的生命历程中具有特殊意义,或最能体现作者创作成就的文体,如序、论、传、记、书、律诗、绝句等。在这些新出现的冠首文体中,论、诏令、奏疏等在宋编别集中已经出现,但并不常见,至明清才频频冠别集之首;其他文体,大多是在明清别集或明清时期编纂的前代别集中出现并盛行起来的,体现了文集功能、文体地位和审美旨趣等的变化,具有丰富的文学史意蕴。

文集的产生,源于辞章写作的兴盛。《隋书·经籍志》:"总集者,以建安之后,辞赋转繁,众家之集,日以滋广,晋代挚虞,苦览者之劳倦,于是采摘孔翠,芟剪繁芜,自诗赋下,各为条贯,合而编之,谓为流别。"③作为探讨文集起源的经典史料,尽管学界对所涉时

---

① 许学夷《诗源辩体》卷一八,人民文学出版社,1987年,第206页。
② 郭永达《少洲稿跋》,李邦光《少洲稿》卷末,《日藏明人别集珍本丛刊》第1辑第12册,西南师范大学出版社、人民出版社,2017年,第633页。
③ 魏徵等《隋书》卷三五,中华书局,1973年,第1089页。

间节点"建安之后"尚有争议,但对其核心观点,即诗赋创作兴盛引起文集的产生,则殊无疑义。从目录学看,在《隋书·经籍志》确立的四部分类法中,"集部"最重要的内容是别集和总集,而其雏形就是《汉书·艺文志》中的"诗赋略"。可见,文集自产生之初,就与诗赋结下了不解之缘;尽管所录文体众多,但在汉魏六朝,诗赋始终处于首要和核心地位。明人陈仁锡将东汉以来的"文"分为学者之文、公卿将相之文和文士之文。① 这个分类,从作者身份出发,有一定合理性,但不尽符合六朝人心目中"文"的观念。首先,学者之文,如五经注疏、训诂考证等,在六朝人看来,是著述,不是文章,不能入文集。其次,公卿将相之文,主要指诏令奏疏类朝廷公文,是无韵之笔,地位低于有韵之文,故文集中位置居后。文士之文,以诗赋为代表,重在抒发性灵,摛布藻采,是六朝人心目中地位最高的文体,多居文集之首。《文选》《文心雕龙》的编纂体例和《后汉书》《三国志》《晋书》《宋书》《南齐书》《梁书》等著录传主著述及文体写作情况,都可充分说明时人的文学观念和诗赋的优越地位。唐人的文体观念,大致沿袭六朝,加上科举考试中诗赋取士的施行,进一步强化了诗赋的文体地位,故诗赋冠首也是唐人文集的常态。

宋代是中国思想、文化从中古走向近古的分水岭,其社会基础是"士人身份从门阀士族,向文官,再向地方精英文人的转型"②。宋朝自立国之初,就着手一系列制度改革,如削弱相权、分散百官权力、控制门荫范围及其在入仕迁转中的作用、科举考卷糊名等,从而不断加强中央集权,防止世家大族垄断仕途甚至把持朝政。在这种制度下,士人要获得政治权力和社会地位,必须仰赖朝廷,以自己的学识、才干博取功名,而无法再像六朝隋唐门阀子弟那样,仅凭门荫就

---

① 陈仁锡《奇赏略纪》,《无梦园初集》马四,《续修四库全书》第1382册,第621页。
② 〔美〕包弼德著,刘宁译《斯文:唐宋思想的转型》"译后记",江苏人民出版社,2001年,第599页。

可"平流进取,坐至公卿"①,甚至自命清高,"以理事为俗吏"②。正因如此,象征着王权政治的朝廷公文,获得宋人高度关注,以至于冠于文集之首,开创了《文选》之外又一种文集编纂传统。明清时期,随着中央集权加剧和士人对政权依附性的增强,章表奏疏类文体冠首的别集也不断增多。尤其是国步艰难之际,更会呼吁此类经世之文。钱谦益《纯师集序》云:"忠臣志士之文章,与日月争光,与天地俱磨灭。然其出也,往往在阳九百六、沦亡颠覆之时。宇宙偏沴之运,与人心愤盈之气,相与轧磨薄射,而忠臣志士之文章出焉。有战国之乱,则有屈原之《楚词》,有三国之乱,则有诸葛武侯之《出师表》,有南北宋、金、元之乱,则有李伯纪之奏议、文履善之《指南集》。"《纯师集》为明末藏书家余钰曾所编,录先秦至南宋之文,以治国经邦的章表奏疏为主,旨在"考镜古今政治、兴亡得失,崇奖忠孝,激劝志义"③。钱氏赞美这些忠臣志士之文,以忠孝大节为根底,以扶危济世为己任,纵其志不遂,而精神足以与日月争光,绝非流连光景、吟诗作赋却无济于事者可同日而语。以之冠文集首,可谓天经地义。至于试策之文,其文体功用本近乎商榷国事的奏议章表,以对王权政治的认同、依附为前提;而在举国士子趋之若鹜的明清科举时代,这种文体附上了科举成功的耀眼光环,又无八股那种世俗利禄敲门砖性质的卑下品格,故也可堂而皇之地超越诗赋冠于卷首。需要特别指出的是,有些试策冠首的别集,打破了体例自身的逻辑规律,显得格外引人注目。如徐溥《徐文靖公谦斋文录》的文体序次为廷试策、奏章、五言律、五言排律、五言绝句、五言古风、七言绝句、七言律、挽诗、序文、记、书、引、跋、说、赞、难、行状等。这个序次,没有遵守常见别集先诗后文或先文后诗的体例,而是呈现出"文—诗—文"的反常思路,其宗旨自然是为了

---

① 萧子显《南齐书》卷二三《褚渊王俭传》,中华书局,1972年,第438页。
② 房玄龄等《晋书》卷七一《熊远传》,中华书局,1974年,第1887页。
③ 钱谦益著,钱曾笺注,钱仲联标校《牧斋初学集》卷四〇《纯师集序》,上海古籍出版社,2009年,第1085页。

强化廷试策的压卷地位。

宋代理学兴起,对传统思想、文化和文学观念产生了强烈冲击。尤其是以二程、朱熹为代表的程朱学派,重道轻文,重心性修炼轻外在事功,至其末流,以讲学语录为儒道之所载、国运之所托,"凡治财赋者,则目为聚敛;开阃捍边者,则目为粗材;读书作文者,则目为玩物丧志"①,不但否定传统诗赋的价值,甚至对韩、柳、欧、苏等古文家,也提出严厉批评,认为韩愈、欧阳修等虽以明道、载道相号召,实际上是溺于文辞,重文轻道。这种轻视艺文、鄙薄诗赋的态度,必然影响宋人的文学价值观。当然,就文集编纂看,宋编别集仍以诗赋为核心,虽偶尔阑入语录、讲章之类,一般只居文集之末,不那么引人注目。事实上,程朱理学在宋代只是尚在成长中的学派,并未获得优越地位;元、明、清立为官学,地位开始上升。尤其是明清两朝,皆以程朱理学为立国之本;科举考试,以朱熹构建理学完整体系的《四书集注》为教科书,程朱理学遂从一种思想学说内化为士人日常言行的是非标准和识理践履的主要内容。明清别集遂堂而皇之地收录理学家语录、讲章并冠于卷首,以彰显其在思想、文化上的指导地位。文集在发掘文士性灵、荟萃辞章藻采外,有了构建思想、表彰学术的新功能。而学术思潮、风气丕变,自然会体现在别集编纂中。如清代考据学兴盛,别集中除了语录、讲章等理学之文外,又大量涌入考据之文,戴震《戴东原集》、段玉裁《经韵楼集》、沈彤《果堂集》、阮元《揅经室集》、汪中《述学》等,不但内容以考据为主,冠于卷首的,也都是考据文体,这成为清代别集的显著特征。而在清人心目中,学问是文章根本,文章只是表达学问的工具,"夫文章者,学问之发也"②,"考证即以实此义理,而文章乃所以达之之具"③,"夫

---

① 周密《癸辛杂识·续集下》,中华书局,1988年,第169页。
② 王念孙《陈观楼先生文集序》,《王石臞先生遗文》卷二,王念孙等撰,罗振玉辑印《高邮王氏遗书》,江苏古籍出版社,2000年,第130页。
③ 章学诚《与族孙汝楠论学书》,《章学诚遗书》卷二二,文物出版社,1985年,第224页。

诗文一道,根柢性情,其实本原学问"①之类论断俯拾皆是。这些观点,彻底颠覆了《文选》所确立的文章观,是学者之文崛起的理论基础,也是明清时期讲学、著述之文冠于卷首的内驱力。

如果说朝廷公文、试策之文、讲学之文冠首,主要受政治制度、科举教育、学术思潮等外在因素的影响,是官僚之文、学者之文对文集的强势入侵,体现了文集的内涵变化和功能拓展,传、记、序、书、论、律诗、绝句之冠首,则体现了文人之文疆域内文体地位、审美观念等的变化。六朝隋唐是文学逐渐摆脱对学术的依附,获得独立地位的时期,诗赋作为最见文人性灵、藻采和才华的文体,始终处于文集的核心地位。然而,经过漫长的发展演变,到了明清时期,以诗赋为代表的"有韵之文",已完成各种体式的探索、创新,菁华既竭,能事已毕,很难像先唐那样充分吸引士人的注意力和创造力;诗赋已丧失文体谱系中的绝对优势地位。与此形成鲜明对比的是,诗赋之外的"无韵之笔",如传、记、序、论、书等叙事、议论之文,尚多拓展空间,成为文人发抒性灵、别寄怀抱的重要方式;以这些文体展现独特的人生经历、喜怒哀乐、精神寄托和艺术才华,是作者生命体验最富个性化的表达,同样具有动人心弦的力量,所谓"体有万殊,物无一量"②,才人之思,千变万化而不穷,绝非诗赋所能牢笼。至于有韵之文中的律诗、绝句,虽然产生较晚,不如四言、古诗、乐府高古典雅,但因契合某些作者的才性而时出佳作,也不妨打破惯例予以特别表彰。总之,《文选》以来逐渐形成的文集编纂传统,仅仅反映了特定历史阶段的文学观念和创作实际,不能以之衡裁整个文学发展史。明清士人对此有鲜明的理论自觉,故在别集编纂中能打破陈规,充分尊重、体现文学创作的丰富性和复杂性,以作者最得意、最珍重的文体冠于卷首,从而使明清文集别开生面、五彩斑斓。

---

① 金文田《宝纶堂外集后序》,齐召南《宝纶堂外集》卷末,《清代诗文集汇编》第300册,第527页。
② 陆机著,张少康集释《文赋集释》,人民文学出版社,2002年,第99页。

第五章　明清文体应酬功能之争

中国古代文体,建立在政治、礼乐制度和实用功能的基础上。各种文体自产生之初,就有显著的集体性、功利性和交际应酬功能。在"诗可以群""君子以文会友"①等儒家诗学传统中,文体的交际应酬功能长期以来被认可、接受,甚至得到鼓励。萧统《文选》录诗439首,根据主题或题材分为23类,其中赠答类72首,甲于全编;如果加上具有显著交际色彩的公宴诗14首、祖饯诗8首、献诗3首等,总计近百首。可见,在汉魏六朝时期,应酬诗是诗歌的重要门类②,产生了众多被后世奉为圭臬的经典作品。然而到了明清时期,对应酬文体的斥责、否定日趋普遍和严厉,由此引发了长达数百年之久的关于文体应酬功能的激烈争论。本章拟围绕以上问题展开探讨。

第一节　明清文体应酬之盛

在中国古代文体谱系中,具有交际功能的文体种类繁多。其中诗是最为早熟且最早用于交际、应酬场合的文体。《诗·大雅·崧

---

① 何晏集解,邢昺疏《论语注疏》卷一二,阮元校刻《十三经注疏》,中华书局,1980年,第2505页。
② 关于应酬诗,蒋寅认为有广义和狭义之别。广义泛指用于人际交往的诗歌写作;狭义则指不情愿而又不得不写的客套之作,至于同时同场唱和、幕僚在府主饯宴上作送别诗等职务性和类职务性写作,则不在其列(参见蒋寅《杜甫应酬诗小议》,京都大学文学部中国语学中国文学研究室编《中国文学报》总第83册,2012年)。笔者大体采纳其狭义的"应酬"概念,并稍作扩展,凡非职务性代笔和应人请托之作,也纳入考察范围。

高》末章曰:"吉甫作诵,其诗孔硕。其风肆好,以赠申伯。"①此诗乃周宣王时尹吉甫为饯别受封谢城的申伯而作,可见早在西周就有作诗赠别的现象。《左传》大量记载春秋时期公卿大夫在政治、外交场合的赋诗言志活动,不过其所谓"赋诗",并非创作,而是引用《诗经》成作表达政治、外交意志。其应酬功能,虽然主要出于职事所需,却成为后世文人在日常生活、人际交往中作诗应酬的先声。从汉代至魏晋南北朝,应酬诗作日渐增多。据逯钦立《先秦汉魏晋南北朝诗》所录,魏晋南北朝时期的应酬唱和之作不下1500首。其中公宴、应制、奉令、赠答、唱和、分题、分韵、次韵、赋得、联句等多种集体创作形态的兴起,显示诗歌的社会性、功利性和交际应酬功能不断增强。这些创作形态经唐宋元直至明清,一直活跃在文人日常生活中。此外,唐宋时期还兴起了一些新的交际应酬文体,如赠序、字序(字说)、题跋、词等,并为明清文人所广泛沿用。

明清时期,文体应酬之风日趋炽盛。明清别集中的应酬之作可谓连篇累牍、触目皆是,以至于四库馆臣每有"是集诗文多应酬之作"②"集中诸作大抵应酬之文也"③"是集大抵应酬之作,亦尚沿明季之余习"④等评价,而对明之前的别集,则罕见此类论断。这至少从一个侧面体现了明清诗文应酬之风远过前代。至于应酬文体种类,除了传统的诗、词、赠序、题跋等外,还有两大文类值得特别关注。一是传体文,以传记为主,也包括以写人纪事为主的行状、墓志等。此类文体源于史传,本为史官职掌,但私人所作的别传、家传等,也时有所见。清人章宗源撰《〈隋书·经籍志〉考证》,辑得汉魏

---

① 毛亨传,郑玄笺,孔颖达疏《毛诗正义》卷一八,《十三经注疏》,中华书局,1980年,第567页。
② 永瑢等《四库全书总目》卷一七六,中华书局,1965年,第1571页。
③ 同上书卷一七七,第1585页。
④ 同上书卷一八一,第1633页。

六朝私传 184 种,今人逯耀东在此基础上增补为 211 种。① 唐宋时期,随着官修史书制度的发展和完善,私人作传受到压制,作品反而比先唐时期少。虽然韩、柳、欧、苏等都创作了少量以"传"命名的篇章,如韩愈《毛颖传》、柳宗元《蝜蝂传》、欧阳修《六一居士传》、苏轼《方山子传》等,却旨在感慨寄托,并非传记正体,更无交际应酬功能。应酬性私传的大量产生,始于明中叶,至清代方兴未艾。明中叶以后,随着科举教育和商品经济的发展,滋生了数量庞大的士绅和富民阶层。其事迹大多难入国史,而子孙后裔又迫切希望先人事迹传于后世,遂厚赀请托名公才人撰写传记、行状、墓志等。钱谦益称:"志墓之文,本朝弘、正后,靡滥极矣。"②指斥明中叶之后,墓志文泛滥成灾,甚至"屠沽细人,有一碗饭吃,其死后则必有一篇墓志"③。唐宋时期的墓志文体虽已颇为兴盛,但主要用于社会地位较高者,其民众基础和普及面远不能与明清时期相比。明清传体写作中,"乞予作传"④"乞为行状"⑤"请为墓志"⑥之类的表述比比皆是。而传主身份,上自名公巨卿,下至市井小民,遍布各个社会阶层。传体文遂蔚为明清应酬文之大宗。翻阅明清别集,仅计以"传"名篇的作品,王世贞有 110 篇,李维桢有 180 篇,黄宗羲有 169 篇,王士禛有 152 篇,全祖望有 212 篇,钱谦益则多达 300 余篇。这些作品绝大多数是受人请托而作,应酬色彩极为显著。章学诚称:"盖史学散而书不专家;文人别集之中,应酬存录之作,亦往往有记传诸体,可

---

① 参见逯耀东《魏晋别传的时代性格》,《魏晋史学的思想与社会基础》,中华书局,2006 年,第 71—97 页。
② 钱谦益《新刊震川先生文集序》,归有光《震川先生集》,上海古籍出版社,2007 年,第 10 页。
③ 唐顺之《唐顺之集》卷六《答王遵岩》,浙江古籍出版社,2014 年,第 276 页。
④ 吴国伦《甔甀洞稿·续稿·文部》卷一〇《张母龙孺人传》,《四库全书存目丛书》集部第 123 册,第 659 页。
⑤ 沈起元《敬亭文稿》卷三《故工部虞衡清吏司郎中王君行状》,《清代诗文集汇编》第 257 册,第 141 页。
⑥ 王昶《春融堂集》卷五四《四川盐茶道王君墓志铭》,《清代诗文集汇编》第 358 册,第 538 页。

裨史事者。"①明确指出文集中记传诸体的应酬功能。

明清应酬文体中,另一值得特别关注的现象是寿序勃兴。所谓寿序,实为赠序的一种,只是专用于祝寿场合,故《古文辞类纂》将其归入赠序类。明初杨荣已有《庆龚则荣寿七十序》,至成化、弘治年间,作者渐多,但尚未引人瞩目。从嘉靖年间开始,随着祝寿之风盛行,寿序数量陡然上升,并涌现出归有光、王世贞、陈继儒等寿序大家,而归氏之文尤其被奉为典范。罗洪先《谢却渊友祝年》称:"今世风俗,凡男妇稍有可资,逢四五十谓之'满十',则多援显贵礼际以侈大之。为之交游、亲友者,亦皆曰:'某将满十,不可无仪也。'则又醵金以为之寿,至乞言于名家。与名家之以言相假者,又必过为文饰以传之,而其名益张。凡此皆数十年以来所甚重,数十年以前无有是也。"②归有光称:"余居乡,见吾郡风俗,大率于五礼多阔略;而于寿诞独重其礼,而又多谒请文辞以夸大之。以为吴俗侈靡特如此;而至京师,则尤有甚焉。而余同年进士,天下之士皆会于此,至其俗皆然。"③罗洪先为嘉靖四十四年(1565)状元,与归有光同时人。从两家描述可知,嘉靖以来,世重寿礼,无论江南还是北地,谒请文辞以贺寿诞渐成风俗。寿主将寿序张于壁间或现场朗诵,既可佐酒侑觞,又可扬名于世。寿序写作因此风靡天下,虽经明清易代而未见衰微。钱谦益《华母龚夫人八十寿序》云:"古无生辰为寿之文,而近世滋甚。凡寿考燕喜之家,亲知故旧,相与考德颂美,列名征词,无虑数十人。诗文之传遽而至者,无虑数百篇。"④华母寿辰,在壬寅正月。由于此寿序收于《牧斋有学集》,乃入清后所撰,知此"壬寅"在易代之后,即康熙元年(1662)。文中所谓"近世滋甚",显然指明末

---

① 章学诚著,叶瑛校注《文史通义校注》卷六,中华书局,1994 年,第 697 页。
② 罗洪先《念庵文集》卷四,《景印文渊阁四库全书》第 1275 册,第 119 页。
③ 归有光《震川先生集》卷一二《李氏荣寿诗序》,上海古籍出版社,2007 年,第 306 页。
④ 钱谦益著,钱曾笺注,钱仲联标校《牧斋有学集》卷二五,上海古籍出版社,1996 年,第 986—987 页。

清初。一场寿礼竟征得数百篇贺寿诗文,其风与明代相较,确实是变本加厉,以致黄宗羲有"今之号为古文者,未有多于序者也;序之多,亦未有多于寿序者也"①之叹。其后桐城派崛起,主盟文坛近两百年。桐城大佬方苞、刘大櫆、姚鼐及后期的曾国藩等,一方面非议寿序,一方面又大量撰写寿序,体现了这种文体顽强的生命力。

从交际功能来看,几乎古代一切文体都具有应酬属性。因此,上文所述,并未穷尽古代一切应酬文体,只是粗略勾勒历代最常见或最有时代特色的应酬文体,旨在说明:中国文学从产生之初就与交际应酬结下不解之缘;在此后数千年的发展、嬗变过程中,也一直未能摆脱应酬功能。文体与应酬,如血肉相连,不可分割,这是中国文学的基本特色。

第二节 对诗文应酬习气的批判

文体与交际应酬的天然血缘关系,使古代文学批评在很长一段时间内,充分肯定文学的社会性和应酬功能,并不认为文学性和应酬性具有不可调和的矛盾。虽然蔡邕坦陈"吾为碑铭多矣,皆有惭德,唯郭有道无愧色耳"②,刘叉讥其友韩愈谀墓得金,张戒批评苏黄唱和为文造情,但这些只是对写作态度、效果的局部反思和批评,并非否定文体应酬功能,更未形成声势浩大的批评风气。而到明清时期,随着应酬诗文泛滥,兴起了对应酬文体广泛、持久、尖锐的批判甚至彻底否定。这是明清文学批评的重要特色。

明清文论家多指斥应酬为诗文败坏的根源。明人沈长卿讥切世弊,有"是非乱于成败,诗文坏于应酬,法度弛于调停,流品混于情

---

① 黄宗羲《施恭人六十寿序》,《黄梨洲文集》,中华书局,2009年,第508页。
② 范晔撰,李贤等注《后汉书》卷六八《郭符许列传》,中华书局,1965年,第2227页。

面"①之说,其论诗文之坏,唯归咎于应酬。清人张谦宜痛诋钱谦益古文"其俗在骨","诗文序及赠送贺寿之词,皆油滑腐烂,无一近古者",感慨道:"甚矣!应酬笔墨,坏文章之品,戒之哉。"②吴乔甚至倡言"诗坏于明,明诗又坏于应酬","明人之诗,乃时文之尸居余气,专为应酬而学诗"③,是诗道败坏的罪魁祸首。一旦牵涉应酬,即使名家巨擘亦多劣作。如邵长蘅认为,明代工文章者不下数十人,但大多根底浅薄,"求其贯穿四库之书,而粹然一本于六经,不得不推潜溪",俨然有推举宋濂为明文第一之意。尽管如此,宋氏之文"牵率于应酬,病冗病俗,往往而有"④,艺术成就受到损害,殊为可惜。潘德舆《养一斋诗话》卷一云:"杜诗亦多应酬之作,如《赠翰林张学士》《故武卫将军挽词》《奉赠集贤院崔于二学士》等诗是也。既无精义,而健羡荣华,悲嗟穷老,篇篇一律……学者一概奉为准绳,则识卑而气短,不足成章矣。"⑤老杜集诗学之大成,固多名篇佳作;然而其干谒应酬之作气格卑下、千篇一律,实乃下乘末脚,不可效法。

那么,应酬之习是如何蠹毁诗文的?首先是无病呻吟、虚美夸饰,严重违背了为情造文、修辞立诚等基本的创作原则。都穆《南濠诗话》云:"东坡云:'诗须有为而作。'山谷云:'诗文惟不造空强作,待境而生,便自工耳。'予谓今人之诗,惟务应酬,真无为而强作者,无怪其语之不工。"⑥郑之玄《郭闇生诗序》云:"诗者,性情之文也。性之所至,情之所至,一往而深,而韵生焉,不可以强索也。""本

---

① 沈长卿《沈氏日旦》卷九,《续修四库全书》第1131册,第524页。
② 张谦宜《絸斋论文》卷五,王水照编《历代文话》,复旦大学出版社,2007年,第3934—3935页。
③ 吴乔《围炉诗话》卷四,郭绍虞编选《清诗话续编》,上海古籍出版社,1983年,第594页。
④ 邵长蘅《邵子湘全集·青门簏稿》卷一一《书宋学士集后》,《清代诗文集汇编》第145册,第263页。
⑤ 郭绍虞编选《清诗话续编》,上海古籍出版社,1983年,第2018页。
⑥ 丁福保辑《历代诗话续编》,中华书局,2006年,第1351页。

非其志,而强为之韵,其塞白应付之语,自己犹为呕哕,况能使人兴乎?"①从创作发生原理来看,无论诗文,都当有感而发、情深意切,方能感人。而应酬之作多循人所请,或为满足特定的社交要求而作,并无不可遏制的创作冲动,也无深厚情感灌注其中,勉强操觚,敷衍拼凑,无病呻吟,常令作者自感呕哕,更遑论能写出富有表现力和创造力的作品。从交际效果来看,应酬诗文以协调人际关系、满足身份认同为目标,必然以称美应酬对象为基调。若其人事迹、才学、德行等皆无足称,则赞美必流于空洞、夸饰甚至谄媚。归庄《谢寿诗说》云:

> 余近为人作一寿诗序,极言其不当求,既求亦不当应。盖今日之所谓寿诗者滥甚矣!凡富厚之家,苟男子不为盗,妇人不至淫,子孙不至不识一丁字者,至六七十岁,必有一征诗之启,遍求于远近从不识面闻名之人。启中往往诬称妄誉,不盗者即李、杜齐名,不淫者即钟、郝比德;略能执纸笔效乡里小儿语者,即屈、宋方驾也。②

在明清时期的应酬诗文中,此类"诬称妄誉"比比皆是,庸陋鄙俗,令人难以卒卷。陈维崧斥责寿序"语夫世德,人人皆七叶双貂;述彼家风,户户悉一门千石"③,与归庄所论略同。对普通人来说,这可能只体现了世风之轻佻、文风之浮夸,还不算严重问题;但如果应酬对象是大奸大恶之徒,则此类颂美混淆黑白、颠倒是非,干系世道人心甚巨,必须痛加诛伐。如徐渭代胡宗宪作寿序呈严嵩,满纸谀辞,其中有一段曰:"凡人有疾痛痒疴,必求免于天地父母,然天地能覆载之,而不能起于颠挤,父母欲保全之,而未必如斯委曲。伏惟兼

---

① 黄宗羲编《明文海》卷二七三,中华书局,1987年,第2846页。
② 归庄《归庄集》卷一〇,中华书局,1962年,第493页。
③ 陈维崧著,李学颖校补《陈维崧集·陈迦陵俪体文集》卷八《寿阎再彭先生六十一序》,上海古籍出版社,2010年,第412页。

德,无可并名,名且不能,报何为计。"①赞美严嵩兼具天地、父母之德,无以名之,更无以报之。谄媚如斯,真是骇人听闻,以致方濬师痛斥徐渭"廉耻丧尽",其文亦"足为文人无行者戒"②。

其次是辗转钞贩、袭用套式,扼杀了文学表现力和创造力。由于应酬文体多为满足一时交际之需,并无名山事业的期待,故而作者多敷衍塞责,鲜有精心结撰者。尤其对一些声誉隆盛的文坛宗伯或公卿才士而言,求文者络绎不绝,文债山积,疲于奔命,不得不请幕僚、门生代笔,或备套式以应索求。归庄描述钱谦益应人之请作寿诗的情形曰:

> 诗家不能辞,则作活套语应之。为甲作者,改一言半句,即移于乙、于丙。此犹出己之诗。钱宗伯为余言:苦应酬不能给,尝置胡元瑞集于案头,择其稍近似者移用之,以其活套者多耳。盖所寿之人,既无可称,而求者又多,索之又迫,势不容不出于苟且,岂惟宗伯,今之诗人亦多用此法。③

所谓"活套",约在南宋就已出现,指与文体交际功能相关的常用语汇和结构程式。但此类套式当时主要用于底层写作,精英文人尚不屑为之。到了明代,随着应酬之风日趋炽盛,求文者众,追索又急,即使胡应麟这样的著名文士,也多备活套,遇有索求,稍易一二字即可成篇,省时省力。流风所及,甚至连文坛地位、影响远高于胡应麟的钱谦益,也以此类活套为应急秘籍。至于其他普通文士,以套式写作应酬诗文,就更是司空见惯。明清之际充斥市面的《翰墨全书》《万用正宗不求人》《万宝全书》等通俗类书,都大量收录各种文体套式,正体现了巨大的市场需求。而根据套式批量生产

---

① 徐渭《徐渭集·徐文长三集》卷一五《代贺严公生日启》,中华书局,1983 年,第 445 页。
② 方濬师《蕉轩随录 续录》卷七"徐渭寿严嵩生日启"条,中华书局,1995 年,第 269 页。
③ 归庄《归庄集》卷一〇《谢寿诗说》,中华书局,1962 年,第 493 页。

的作品,必然满纸空话、套话,无法呈现应酬对象的独特面貌。顾大韶批评此类作品:"千里赠言,一面未卜,虽赞叹之语满堂,祝颂之章充栋,举其事而质之主人,主人不受;掩其姓名以示邻里,邻里亦不知为何许人也。"①在应酬风气下,寿序只是一种仪式符号,堆积颂美、祝福之语即可,其文是否切合寿主生平行事,是否有辨识度,都无关紧要。周亮工《寿汪生伯六十序》载,某寿主乞得某名公所作寿序,"仆从以下欣然有得色,其稍稍知文字者,从旁睨之,曰:'是文吾尝见之,吾尝数见之,易姓字耳,时日耳。'或曰文甚典,是非旦夕成者,从旁窃录之去,曰留之寿他君。此固不独韦布家,缙绅家更甚"②。名公作应酬文,只是将辗转钞贩之作改填姓名、时日而已。旁观者不以为怪,反赞赏其文,偷偷抄录,以备他日他人贺寿之用。此种抄袭之风,不仅浸染于布衣寒士,缙绅之家更为严重。可见,应酬文之庸滥陈腐,士风之无耻堕落,已病入膏肓,无可救药。

有鉴于此,明清文论家对应酬文体发起猛烈抨击乃至彻底否定。邓元锡《皇明书列传》载翰林编修王思"不为应酬文字,曰:美其辞以悦人,吾才所不能;以美辞而眩是非,吾心所不敢"③。袁中道《答王天根》:"弟两年来,以苦思得血疾,誓不作应酬文。今集中俱游记耳,更无一首应酬文也。"④冯从吾《答吴继疏中丞》:"弟素不娴古文辞,而又以贱恙,诸凡应酬文字,概从谢绝。"⑤这种严厉拒绝应酬文的态度,在明代之前较为罕见,在明清时期则比比皆是,汇聚成强大的批评声浪。顾炎武《与友人辞祝书》、黄宗羲《辞祝年书》、吕留良《戊午一日示诸子》等,均明确拒绝亲友、门生为自己写寿序,更反对请托他人写作此类文章。长期沦落幕僚的蒲松龄,则特撰《戒应酬文》,描绘落魄文士"坐枯寂,耐寒威,凭冰案,握毛锥","吟似寒

---

① 顾大韶《赠李颙所序》,黄宗羲编《明文海》卷二八四,中华书局,1987年,第2952页。
② 周亮工《赖古堂集》卷一六,《清代诗文集汇编》第39册,第164页。
③ 周骏富辑《明代传记丛刊》第73册,台北,明文书局,1991年,第735页。
④ 袁中道《珂雪斋集》卷二五,上海古籍出版社,1989年,第1061页。
⑤ 冯从吾《少墟集》卷一五,《景印文渊阁四库全书》第1293册,第271页。

蝉,缩如冻龟,典春衣而购笔札,曾不足供数日之挥"的困窘生活,抒发"无端而代人歌哭,胡然而自为笑啼","利既不属,名亦罔归,连连作苦声于终夜,诚可笑而可嗤"的精神折磨,并发誓"其从此而永戒,勿复蹈乎前非"。① 虽多愤世之语,然其所刻画的生活困境和痛苦心态,对明清众多底层文士而言,具有普遍性。其本质是从物质和精神层面怀疑应酬文的价值。方苞对桐城派推崇备至的归有光颇多微词,认为其文十有六七是乡曲应酬之作,袭常缀琐,虽欲超拔流俗而无由,影响了其文章的格局与成就。毛奇龄考察历代文集,发觉"唐后作序者无所不序",如书序、诗文序、赠序、字序等,唯寿序起于近世,"则其非古法,端可验也",断定寿序乃"明代恶习,亟宜屏绝"。② 曾国藩批评韩愈昌大其体的赠序以及由此孳生的贺序、字序、上梁序、寿序等,尤其是归有光大煽其风的寿序,空洞无聊,俗不可耐,"意宇宙间乃不应有此一种文体"③,彻底否定了此类文体的意义和价值。

其实,就古代文学生态而言,不管是底层文人还是精英文士,都难免人情交往,因此难以彻底拒绝应酬文体。如顾炎武、黄宗羲、钱谦益、吕留良、方苞,直至诋斥应酬文不遗余力的曾国藩等,皆未免俗。对此类不愿作而不得不作的文章,许多作者随写随弃,略不经意;编纂文集时更是严加删汰,不入本集。如明吴沉《濲川集自序》:"癸丑之夏,予忧思无聊,因取平日应酬之作观之,不觉发笑。数十年间,疲精神于无用之地,何益也哉。遂悉焚去之。"④将应酬文悉数焚毁,不留余地。郑燮自编诗集,题其后曰:"板桥诗刻止于此矣。死后如有讬名翻板,将平日无聊应酬之作改窜阑入,吾必为厉鬼,以

---

① 蒲松龄著,路大荒整理《蒲松龄集·聊斋文集》卷一〇,上海古籍出版社,1986年,第300—301页。
② 毛奇龄《西河文集·古今无庆生日文》,《清代诗文集汇编》第88册,第342页。
③ 曾国藩《曾文正公书札》卷五《复吴南屏》,《清代诗文集汇编》第643册,第107页。
④ 吴沉《濲川集》卷首,沈乃文主编《明别集丛刊》第1辑第13册,黄山书社,2013年,第171页。

击其脑。"偏激得近乎诅咒,法式善却称"虽系狂言,然亦矜慎之至矣",对其洁身自好深表赞赏①。姚鼐自定其文集,去取极严,凡应酬之作概不入集,故集中未收尺牍。今传《惜抱轩尺牍》八卷,乃其门人陈用光搜辑编纂而成。陈廷焯强调:"肆志于古者,将平昔应酬无聊之作,一概删弃,不可存丝毫姑息之意。"②皆可见一时风气。大约文坛地位越高,越重视身后声名的士人,编纂文集时对应酬文体越是警惕,唯恐腼然入集,自污其名。故四库馆臣编纂《四库全书》,对滥收应酬之作的文集颇多指摘,如批评余继登《淡然轩集》"诗文则应酬之作,未免失于刊削"③,徐阶《少湖文集》"大都应酬之文十居六七,皆不足以传"④,李维桢《大泌山房集》"文多率意应酬,品格不能高也"⑤,不一而足。可以看出,明清时期对应酬文体的批判,不仅指向同代文人的日常写作行为,还指向文集中存录的相关作品。诗文是否出于应酬,成为判断文品高下和文章优劣的重要标准。一旦被贴上"应酬"标签,相关文集就往往退入存目,不得列于《四库全书》正编。由于四库馆臣的特殊地位,这种价值评判代表着清代前中期的官方和主流文学观念,具有广泛而深远的社会影响。

第三节 儒学纲常与"文体不废应酬"

不同于道家的超然物外、遗世独立和法家的斥文学而任法术,儒家重视人际交往,重视文学艺术在沟通思想、交流情感、协调社会关系中的作用。"人有父子兄弟之亲,出有君臣上下之谊,会聚相

---

① 法式善著,张寅彭、强迪艺编校《梧门诗话合校》卷一一,凤凰出版社,2005年,第334页。
② 陈廷焯《白雨斋词话》卷八,人民文学出版社,1959年,第203页。
③ 永瑢等《四库全书总目》卷一七二,中华书局,1965年,第1513页。
④ 同上书卷一七七,第1580页。
⑤ 同上书卷一七九,第1610页。

遇,则有耆老长幼之施;粲然有文以相接,欢然有恩以相爱"①,是汉儒关于人伦秩序的经典构想。因此,传统文论历来都提倡文体的实用性和交际应酬功能。那么,明清论家为何如此尖锐地批判、否定应酬文体呢? 这与明清时期大众化写作的兴起息息相关。随着商品经济、科举制度和印刷业的蓬勃发展,明清时期下层民众接受教育、从事文学生产和消费的队伍不断壮大,基于地缘、血缘、学缘关系而展开的地方基层文学活动日益频繁,基层作家波属云委,不仅数量上远超精英文士,社会影响力也不断增强,很大程度上改变了宫廷、翰苑、藩府等上层文士主宰文坛的传统格局,诚如罗时进所论:"总的来看,明清两代文学创作重心在地方,在基层,即使乡间偏隅、海滨湖畔亦往往有文人集聚,既往的精英化创作,此际已经转变为大众化写作。"②这些数量庞大的基层作家,多为落魄失意的衙门胥吏、教谕塾师、禀膳生员、山人清客乃至巫医百工。由于长期生活在基层或乡土社会,限制了文学格局和视野,师友唱和、邻里应酬成为其创作最主要的题材。方苞批评归有光集十有六七是乡曲应酬之作,此风在基层写作中其实更为普遍和严重。这是明清应酬诗文铺天盖地、泛滥成灾的重要原因。而基层文人的文学修养和传世意识,总体上不如精英文士,他们在应酬写作中更容易困于人际交往甚至润笔所需,更容易批量生产那些敷衍拼凑、陈腐空虚、虚美诡谀的套式化作品,使文风遭受前所未有的破坏。文论家批判、否定应酬文体,既出于精英文士力挽狂澜、拯救文弊的自觉追求,也是对基层应酬写作无限扩张的文学发展态势的本能反应。

然而,对应酬文体的激烈讨伐和彻底否定,既悖离了"诗可以群""君子以文会友"等诗教传统,更对基于儒家宗亲伦理而形成的社会秩序产生无形冲击。因此,不少论家以儒学传统为理论武

---

① 班固《汉书》卷五六《董仲舒传》,中华书局,1962年,第2516页。
② 罗时进《基层写作:明清地域性文学社团考察》,《文学社会学——明清诗文研究的问题与视角》,中华书局,2017年,第86页。

器,驳斥相关的讨伐批判,维护应酬文体的地位。徐阶《王文成公全书序》曰:

> 道无隐显,无小大。隐也者,其精微之蕴于心者也,体也;显也者,其光华之著于外者也,用也;小也者,其用之散而为川流者也;大也者,其体之敛而为敦化者也。……古昔圣人具是道于心而以时出之,或为文章,或为勋业。至其所谓文者,或施之朝廷,或用之邦国,或形诸家庭,或见诸师弟子之问答,与其日用应酬之常,虽制以事殊,语因人异,然莫非道之用也。故在言道者必该体用之全,斯谓之善言;在学道者亦必得体用之全,斯谓之善学。①

王学末流以体悟性理为修道正途,遗落世事,枯坐冥想,浮谈无根,斥功业为俗务,以艺文为害道,漠视"知行合一"的实践精神。徐阶少从王阳明弟子游,对王氏的思想、文章、功业有着深刻体认。在他看来,儒家之道体现了圣人的济世理想和对社会发展规律的认识,体虽精微,但并非抽象玄虚、深不可测,而是蕴藏于日常生活中,即所谓"日用应酬即文也","故博之以文,俾知日用应酬可见之行者,皆所学之事,而不必探索于高深"②。圣人之道必须付诸社会实践,在实践中验证、发展和完善,并通过文章、勋业呈现其光华。就文章而言,上自朝廷、邦国,下至家庭伦常、应酬日用,无非道之呈现。应酬之文,可维护人伦纲常,"彝伦之懿,粲然相接者,皆文也","所谓文者,即道也"③。兹事体大,岂可废弃?洪云蒸少读韩愈干谒之文,每薄其品行。入仕之后,因持性耿直,屡遭催抑,后得相国叶向高点拨,始悟昨日之非和孔孟思想之真谛,"凡一切应酬言

---

① 王守仁撰,吴光等编校《王阳明全集》卷四一,上海古籍出版社,2015年,第1298页。
② 胡直《困学记》,转引自《黄宗羲全集·明儒学案》卷二二,浙江古籍出版社,1992年,第7册,第609页。
③ 袁甫《经筵讲义》,转引自《黄宗羲全集·宋元学案》卷七五,浙江古籍出版社,1992年,第5册,第1020页。

语文字,一秉于孔孟之权与时,而不以私意参乎其间",此"即圣贤济世之道"①。儒学虽然强调道德原则,但并不褊狭、迂腐,如孔子诺阳货,孟子侣王欢,皆有不得已之苦心。只要秉持圣人的权变原则,志在经纶世务,而不掺杂私欲,则干谒应酬亦无可厚非,应酬文体自然也不可废弃。陈子龙从五经的性质出发,对此有更为透辟的阐述。在他看来,五经作为儒学经典,"虽理致宏深,要亦应世之作也"。其中包含着序、铭、诔、书、赞、传诸多文体,"大半遇人事而作",可维系社会秩序和人伦纲常。后世文集多人事应酬之文,"按以经义,未为离畔"②,岂可一概摒弃?明清寿序饱受诟病而其风日盛,正因这种文体凝聚着儒学传统重视个体与群体的和谐关系以及重视家族血缘和宗亲伦理这样"一种极为强固的文化结构和心理力量"③。归有光《书冢庐巢燕卷后》曰:"天下之礼,始于人情;人情之所至,皆可以为礼。""天下之事苟至于过,皆不可以为礼。而独于爱亲之心,则不可以纪极。故圣人以其过者为礼,盖所以用其情也。"④在他看来,圣人缘情以制礼,礼讲究度,过度则非礼。唯爱亲之心并无极限,虽过度而不逾礼,以其情深也。为长者作寿序,即使礼过于奢,文多溢美,但只要情深,仍值得鼓励。因为这种基于血缘关系的亲情,是构建古代社会秩序最牢固的基石。朱恭之迁官南都,便道省亲,适值其母七十寿诞,便乞序于归有光。归氏羡慕其既能尽忠,又能尽孝,感慨道:"使天下之士,仕于内外皆如恭之,是所谓各适其性,而无复《行苇》《裳裳者华》之思矣。以孝为忠,孰能御之哉?孰能御

---

① 洪云蒸《运甓斋启稿自序》,邓显鹤编纂《沅湘耆旧集》卷二二,岳麓书社,2007年,第2册,第453页。
② 陈子龙《安雅堂稿》卷二《倪鸿宝先生应本序》,辽宁教育出版社,2003年,第20页。
③ 李泽厚《中国古代思想史论》,《李泽厚十年集》第3卷,安徽文艺出版社,1991年,第297页。
④ 归有光《震川先生集》卷五,上海古籍出版社,2007年,第118页。

之哉?"①爱亲敬老是寿序的基本主题,是子弟仁孝、家族和睦的体现,而仁孝是忠于职事、忠于君上的基础。可见,寿序具有弘扬忠孝之道、维护统治秩序的强大政治力量,岂可弃置?

正因应酬文体符合儒家诗教和纲常伦理,章学诚对于明清时期否定应酬之论深感不满,认为应酬文体未必卑下,赠答、寿序、颂祷、墓志、哀诔等应酬文体,源于儒家礼制,具有维护等级秩序与社会和谐的重要意义,因此再三呼吁"涉世不得废应酬故事"②"文体不废应酬"③。姚鼐主张:"论文之高卑以才也,而不以其体。昔东汉人始作碑志之文,唐人始为赠送之序。其为体皆卑俗也,而韩退之为之,遂卓然为古文之盛。"④强调文品高下取决于作者才性,与文体自身并无必然联系。袁枚《随园诗话》亦有类似观点:

> 予在转运卢雅雨席上,见有上诗者,卢不喜,余为解曰:"此应酬诗,故不能佳。"卢曰:"君误矣!古大家韩、杜、欧、苏集中,强半应酬诗也。谁谓应酬诗不能工耶?"予深然其说。后见粤西学使许竹人先生自序其《越吟》云:"诗家以不登应酬作为高。余曰:不然。《三百篇》行役之外,赠答半焉。逮自河梁洎李、杜、王、孟,无集无之。己实不工,体于何有?万里之外,交生情,情生文;存其文,思其事,见其人,又可弃乎?今而可弃,昔可无赠;毋宁以不工规我。"⑤

明清时期盛行应酬败坏诗文之品的论调。袁枚初持此论,后受卢见曾影响,改变了观念,转而赞赏许竹人《越吟序》的论断。许氏认为,文学史上的应酬佳作层出不穷,从《诗经》至苏李赠答、《古诗

---

① 归有光《震川先生集》卷一四《朱母孙太孺人寿序》,上海古籍出版社,2007年,第348页。
② 章学诚著,叶瑛校注《文史通义校注》卷四,中华书局,1994年,第452页。
③ 章学诚《答朱少白书》,《章学诚遗书》,文物出版社,1985年,第609页。
④ 姚鼐《陶山四书义序》,《惜抱轩诗文集》,上海古籍出版社,1992年,第270页。
⑤ 袁枚《随园诗话》卷三,人民文学出版社,1982年,第77—78页。

十九首》,直至唐代李、杜、王、孟,因交往而生情,情动于中而发之吟咏、唱和应酬,符合文学创作的规律。文之佳恶,取决于情感之深浅与艺术修养之高下,与是否应酬无关。这是从文学发展的历史事实出发,对否定应酬文体者的当头棒喝,可谓痛快淋漓。不过,朱庭珍并不赞成袁枚之论,认为"此借以文己过,强词夺理之言也"。《筱园诗话》曰:

> 夫朋友列五伦之一,"同心之言,其臭如兰",《周易》亦有取焉。勿论赠答唱和之作,但有深意,有至情,即是真诗,自应存以传世,不得谓之应酬。即投赠名公巨卿,或感其知,或颂其德,或纪其功,或述其义,但使言由衷发,无溢美逾分之词,则我系称情而施,彼亦实足当之,有情有文,仍是真诗。即其人无功德可传,而实能略分忘位,爱士怜才,于我果有深交厚谊,则知己之感,自有不容已于言者。意既真挚,情自缠绵,本非违心之词,亦是真诗,均不得以应酬论。①

明清文学批评中,"应酬"几乎成为恶评。在朱庭珍看来,不管投赠权贵,还是友朋唱和,只要作者言出于衷,无溢美之词,受赠者有功可纪,有德可称,即是真诗,而非应酬;即使对方无功德可述,然彼此交谊深厚,情感真挚,投赠唱和,一本于自然,而无违心之言,这也是真诗,不得斥为应酬。那么,究竟什么样的诗才是应酬呢?《筱园诗话》曰:"所谓应酬者,或上高位,或投泛交,既无功德可颂,又无交情可言,徒以慕势希荣,逐利求知,屈意颂扬,违心谀媚,有文无情,多词少意,心浮而伪,志躁以卑。以及祝寿贺喜,述德感恩,谢馈赠,叙寒暄,征逐酒食,流连宴游,题图赞像,和韵叠章。诸如此类,岂非词坛干进之媒,雅道趋炎之径!"以追名逐利、趋炎附势为目的,以屈意颂扬、违心谀媚为手段,浮泛投赠,无病呻吟,既违背"修

---

① 朱庭珍《筱园诗话》卷四,郭绍虞编选《清诗话续编》,上海古籍出版社,1983年,第2405—2406页。

辞立其诚"的诗教传统,又违背文学创作规律,这才是应酬诗文。在朱庭珍看来,袁枚一生最擅以诗文献媚渔利,"乃故作昧心之语,以饰己过,亦可丑也",故而对其痛加鞭挞。① 从表面看,对应酬文体的不同界定,引起了袁、朱之间的严重分歧。袁枚重写作场景,朱庭珍重写作动机和态度。从深层看,两家的内在逻辑其实一致,即只要作品优秀,就不算应酬之作。应酬题材、应酬功能与文体弊端并无必然联系,文学史上出于应酬语境的经典作品比比皆是。人品、心术、创作动机、文学修养决定了文品高下和作品优劣,因此不可一概否定正常人际交往中自然形成的应酬文体。此正与姚鼐之论声气相通,在历史和逻辑上都具有无可辩驳的力量。姜宸英《陈集生诗序》也认为:

> 文章之道,古人虽谓有得于山川之助者,而朋友往来,意气之所感激,其入人也更深。予所见于《三百篇》者如"风雨凄凄,鸡鸣不已""中心好之,曷饮食之"之类,其言皆至深婉,足以发人之性情而动作者之思。……本之于意气之盛而发之为和平之音,殆近于孔子之所谓"可以群"者。②

孔子"诗可以群"的观点,主要强调《诗》在人际交往和群体谐和中的作用。姜宸英从文学创作的角度发展了此说的内涵,认为亲友交往的现场气氛和心理感受,可以触发心灵震颤、情感共鸣和审美愉悦,从而创作出感人至深的作品。交际应酬,未必会败坏诗文,反而可能推动文学发展。正因如此,明清否定应酬文体的论家,从未正面质疑"诗可以群""君子以文会友"等诗教理论。其锋芒所向,与其说是否定应酬文体,不如说是讨伐空洞敷衍、庸滥陈腐的应酬文风。而要想扭转这种文风,一概否定应酬文体是无济于事的,必

---

① 朱庭珍《筱园诗话》卷四,郭绍虞编选《清诗话续编》,上海古籍出版社,1983年,第2406页。
② 姜宸英《姜先生全集·湛园未定稿》卷五,《清代诗文集汇编》第107册,第101—102页。

须从砥砺作者人格、提升艺术修养着手,才能从根本上解决问题。

第四节 应酬文体品位的提升

以上分析表明,在儒学纲常伦理中,人际交往必不可少,应酬文体不可废弃。而明清应酬写作中敷衍帮凑、虚美谄媚、庸滥陈腐等恶习又确实普遍存在。那么,如何化解这种尖锐矛盾,克服应酬之作的各种弊端,从而提升其文体品格、维护其文体地位呢?明清作家和批评家对此作了多方探索和努力。

儒家文艺观重视文品与人品的内在统一,"文品以人品为本"①"作文与作人非两途,文品卑而人品亦卑"②等论调,是古代文学批评的老生常谈。明清应酬文体庸滥陈腐、品格卑下,很大程度上是士风卑俗、人心不古造成的。因此,要想提高应酬文体品位,须先砥砺君子人格,使其恪守儒家纲常伦理和以道自任、重义轻利、立言为公等原则。张次仲论王阳明之学,"只于义利关头勘入精微,何事当行,何事当止,绝无半点自私自利之心","此等工夫,不是闭门枯坐,闲说道理,要在日用应酬上得力,君臣父子兄弟朋友之间,往往来来,处置得宜,绝无怀利相接之意"。③只要摒除私欲,则一切交接应酬,皆能正道直行,不困于名缰利锁,撰写应酬文章,便无媚俗、违心之论,如此则文体自正,文品自高。正如张诩称赞陈献章时所说:"虽寻常应酬文字中,无非至道之所寓,至于一动一静,一语一默,亦无非至教,盖可触类而长焉。"④章学诚《答陈鉴亭》也指出:

---

① 张谦宜《絸斋论文》卷一,王水照编《历代文话》,复旦大学出版社,2007年,第3872页。
② 贺贻孙《水田居文集》卷三《刘颙孙制义序》附刘锦评语,《清代诗文集汇编》第21册,第497页。
③ 张次仲《周易玩辞困学记》卷一四,《景印文渊阁四库全书》第36册,第820页。
④ 张诩《白沙遗言纂要序》,黄宗羲编《明文海》卷二一二,中华书局,1987年,第2121页。

足下自谓应酬人事中学为古文,恐无长进。此与史余村前此来书,自言欲学古文,苦无题目,同一意也。仆意则谓文以明道。君子患夫于道有所未见,苟果有见,于意之所谓诚然,则触处可以发挥。应酬人事,亦以吾道施之。昌黎诗文七百,其离应酬而自以本意著文者,不过二十之一。《孟子》七篇,凡答齐梁诸君,答弟子问,与时人相辨难者,皆应酬也。是何伤哉?世人以应酬求之,吾以吾道与之,岂必择题而后为文字乎?①

自唐宋古文运动以来,"文以载道"成为古文创作的基本纲领。随着古文地位不断提升,文论家对古文写作的要求也越来越苛刻。"应酬之下无古文"②,"世俗应酬文字,拟人不以其伦,行必曾史,文必马班,诗必李杜,盖乞儿口语,岂可施之古文"③等观念,在明清文论中颇为盛行。章学诚认为,儒家之道胎息于人事应接中。作者的人品、学养、性情等,都会在周旋揖让、应答酬酢中自然呈现,譬如鸢飞鱼跃、孔颜乐处既是得道气象,也是圣贤性情之自在流淌。只要修道有得,秉持"世人以应酬求之,吾以吾道与之"的原则,不阿世、不媚俗,则应酬之文亦可为弘道之资。故而孟子、韩愈的著述中虽多应答酬酢,但后世奉为圭臬。归有光《送昆山县令朱侯序》恳请朱侯向朝廷陈述政令之弊和江南民生之苦,《送宋知县序》希望宋知县"宽不废法,威不病民,承弊坏之余,税办而民以和"④,《陆允清墓志铭》批判八股取士造成"剽剥窃攘,以坏烂熟软之词为工,而《六经》圣人之言,直土梗矣"⑤的流弊,皆关注现实,忠悃剀切,足以匡扶世道人心,绝无一般应酬文体的敷衍客套,文品自然超卓。

提高应酬文体的品位,除了砥砺人格,还要审慎选择写作对象。

---

① 《章学诚遗书》,文物出版社,1985年,第614页。
② 吴肃公《街南文集》卷一三《孙太君七十寿序》附刘绩生评语,《清代诗文集汇编》第101册,第13页。
③ 李绂《古文辞禁》,王水照编《历代文话》,复旦大学出版社,2007年,第4009页。
④ 归有光《震川先生集》卷九,上海古籍出版社,2007年,第196页。
⑤ 同上书卷一九,第473页。

应酬文的交际功能,决定其内容表达必须符合社交礼节,"称美不称恶"是其基本原则。而要使"称美"不流于空洞、虚伪,必须深入了解并严格裁择写作对象,不可为平庸、顽劣、鄙俗乃至邪恶之人滥施笔墨,正如黄宗羲所说,"人非流俗之人,而后其文非流俗之文"①。在《作文三戒》中,黄氏具体阐释其观点曰:"铭必应法,寿必相亲。诔视可哀,序视可存。乞言征启,投递沿门。无与文字,买菜积薪。凡彼应酬,仆不敢闻。右戒应酬之文。"②几种常见应酬文体的写作原则,正是慎择写作对象,不可有求必应。这与其后方苞"知体要者,尚能择其人之可而不妄为"③之论相通。比如寿序多致爱亲孝养之旨,若作者与寿主关系密切,或为至亲,或有深交,了解对方的经历、人品、性格等,则所述之事可信,所抒之情真挚。若仅是泛泛之交,甚至素不相识,则所作必然客套敷衍,故而黄宗羲提倡"寿必相亲"。又如书序,其基本功能是"序作者之意"④,即阐发著述宗旨,且当有所发明。一般说来,一书一序即可。而在明清时期,一书之成,往往缀以多篇序跋。如朱豹《朱福州集》有陆师道、徐献忠、张世美等人所作的七篇序跋,陆深《陆文裕公文集》有曹一士、陆起龙、徐阶等人所作的九篇序跋,王守仁《王阳明全集》竟有杨守益、胡宗宪、钟惺、赵贞吉等人所作的三十多篇序跋。这些序跋或出于亲友、门生、后裔之手,旨在使书籍作者扬名立万;或由书商乞请当世名流而作,旨在扩大市场、牟取利润。两者皆已悖离"序作者之意"的初衷,应酬动机明显,大多难以传世。黄宗羲强调"序视可存",既指所序之书当有传世价值,也指作序者能有所发明、启迪后人。如果不加裁择,有求必应,就只能叠床架屋、灾梨祸枣,因此顾炎武有"书不

---

① 黄宗羲《钱屺轩先生七十寿序》,《黄梨洲文集》,中华书局,2009年,第490页。
② 黄宗羲《黄梨洲文集》,中华书局,2009年,第483页。
③ 《方苞集》卷七《张母吴孺人七十寿序》,上海古籍出版社,1983年,第206页。
④ 吴讷《文章辨体序说》,人民文学出版社,1962年,第42页。

当两序","两序,非体也;不当其人,非职也","人之患在好为人序"①等告诫。叶燮《原诗》也说:

> 应酬诗有时亦不得不作。虽是客料生活,然须见是我去应酬他,不是人人可将去应酬他者。如此,便于客中见主,不失自家体段,自然有性有情,非幕下客及捉刀人所得代为也。每见时人,一部集中,应酬居什九有余,他作居什一不足。以题张集,以诗张题,而我丧我久矣。不知是其人之诗乎?抑他人之诗乎?若惩噎而废食,尽去应酬诗不作,而卒不可去也。须知题是应酬,诗自我作,思过半矣。②

应酬文多因社交之需而作,缺乏发自内心的创作冲动。因此,就主客双方关系而言,作者处于被动的宾从地位,难以恣意挥洒。尽管如此,作者也不可任人支配,完全丧失创作自由。而获得自由的关键,还是审慎选择应酬对象,确定无论从身份、地位还是交情来看,自己都是最佳人选,他人无可替代。这样便可客中见主,充分发挥主观能动性,在应酬题中打上强烈的个人烙印。如明清易代之际,李世熊屏居深山、矢志不仕,值其七十寿辰,读彭士望、魏禧所撰寿序,"倏拍案起舞,倏挥涕沾襟,倏又微吟长啸,膏火屡续,几不成寐","盖生平一切不如意事,胸中荡然无复有存者"③。由于作者与寿主志同道合、契若金兰,就应酬写作的主客双方而言,彼此都是上佳人选,故其寿序涤净客套敷衍,成为砥砺坚操、宣泄侘傺的载体。如此文章千载之下仍然生气凛然,岂可因噎废食?

当然,砥砺作者人格与慎择写作对象,只是提高应酬文体品位的必要条件,而非充分条件。要想真正扭转应酬文体备受歧视的局

---

① 顾炎武著,黄汝成集释,栾保群校注《日知录集释》(全校本)卷一九,浙江古籍出版社,2013年,第1122—1123页。
② 叶燮《原诗·外篇下》,人民文学出版社,1979年,第69页。
③ 李世熊《寒支集·二集》卷五《与彭躬庵》,《四库禁毁书丛刊》集部第89册,第491页。

面,最根本的办法是创作出一批既能满足交际需要又具审美价值的优秀作品。为此,作者当悉心揣摩文体规律,不断精进辞章艺术水平。李重华《贞一斋诗说》云:"酬赠往复诗须辨别侪类。至亲不得用文饰语;尊者不得用评论语,亦不得轻易用夸奖语。反此者失之。"① 应酬文体重交际礼节,应根据交际对象身份的不同,灵活把握行文方式、语气等。如对至亲,当自然坦诚,文饰反显矫情;对尊者,评论其高下是非,就不得体。张士元评归有光《送计博士序》:"震川赠送序诸文篇篇有真实道理,或切官,或切人,或切地,而言外讽动多妙,不比寻常酬赠也。"② 赞美归有光的赠序,往往因人、因地、因官之异而量体裁衣,一篇有一篇之笔法,一人有一人之面貌,迥异于常见的套式应酬文章。洪亮吉《北江诗话》卷四云:"赠人诗,能确切不移,则虽应世之篇,亦即可以传世。乾隆中,宜兴汤侍御先甲,以建言为上所知,旋即擢鸿胪卿。王太守嵩高,时在扬州安定书院代山长,刘侍讲星炜赠诗云:'海内共传真御史,殿中新拜大鸿胪。'人以为称题。乾隆末叶,蒙古伍弥泰以西安将军入为协办大学士,旋即正揆席,孙兵备星衍乞万进士应馨代作一诗贺之,内云:'唐代中书多节度,汉家丞相即将军。'伍读之,亦击节。"③ 御史、鸿胪、中书、丞相、将军等都是古代常见官名,也是古诗文中的常用典故。然而此处并非泛泛用典,而是高度契合应酬对象的身份、地位及仕宦履历,决不可移用于他人,此即所谓"确切不移"。这种对写作对象独特性的提炼和彰显,即使在自由创作状态下,也属不易;对于应酬写作来说,更是难能可贵。而要把握写作对象的独特性,除了深入了解其生平事迹外,还要对世态人情有敏锐的洞察力。魏禧《宗子发文集序》云:"人生平耳目所见闻,身所经历,莫不有其所以然之理,虽市侩优倡大猾逆贼之情状,灶婢丐夫米盐凌杂鄙亵之故,必皆

---

① 李重华《贞一斋诗说》,《清诗话》,中华书局,1978 年,第 931 页。
② 杨峰、张伟辑著《震川先生集汇评》,凤凰出版社,2021 年,第 188 页。
③ 洪亮吉《北江诗话》卷四,人民文学出版社,1983 年,第 72 页。

深思而谨识之,酝酿蓄积,沉浸而不轻发。及其有故临文,则大小浅深,各以类触,沛乎若决陂池之不可御。"①芸芸众生,上自帝王将相,下至市侩优倡、灶婢丐夫,其立身行事,所好所恶,所悲所喜,皆有其不得不然之理。优秀的作家,平日当深入生活,洞悉世态,体察人情,积理练识,酝酿既久,蓄积必深,及其临文,沛然莫之能御,而人物独特的面貌、性情、情态、风度、气质等便能跃然纸上,绝无概念化、脸谱化之弊。如归有光《怀庆府推官刘君墓表》,详述刘兆元生平履历,表彰其聪敏好学、关心民瘼、持法严正、善断疑案等美德,虽叙事有伦有脊,终属人物传记的常规写法。归有光的高明之处在于,于常笔之外,还注重表现人物性格的丰富性:"当炎暑,置酒,且歌且饮。酒酣,裸立池中,传荷筒以为戏。君既困于酒,且为水所渍,竟以是病。"②以生动的细节描写,表现墓主大德不逾闲而嗜酒成病、放荡不羁的精神风貌。这在"称美不称恶"的墓志写作传统中,可谓戛戛独造。总之,应酬文体在材料取舍、章法结构、遣词造句等方面的创新要求,与一般写作并无二致。在交际应酬语境的制约下,如何匠心独运,彰显写作对象的个性,便成为提高应酬文体品位和艺术水平的当务之急。正如刘缉生评吴肃公《孙太君七十寿序》时所说:"人详我略,人浮我核,以先秦笔作寿序,谁谓应酬之下无古文?"③

综上所述,明清时期,文学创作中的应酬之风不断加剧。尤其是随着基层写作的兴起,交际应酬成为队伍空前庞大的底层文士最主要的创作题材,进一步导致明清应酬诗文泛滥成灾,严重败坏士风和文风,由此引发批评界对应酬文体的激烈讨伐乃至彻底否定。然而,这种否定悖离了儒家纲常伦理和诗教传统,又激起诸多文论家

---

① 魏禧《魏叔子文集》外篇卷八,中华书局,2003年,第412页。
② 归有光《震川先生集》卷二三《怀庆府推官刘君墓表》,上海古籍出版社,2007年,第549页。
③ 吴肃公《街南文集》卷一三,《清代诗文集汇编》第101册,第13页。

的不满和反驳,促使他们就如何涤荡敷衍媚俗、庸腐陈滥之文风,提高应酬文体品位和艺术水平等,展开多方努力和探索。这场发生于明清时期,持续数百年之久的关于文体应酬功能的激烈争论,充分体现了文学抒情、审美功能与教化作用,作家个体创作自由与群体关系,精英写作与基层写作之间的深刻矛盾,以及儒家文士克服这些矛盾的策略和智慧,是中国古代文学民族特色的重要缩影,值得深入挖掘和探讨。

第六章　明清时期的诗文之辨

随着唐宋古文思潮的兴起,六朝盛行的"文笔之辨"逐渐被"诗文之辨"所取代。尤其到了明代,随着复古之风日盛,文论家致力于辨析诗文体性之异,强调严守文体规范,反对以文为诗等创作手法。入清之后,风气渐变,严守诗文疆界者虽仍不乏其人,更多论家则倡言诗文一理、诗文相通,故不妨打破文体疆界,彼此相渗相融。考察明清时期诗文之辨的发展轨迹,对于理解明清文学思潮和文体观念的嬗变,具有重要意义。

第一节　诗文之辨概述

诗、文作为两大文类,其差异自文体产生之初即已存在,但在观念上明确提出诗文之异这一论题的,一直要到北宋。沈括讥韩愈诗乃押韵之文,"虽健美富赡,而格不近诗"①,黄庭坚主张"诗文各有体,韩以文为诗,杜以诗为文,故不工尔"②,开启了诗文之辨的帷幕。值得注意的是,两家批评,都集矢于古文运动领袖韩愈。事实上,正是古文运动造成了诗、文分疆。诗即以五七言、古近体为主的韵文,文即与诗、词、曲相对的散文,主要指古文,明清也指八股时艺。③ 在黄庭坚等看来,杜、韩混淆了诗、文界限,故影响其创作成

---

① 魏泰《临汉隐居诗话》,何文焕辑《历代诗话》,中华书局,1981年,第323页。
② 陈师道《后山诗话》,何文焕辑《历代诗话》,中华书局,1981年,第303页。
③ 参郭绍虞《试论"古文运动"——兼谈从文笔之分到诗文之分的关键》,《照隅室古典文学论集》(下),上海古籍出版社,1983年。

就。到了南宋,文论家把这种辨体观念运用于当代文学批评。张戒《岁寒堂诗话》称,"自汉魏以来,诗妙于子建,成于李杜,而坏于苏黄","子瞻以议论作诗,鲁直又专以补缀奇字,学者未得其所长,而先得其所短,诗人之意扫地矣"①。由于苏轼、黄庭坚是代表宋诗面貌的标志性作家,故张氏之论,在辨体同时,掀开了唐宋诗之争的序幕。②严羽在此基础上,标举盛唐,倡言妙悟,强调诗歌"不涉理路,不落言筌"的审美特征,斥责"近代诸公乃作奇特解会,遂以文字为诗,以才学为诗,以议论为诗"③等风气。所谓近代诸公,主要指远祖杜甫,近宗黄庭坚、陈师道、陈与义的江西诗派。严氏之论成为后世宗唐黜宋的经典依据,对元明清诗学进程和辨体批评产生了深远影响,其中又以明人所受影响最为显著。

明代复古意识高涨,宗唐思潮蔚为主流,而这种主流思潮是通过辨体批评达成的,所谓"追古者未有不先其体者也"④。故明人反复强调"诗有诗体,文有文体,两不相入"⑤,"诗文各有体,不辨体而能有得者,未之前闻也"⑥,对诗文体性差异的辨析,远比宋人深入。如李东阳认为,诗、文之体不可相乱,诗之"有异于文者,以其有声律风韵,能使人反复讽咏,以畅达情思,感发志气"⑦。李梦阳重视诗歌比兴错杂、情思流动、声韵悠扬、感发人心的艺术特色,不满于"宋人主理,作理语"的风气,责问:"若专作理语,何不作文而诗为邪?"⑧车

---

① 张戒《岁寒堂诗话》卷上,丁福保辑《历代诗话续编》,中华书局,1983年,第455页。
② 关于唐宋诗之争,可参齐治平《唐宋诗之争概述》,岳麓社,1984年;王英志主编《清代唐宋诗之争流变史》,人民文学出版,社2012年等。
③ 严羽《沧浪诗话》,何文焕辑《历代诗话》,中华书局,1981年,第688页。
④ 李梦阳《徐迪功集序》,《空同集》卷五二,《景印文渊阁四库全书》第1262册,第476页。
⑤ 江盈科《雪涛诗评》"诗文才别"条,蔡镇楚编《中国诗话珍本丛书》第12册,北京图书馆出版社,2004年,第746页。
⑥ 车大任《又答友人书》,黄宗羲编《明文海》卷一六一,中华书局,1987年,第1617页。
⑦ 李东阳《沧洲诗集序》,《怀麓堂集》卷二五,《景印文渊阁四库全书》第1250册,第268页。
⑧ 李梦阳《缶音序》,《李空同集》卷五二,《景印文渊阁四库全书》第1262册,第477页。

大任论诗、文之异曰:"夫文贵显也,不显不足以敷畅其事情。诗贵隐也,不隐不足以见深长之味。设若以文为诗,堕议论之窟矣。以诗为文,乏经纬之章矣。"①强调诗贵含蓄,文尚显直,不可错杂。又有从文体起源辨诗文之异的。如袁宗道认为,诗、文分别源于"五经"中的《诗》和《书》,"源于《诗》者,不得类《书》;源于《书》者,不得类《诗》"②。持此疆界,明人对宋代以来盛行的"诗史"说提出严厉批评,认为《六经》各有体,如"《书》以道政事,《诗》以道性情,《春秋》以道名分"。"史"源于《书》和《春秋》,其体其旨,与"诗"判然有别。杜诗多有吟咏性情、含蓄蕴藉之作,宋人视而不见,却拈出"直陈时事,类于讪讦,乃其下乘末脚"③之作,誉为诗史,奉为圭臬,实贻误后学。观点虽偏激,却充分体现了明人严于辨体的风气。

清代辨体风气虽不如明代之盛,但仍有赓续甚至推进诗文之辨者。费锡璜认为,"诗主言情,文主言道,诗一言道,则落腐烂"④,故当各司其职。冯舒以比兴为诗之本质特征,高倡"诗无比兴,非诗也"⑤。唐人继承《国风》及汉魏以来的比兴传统,为诗道正宗;宋诗直陈事理,比兴浸微,只是有韵之文。吴乔强调,诗文有虚实之别,"文为人事之实用,诏敕、书疏、案牍、记载、辨解,皆实用也","诗为人事之虚用,永言、播乐,皆虚用也"。此种功用差异,决定了体性风格的不同,"文之词达,诗之词婉"⑥。这些观点,都深化、丰富了诗文之辨这一论题。

综上所述,由宋人发端的诗文之辨,经明清文论家的共同努力,已形成诸多共识。诗言志,文载道;诗贵虚,贵妙悟,文贵实,贵

---

① 车大任《又答友人书》,黄宗羲编《明文海》卷一六一,中华书局,1987年,第1617页。
② 袁宗道《白苏斋类集》卷七《刻文章辨体序》,上海古籍出版社,1989年,第81页。
③ 杨慎《升庵诗话》卷一一,丁福保辑《历代诗话续编》,中华书局,1983年,第868页。
④ 费锡璜《汉诗总说》,王夫之等《清诗话》,上海古籍出版社,1978年,第946页。
⑤ 冯班《游仙诗》卷首,《四库全书存目丛书》集部216册,第535页。
⑥ 吴乔《围炉诗话》卷一,郭绍虞选编《清诗话续编》,上海古籍出版社,1983年,第479页。

学力;诗重声韵之美,文重事理坚确;诗主吟咏性情,多用比兴手法,追求含蓄蕴藉;文主叙事议论说理,多用赋体直陈,追求表述的明晰显豁质朴。诸如此类,已成为文体学的基本常识,深刻影响、制约着明清时期的文学批评和诗文创作。在此基础上,又滋生出"诗文难易"之争、"文章莫难于叙事"说、"诗文相通"论等。下文就此一一展开探讨。

第二节 "诗文难易"之争

诗文之辨是宋代以来重要的文学批评论题。许多论家反对以文为诗、以诗为词等创作现象,强调文各有体,主张严守诗、文的文体界限。对此,学界已有较多探讨。① 然而,诗文之辨至明清时期,兴起了一个讨论颇为热烈却长期为学界忽视的议题,即诗文创作孰难孰易。本节拟就此略加考察。

一、诗难于文

较早明确提出诗文难易问题的是晚唐司空图,其《与李生论诗书》云:"文之难而诗之尤难,古今之喻多矣。而愚以为辨于味而后可以言诗也。"② 在传统文论中,"文"或"文章"常常泛指一切文体。自唐宋古文运动后,诗文之辨逐渐取代六朝的文笔之辨。在诗、文对举的语境下,"文"往往指与诗、词、曲等韵文分疆的散体文或古文。上引司空图的论述中,"文"并非与"诗"对举的概念,而是泛称

---

① 参见郭绍虞《试论"古文运动"——兼谈从文笔之分到诗文之分的关键》,《照隅室古典文学论集》(下),上海古籍出版社,1983年,第87—117页;黄卓越《明永乐至嘉靖初诗文观研究》,北京师范大学出版社,2001年,第134—148页;吴承学《中国古代文体学研究》,中华书局,2022年,第245—252页;蒋寅《中国古代文体互参中"以高行卑"的体位定势》,《中国社会科学》2008年第5期。

② 司空图《司空表圣文集》卷二《与李生论诗书》,上海古籍出版社,2013年,第24页。

各体文章。然而,他将诗单独拎出,与文之众体作对比,突出其"尤难"的特性,则有"诗难于文"之意。那么,诗何以"尤难"?结合司空图的诗论宗旨,应是由于诗歌特殊的审美要求,如含蕴不尽的味外之旨、韵外之致、象外之象等,"岂容易可谭哉"①,而文不妨浅白、直切、辞繁意尽,故创作难度相对较低。

司空图的"诗难"说,在批评史上引起了广泛而持久的共鸣。直至明清时期,仍有众多论家就此展开探讨,不断丰富、拓展着这一论题的理论内涵。如明金幼孜《书南雅集后》:"予观天下文章,莫难于诗。诗发乎情,止乎礼义,其辞气雍容而意趣深长者,必太平治世之音。然求之古作而征之于今,何其寥寥也。"②金幼孜是明初台阁体重要作家,以太平盛世之音为诗之极致,生非其时,纵有一流才学,也难写出尽善尽美之作,故叹"天下文章莫难于诗"。这是从外部环境因素论作诗之难。又有从诗歌自身审美风格立论者,如明安磐《颐山诗话》云:"诗岂易言哉!奇者诡而不法,兴者僻而不遂,丽者绮而不合,赋者直而不深,淡者枯而不振,比者泛而不揆,苦者涩而不入,达者肆而不制,巧者藻而不壮,质者俚而不华,丰者奢而不节,约者陋而不变,循者失之剽,新者失之怪,振者失之夸,径者失之浅,速者失之率,奥者失之沉。诗之难如此。"③认为诗歌风格多样,各有其美。而每种风格之美,都有一定限度,超过限度,就会破坏整体和谐,转向美的反面。诗之难,就难在对这种中和之美的辩证把握。王世贞则从创作主体入手,进一步考察了中和之美难以把握的原因:"甚矣,诗之难言也。此何以故?夫工事则俳塞而伤情,工情则婉绰而伤气,气畅则厉直而伤思,思深则沉简而伤态,态胜则冶靡而伤骨。护格者虞藻,护藻者虞格。当心者倍耳,谐耳者

---

① 《司空表圣文集》卷三《与极浦书》,上海古籍出版社,2013年,第42页。
② 金幼孜《金文靖集》卷一〇《书南雅集后》,《景印文渊阁四库全书》第1240册,第878页。
③ 安磐《颐山诗话》,《景印文渊阁四库全书》第1482册,第461页。

恶心。信乎其难兼矣。虽然,非诗之难能,而所以兼之者难;其所以难,盖难才也。"①艺术美包含了诸多对立而统一的要素。一般作者,由于才有偏胜,往往极力发挥其所擅长,而忽视甚至破坏了艺术美的其他范畴。故"兼才"之难是"诗之难能"的根本原因。

王世贞论诗重才,而有些论家主张,诗才并非充分条件,唯有才学兼备,方能名家。如明薛蕙《升庵诗序》曰:"古今言诗者病诗之难。夫诗之所以难者,才与学之难也。才本于天,学系于人。非其才,虽学之不近也。有其才矣,非笃于学,则亦不尽其才也。古之人以诗名家,必兼于斯二者。"②对作诗言,才、学相辅相成,缺一不可。诗之难,难在才学兼美。清储大文则认为,虽有诗才,若不合风雅之道,仍难成就优秀诗人。其《苔窗拾稿序》曰:

> 甚哉,诗之难工,工之而合于风雅者之尤难也。近世士苟知学,无不为诗者,其讲于汉魏晋五代唐,不可谓不勤且悉。然自三四公外,非橛则窾,铺糟啜醨,各嗜所习,以至于近日,乃专剽香山,攘玉溪,篡眉山、剑南,依仿流转,卒无能越虞山藩圉,而求才之果有合于风雅者,盖尤难其人也。③

所谓"合于风雅",指不背离儒家诗教精神,这不仅仅是才学问题,还取决于作者的道德修养、情操等。故清李调元提出,诗之难,难在性情之正:"诗非出于情之难,出于情而不失其正之为难。三百篇多出于委巷与妇女之口,其人初未尝学,其辞颇足为法,何也?情之正也。汉魏以来作诗者体裁不一,务为靡绮,而去古愈远。""信乎,作诗之难也,岂非不得夫情之正之故乎?"④诗艺愈

---

① 王世贞《陈于诏先生卧云楼摘稿序》,杜应芳、胡承诏辑《补续全蜀艺文志》卷二三,《续修四库全书》第1677册,第206—207页。
② 薛蕙《考功集》卷一〇《升庵诗序》,《景印文渊阁四库全书》第1272册,第111页。
③ 储大文《存砚楼二集》卷五《苔窗拾稿序》,《四库未收书辑刊》第9辑第19册,北京出版社,2000年,第501页。后文引用《四库未收书辑刊》皆依此版本。
④ 李调元《童山文集·补遗》卷五《董山集序》,《丛书集成初编》第2515册,中华书局,1985年,第66页。

精,而去古愈远,关键在于不得古人性情之正。清郑炎又提出,诗之难,难在意趣:

> 诗之难,难于意,尤难于趣。意趣得而诗自成章矣。故不可以作诗,一作诗便惹多少闲愁。愁之中有诗,诗之中有愁。愁因诗起,诗以愁生,愁生而诗之意趣咸在是焉。此吾之所以尽去其所有,而独存夫诗也。盖诗之一道,必屏除一切,日进不休,方能得夫天地自然之韵。若一出于有欲之衷,则雾埃顿起,心之灵明安在哉。①

所谓"意趣",指激发诗歌创作的机缘,尤其是触目会心、不假斟酌、牵惹愁思的情景。世俗之人,心之灵明多被功利欲望遮蔽,难得此天然意趣,也就难以产生佳作。可见,意趣之难,也与性情、品格密切相关。

如果说,以上论家,都是从单方探讨诗之难,未能在诗与文的对比中彰显诗难之独特性,那么,祝允明关于这个问题的见解,显得更为周全。《祝子罪知录》云:

> 言者,或散维而称文,或章句而谓诗。文也者,丰约逐宜,延趣随赋,平转不定音,尾绝无必韵,舣翰信发,篇章自从。诗也者,彼定门堂,我循阶屏,用永以和声,求声而和律。义博者束之,情纡者申之,微者著之,露者沉之,口迩而襟遐,发此而存彼。或条遂以畅旨,或潜伏以含味,其趣无穷,其词有度。大抵须用局语以苞泛怀,务令匀意以就成格。斯则诗之难于文,岂非决定者乎?②

在祝允明看来,诗有严格的声律、体格限制,必须以尽可能简练而富有变化的语言,来处理情、义、旨、趣等要素的关系,而文较少这

---

① 郑炎《雪杖山人诗集》卷八《论诗随笔》,《四库未收书辑刊》第9辑第28册,第611页。
② 祝允明《祝子罪知录》卷九,《四库全书存目丛书》子部第83册,第733页。

种限制,故诗难于文,乃理所必然。当然,声韵、格律等只是文体外在形制上的差异,若论内在"精微神妙之境",则诗和文皆难造及,"而诗特最焉"。原因在于,作文"虽绳尺之不逾,终边幅之不限",篇幅、语言束缚较少,故与诗相比"亦终易耳"。诗则"寓词逾缩,写心逾辽,假以成章之一篇,将罄欲言之诸意,则必文包百之,诗千之;文包浤之,诗海之;文包云之,诗天之,务须陶汰煎融,乃得砂穷宝露;金之铣也,玉之瑜也,鬼既骇人,越鬼而神,神且妙万,超神而帝",比文更见构思、剪裁、锤炼之功,其境也更为广大、深远、精微、出神入化,气象万千,实艺苑之极致,故其难甚于文。此外,文之章法较为明确、具体,只要征圣宗经,模范典型,即易成篇,"文制百涂,文流千辈,乌有外数圣、绝数经,而旷世他立者与?"诗则不然,"虽权舆乎四始,忽改玉于诸英",变化万千,无可依傍,更强调独出机杼,别开生面,故其难又甚于文。① 祝允明这些比较、阐发,远较前人具体、全面,使"诗难于文"之论更有说服力。又,谭元春《东坡诗选序》论诗、文之异曰:

> 文如万斛泉,不择地而出,诗如泉源焉,出择地矣;文行乎不得不行,止乎不得不止,诗则行之时即止,虽止矣,其行未已也;文了然于心,又了然于手口,诗则了然于心,犹不敢了然于口,了然于口,犹不敢了然于手者也。②

认为诗在题材选择、处理以及表现效果等方面,较多特殊要求,不能像文那样放手恣意,可见诗难于文。清黄志璋又曰:"今人称诗文而不闻称文诗,岂诗难于文与?"③以难易程度来解释世称"诗文"而不称"文诗"的原因,并无学理依据。然而,这种近乎牵强的解释,恰恰透露出"诗难于文"说广泛而深入的影响。

---

① 祝允明《祝子罪知录》卷九,《四库全书存目丛书》子部第83册,第734页。
② 谭元春《谭元春集》卷二二《东坡诗选序》,上海古籍出版社,1998年,第597页。
③ 黄志璋纂修《(康熙)麻阳县志》卷九,《中国地方志集成·善本方志辑》第2编第37册,凤凰出版社,2014年,第568页。

二、文难于诗

司空图"诗难"说得到后世广泛响应,"诗难于文"遂成普遍文体观念,一直延续到明清时期。其间虽有异响别调,但出现较晚。元卢挚《文章宗旨》曰:"真公编次古文,自西汉而下,它并不录。迄唐,惟存韩公四记、柳公游西山六记而已。古文之难,岂其然乎?"①虽未比较诗、文难易,只是感慨古文之难,然"文难于诗"之意已胎息其中。明王祎《文训》曰:"文之难者,莫难于史。"②《文训》综论诗、文,故其所谓"文",泛指包括诗歌在内的各种文体。而以史传为文之最难者,对"诗难于文"自有消解意味。又,叶向高《小草斋集序》:

> 诗与文从来罕有兼至,诸能诗者多以为诗难于文。余以为诗自歌行长篇外,寥寥数语耳。又有前人成句可供饾饤、资掇拾,虽难工而易成。若文则连章累牍,多至数千言,少亦数百言,如凌云之台,建章之宫,非材木素具,何以结构?即材木具矣,而非工师之手,亦不能运量。故其难工与诗同,而成亦不易。③

叶向高对历来"多以为诗难于文"提出质疑。其依据是,诗一般篇幅较小,且有前人成句可资掇拾,故"虽难工而易成";文则篇幅较长,储材、结构要求较高,运笔成篇也颇费匠心,故"其难工与诗同,而成亦不易"。简言之,诗在"难工"上与文同,而成篇较文为易。故综合论之,实寓"文难于诗"之意。钟惺《与谭友夏》:"国朝工诗

---

① 陶宗仪《南村辍耕录》卷九,中华书局,1959年,第108页。
② 王祎《文训》,程敏政编《明文衡》卷二二,《景印文渊阁四库全书》第1373册,第766页。
③ 叶向高《苍霞余草》卷六《小草斋集序》,《四库禁毁书丛刊》集部第125册,第464页。

者自多,而文不过数家,且不无遗憾。以此知文之难于诗也。"①尽管以工文和工诗者数量多寡为标准,推断出"文之难于诗",缺乏逻辑依据,然此论打破传统成见,明确标榜"文难于诗",对于激发、增强诗文难易之辨的理论活力,自有积极意义。此后,批评界关于"文难于诗"的探讨日趋活跃。章学诚《与胡雒君论文》曰:

> 诗文异派,同出于经。后代名家,各有其至。昔人所称杜诗韩笔,各不相兼,亦各不相下也。杜、韩而下,学者虽不能至,然苟有所得,足自成家,君子所不废也。惟后世以诗文游者,文则必须通人为之可以无疵,诗则不必通人而皆可支展。盖五七韵句,双单转换,其中机变易尽,略识字而不通文理之人,播其小慧,亦能遮人耳目。故江湖诗人,其迹最为混浊,不可不辨,其人不必尽出士流也。②

认为诗文异派,历代名家各有其至,如韩诗杜笔,本不必强分高下。然而,在章学诚看来,"学问成家,则发挥而为文辞"③,故文必待长期积学累功方能无疵;诗首重格律,而律仅一艺,机变易尽,虽不通文理而略有小慧者,即可窜窃形似,遮人耳目。所以,对一般游于艺文者言,文难于诗,文之境阔,诗之境小,"文人不能诗,而韵语不失体要,文能兼诗故也;诗人不能文,而散语或至芜累,诗不能兼文故也"④。章学诚还以日常所见来证明这一判断:"见近刻号名家诗者,诗虽未必有得,而挹览尚无败阙;无如一涉于文,则市井科诨、纤佻儇俗,诸恶坌集,令人不辨作何许语。""仅求如诗人所为芜累之文,疏野质朴,终不失淳古意者,毕生不能一语相似,譬如缙绅高会清谈,其中有妙言语者,亦有绌口辨者,相对自无愧怍,忽有夏畦负

---

① 何伟然、丁允和选,陆云龙评《皇明十六名家小品·钟伯敬先生小品》卷二,《四库全书存目丛书》集部第 378 册,第 322 页。
② 章学诚《与胡雒君论文》,《章学诚遗书》,文物出版社,1985 年,第 83 页。
③ 章学诚《诗话》,章学诚著,叶瑛校注《文史通义校注》,中华书局,1994 年,第 570 页。
④ 章学诚《与胡雒君论文》,《章学诚遗书》,文物出版社,1985 年,第 83 页。

贩,衣冠揖让其中,不待启口,即见本色,毋论为谨为放,皆无是处","乃知文理未明通者,能遁于诗,必不能自遁于文"。① 正因如此,"诗家猥滥,甚于文也"②,江湖游乞,混迹于诗人者远多于文人。

如前所述,自唐宋古文运动后,诗、文分途。在两者对举的语境下,文往往指散体文或古文,其中又以称古文更为常见。与此相应,批评家讨论"文之难"时,往往聚焦于"古文"。如明江盈科深惜唐前古文"篇帙寥寥",至韩柳以古文号召,"终唐之世,二家之外,未见比伦",不禁感慨"甚矣,古文之难也"③;清邵潜认为,"古文之难,十倍于诗"④;謇博夙好义山诗,"为之已久,不能骤改","而盛畏古文之难",以其"形迹易求,神明难测"⑤,皆可见明清作家或批评家对古文之难的深切感受。又申涵光《与朱锡鬯书》曰:

> 闻足下怪我不作古文,此语不似知我者。夫古文之难,又非诗比。《左》《国》《史》《汉》,韩、柳、欧、苏法备矣,斤斤摹之,则为效颦。跳而别图,便堕恶道。故有明三百年,有名篇无名集,职是故也。仆自罢去作诗,如宿负毕偿,一身轻快。今老矣,精力日减,万念俱灰,岂能攒眉呕毫,与少年之士争雄长哉。且身在草野,复亦无文可作。不能为史,则无纪载之文。不能上书陈言,则无谏诤之文。杜门兀坐,不复浪游四方,则无山川古迹登眺游览之文。论古则旧学半忘,不能忆古人姓氏;论今则于分非宜,且亦不知国计生民利弊安在。将为传志之文,则为人子孙者多求显爵以荣亲,问及布衣者寡矣。即往来尺牍,向颇有之。今经年无见及者。及者又不过寒暄数语,无可裁答。以是

---

① 章学诚《与胡雏君论文》,《章学诚遗书》,文物出版社,1985年,第83页。
② 章学诚《陈东浦方伯诗序》,章学诚著,仓修良编注《文史通义新编新注》,浙江古籍出版社,2005年,第545页。
③ 江盈科《诗评》,《雪涛小书》,中央书店,1948年,第28—29页。
④ 范方《默镜居文集》卷四《邵山人传》,《四库禁毁书丛刊》集部第133册,第682页。
⑤ 范当世著《范伯子诗文集·诗集》(修订本)卷八卷首小序,上海古籍出版社,2015年,第123页。

而思,真复何文之可作哉!①

以《左传》《国语》《史记》《汉书》及韩、柳、欧、苏为古文极致,法已完备,后人操觚,实难措手。而且,古文多有为而作,如史传、奏疏、游记、尺牍等,都受作者身份、地位、生活阅历的约束,若无相关资历,简直"无文可作";不像诗歌作者,无论身居何处,但有感触,即可吟咏。故申涵光郑重宣称"古文之难,又非诗比"。此论原为朱彝尊责怪自己不作古文而发,主要表达作者寄身草野、落拓不羁的心志,实为借题发挥,不必视为完全客观、理性的学术探讨。然而,申涵光以"古文之难"为自己开脱,足见这种观点在当时已有影响,至少非一己之偏见,故不妨引为托辞。

明清论家在论及文或古文之难时,又多强调叙事文体之难。明李濂《医史》曰:"余阅《元史·李杲传》,颇病其不详,而复采真定路儒学教授邙城砚坚所为《东垣老人传》以益之,然犹病其不尽载著述。甚矣,叙事之难也。"②清吴敏树《史记别钞序》也感叹"文之难为者,莫过序事"③。章学诚反复强调:"古文必推叙事,叙事实出史学。"④"文章以叙事为最难,文章至叙事而能事始尽。"并分析原因曰:"叙事之文,所以难于序论辞命者,序论辞命,先有题目,后有文辞,题约而文以详之,所谓意翻空而易奇也。叙事之文,题目即在文辞之内,题散而文以整之,所谓事征实而难巧也。"⑤认为叙事当征实,"事征实而难巧",虽有一定道理,但序论、辞命或重逻辑力量,或主切于世用,并非总可翻空出奇,故无法推出叙事难于序论、辞命的绝对判断。这一判断的产生,实受文体地位等因素的影响。此外,又有以八股时文为难者。如清李继圣《十子文稿序》:"吾尝谓时

---

① 申涵光《聪山集》卷三《与朱锡鬯书》,《丛书集成新编》第76册,台北,新文丰出版公司,1985年,第377页。
② 李濂《医史》卷五,《四库全书存目丛书》子部第42册,第260页。
③ 吴敏树《桦湖文集》卷三《史记别钞序》,《清代诗文集汇编》第620册,第329页。
④ 章学诚《上朱大司马论文》,《章学诚遗书》,文物出版社,1985年,第612页。
⑤ 章学诚《论课蒙学文法》,同上书,第685页。

文之难,倍难于古文。"①黄中坚《遗余集序》:"尝有与余论古文者,深以古文为难。余曰:'古文未若时文之难也。'客征其故。曰:'古文可以匠己意为之,时文必须体贴题意为之,稍一放手,即去之远矣,故难。'盖确论也。"②从写作目的、要求及技巧言,古文可不拘一格,驰骋己意,时文则代圣贤立言,法律严苛,动辄得咎,其难度确实大于古文。不过,由于时文多被视为利禄之具,是众矢所集的批评对象,故公开倡此说者比不上称古文难者多。

三、"诗文难易"之争平议

以上分析表明,明清时期关于诗文创作孰难孰易、难在何处的种种争议,主要取决于论说者的主观感受以及文体价值判断,缺乏客观、充分的学理依据,因而注定难以取得统一认识。首先,从难易标准看,如果文仅求结构完整、表意明确、字句通顺,诗仅求意脉清晰、平仄、押韵、对仗符合格律,那么以古人的文学修养都容易达到。如果以别开生面、出神入化、卓然成家等标准衡裁,则无论诗和文都难之又难。正因如此,何梦桂可由"试数古诗人,亦不多得"而生"甚矣,诗之难也"③的感慨;管同也可因善古文者"或数十年而一人,或数百年而后有一人",而"见古文之难,从事者希"④。有鉴于此,焦循提出"诗之难同于文,而其体则异"⑤;纪昀强调"诗文各有体裁,亦各有难易"⑥,认为诗文只有文体差异,并无难易上的绝对

---

① 李继圣《寻古斋诗文集·文集》卷二,《四库禁毁书丛刊》集部第168册,第251页。
② 黄中坚《蓄斋二集》卷五,《四库未收书辑刊》第8辑第27册,第384页。
③ 何梦桂《潜斋文集》卷六《王菊山诗集序》,《景印文渊阁四库全书》第1188册,第458页。
④ 管同《因寄轩文二集》卷一《国朝古文所见集序》,《续修四库全书》第1504册,第465页。
⑤ 焦循《里堂家训》卷下,《续修四库全书》第951册,第531页。
⑥ 纪昀《纪晓岚文集》卷九《耳溪文集序》,河北教育出版社,1991年,第1册,第214页。

性,可谓持平之论。①

其次,从文体差异与与创作主体的关系看,由于才性有别,每个作家所擅文体不一,"唯通才能备其体"②。然而,放眼整个文学史,绝大多数作家为偏胜之才,具通才者凤毛麟角。故秦观云:"杜子美诗冠古今,而无韵者殆不可读;曾子固以文名天下,而有韵者辄不工。此未易以理推也。"③李东阳《春雨堂稿序》:"近代之诗,李杜为极,而用之于文,或有未备。韩欧之文,亦可谓至矣,而诗之用,议者犹有憾焉,况其下者哉!"④以李杜、韩欧之天才卓绝,于诗或文尚不无利钝,难以兼美,何况绝大多数寻常之辈?正由于才有偏至、难兼众美是普遍现象,故不可因李杜长于诗而短于文,就推断文难于诗;也不可因曾巩优于文而拙于诗,就推断诗难于文。换言之,诗文创作孰难孰易、难在何处,是一个高度主观化、个人化的问题,创作主体学养、才性的差异,决定了对此问题回答的千姿百态,莫衷一是。

不过,诗文难易之争不仅涉及作家创作能力和技巧等主观因素,还与批评家的文学思想、文体观念息息相关。因此,梳理对于这一问题的不同回答,可为考察不同时代文学观念的嬗变提供独特视域。如前所述,自司空图倡"诗难"说后,"诗难于文"一直是主流论调;明清时期,虽也出现了"文难于诗"说,但声音较弱,不如前者人多势众。换言之,在整个中国文学批评史上,"诗难于文"始终是占优势地位的观念。这与诗在古代文体谱系中的强势地位是互为因果、相辅相成的。早在先秦,即产生了《诗经》《楚辞》这样高度成熟

---

① 明清诗文之辨中,又有主诗文相通者,如刘基《苏平仲文集序》:"文与诗,同生于人心,体制虽殊,而其造意用辞规矩绳墨固无异也。"(刘基《刘伯温集》卷二,浙江古籍出版社,2011年,第117页)徐枋《论诗杂语》:"诗文一也,其体则异,其理则同。"(徐枋《居易堂集》卷二〇,《清代诗文集汇编》第81册,第411页)此说强调诗、文之同,而诗文难易之辨更关注诗、文之异,着眼点不同,故不赘述。
② 萧统编,李善注《文选》,上海古籍出版社,1986年,第2271页。
③ 胡仔《苕溪渔隐丛话·前集》卷九,人民文学出版社,1962年,第55页。
④ 李东阳《怀麓堂集》卷六三,《景印文渊阁四库全书》第1250册,第653页。

的诗体,并在抒情功能、表现手法、审美旨趣等方面,奠定了中国文学的基本格局和风貌,诗的文体优势地位也由此确立。唐宋古文运动后,诗文分途,而诗尊于文。白居易《与元九书》云:"人之文,六经首之。就六经言,《诗》又首之。"①传统文论素有"文体原于五经"说,且视《诗经》为后世诗歌文体之源。以《诗》为六经之首,实即以诗居各种文体之首,地位之尊,不言而喻。又刘禹锡《唐故尚书主客员外郎卢公集纪》:"心之精微,发而为文;文之神妙,咏而为诗。"②刘将孙《胡以实诗词序》:"声成文谓之音,诗乃文之精者。"③都以诗为文章精华。世人之心,贵难贱易,以物之尊者、精者难造,卑者、粗者易得。诗既尊于文,为文章精蕴所在,其难必甚于文。作为语言艺术,古典诗歌将汉字音、形、义之美结合得天衣无缝,将汉语言文学之精妙发挥得淋漓尽致,确实为散体文所难以比拟。故"诗者文之精"说,在古代文论中几为老生常谈,至明清依然盛行。如明胡翰《缶鸣集序》:"故文者,言之精也,而诗又文之精者。以其取声之韵合言之文而为之也,岂易也哉!"④清吴乔以酒、饭之喻论诗文异同,文如"炊而为饭","饭之不变米形,啖之则饱也";诗如"酿而为酒","酒之变尽米形,饮之则醉也"。⑤ 此喻形象地说明了诗精文粗、诗之感染力过于文的道理,"其意谓文易而诗难也"⑥。以诗为文之精者,惟其精,故难;惟其难,故尊。这种集体无意识,决定了"诗难于文"成为古代文论的主流论调,远远强势于"文难于诗"。

---

① 《白居易集》卷四五《与元九书》,中华书局,1979年,第960页。
② 《刘禹锡集》卷一九《唐故尚书主客员外郎卢公集纪》,中华书局,1990年,第233页。
③ 刘将孙《养吾斋集》卷一一《胡以实诗词序》,《景印文渊阁四库全书》第1199册,第98页。
④ 胡翰《胡仲子集》卷四《缶鸣集序》,《景印文渊阁四库全书》第1229册,第49页。
⑤ 吴乔《围炉诗话》卷一,郭绍虞编选《清诗话续编》,上海古籍出版社,1983年,第479页。
⑥ 纪昀《纪晓岚文集》卷九《耳溪文集序》,河北教育出版社,1991年,第1册,第214页。

诗歌作为文之精华,对创作主体的才学要求较高。而就才、学二端论,则才为首要,学在其次。文学史上满腹经纶而不擅诗者比比皆是;学识未充而年少才高、吟咏惊人者,时或有之。其原因在于,诗歌作为以抒情、审美为主的文体,对创作天赋有特殊要求,倚于才者深,倚于学者浅,学富五车并非必要条件,更非充分条件。所以钟嵘推崇诗歌创作中的艺术直觉,讽刺醉心于使事用典者为"虽谢天才,且表学问"①;严羽反对宋人以学问、书卷为诗的倾向,高倡"诗有别材,非关书也"②。炫耀书卷被视为诗家大忌,往往招致"饤饾""獭祭""掉书袋"之讥。而对于作文来说,博学多闻益于储备素材、开拓文境、提高表现力,正如钟嵘所说:"若乃经国文符,应资博古;撰德驳奏,宜穷往烈。"③故"以博学而济雄文"④等说法,屡屡见于载籍。可见,才对诗的重要性甚于文,学对文的重要性甚于诗。而才主要得自先天禀赋,学主要来自后天研习。虽中常之才,日积月累,锲而不舍,亦可成博学之士。故对缺乏天赋者而言,诗歌创作难度远甚于文,正如明沈守正所说:"诗之难,又不在人而在天。"⑤这也是论"诗难于文"者远多于"文难于诗"者的又一原因。

四、"诗文难易"之争与文体观念嬗变

既然"诗难于文"在古代文论话语中长期占据主流地位,那么,为什么到明清时期出现了"文难于诗"的别调呢?此中原因极其复杂,概言之,与文体地位的消长和文体价值观的变化密切相关。诗作为成熟最早、地位最尊的文体,经过漫长的发展历程,尤其是经

---

① 钟嵘著,曹旭笺注《诗品笺注》,人民文学出版社,2009年,第101页。
② 严羽著,郭绍虞校释《沧浪诗话校释》,人民文学出版社,1961年,第26页。
③ 钟嵘著,曹旭笺注《诗品笺注》,人民文学出版社,2009年,第98页。
④ 苏轼《苏东坡集·续集》卷一〇《谢交代赵祠部启》,商务印书馆,1933年,下册,第23页。
⑤ 沈守正《雪堂集》卷四《诗经说通叙》,《四库禁毁书丛刊》集部第70册,第623页。

唐、宋两座高峰之后,菁华已竭,吸引力逐渐下降。而与诗同样源于五经的"文"则得到越来越多的关注。前文已述,诗文分疆源于唐宋古文思潮。韩、柳、欧、苏等古文家融文学复古于儒学重建和政治体制改革之中,具有鲜明的弘道意识和经世精神,并内化为一种士大夫文化承担的人格力量。这种内在意蕴,使文的价值得到极大提升,开始冲击诗的独尊地位。当然,唐宋古文作为一种新文统,完成建构并为士人普遍接受,一直要到明清时期,其标志是八大家文学地位的确立,尤其是茅坤《唐宋八大家文钞》广为流行之后。与此相应,"文难于诗"等观点也是兴起于明代,并为清人所继承和发展,其中包含着鲜明的"文尊于诗"的价值判断。方苞《答申谦居书》曰:"仆闻诸父兄,艺术莫难于古文。"原因在于,"古文之传,与诗赋异道",除才学等条件外,作者的人格修养格外重要。文学史上"奸佥污邪之人而诗赋为众所称者有矣,以彼瞑眩于声色之中,而曲得其情状,亦所谓诚而形者也,故言之工而为流俗所不弃";至于古文作者,必须"行之乎仁义之途","本经术而依于事物之理,非中有所得不可以为伪",故"未闻奸佥污邪之人而古文为世所传述者"。① 可见,古文品位尊,对作者人格要求高,故其创作和传世都远比诗难。袁枚说:

> 枚尝核诗宽,而核文严,何则?诗言志,劳人思妇都可以言,《三百篇》不尽学者作也。后之人,虽有句无篇,尚可采录。若夫始为古文者,圣人也。圣人之文而轻许人,是诬圣也。②

诗言情志,劳者思妇、下里巴人但有所感,皆可形之吟咏;古文传圣贤之道,托体既尊,非学士君子难以有成,此"非文之难也,文载

---

① 《方苞集》卷六《答申谦居书》,上海古籍出版社,1983年,第164页。
② 袁枚《小仓山房诗文集·文集》卷一八《与邵厚庵太守论杜茶村文书》,上海古籍出版社,1988年,第1544页。

乎道之难也"①,"文至者,道未必至也,此文之所以为难也"②。故袁枚"核诗宽,而核文严",不轻易以文许人。这种立场,正是文尊诗卑、诗易文难的文体观念的体现。章学诚也有类似观点,他在《与胡雒君论文》中指出:"文必通人始能,而诗则虽非士流,皆可影附。"故文理不通、狂妄轻佻的江湖游乞往往混迹诗中,甚至娈童奴婢,教习数年后,亦可成篇,"直如音律一道,可以下通于倡优也"。在章学诚眼中,作者身份贵贱和学养高下,成了决定文体尊卑和难易的重要标准。诗为雕虫之技,技易成而品卑如倡优。然其所谓"易成",仅是"调平谐仄,叶韵成章"③而已,并无艺术创新、造神妙之境等更高层次的追求。事实上,章氏对此并不关心,故轻吟咏而重古文,"颇劝同志诸君多作古文辞"④,因为古文乃经世之业,而诗家或仅吟哦个人悲喜,或徒务声色藻采,"不复知文章当期于实用也"⑤。轻视抒情、审美价值,以是否经世致用来判断文体尊卑和创作难易,并非章学诚一家之言,而是明清时期涌动不息的文学思潮。"文难于诗""古文之难,十倍于诗"等观念的兴起,必须置于这种思潮背景下,方可得更通透的理解和阐释。

除了古文思潮,八股取士制对明清诗文地位的消长和"文难于诗"说的形成也有重要影响。八股取士的本意,在于培养、选拔符合儒家人格理想并通晓礼乐教化和经济时务的人才。这一宗旨,决定了八股时艺在封建意识形态建设和各体文章中的崇高地位,写作要求也特别严格。石韫玉《江铁君制义序》:"制义为文章之一体,所托甚高。其体代孔孟立言,非三代以上之书不敢述,非寻常论说之文

---

① 廖道南《楚纪》卷五三"柳宗元"条,《四库全书存目丛书》史部第48册,第424页。
② 方孝孺《逊志斋集》卷一二《张彦辉文集序》,《景印文渊阁四库全书》第1235册,第373页。
③ 《章学诚遗书》卷九《与胡雒君论文》,文物出版社,1985年,第83页。
④ 《章学诚遗书》卷九《与汪龙庄书》,文物出版社,1985年,第82页。
⑤ 《章学诚遗书》卷一九《庚辛之间亡友列传·钱诏传》,文物出版社,1985年,第191页。

所可同日语也。"① 作为代圣人立言的文体,非寻常论说文可比。要写好八股,有一基本前提,即经学修明。许多举子童稚即习制义,却"白首鲜穷其奥",此"非文之难,明经之难也"。② 具体到行文上,既拟圣贤语气,则遣词、用事等必须慎之又慎,不可出丝毫差错,否则就是亵渎圣贤。有鉴于此,阎若璩"欲将有明三百年名家制义,凡看题错、用事误者尽标出为一帙","如此而后见时文之难,如此而后见时文之尊"。③ 当然,在现实功利层面,读圣贤书者未必服膺圣贤之教。由于举业能为士人带来崇高地位和丰厚利益,金榜题名成为士人孜孜以求的目标,八股遂沦为利禄之具、敲门之砖。而八股程式的烦琐森严,科举抢才的残酷竞争,则使这种文体的写作显得难乎其难,故明清论家时有"文固当以制艺为难也"④,"文章者,艺事之至精,而八比之时文,又精之精者也"⑤等感叹,其中显然包含时文难于古文之意。前引李继圣明确宣称时文之难倍于古文,足以说明这一点。这里又引出古文、时文孰难孰易的问题。此问题与诗文难易一样,也是高度主观化的,不易取得统一认识。事实上,古文、时文文理相通,两者相辅相成,故习八股者多奉韩、柳、欧、苏等古文大家为圭臬,王慎中、唐顺之、归有光、方苞、姚鼐等古文名家同时也是八股高手。正因如此,明清文章学理论和创作中,又有"以古文为时文""以时文为古文"等说法。要言之,古文难或时文难只是"文"的内部之争,其是非姑且不论。而两者碰撞相激,共同体现了"文"的重要性,交汇、合奏成"文难于诗"的旋律,则殊无疑义。

除了古文、八股等文学自身原因外,程朱理学成为明清时期的统

---

① 石韫玉《独学庐稿·五稿》卷二《江铁君制义序》,《续修四库全书》第1467册,第97页。
② 骆问礼《万一楼集》卷三九《枝指集序》,《四库禁毁书丛刊》集部第174册,第493页。
③ 阎若璩《四书释地·又续》卷下,《景印文渊阁四库全书》第210册,第431页。
④ 纪大奎《双桂堂稿》卷三《余象恒先生四书序》,《续修四库全书》第1470册,第350页。
⑤ 《刘大櫆集》卷三《徐笠山时文序》,上海古籍出版社,1990年,第93页。

治思想,对"文难于诗"说的兴起,也有不可忽视的作用。明清两朝,皆以程朱之学为立国之本。这种官方哲学落实在文学上,自然有重道轻文的倾向,但较少宋儒"作文害道"①之类把文和道对立起来的极端态度。宋濂《文说赠王生黼》云:"明道之谓文,立教之谓文,可以辅俗化民之谓文。"②杨士奇《题东里诗集序》云:"古之善诗者,粹然一出于正,故用之乡间邦国,皆有裨于世道。"③陈廷敬《吴元朗诗集序》云:"夫文以载道,诗独不然乎?"④可见,明清时期深受理学浸润的文论家,都非常重视文章的载道功能,甚至强调在明道、经世、教化上,诗、文应该发挥同样的作用。然而,就文学史发展实际看,自诗、文分疆后,文载道而诗言情,"诗主风神,文先理道"⑤,"文为人事之实用","诗为人事之虚用"⑥等观念已深入人心,诗在明道经世上的实际效果,远不能和文相比,以致有"诗者,技也,技故其道不尊"⑦,"诗之佳者,亦大半是风云月露、花草景物应酬之空言;文之当者,多有济于实用"⑧等批评,这势必降低诗在理学家心目中的地位。与此形成反差的是文的地位高涨。尤其是古文,素以明道、经世自任,与理学家的文艺取向声气相通,易得认可。历代著名古文选本,多有出于理学家或倾心理学的选家之手,如吕祖谦《古文关键》、真德秀《文章正宗》、方苞《古文约选》、姚鼐《古文辞类纂》等,足见二者相交相融,渊源深厚。至于八股时艺,本来就是以程、朱等理学家所注经典为教本,以阐发圣贤之道为内容,以培

---

① 朱熹、吕祖谦撰,张京华辑校《近思录集释》卷二,岳麓书社,2010年,第215页。
② 宋濂《宋学士文集》卷六六,商务印书馆,1936年,第486页。
③ 杨士奇《东里集·续集》卷一五,《景印文渊阁四库全书》第1238册,第570页。
④ 陈廷敬《午亭文编》卷三七,《景印文渊阁四库全书》第1316册,第547页。
⑤ 胡应麟《诗薮》外编卷一,上海古籍出版社,1979年,第125页。
⑥ 吴乔《围炉诗话》卷一,郭绍虞编选《清诗话续编》,上海古籍出版社,1983年,第479页。
⑦ 屠隆《白榆集》卷三《高以达少参选唐诗序》,《四库全书存目丛书》集部第180册,第168页。
⑧ 徐湘潭《徐睦堂先生集·文集》卷二九《与黄树斋侍郎》,《清代诗文集汇编》第558册,第301页。

养、选拔符合理学人格理想的人才为宗旨的科举专用文体,其地位之尊,自不待言。总之,在"文难于诗"说中起着重要作用的古文、时文两大文类,因其文体功用、目标定位等与理学家文艺思想高度吻合,故其被接受、认可的程度远高于诗。而理学思想作为明清官方主流意识形态,对诗、文的不同态度,促成并强化了文尊诗卑、文难于诗等新观念。

第三节　清代"诗文相通"论

明辨诗文疆界,是宋代以来文学批评的主流。主流之外,也有持异见者。早在沈括批评韩诗乃"押韵之文"的同时,吕惠卿就针锋相对地表示:"诗正当如是,我谓诗人以来未有如退之者。"①陈善也对世人批评杜、韩不以为然,主张"文中要自有诗,诗中要自有文,亦相生法也。文中有诗,则句语精确;诗中有文,则词调流畅"②。入明之后,尽管辨体风气空前兴盛,而持诗文相近、相通说者,时时间有。比如,在传统"文体原于五经"说中,往往认为某类文体源于某一经典。这种论证方式,实从文体起源上为诗文划分了疆界。宋濂反对这种简单机械的比附。在他看来,五经中的每一经,都蕴含着多种文体因素,如"《易》之象象有韵者,即《诗》之属,《周颂》敷陈而不协音者"③又近于《书》。因此,从早期文体发生看,诗文之间多交融互渗,原非壁垒森严。后世文体也是如此。故谢榛赞赏宋人"诗文相生"之论,并引文学史名作如"李斯《上秦皇帝书》,文中之诗也;子美《北征篇》,诗中之文也"④论诗文相生之美,迥异于严守文体规范

---

① 魏泰《临汉隐居诗话》,何文焕辑《历代诗话》,中华书局,1981年,第323页。
② 陈善《扪虱新话》卷九,《续修四库全书》,第1122册,第133页。
③ 宋濂《白云稿序》,《宋学士全集》五集卷七,《丛书集成初编》第2114册,中华书局,1985年,第226页。
④ 谢榛《四溟诗话》卷二,人民文学出版社,1961年,第50页。

的主流观念。当然,此类论调,在明代只是爝火微光,直到清代才蔚为风气。

一、诗文相通说的兴盛及其内涵

入清之后,随着辨体批评退潮,诗文相异论逐渐式微,诗文相通说则日益兴盛,"诗文一也,其体则异,其理则同"①,"诗与文局虽异而义实同,其判而为二者,支也;合而为一者,本也"②,此类意见,在清代载籍中不胜枚举。论诗文之同已压倒辨诗文之异,成为诗文关系探讨中的主流观点。清人从文体性质、起源、功用、表现对象、艺术手法、审美旨趣等层面,多方挖掘、阐发诗文相通的内涵,丰富、拓展了古代诗文理论。现就其荦荦大者,略为申说。

(一) 诗亦载道

自唐宋古文运动后,诗、文分疆,诗言情而文载道,已成老生常谈。清人多有力破此常谈者。陈廷敬《吴元朗诗集序》曰:"古人有言,声画之美者无如文,文之精者无如诗。夫文以载道,诗独不然乎?"在陈氏看来,诗当与文一样担起载道之责,"其弗几乎道者,不为时所重"。③ 在《史蕉饮过江诗集序》中,陈廷敬又发挥其说:"夫诗之为物,发乎情,止乎礼义,其至者足以动天地而格神祇,穷性命而明道德,虽不能至,然心窃向往焉,岂不亦甚盛矣乎?"④陈氏虽不否定诗的抒情性,但更重视的,是穷性命、明道德之功,从中可见其载道内涵及理学家气息。又,李邺嗣《上梨洲先生书》曰:"立言之体不一,而其有韵之文则为诗。今学者论及诗,益以为小道不足言。某亦以为不然。夫诗本于《三百篇》,固所谓载道与事之文也。子思

---

① 徐枋《论诗杂语》,《居易堂集》卷二〇,《清代诗文集汇编》第 81 册,第 411 页。
② 周逢尚《虞圃集叙》,吴甫《虞圃山人文集》卷首,《清代诗文集汇编》第 53 册,第 303 页。
③ 陈廷敬《吴元朗诗集序》,《午亭文编》卷三七,《清代诗文集汇编》第 153 册,第 385 页。
④ 陈廷敬《午亭文编》卷三七,《清代诗文集汇编》第 153 册,第 386 页。

子《中庸》末篇为论道之极,而其微旨尽发于《诗》,至矣。"①为推尊诗体而溯源于《诗》,论其功用,唯"载道与事",而不及抒情。李邺嗣又以《中庸》为例,其末篇论君子之道,固载道之至文,而屡引《诗》语如"潜虽伏矣,亦孔之昭"等以抉发道之精微,足见诗在明道、载道上的重要性。唯其如此,清人高倡"发乎性情,止于义理,因文见道,莫近乎诗"。②

不论诗文,要实现载道目标,都对作者的儒学根底和人品修养有极高要求。姚莹认为,"文者所以载道,于以见天地之心,达万物之情,推明义理,羽翼六经","诗之为道亦然",《三百篇》后,无悖于兴观群怨之旨而名扬千古者,如汉之苏、李,魏晋之曹植、陶渊明,唐之李、杜,宋之欧、苏、黄、陆等,不惟"其才力学问使然","亦其忠孝之性有以过乎人也"③,都有卫道之功,故为诗者不应溺于文词声律,当首重儒学修养和人格淬炼,"人品高,则诗格高,心术正,则诗体正"④。可见诗文"本末源流,亦一而已矣"⑤,不必过于执着两者之异。

(二)诗文同源

前文已论及宋濂以五经为例,阐述诗文相通之理,清人继承了这一思路。韩菼《陈山堂文序》:"盖诗、古文无二道。《易》《书》多韵语,如箴如铭,诸子家之文皆然,而《诗》三百篇亦如《春秋》之微而显,婉而辨也。《雅》《颂》中长篇铺陈直如序如记。古人之于辞无不工,盖左右逢其原矣。后乃有各得其一体者,特局于才分之所

---

① 李邺嗣《杲堂诗文钞·文钞》卷四,《清代诗文集汇编》第77册,第625页。
② 陈名夏《定园诗集序》,戴明说《定园诗集》卷首,《清代诗文集汇编》第21册,第20页。
③ 姚莹《复吴子方书》,《东溟文集·外集》卷二,《清代诗文集汇编》第549册,第397页。
④ 纪昀《诗教堂诗集序》,《纪文达公遗集》卷九,《清代诗文集汇编》第354册,第327页。
⑤ 王懋竑《叔父楼村公文稿序》,《白田草堂存稿》卷一四,《清代诗文集汇编》第220册,第370页。

至,而非道之有岐也。"① 古无诗、文之别,后世作者,因才分所限,各得其一体,遂至两者分流。在《松吟堂集序》中,韩菼进一步申说"古文皆足与诗相发明",所引论据,除《易》《尚书》多韵语外,《左传》"亦多入童谣舆颂与《易》繇辞,是笔而诗也;《离骚》为诗之变,何尝非古文?《庄子》之文最奇矣,中间语多可诗也"。② 可见,先秦著述中,诗文互渗是普遍现象。又,姜宸英《李苍存诗序》在举例说明"《易》《书》《礼》《春秋》各具诗体"后,进一步指出:"以诗为文者,古也。以文为诗赋,非古也,抑不害其为古。"也是从文体起源和文学传统上肯定诗文的跨界与融通,强调"不能执此而废彼",并对"李太白《远别离》《蜀道难》,则诗而文矣,杜牧之《阿旁宫》,苏子瞻前、后《赤壁》,则赋而文矣"③表示高度赞赏。这种观念,与杨慎、袁宗道等坚持"五经各有体"格格不入。

(三) 议论、说理、叙事

钱谦益不满严羽排斥诗中的议论、说理,驳曰:"《三百篇》,诗之祖也。'知我者谓我心忧,不知我者谓我何求','我不敢效我友自逸',非议论乎?'昊天曰明,及尔出王','无然歆羡,无然畔援,诞先登于岸',非道理乎?'胡不遄死','投畀有北',非发露乎?'赫赫宗周,褒姒灭之',非指陈乎?"④可见,说理议论,作为文学的基本手法,早在《诗经》中即多有运用,无可非议。翁方纲甚至以理为论诗基点,提出了与严羽"不涉理路"等针锋相对的观点:"在心为志,发言为诗,一衷诸理而已。"⑤这一命题,对于诗文之辨和宗唐黜宋之风,有着巨大的冲击作用。

除说理议论外,又有关注诗的叙事功能者。朱庭珍认为,诗固当

---

① 韩菼《有怀堂文稿》卷五,《清代诗文集汇编》第147册,第117页。
② 同上书,第112页。
③ 姜宸英《姜先生全集·湛园未定稿》卷五,《清代诗文集汇编》第107册,第102页。
④ 钱谦益著,钱曾笺注,钱仲联标校《钱牧斋全集·牧斋有学集》卷一五《唐诗英华序》,上海古籍出版社,2003年,第5册,第707—708页。
⑤ 翁方纲《志言集序》,《复初斋文集》卷四,《清代诗文集汇编》第382册,第52页。

言情,但一概排斥叙事、议论,乃"因噎废食,胶固不通"者,"大篇长章,必不可少叙事、议论,即短篇小诗,亦有不可无议论者"。因为"叙事即伏议论之根,论议必顾叙事之母"①,"诗教温柔敦厚之旨,自必以理味、事境为节制"②。唯议论、叙事、抒情三者错综为用,方能"奇正相生,疏密相间,开合抑扬,各极其妙"③。朱氏此说,应是对清初叶燮诗论的发挥。叶燮主张,理、事、情乃诗歌审美客体的三大要素。有人对此提出质疑,认为"情之一言,义固不易,而理与事,似于诗之义未为切要"④。叶燮以载道说来辩解,强调"理者与道为体,事与情总贯乎其中","六经者,理、事、情之权舆也"。⑤ 诗文皆本于经,皆有载道之任,故三者必须融为一体,"当乎理,确乎事,酌乎情"⑥,方可极诗家之能事。可见,说理、叙事对诗家而言,不仅正当,且必不可少。

(四) 诗本于学

自南朝钟嵘倡"自然英旨"说,诗重才、文重学遂成共识,严羽"诗有别材,非关书也"论出,进一步强化了这种共识。清人出于对明人空疏不学的反感以及对宗唐诗风的反拨,多强调诗与学问的关系。戴名世《方逸巢先生诗序》:"诗之为道,无异于文章之事也。今夫能文者,必读书之深而后见道也明,取材也富,其于事变乃知之也深,其于情伪乃察之也周,而后举笔为文,有以牢笼物态而包孕古今。诗之为道,亦若是而已矣。"⑦读书学问虽不等于诗,但欲求诗之工,必以饱学博览、胸罗万卷为前提。这一前提,对诗和文而言,完全相同。故钱谦益《题杜苍略自评诗文》曰:"诗文之道,萌折于灵

---

① 朱庭珍《筱园诗话》卷一,《清诗话续编》,上海古籍出版社,1983 年,第 2333 页。
② 翁方纲《石洲诗话》卷八,《清诗话续编》,上海古籍出版社,1983 年,第 1504 页。
③ 朱庭珍《筱园诗话》卷一,《清诗话续编》,上海古籍出版社,1983 年,第 2334 页。
④ 叶燮《原诗·内篇下》,《清诗话》,上海古籍出版社,1978 年,第 584 页。
⑤ 叶燮《与友人论文书》,《已畦集》卷一三,《清代诗文集汇编》第 104 册,第 444 页。
⑥ 叶燮《原诗·内篇上》,《清诗话》,上海古籍出版社,1978 年,第 575 页。
⑦ 戴名世《潜虚先生文集》卷二,《清代诗文集汇编》第 185 册,第 32 页。

心,蜇启于世运,而苗长于学问。"①"灵心",指天赋和性情,"世运"指社会境遇,两者与"学问"一起,构成影响诗文创作高下的三大要素。而钱氏心中的"学问",首先是经史之学,资以尚志养气,提升境界;其次是前代文学传统,资以观澜索源,转益多师。没有这两方面的积累,难以写出优秀作品。

如果说,钱谦益等只是以学问为诗歌创作的必要条件,萧正模则以学为诗之本,其地位更为突出。其《浴云楼诗序》曰:"诗心声也,文亦心声也,二者俱原本学问,根柢性情,而世顾分之。"②诗文形制虽异,但都发乎性情,又以学问为根本。因为原初状态的性情,未必即成好诗,性情需要陶染、淬炼,而读书进学是陶冶性情、提升自我的主要途径,所谓"学力深始能见性情"③。故程恩泽倡言"性情又自学问中出"④。如此看来,学问于作诗诸因素中,已超越天赋、世运甚至性情,居本原和首要地位。更有甚者,径以诗为表见学问之具,如翁方纲"每诗无不入以考证,虽一事一物,亦必穷源溯流,旁搜曲证,以多为贵,渺不知其命意所在,而爬罗梳剔,诘曲聱牙,似诗非诗,似文非文,似注疏非注疏,似类典非类典"⑤。如此以学为诗,真可谓诗道之魔怔。

(五)诗法与文法

诗法、文法相通,也是清人热烈讨论的问题。黄宗羲《董巽子墓志铭》:"巽子尝问余作文之法。余曰:诗文同一机轴。以子之刿心于诗者求之于文可也。"⑥马荣臣撰《无为斋诗集跋》:"论者每谓能

---

① 钱谦益《钱牧斋全集·牧斋有学集》卷四九,上海古籍出版社,2003年,第6册,第1594页。
② 萧正模《后知堂文集》卷二二,《清代诗文集汇编》第187册,第149页。
③ 王士禛《带经堂诗话》卷二九,人民文学出版社,1963年,第822页。
④ 程恩泽《金石题咏汇编序》,《程侍郎遗集》卷七,《丛书集成初编》第2213册,中华书局,1985年,第143页。
⑤ 刘声木《苌楚斋随笔》卷三,中华书局,1998年,第53页。
⑥ 黄宗羲《南雷文定·四集》卷三,《清代诗文集汇编》第33册,第317页。

文者率不能诗,工诗者多不工文。然韩柳欧苏诸公,诗文并推大家,何尝不照耀千古哉！盖格法章句,神明变化,理本相通。"①都主张诗文之法相通。那么,相通表现在哪些层面呢？庞垲提出,诗分赋、比、兴,而以赋为主。因为赋就是对意的陈述,是诗歌最基本的表达方式。意有难以直陈者,才需借用比兴,所谓"赋者,意之所托,主也;意有触而起曰兴,借喻而明曰比,宾也,主宾分位须明","兴者,兴起其所赋也;比者,比其所赋也"。② 在传统诗学中,赋、比、兴虽同列"六义"而地位不等,论者往往轻赋而重比兴,认为比兴乃诗之本色,赋则发露直陈,更近于文。庞垲一反常论,强调赋是比兴的基础,居于主位;比兴依托于赋,是对赋的补充、辅助,居于宾位。这种以赋为主的诗学观,为沟通诗文,打破两者疆界提供了理论基础。庞垲《盐山赵子藏诗序》曰:"盖文者无韵之诗,诗者有韵之文。体裁虽殊,而所为浅深开合错综变化之道一而已。"③可见,主张以赋为主的庞垲,正是诗文相通论者。

诗文法之相通,还表现在章法结构、行文意脉等方面。方东树认为,古诗与古文理法相同,不解文事,诗亦难工。因为两者在构思布局上,都讲究前呼后应,开阖错综,草蛇灰线,千头万绪而运化自如;韩、苏、欧之七古,"章法剪裁,纯以古文之法行之,所以独步千古"④。李树滋《石樵诗话》卷七:"今俚儒教人作文,必曰起承转合。不知四字乃言诗,非言文也……其移以入时文,应自明人始。"⑤起承转合是明清八股章法论中的老生常谈,世多以为源于制艺。其实元人杨载《诗家法数》、傅若金《诗法正论》中已有此说,且主要就律诗立论。而律诗成熟、定型于唐代,可见此说至少孕育于唐,原是诗

---

① 张昭潜《无为斋诗集》卷末,《清代诗文集汇编》第 709 册,第 806 页。
② 庞垲《诗义固说下》,《清诗话续编》,上海古籍出版社,1983 年,第 738 页。
③ 庞垲《丛碧山房文集》卷三,《清代诗文集汇编》第 155 册,第 403 页。
④ 方东树《昭昧詹言》卷一一《总论七古》,人民文学出版社,1961 年,第 232 页。
⑤ 李树滋《石樵诗话》卷七,张寅彭编纂《清诗话全编·道光期》第 15 册,上海古籍出版社 2023 年,第 7125 页。

家章法,后为时文所借用。借用的原因在于,律诗首联、颔联、颈联、尾联的结构关系,与程式严格的八股若合符契。进一步考察,古文章法,也不外起承转合,故冒春荣《葚原诗说》曰:"予尝谓诗律兼古文、时文法,听者若未深信。但见经生辈多有时文气,而作诗反不知用时文之起承转合法,可发一笑。至其拘于声律,不得不生倒叙、省文、宿脉、映带诸法,并与古文同一关捩。"①唯其法相通,故不通文不可言诗,不通诗亦不可言文。又,刘大勤问律诗起承转合之法,王士禛答:"勿论古文、今文、古今体诗,皆离此四字不可。"②可见此论之深入人心。

二、"以文为诗"与宗宋思潮

以上分析表明,清代诗文相通说内容极其丰富,涉及诗文起源、功用、表现手法、审美旨趣等各个层面。尽管这些观点未必都是清人首创,但经清人反复申说、讨论,其声势逐渐压倒诗文相异之辨,成为主流文学观念。这种变化态势,并不意味着文学观念的复古甚至倒退至文学尚未独立、文体浑融未分的先秦两汉时代。事实上,宋代以来的诗文相通说,都以承认诗文差异为前提,是在辨异基础上的求同,尽管貌似复古或回归,实为对诗文理论的出发点及其整个发展历程的反思。这一反思,是在全新的、更为广阔的历史视野中进行的,因此,必然包含着早期文学观念所不具备的新因素。具体而言,就是唐宋诗之争及宋诗地位不断高涨的文学史背景。

唐诗登峰造极、无与伦比的成就,使后世奉唐诗为诗歌艺术的最高典范。这种典范,在理论层面,是通过辨体批评,即辨体制、明正变、品高下来确立的。故宋代以来严诗文之辨者,如严羽、高棅、李东阳、李梦阳、何景明、李攀龙、陈子龙、王夫之、冯班、毛奇龄、吴乔等,都持坚定的宗唐立场,反对以文为诗,贬抑甚至彻底否定宋诗;

---

① 冒春荣《葚原诗说》卷三,《清诗话续编》,上海古籍出版社,1983年,第1600页。
② 王士禛《带经堂诗话》卷二九,人民文学出版社,1963年,第837页。

而主张诗文相通者,如宋濂、方孝孺、黄宗羲、钱谦益、叶燮、汪琬、田雯、戴名世、查慎行、厉鹗、翁方纲、方东树等,多不满于宗唐派的偏执,肯定破体为文和宋诗的价值、地位。换言之,在诗文关系上,是辨异还是求同,乃唐宋诗之争的核心问题,也是判断其诗学立场的试金石。祝允明推奉唐诗,斥宋诗发露直陈,粗粝鄙俗,乖戾诗教,"盖诗自唐后,大厄于宋","千年诗道,至此而灭亡矣"。① 李梦阳明确宣称"宋无诗"②。陈子龙《王介人诗馀序》:"宋人不知诗而强作诗,其为诗也,言理而不言情,故终宋之世无诗焉。"③ 胡寿芝《东目馆诗见》:"唐人以诗为诗,宋人以文为诗,无他,唐人浑雅,宋人破涩也。唐诗主达性情,宋诗主骋议论,高下判矣。"④ 可见,在宗唐派看来,"以诗为诗"还是"以文为诗",是唐宋诗的分水岭。宋人以文为诗,以学为诗,好说理议论,直陈外露,性情疏远,比兴缺失,悖离了唐诗范式,乃诗道大厄,故饱受诋毁。这种宗唐黜宋立场,理论上狭隘、偏执;创作上尺寸古法,优孟衣冠,不但未能振兴风雅,反而引诗道入泥淖中。至明清之际,"人皆厌明代王、李之肤廓,钟、谭之纤仄,于是谈诗者竞尚宋元"⑤,形成了清初诗坛的学宋热潮。其代表作家及论家有钱谦益、吕留良、吴之振、唐梦赉、刘体仁、汪懋麟、田雯、宋荦、叶燮、查慎行等,可谓人多势众。需要特别指出的是,早年学唐的汪琬、王士禛,中年折而入宋,张大了宋诗的声势,打破了尊唐派一统文坛的格局。⑥ 宋调渐与唐音并驾齐驱,甚至有凌驾其上之势。张世炜《宋十五家诗删序》:"今三十年来,天下

---

① 祝允明《祝子罪知录》卷九,《续修四库全书》第1122册,第646页。
② 李梦阳《潜虬山人记》,《空同集》卷四八,《景印文渊阁四库全书》第1262册,第446页。
③ 陈子龙《安雅堂稿》卷三,《续修四库全书》第1387册,第705页。
④ 胡寿芝《东目馆诗见》卷一"宋诸家"条,《清代诗文集汇编》第352册,第227页。
⑤ 永瑢等《四库全书总目》卷一七三《精华录》提要,中华书局,1965年,第1522页。
⑥ 王士禛晚年为扭转宗宋带来的流弊,又折而入唐,这主要是师法策略的调整,并未否定宋诗的价值。

之诗皆宋人之诗,天下之家诵户习皆东坡、放翁之句也。"①足见声势之煊赫。雍乾之际,随着帝王润色鸿业的需要和沈德潜主盟文坛,宗唐势力有所上扬,但创作成绩平平,远不敌以厉鹗为代表的宋诗派。故沈氏逝世后,宗唐之风又趋消沉。而宗宋派经厉鹗、杭世骏、全祖望、翁方纲、钱载、姚鼐、方东树等接武前修,至道咸年间,随着程恩泽、何绍基、郑珍、莫友芝、曾国藩等崛起,诗坛再次掀起学宋高潮。清末民初同光体盛行,既是道咸尊宋高潮的回响,也标志着中国古典诗歌进程的终结。可见,清诗的发展,以宗宋开始,又以宗宋结穴,故就其大势言,是"由唐入宋"②,唐消宋长。乔亿称:"明代诗人,尊唐攘宋,无道韩、苏、白、陆体者。国朝则祖宋祧唐,虽文章宿老,宋气不除。"③所谓"宋气不除",显指宗唐派。如吴伟业推崇盛唐元音,而梅村体叙事多借鉴史传,以文为诗,"渐涉宋人藩篱"④;朱彝尊唐抑宋,而晚年阑入宋格,强调学问为作诗根基,开有清学人诗之先河。事实上,清代诗家,宗宋者固不必论,即使是宗唐派,也鲜有纯守唐音不染宋调者。清诗占主导地位的艺术特征的形成,正"以宋诗精神为骨干"⑤。故陈衍谓"明之人皆为唐诗,清之人多为宋诗"⑥,虽稍绝对,而大体不差。

清代宗宋思潮不断高涨的过程,也是批评界辨体之风逐渐式微,诗文相通说日益兴盛的过程。正因诗文在功用、起源、表现对象、艺术手法等方面多有相近、相通处,故不妨打破文体界限,不妨以文为诗或以诗为文,无须执着于此疆彼界,势如水火。诗文相通说成为消解辨体批评的理论基石。这种消解,包含"破"和"立"两

---

① 张世炜《秀野山房二集》,《稀见清代四部辑刊》第7辑第86册,台北,经学文化2015年,第336页。
② 参王英志主编《清代唐宋诗之争流变史》,人民文学出版社,2012年,第3页。
③ 乔亿《剑溪说诗》卷下,《清诗话续编》,上海古籍出版社,1983年,第1106页。
④ 邓之诚《清诗纪事初编》,上海古籍出版社,2012年,上册第393页。
⑤ 蒋寅《王渔洋与清初宋诗风之兴替》,《文学遗产》1999年第3期。
⑥ 陈衍《石遗室诗话》卷一四,人民文学出版社,2004年,第226页。

大环节。所谓"破",指对贬斥"以文为诗"进而否定宋诗者展开反击,以破除理论迷误。陈名夏《定园诗集序》指出,诗与文皆源于六经,皆以明道、经世、教化为根本宗旨,至于形式差异,如骈偶声韵等,则属枝节末事。后人执着于节末之异,批评韩愈"以文为诗",实本末倒置,因为"以文为诗者,本之《易》以著其深,本之《礼》以著其实,本之《书》以著其质,本之《春秋》以著其变,雄刚如迁、固,温醇如孟、荀,简切如孙、吴,皆能陈其义,悉其辞,举天下悲愉得丧之事,一发之诗"①。只要合乎圣人之旨,本于《六经》之教,则经史百家之文,皆可驱遣入诗。又,叶燮《原诗》曰:

> 从来论诗者,大约伸唐而绌宋,有谓唐人以诗为诗,主性情,于《三百篇》为近;宋人以文为诗,主议论,于《三百篇》为远。何言之谬也!②

在叶氏看来,议论作为一种基本表达方式,广泛存在于历朝历代各类作品中。《诗经》之《大雅》《小雅》,即多议论之作,而不害其为经典;李白、杜甫多有主于议论、以为文诗的作品,而不害其为大家,更不害其为唐诗。以是否议论、是否以文为诗来界分唐宋,尊唐黜宋,经不起文学史的检验。又,吴乔以比兴为诗的本质特征,批评宋人以文为诗,唯知有赋,"不知比兴,小则为害于唐体,大则为害于《三百》"③。四库馆臣驳曰:"赋比兴三体并行,源于《三百》,缘情触景,各有所宜,未尝闻兴比则必优,赋则必劣。况唐人非无赋体,宋人亦非尽无比兴,遗诗具在,吾将谁欺?乃划界分疆,诬宋人以比兴都绝,而所谓唐人之比兴者,实皆穿凿附会,大半难通。"④赋、比、兴作为诗歌的三种主要艺术手法,在唐、宋诗中普遍使用,不能作为界分唐宋的依据;且三者皆源于《诗经》,本无优劣之分,不可

---

① 戴明说《定园诗集》卷首,《清代诗文集汇编》第 21 册,第 20 页。
② 叶燮《原诗·外篇下》,《清诗话》,上海古籍出版社,1978 年,第 607 页。
③ 吴乔《围炉诗话》卷一,《清诗话续编》,上海古籍出版社,1983 年,第 481 页。
④ 永瑢等《四库全书总目》卷一九七《围炉诗话》提要,中华书局,1965 年,第 1806 页。

据以尊唐抑宋。可见,否定"以文为诗"进而否定宋诗的论调,在清中期已遭到以四库馆臣为代表的官方和主流学界的消解。

对辨体批评的消解,除了"破",还有"立"的一面。所谓"立",即深入挖掘"以文为诗"的积极意义,充分肯定宋诗的成就和地位。而其理论基础,仍是诗文相通说。如前所述,在宗唐派心目中,韩愈大煽"以文为诗"之风,乃宋诗鼻祖,风雅罪人,故饱受鞭挞,而清人多极力表彰其贡献。黄中《韩文公诗抄题辞》:

> 诗至唐人而极盛,可谓大成,但声柄徘偶之敝,或失风雅之宗,三代圣人之意,湮没而无闻焉。韩退之独出机杼,别为格调,其气矗立于穹苍,其韵独超于云表。周穆王驾八骏驰骋于九垓之外,岂世俗骊皇之足所能量其高下哉。又若《大武》之乐,虽有发扬踔厉之容,总千山立之象,而其太和元气,鼓动于造物,格神人,和上下,非三代以下之音矣。①

黄中赞美韩愈能于唐诗极盛之后别开天地,气势恢弘,风韵卓绝,深得圣人之旨,堪比三代之音。字里行间,俨然有韩氏"唐诗第一"之意。叶燮《原诗》曰:"唐诗为八代以来一大变,韩愈为唐诗之一大变,其力大,其思雄,崛起特为鼻祖,宋之苏、梅、欧、苏、王、黄,皆愈为之发其端,可谓极盛。"②推崇韩诗独步千古的艺术成就及开启有宋诗风的历史贡献。又,聂镐敏谓"昌黎文起八代之衰,而以文为诗,遂足与李、杜称为三杰"③,金衍宗学诗"不肯貌为唐音,独喜昌黎之以文为诗,学之最久,后乃博涉少陵、东坡、山谷诸家,则益闳大而神化之"④,可见韩愈"以文为诗"已成为许多人极力标榜的诗学典范,不再饱受诟厉。

---

① 按:"声柄"疑为"声律"之讹。详见黄中《黄雪瀑集》,《四库未收书辑刊》第 7 辑 23 册,第 499 页。
② 叶燮《原诗·内篇上》,《清诗话》,上海古籍出版社,1978 年,第 570 页。
③ 聂镐敏《诗学·甲寅乡试策进呈御览》,《松心居士文集》卷首,《清代诗文集汇编》第 512 册,第 185 页。
④ 沈维鐈《思诒堂诗稿序》,金衍宗《思诒堂诗稿》卷首,《清代诗文集汇编》第 533 册,第 553—554 页。

韩愈的诗史地位及"以文为诗"的正当性既得以确立,则肯定宋诗自是顺理成章。黄宗羲认为,论诗不当以时代为优劣,唐诗不乏劣作,宋诗亦多佳作。宋诗之佳,正在于善学唐人,如"欧、梅得体于太白、昌黎,王半山、杨诚斋得体于唐绝"①等。可见,宋诗是唐诗的继承和发展,是诗学统绪中的重要一环,故尊唐而不必废宋。吴之振《宋诗钞序》曰:"宋人之诗,变化于唐,而出其所自得,皮毛落尽,精神独存,不知者或以为'腐'。后人无识,倦于讲求,喜其说之省事,而地位高也,则群奉'腐'之一字,以废全宋之诗,故今之黜宋者,皆未见宋诗者也。"②强调宋诗变化于唐而自成一格。邵长蘅认为,"诗之不得不趋于宋,势也"。唐诗浑融蕴藉,但未尽天下之美;宋人学唐,避其熟而就其生,于唐人未尽处殚思极虑,取材广,命意新,造语奇,"无不可状之景,无不可鬯之情"③,拓宽了诗的功能和表现范围,丰富了诗的艺术手法和审美蕴含,促成了唐后诗歌的又一次繁荣。这是文学史发展的必然趋势。若仅以唐诗范式来衡裁宋诗,否定宋诗,实即否定文学发展变化的意义,抹杀审美旨趣的丰富性,正如梁绍壬所论:"诗宗唐音,固也,然使自唐至今,千篇一律,有何意味?且宋之为宋,元之为元,正其各具面目,方见天地文运,变化无穷。若必尽法乎古,则何不一一而绳以汉魏六朝,且何不一一而绳《三百篇》《十九首》乎?"④

除了整体上肯定宋诗成就和地位外,清人对标志着宋诗面貌的代表性作家,也赏誉有加。如康熙年间,文坛盟主王士禛喜梅尧臣诗,常与友人同效宛陵体。叶燮对苏轼推崇备至,称"其境界皆开辟

---

① 黄宗羲《南雷文定·后集》卷一《姜山启彭山诗稿序》,《清代诗文集汇编》第33册,第163页。
② 吴之振《宋诗钞序》,吴之振等选《宋诗钞》卷首,中华书局,1986年,第3页。
③ 邵长蘅《研堂诗稿序》,《邵子湘全集·青门剩稿》卷四,《清代诗文集汇编》第145册,第478页。
④ 梁绍壬《诗宗唐音》,《两般秋雨庵随笔》卷四,沈云龙主编《近代中国史料丛刊续编》第16辑第157册,台北,文海出版社,1975年,第184—185页。

古今之所未有,天地万物,嬉笑怒骂,无不鼓舞于笔端,而适如其意之所欲出,此韩愈后之一大变也,而盛极矣"①。赵翼强调苏诗之所以蔚为大观,是因将韩愈倡始的"以文为诗"发挥到极致,"其绝人处,在乎议论英爽,笔锋精锐,举重若轻","此所以继李、杜后为一大家也"。②田雯、钱载、姚范、姚鼐等激赏黄庭坚诗兀傲磊落之气。田雯称其七古"从杜、韩脱化而出,创新辟奇,风标娟秀,陵前轹后,有一无两"③。此类评价,俯拾皆是。清人孜孜不倦地揭橥、表彰宋诗代表作家的创作成就和艺术特色,对于宋诗的经典形塑及其审美范式的确立,起着重要作用。

由于宋诗的成就和地位得到广泛认可,在清代,即使宗唐派也能包容宋诗,而不像明人那样一味排击。如推尊唐诗不遗余力的沈德潜,临终前仍在编《宋金三家诗选》,可见尊唐不废宋之意。其论诗宗杜甫,而杜诗多议论、叙事,与韩愈一样被奉为开宋诗廊庑者。在诸体诗中,沈氏特别推重老杜五古"叙事未了,忽然顿断,插入旁议,忽然联续,转接无象,莫测端倪,此运《左》《史》法于韵语中,不以常格拘也"④,强调以文为诗,正是少陵独步千古处。当然,以文为诗是有限度的,不能突破诗文分界的底线,如议论、说理、叙事等要借助形象思维,"议论须带情韵以行"⑤"纵横中复含蕴藉之妙"⑥等,否则诗与文浑然无别,也就无所谓"以文为诗"了。宋代梅、欧、苏、黄等大家,无论如何以文为诗,还是保持了诗的基本特征,不像理学家性理诗那样专作理语,索然寡味,故能获得宗唐派的认可;而翁方纲等纯以考据为诗,即使宋诗派中也多有反对者。沈德潜

---

① 叶燮《原诗·内篇上》,《清诗话》,上海古籍出版社,1978年,第570页。
② 赵翼《瓯北诗话》卷五,人民文学出版社,1963年,第56页。
③ 田雯《古欢堂集·杂著》卷二《论七言古诗》,《清诗话续编》,上海古籍出版社,1983年,第701页。
④ 沈德潜撰,王宏林笺注《说诗晬语笺注》卷上,人民文学出版社,2013年,第161页。
⑤ 同上书卷下,第384页。
⑥ 李畯辑《诗筏囊说》,《四库未收书辑刊》第8辑第30册,第775页。

外,力主唐音的徐乾学,认为"宋元人诗,风调气韵诚不及唐,而功深力厚,多所自得,如都官之清婉、东坡之豪逸、半山之坚老、放翁之雄健、遗山之新俊、铁崖之奇矫,其才力更在郊、岛诸人上"①,一概摒弃,适见其陋。可以看出,清代宗唐派多有兼容唐宋的倾向。而宋诗派的崛起,原为清人反对明人独尊唐音,为宋诗争取合法地位,进而探索清诗发展的新路径而已,其初衷并非凌驾于唐诗之上,更非以宋废唐,否认唐诗的成就和地位。换言之,清代宗唐宗宋之争,主要是师法策略的分歧,而非绝对的价值判断,故鲜有明人那样执此废彼、入主出奴的偏激态度。正因如此,清中叶以后,融合唐宋渐成风气。如薛雪、赵翼、钱大昕等皆出入唐宋诸大家,姚鼐自陈"镕铸唐宋,则固是仆平生论诗宗旨"②,蒋士铨"寄言善学者,唐宋皆吾师"③等,皆可见一时风尚。这种镕铸、兼师,以认可宋诗的价值为前提,客观上有为宋诗张目之功。而宋诗价值之确立,影响之扩大,又以诗文相通说为理论基础,通过论证"以文为诗"的正当性而实现。从这个意义上说,清代盛行的诗文相通说,不仅打破了诗文的文体壁垒,也打破了唐宋诗对峙交攻的格局,为沟通两种诗歌范式构筑了坚实的理论桥梁。

三、"以诗为文"与文境的拓展

诗文相通说为"以文为诗"的正当性和宋诗审美范式的确立提供了理论基础,深刻影响着清诗的发展历程,因而具有重要的诗学意义。这种意义,基于诗歌如何突破唐诗牢笼另谋发展的现实需要,可以说是一种诗本位的立场。此外,诗文相通还有"以诗为文"这一维度,即以文为本位,考察文如何借鉴诗的表现手法、艺术精神

---

① 徐乾学《宋金元诗选序》,《憺园文集》卷一九,《清代诗文集汇编》第124册,第500页。
② 姚鼐《惜抱轩尺牍》卷四《与鲍双五》,安徽大学出版社,2014年,第59页。
③ 蒋士铨《辩诗》,《忠雅堂文集》卷一三,《清代诗文集汇编》第356册,第569页。

等。这一层面所涉争论,虽不如"以文为诗"热烈,但理论意蕴也很丰富,值得考量。

从写作实践看,"以诗为文"与"以文为诗"一样起源很早。如前所论,宋濂、韩菼等都论及先秦典籍如《易》《书》中的韵语。邓绎《藻川堂谭艺》:"以诗为文者,始于《文言》之释《易》,而六朝之骈俪继之。"①除了溯源至《周易》,还指出讲究俪偶、声律的六朝骈文,是"以诗为文"的继承和发展。刘勰《文心雕龙》设《声律》篇,探讨音声、韵律等问题,不仅论诗,也针对骈文。唐代古文运动后,由于散体、无韵的古文成为文的代表,韵律、声调等主要为诗论所关注,文家很少涉足。这种情况,到清代才有明显变化。许多论家借鉴诗歌声律理论,讲求古文音声之美,体现出"以诗为文"的鲜明倾向。如李来泰《蒻庄诗文序》:"言者心声也,声本于太始而生于人心,依永和声,而文章之事以起,天道人事,一切弥纶范围之具,悉囿于是。高下清浊,抑扬抗坠,皆有自然之节。句之而文,韵之而诗,其义一也。"②曾国藩评韩愈《柳州罗池庙碑》:"情韵不匮,声调铿锵,乃文章中第一妙境。情以生文,文亦足以生情;文以引声,声亦足以引文。循环互发,油然不能自已,庶渐渐可入佳境。"③强调言为心声,音声和文情相互激发、相得益彰,是诗文相通的重要表现,故以音节、声调衡裁古文。尽管这种音声美不同于近体诗人为的声律,主要指语言的自然韵律,但仍体现了诗学标准对文的渗透。

清代论文而讲求音声,影响最大的是桐城派。刘大櫆将文章要素归结为神气、音节、字句等不同层次,而首重神气。所谓"神气",指基于作者才情秉性而呈现在文章中的神采风貌、气势韵味,是文章最精深、微妙的层次。神气并非玄虚不可捉摸,它可通过

---

① 王水照编《历代文话》,复旦大学出版社,2007年,第6129页。
② 李来泰《莲龛集》卷六,《清代诗文集汇编》第122册,第107页。
③ 曾国藩《日记》"咸丰九年九月十七日"条,《曾国藩全集》第16册,岳麓书社,2011年,第470页。

音节、字句呈现出来,读者也可通过音节、字句来体悟、欣赏,所谓"音节者,神气之迹也;字句者,音节之矩也。神气不可见,于音节见之;音节无可准,以字句准之","学者求神气而得之于音节,求音节而得之于字句,则思过半矣"。① 可见,尽管音节只是形式层面的因素,却是表现、领会文章神气的关键因素:

> 音节高则神气必高,音节下则神气必下,故音节为神气之迹。一句之中,或多一字,或少一字;一字之中,或用平声,或用仄声;同一平字仄字,或用阴平、阳平、上声、去声、入声,则音节迥异。故字句为音节之矩。积字成句,积句成章,积章成篇,合而读之,音节见矣。歌而咏之,神气出矣。②

为了领会神理气韵,刘大櫆对古文音节的讲求,就像对近体声律的剖析一样,细入毫芒,锱铢必较。这种衡文标准,批评史上前所未有,却成为桐城派的不二法门。姚鼐强调"诗古文各要从声音证入,不知声音,总为门外汉耳"③。方东树主张,"欲学古人之文,必先在精诵,沉潜反复,讽玩之深且久,暗通其气于运思置词迎拒措注之会,然后其自为之以成其词也"④。所谓"精诵""讽玩",指通过高声诵读,反复讽咏,唤醒古文的声音世界,体悟文章的神理气脉,进而把握为文之道,此即"从声音证入"之谓。晚清吴汝纶、张裕钊、贺涛等,都标举"因声求气",与刘大櫆、姚鼐一脉相承,共同构成桐城文论的鲜明特色。

重视文的抒情功能,也是清代文论"以诗为文"的重要表现。方宗诚《古文简要叙》曰:"文之事本一,而其用三,曰晰理,曰纪事,曰

---

① 刘大櫆《论文偶记》,人民文学出版社,1959年,第6、12页。
② 同上书,第6页。
③ 姚鼐《惜抱轩尺牍》卷七《与陈硕士》,安徽大学出版社,2014年,第120页。
④ 方东树《书惜抱先生墓志后》,《考槃集文录》卷五,《清代诗文集汇编》第507册,第207页。

抒情。"①文之用不仅在说理、纪事,亦可抒情。抒情并非诗的特权,而是诗文共有的功能。故清人多强调诗文创作本于性情。周容《与史立庵书》:"性情者,诗与文之枢与轴也。车有轴,而轮辐可夷可险。户有枢,而枨闑可启可闭。故人有性情,而诗文归于一致矣。"②以性情为诗文之关键。又,张士元《震川文钞序》:"江阴杨文定公尝言,文章要得《二南》风度,如熙甫,真可谓得之矣。读之使人喜者忽以悲,悲者忽以喜,不自知其手舞足蹈而不能已也。"③所谓"《二南》风度",正是诗学标准,具体而言,就是情感充沛、激荡人心的艺术效果。归有光文叙日常琐事而一往情深,感人肺腑,是"以诗为文"的典范。韩愈的古文,如《祭十二郎文》《柳子厚墓志铭》《送李愿归盘谷序》等,打破了传统祭文、墓志、赠序的体例,而用诗人特有的感受来选材、构思,抒发至情,寄托感慨,曾国藩目之为"低徊唱叹,深远不尽"的"无韵之诗"④。刘熙载赞美司马迁文"兼括六艺百家之旨",而"论其恻怛之情,抑扬之致,则得于《诗》三百篇及《离骚》居多"⑤,是"发愤以抒情"的典范。可见,清人赞赏文的抒情作用,并无诗言情、文载道等成见横亘胸中。

正因重视抒情写意,故不能以直陈、显豁、质实等标准来衡裁一切古文。《左传》《战国策》《庄子》《孟子》、司马迁、韩愈、柳宗元、欧阳修、苏轼等文章,擅长比兴发端,随意点染,驰骋想象,凌虚蹈空,多得"诗人比兴之道"⑥,故虽为散文,而情思幽渺,风神摇曳,诗意盎然,深得清人赞赏。魏禧《杂说》:"欧文之妙,只是说而

---

① 方宗诚《柏堂集·次编》卷一,《清代诗文集汇编》第672册,第137页。
② 周亮工《尺牍新钞》二集卷五,《丛书集成初编》第2976册,中华书局,1985年,第119页。
③ 张士元《嘉树山房集》卷五,《清代诗文集汇编》第443册,第440页。
④ 曾国藩评韩愈《题李生壁》,《曾文正公全集·求阙斋读书录》卷八,《近代中国史料丛刊续辑》第1辑第7册,台北,文海出版社,1974年,第17840页。
⑤ 刘熙载《艺概》,上海古籍出版社,1978年,第12页。
⑥ 何焯评韩愈《应科目时与人书》语,《义门读书记》卷三二,中华书局,1987年,第559页。

不说,说而又说,是以极吞吐往复、参差离合之致。"①这种备极吞吐、欲说还休的文风,造就了欧文纡余委备、婉转曲折、情韵绵邈的诗性之美。苏轼之文,如行云流水,舒卷自如,即使是议论说理之作,也多想落天外,不拘泥于事实的确凿、推理的严密。章学诚《文史通义·易教下》指出,《易》之立象以尽意与《诗》之比兴寄托精神相通,都是通过艺术形象来表情达意。战国诸子之文及《离骚》,多假托寓言、神话,如"触蛮可以立国,蕉鹿可以听讼""帝阙可上九天,鬼情可察九地"②等,实即诗歌比兴的应用和发展,深得《诗》教精髓。可见,清人已在很大程度上摆脱了诗虚文实、诗婉文直等观念,重视比兴、象征甚至虚拟假托、构奇设幻在文章写作中的效果,以开拓文境,丰富其艺术表现力。盖古文发展经过唐宋高潮,到了明代,受七子派复古理论等影响,取径渐趋狭窄,弊端日益明显。清人为拯救文弊,打破文体疆界,倡导以抒情性、音声美和比兴、虚构等诗歌艺术手法,为古文发展注入生机与活力,客观上丰富了诗文相通说的理论内涵,增强了其辐射力和影响力。

---

① 魏禧《魏叔子日录》卷二,《清代诗文集汇编》第 92 册,第 714 页。
② 章学诚著,叶瑛校注《文史通义校注》,中华书局,1994 年,第 23 页。

第七章　史传入集的文体学考察

所谓"史传",指史书中以写人叙事为主要内容和表现方式的纪传类文体,如本纪、世家、列传等。一般认为,此类文体,先秦虽已萌芽,但成熟、定型于司马迁之《史记》,此后两千年长盛不衰,成为史家著史的主要体式。与"史传"相对的概念是"文传",即文人模仿史传而创作,独立完整,可单篇别行的传记,含自传、家传、假传、托传等。此外,一些不以"传"命名,但主于写人纪事的文体,如行状、墓志、碑、记、述等,亦为文传之旁衍。

在传统四部之学中,史传作为史书最核心也最有特色的内容,归入史部,不入文集,亦即不入文章畛域。这种传统,一直到南宋真德秀《文章正宗》才打破,但当时属空谷足音,鲜有响应。明代中期以降,直至晚清,总集收录史传蔚然成风,且史传在全书所占分量越来越重。这种变化,透露出明清史部与集部之间流动、融通之频繁、深入,具有丰富的文体学意蕴。

第一节　《文选》确立的文体学传统及对传统的悖离

自西晋以来,四部分类法逐渐成立。史籍记载某家著述,一般将单篇文章汇为别集,归入集部,而成部著作则依其性质归入经、史、子三部,不再割裂以入别集。与此相应,人们对文章与学术著述的辨析越来越清晰、明确。文章写作"以能文为本",多独立成篇,讲究藻采和声韵。经、史、子著述中尽管也有不少富有文学性的作品,但其创作宗旨,与辞章迥别。故萧统编《文选》,不录周公、孔子等圣人制作的经书,不录老、庄、管、孟等"以立意为宗,不以能文为本"的子书。至于史传,"褒贬是非,纪别异同,方之篇翰,亦已不同"①,也不在收录之列。不过,史书中的论、赞、序等,或综缉辞采,或错比文华,饶富辞章之美,且本身已获独立的文体地位,故不妨入选。这种选录标准,旨在划清文学和非文学的界限,体现了文学创作摆脱对学术著述的依附,发展为一门独立学科的历史趋势和要求,确立了古代文集编纂的基本传统,并且大致划定了集部文章之学的范围和边界。自《文选》之后,历代著名的文章总集,如李昉《文苑英华》、楼昉《崇古文诀》、吕祖谦《古文关键》、姚铉《唐文粹》、苏天爵《元文类》等,虽立"传"体,但只录文传,不录史传。谢枋得《文章轨范》、章樵《古文苑》、王霆震《古文集成前集》则未立传体,自然无缘史传。直至明清时期,汪定国《古文裒异》、张溥《汉魏六朝百三家集》、方苞《古文约选》、姚鼐《古文辞类纂》②、梅曾亮《古文词略》等文章总集,依然坚持不录史传,足见《文选》传统的深远影响。

最早打破这种传统的,是真德秀《文章正宗》。此书正集20卷,收录先秦至唐末各体文章,分"辞命""议论""叙事""诗赋"四大类。其中"叙事"类7卷,包含从《左传》《国语》《史记》《汉书》等经史著作中节录写人叙事之作6卷,以及行状、墓志等1卷。此书开总集录史传之先河。不过,其选文显然以事件为中心,不以人物为中心,这从选文命题如"叙郑庄公叔段本末""叙晋楚城濮之战""叙秦孝公变法""叙秦焚书""叙七国反""叙霍光废昌邑"等可明显看

---

① 萧统《文选序》,萧统编,李善注《文选》卷首,上海古籍出版社,1986年,第3页。
② 姚鼐《古文辞类纂》"序跋类"序题曰:"余撰次古文辞,不载史传,以不可胜录也。"曾国藩批评其自称"不载史传",却录《史记》《汉书》《新唐书》《五代史》中的序体文十三篇,又"观其奏议类中,录《汉书》至三十八首;诏令类中,录《汉书》至三十四首,果能屏诸史而不录乎?"其实,姚鼐之语,仅就文体言,非就史料来源言。所谓"不载史传",指不录史部写人叙事的传记,至于史书中的序跋、论赞、章表、奏疏等,则在选录范围中。这一点,从《文选》开始即已如此。曾氏误解了姚鼐的语意,故其批评貌似有理,实不得要领。

出来。"叙某某事"成为此类文章命题的主要方式。真德秀在节选史传文时,所叙之事,并不关注事件的完整过程及前后联系,以致一篇史传,可截出若干短文来,如从《史记·项羽本纪》中截录《叙项羽救钜鹿》《叙刘项会鸿门》等。这种剪截,能突出历史事件的精彩片段,但难以呈现完整、复杂的人物形象和历史进程,与以人物为中心的史传尚有较大距离。再加上其选文鲜明的理学宗旨和对"明义理、切世用"的过度强调,除真德秀弟子汤汉《妙绝古今》外,《文章正宗》对于理学家外的文章选本,并未产生太大影响;从史书中截取纪传文的体例,很长时间内也鲜有回响。

总集录史传蔚为风气,一直要到明代中后期。吴讷《文章辨体》分体编次,其中"传"类录《史记·孟子荀卿列传》《汉书·董仲舒传》《后汉书·黄宪传》3篇史传,数量不多,更多的是录文传。徐师曾《文体明辨》体例因袭《文章辨体》,而在文体分类和收录作品上踵事增华,多有拓展。如同立"传"体,而又分史传、家传、托传、假传四小类。其中"史传"录《史记》之《司马穰苴传》《平原君传》《苏秦传》等11篇,《汉书》之《兒宽传》1篇,《后汉书》之《王丹传》《黄宪传》2篇,数量较《文章辨体》有显著增长。此外,黄佐《六艺流别》、唐顺之《文编》、陈继儒《先秦两汉文脍》、杨绳武《文章鼻祖》、陈仁锡《古文汇编》、过瑛《绍闻堂精选古文觉斯定本》、贺复徵《文章辨体汇选》等,也都录有《史记》《汉书》《后汉书》等史籍中的传记,如果加上《左传》《国语》《战国策》等先秦典籍中的叙事文,则总量更为可观。其中又以《文章辨体汇选》选史传数量最多。此书"史传"类收录作品45卷,文章来源遍及《左传》《史记》《汉书》《后汉书》《三国志》《魏氏春秋》《魏略》《十六国春秋》《吴书》《晋书》《汉晋春秋》《新五代史》等。其中《史记》入选17卷,数量最多;其次《左传》,入选14卷;再次《汉书》,入选6卷;再次《后汉书》,入选3卷;再次《三国志》《新五代史》各入选2卷。这份榜单,在明清选本中较有代表性,其序次大致体现了《左传》《史记》《汉书》《后汉书》等史著在文章学和选家心目中的地位。需要特别指出的是,《新五代史》的大量入选,在其他选本中很少见到,应是受了茅坤《八大家文钞》的影响。《八大家文钞》录《庐陵文钞》32卷,又有《庐陵史钞》20卷,选文皆来自《新五代史》之本纪、列传。茅坤解释其原因曰:

> 或问余于欧阳公复有史钞,何也?欧阳公他文多本韩昌黎,而其序次国家之大,及谋臣战将得失处,余窃谓独得太史公之遗。其为《唐书》,则天子诏史官与宋庠辈共为分局视草,故仅得其志论十余首。而《五代史》则出于公之所自勒者,故梁唐帝纪及诸名臣战功处,往往点次如画,风神粲然。①

可见,在茅氏看来,八大家中,欧阳修最具史才,独得司马迁写人叙事之精髓。《新五代史》作为欧阳修独自修撰的著作,充分体现了其叙事成就,故编成《庐陵史钞》以入《八大家文钞》,从而彰显欧氏古文家而身兼史官的特殊地位。

入清之后,史传入集之风不衰。康熙御选、徐乾学等奉敕编注的《古文渊鉴》,大量选《左传》《国语》中的叙事文,但于《史记》《汉书》,着重选序、赞、书志等,传记文较少,只有《伯夷列传》《孟子列传》寥寥数篇。吴震方《朱子论定文钞》、李光地《古文精藻》、过珙《绍闻堂精选古文觉斯定本》、蔡世远《古文雅正》等,除选《左传》《国语》《战国策》外,《史记》《汉书》《后汉书》纪传的入选量,远比《古文渊鉴》多。直到晚清,曾国藩《经史百家杂钞》《古文四象》、黎庶昌《续古文辞类纂》等,史传文分量都保持上升趋势。如《经史百家杂钞》26卷,分体编次,其"传志之属"录"前四史"传记3卷;"叙记之属"录《左传》《资治通鉴》纪事文2卷,合计史传文几占全书五分之一。其中特别值得注意的是录《资治通鉴》文如《赤壁之战》《曹爽之难》《宇文泰北邙之战》《谢玄肥水破秦之战》《裴度李愬平

---

① 茅坤《庐陵史钞》序题,《唐宋八大家文钞》卷六一,《景印文渊阁四库全书》第1383册,第680页。

蔡之役》等 10 余篇,这在其他选本中很难见到。又,续《古文辞类纂》28 卷,录《史记》以降正史中的传记 9 卷,几占全书三分之一,如再加上经部《尚书》《左传》的叙事文,其分量更为可观。

综上所述,明清时期的总集编纂,《文选》传统虽仍顺着惯性在起作用,但其独尊地位遭遇了严重挑战。从经、史、子著作截取文章,史传文大量入选,已司空见惯。这不仅体现了总集编纂观念的改变,也是明清文学思潮嬗变、文章疆域扩展的产物。

第二节　四部疆界的突破

《文选》确立的文集编纂传统,是四部分科日益明确、定型,集部辞章摆脱对经、史、子的依附而走向独立的产物。明清时期,虽然图书分类仍沿袭传统四分法,但在学术探讨上,渐有打破四部壁垒、讲求融会贯通的倾向。如宋濂、何良俊、王守仁、李贽、胡应麟等主张,古无经、史之别,"以事言谓之史,以道言谓之经,事即道,道即事,《春秋》亦经,五经亦史","其事同,其道同,安有所谓异?"[①]至章学诚高倡"六经皆史",并以之作为贯穿自己学术思想的核心理念,力图将至高无上的经学回归朴素的史学。这是对经学的一次解放,也对传统四部分类法产生了冲击。此外,又有"六经皆文"说。[②] 章学诚主张,"古人之学,言道而文在其中","就文而论,文章之大,岂有过于经传者哉?"[③]以经传为载道之文的典范。袁枚则明

[①]　王阳明《传习录·上》,张问达辑《王阳明先生文钞》,《四库全书存目丛书》集部第 49 册,第 445 页。
[②]　关于"六经皆文"观念的探讨,可参傅道彬《"六经皆文"与周代经典文本的诗学解读》,《文学遗产》2010 年第 5 期;龚刚《论钱锺书对"六经皆史""六经皆文"说的传承发展》,《中华文史论丛》2014 年第 1 期等。
[③]　章学诚《清漳书院留别条训》,《章学诚遗书》,文物出版社,1985 年,第 665 页。

确倡导"六经者,亦圣人之文章耳"①,"文章始于六经","不知六经以道传,实以文传"②。他关注的不是六经的儒学义理,而是其文章属性和审美意义,认为六经之所以能载道、传道,是得力于文学特性、辞章之美,具有文章经典的垂范意义。如此看来,不是文学依附于经学,而是经学依附于文学。此说是对经学的又一次解放,并在后世得到热烈回应。如魏源称:"六经自《易》《礼》《春秋》、姬、孔制作外,《诗》则纂辑当时有韵之文也,《书》则纂辑当时制诰章奏记载之文也,《礼记》则纂辑学士大夫考证论议之文也。"因此,六经都是"一代诗文之汇选,本朝前之文献而已"③。这种融合经史百家的文学观念,体现了早期经术、政事、文章浑融一体的文化气象。至于史和文的关系,更是错综交织,难解难分。《左传》《史记》《汉书》等,皆史著而极尽辞章之美。故刘知几一方面强调文、史之别,反对文人修史,一方面又主张"文之将史,其流一焉"④。林古度《廿一史文钞叙》:"二十一史,流行于天地间久矣。读史者固欲稽其事,未尝不考其文。文之在正史也,犹星辰之丽天,云霞之布彩。"⑤充分肯定二十一史的文学成就。又,姚苧田评《史记》之《信陵君列传》曰:

> 不知文者,尝谓无奇功伟烈,便不足垂之青简,照耀千秋。岂知文章予夺,都不关实事。此传以存赵起,抑秦终,然"窃符救赵",本未交兵,即逐秦至关,亦只数言带叙,其余摹情写景,按之无一端实事,乃千载读之,无不神情飞舞,推为绝世伟人。文章有神,夫岂细故哉?⑥

---

① 袁枚《答惠定宇书》,《小仓山房诗文集》,上海古籍出版社,1988年,第1528页。
② 袁枚《虞东先生文集序》,《小仓山房诗文集》,上海古籍出版社,1988年,第1380页。
③ 魏源《古微堂外集·国朝古文类钞叙》,《魏源全集》第12册,岳麓书社2004年,第234页。
④ 刘知几著,浦起龙通释《史通通释·内篇》卷五《载文第十六》,上海古籍出版社,2009年,第114页。
⑤ 林古度《林茂之文草》,《清代诗文集汇编》第1册,第79页。
⑥ 司马迁原著,姚苧田选评《史记菁华录》,上海古籍出版社,2007年,第113页。

认为史传所涉史实无关紧要,文章之妙,不妨避实就虚,颊上添毫,而传神写照,熠熠生辉,不必实有其事。这已完全摈弃史家立场和实录要求,而以纯文学眼光来衡裁史传。黄宗羲倡导"叙事须有风韵,不可担板","《晋书》《南北史》列传,每写一二无关系之事,使其人之精神生动,此颊上三毫也","史迁伯夷、孟子、屈贾等传,俱以风韵胜"。① 以《史记》《晋书》等史传为例,认为叙事不必泥于史实,当追求传神和风韵,显然也是文章家的旨趣。除此之外,在写作技巧上,如起承转合、草蛇灰线、烘云托月、详略疏密等,史传和文章也相通相契。明清文话及《左传》《史记》《汉书》评点中关于这一类论述比比皆是。文、史疆界遭遇了前所未有的解构。

至于子书,与经、史一样,也是文章渊薮,也有布局谋篇、修辞声韵等审美追求,故也与集部文章之学息息相关。尤其是先秦诸子之文,深于《诗》教,长于比兴,乃文章艺术高峰,开后世无数法门。方苞称"周末诸子精深闳博,汉、唐、宋文家皆取精焉"②,自是的论。恽敬申发此论,认为"贾生自名家、从横家入,故其言浩汗而断制;晁错自法家、兵家入,故其言峭实","韩退之自儒家、法家、名家入,故其言峻而能达","曾子固、苏子由自儒家、杂家入,故其言温而定","苏子瞻自纵横家、道家、小说家入,故其言逍遥而震动"③,诸如此类,不一而足。清人多有以文集源于子书者,所谓"文集者,诸子衰而后起也",意谓专家之学衰落而沦为辞章,才导致文集的产生。为了克服辞章之士学术空疏、溺于藻采、流于应酬的弊端,章学诚甚至倡导"以诸子家数行于文集之中"④。尽管章氏学说在乾嘉学界甚为孤独,但这一主张,在戴震、汪中、洪亮吉、孙星衍、段玉裁等

---

① 黄宗羲《论文管见》,《黄宗羲全集》第 2 册,浙江古籍出版社,2012 年,第 246 页。
② 方苞《古文约选序例》,《方苞集》,上海古籍出版社,2008 年,第 614 页。
③ 恽敬《大云山房文稿二集序目》,《大云山房文稿》卷首,(上海)国学整理社,1937 年,第 13—14 页。
④ 章学诚《与朱少白书》,章学诚著,仓修良编注《文史通义新编新注》,浙江古籍出版社,2005 年,第 785 页。

的文集编纂中,却多有践行。这也透露出子学和集部文章间的不解之缘。

总之,在明清人看来,经、史、子、集皆文章,不必执着于此疆彼界,融通四部以求艺文之道,乃风气所趋。金圣叹以《庄子》《离骚》《史记》《杜工部集》《水浒传》《西厢记》为"六才子书",显然是表彰包括史书、子书在内的六种经典的文学才华,而无四部疆界横亘胸中。陈仁锡《奇赏斋古文汇编》以选文的文献来源,即经史子集四部构架全书,在目录中明确标明"选经三十六卷""选史四十八卷""选子四十六卷""选集一百六卷"。曾国藩编《经史百家杂钞》,甚至以书名揭橥兼综四部的选编原则。严可均辑《全上古三代秦汉三国六朝文》时指出,"是编于四部为总集,亦为别集,与经、史、子三部必分界限,然界限有定而无定","是经、史、子三部,阑入集部,在所不嫌"。① 可见,明清人编集、论文,不甚在意四部藩篱。事实上,四部之学,其初衷只是图书分类法,与后世学术分科相关而不相同,不能把两者混为一谈。学术风气丕变,会引起对某些图书性质的认识及文献归类的变化。如《春秋》本为国史,只因经圣人之手而奉为五经之一。《孟子》在《汉书·艺文志》《隋书·经籍志》中均入"子部儒家类",直到南宋,随着心性之学的兴起,地位始重,升为经部。四部之间,原无不可逾越的鸿沟。各部所录图书,内容交叉、互渗者比比皆是,从而引起目录学归属上的种种争议。《文选》作为产生于骈文中心时代的总集,其编选标准,因与史学、文学摆脱经学附庸而走向独立的大势吻合,故能蔚为风气,形成传统。而经过唐宋古文运动的摧陷廓清,明清时期已是古文中心时代,在"文必秦汉"等复古思潮的激荡下,打破四部藩篱,融通经史子集,扩展和重塑文章经典,成为新的时代风气。如此看来,明清文章总集突破《文选》传统,大量收录史传,也就不难理解了。

---

① 严可均校辑《全上古三代秦汉三国六朝文》卷首"凡例",中华书局,1958年,第2页。

第三节　总集的辨体功能

四部藩篱之打破,为总集选史传提供了可能性,但不意味着必然性。因为选家完全可能从史书中选录诗赋、论赞、章表、奏疏等辞章,而不录纪传文。明清史传入集,除了四部疆界淡化这种大的学术背景外,还有文章学自身的内在必然性。辨体功能,即其内在必然性之一。

文体辨析是文章学的重要内容。《四库全书总目提要》"总集类序"中指出,历代总集的编纂宗旨大致可以分为两种:一种是"网罗放佚,使零章残什,并有所归",此即以收集保存文献为目的的总集,如《明文海》《全唐诗》之类;二是"删汰繁芜,使莠稗咸除,菁华毕出"①,即按照一定的标准和要求,择优精选的选本类总集,如《文选》《唐文粹》《古文关键》之类。然而,明清时期有些总集的编纂目的,既非"网罗放佚",也非"删汰繁芜",而重在文体辨析,如《文章辨体》《文体明辨》《文章辨体汇选》《六艺流别》《诗源辩体》等,仅从文集命名即可看出其辨体宗旨。这种宗旨,与《文选》类以择优汰劣为目的的总集,在选文标准和体例上有较大差异。②首先,文学史上的优秀之作,如果辨体意义不明显,则未必入选;反之,艺术成就不高,文学史影响不大,但在文体类型上有代表意义的作品,则不妨入选,所谓"假文以辨体,非立体而选文"。如《文体明辨》收录的盟、谥议、嘏辞、杂数诗、杂名诗、上梁文、道场疏之类作品,文学性不强,不但《文选》未录,一般的选本,也不会收。然而,就文体辨析

---

① 永瑢等《四库全书总目》卷一八六"总集类序",中华书局,1965年,第1685页。
② 关于明清总集的辨体功能,参吴承学《明代文章总集与文体学——以〈文章辨体〉等三部总集为中心》,《文学遗产》2008年第6期。也可参本书第一章。

言,既然社会生活需要这些文体,写作实践中有这类作品,哪怕所写皆"闾巷家人之事,俳优方外之语"①,也不能视而不见,而当"录而存之,见文章之中有此一体为别派"②。换言之,在辨体类文章总集中,所收文体类目必须周全、详尽,如此才能适应"自秦汉而下,文愈盛;文愈盛,故类愈增;类愈增,故体愈众;体愈众,故辩当愈严"③的文体发展趋势和辨体批评需要。循此原则,史传作为"弥纶一代,负海内之责,而赢是非之尤"④,在政治兴替、社会发展、历史文化传承等方面起重大作用的文体,在古代文体谱系中也占有重要地位,自然不应被排斥于总集之外。

其次,辨体批评的一个基本原则,是追源溯流,即考察文体产生、发展、变化的过程。而在文章学传统中,有"文体原于五经"说,即把后世各体文章追溯到五经。尽管这种方法有些绝对和牵强,但五经作为现存最早的典籍,的确包含了后世多种文体的萌芽。至于诰、命、谟、盟、誓、铭、诔、吊、书、论、诗、寓言等文体,在五经以及《左传》《国语》《战国策》《庄子》《孟子》《荀子》《韩非子》等先秦典籍中已经成熟,也是文体学常识。正因如此,辨体类总集往往从先秦经、史、子著作中节录作品,以辨析文体的早期形态,而不像《文选》那样只录秦汉以后文人创作的文体形态高度成熟的独立篇章。黄佐的《六艺流别》颇有代表性。此书卷首有黄在素(黄佐之子)题记,介绍编纂缘起曰:

> 家君讲学于粤洲草堂,进诸生而告之曰:圣人删述以垂世者谓之经,后学传习以修辞者谓之艺。尝观六艺之流,其别犹川,然其源于经则合之,尽其大而无余也。是故文弗周于万物则

---

① 徐师曾《文体明辨序》,《文体明辨序说》,人民文学出版社,1962年,第78页。
② 永瑢等《四库全书总目》卷一六三《四六标准》提要,中华书局,1965年,第1396页。
③ 徐师曾《文体明辨序》,《文体明辨序说》,人民文学出版社,1962年,第78页。
④ 刘勰著,范文澜注《文心雕龙注》卷四《史传第十六》,人民文学出版社,1958年,第287页。

心为有外,精弗聚于一心则文为支离,必也。文之川流者别而条析之,观其会归,则德之敦化者浑浑乎其一,而六经皆在我矣。诸生其采诸。于是黎君惟敬、梁君公实辈受命而退,博采群书,会稽成编,凡二十卷,名之曰《六艺流别》云。①

可见,《六艺流别》的编纂宗旨,在于明文之本源而条析其流别,而一归于宗经。这是辨体批评的传统内容和基本原则。黄著的重大贡献在于,从文本于经的观念出发,首次以选本的形式,把古代的基本文体形态分别系于《诗》《书》《礼》《乐》《春秋》《易》,形成六大文体系列。其中史传类文体,源于"春秋艺",含纪、志、年表、世家、列传、行状、谱牒、符命、叙事等,其流别又有叙、记、述、录等。所录作品,遍及先秦、两汉各种典籍,如《尚书》《左传》《国语》《战国策》《周礼》《大戴礼记》《竹书纪年》《汲冢书》《孔子家语》以及《史记》《汉书》《后汉书》《汉纪》《三国志》等,当然也包括汉以后的文传如陶渊明《五柳先生传》等。黄氏从先秦及秦汉典籍中大量节录作品,对于拓展文体学范围,考察史传早期发生时的形态,具有重要意义。

贺复徵《文章辨体汇选》也是以辨体为宗旨的总集。此书收录先秦至明末各体文章(不含诗赋),类聚区分,合132类,其辨体之精严,甄录之广博,为历来总集所罕见。即以"传"类作品言,吴讷《文章辨体》不再细分,徐师曾《文体明辨》分为史传、家传、托传、假传四目。贺复徵在前人的基础上,增至7类,分别为史传、私传、家传、自传、托传、寓传、假传,可见其分类后出转精,更为细致、全面。除史传外,后6种可概称文传。史传类录《史记》《汉书》《后汉书》《三国志》《晋书》《十六国春秋》等直至《新五代史》中的人物传记

---

① 黄佐《六艺流别》卷首,《四库全书存目丛书》集部第300册,第73页。据中山大学图书馆藏明嘉靖四十一年(1562)欧大任刻本校补。

31卷。而在《史记》之前,又录《左传》14卷,"为班、马之先鞭"①。其意谓史传虽至司马迁、班固才成熟定型,但《左传》中已有不少写人纪事的精彩篇章,是传体文的渊薮和雏形,故置于《史记》之前,以明其源流关系。而后世的文传,又是学习、借鉴史传的产物,故居于史传之后。《文章辨体汇选》以选文的形式,清晰呈现了这种发展演变轨迹,较好地践行了追源溯流的辨体原则。如果不选史传,则传体文发展缺少了成熟、定型期这最重要的一环,难以有效、完整地揭示这类文体的渊源流变,也就达不到理想的辨体效果。可见,总集的辨体功能,使史传在文体谱系中获得了不可或缺的地位。

第四节 叙事文地位的提高

总集的辨体功能促进史传入集,如上所论。然而,明清时期还有不少文章总集,如《唐宋八大家文钞》《古文渊鉴》《古文精藻》《古文观止》《经史百家杂钞》等,编纂宗旨并非辨析文体,而是择优汰劣,即文章选本常见的批评功能。这类总集收录史传,显然另有原因,是明清时期叙事文地位不断高涨的结果。

中国文学和文学批评具有悠久、深厚的抒情传统,文体的叙事功能及相关理论探讨在很长时期内,主要是由史家、史著来承担的。《文选》不录史传,文人创作的单篇叙事文,也仅录碑文、行状等七篇,与全书七百多篇总量相比,可谓微不足道。《文心雕龙》虽立《史传》篇,但考虑到刘勰心目中"文"的驳杂性,甚至连谱、簿、录、方、术、占、式、律等也在讨论之列,则其立《史传》主要是考虑文体论的完备周全,而非对叙事文的特别关注。事实上,刘勰在论述各体文

---

① 贺复徵《文章辨体汇选》卷四八三"史传"序题,《文章辨体汇选》卷四八三,《景印文渊阁四库全书》第1408册,第64页。

章时,以诗赋居首,彰显其重要性,而在探讨文术如《体性》《神思》《风骨》《镕裁》《练字》等篇目中,无不以诗赋骈文作家和作品为例证,足见其文章观念其实与《文选》一样,聚焦于抒情言志的诗赋骈文,单行散体的叙事文是边缘化的。这正体现了六朝人对辞章抒情言志与史传叙事功能的自觉区分。唐宋古文运动以后,随着古文家创作的单篇叙事文的勃兴,文的叙事功能不断增强,文、史界限不再如六朝壁垒森严。如宋人不但重视文的叙事功能,甚至推崇杜甫"以韵语纪时事",誉为"诗史"①,这是对传统文学抒情传统的重大突破。此后,文章学中的叙事理论逐渐丰富,叙事文地位日益提高。尤其自明代中期开始,随着文化下移,在科举与商品经济发展过程中崛起的士绅和富民阶层,希望先人或本人的事迹能载诸笔端,显扬后世,纷纷乞请名公才人作私传、行状、墓志②,甚至"屠沽细人,有一碗饭吃,其死后则必有一篇墓志"③。而多数文人也乐于接受此类请托,正如李开先《何大复传》所述:"关中王渼陂、李崆峒、康对山、吕泾野、马谿田,河南何大复,同以文章命世,为人作传状、碑志,可因而耀今信后。"④这种风气,直接促进了明代叙事文的繁荣。李梦阳、何景明、李攀龙、王世贞、归有光等文集中,传状、碑志类作品皆连篇累牍,令人目不暇接。明清之际,此风益盛。据统计,钱谦益集中有传记文 300 多篇,黄宗羲 169 篇,朱彝尊 118 篇,全祖望 212 篇,王士禛 152 篇,方苞 211 篇。⑤ 此前韩、柳、欧、苏,号称叙事文大家,而无过百篇者。明清文士,动辄上百甚至数百篇,充分显示了叙

---

① 杨慎《升庵诗话》卷一一,丁福保辑《历代诗话续编》,中华书局,1983 年,第 868 页。
② 关于明人乞作私传、墓志等风气,参林锋《明清时期的"私人作传"之争》,《文学遗产》2018 年第 5 期。
③ 唐顺之《答王遵岩》,《荆川先生文集》卷六,《唐顺之集》,浙江古籍出版社,2014 年,第 276 页。
④ 李开先《李中麓闲居集》卷一一,李开先著,卜健笺校《李开先全集》(修订本),上海古籍出版社,2014 年,第 933 页。
⑤ 参邱江宁、俞樟华、房银臻《论清代传记创作的繁荣及其原因》,《苏州大学学报》2011 年第 6 期。

事文体在明清文章写作中的重要地位。

与创作实践的盛况相呼应,明清文论也对叙事文表现出特别的关注。李东阳《篁墩文集序》:"文之见于世者,惟经与史,经立道,史立事。"①郑驹认为,"世之为文者不过议论、叙事两端,而贵于识体"②。曾异《序刘子厄草》:"古人之文有二端,曰叙事、明道而已。"③或从文体功用出发,将文分为载道、纪事两类,载道之文本于经,纪事之文本于史;或从表现方式着眼,分为叙事、议论二体。无论从哪个角度分,叙事文都占了半壁江山,俨然文章大宗,不再是六朝时期屈居一隅的边缘文体。清人继承并进一步强化了文类二分法。邵长蘅《与魏叔子论文书》:"文体有二,曰叙事,曰议论。是谓定体。"④张秉直称,"文章不过叙事与议论","叙事欲其详明","议论欲曲折以尽其情"⑤,都可见一时风气。焦循《里堂家训》:"余谓学问之业,以属文为要。虽有尧舜之治,孔颜之教,非文不传。叙事之文,尤为重大。春秋楚汉之人,后世岂绝无之? 得左史以为之传,便精采百倍。韩昌黎之于南霁云、何蕃,李习之之于高愍女,柳柳州之于段太尉,杜牧之之于燕将谭忠,孙可之之于何易于,采入史传,顿生光彩。"⑥不论是圣君之治,圣贤之教,还是忠臣义士,贤能贞烈,无不借叙事传世生辉,否则只会湮没无闻。故焦循倡言"叙事之文,尤为重大",地位尊于任何其他文体。

叙事文的地位既日趋尊崇,作为叙事文渊薮与大宗的史传,自然会得到关注,越来越多地进入文章选集。真德秀《文章正宗》曰:"叙

---

① 李东阳《怀麓堂集》卷六四,《景印文渊阁四库全书》第1250册,第666页。
② 郑真《亡兄金华府义乌县儒学教谕郑先生行状》,《荥阳外史集》卷四二,《景印文渊阁四库全书》第1234册,第262页。
③ 黄宗羲编《明文海》卷三〇九,中华书局,1987年,第3186页。
④ 邵长蘅《邵青门全集》,《丛书集成续编》集部第125册,上海书店出版社,1994年,第725页。
⑤ 张秉直《文谈》,王水照编《历代文话》,复旦大学出版社,2007年,第5088页。
⑥ 焦循《里堂家训》卷下"谚云百工之事"条,《续修四库全书》第951册,第530页。

事起于古史官。"①汪琬《跋王于一遗集》:"古文辞之有传也、记事也,此即史家之体也。"②章学诚《上朱大司马论文》:"古文必推叙事,叙事实出史学。"③都强调古文与叙事及史学的密切关系。叙事功能成为沟通文史的桥梁,是史传文学化、辞章化的枢纽。朱右认为,"先秦西京之文章炳炳焉与三代同风,信可谓万世法则",主要标志是《左传》《国语》《战国策》《史记》《汉书》等接踵而出,故辑《史记》《汉书》《五代史记》成《三史钩玄》,"俾子弟日习而记忆之,庶为文学之助",并反复强调"是编也,殆为作文者设尔"。④又,凌约称六经而下,左丘明、庄子、司马迁、班固为"四钜公",文章超绝,卓然大家:"《左传》如杨妃舞盘,回旋摇曳,光彩射人;庄子如神仙下世,咳吐谑浪,皆成丹砂。子长之文,豪如老将用兵,纵骋不可羁而自中于律。孟坚之文整,方之武事,其游奇布列不爽尺寸,而部勒雍容可观,殆有儒将之风焉。虽诸家机轴,变幻不同,然要皆文章之绝技也。"⑤四大家中,史家居三,足见其地位之显要。故明清选家,多有录史传以为文章轨范,接引后学者,促进了史学经典的文学化和辞章化。

在史传的文学化进程中,由于《左传》《史记》产生于文史浑融不分的时代,作者的个性、情感、想象等文学天赋,在写人叙事中得到淋漓尽致的发挥,也最为明清批评家家所钟爱。明清文论多奉"《左传》为文家叙事祖庭"⑥。王筑夫曰:"千古叙事神品,左氏、史迁为绝调。昌黎得左氏之骨,庐陵得太史之神。故昌黎以精凿胜,庐陵

---

① 真德秀《文章正宗》卷首"纲目",《景印文渊阁四库全书》第1355册,第6页。
② 汪琬《钝翁前后类稿》卷四八,《清代诗文集汇编》第94册,第353页。
③ 《章学诚遗书》,文物出版社,1985年,第612页。
④ 朱右《三史钩玄序》,《白云稿》卷五,《景印文渊阁四库全书》第1228册,第61页。
⑤ 朱子蓄《百大家评注史记》卷首"总评",《〈史记〉研究文献辑刊》第2册,国家图书馆出版社,2014年,第620页。
⑥ 林纾《春觉斋论文》,人民文学出版社,1959年,第122页。

以风度胜。"①韩愈、欧阳修为八大家中叙事文创作成就最高者,其文分别师法《左传》《史记》,而各得其胜。沈德潜评田同之《水碓》诗曰:"细写难状之情,正与琐屑处见笔力,此古文叙事手也。熟精《左》《史》者能之。"②方苞《古文约选序例》:"序事之文,义法备于《左》《史》。"③都指出《左传》《史记》因叙事艺术的杰出成就而成为文章经典。正因如此,明清文章选集中,史传文入选最多的是《史记》《左传》,甚至还出现了专门选录、评点《左传》或《史记》的选本,如王源《左传评》、冯李骅《左绣》、刘献廷《左传快评》、王慎中《史记评钞》、归有光《归震川评点史记》、储欣《史记选》、高嵣《史汉合钞》、吴见思《史记论文》等。这些专门选本的涌现,进一步推动了《左传》《史记》在文章学中的经典化历程。《史记》之后,班固《汉书》"以矩矱胜,故其规画布置,如绳引,如斧劚,亦往往于其复乱庞杂之间,而有以极其首尾节膝之密,令人读之,鲜不濯筋而洞髓者"④,"方之武事,其游奇布列不爽尺寸,而部勒雍容可观,殆有儒将之风焉"⑤,在历代选家心目中也有较高地位。

第五节　史传经典与八股研习

除了叙事文地位的提高,明清史传大量入集,还与研习举业密切相关。八股作为一种考试文体,体制不断成熟的同时,也伴随着思

---

① 魏禧《魏叔子文集·外篇》卷一七《同知潮州府宗公家传》文末评语,《清代诗文集汇编》第 92 册,第 510 页。

② 沈德潜《清诗别裁集》卷二四,沈德潜等编《历代诗别裁集》,浙江古籍出版社,1998 年,第 553 页。

③ 方苞《古文约选序例》,《方苞集》,上海古籍出版社,1983 年,第 615 页。

④ 茅坤《刻汉书评林序》,《茅鹿门先生文集》卷一四,《续修四库全书》第 1344 册,第 651 页。

⑤ 凌稚隆辑《史记评林》卷首"读史总评"引凌约言语,《四库未收书辑刊》第 1 辑第 11 册,第 38 页。

想日益陈腐、程式日益僵化等弊端。为了克服这些弊端,明正德、嘉靖以降,兴起了"以古文为时文"的创作风气,代表人物有唐顺之、茅坤、归有光、艾南英等。这种创作理念,一方面以古文载道功能淡化时文的世俗功利色彩,提高其文体品位;另一方面,引古文丰富活泼的艺术手法入经义中,为僵化的八股注入生机和活力,因此产生了广泛的社会影响。入清之后,李光地、韩菼、朱梅崖、方苞等时文大家,皆奉正、嘉作者为圭臬,继续倡导"以古文为时文",推动了八股在清代的发展和繁荣。时文当根柢经史古文,渐成明清人的共识。朱琦说:"古文者,时文之命脉也,时文体裁必具古文风骨,始称擅场,前明惟归震川能以古文为时文,由其胎息本深,故施诸八比,迥逾流辈,文章正轨实在于斯。"①乾隆二十四年(1759)上谕曰:"有明决科之文,流派不皆纯正,但如归有光、黄淳耀数人,皆能以古文为时文,至今具可师法。"②可见,以古文为时文根柢、正轨乃至命脉,在清代已成为官方和主流的文章学观念。

古文对八股写作既如此重要,而在明清文体观念中,源于史传的叙事文又是古文大宗,则明清举子为了八股功业而关注史传,自是理所当然。被誉为"明文第一"和"以古文为时文"典范的归有光,其古文与时文创作,皆得力于《史记》,俨然龙门风范。归氏曾以五色笔批点《史记》,"若者为全篇结构,若者为逐段精彩,若者为意度波澜,若者为精神气魄,以例分类,便于揣服揣摩"③,不但习古文者奉为圭臬,攻举业者更是珍为秘宝,不轻以示人。艾南英论曰:"昔人摹仿史迁叙事,但能见之古文词耳,今乃见之时文,此开辟来文章一变局也。"④肯定归有光等学习太史公叙事艺术,以古文为时

---

① 朱琦《湖潭书屋文稿序》,《小万卷斋文稿》卷一三,《清代诗文集汇编》第494册,第242页。
② 梁章钜《制义丛话》卷九引《四勿斋随笔》,《续修四库全书》第1718册,第603页。
③ 章学诚《文理》,章学诚著,叶瑛校注《文史通义校注》,中华书局,1994年,第286页。
④ 周以清《四书文源流考》引俞长城转艾南英语,阮元编《学海堂集》卷八,陈建华主编《广州大典》第57辑,集部总集类第33册,广州出版社,2015年,第605页。

文,是推动八股发展的一大关捩。晚明倪元宽、金声等习举业而从《史记》《汉书》用功,金声甚至手抄《史记》,跪而读之,昼夜不辍,终为时文名家。清初八股巨擘韩菼自述学文经历曰:"菼自少为举子业,不从他师,侍先君子读书山中,日命钞录五经、《史记》《汉书》、唐宋大家及弘永以来先正诸名家小品,俾专心课诵,凡近科坊刻,屏弗令见。"①亦以史传为举业根基。方苞奉《左传》《国语》《战国策》《史记》为古文正宗,认为古文义法俱在其中,义法明"则触类而通,用为制举之文,敷陈论、策,绰有余裕矣"②。凡此种种,无不显示史传与明清举业关系密切。而明清古文选本,如《文编》《唐宋八大家文钞》《古文约选》《古文雅正》等,多有指导举业的动机,自然不能忽视史传文。储欣《史记选》卷首"例言"曰:

  高、文景诸本纪,例用编年。班、史继之,成一代全书,为后来诸史之祖。兹选大旨在有裨举业,录文非录史也。《项羽纪》才情法度,种种卓绝,得先生拈出一字一句,莫非制艺准绳,故仍全载。③

明确宣称《史记选》选编宗旨在于举业文章,关注点在文不在史。全书6卷26篇,含本纪2篇,世家5篇,列传19篇,全是写人叙事之文,没有一篇单录《史记》中的序、赞、辞命、议论等文体。又,高嵣编《史汉合钞》,宗旨也在"为时文蓄根柢,制艺溯渊源,乃录文非录史也"④。所录文章,虽有序、赞,但以列传为主。可见,史传为举业根底和渊薮,是明清许多选家的共识。

那么,以写人叙事为主的史传,何以成为八股的根柢和渊薮呢?

---

① 韩菼《进呈稿自序》,《有怀堂文稿》卷五,《清代诗文集汇编》第147册,第119页。
② 方苞《古文约选序例》,《方苞集》,上海古籍出版社,1983年,第613页。
③ 吴振乾等《史记例言》,储欣《史记选》卷首,《〈史记〉研究文献辑刊》第4册,国家图书馆出版社,2014年,第560页。
④ 高嵣《史记钞杂说》,《史汉合钞》卷首,《〈史记〉研究文献辑刊》第5册,国家图书馆出版社,2014年,第485页。

这至少可从两个层面考量。首先,八股代圣贤立言,要真切揣摩圣贤语气,必须了解论题所涉的历史事实,方能持之有据,言之成理。如唐顺之《一匡天下》文,旨在阐发孔子赞美管仲匡正天下之意,而处处紧扣春秋史实。起讲论时危世乱,然非泛泛空谈,而是具体到桓公五年(前707)周郑之战和庄公十年(前684)蔡楚之战。中二股正面论"一匡天下",则详述僖公四年(前656)的召陵之战和僖公九年的葵丘之盟。束二股又叙周郑交质、冯陵江汉二事,以反衬管仲的功业。全文虚实结合,夹叙夹议,具有无可辩驳的力量。而这种力量的基础,端赖作者对春秋史实熟稔在胸,洞察入微。① 可见,八股虽阐发经义,亦当精通史事。因为圣贤之道,并非抽象、玄虚的义理,而是来自对王朝盛衰、政教成败和百姓人伦日用的体察,是从纷繁复杂的历史进程中总结、提炼出的经验教训。故明清人高倡"六经皆史""道在事中",反对离事言道,空谈义理。八股既要阐发圣贤之道,自当根柢经史,驱遣史实典故,"以史事为骨干,包罗万象,涵盖古今"②,方能说理透彻,坚确不疑。于是,史家纪传,尤其是记载孔、孟等圣贤生活时代最重要的典籍如《左传》《史记》等,便为明清选家所特别关注。

其次,史传中的优秀之作,可在行文法度、结构布局、意境风格等方面为八股提供借鉴。茅坤爱司马迁、欧阳修文,每每心摹手追;曾编《史记钞》《唐宋八大家文钞》《庐陵史钞》,可见其生平用力处。四库馆臣评其文"喜跌宕激射",尚有模拟痕迹,"故施于制义则为别调独弹,而古文之品,终不能与唐顺之、归有光诸人抗颜而行也"。③ 其意谓茅氏学《史记》《新五代史》之"跌宕激射",就古文论,虽不如唐、归之自然浑成,但用于制义,则驰骋奔放,别开生

---

① 参刘尊举《"以古文为时文"的创作形态及文学史意义》,《文学评论》2012年第6期。
② 商衍鎏《清代科举考试述录及有关著作》,百花文艺出版社,2004年,第255页。
③ 永瑢等《四库全书总目》卷一七七茅坤《白华楼藏稿》等五种著作提要,中华书局,1965年,第1592页。

面,足以破八股程式之僵化、板滞,故为时文大家。又方百川善学《史记》,悲喜无端,俯仰自得,于太史公多有会心。故其制义"气脉演逸灏瀁,直接欧阳,而超轶之神,又若碧云卷舒,漫空无迹"①,深得司马迁、欧阳修史传之风神气脉。又,高嵣《史记钞杂说》:

> 是钞本为论文计。尝见储越渔《史记序》云:"其科段关锁,合离断续,草蛇灰线,宛转关生,可以长时文之结构也。其叙次剪裁,明肃简整,行若游龙,止如勒马,可以长时文之笔力也。其写照传神,须眉欲活,抑扬唱叹,余味曲包,可以增时文之声色态度也。"数语最得读《史记》法,每心爱之,兹录入,并以语凡读古文者,皆依此法,亦不独《史记》为然。②

可见,尽管作为古文的史传和作为时文的八股,在文体功用、形态上有较大差异,但在文法、文理、审美旨趣等方面,两者并非壁垒森严,格格不入,而是灵犀相通,异曲同工,龚景瀚所谓"四书文与诗、古文辞本无二道,苟有所得,皆实学也"③。《史记》卓绝千古的艺术成就,不仅为古文最高典范,也在结构布局、序次剪裁、传神写照等方面,为八股写作提供了不二法门。故明正嘉以降直至清代的时文大家如茅坤、归有光、方苞等,多有沉潜《史记》揣摩文法的学习经历,创作上则运史传自由舒朗之气于时文中,使八股在遵守程式的同时,又能摆脱拘谨、枯燥、僵化之弊,具有古文的精神气脉、意境风骨。这种创作理念在明清科场蔚为风气,选家望风希旨,自然会在总集或选本中大量收录史传。

综上所述,明清以来,四部疆界之动摇,为史传入集扫除了学术分科障碍;总集辨体功能为史传在文章谱系中获得无可替代的地

---

① 梁章钜《制义丛话》卷一〇引何雨厓语,《续修四库全书》第1718册,第618页。
② 高嵣《史汉合钞》卷首,《〈史记〉研究文献辑刊》第5册,国家图书馆出版社,2014年,第485页。
③ 龚景瀚《积石山房四书文自叙》,《澹静斋文钞》卷二,《清代诗文集汇编》第417册,第522页。

位;文章学对叙事功能的关注,叙事文地位的提高及其艺术成就,促成史传的辞章化和文学经典化;"以古文为时文"的科场风气,内化为广大士子研读史传的强大动力。诸多因素交互激荡,蔚为新风,使明清总集打破了《文选》确立的不录经、史、子著作的传统,大量收录史传,最大程度实现了史部与集部的沟通、史传与辞章的融合。在此进程中,不但《左传》《史记》《汉书》等著作不断文学经典化,这些著作中的许多篇章,也不断成为古文经典。如《左传》中的《郑伯克段于鄢》《晋公子重耳之亡》《曹刿论战》《秦晋殽之战》,《史记》中的《项羽本纪》《高祖本纪》《陈涉世家》《留侯世家》《伯夷列传》《屈原列传》《廉颇蔺相如列传》《鲁仲连邹阳列传》《魏公子列传》《淮阴侯列传》《魏其武安侯列传》《李将军列传》《酷吏列传》《游侠列传》,《汉书》中的《霍光传》《苏武传》《陈汤传》《王莽传》《朱买臣传》等,都是经由反复入选明清总集,才成为写人叙事的名篇的。这些史传名篇,不断丰富了古代文学的经典宝库,对于近现代传记文学的发展,也产生了至关重要的影响。

(本章由何诗海、陈露执笔)

第八章　明清"私人作传"之争

自顾炎武《日知录》明确提出"古人不为人立传","私人作传"便成为此后百余年间备受瞩目的文学议题。其时文史大家如邵廷采、方苞、刘大櫆、全祖望、袁枚、邵晋涵、姚鼐、章学诚诸人均曾就这一问题表明自己的立场。在围绕"私人可不可以作传"的反复辩难中,私传作为传之一体的发展历程、体制特性、作者权限以及自身合法性都得到深入有效的讨论。逮至清末,随着西方传记理论的引入,中国的传记文学开始摆脱与传统史学的纠葛,建立在对史官"辨职"基础之上的"私人作传"议题也最终淡出了论者的视野。

第一节　"私人作传"作为问题及其历史

最早提出"私人作传"问题的是明末清初的顾炎武,其《日知录》卷一九"古人不为人立传"条谓:

> 列传之名始于太史公,盖史体也。不当作史之职,无为人立传者,故有碑、有志、有状而无传。梁任昉《文章缘起》言传始于东方朔作《非有先生传》,是以寓言而谓之传。韩文公集中传三篇:《太学生何蕃》《圬者王承福》《毛颖》。柳子厚集中传六篇:《宋清》《郭橐驼》《童区寄》《梓人》《李赤》《蝜蝂》。《何蕃》仅采其一事而谓之传,王承福之辈皆微者而谓之传,《毛颖》《李赤》《蝜蝂》则戏耳而谓之传,盖比于稗官之属耳。若《段太尉》则不曰传,曰"逸事状"。子厚之不敢传段太尉,以不当史任

也。自宋以后,乃有为人立传者,侵史官之职矣。①

作为第一份详细讨论"私人作传"的文献,此处不仅以对史官之职的辨析为之后的论争定下基调,亦为问题的中心概念作了相对明晰的规范——所谓"私人"②,乃指不居史官之人,而所谓"传",也仅指文集中那些从形式到内容都与史传高度统一之传。换句话说,顾炎武所深致不满的,其实是以私人身份创作的、符合史传义例的单篇传记。这类传,自刘知几《史通》之后每以"私传"称之,笔者亦沿用其说法。③

顾炎武虽是第一位详细论证私人不可作传的学者,但就文学史一般规律而言,任何有影响力的问题的提出必有其酝酿期。在顾炎武之前,私人作传的实际情况如何?顾氏言论是否渊源有自?欲解答这些问题,还需系统梳理古代私人作传的历史。

如顾炎武所言,纪人纪事之传,首见于《史记》。但那时候,一则纪传体还未被确立为正史的体裁,史官作传未成常例;二则文集观念未兴,不依附于著作而被视为文集一体的传基本无从谈起。直到汉末,这两项条件逐渐成熟之后,"私人作传"始有了讨论的可能。而在当时,大量别传的出现证明私人作传是被允许的。别传既"分

---

① 顾炎武著,黄汝成集释《日知录集释》(全校本)卷一九,上海古籍出版社,2006年,第1106页。

② 顾炎武原文用"古人",其意在通过对史实的考索来规范当下的"私人"。为了讨论方便,笔者以"私人作传"概括顾氏提出的相关议题。

③ 刘知几《史通·烦省》云:"降及东京,作者弥众。至如名邦大都,地富才良,高门甲族,代多髦俊,邑老乡贤,竞为别录;家牒宗谱,各成私传。"(刘知几著,浦起龙通释《史通通释》卷九,上海古籍出版社,2009年,第246页)此处私传即指与专史相对的私人传记,明初徐一夔《跋袁镛传后》:"以国子生林右善叙事,请为私传,以补宋史之缺。"(徐一夔《始丰稿》卷一四,《景印文渊阁四库全书》第1229册,第376页)宋濂《题天台三节妇传后》:"盖国史当略,私传宜详,其法则然也。"(宋濂《文宪集》卷一三,《景印文渊阁四库全书》第1223册,第653页)亦是在与史传相对的意义上使用"私传"一词。其后,当"私人作传"之争在清代兴起时,也仍有毛奇龄、沈德潜、姚文田、邵晋涵、章学诚、王芑孙等人采用"私传"之称。

别于正传之外,与之异处也"①,又是"单独的叙传之称"②,基本属于本章所论的私传范畴。别传最初著录于《隋书·经籍志》史部杂传类,但数量不多,清章宗源撰《〈隋书·经籍志〉考证》时,从《三国志》《世说新语》《北堂书钞》《初学记》《艺文类聚》《太平御览》等书中找出未被著录的别传184种,今人逯耀东在此基础上又作修订,最终将已知的别传数目定为211种③。这211种别传主要为东汉魏晋时的私人所作,传主均系政治、儒林、文苑中的知名人物。魏晋以后,私传的创作减少,但并未绝迹④,如陶渊明集中就有《孟嘉传》,江淹集中也有《袁友人传》。

风气的转移发生在唐代。朱东润发现:"在唐代,传叙文学开始衰颓。"⑤唐人不喜作传,与其时修史环境的变化相关。唐代是官方史学定于一尊的时代,亦是纪传体在官方史学内部定于一尊的时代。贞观年间,李世民诏令宰相监修《晋书》《梁书》《陈书》《北齐书》《周书》《隋书》等六代史书,开大一统王朝官修前代纪传体正史之例。同样在太宗朝,国史制度得以确立。国史"以适合断代史的纪传体形式写成,载录了迄于某个确定日期的当朝史事"⑥。作为当代史编纂的最后一个阶段,国史亦由宰相监修,体现某种明确的政治目的。王朝对纪传体史书的重视一方面提高了与事者的社会声誉,薛元超曾言:"吾不才,富贵过分。然平生有三恨:始不以进士擢第,不得娶五姓女,不得修国史。"⑦把无缘修国史视为平生恨事,足

---

① 王兆芳《文章释》,王水照编《历代文话》,复旦大学出版社,2007年,第6271页。
② 朱东润《传叙文学与史传之别》,《朱东润文存》,上海古籍出版社,2014年,第496页。
③ 参见逯耀东《魏晋别传的时代性格》,《魏晋史学的思想与社会基础》,中华书局,2006年,第71—97页。
④ 如李山亦称:"总体而言,南朝传记人物传的写作不如两晋,北朝这方面的写作就更不如。"李山《中国散文通史·魏晋南北朝卷》,安徽教育出版社,2012年,第457页。
⑤ 朱东润著,陈尚君整理《中国传叙文学之变迁》,复旦大学出版社,2016年,第144页。
⑥ 〔英〕杜希德著,黄宝华译《唐代官修史籍考》,上海古籍出版社,2015年,第142页。
⑦ 刘𫗧《隋唐嘉话》卷中,凤凰出版社,2022年,第38页。

见国史在时人心中地位之高。但另一方面,朝廷的干预无疑为纪传体史书的修纂增加了诸多禁忌。刘知几回忆,自己当年参修国史之时,每逢意见与监修贵人"凿枘相违,龃龉难入",都只能"依违苟从"①,没有施展个人抱负的余地。在这种情况下,私传作为直接承袭自纪传体的文体,自然也因其与正史的近亲关系而获得较特殊的地位,成为文人创作前需要慎重考量的对象。

以韩愈为例,韩愈是碑志文发展史上的革命性人物,他将史传笔法引入碑志文创作当中,从而激烈地变易了碑志文的文体。② 可与此同时,韩愈集中所有以"传"命名的篇目,竟无一例外地偏离了史传正统。钱穆评价韩愈的传是"情存比兴,乃以游戏出之。名虽传状,实属新体"③。作为公认史迁之法的继承人,韩愈的碑志文和传体文创作何以出现如此吊诡的差异?结合其"夫为史者,不有人祸,则有天刑"④一语所传达的对史官一职风险的忧虑,似不难体会韩愈在权力夹缝间避祸全身的艰辛。所以,他宁可将史才用于碑志文,也不写作与史传关系太近的私传。不唯韩愈,唐代的绝大多数文人其实都不作传。检《全唐文》,在韩愈之前,以私人身份作过传的只有王绩、李延寿、李华、陆羽、权德舆五人。⑤ 到社会变革的中晚唐,私传才稍稍增多,且出现吴讷所言"厥后世之学士大夫,或值忠孝才德之事,虑其湮没弗白;或事迹虽微而卓然可为法戒者,因为立

---

① 刘知几著,浦起龙通释《史通通释》卷一〇,上海古籍出版社,2009年,第270页。
② 章太炎《国故论衡·正赍送》云:"汉世碑文,本颂之别,虽有陈序,则考绩扬搉之辞,不增其事,文胜质,故不为史官所取,无害于方策。唐世渐失其度,其后浸淫变为序事,与别传同方。"章太炎著,庞俊、郭诚永疏证《国故论衡疏证》,中华书局,2008年,第461页。
③ 钱穆《杂论唐代古文运动》,《中国学术思想史论丛》第4卷,安徽教育出版社,2004年,第43页。
④ 韩愈著,马其昶校注,马茂元整理《韩昌黎文集校注·文外集》卷上《答刘秀才论史书》,上海古籍出版社,2021年,第744页。
⑤ 《全唐文》所录韩、柳之前以"传"命名的篇目,尚有吕諲《霍山神传》及苏源明《元包首传》《元包五行传》。但《霍山神传》为志怪一类,《元包首传》《元包五行传》则是传注体,均不合史传体例。

传以垂于世"①的新动向。宋元大体沿袭了晚唐的趋势,其时著名文家或不作传,或少作传,且所传多非名公巨卿。②但必须说明的是,唐、宋、元人少作传乃是一种未被明言的创作趋势。其时既缺乏明确禁止私人作传的制度或言论,作者亦无须如清人那般为自己侵史官之职作辩解。

中晚明是私人作传普遍化的时代。七子之前执文坛牛耳的李东阳,集中有16篇私传。后七子领袖中,李攀龙集有私传10篇;王世贞则更多,仅《弇州四部稿》《续稿》就有私传96篇,数量空前。而在与后七子派针锋相对的唐宋派里,归有光集有私传21篇,唐顺之、王慎中集也各有私传7篇。考察这一时期私传大行的原因,似可从文化下移的角度切入。就需求者一面而言,中晚明私传的传主与唐、宋、元时相似,多为无缘进入国史的平常人物。但他们往往并非"卓然可为法戒者",也无"忠孝才德之事",而属于在科举与商品经济发展过程中壮大起来的士绅和富民阶层。这些人的子孙(有时是他们本人)希望先人的生平事迹能够载诸笔端,显耀于世。这是中晚明私传开始大量出现"请为作传""谒余作传""乞予为传""请为传"之类表述的原因。③李开先《何大复传》称以文章名世的李梦阳、康海、何景明等,"为人作传状碑志,可因而耀今信后"④,就准确道出了这些请托之传背后"人以文贵"的心理动因。而就创作者一面来说,随着明代中后期拥有出仕资格者大大增多,在官位供不

---

① 吴讷《文章辨体序说》,人民文学出版社,1962年,第49页。
② 宋六家中,苏洵、王安石无传,欧阳修有1篇私传,苏辙、曾巩都有两篇私传,苏轼则有5篇私传(以"传"命名者有11篇,其中6篇可确定为模仿韩、柳的游戏之作)。而在元代知名古文家中,姚燧有私传3篇,虞集有私传6篇,揭傒斯有私传1篇,柳贯有私传四篇,赵孟頫无传。
③ 纪昀《汾阳曹氏族谱序》:"合谱传而一之,其殆自明以来乎。"(纪昀《纪晓岚文集》,河北教育出版社,1995年,第1册,第172页)则从另一角度提示了这些请托之传的现实用途。
④ 李开先《李中麓闲居集》卷一〇,李开先著,卜键笺校《李开先全集》(修订本),上海古籍出版社,2014年,中册,第933页。

应求且薪俸低微的生存环境下,士人出于金钱、人情等方面的考虑,也乐于接受此类请求。两相结合,遂促成中晚明私传创作的繁荣。

中晚明私传既多为出于传主子弟门生之请的应酬文墨,写作时易流于敷衍客套。冯时可《雨航杂录》曾引时人评论云:"前见徐叔明云:'王元美为人作传志,极力称誉,如胶庠试最乃至微细事,而津津数语,此非但汉以前无是,即唐宋人亦无此陋。'"①私传之法全出史传,将叙述历史上重大人物的布局、语言用于叙述平常人物,难免浮夸琐细之嫌。出于对此类现象的不满,一些士人开始强调"传"作为一种文体的专门性和权威性。钱谦益《刑部郎中赵君墓表》:"余尝以谓今人之立传非史法也,故谢去不为传。"②主张立传要严格遵循"史法",其实是强调私传写作的专门性。而他宁作墓表也不作传的行为,本身又是对传的权威性的体认。就这两点而言,钱谦益延续了前代古文家的立场,而与中晚明的新风气异趣。虽其集中仍有私传,但钱谦益"平生不为人作传"③的自白仍可视为顾炎武斩截之论的先声。

综上,自东汉以迄明代,私人作传的现象在中国文学史上一直存在,只是在各朝代中,有风气盛衰之别。顾炎武"自宋以后,乃有为人立传者"的看法,是对唐代私传不兴现象的绝对化表述,缺乏真正有力的根据。而在这种情况下理解顾氏用意,就须进行更多"世道人心"④而非史实考据上的探究。据《日知录》卷一九,"古人不为人立传"后接续的是"志状不可妄作"。两相结合,可知顾氏的倡议乃是对中晚明文人集中传志猥滥现象的一种反拨。当然,对史官的

---

① 冯时可《雨航杂录》卷上,《景印文渊阁四库全书》第867册,第336页。
② 钱谦益《牧斋初学集》卷六六《刑部郎中赵君墓表》,上海古籍出版社,2009年,第1537—1538页。
③ 同上书卷七〇《工部右侍郎赠尚书程公传》,第1584页。
④ 潘耒《日知录序》,顾炎武著、黄汝成集释《日知录集释》(全校本)卷首,上海古籍出版社,2006年,第2页。

"辨职"也反映出其与钱谦益相似的尊史倾向,凸显唐代以降官方史学的强势所带来的影响。更重要的是,"古人不为人立传"既经顾炎武这样的大学者提出,就难免为之后的私传作者带来压力,而成为清代"私人作传"问题的讨论基础。

第二节 从"不为人立传"到"不为国史人物立传"

进入清代,"私人作传"延续了中晚明的基本态势,其时文集例有私传,且颇多请托之作。可见顾炎武的倡议对这种创作趋向没有起到遏制作用。尽管如此,在批评层面,仍有一部分人支持顾炎武的说法,认为私人不当为人作传。龚景瀚《郭孺人家传》:"余非史官,例不宜传人。"①盛大士《黄伯玑传》:"夫非史官而作传,非法也;为异姓作家传,非礼也。"②但与顾炎武的不同之处在于,这些议论都是他们作传之后发出的,充分体现其创作和理论之间的尴尬。也许是为了避免类似窘境,另有论者选择部分修正顾炎武的主张,以适应其时"私人作传"的实际。这方面比较有代表性的论点,是"私人不为国史人物立传"。方苞《答乔介夫》云:"家传非古也,必厄穷隐约,国史所不列,文章之士乃私录而传之。"③这里的"厄穷隐约"看似与顾炎武的"微者"有直接的承继关系,实则存在重大区别。首先,二者的问题导向根本不同。顾炎武的"微者而谓之传"是和"仅采其一事而谓之传""戏耳而谓之传"等"稗官之属"并列的概念,所重在写作性质;而方苞的"厄穷隐约"则是一个与"国史所列"相对

---

① 龚景瀚《澹静斋文钞》卷四《郭孺人家传》,《清代诗文集汇编》第 417 册,第 536 页。
② 盛大士《蕴愫阁文集》卷四《黄伯玑传》,《清代诗文集汇编》第 501 册,第 288 页。
③ 《方苞集》卷六《答乔介夫书》,上海古籍出版社,1983 年,第 138 页。

而言的概念,所重在传主身份。在顾炎武看来,韩、柳为王承福、郭橐驼等人所立之传近乎小说家言,正可作为古人不作私传的根据;而在方苞看来,为"厄穷隐约"者所立之传乃是私传正宗,双方持论不啻水火。其次,就二者内涵而言,"微者"与"厄穷隐约"所指代的人群也不一致。顾炎武所说"微者",乃姓名或出假托,行迹难以征实的引车卖浆者流;而方苞的"厄穷隐约"则是"国史所列"之外人物的泛称。有唐确立国史制度以降,历代对什么样的人物能进入国史都有基本的条件限制,即使在作为社会精英的官僚阶层,能为国史所关注者也是极少数。换句话说,方苞所谓的"厄穷隐约"其实涵盖了相当广阔的社会群体,并非仅指声名不彰的穷困之人。从"微者"到"厄穷隐约",措辞相近,实际内涵却有云壤之别。由是,通过此类修辞上的微妙调整,方苞将顾炎武"古人不为人立传"的主张改头换面,进而提出"私人不为国史人物立传"的新观点。

方苞的新见很快得到部分士人的响应。如卢文弨《答彭允初书》:"私念为大臣作传,乃史官之职,非某所敢僭也。"①胡虔《柿叶轩笔记》:"古文章作家法,不得为达官立传,惧侵史官权也。间有为者,类皆畸行异节、山林枯槁及女妇圬者之流而已。"②王芑孙《故知县朱君继妻蔡孺人家传》:"余惟私传之作,将以补史臣之阙。盖谓奇节伟行,有宜书而不及见书者则传之。"③而在其中,姚鼐的发言因为另辟蹊径,最能对前辈观点有所补充。其《古文辞类纂·序目》谓:

> 刘先生云:"古之为达官名人传者,史官职之。文士作传,凡为圬者、种树之流而已。其人既稍显,即不当为之传,为之行状,上史氏而已。"余谓先生之言是也。虽然,古之国史立传,不甚拘品位,所纪事犹详。又实录书人臣卒,必撮序其平生贤否。今实录不纪臣下之事,史馆凡仕非赐谥及死事者,不得为传。乾

---

① 卢文弨《抱经堂文集》卷一八,中华书局,1990年,第260页。
② 胡虔《柿叶轩笔记》,《续修四库全书》第1158册,第40页。
③ 王芑孙《惕甫未定稿》卷九,《清代诗文集汇编》第442册,第397页。

隆四十年,定一品官乃赐谥。然则史之传者,亦无几矣。余录古传状之文,并纪兹义,使后之文士得择之。①

引文所述刘大櫆的言论不能在今存刘集中找到,但姚鼐"余谓先生之言是也"的表白至少能让我们了解其本人立场。姚鼐延续了方苞关于史传、私传之别的看法,但与后者不同的是,他注意到了非达官名人与"圬者、种树之流"二者内涵的区别。因此他以"虽然"转折,试图从制度沿革角度确认私传的边界。姚鼐认为,古国史立传不甚拘泥品级,实录也承担了部分为人立传的功能,因此史官所传人物不仅数量多,且涵盖面广。但到了清代,一则实录不再传人,二则国史的遴选标准趋于严格,能被史官记录的人物已"无几矣"。姚鼐有关古今官史立传制度对比的潜台词在于,既然史传传主的范围在当代已较之前狭窄,那么相对地,私传传主的范围也应超越古代"圬者、种树之流"的局限,涵盖更为广阔的社会阶层。更进一步,在《方恪敏公家传》中姚鼐甚至说:"唐时凡入史馆者,必令作名臣传一,所以觇史才。今史馆大臣传,率抄录上谕吏牍,谓以避党仇誉毁之嫌,而名臣行绩,遂于传中不可得见。然则私传安可废乎?"②同样是拿古今官史立传制度作对比,这里已经质疑史官作传的权威性和专业性,提倡私人要为国史所列人物立传的倾向了。不过,从《古文辞类纂》的选文及姚鼐本人创作来看,这样的议论更像是具体情境下的有为而发。从总体上判断,姚鼐仍属"不为国史人物立传"的支持者。③

颇堪玩味的是,方苞、姚鼐的主张亦与某种程度上的朝廷观念相契合。《御选唐宋文醇》卷二《圬者王承福传》文后评语:

---

① 姚鼐纂集《古文辞类纂》,上海古籍出版社,2016年,第11—12页。
② 姚鼐《惜抱轩诗文集·文集后集》卷五,上海古籍出版社,1992年,第312页。
③ 《古文辞类纂》"传状类"于唐宋以下只录归有光、方苞、刘大櫆三家文,其中以"传"命名者,传主均为社会底层人物,即所谓"微者"。姚鼐所作私传,亦只有《礼恭亲王家传》《方恪敏公家传》两篇的传主是当时显赫人物。

> 史有二：记事，记言。《左传》记事也，《国语》记言也。韩集私传二，《何蕃传》记事也，《王承福传》记言也。其言有足警鄙夫之事君，明天之不假易，而民生之不可以偷，则不可以无传也。然而国史之所不得载，则义得私立传也。①

《御选唐宋文醇》刊行于乾隆初年，评语出自张照等文臣之手，多少反映了皇帝的喜好。与"古人不为人立传"相较，"私人不为国史人物立传"不仅一反前者抵制应酬之传的初衷，且更加直白地表达了对王朝威权的恐惧。早在顾炎武高倡"古人不为人立传"之初，王猷定就曾去信提醒："史有时不在朝而在野，兰台不能守经，草莽自当达变。不然，天下之忠魂贞魄，幽蔽泉壤，而姓名不著于后世，于后死奚赖焉。"②私人不侵史职，表面上看只是一个私人和史官的职业区分问题。但同为遗民的王猷定敏锐地意识到，既言史官，必定牵涉对史官资格的认定。史官之权由谁赋予？是朝廷功令，还是作者的专业素养？若答案为前者，顾炎武的"辨职"之说难免沦为对朝廷权威的片面推崇。顾氏入清后以遗民自居，其《日知录》通过对前代政制、风俗、学术的全面反思，最终指向的是一个理想中的乌有之乡。故其所认为的史官之权未必操于朝廷，即便是，清廷是否具有行使该权力的资格，亦须另当别论。但对顾炎武言论的受众——成长于"自古得天下之正莫如我朝"③氛围中的清代士人来说，并不存在于清廷外寻求史官合法性的可能。所以顾炎武"辨职"之说中所包含的尊史倾向，在方苞、张照、姚鼐等人那里很自

---

① 清高宗御选，允禄等编《御选唐宋文醇》卷二，《景印文渊阁四库全书》第1447册，第152页。
② 王猷定《四照堂集》卷一《与顾亭林书》，《清代诗文集汇编》第12册，第5页。
③ 关于清代前中期士林精神之转变，参见姚念慈《康熙盛世与帝王心术——评"自古得天下之正莫如我朝"》，生活·读书·新知三联书店，2015年；杨念群《何处是"江南"？——清朝正统观的确立与士林精神世界的变异》，生活·读书·新知三联书店，2010年；黄进兴《清初政治意识形态之探究：政治化的道统观》，《优入圣域——权力、信仰与正当性》（修订版），中华书局，2010年，第75—106页。

然地被具体化为对"国史"的敬畏,并为决心控制历史人物评判权的清代帝王所接受。从这个意义上说,"私人不为国史人物立传"不仅是对中晚明"私人作传"新变的理论追认;亦是唐代官史定于一尊之后,朝野双方有关名公巨卿作传之权归属问题的最终"合谋"。

当然,"私人不为国史人物立传"毕竟只是对"古人不为人立传"的修正,在坚持史官拥有作传优先权这一点上,它没有越出顾氏雷池一步。甚至在"史官"的定义上可能都比后者更加狭隘。说到底,它只是在官史无暇顾及之处,为私人作传争取一定的生存空间。按照其思路,一旦官史足以涵盖足够多的社会阶层(如姚鼐所说的"古之国史"),私人仍将被剥夺作传的权力。事实上,尽管"私人不为国史人物立传"顺应了唐代以降私传创作的基本态势,但溢出其规范的事情也时有发生。抛开易代之后遗民为前朝巨子所作大量私传不论,检钱仪吉道光年间所编《碑传集》,仅在为康、雍、乾三朝宰辅所作的 56 篇碑传文中,就有 10 篇私传。可知即便在"不为国史人物立传"观点得到朝廷支持的年代,实际的创作状况也是相当复杂。① 更加激进的士人显然不愿意接受所谓的"辨职"之说,他们致力于为"私人作传"合法性作更为彻底的辩护。

第三节 关于"私人作传"合法性的辩护

自顾炎武提出"古人不为人立传"后,相反的意见一直存在,且未因"私人不为国史人物立传"的修正而稍歇。王猷定在第一时间致信顾炎武:"古人輶轩所采,每据家乘以为国史。故太史公以司马

---

① 这也提醒我们,清廷对"私人不为国史人物立传"的接受只代表了某种倾向,并不具备行政文件的强制效力。事实上,清代前中期帝王雅好文治,所编总集多矣,不宜过高估计一部官定总集中的评语的代表性和影响力。

家传纂入《史记》,范史以邓禹传稿列于《汉书》。"①邵廷采亦认为:"古者太史、輶轩每采家乘稗官纪载,实稗史戒。《庞娥》《高士》,初非国书也,而皆为传,传可也。"②邵晋涵则谓:"私传非古,然东汉以来即有之。"③跳过在私传发展史上具有转折意义的唐代,转而在更早的时代中寻找依据。这样的策略虽嫌取巧,但简捷有效。全祖望《答沈东甫征君文体杂问》则通过对私人作传史实的系统整理,最终归纳出"古立传之例",如谓:

> "史传"之外有"家传",《隋书·经籍志》中所列六朝人"家传"之目,则"八家"以前多有之,盖或上之史馆,或存之家乘者也。又有"特传",盖不出于其家之请而自为之,如欧公之《桑怿》、南丰之《徐复》《洪渥》是也。又有"别传",则或其事为正史所未尽,如《太平御览》所列古人别传之类;或举人一节以见其全体,如韩公于何蕃、东坡于陈慥是也。④

释名以彰义,选文以定篇,全祖望的梳理具有明确的辨体意识。在其所列出的六种传体中,上引"家传""特传""别传"都是作者以私人身份创作的符合史传义例的单行之传,这有力地证明了私传存在的合理性。而到乾嘉之交,章学诚《文史通义·传记》(以下简称《传记》)的出现,又把对"私人作传"的辩护提升至一个全新的理论层面。

章学诚是乾嘉学者中的异数。这不仅体现在他的为人、为学,也体现在他的为文上。那个时代的汉学家好作考订文字,古文家则偏喜叙事,但章学诚作为一个史学家,却偏偏喜欢写作在当时相对不

---

① 王猷定《四照堂集》卷一《与顾亭林书》,《清代诗文集汇编》第12册,第5页。
② 章大来《后甲集》卷上《邵念鲁先生传后》,《清代诗文集汇编》第220册,第739页。
③ 邵晋涵《南江文钞》卷九《例授儒林郎李君家传》,《清代诗文集汇编》第405册,第427页。
④ 全祖望《鲒埼亭集外编》卷四七,全祖望著,朱铸禹汇校集注《全祖望集汇校集注》,上海古籍出版社,2000年,第1766页。

受欢迎的论说文。① 这或许缘于他天生"对方法和组织的迷恋"②,但也与他"辨章学术,考镜源流"③的治学取径相关。这就使得章学诚在处理学术问题时,往往能不局限于对个别史实的考释,而以宏通的视野、系统的论证结构专篇论文,发一般人所不能发。《传记》之所以能为"私人作传"的讨论提供诸多新颖的角度和富有冲击力的观点,很大程度上要归功于章学诚的这点"不合群"。

《传记》的特出之处首先体现在它能以学术史的眼光,重新回到"私人作传"作为问题提出时的历史现场,彻底检讨"古人不为人立传"这一观点出现的直接原因:

> 明自嘉靖而后,论文各分门户,其有好为高论者,辄言传乃史职,身非史官,岂可为人作传?世之无定识而强解事者,群焉和之,以谓于古未之前闻。
>
> ……………
>
> 辨职之言,尤为不明事理……道听之徒,乃谓此言出大兴朱先生,不知此乃明末人之矫论,持门户似攻王、李者也。④

过去注家多能将"好为高论者""明末人"落实为顾炎武⑤。但

---

① 章学诚《与汪龙庄简》自言:"弟文于纪传体,自不如议论见长。"(章学诚著,仓修良编注《文史通义新编新注》,浙江古籍出版社,2005年,第695页)汉学家不喜论辩,有朱锡庚《笥河文集序》之说:"集中之文,不越考古、记事二端,而不为论辩。夫考古者经之遗也,记事者史之职也,不为论辩者,六艺而外,有述无作也。"(朱筠《笥河文集》卷首,《清代诗文集汇编》第366册,第392页)桐城不重说理,有曾国藩的总结:"古文之道无施不可,但不宜说理耳。"(曾国藩《复吴敏树》,《曾国藩全集》第23册,岳麓书社,2011年,第331页)
② 〔美〕倪德卫,杨立华译《章学诚的生平及其思想》,江苏人民出版社,2008年,第77页。
③ 章学诚《校雠通义》卷一,章学诚著,叶瑛校注《文史通义校注》,中华书局,1994年,第945页。
④ 章学诚著,仓修良编注《文史通义新编新注》,浙江古籍出版社,2005年,第280—281页。
⑤ 其实就反对私传且对王、李存门户之见而言,钱谦益也可能是章学诚心中所指。清代前期的王猷定、邵廷采等人,也把钱谦益和顾炎武归入同一阵营。但一方面钱氏其人其书在乾嘉时已成禁忌;另一方面,他也没有像顾炎武一样就"私人作传"进行详细讨论,所以本文仍以顾炎武为"私人作传"之争的开启者。

章学诚不点明持论之人，本意可能是想将焦点集中到他更关心的历史情境上。章氏一再强调，私人不可作传的观点并非古已有之，而是反对后七子阵营基于门户之见的创造。"矫论"一词，一针见血地点出了"古人不为人立传"的价值和偏激。前文已述，后七子领袖李攀龙、王世贞集中请托之传太多，确有猥滥之嫌，顾炎武等人在此背景下反对私人作传，也属有为之论。但问题在于，这样有明确攻击对象的观点往往只能在特定的历史时空中发挥作用。一旦时移世易，不加分辨地盲从其说就是不明智的。《传记》之前，对"私人作传"的辩护基本局限于史实考索，虽也取得了一定的成果，但如前所述，私传在唐宋的衰颓同样是事实。"私人作传"的支持者能从魏晋别传那里找到依据，反对者也能从唐宋八大家那里寻找立论的典范，彼此各说各话，很容易夹缠不清。章学诚越过这一层面的争论，直接指认"古人不为人立传"的门户属性，无疑有釜底抽薪之效。因为，一个观点既被证实为门户之争的产物，就难以摆脱主观、偏激之嫌。如此再辅以"《文苑英华》有传五卷，盖七百九十有二至于七百九十有六，其中正传之体，公卿则有兵部尚书梁公李岘，节钺则有东川节度卢坦，文学如陈子昂，节操如李绅，贞烈如杨妇、窦女，合于史家正传例者凡十余篇"①等相关举证，就能起到"组合拳"的效果，有力消解"古人不为人立传"的说服力。值得注意的是，即便在史实选取上，章学诚亦有过人之处——他是在反对私传者习惯取证的唐代寻找"私人作传"之例的，这等于正面批驳了顾炎武诸人的观点。而其中对"兵部尚书""节钺"等国史人物私传的强调，也否定了方苞、姚鼐"私人不为国史人物立传"的修正意见。

《传记》的特出之处，其次体现在它能以敏锐的理论嗅觉和出色的论辩技巧，直接对"辨职"之说进行反驳。这一反驳从对"传记"之名的历史考察开始，这是章学诚处理学术问题的一贯方式：

---

① 章学诚《传记》，《文史通义新编新注》，浙江古籍出版社，2005年，第282页。

> 传记之书，其流已久，盖与六艺先后杂出。古人文无定体，经史亦无分科，《春秋》三家之传，各记所闻，依经起义，虽谓之记可也。经《礼》、二戴之《记》，各传其说，附经而行，虽谓之传可也。其后支分派别，至于近代，始以录人物者区为之传，叙事迹者区为之记。盖亦以集部繁兴，人自生其分别，不知其然而然，遂若天经地义之不可移易。此类甚多，学者生于后世，苟无伤于义理，从众可也。……后世专门学衰，集体日盛，叙人述事，各有散篇，亦取传记为名，附于古人传记专家之义尔。①

传记一开始是六经的衍生品，且在"传""记"之间，不存在明显的差异。后来经流于史，传才成了"录人物者"，而记则成为"叙事迹者"，二者分途。至于文集中的私家传记，则更是文集兴起之后史家传记的私人化结果。由经之传记到史之传记再到私家传记，章学诚明白勾勒出了传记所具内涵的历史变迁。而一旦经之传记和私家传记的血缘关系被确立，经之传记的某些原则就可以名正言顺地影响到私家传记的创作了：

> 周末儒者，及于汉初，皆知著述之事，不可自命经纶，蹈于妄作；又自以立说当禀圣经以为宗主，遂以所见所闻各笔于书而为传记，若二《礼》诸记、《诗》《书》《易》《春秋》诸传是也。②

从周末到汉初，儒者写作传记的原因是不敢僭经，而非出于职业考虑。是否为经师并不重要，只要是儒者，都可为经典作传记。所以，"今必以不居史职，不宜为传，试问传记有何分别，不为经师，又岂宜更为记耶？记无所嫌而传为厉禁，则是重史而轻经也"③。此处巧妙地运用了普遍存在于中国士人心中的尊经心态。经学上的传记既不存在非经师不作传记一说，渊源于经部传记的叙人之传又怎

---

① 章学诚《传记》，《文史通义新编新注》，浙江古籍出版社，2005年，第280页。
② 同上书，第280—281页。
③ 同上书，第280—281页。

么能被规定为史官专职？所谓"重史轻经"，乃是任何一个古代士人都负担不起的大帽子。私传的反对者试图以史职的权威限制私人作传，《传记》则以彼之道，还施彼身，用经学的权威来否认此种限制的合理性。章学诚在这里展示的不仅是他过人的论辩技巧，还有其对官方权力在"辨职"之说中所起作用的洞彻幽微。

《传记》反驳"辨职"之说的第二步，是直接指认"辨职"之说与官方权力的关系：

> 辨职之言，尤为不明事理。如通行传记，尽人可为，自无论经师与史官矣。必拘拘于正史列传而始可为传，则虽身居史职，苟非专撰一史，又岂可别自为私传耶？若但为应人之请，便与撰传，无以异于世人所撰。惟他人不居是官，例不得为，己居其官，即可为之，一似官府文书之须印信者然。是将以史官为胥吏，而以应人之传为倚官府而舞文之具也，说尤不可通矣。①

这里提出了一个有趣的问题：史官可不可以写作私传？在章学诚看来，如果身为史官就可以写作私传，那史官之职就如胥吏手中的印信，只是某种权力的象征而已。这一论断背后隐含着对另一个问题的认识，即当论者主张作传为史官专职时，他们所侧重的，是史官的专业性还是官方性？如果是专业性，这专业性又从何而出？由于宋代以后史官多由古文家担任，两者作传也都以《史记》《汉书》等史籍为揣摩和学习的对象，论证史官的专业性无疑相当困难，力主辨职之说者也从未就此有过详细的说明。倒是"国史""史臣"等表述，透露了他们对官方性的确认。如前所述，受清代前中期整体文化环境的影响，顾炎武的"辨职"说在后来的发展过程中逐步偏向于对朝廷与草野之别的强调。因为在其时士人眼中，本不存在于朝廷之外寻求作史之职的可能。章学诚通过反诘，指出了"辨职"一说的实质——不是文体自身的要求，而是草野士人对官方权力的有意

---

① 章学诚《传记》，《文史通义新编新注》，浙江古籍出版社，2005年，第281页。

避让。权力为行动盖章,本是古代政治生活中的"常识",可一旦将这一"常识"移置到文学创作中,马上成了对现实的有力反讽。毕竟,古代士人热衷于言说的永远是"道",是"情",而非"权"。

可见,借由对顾炎武观点的语境还原,以及对"辨职"之说的反驳,章学诚从不同角度论证了"私人作传"的合法性。而两者之中,后者又显然具有更为深远的意义。因为顾炎武以"古人不为人立传"抵制请托之传的诉求本就没有得到后人的支持。它之所以能在清代引起广泛回响,主要是因为其关于史官、私人作传权限不同的论断符合当时部分士人的心态。自唐代官修纪传体史书定于一尊之后,大量士人就在私传对象的选择上有意和史传相区隔。"不为人立传"也好,"不为国史人物立传"也好,不过是在不同社会环境、个人需求下产生的程度差异。而顾炎武的"辨职"说则为他们的行为提供了理论支持。因此,《传记》从经、史、文的关系入手,从"辨职"之说背后的官方权力作用入手,为私传辩护,可谓切中要害。当章学诚抛出"重史轻经""一似官府文书之须印信然者"等充满讽刺性的说法时,主张史官享有作传优先权的人无疑被置于难堪的境地。"辨职"之说对史官专业性的强调被解构了,而官方性浮出水面。章学诚致力于从理论上摧毁"私人不可作传"这一观点的基础。而"辨职"之说一旦被否定,私传的写作空间也就彻底打开。正是在这个意义上,《传记》出色地完成了对私人作传的辩护。

在章学诚去世之后的嘉、道年间,直至晚清民国,很少看到关于"私人作传"问题的继续讨论。从时间上说,在传统文章学范畴,章氏《传记》一文已经标志着"私人作传"之争的终结。个中原因极为复杂,非小文所能具论,仅在此提出与此论题相关的两点思考。

首先是古代官方权力与文体的关系问题。政治对文学的影响,本来是中国文学批评史上一个老生常谈的话题。具体到文体学研究中,当我们处理如诏、册、表、章、奏疏、弹文等公文的相关问题时,都会把政治纳入考察范围。而"私人作传"一般被认为是一个纯粹的文史分科问题。本章通过对顾炎武、方苞、姚鼐、章学诚等人言论的分析,提示了隐藏在"辨职"等表述背后的朝廷阴影。官方权力对"私人作传"的影响亦可从相关讨论在嘉、道之后的消歇中得到验证。彼时士人对"私人作传"的态度似乎回到了顾炎武之前的状态,他们一方面不会在私传中为自己侵史官之职而辩护,另一方面也不再讨论顾炎武等人所论之得失。换言之,"私人作传"已具有不言自明的合法性。若从时局、官方权力层面看这个问题,则道光朝恰恰是清政府的权威遭遇重大挑战的开始。朝野力量对比发生逆转,为人作传的权力很自然地从朝廷向草野倾斜,官方的认定不再成为史权的唯一来源。到革命成为诸多士人诉求的光绪朝,更是每一位当朝宰相都有人为其写作私传。① 当然,必须注意的是,官方权力对"私人作传"的影响始终是隐性、潜在的。历朝历代,很少有功令明确干涉私人作传的权限。士人们不作传也好,不为国史人物作传也好,大多是自我选择的结果,主要体现的是官方权力的"毛细管作用"。从这个角度看,对"私人作传"的讨论可以为我们认识古代官方权力与文体之间的关系提供一个较新颖的视角。

其次是古今文体观念的差异问题。"私人作传"是明清时期诸多大学者讨论过的话题,却没有得到现代传记文学研究者的充分关注。② 究其原因,古今传记观念的不同可能是一个较大的影响因素。中国现代的传记文学理论乃自西方转手而来。1901 年,梁启超在《李鸿章传》"序例"中说:"此书全仿西人传记之体。"③这宣告了

---

① 缪荃孙编《续碑传集》卷六、卷七所收"光绪朝首辅"五人均有传。其中有四篇可以确定是私传:朱孔彰《左文襄公别传》,传主左宗棠;朱孔彰《李文忠公别传》,传主李鸿章;匡辅之《文文忠公别传》,传主文祥;匡辅之《宝文靖公别传》,传主宝鋆。参见周俊富辑《清代传记丛刊》第 115 册,台北,明文书局,1985 年,第 317—394 页。
② 朱东润明确指出传叙在唐宋之后的衰颓(参见《中国传叙文学之变迁》,第 144—158 页),对本文的写作有指导性的意义。另外在文体学研究方面,吴承学指出史传与文传传主的差异在宋代文章总集中"基本属实"(吴承学《中国古代文体学研究》,中华书局,2022 年,第 530 页)。
③ 梁启超《李鸿章传》,百花文艺出版社,2000 年,第 1 页。

"中国具有现代意义的传记文的诞生"①。对于西方传记文学和中国传统传记的区别,汪荣祖曾言:"西人史传若即若离、和而不合。传可以辅史,而不必即史。传卒能脱颖而出,自辟蹊径,蔚为巨观矣。包斯威尔(J. Boswell)传乃师约翰生(Samuel Johnson)之生平,巨细靡遗,栩栩如生,煌煌长篇,俨然传记之冠冕也。反观吾华,史汉而后,绝少创新,殊乏长篇巨制,类不过千百字为一传。西哲培根(Francis Bacon)尝云:史有三事,述一定之时,记可忆之人,释辉煌之事。国史编年纪,述时之作也,叠有宏篇;记事本末,释事之作也,亦有巨匠。虽以纪传为正体,独乏包斯威尔传人之大作,抑传为史体所囿欤?……明人有'传乃史职,身非史官,岂可为人作传'之说,包斯威尔固非史官也,宜乎明人之无包斯威尔也。"②西方的传记文学早早与史学分道扬镳,故能发展出独立的文学传统。而中国传记则长期处于官方史学的笼罩之下,饱受诸多制约。两者所关注的问题和写作的方式都有极大差异。拿"私人作传"涉及的传主问题来说,西方的作者作传时只需考虑如何把传写得精彩而有意义,故其传主多为伟大人物,因为"人物要伟大,作起来才有精采"③。而如前所述,中国的私传作者所要考虑的问题则复杂得多。所以从西方的传记文学理论出发看中国的私传,就会得出中国"没有崇拜伟大人物的风气"④的错误印象。事实上,西方传记文学理论和中国传统的传、状、墓志理论之间存在着巨大的文化隔阂。一个笼统的"传记文学"概念既无法解释这些文体内部具体的差别,也很容易忽略他们和传统史学,特别是和官方史学的巨大纠葛。研究中国传统文体,最好的方式还是回到中国古代的文化语境当中。

(本章由林锋执笔)

---

① 夏晓虹《觉世与传世——梁启超的文学道路》,中华书局,2006年,第130页。
② 汪荣祖《史传通说——中西史学之比较》,中华书局,1989年,第97—98页。
③ 梁启超《中国历史研究法》,上海古籍出版社,2019年,第255页。
④ 胡适《〈南通张季直先生传记〉序》,《胡适全集》第3册,安徽教育出版社,2003年,第780页。

第九章　明清八股批评

八股又称八比、时文、时艺、时义、制义、经义、四书文等,是风行明清五百余年,关系到知识分子前途命运的文体,也是对中国古代知识分子生存状态影响最大的文体。周作人在《论八股文》中大力提倡研究八股,"因为八股是中国文学史上承先启后的一个大关键,假如想要研究或了解本国文学而不先明白八股文这东西,结果将一无所得,既不能通旧传统之极致,亦遂不能知新的反动的起源"。他还认为五四新文学运动是对八股文的反动,因此,不了解八股,就不了解新文学:"民国初年的文学革命,据我的解释,也原是对于八股文化的一个反动,世上许多褒贬都不免有点误解,假如想了解这个运动的意义而不先明了八股是什么东西,那犹如不知道清朝历史的人想懂辛亥革命的意义,完全是不可能的了。"①周作人是从认识新文学运动的角度来谈八股研究的重要性,而从明清文学本身而言,不弄清八股文及古人的八股观,就难以深刻地研究明清文学和文学批评,也难以真切地认识明清文人的生活状况与心态。② 有鉴于此,本章对明清八股及八股批评作粗略探讨。

第一节　两种对立的八股观

八股作为对古代士人生存状态影响最大的文体,在明清时期遭

---

① 周作人《中国新文学的源流》附录,江苏文艺出版社,2007年,第64、66页。
② 参看吴承学、曹虹、蒋寅《一个期待关注的学术领域——明清诗文研究三人谈》相关部分,《文学遗产》1999年第4期。

遇两种截然不同的评价。有些学者对八股推崇备至。有意思的是，比较正宗的文学家通常鄙视八股，而富有创新精神如性灵派等人却高度肯定八股，将八股文作为一种时代新事物来看待。袁宏道《诸大家时文序》："今代以文取士，谓之举业，士虽借以取世资，弗贵也，厌其时也。夫以后视今，今犹古也，以文取士，文犹诗也。后千百年，安知不瞿、唐而卢、骆之，顾奚必古文词而后不朽哉？"①王思任《唐诗纪事序》："一代之言，皆一代之精神所出，其精神不专，则言不传。汉之策，晋之玄，唐之诗，宋之学，元之曲，明之小题，皆必传之言也。"②清代也有学者把八股看成明代文章的代表文体。焦循《易余籥录》卷一五说："有明二百七十年，镂心刻骨于八股。如胡思泉、归熙父、金正希、章大力数十家，洵可继楚骚、汉赋、唐诗、宋词、元曲，以立一门户……夫一代有一代之所胜，舍其所胜以就其所不胜，皆寄人篱下者耳。余尝欲自楚骚以下至明八股，撰为一集：汉则专取其赋，魏晋六朝至隋，则专录其五言诗，唐则专录其律诗，宋专录其词，元专录其曲，明专录其八股。一代还其一代之所胜。"③认为一代有一代的代表性文体，明代则以八股为代表。但是，八股文遭受更多的是批评和鄙视，明人已有非常激烈的抨击。在八股文刚兴盛时，成化年间的进士吴宽就说：

> 今之世号为时文者，拘之以格律，限之以对偶，率腐烂浅陋可厌之言。甚者指摘一字一句以立说，谓之主意。其说穿凿牵缀，若隐语然，使人殆不可测识。苟不出此，则群笑以为不工。盖学者之所习如此，宜为人所弃也。而司其文者其目之所属，意之所注，亦唯曰主意者而已。故得其意，虽甚可厌之言一不问；

---

① 袁宏道著，钱伯城笺校《袁宏道集笺校》卷四，上海古籍出版社，2018年，第198—199页。
② 王思任著，李鸣注评《王思任小品全集详注》，北京联合出版公司，2018年，第206页。
③ 《焦循杂著九种》，广陵书社，2016年，第628页。

其失意,虽工辄弃不省。……呜呼,文之敝既极,极必变,变必自上之人始。①

吴宽对于八股弊端的批判相当中肯,他既指出时文内容形式之局限,也特别反对其割裂四书章句以命题的考试方法,并且认为受其影响,明文之弊至于极点。又,八股虽阐释儒家经义,但庄昶认为"科举之学其害甚杨墨佛老者,人岂知之哉!"因为八股考试"必也属联比对,而点缀纷华,某题立某新说,某题主某程文,皮肤口耳媚合有司,五经、四书择题而出,变风变雅,学诗者不知"。②

清代不少士人鉴于明王朝之倾覆,对八股文尤其深恶痛绝。顾炎武《日知录》卷一六《拟题》:"八股之害,等于焚书,而败坏人材,有甚于咸阳之郊,所坑者但四百六十余人也。"廖燕说:"明太祖以制义取士,与秦焚书之术无异,特明巧而秦拙耳。"③认为八股之祸,同于甚至剧于焚书坑儒,可谓痛彻之论。评价八股,之所以出现两种截然不同的观点,不仅因为批评者考察问题角度、立场的差异,也因为八股文本身固有的复杂性所致。自隋唐以来,中国的科举制度屡经变化,至明清时代用八股作为科举考试的主要文体,这是带有必然性的选择。八股文是中国古代便于检测的标准化文章写作形式,同时也是封建官吏必需的职业训练手段。鲁迅曾经说:"八股原是蠢笨的产物。一来是考官嫌麻烦——他们的头脑大半是阴沉木做的,——甚么代圣贤立言,甚么起承转合,文章气韵,都没有一定的标准,难以捉摸,因此,一股一股地定出来,算是合于功令的格式,用这格式来'衡文',一眼就看得出多少轻重。二来,连应试

---

① 吴宽《送周仲瞻应举诗序》,《匏翁家藏集》卷三九,《四部丛刊初编》,上海书店,1989年。
② 庄昶《送戴侍御视学陕西序》,黄宗羲编《明文海》卷二八九,中华书局,1987年,第2990—2991页。
③ 廖燕著,屠友祥校注《二十七松堂文集》卷一《明太祖论》,上海远东出版社,1999年,第448页。

的人也觉得又省力,又不费事了。"①不过凡是考试总要有个范围,儒家经典四书便是所规定的范围;考试总要有个评价标准,八股文在内容方面的评价标准是朱熹的《四书集注》,在形式上的评价标准便是合乎功令的格式。八股文正是一种标准化的论说文体,这种标准化正是为了维护选拔人才的某种公正的客观性。这种标准化与客观性固然提供了公平选拔人才的可能,但往往又是戕害作者的创造性与个性化的杀手。从汉代用于考试取士的策问方式开始,中国历代考试的方式屡经改变,其实八股文与其他考试文体本质上并无太大的差别。无论采用何种形式,统治者无非想通过考试,选取符合他们的思想道德、文化规范的可用人才,任何考试文体的形态变化都是次要的。从中国古代科举史来看,几乎每种考试文体都可能出现流弊,同时不管用什么文体考试,也都选拔过一些优秀人才。八股文也不例外,其流弊不言而喻,但明清两代的科举同样选拔出大量的优秀人才,而他们几乎都学习过八股文,通过八股文考试。

　　为什么在历代考试文体中,八股文最为臭名昭著呢? 最主要的原因在于它所处的明清时代面临着封建社会的最后崩溃,封建社会的弊端至此反映得最为明显。八股大体是伴随着封建社会的覆灭而终结的,所以它的一切弊端与罪过也就显得特别严重。但是八股的一切弊端,都是封建专制制度的产物。把明代之灭亡归之于八股,未免夸大了八股的作用。秦始皇虽不用八股取士,然二世而亡,何其速也! 过分夸大八股所起的作用,反而容易削弱对于皇权专制制度本身的批判。说到八股文对于人才的影响和戕害,这大体是事实,但其情况与程度也是因人而异。越是早得科第者,就越早摆脱八股文之困扰,甚至可以完全超越其影响;越是久困场屋者,为八股文所困扰和纠缠的时间就越长,因而,所受的影响也就越大,以致在其心中打下永远的烙印。袁枚《随园诗话》卷七:

---

① 鲁迅《伪自由书》,《鲁迅全集》第5卷,人民文学出版社,1981年,第103页。

或言八股文体制,出于唐人试帖,累人已甚。梅式庵曰:"不然。天欲成就一文人、一儒者,都非偶然。试观古文人如欧、苏、韩、柳,儒者如周、程、张、朱,谁非少年科甲哉?盖使之先得出身,以捐弃其俗学,而后乃有全力以攻实学。试观诸公应试之文,都不甚佳,晚年得力于学之后,方始不凡。不然,彼方终日用心于五言八韵、对策三条,岂足以传世哉?就中晚登科第者,只归熙甫一人。然古文虽工,终不脱时文气息;而且终身不能为诗,亦累于俗学之一证。"①

总之,对于八股文影响的研究也须持知人论世的方法。

在八股考试面前,士人自由的精神和独立的思想是难以出现的,除非他不以功名为重。作为科举文体,能否中式,是士人前途命运的关键。宋代理学家程颐说:"科举之事,不患妨功,惟患夺志耳。"②科举足以使人"夺志","夺志"的结果是使中国文人产生一种较为普遍的、根深蒂固的、自觉不自觉的奴性,这可以说正是八股文最大的害处。周作人在《论八股文》中有一段诛心之论,认为八股是中国人奴隶性的反映:

> 几千年来的专制养成很多顽固的服从与模仿根性,结果是弄得自己没有思想,没有话说,非等候上头的吩咐不能有所行动,这是一般的现象,而八股文就是这个现象的代表。前清末年有过一个笑话,有洋人到总理衙门去,出来了七八个红顶花翎的大官,大家没有话可讲,洋人开言道:"今天天气好。"首席的大声答道:"好。"其余的红顶花翎接连地大声答道好好好……其声如狗叫云。这个把戏是中国做官以及处世的妙诀,在文章上叫作"代圣贤立言",又可以称作"赋得",换句话就是奉命说话。做"制艺"的人奉到题目,遵守"功令",在应该说什么与怎样说

---

① 袁枚《随园诗话》卷七,人民文学出版社,1982年,第224页。
② 朱熹著,吕祖谦编,叶采集解《近思录》卷七,上海古籍出版社,2010年,第238页。

的范围之内,尽力地显出本领来,显得好时便是"中式",就是新贵人的举人进士了。我们不能轻易地笑前清的老腐败的文物制度,它的精神在科举废止后在不曾见过八股的人们的心里还是活着。吴稚晖公说过,"中国有土八股,有洋八股,有党八股",我们在这里觉得未可以人废言。①

周作人把八股文视为中国人奴隶性的代表,并认为它的精神在科举制度废除之后还活着,还有形形色色各类不同的八股活着。现在,距周作人写此文将近百年了,重读此文,仍是发人深思的。不过,归根到底,这也不是八股文之过,而是专制制度之罪。只要专制制度存在,纵使没有八股文,中国文人的奴隶性还是潜藏在骨子里的。

(本节由吴承学执笔)

第二节　章学诚的八股论

章学诚是乾嘉时期最为特立独行的学者,科场蹭蹬,终身未仕,未能从举业中得到任何世俗艳羡的利益。然而,章氏并未因此而像许多激进士人那样鄙视、唾骂甚至要消灭八股文体。在他看来,不论是进身持家的现实功利,还是治国平天下的儒家理想,无不仰赖于八股之业,故从不讳言其功利性。《与汪龙庄简》:"忆初入都门,朱大兴先生一见,许以千古。然言及时文,则云:'足下于此无缘。不能学,然亦不足学也。'弟云:'家贫亲老,不能不望科举。'"②朱大兴即朱筠,是章学诚的恩师,时任翰林院编修,负海内重望,初见学诚,即以千古之业相许。章学诚时年二十七岁,坦陈自

---

① 周作人《中国新文学的源流》附录,江苏文艺出版社,2007年,第67—68页。
② 《章学诚遗书》,文物出版社,1985年,第334页。

己不得不为持家侍亲而事举业,难免分散精力。又《与族孙汝楠论学书》:"昔人云:'年未三十,忧老将至。'仆行且及之,而家贫亲老,勉为浮薄时文,妄想干禄,所谓行人甚鄙,求人甚利也。"①《候国子司业朱春浦先生书》:"学诚家有老母,朝夕薪水之资,不能自给,十口浮寓,无所栖泊,贬抑文字,稍从时尚,则有之矣。"②这些书信,都表明了章学诚希望通过科举摆脱贫困的迫切愿望。可惜他科场蹭蹬,从二十三岁参加顺天乡试始,直至四十一岁才中进士,其中七应科场,耗费了人生最美好的十八年时光。

由于举业能为士人带来崇高的社会地位和丰厚的物质利益,因此,金榜题名成为无数举子梦寐以求的人生理想,八股遂悖离了代圣人立言的初衷,沦为利禄之具。郑燮曾尖锐讽刺八股教育使读书人"一捧书本,便想中举、中进士作官,如何攫取金钱,造大房屋,置多田产"③,揭示了很大一部分举子的八股心态。那么,章学诚是否出于纯粹的功名欲而从事举业呢?答案是否定的。从上引材料已可看出,他是迫于家境而为时文,其中有许多不甘和无奈。章学诚的父亲虽于乾隆七年(1742)考中进士,但一直未能入仕,只好在家乡坐馆谋生,直到乾隆十六年,方任湖北应城知县;在任五年,又"以疑狱失轻免官"④,穷困无法返回原籍,只好侨居应城,主讲书院以维持生计,直至客死应城。这样的家境,使章学诚不得不为衣食而四处奔波。《上梁相公书》曰:"学诚前此仓皇出都,不得已之苦衷,已悉前启。兹则驰趋半载,终无所遇,一家十五六口,浮寓都门,嗷嗷待哺,秋尽无衣,数年遭困以来,未有若此之甚者⋯⋯夫干谒贵人,热中躁进,小子窃所深耻。惟是水火求拯,饥寒呼救,伊古豪杰,有时不免。是以敢作再三之渎,以冀终有所成,庶几不辜三沐

---

① 《章学诚遗书》,文物出版社,1985年,第224页。
② 同上书,第225页。
③ 徐珂编撰《清稗类钞》第2册,中华书局,1984年,第578页。
④ 阮元辑《两浙輶轩录》卷二二,《续修四库全书》第1683册,第708页。

之雅意耳。"①类似的告急信,数量甚夥,从中不难看出章学诚生计之艰难,以及为此遭受的巨大精神压力。这种迫于衣食而产生的科名欲,与对荣华富贵的艳羡,有着本质区别。正因如此,章学诚在历尽艰辛考中进士之后,却"自以迂疏,不敢入仕"②;乾隆五十二年,失莲池书院讲习,"一钵萧然,沿街乞食"③,走投无路中,听说戊戌进士开选,遂投牒吏部,谋得知县一职,最终却"决意舍去",因为他担心任职以后,疲于官场周旋,而荒废了著述之业④。可见章学诚只把举业视为解决生计问题的途径,而非猎取荣华富贵的工具,他有更高远的人生追求。

正因如此,章学诚从事八股,"无必得之技,亦无揣摩以求必得之心"⑤,书案内"无百年之时文","生平不解乡、会墨卷为何物"⑥。在他看来,八股固有功利性,然若仅追求其功利性,是鄙俗、低贱的,与商贾之道无异。就文章言,八股是文章一体,而文章者,"随时表其学问所见之具也"⑦,"举业虽代圣贤立言,亦自抒其中之所见。诚能从于学问,而以明道为指归,则本深而末愈茂,形大而声自宏。未闻学问有得,而举业之道其所见者,不磊落而光明也"⑧。八股为明道之途,举子当以明道、经世为旨归。国家开科取士,本为挑选既明圣贤之道,又具经世之才的读书人。士之生于今世,若有志于用世,自然不能不习八股:"三代而下,士无恒产,举子之业,古人出疆之贽是也。孔孟生于今日,欲罢而不能矣"⑨,"制举之业,如出疆之必载贽也。士子怀才待用,贽非才,而非贽无由晋接。国家以材取

---

① 《章学诚遗书》,文物出版社,1985年,第326页。
② 章学诚《柯先生传》,同上书,第168页。
③ 章学诚《上毕制府书》,同上书,第611页。
④ 章学诚《丁巳岁暮书怀投赠宾谷转运因以志别》,同上书,第316页。
⑤ 章学诚《与史氏诸表侄论策对书》,同上书,第647页。
⑥ 章学诚《与定武书院诸及门书》,同上书,第223页。
⑦ 章学诚《与林秀才》,同上书,第89页。
⑧ 章学诚《与朱沧湄中翰论学书》,同上书,第84页。
⑨ 章学诚《与朱沧湄中翰论学书》,同上书,第83页。

士,举业非材,而非举业无由呈材。君子之于举业无所苟者,必其不苟于材焉者也"①。然而,急功近利之徒不能潜心学业,唯以八股为敲门砖,朝夕揣摩的只是如何迎合考官,以便最轻松、最快捷地博取一第,于是造成士风日趋卑下、八股庸滥腐朽。杨慎嘲笑举子孤陋寡闻、不学无术曰:"士罕通经,徒事末节。五经子史,则割取碎语,抄节碎事,章句血脉,皆失其真。有以汉人为唐人,唐事为宋事者;有以一人析为二人,二事合为一事者。"②这种现象,至清代有过之而无不及。乾隆四十四年上谕:"大抵近来习制义者,止图速化,而不循正轨,每以经籍束之高阁,即先正名作,亦不暇究心。惟取庸陋墨卷,剿袭挦扯,效其浮词,而全无精义。师以是教,弟以是学,举子以是为揣摩,试官即以是为去取。且今日之举子,即异日之试官,不知翻然悔悟,岂独文风日敝,即士习亦不可问矣。"③上谕所论,正是有识之士对八股深恶痛绝的原因,也是清廷屡兴八股存废之争的原因。

对于八股取士的弊端,章学诚有清醒的认识,但并不由此反对八股,因为在他看来,"制举之初意,本欲即文之一端,以觇其人之本质;而世之徒务举业者,无其质而姑以文欺焉,是彼之过也"④;"学以致道,而文者气之所形,制举乃其自见之一端耳。急于自见,而不湛深于经术,则出之无本,并其所以求见之质而亡之"⑤。八股文体之尊卑,非取决于文体自身,而取决于作者。如果不把八股作为利禄之具,而是本于经籍,学有所得,将学习、写作八股作为沉潜圣贤经典,陶冶自我心灵,从而准确把握儒家学说精义的过程,那么,这

---

① 章学诚《跋屠怀三制义》,《章学诚遗书》,文物出版社,1985年,第323页。
② 阮葵生《茶余客话》卷六"举业家之陋"条,《笔记小说大观》第19册,江苏广陵古籍刻印社,1983年,第364页。
③ 《钦定大清会典事例》卷三八八《礼部·学校》"厘正文体"条,《续修四库全书》第804册,第196页。
④ 章学诚《与朱沧湄中翰论学书》,《章学诚遗书》,文物出版社,1985年,第84页。
⑤ 章学诚《为梁少傅撰杜书山时文序》,《章学诚遗书》,文物出版社,1985年,第320页。

种文体也就具有了明道、经世的价值,同时适应了国家选才的需要,"由举业而进求古之不朽,此则不负举业取人之初意也"①。由此看来,八股"未始非专门之业,立言之宗也"②,因而不可废除。就文体特征论,八股淬炼多种文体之精华,具有独特的艺术魅力,"其文境无所不包,说理、论事、辞命、记叙、纪传、考订,各有得其近似,要皆相题为之,斯为美也"③。事实上,八股文中也确实有不少精彩之作。所以章学诚曾经动过选编八股文集的念头。《与阮学使论求遗书》:

> 四书文艺,虽曰举子之业,然自元明以来,名门大家,源分流别,亦文章之一派,艺学之专门也。近日通人多鄙弃之,不知彼固经解流别,殆如赋之于诗,附庸蔚成大国者也。鄙人尝欲汇辑古人名选佳刻,博采前辈评论故事,仿《诗品》《文心》及唐宋诗话之意,自为一书,以存其家学。无如时文风弊,前辈名刻,不甚购求,坊估无所利,而不复估贩,亦恨事也。④

章学诚认为八股"亦文章之一派,艺学之专门",故欲汇辑名选佳刻,撰写八股文话,以传其学,其动机与书商刻贩牟利迥别。然而,由于八股素负"敲门砖"的恶名,一般士人,包括许多制艺名家,皆不以之入集;坊刻牟利的选本,多应时而编,时过境迁,也多烟消云散,章学诚的愿望遂无法实现,故深以为憾。可见,与许多痛恨、批判甚至主张废除八股的士人不同,章学诚真诚相信八股的价值。其欲纂八股文集,寄寓着纠正时偏之意。

明清士人为挽救八股颓风,在创作和理论上高倡"以古文为时文",产生了广泛而深远的影响。这一主张,是以承认古文、时文的差异为前提的,章学诚对此并不认同。《杂说下》:"文缘质而得

---

① 章学诚《跋屠怀三制义》,《章学诚遗书》,文物出版社,1985年,第323页。
② 章学诚《与钱献之》,《章学诚遗书》,文物出版社,1985年,第695页。
③ 章学诚《论课蒙学文法》,《章学诚遗书》,文物出版社,1985年,第686—687页。
④ 《章学诚遗书》,文物出版社,1985年,第333页。

名,古以时而殊号。自六代以前,辞有华朴,体有奇偶,统命为文,无分今古。自制有科目之别,士有应举之文,制必随时,体须合格,束缚驰骤,几于不胜……。自后文无定品,俳偶即是从时;学有专长,单行遂名为古。古文之目,异于古所云矣。"① 在章学诚看来,"时文"之名,只是一个从时间上区分的概念,本身没有固定的文体意义:大凡当时之文,皆是时文;与此相对,往古之文,则为古文。六代以前,文无古、时之别,自韩愈以近代盛行的骈俪之体为时文,以单行散体之文为古文,时文、古文遂有了文体区别。然而,这种区别又随时变化,有极大的不稳定性:宋元以来,以经义为时文,"间有小诗律赋,骈体韵言,动色相惊,称为古学","异日科举成文,改易他制,必转以考墨房行为古文矣"②。由此看来,从时间上强分古文、时文,并无多大意义。《与史余村简》:

> 嗟夫,知文亦岂易易! 通人如段若膺,见余《通义》有精深者,亦与叹绝;而文句有长排作比偶者,则曰惜杂时文句调。夫文求其是耳,岂有古与时哉! 即曰时文体多排比,排比又岂作时文者所创为哉? 使彼得见韩非《储说》、淮南《说山》《说林》,傅毅《连珠》诸篇,则又当为秦汉人惜有时文之句调矣。论文岂可如是? 此由彼心目中,有一执而不化之古文,怪人不似之耳。③

韩愈以语之骈、散来区分文之古、时,然而,即其所推崇的秦汉古文,亦不乏骈偶句式,可见此标准之难以贯彻。在章学诚看来,判断文章优劣或尊卑的标准,唯"求其是耳",不在时之古、今;强加区分,是因论者心目中"有一执而不化之古文",同样,也"有一执而不化之时文",即以古文为载道、言志、自由抒写的文体,以时文为法度森严的科场文体,甚至只是功名富贵的敲门砖。这种成见横亘在胸

---

① 《章学诚遗书》,文物出版社,1985年,第94页。
② 同上书,第94页。
③ 同上书,第82页。

而提倡"以古文为时文",虽能在一定程度上化骈为散,为程式之文注入自由疏朗、跌宕起伏之势,但不能从根本上打破其程式规范①,改变其陈腐庸滥,更不能提高其利禄之具的品格。相反,由于作者从小接受八股教育,长期沉潜于破题承题、间架结构、来龙结穴等机法中,浸染太深,遂以此等见识来理解、评判一切古文、古书,并影响其古文创作。如归有光曾以五色笔评点《史记》,"若者为全篇结构,若者为逐段精彩,若者为意度波澜,若者为精神气魄,以例分类,便于拳服揣摩,号为古文秘传"②,影响颇大,却被章学诚讥为"时文积习",其古文创作"除去其叙事之合作,时文境界,间或阑入"③;王若霖评桐城古文领袖方苞"以古文为时文,却以时文为古文",论者以为"深中望溪之病"④。这大概是提倡"以古文为时文"者没有想到的。

在时文与古文的关系中,又有"以时文为古文"一派,不过其主张不是公开提倡,而是含蓄地暗示。宋末元初刘将孙《题曾同公文后》:"能时文未有不能古文,能古文而不能时文者有矣,未有能时文为古文而有余憾者也。如韩、柳、欧、苏,皆以时文擅名,及其为古文也,如取之固有……每见皇甫湜、樊宗师、尹师鲁、穆伯长诸家之作,宁无奇字妙语,幽情苦思?所为不得与大家作者并,时文有不及焉故也。"⑤此可谓"以时文为古文"说的先声。清初汪琬倡言不习制义,不能作古文辞,章学诚哂其说,以为马、班、韩、欧何尝为制义,而不愧古文大家。盖汪氏所论,实以时文法度为古文,"殆于用

---

① 八股两两相比,结构整齐对称,所谓以古文笔法作八股,"只不过是在一股中用古文的句调去作罢了",并不能改变其基本结构特征。详参启功《说八股》之"八股文体的源流"节,中华书局,2000年,第38页。
② 章学诚《文理》,章学诚著,叶瑛校注《文史通义校注》,中华书局,1994年,第286页。
③ 黄宗羲《〈明文案〉序》,《黄宗羲全集》第10册,浙江古籍出版社,1985年,第18页。
④ 参钱大昕《跋方望溪文》,《潜研堂文集》卷三一,《四部丛刊初编》,上海书店,1989年。
⑤ 刘将孙《养吾斋集》卷二五,《景印文渊阁四库全书》第1199册,第242页。

舟车之尺寸度栋宇矣","可谓陋矣"①。而对于王士禛《玉堂佳话》引鹿庵先生言"作文当从制科中来,不然汗漫披猖,出入不由户也",章学诚大有好感,以为"其说尚主理义","其言甚大","乃名言耳",可惜世人不知其大。其大处在于,不论文体如何变化,古今文理是相通的:

> 古文之于制义,犹试律之与古诗也。近体之与古风,犹骈丽之与散行也。学者各有擅长,不能易地,则诚然矣。苟于所得既深,而谓其中甘苦不能相喻,则无是理也。夫艺业虽有高卑,而万物之情,各有其至。苟能心知其意,则体制虽殊,其中曲折无不可共喻也。每见工时文者,则曰不解古文;擅古文者,则曰不解时文。如曰不能为此,无足怪耳。并其所为之理而不能解,则其所谓工与擅者,亦未必其得之深也。仆于时文甚浅近,因改古文而转有窥于时文之奥,乃知天下理可通也。②

那么,可通之理究竟何在?章学诚由文出于"制科",想到历代制度虽殊,而"一朝之兴,必立科举学校,定著功令,以范围才俊之心思耳目,一也。必若律度量衡之出于一所,以谓同文之治也。夫学校必宗先圣,先圣之言,具于六艺。作文当从制科中来,犹云立言折衷于六艺也"③。从国家选拔、培养人才的高度出发,认为办学校、兴科举、读书作文,都要以经术为本,"折衷于六艺",这样才能培养、选拔出"文境醇而心术正"的人才,否则就会造成"汗漫披猖,出入不由户"的混乱。不论时文、古文,这一根本原则是完全相通的。而八股作为代圣贤立言的考试文体,其"折衷于六艺"的要求更为直接、更为迫切,从这个意义上说,"以时文为古文"也未尝不可。至于其他技巧机法之类,则属细枝末节了。

---

① 章学诚《与邵二云论文》,《章学诚遗书》,文物出版社,1985年,第613页。
② 同上书,第613页。
③ 同上书,第614页。

章学诚主张"立言折衷于六艺",似乎又回到了明道、宗经的文章学传统上,其实,问题并不这么简单。章学诚反对儒士空谈性理,文人耽于辞章,对乾嘉时期沉溺于烦琐考据而不关心现实的学风尤其不满,因此高倡"六经皆史也",以为"古人不著书,古人未尝离事而言理,六经皆先王之政典也","若夫六经,皆先王得位行道,经纬世宙之迹,而非托于空言"。① 在他看来,六经只是当时统治者治理国家的史迹和各种典章制度的记录,周公、孔子所讲的"道",正以这些事迹和典制为基础。后世奉之为经,"盖以学者所习,不出官司典守,国家政教;而其为用,亦不出于人伦日用之常","未尝别见所载之道也"②。可见章学诚主张作文"折衷于六艺",在于发扬儒家经典经世致用的精神,而非奉之为高高在上的教条。正因如此,他反复强调"学问所以经世,而文章期于明道"③,"文章经世之业,立言亦期有补于世,否则古人著述已厌其多,岂容更益简编,撑床叠架为哉"④。是否明道、经世,有利于教化人心,是决定文章高下的首要问题,至于章法、技巧等,则在其次。只有怀抱经世致用之志,不断提高人生境界和道德修养,才能使笔下之言与身之所行、心之所思融为一体。这一根本原则,古文与时文是一致的,故不存在"以古文为时文"的问题。章学诚自己就是这样终身实践、一以贯之的。《与史余村》:

> 仆尝以告后进,仆于学业文辞,不知于古有合与否,惟尺寸可自信者,生平从无贰言歧说,心之所见,口之所言,笔之所书,千变万化,无不出于一律。著世命世,廷对扬言,科举进身,上书干谒,同志述怀,以至与初学者言,答鄙夫问,或庄或

---

① 章学诚《易教上》,章学诚著,叶瑛校注《文史通义校注》,中华书局,1994 年,第 1、3 页。
② 章学诚《原道中》,章学诚著,叶瑛校注《文史通义校注》,中华书局,1994 年,第 132 页。
③ 章学诚《说林》,《章学诚遗书》,文物出版社,1985 年,第 34 页。
④ 章学诚《与史余村》,《章学诚遗书》,文物出版社,1985 年,第 643 页。

谐,或详或略,或浅或深,言有万殊,理无二致。自谓学问之中,即此亦可辨人心术。①

在章学诚看来,不论何种场合,何种文章,能否做到心、口、笔同出一律,关键在于"心术",即作者的人生境界、道德修养如何。只要这一根本问题解决了,时文的品位自能提高,完全可与古文一样并立于文章、著述之林。

封建教育的目的,从根本上说,是培养符合儒家人格理想的、经明行修、通晓礼乐教化和经济时务的人才,其本质是儒学素质教育。八股取士的初衷,与这种教育目的是一致的。然而,在科举制度下,士人除了登第别无出路,八股成为利禄之具,遂使儒学教育沦为应试教育。举子朝夕揣摩的,只有四书、时文选本、以时文识见编的古文选本,以及《五经类编》《四书备考》等供临文采撷的类书,其他一切论著都被视为杂书、杂学,为举业者不得寓目,以免分散精力甚至乱了心性。如何练得一手稳操胜券的八股文,以便尽快蟾宫折桂成了这种教育的主要目的,也是举子及其塾师、父兄最关心的问题。"自科举之法行,人期速效,十五而不应试,父兄以为不才;二十而不与胶庠,乡里得而贱之"②,这种势利风气,对教育者和受教育者都形成了巨大压力。

章学诚从明道、经世的学术理念出发,提倡"君子学以致其道"③,"其所习者,修齐治平之道,而所师者,守官典法之人"④,这正是符合封建统治需要的儒学教育思想。因此,章学诚对教育内容,首重"通经服古",强调"学问大要,不出经史,经载其道,史征其事"⑤,唯从经史入手,方为有本之学。《清漳书院留别条训》:

---

① 《章学诚遗书》,文物出版社,1985年,第644页。
② 戴钧衡《课经学》,《味经山馆文钞》卷一,《清代诗文集汇编》第655册,第529页。
③ 章学诚《说林》,章学诚著,叶瑛校注《文史通义校注》,中华书局,1994年,第347页。
④ 章学诚《原道中》,章学诚著,叶瑛校注《文史通义校注》,中华书局,1994年,第131页。
⑤ 章学诚《清漳书院会课策问》,《章学诚遗书》,文物出版社,1985年,第227页。

凡天下事，俱当求其根本，得其本则功省而效多，失其本则功勤而效寡。譬若治生之道其多，稼穑其根本也；为人之责綦重，孝友其根本也。学问文章，何独不然？诸子百家，别派分源，论撰辞章，因才辨体，其要总不外于六艺。六艺之名，起于《汉志》，实本《礼记》经解之篇。《乐经》既亡，五经要为不易者矣。今世所传之十三经，乃是宋人所定。然《论语》《孝经》《尔雅》《孟子》，其实传也。《周礼》《仪礼》《礼记》，自为一经，《左氏》《公羊》《穀梁》，自为一经，合之《易》与《诗》《书》，其实仍五经耳。以其并列注疏，颁在学宫，总计部项，而名为十三经尔。愚谓三礼之外，当增《大戴礼记》，三传之外，当增《国语》，统十五经而分为五部，学者纵或不能尽读，不可不知所务者也。①

条训三十三条，上引为第一条，强调通经为学问、文章之根本。根本不立，而"疲精劳神于浮薄时文"，必致"游谈无根，精华易竭"②，不仅学业无以树立，即举业亦难有得。所以，章学诚极力反对童蒙初学，即授以八股。《论课蒙学文法》："世俗训课童子，必从时文入手。时文体卑而法密，古文道备而法宽。童幼知识初开，不从宽者入手，而使之略近于道；乃责以密者，而使之从事于卑。无论识趋庸下，即其从人之途，亦已难矣。"③在章学诚看来，以八股启蒙，其弊有三。一则世俗以八股为利禄之具，先入为主，必然诱导、激发童子的功名欲望，"识趋庸下"，"有害于心术"④，"将有一言之几于道而不可得者"⑤；二则童蒙心智初开，知识储备不足，甚至尚未具备基本的语言文字功底，遽授以法度森严的八股，严重违背循序渐进的

---

① 《章学诚遗书》，文物出版社，1985年，第663页。
② 章学诚《与定武书院诸及门书》，同上书，第223页。
③ 同上书，第682页。
④ 章学诚《与定武书院诸及门书》，同上书，第223页。
⑤ 章学诚《论课蒙学文法》，同上书，第682页。

教育规律。三则八股"代圣贤立言",本于经术,主于识见,童蒙未读经书,心无所得,强作议论,"凡遇寻常之事,务欲推而高之,凿而深之,俱非童孺意中之所有。使之肄而习焉,作其机心,而行其机事,于是孺子始以文字为圆转之具,而习为清利浮剽之习调。其体能轻而不能重,其用宜今而不宜古。成之也易,则其蕴蓄也必不深;趋之也专,则其变通也必不易。是则益之以人,而不达其天之咎也"。这种"强以所本无,而穿凿以人事"的教育,必然揠苗助长,立致枯槁。更严重的是,它催生了读书人中的虚伪一族,其人于圣贤精义全无所得,为功名富贵而全无廉耻,"所言者无非仁义也,而孰知言仁义者之背乎仁义也;所言者无非忠信也,而孰知言忠信者之背乎忠信也。举世滔滔,以为是取爵禄之具耳"。这种风气,毒化了整个社会,不能不说是对以"代圣贤立言"为特征的八股教育的莫大讽刺。

章学诚反对以八股授童蒙,并不意味着他否定八股教育。一方面,如前所述,八股是士人进身之阶,"孔孟生于今日,欲罢而不能矣";另一方面,八股作为"代圣贤立言"之体,本为经学支流,只要因势利导,"示之以穷经反躬、明理著己之路,而默消其干名好进之心"①,"由此求之而不已,未尝不可因文见道也"②。章学诚所反对的,是以功名为目的,急于求成、本末倒置的做法,尤其在"萌芽初茁"之时,以"俗学陋解""举业规度"对童蒙"多方摧折"③。盖童蒙所见本浅,持执未坚,而"督学主司,各持风气,塾师山长,又各自有规模,几又入主出奴,党同伐异"④,只得依墙傍壁,随人俯仰,"务为娟洁美好、波澜意度,猎取古人肤廓,嫣然以媚于人"⑤,如此一来,不但通经服古无望,即举业亦难成就。在章学诚看来,大凡举业名

---

① 唐顺之《答俞训导书》,《荆川集·文集》卷五,《四部丛刊》本。
② 章学诚《清漳书院留别条训》,《章学诚遗书》,文物出版社,1985年,第666页。
③ 同上书,第668页。
④ 同上书,第669页。
⑤ 章学诚《答周筱谷论课蒙书》,《章学诚遗书》,文物出版社,1985年,第87页。

家,无不学有本原,只是俗人不察而已,如陈大士得《诗》教以为时文,"学者以为陈之学苏(东坡),而不知彼固得其纵横之意而自通于《诗》教者也",黄陶庵得《春秋》教以为时文,"学者以为黄之法程(伊川),而不知彼固得其属比之意而自通于《春秋》之教者也","其余魁垒大家虽不可以概量,要非全无所本,仅就选本古文袭取形似,可以庶几者也"。① 唯有融举业于学业之中,把童幼所学与毕生之业统一起来,方能不惮于通经服古,不汲汲于科场一第,从而造远大之境。

从通经服古出发,章学诚主张童蒙入学,先教以"数与方名"等基本常识,同时进行识字教育,因为"通经本于识字","积画而后字,积字而后句,积句而后章,一成之理也"。② 识字"取《尔雅》为宗,而以经传文字,随类增益,加之训诂,又以《广韵》正其音切,《说文》正其点画,且用篆楷合书,兼令习熟,而于一字一训及数音数解者,悉与解诂明确",以"正小学之功"③;如此三五年后,小学之功已备,且"其年力稍长,知识渐开",即可授读经书,分章析句,训文释义,并在此基础上,"度其资之所近,旁及子史记传"。如此又五六年,打下了一定的经史基础,再讲授文理,开笔作文,八股写作,也始于此,而研读经史则一以贯之。章学诚还从益于举业出发,对研读经史提出具体要求,如学《易》当掌握"象数理致二端",学《诗》"贵于风雅",又当知其"固通于《礼》也",学《书》当先知《尧典》天文、《禹贡》地理、《洪范》五行"三门学术"等。在十三经中,章学诚对《左传》表现出特别的兴趣,主张"四书文字,必读《春秋左传》","为其知孔子之时事,而后可以得其所言之依据也";"四书文字,必读《易》《书》《诗》《礼》,为其称说三代而上,不可入后世语也",然

---

① 章学诚《清漳书院留别条训》,《章学诚遗书》,文物出版社,1985年,第674—675页。
② 同上书,第667、668页。
③ 同上书,第668页。

而,"孺子之于四经,未必尽读,读而不识,识而不知所运用者,又比比也。《左氏春秋》称述《易》《书》《诗》《礼》,无所不备,孺子读经传而不知所用,则分类而习其援经证传之文辞,扩而充之,其文自能出入于经传矣"①。可见《左传》对于举业有特殊的重要性。

在打下经史根底,并掌握基本文理之后,章学诚并不排斥讲授时文文法。盖八股乃科场文体,有一定程式,"为不知法度之人言,未尝不可资其领会"②,唯不可视为一成之式,衡一切之文。在《清漳书院留别条训》中,章学诚将八股之法概括为命意、立句、行机、遣调、分比变化、虚实相生、反正开合、顿挫层折、琢句、练字十个方面。又《论课蒙学文法》:"既作四书论矣,即当授以成宏、正嘉、单题、制义,孺子即可规仿完篇,不必更限之以破承小讲也。于是渐而庆历机法,渐而启正才调,渐而国初气象,渐而近代前辈之精密,与夫穷变通久之次第,不过三年之功,时文可以出试。"③可见文有法而无定法,唯广收博取,明乎"穷变通久之次第",方能得作文之真谛,如此下笔为文,方可日造新境。

第三节 《制义丛话》与八股批评

《制义丛话》是清人梁章钜编纂的八股文话著作,收录、保存了丰富的八股史料,同时也体现了清人对八股起源、功用、体性、作法等的一般看法,具有重要的文献学和文体学理论价值。该书卷首《例言》介绍编纂缘起曰:"文之有话,始于刘舍人之《文心雕龙》。诗之有话,始于钟记室之《诗品》。降而宋王铚之《四六话》,近人毛奇龄之《词话》、孙梅之《赋话》,层见叠出,惟制义独无话。非无话

---

① 章学诚《论课蒙学文法》,《章学诚遗书》,文物出版社,1985年,第683页。
② 章学诚《文理》,叶瑛校注《文史通义校注》,中华书局,1994年,第289页。
③ 章学诚《论课蒙学文法》,《章学诚遗书》,文物出版社,1985年,第687页。

也,无好事者为之荟萃以成书也。余自髫龄应举,为弟子员者四年,为乡贡士者八年。通籍以后,掌书院讲席者六年,未尝一日舍制义不讲,虽所诣殊浅,而结习愈深。自辞官养疴,端居多暇,日月既积,笺记滋多,因略为部分成二十四卷,考证旧闻,触发新意,或亦有裨于举业,庶不遽招覆瓿之讥云尔。"①可见,梁章钜编纂此书,除了指导写作的实用目的外,更有明确的文学批评意识,即填补"制义独无话"的空白,纂成一部八股文话。乾隆年间,高嵣《论文集钞》刊行,此书专论八股作法,但非话体批评。稍后阮元于广州创学海堂,令诸堂生纂《四书文话》,惜此书只有稿本,后人未见,盖已散佚。因此,梁章钜作《制义丛话》是颇以创体自任的。② 由于梁章钜出身于科举世家,其文化学术思想、文学观念能代表封建时代正统知识分子的观念,故从《制义丛话》入手考察宋代以来的科举文体,具有无可替代的学术意义。

一、《制义丛话》的内容、体例及文献学价值

《制义丛话》初稿成于道光十六年(1836),又参考阮元《四书文话》等著述予以修订,完稿于道光二十二年,刊成于道光三十年。后因书版遭兵火焚毁,又于咸丰九年(1859)在广州重刊,卷首有朱琦、杨文荪、江国霖等序,卷末有林则徐后序。《续修四库全书》第1718册所录,即据浙江图书馆藏咸丰九年刻本影印。今人陈居渊以道光初刊本为底本,参以咸丰广州重刊本校点整理,上海书店出版社2001年出版。

《制义丛话》是现存最重要的八股研究文献之一。全书二十四卷,卷首《例言》对各卷内容、宗旨有详细介绍。第一、二卷总论功令格式,宗旨源流,《例言》二曰:"然功令格式,宗旨源流,乃时时见于他书及士大夫之口,分别义类,采撷菁英,于以范围后学之步

---

① 梁章钜《制义丛话》卷首,《续修四库全书》第1718册,第528页。
② 王夫之《夕堂永日绪论外编》实为八股文话,惜梁章钜不曾寓目。

趋,启牖时髦之神智,亦制义之准绳也。凡辑总论为首、二两卷。"①第三卷追溯制义之起源,《例言三》曰:"宋王半山(王安石)始作制义,《宋史》本传中无此语,不知起自何时。近人所见,则俞桐川《百二十名家选》首卷所录而已。然俞所录又止王半山、苏颍滨(苏辙)、陆子静(陆九渊)、陈君举(陈傅良)、汪六安(汪立信)、文信国(文天祥)六人,而北宋刘安节集中有程试经义之作,又朱良矩《经义模范》亦载宋张才叔、姚孝宁、吴师孟、张孝四人经义,并元代倪士毅、王充耘,亦各有经义程式,皆未之载。是于此事原始,亦尚语焉未详。惟俞选已家有其书,人所共晓。今姑仍其目,就六家而评骘之,别为一卷,以著制义之权舆焉。"②第四至六卷载明代制义"有话可传者"(《例言四》),明初为第四卷,明中业为第五卷,明季为第六卷。第七卷辑清顺治初作者,"以为我朝制义之冠冕"(《例言五》)。第八、九卷辑清初至道光年间名臣而工制义者二十八人,"按前后论次之,用彰我国家人文之盛"(《例言六》)。第十至十一卷辑康熙至道光间作者,第十二卷辑有关制义元墨之嘉话。第十三至十五卷辑与朱子《四书章句集注》不合者。第十六至十九卷专录闽地作者及其"同门益友平昔互相切磨之作,与夫单寒枯槁之士有应以文传人者"(《例言十》)。第二十、二十一卷录梁章钜先世及后辈遗文有话可述者,及作者本人文稿数篇,以存其家制义之梗概。第二十二至二十四卷考证旧闻,网罗琐事,以为"摘华之助,谈艺之资"(《例言十二》)。

以上介绍可以看出,《制义丛话》的内容极为丰富。杨文荪序称赞此书的贡献曰:"宋以后,诗话日出,独鲜文话,至论制义者,更绝无其书。曩阮相国云台师,尝令粤东学海堂诸生辑《四书文话》,未成书。今大中丞梁茝邻先生辑《制义丛话》二十四卷,凡程式之一

---

① 梁章钜《制义丛话》卷首《例言》,《续修四库全书》第1718册,第528页。
② 同上。

定,流派之互异,明宗旨,纪遇合,别体裁,考典制,参稽史传,旁及轶事,与夫诸家之名篇隽句,无不备载。盖博采广撷以成斯编,非专于制义中研求者比也。岂独有裨举业,实于源流正变、盛衰升降之故,一览了然,足以知人论世,俾承学者知制义非专为弋科名,跻膴仕之具,其为功岂浅鲜哉!"①宋代以后,虽然制义之作层出不穷,坊间刻本汗牛充栋,但由于这种文体的实用性质以及批评界的否定评价,正史艺文志既不著录,文人集中也很少收录,因此,大部分作品散佚无存,这为今人研究八股带来了很大困难。《制义丛话》中收录了大量的制义作品,为研究八股文本提供了丰富的材料。至于以话体批评形式辨析体裁、分别流派、考证典制、辑录遗闻轶事,俨然八股史长编,其材料来源之广泛,内容之丰富多样,是其他著作无法比拟的。其中许多材料,原未形成文字记载,只是口耳相传,梁章钜辑录成编,更体现了《制义丛话》独特的文献价值。

除了记载口耳相传的材料外,《制义丛话》引用了许多著作。这些著作今日已经失传,或虽未失传,但流行不广,赖《制义丛话》得以见其梗概。这是《制义丛话》文献价值的又一重要体现。如书中大量引用其家先辈梁剑华《书香堂笔记》、梁上治《四勿斋随笔》、梁上国《芝音阁杂笔》等著作。这些家传著作,今已亡佚。当然,《制义丛话》引用更多的是家族以外明清人的相关著作。如制义别集有何维熊《天铿集》、汤显祖《玉茗堂制义》、何焯《行远集》、项煜《东野堂稿》、杨雍建《弗过轩制义》、张腾蛟《思庭应试文》等;制义总集有郑方坤《三郑合稿》、王耘渠《明文冶》、苏翔凤《甲癸集》、《明文小题选》、卫壮谋《明人文行集》等。集部之外,还有许多与制义关系密切的经部、史部、笔记杂纂、类书类著作。这些著作本是研究八股的重要材料,但因失传或流传不广,今人已难得见到。《制义丛话》的引用或介绍,使后人对这些著作有了一定的了解,并为文献辑佚提供

---

① 梁章钜《制义丛话》卷首《序二》,《续修四库全书》第1718册,第527—528页。

了便利条件。还有一些书,今天虽然常见,但因所据版本不同,其内容有较大差异。如《制义丛话》卷一:"黄梨洲(宗羲)辑《明文海》四百八十二卷,其三百七卷至三百十三卷皆录各家时文之序,共七十八首。今考各家,文多已湮没不传,惟借此书所载之序,略存梗概而已,因尽录其目于左云。"①文渊阁《四库全书》收录了《明文海》,卷三〇七至卷三一三也是时文序,但与《制义丛话》所录篇目相较,少了45篇作品,如陶望龄《汤君制义序》、方应祥《顾九畴选义序》、倪元璐《黄石斋史公宦稿序》、陈仁锡《昭华琯序》、张采《陈大士稿序》、曾异《王有巢文序》《徐文匠制义序》《四书论世自叙》、冯元飏《诗经鼎来叙》、娄坚《易经程墨文选序》、顾大韶《题华林社草》、沈守正《许子逊先生全稿序》、文德翼《巢端明文稿序》、艾南英《戊辰房书删定序》《吴逢因近艺序》、陈弘绪《甲戌房稿辨体序》、徐世溥《同人合编序》《蔚社亭序》、傅占衡《壶山集序》《魏氏兄弟制义序》等。在相同的卷数下,《四库全书》本居然少了将近三分之二的作品,这绝不是馆臣所据版本与梁章钜所见不同,而是馆臣有意大量删除的结果。《制义丛话》的著录,为后人了解《明文海》所收时文序的原貌提供了线索。

《制义丛话》卷末附《题名》。《例言》十三介绍《题名》内容曰:"从来著述家,每嫌斥举作者之名,故或举其字,或举其官,或举其谥,并有单举其郡县者,谈制义者亦往往如此。夫巨公老宿,仕履人所周知,如赵侪鹤与高邑同称、王荆石与太仓并举可也。若邓以赞但称新建、汤宾尹但称宣城,能无费人寻讨乎?乃如俞桐川《百二十名家》之卷端题名下仅附其字,韩求仲《程墨文室》之卷端题名下仅纪其科,自是而徐存庵之《岭云编》、王巳山之《所见集》各仿之,而于里贯、仕迹一概阙如,殊令承学者末由知人论世,大为恨事。今就集中所有之人,各为考其仕履、字、谥,其著述有关于制义者,皆

---

① 梁章钜《制义丛话》卷一,《续修四库全书》第1718册,第538页。

详列之题于卷终,并家集中讳号仕履,亦另附于后,使读者一览了然,亦制义家之创格,后人或可仿此而为之也。"①古人著作中称名非常随意,或举其字,或举其官,或称谥号,或称郡望,纷繁杂乱,往往使后世读者不知所指。《题名》以朝代、年号为次,一一列举宋代以来制义作家名字、郡望、仕履、嗜好、著作等,俨然制义作家小传,既为读者翻检提供了方便,又可补史传之不足。这也增强了《制义丛话》的文献学价值。

《制义丛话》除了具有很高的文献价值外,在制义文体研究上,也提出了不少见解,如关于制义的源流演变、代圣贤立言、制义衡文标准等,都值得后人重视。下文略加探讨。

二、制义的源流演变

关于制义的起源,有唐代墨义、宋代经义、儒家传疏、骈文、曲剧、平话、律赋诸说。《制义丛话》持宋代经义说。卷三引俞桐川语:"制义之兴,始于王半山,惜存文无多。半山之文,其体有二:或谨严峭劲,附题诠释;或震荡排奡,独抒己见。一则时文之祖也,一则古文之遗也。宗时文者,流为王、钱,终于汤、艾;宗古文者,流为周、归,终于金、陈。夫奇偶配合乃成天地,正变乘除乃成古今,道术源流,人才升降,物各有两,惟文亦然,半山兼之。"②以为制义起于王安石经义文,然其文格律未严,故既为时文之祖,又有古文之遗,二体都对后世文章有深远影响。同卷又引《书香堂笔记》云:"考论制义,本应断自前明。然自俞桐川有《百二十名家》之选,托始于北宋诸公,则不得竟置大辂椎轮于不问。俞桐川谓制义创自王安石,方望溪则谓制义昉于吴才叔,皆北宋人也。今考吴才叔'自靖人自献于先王'一篇,见吕东莱所编《宋文鉴》,而俞桐川所录王荆公文数篇,则不知所据何本。盖荆公创立制义,原与论体相仿,不过以经言

---

① 梁章钜《制义丛话》卷首,《续修四库全书》第 1718 册,第 530 页。
② 同上书,第 550 页。

命题,令天下之文体出于正,且为法较严耳。然当时对仗不必整,证喻不必废,侵下文不必忌。自后人踵事增华,文愈工而体愈降,法愈密而理愈疏。而俞氏又以禁侵下文为是,工对仗、废证喻为非,强生分别,则未见其确也。夫连上犯下,不过科举格式,不能不遵。试问圣贤立言之初,何尝有此界限乎?至文之有对仗,则本阴阳、奇偶之理,不能偏废,无论汉、晋以来文人无不讲此,即四书五经中对偶之句,层见叠出,时代愈近则其词愈妍,其势使然,岂得专绳之制义?"①《书香堂笔记》系梁章钜祖父梁剑华所撰。章钜幼承家学,笃信先人之说,故所引也可视为其本人的看法。这里同样以王安石为制义之大辂椎轮,并指出其文体特征与论体相仿,不过以经言命题而已,当时并未戒律森严。后世文愈工,法愈密,遂强以种种禁忌绳一切制义,实不足取。这样来看制义的文体起源,应是比较接近史实的。

除了文体起源外,《制义丛话》对制义在明清时期发展变化的轨迹,时有勾勒。《例言》四:"制义始于宋而盛于明,自洪、永以逮天、崇,三百年中体凡屡变,亦犹唐诗之分初、盛、中、晚也。"②以为明代制义可分初、盛、中、晚四期,可能是受了方苞《钦定四书文·凡例》及《四库全书总目》的影响,可惜未说明具体如何划分。卷四引俞桐川语曰:"制义之有王守溪,犹史之有龙门、诗之有少陵、书法之有右军,更百世而莫并者也。前此风会未开,守溪无所不有;后此时流屡变,守溪无所不包。理至守溪而实,气至守溪而舒,神至守溪而完,法至守溪而备。盖千子、大力、维斗、吉士莫不奉为尸祝,而或讥其雕镂,疵其圆熟,则亦过高之论矣。"③同卷又引李文贞公语曰:"或问王守溪时文笔气,似不能高于明初人,应之曰:唐初诗亦有高于工部者,然不如工部之集大成,以体不备也。制义至守溪而体大

---

① 梁章钜《制义丛话》卷三,《续修四库全书》第1718册,第550页。
② 同上书卷首,第528—529页。
③ 同上书卷四,第555页。

备。某少时颇怪守溪文无甚拔出者,近乃知其体制朴实,书理纯密,以前人语句多对而不对,参差洒落,虽颇近古,终不如守溪裁对整齐,是制义正法。如唐初律诗平仄不尽叶,终不如工部声律密细,为得律诗之正。"①守溪时文被奉为制义正法,如杜甫之于律诗。这两则材料既肯定了王鏊在明代制义史上承前启后的地位,同时也揭示了明代制义的发展进程。又卷六引徐存庵语曰:"嘉靖以前,文以实胜;隆、万以后,文以虚胜。嘉靖文转处皆折,隆、万始圆。圆机,田、邓开之也,后渐趋于薄矣。嘉靖文妙处皆生,隆庆、万历始熟。熟调,汤、许开之也。后渐入于腐矣。"②以嘉、隆之际为明代制义发展变化的分水岭,揭示了前后两种不同的文体风格,与顾炎武"嘉靖以后,文体日变"之说相通。又卷一引《元史·选举志》云:

> 考试格式,蒙古、色目人第一场经问五条,《大学》《论语》《孟子》《中庸》内设问,用朱子《章句》《集注》,其义理精明、文辞典雅者为中选。汉人、南人第一场明经、经疑二问,《大学》《论语》《孟子》《中庸》内出题,并用朱子《章句》《集注》,复以己意结之。限三百字以上。按:此即顾亭林(炎武)《日知录》所云四书疑,与今制义之体稍异。然今制义专用朱子《章句》《集注》实始于此,其限字之令亦始于此也。又按:明初科举成式,四书义每道二百字以上,经义每道三百字以上。我朝顺治二年,定四书文每篇不得过五百五十字。康熙二十年,议五百五十字,恐词意不尽,若不限字,恐又相沿冗长。③

此段探讨了制义以朱注为标准之始,以及其字数篇幅要求的变化。这些都是制义体制的重要特征。

由于制义的实质是考试的答卷,而考试题目对于答卷有主导和

---

① 梁章钜《制义丛话》卷四,《续修四库全书》第1718册,第555页。
② 同上书卷六,第571页。
③ 同上书卷一,第532页。

制约的作用,因此,考官的出题倾向,对制义文风的发展变化有重要影响。《制义丛话》卷二二:

> 以经书命题者,盖始于宋。《宋史》宁宗庆元四年,以经义多用套类,父子兄弟相授,致天下士子不务实学,遂命有司六经出题,各于本经摘出两段文意相类者合为一题,以杜挟册售伪之计。按:明太祖洪武三年,开科以《大学》"古之欲明明德于天下者"二节、《孟子》"道在迩而求诸远"一节合为一题,问二书所言平天下大指同异,此即沿宋时之法。又《春秋》经有脱母题,至我朝顺治九年始禁不用,又有合题,至乾隆元年亦停止,并详见《学政全书》及《科场条例》中。
>
> ……………
>
> 又乾隆三年议准,考试命题固取发明义理,而亦以展才思。遇有人文最盛之区,若命题专取冠冕,士子蹈常袭故,或无从浚发巧思,间出截搭题,则旁见侧出,亦足觇文心之变化。第必须意义联属,血脉贯通,若上下绝不相蒙,恣意穿凿,割裂语气,殊属伤雅。嗣后学政出题,宜以明白正大为主,即间出长搭题,亦必求文义之关通,毋蹈割裂之陋习,则既不诡于义理,而亦不闷其性灵,庶文章之能事曲尽,而课士之法亦周详矣。又乾隆四十年议准,程景伊奏称覆勘各省试卷,见试题渐趋佻巧割裂,其最甚者如四川头场试题"又日新《康诰》曰"六字,连上牵下,全无义理,既不足以见学问书卷,而稍知机法者便可侥幸获售,请饬部禁止。从之。①

上引两条材料,简述制义命题的发展变化,着重介绍两种比较特殊的命题方式,即合题与截搭题。这两种题目,主要考查考生综合概括与随机应变的能力,避免蹈袭常故,但会造成割裂经传、穿凿比附的读书风气,以及不顾义理,刻意翻新求异、投机取巧的作文风

---

① 梁章钜《制义丛话》卷二二,《续修四库全书》第1718册,第749页。

气。因此,朝廷虽不反对这一类题目,但要求"意义联属,血脉贯通",不可"恣意穿凿,割裂语气"。而从总体看,统治者是倾向于"明白正大"的题目的,这对佻巧割裂的文风,无疑有制约作用。

三、关于代圣贤立言

阐发儒家经义,是制义文体的基本内容,也是主司衡文的基本标准。所谓"代圣贤立言"一语,最能揭示这种文体的内容和表现手法上的特点。《制义丛话》卷一引管世铭语:"前人以传注解经,终是离而二之。惟制义代言,直与圣贤为一,不得不逼入深细。"①同卷又曰:"杨诚斋有《国家将兴必有祯祥》文,点题后,用'以为'二字起;又'至于治国家'二句文,点题后,用'谓'字起,似代古人语气,实始于此。"②可见经义文从宋代开始,即有了代人立言的作法。由于考试内容限定在四书五经中,因此,所代者多是古圣贤。这就要求士子必须熟读儒家经典,深入揣摩、领会其中所蕴含的精神特质。《制义丛话》卷一引李光地语:"做时文要讲口气。口气不差,道理亦不差,解经便是如此。若口气错,道理都错矣。"③即要求作者要与所拟对象心志合一。这种考试方式,并非只是一种衡文形式,而是要通过考试以及与之配套的教育制度,培养符合儒家思想和封建统治需要的人才。卷三引俞桐川语曰:"裁六经题以为制义,独重于科目者,为其明义理、切伦常,实可见诸行事,非若策论之功利、辞赋之浮华而已。有宋家法远胜历朝,至于光宗失其纪矣,间于谗谤而父子忤,夺于嬖宠而夫妇乖。陈君举先生(傅良)以儒生争之,虽所陈不尽见用,而义理、伦常赖以不坠矣。先生工于制义,所传几三十首,于宋文最富,读之足以见先生所争不负所学。而有明以来,壬午、甲申之忠义,四珰、三案之气节,削藩、监国之权变,大礼、国本之

---

① 梁章钜《制义丛话》卷一,《续修四库全书》第1718册,第535页。
② 同上书,第533页。
③ 同上书,第534页。

议论,皆能原本经术,见诸施行,而亦君举诸公有以倡之也。制义所关顾不重耶?"①认为自宋代以来,制义取士制培养了大量忠臣孝子以及节义之士,是维系伦常、安定社稷的重要保证,这正是"代圣贤立言"的深层动机。

那么,这种"代圣贤立言"的文体,会不会因内容的单调、形式的固定而走向僵化、教条、死板、无聊呢? 应该说,任何一种文体,只要开始程式化,都难免类似的弊端。然而,在很长的历史时期内,人们过于关注、强调乃至夸大了这种弊端,而忽视了单调中有变化、板滞中有灵动的一面。《制义丛话》卷一一:"余与陈石士侍郎(用光)、刘芙初编修(嗣绾)、李兰卿都转(彦章)日在苏斋谈艺,不甚及八股文,惟石士喜言之。一日问曰:'近人作时义,每以包罗史事为长,而词句遂搀杂后世史迹,恐非所以代圣立言,必如何而后可?'覃溪师曰:'刘舍人有言:取镕经义,自铸伟词。夫用经之词尚须自铸,岂有用史而遽袭其文者乎?'"②可见,"代圣人立言",并非模拟、沿袭圣人词句,而要"取镕经义,自铸伟词"。这里不仅包含了语言文字上的创造,也指义理上的独特领会与阐发。江国霖序曰:"制艺之兴,其人心之不容已者乎? 汉取士以制策,其弊也泛滥而不适于用。唐以诗赋,其弊也浮华而不归于实。宋以论,其弊也肤浅而不根于理。于是依经立义之文出焉,名曰制义。盖穷则变,变则通,人心之不容已,即世运升降剥复之自然也。士人读圣贤书既久,各欲言其心之所得。故制义者,指事类策,谈理似论,取材如赋之博,持律如诗之严。要其取于心,注于手,出奇翻新,境最无穷。心之所造有浅深,故言之所指有远近。心之所蓄有多寡,故言之所含有广狭。皆各如其所读之书之分而止。吾故曰:制义虽代圣贤立言,实各言其心之所得者也。自有明以来,以制义取士,迄今盖五百年。萃五百年之英才,悉其聪明才力,研精殚思于八比之中,各出其学以相

---

① 梁章钜《制义丛话》卷三,《续修四库全书》第1718册,第551页。
② 同上书卷一一,第635页。

胜,而又列科选俊,分省程材,此亦如天之风云,地之花木,山之烟岚,海之潮汐,固有彼此殊状,月异而岁不同者。"①一方面指出制义融合了策、论、赋、诗等众多文体的特征,具有丰富的表现力,这为其艺术创新提供了前提;另一方面强调制义虽同为代圣贤立言,实为"各言其心之所得"。由于著作主观性情、修养、学识有差别,故制义文体蕴含之深浅、远近、广狭也有不同。这就使这种"代圣贤立言"的文体,在单调的内容、死板的格式中呈现出千汇万状、日新月异的面貌来。《制义丛话》卷五引《四勿斋随笔》云:"言者心之声,古今诗文往往能自肖其人,制义则言之尤畅。如前明山阴徐文长(渭),狂士也。其作《今之矜也忿戾》文云:'其视己也常过高,而身心性情之际,每怀不平;其视人也常过卑,而亲疏远近之间,鲜能当意。义利之辨未尝不明,但其所见者自以为义,而谓天下则皆利也;是非之故亦未尝不悉,但其所执者自以为是,而谓天下则皆非也。此非直浑厚惇大之体无所望也,好胜不已,而其势必至于争矣。'"②梁章钜按曰:"此文直是文长自作小传,可见狂士并不讳疾,特自知其疾而不能自医耳。"③可见八股虽代圣人立言,程式严格,而作者之性格气质,神情口吻,亦可融入其间,并非总是陈腐腔调。又卷五引方望溪语:"春秋以前,强臣专政者有之,鄙夫横恣者尚少,秦汉以下乃有祸人家国者。圣人智周万物,早洞悉其情状。赵侪鹤生有明之季,忾心蒿目久矣,故于《鄙夫可与事君》文言之,至为深痛。"④梁章钜于赵侪鹤文后按曰:"鄙夫之患,至明季而烈,古以杜诗为诗史,此可当时文史矣。"⑤可见,制义文不仅可写作者性情,亦可激扬时政。赵侪鹤制义借圣人之言,抨击奸权之横恣祸国,抒发欲挽狂澜而无力回天之悲愤,真切反映了明末政局以及士

---

① 梁章钜《制义丛话》卷首,《续修四库全书》第1718册,第525页。
② 同上书卷五,第567—568页。
③ 同上书,第568页。
④ 同上书,第562页。
⑤ 同上书,第562—563页。

人的普遍心态,故被称为"时文史"。这样的文章,又怎能称之为僵化陈腐、空虚无聊呢?

除以上内容外,《制义丛话》对于清代制义清真雅正的衡文标准、古文与时文的关系等问题,多有论述,并辑录了大量相关史料。如卷二一梁章钜自叙其应考经历:"余五上公车,惟辛酉科以回避未入场,前三科皆荐而不售。第一科为乾隆乙卯,房考胡果泉师(克家)批曰'文笔清矫',第二科为嘉庆丙辰,李石农师(銮宣)批曰'格老气清',第三科为己未,吴寿庭师(树萱)批曰'词义清醇'。每次领回落卷,必呈先资政公。公一日合而阅之,笑曰:'功令以清真雅正四字宣示艺林,而汝文只得头一字,毋怪其三战三北也。'余不觉爽然若失。"[①]可见,清人对应试之文是否达到"清真雅正"的标准,要求颇严,兼得四字,方为合格。梁氏偏得其一,自然屡试不售。这是梁氏以自己的亲身经历,来印证清代八股的衡文标准,具体而生动。

[①] 梁章钜《制义丛话》卷二一,《续修四库全书》第1718册,第745页。

第十章　文体学视域中的明清类书

　　类书是中国古代书籍中的一种特殊门类。《四库全书总目》卷一三五"类书类"序题说："类事之书，兼收四部，而非经非史，非子非集。四部之内，乃无类可归。"①精辟指出类书内容庞杂、包罗万象的特点和资料汇编式的、不专主某一学科或领域的百科全书性质。所谓"非经非史，非子非集"，其实是亦经亦史，亦子亦集，所以造成了四部归类上的困难。尽管如此，类书编纂的宗旨还是比较明确的，或为一般的知识检索，或为诗文取材，或资科场之用。科场之用固不必论，即使是一般的知识检索，也往往和诗文写作相关。胡道静分析其原因说："封建时代的诗、文，大多是需要堆砌典故。临事得题，不得不乞灵于类书，而平日不得不有所豫备。虞世南之为《书钞》，当然主要是为此。白居易作《六帖》、元稹作《类集》、晏殊作《类要》、秦观作《精骑集》，等等，无非都是如此。封建政府的编纂类书，乃至书坊的辑录类书，也是提供给文人以这种方便。"②可见，古代类书的编纂，很大程度上旨在为诗文写作提供便于检索的工具书。正因如此，从类书入手，考察古人的文学思想、文体观念、创作方法、审美追求等，具有广阔的研究空间。③

　　明清时期，类书编纂空前繁荣。成书于明永乐年间的《永乐大

---

① 永瑢等《四库全书总目》卷一三五，中华书局，1965年，第1141页。
② 胡道静《中国古代的类书》，中华书局，1982年，第20页。
③ 闻一多《唐诗杂论·类书与诗》，古籍出版社，1956年；方师铎《传统文学与类书之关系》，天津古籍出版社，1986年；唐光荣《唐代类书与文学》，巴蜀书社，2008年；张澜《中国古代类书的文学观念：〈事文类聚翰墨全书〉与〈古今图书集成〉》，九州出版社，2013年；何春根《类书与中国古代小说研究》，江西人民出版社，2018年等，是目前研究类书与文学关系较重要的成果，但其重点，是考察类书与文学创作的关系。探讨类书与文学观念、文学批评关系的论著，目前还不多见。

典》,22877卷,凡例、目录60卷,体制之宏大,引书之丰富,为历代类书之最。唐顺之《荆川稗编》、冯琦《经济类编》、徐元太《喻林》、彭大翼《山堂肆考》、朱荃宰《文通》等,或网罗鸿富,或征引审慎,或题材、体例有所创新,皆明代类书中的佳作。清廷初肇,稽古右文,类书编撰之风益趋兴盛,涌现出《渊鉴类函》《古今图书集成》等一大批网罗宏富、卷帙浩瀚的类书名著。这些类书,不管是所录内容还是编纂体例,都为明清文体学研究提供了丰富的史料和特殊的时代内容。

第一节 《文通》与明代文体学

《文通》30卷,闰1卷,明末朱荃宰撰。朱荃宰曾考众家典籍,汇成文、诗、乐、曲、词五编,皆以"通"名,《文通》最先刻成,遂行于世,其他四书则未见传布。①《文通》书名仿刘知几《史通》,内容、体例则深受《文心雕龙》影响。前三卷为总论,阐述作者的宗经思想以及经、史、子著作在为文之道上的意义;第四卷至第十九卷为文体论,收录古今各种文体,一一探讨其命名、功用、体式特征及源流演变等;第二十卷以后为创作论和批评论,主要论述创作过程、方法、写作技巧及文章品评等。可以看出,《文通》体系周密,内容丰富,不仅是明代重要的文章学著作,也是别具特色和价值的文体学专著。然而此书在文体学史上所受的关注,远不如吴讷《文章辨体》、徐师曾《文体明辨》、黄佐《六艺流别》等,值得深入探讨。②

---

① 关于朱荃宰生平及撰述情况,可参王凤霞《朱荃宰〈文通〉通论》,《嘉应学院学报》2008年第2期。
② 笔者见到有关《文通》的研究成果,除王凤霞《朱荃宰〈文通〉通论》外,另有于景祥《朱荃宰的骈文批评》,《文学评论》2012年第6期;孙宗美、刘金波《论朱荃宰〈文通〉的文章学思想》,《理论月刊》2017年第8期;吴凡《朱荃宰与〈文通〉研究》,厦门大学2022年硕士学位论文等少数论著。

一、文体分类的发展

明代辨体风气极盛,体现辨体水平的文体分类也越来越细密,徐师曾《文体明辨》、黄佐《六艺流别》两部文章总集可谓其代表。前者所录文体正篇 101 种,附录 26 种,总计 127 种;后者将古今各种文体分系于"诗""书""礼""乐""春秋""易"六艺之下,共计 152 体,类目之繁多,实此前所罕见。① 而《文通》分体之繁,比两书又胜一筹。全书在一级类目上,共有 158 种文体,分别是典、谟、册、玺书、诏、制、诰、训、誓、命、麻、敕、令、封禅、檄、露布、赦文、告、谕、御札、批答、符、律、策问、铁券文、国书、玉牒、告身、谕祭文、哀册、明文、教、贡、范、彖、象、历、本纪、世家、列传、补注、表历、书志、书事、注、表、笺、颂、章、上章、启、奏、题、奏记、封事、上疏、荐、揭帖、弹事、策、论、经义、议、驳、牒、公移、判、笏记、劝进、序、小序、自序、题跋、书记、书、上书、对问、喻难、说难、释诲、符命、典引、七、连珠、评、解、原、辩、说、字说、书说、译、史赞、赞、传、记、题名、铭、箴、规、诫、谥议、尺牍、移书、白事、述、略、刺、谒、图、谶、诅、盟、祝文、祈文、暇、谱、录、旨、势、法、谐讔、篇、纪事、断、约、过所、荆、契券、零丁、杂著、碑、碣、哀颂、上谥议、悲文、遗文、行状、诔、祭文、吊文、哀词、墓表、墓碑文、墓志铭、神道碑、口宣、宣答、贴子词、表本、致辞、右语、致语、青词、上梁文、道场榜、法场疏、募缘疏。其中有些类目之下,又有二级分类,如"表历"下分年表、人表,"注"下分起居注、仪注,"传"下分史传、家传、托传、假传,"录"下分实录、会试录、登科录、国计录,"杂著"下分籍、簿、方、术、占、式、疏、关、签、列、辞、谚等。如加上这些二级类目,则全书文体超过 200 种。值得注意的是,朱荃宰《文通》之外,别有《诗通》《词通》《曲通》,故《文通》所列 200 多种全是文类,不收诗赋及源于诗歌的文体。而《文体明辨》127 体

---

① 关于《文体明辨》及《六艺流别》的文体类目,可参本书第一章。

中含诗赋类 26 体,文类只有 101 种;《六艺流别》152 体中含源于"诗"艺的骚、赋、词、诗、谣、歌、讴等 30 种,源于"乐"艺的唱、调、曲、引、行、篇等 12 种,故其文类也只有 110 种。以此相较,《文通》文体收罗之广,类目之繁,远过于徐、黄二著,甚至在整个文体分类史上,也罕有其匹,集中体现了明人文体分类繁多、细密的特点。

与《文体明辨》相较,《文通》新增的文体,主要来自三部分。一是前人虽有立目,但后世很少使用因而也罕见于后世文体学著作的文体,如任昉《文章缘起》有旨、势二体,《太平御览》"文部"有过所、零丁二体,都是一般文体学著作不收的,而《文通》都罗列其中。二是对某些文体的细分。如《文体明辨》说类,《文通》分为说、字说、书说 3 种;《文体明辨》哀祭类有哀辞、诔、祭文、吊文 4 种,而《文通》则增为哀颂、上谥议、悲文、遗文、诔、祭文、吊文、哀词 8 种。这种细分,体现了明人对相近文体之间细微差别的精确体认,自然增加了许多文体类目。三是对存在于经、史、子著作中大量文体形态的发掘。中国古代文体分类,在很长历史时期内,是按《文选》所设置的文体框架进行的,主要关注集部独立成篇的作品,基本不考虑经、史、子著作中的文章。明代文体学则扩大了考察范围,从经、史、子著作中发现、总结出大量"前文体"或"泛文体"形态,从而极大丰富了文体分类的内容。《文通》在这方面是有代表性的,所立典、谟、贡、范、象、象、历、本纪、世家、列传、补注、表历、书志等类目,不但早期的《文选》等书未录,即使明代重要文体学著作如吴讷《文章辨体》、徐师曾《文体明辨》等也都没有立目。其中特别值得注意的是《文通》对史传文体的重视。"文体原于五经"是古代文体学的基本理念,从经学著作中发掘文体种类,至少从六朝开始已成为文体学的传统。朱荃宰在此基础上进一步提出,从文章起源看,史著与经书一样,不仅同为后世文章之源,其本身也是文体谱系中的重要成员。史官制度、史著盛衰也是关乎文章繁荣的重要方面。从文章功用看,各种文体尽管形态千差万别,却不外乎两大类,"曰载道,曰纪事"①。载道之文,本于六经;而纪事之文,则本于史学。正因如此,他在《文通》"自叙"中批评徐师曾《文体明辨》"广文恪之书,号称'明辨',自述费年,而皆不本之经史",是"饮水而忘其源";又批评八股之士束书不观,只沉溺于制艺帖括,帖括之外,不知有经史百家之学,遂使"先圣之道益晦,后生之腹益空"。②有鉴于此,《文通》在第一卷论明道、本经、经学兴废等内容后,第二卷即详论史法、史系、史家流别、评史、史官建制、评史举正、长编、正统等;在第七卷中,不但立本纪、世家、列传等富有辞章色彩的文体类目,还收录补注、表历、书志、书事、注(起居注、仪注)等一般文章选本或文体学著作不收的纯史著体裁,从而突出了史学著述在古代文章学谱系中的重要性。这也是唐宋以来源于史家的叙事文体在文章写作和文学批评中地位不断上升的体现。尽管以今人的眼光看,其中许多类目都不算文体。然而,中国古代文体,其本质是基于政治、礼乐制度与实用性基础之上形成、发展起来的"文章学"体系,"文"的观念极为庞杂,不能用来自西方的纯文学标准来衡量。《文通》的文体分类,正是这种富有民族特色和本土特色的文体观念的原生态表现。何况,朱荃宰在《文通》之外另有《诗通》《词通》《曲通》,那么,其"文"观念之偏实用与驳杂,就更可理解了。

黄佐《六艺流别》因将后世各种文体皆溯源于六艺,在发掘先秦典籍中的文体上颇有成绩,这一点为《文通》所继承。然因六艺体尊,黄佐的文体谱系中,多是文人学士之作,对于唐宋以后产生的,盛行于民间,尤其是与宗教相关的文体,基本不涉及。《文通》在这方面,则更为开放,收录了过所、荍、契券、零丁、贴子词、致辞、右

---

① 朱荃宰《文通》卷一,《四库全书存目丛书》集部第418册,第348页。如果孤立地看"载道""纪事"两大分类,显然是片面的,然而,考虑到朱荃宰另有《诗通》《词通》《曲通》等著作,则缘情体物之作,当在诗赋、词曲类文体中,那么,这种两分法具有较大合理性。

② 朱荃宰《文通》,《四库全书存目丛书》集部第418册,第335—336页。

语、致语、青词、上梁文、道场榜、法场疏、募缘疏等。这些文体,往往体现了特定时期的风俗民情、宗教观念与仪式,以及下层百姓的生活状态,具有较高的文化价值。完全置之不顾,显然影响了古代文体谱系的完整性和丰富性。徐师曾对此有理论的自觉,《文体明辨序》说:"至于附录,则闾巷家人之事,俳优方外之语,本吾儒所不道,然知而不作,乃有辞于世,若乃内不能办,而外为大言以欺人,则儒者之耻也,故亦录而附焉。"①《文通》继承了《文体明辨》的观念,而对宋代以后流行的俗文体,搜集更为丰富,如上文提到,过所、荆、零丁等文体,都是《文体明辨》不曾收录的。又,徐师曾将这些俗文体置于附录中,显然是一种价值尊卑判断,多少表示出轻视,《文通》则无正编与附录之分,可见其文体观念更为融通。正是这种融通,使《文通》几乎网罗了当时典籍所能见到的一切文体,最大程度上充实了中国古代文体谱系,充分体现了中国古代文体的丰富性。可以说,《文通》代表了明人的文体分类水平,在文体分类学上具有集大成之功。

二、文体论的开拓

《文通》对所录文体,一一论析其名称、功用、体性特征、体制源流等,成为《文心雕龙》之后又一部内容丰富、规模宏大的文体论专著。此书文体论最大的特点,是多征信于前代史料,较少主观裁断,正如《文通》闰卷《诠梦》所云:"若不由闻见而妄自敢作,在大圣已不能,予惟惧闻荒见陋,无所征信,剿一二评话以卖笑于大方之家。故每有称引,不书其书,必书其人,其出于臆断者,十不得一焉。"②在《文通》之前的文体学专著中,搜罗文体多且征引文献广博者,当以徐师曾《文体明辨》为最。而《文通》史料之浩繁,又远出于徐著。如《文体明辨》论露布,引了《世说新语》《文章缘起》《文心雕

---

① 徐师曾《文体明辨序说》,人民文学出版社,1962年,第78—79页。
② 《四库全书存目丛书》集部第418册,第697页。

龙》《通典》,《文通》在此基础上补充了《春秋纬》《春秋繁露》《文章正宗》《容斋四笔》等材料;论符,《文体明辨》只引《说文》,辨析极为简略,而《文通》广引《说文》《释名》《续文献通考》《战国策》《史记》《汉书》《后汉书》《风俗通义》等,也引了徐师曾的论述。如此之类,不胜枚举。综观《文通》史料,可谓包罗万有,总集、别集、诗文评著作,尤其是文体学专著如《文章缘起》《文心雕龙》《文诠》《文章辨体》《文体明辨》等常为其征引,但凡经史百家、方志野史、笔记丛谈,甚至梵箧丹经、坠典秘文等,凡有资于辨析文体者,无不荟萃一编,极大丰富、扩展了文体学研究的文献来源,在文体史料的发掘和运用上,兼具开拓与集成之功。当然,其史料也存在一定的问题,主要表现为两方面。一是征引多而论断少,已见不足,降低了其理论价值,诚如四库馆臣所批评的,"大抵摭拾百家,矜示奥博,未能一一融贯也"①。二是许多征引文献未详出处。虽然朱荃宰自称"每有称引,不书其书,必书其人",可惜未能贯彻。特别是全书大量征引《文体明辨》而不注明,与那些已标出处的文献杂糅在一起,会使读者误以为凡未注出处的,都是朱荃宰自己的论述,这很容易造成混乱,需要读者细心甄别。②

《文通》的文体论,渗透着浓厚的明正变、通古今的思想,在旁征博引、追源溯流之后,往往对文体"今制"即当代发展状况给予特别的关注。如卷四"玺书"条,在引了《独断》《老子》《庄子》《春秋运斗枢》《传国玺论》等相关材料外,还记"昭代"情况。其文曰:

  昭代宝玺凡十四。曰奉天之宝,以镇万国、祀天地;曰皇帝之宝,以册封、赐劳;曰皇帝信宝,以征召军旅;曰天子之宝,以

---

① 永瑢等《四库全书总目》,中华书局,1965年,第1804页。
② 于景祥《朱荃宰的骈文批评》从《文通》对表、诏、诰、御札、笺、檄、判、露布、书记、口宣、募缘疏、上梁文等文体的论析来探讨朱荃宰的骈文思想,其实这些论析材料,或一字不漏抄录《文体明辨》,或稍易其个别字句,或颠倒其行文次序,或檃栝其大意,或补充一二史料,其基本观点完全是徐师曾的。因《文通》未注出处,遂使于先生误以为是朱荃宰的原创思想。

祭享鬼神;曰天子行宝,以封赐蛮夷;曰天子信宝,以调发番兵;曰制诰之宝,以识诰命;曰敕命之宝,以识敕命;曰广运之宝,以识黄选勘籍;曰御前之宝,以进御座、从车驾;曰皇帝尊亲之宝,以答赐宗人;曰敬天勤民之宝,以训迪有司。印文凡四等。文渊阁玉箸篆,将军柳叶篆,一品至九品九叠篆,赐关防若未入流条记亦如之;监察御史八叠篆。夷王印三等,曰金,曰镀金银,曰银。诸司印文或以署,或以地,或以官。惟都御史印文曰"绳愆纠缪"。①

玺是权力的象征与和凭证,与皇权政治、官僚制度密切相关,其体制历代有别。此段引文,详论明代天子及百官之玺的分类、功用、制作材料及玺文书写等,为一般文体学论著所不及。又卷一五"录"条:"辰戌丑未大比,天下贡士录其文曰会试录。子午卯酉乡举,录其文曰某省乡试录,皆冠以前序,主考官为之,次执事次题问,次取士姓名,次程文,殿以后序,副考官为之,进呈御览。殿试曰登科录,皆藏之天府,仍以其副遣官赍南都藏之。其骄驳者,部科得纠正之。为礼部职掌。"②会试录、乡试录、登科录是伴随科举考试而产生的,明清时期特别盛行。严格来说并非一种文体,但因所录皆中榜者之制义文,为士林具瞻,故对研究八股作家、八股文体及科举文化具有重要价值。朱荃宰以其为文之一体郑重收录,正是受了明代科举风气的影响。又卷八"奏"条,在引《尚书》《汉书》《文赋》《文心雕龙》《水东日记》等相关论述后,曰:"今制,论政事者曰题,陈私情者曰奏,皆谓之本,以及让官谢恩,并用散文,间为俪语,亦同奏格。至于庆贺,虽仿表词,而首尾亦与奏同。唯史馆进书,全用表式。然则当今进呈之目,唯本与表二者而已。革百王之杂称,减中世之俪语,此我朝之所以度越也。"③上呈皇帝的文书,历来名称、格式等极

---

① 《四库全书存目丛书》集部第 418 册,第 409—410 页。
② 同上书,第 532 页。
③ 同上书,第 470 页。

为复杂,如奏、疏、章、表等,不一而足;自六朝以后,语多骈俪,文风华靡。明代不仅精简了诸多名目,唯以本、表概之,且革去骈俪之俗,恢复了古体形式。在作者看来,这正是明朝文风超越前代之处,字里行间流露出对当代文章所怀有的优越感和高度自信。在《文通》中,但凡明代仍然活跃的文体,往往都有这类论述。这表明,朱荃宰在论析文体时,并非单纯、静止地考察一种既定的文体形态,而是重视揭示其历史演变轨迹,关注文体与当代社会生活、礼仪文化的关系,为传统文体研究注入了强烈的当代意义和现实关怀。这正是《文通》特色所在,是对明代文体论的又一重要开拓。①

《文通》文体论的开拓,还表现在对新立文体体性的辨析上。如前所述,朱荃宰对前人文体学著作中已经立目的文体,往往以征引材料为主,自我发明不够。而对于新立的文体,因无可依傍,不得不自出机杼,自立一说,这恰恰形成了《文通》的独创性。如卷一六"莂"条:

  《释名》:"莂,别也,大书中央,中破别之也。"盖即今市井合同,夷人木刻之类耳。佛经有记别之文,古人作僧寺文,多用记别字,而不知其解如此。古文但用别。《周礼》:"八成,听称责以传别。"郑注:"为大手书于一札,中字别之。"即券书也。②

可见,"莂"为契券之一种,以大字书于札中,再将札从中分开,立契双方各持一半以为凭证,是古人社会生活中极常用的文体,但很少有文体学著作将其收录。又,《文通》卷六"明文"条:"明文,汉泰山太守应劭作。文明(原文如此,疑当为'明文'——引者按)者,昭然晓示之也。今制咸称奉上以署下,或以蠲裁,或以建置,或申江海之防,或御越人之寇。多树孔道,大榜邮亭,芦岸羊

---

① 徐师曾《文体明辨》对有些文体也论及"今制",然多只言片语,极为简略,远不如《文通》旁搜远绍,委曲备至。
② 《四库全书存目丛书》集部第418册,第538页。

肠,观者惊心。贩夫荷插,咸知上意。语简而言质,俾可由之,民一览了然,斯为得体。然石版兼用,则视其事之久近也。"①从体性、功用及使用场合看,明文类似"安民告示",也是一种常用的官府公文,但鲜为文体论家所关注。朱荃宰对这类文体的辨析,丰富了古代文体论的内容,也拓宽了文体学研究的视野和范围。这是《文通》对明代文体学的又一贡献。

三、经义文体地位的确立

在《文通》新立目的文体中,经义跻身于文体谱系之中,值得特别关注。作为一种科举考试文体,经义虽不等同于八股,然在明清时期则以八股为主。八股是关乎明清士人仕宦前途、社会地位、生活方式和精神风貌最重要的文体,但因其"敲门砖"的恶名,往往被视为庸俗、僵化、陈腐、无聊士风与文风的代表,因此,一般士人,包括许多八股名家,都不愿以八股入文集;坊刻牟利的选本,多应时而编,时过境迁则烟消云散。至于文体学著作,也很少收录这种文体。《文通》之前,徐师曾《文体明辨》有"义"体,其序题曰:

> 按字书云:"义者,理也。"本其理而疏之,亦谓之义,若《礼记》所载《冠义》《祭义》《射义》诸篇是已。后人依仿,遂有是作。而唐以前诸集,不少概见。至《宋文鉴》乃有之,而其体有二:一则如古《冠义》之类,一则如今明经之词(名曰经义),今皆录而辨之。②

从序题和选文可以看出,这里的"义"实含两种文体,一种为古义,是源于经学义疏的说理文,与科考无关,《文体明辨》录宋刘敞《致仕义并序》一篇;另一种才是作为八股前身的经义,《文体明辨》录宋张庭坚的《惟几惟康其弼直》《自靖人自献于先王》两篇。徐师

---

① 《四库全书存目丛书》集部第418册,第435页。
② 徐师曾《文体明辨序说》,人民文学出版社,1962年,第139页。

曾将这两种文体合而为一,且名之以"义",而非被视为八股另一常用名称的"经义",正说明"经义"作为科举考试文体,虽开始进入文体论家的视野,但还没有获得独立的地位,只好遮遮掩掩依附于其他文体中。朱荃宰的认识和态度与此完全不同。在《文通》"自叙"中,他提出,"文,时之为也,而变因焉,自羲、仓以迄大明,时也;自图、书以及经义,变也"①。也就是说,文章是时代的产物,随时代变化而变化。从伏羲、仓颉至大明,是历史发展的必然,从河图、洛书到经义,也是文体发展变化的必然,所谓"三代不能不秦汉也,汉魏不能不六朝也,六朝不能不三唐也,唐不能不宋元也",与此相应,"六经不能不子史也,三百篇不能不汉魏也,汉魏不能不近体也,宋之不能不词,元之不能不曲也,国家之不能不经义也"。② 既然经义是历史发展和文体演变的必然产物,自有其独特价值,那么,就该与其他文体一样,在整个文章谱系中占有一席之地,不必忽略、回避它,更不必鄙视、唾弃它。何况,在朱荃宰看来,"惟经义盛于我明,破承腹结,可以橐籥六经;四股八比,用能舞骖鸟道"③,内容上可阐发、鼓吹六经,艺术上体现了文章之至道,具有其他文体无可比拟的优越性。正因有此认识,才使《文通》明确将经义立为一体,从而在文体学著作中获得了独立的文体地位。这表现出作者过人的胆识,在文体学史上是一大贡献。因为,任何一种文体,只要它在历史上长期存在过,并对社会生活、士人心态和文章写作产生过广泛而深刻的影响,那么,从历史研究角度说,不管人们对它价值评判如何,如何厌恶、唾弃它,都有研究的必要,否则就是无视历史,否定历史,从某种意义上说,也是歪曲历史,这样,对历史的认识必然是不完整、也不客观的。《文通》将经义立为一体,纳入文体学研究视野,正是尊重历史的表现,并对后世文体学研究产生了积极影响。如

---

① 《四库全书存目丛书》集部第418册,第334页。
② 同上书,第336页。
③ 同上书,第335页。

清初编纂的大型类书《古今图书集成·理学汇编》中的《文学典》按文体分为诏命部、册书部、制诰部、笺启部、奏议部、颂部、赞部、箴部、骚赋部、诗部、乐府部、词曲部等48部,经义部也在其中;刘熙载作《艺概》六卷,文概、诗概、赋概、词曲概、书概、经义概各一卷,其中经义概专论八股体式及作法,且与文、诗、赋、词曲并列为一大类,其文体地位得到了前所未有的肯定。这些都不能不追溯《文通》的倡始之功。

在《文通》卷九"经义"条,作者以3000多字探讨经义文体,篇幅之长,在全书200多种文体的论析中,是绝无仅有的,充分体现出对这一文体的格外关注。关于经义文体的起源,朱荃宰认为,经学著述体裁及唐代明经科考对经义产生虽有些影响,但最直接的源头则是王安石定制以经义试士。其论曰:

> 《礼记》有《冠义》诸篇,唐取士有明经一科,而无其义。宋因之,不过试以墨书帖义。至王安石撰《周礼》《诗》《书》三经义,颁行试士,旧法始变。彼固欲以己说一天下士,高视一世。他如思退卖国之奸,止齐衰世之文,而至今仿之为鼻祖焉。经义可见者,《文鉴》所载张庭坚二篇,及杨思退、陈傅良者,皆深沉博雅,绝无骈俪之习,自是正始。而考古者止于国初,犹张博望穷昆仑为河源,此丘文庄所以叹科举之弊也。①

在关于八股起源的众多争议中,源于宋代经义考试是比较接近文体本质,也较为学术界普遍接受的观点。朱荃宰正持这种观点,并以宋人之作为正始之音,因其深沉博雅,文气高古,无骈俪之习,更无严格的八股定式。可见,朱荃宰对明代越来越程式化的八股颇为不满,他是以古文文风来观照八股的,这正体现出他独特的八股文体观。

《文通》在对经义文体的考察中,大量辑录了明人谈论八股的材料,如杜静台、冯修吾、袁黄、冯梦祯、冯常伯、宗履庵、李廷玑、陶石

---

① 朱荃宰《文通》卷九,《四库全书存目丛书》集部第418册,第478页。

簹、吴默、汤霍林、王锡爵等。这些人或为八股名家,或为科场得意者,总之,都是八股写作的行家里手,由他们来谈八股,自能得心应手,鞭辟入里。如引冯修吾之论曰:

> 今士之举于乡、会者,录其文,咸曰中式。所谓式者,举业之体格,犹匠氏之规矩也。匠氏不废规矩,而从木之曲直。文士不废体格,而从体之难易。曰栋,曰梁,曰柱,曰楹,曰椽,曰桷,岂惟不可移易,即分寸不合,非良工也。曰破,曰承,曰起讲,曰泛讲,曰平讲,曰过文,曰束缴,曰大小结,岂惟不可错杂,即气骨稍不比,非作手也。故破欲含,或断或顺,须含蓄而不偏遗;承欲紧,或束或解,须脱悟而不训释;起讲欲新,或对或骰,须见题而题不露;泛讲欲特,或承或挚,须露题而题不尽;平讲欲实,词出经典(余按:举业文字,只应用六经语,不应用子史语,此自是王制,违者便非法门——原注),令纯正而股必纡长;过文欲融,意会上下,令脱化而体不间隔;缴束欲健,或照应题中,或推开题外,令自尽而语有余思;小结、大结欲古,或引据经传,或自发议论,令精洁而言非注脚。此举业之上式也。①

八股考中者曰"中式",正强调了文体程式的重要性。破、承、起讲、过文、束缴、大小结等,每一构成要素,既要各安其位,不可移易,各要素之间,又当契合无间,浑然一体,如此方为上式。冯修吾还对八股行文如何达到上式,提出细致的要求,显为行家会心之谈,是研究八股文体的重要史料。而这段材料,其他典籍未见,赖《文通》得以保存,充分显示了此书的史料价值。事实上,朱荃宰将这些八股名家的谈艺之语汇为一编,加上自己的意见,再与《文通》卷二九"举业之陋"条合观,已构成一部初具规模的八股文话,是文体学史和文学批评史上最早对八股进行比较系统的研究,对后世《制义丛话》类著作的产生,有先导意义。

---

① 朱荃宰《文通》卷九,《四库全书存目丛书》集部第418册,第480页。

综上所述，《文通》在文体分类、文体论和文体史料的发掘、整理与利用上，一方面充分吸收传统文体学研究的成果，一方面又多有创新，集中体现了明代文体学集大成与新开拓并举的特色，是一部重要的文体学著作，应该得到文学史、文学批评史和文体学研究者更多的关注。

第二节 从《渊鉴类函》看清初文学与文体观

清康熙年间，张英、王士禛等奉敕编纂的大型官修类书《渊鉴类函》450卷，是清廷稽古右文的代表性成果，不仅在类书编纂史上影响深远，对于研究清初官方和主流文学思想、文体观念，也具有重要价值。

一、《渊鉴类函》的编纂体例和文献价值

《渊鉴类函》以明人俞安期《唐类函》200卷为基础，搜辑群书，增补史料扩展而成，故在内容、结构、编纂体例上都深受《唐类函》影响。对于《唐类函》，四库馆臣评价较高。《四库全书总目》卷一三八《唐类函》提要曰："此书取唐人类书，删除重复，汇为一函，分四十三部。每部皆列《艺文类聚》于前，而《初学记》《北堂书钞》《六帖》次之。取材不滥，于诸类书中为近古。"①称赞此书取材审慎，颇存古范。张英、王士禛等选择以此书为蓝本，编纂《渊鉴类函》，可见其学术眼光。全书分为天部、地部、岁时部、帝王部、后妃部、设官部、政术部、礼仪部、乐部、文学部、武功部、边塞部、人部、果部、花部、兽部等45部。这些部类及名称，基本沿袭《唐类函》43部，只是将《唐类函》中的药菜部拆分为药部和菜蔬部，另增设花部，总计为45部。每部之下，又分小类，形成二级类目。如武功部

---

① 永瑢等《四库全书总目》卷一三八，中华书局，1965年，第1173页。

24卷,分兵法、论兵、将帅、偏将、威名将、儒学将、军师、军旅、武、文武相需、讲武、田猎、耀武、训练、号令、谋策、料敌、征伐、军容、兵势、攻战、火攻、水战、车战、守备、拒守、险固、军门幕府、屯营、阵、骑、戍卒、烽候、斥候、军粮、军期、宗族从军、招募、愿从征伐、簿籍、军刑、致师、犒师、弭兵、伏兵、祭师、发军、先锋、向导、间谍、占候、务德、行惠、示信、有礼、军整、持重、禁暴、专命、军矫命、战死、示必死、单车入贼、军行险道、祥应、神助、军盛、追奔、俘获、受降、旋军、殿、献捷、军诈、疲兵、无备、不抚士、纵敌、劳人、将交恶、乞师、质子、救援、退散、败将、善败、剑、匕首、铗、斧钺、戟、矛、稍、殳、枪、棒、椎、枚、钩镶、刀、弓、弩、矢、牙、旌旗、旄、幡、麾、旒、毦、鼓、金钲、铙、鞭、铎、角、甲、兜鍪、盾、鞍、鞯、鞭、勒、镳、羁、障泥、珂、枥、鹿角、攻具等130多类。其中大部分类目沿袭《唐类函》,也有新增,如枪、棒、椎、枚、钩镶等。此外,帝王部增设御制、御笔等,职官部增设了许多唐以后才出现的职官名称,如殿阁总裁、大学士、提举国史、监修国史、经筵总裁侍读、侍讲、翰林院总裁、翰林学士承旨等。据统计,全书共有2749条二级类目,其中新增787条。如此繁多的类目,几乎穷尽相关领域器物、制度、人事活动、思想观念等方方面面的一切知识。这些知识,以部为经,以类为纬,经纬交织,构成了内容浩繁、体系严密的庞大知识谱系,体现了清代上层士人对当时世界认知的广度和深度。

《渊鉴类函》在部类设置上虽然主要继承《唐类函》,但在二级类目相关史料的编次上,则别出心裁,另起炉灶。其凡例曰:

> 原本《类函》以《艺文类聚》居一,《初学记》居二,《北堂书钞》居三,《白帖》等书居四,而以诗文殿之。今以释名、总论、沿革、缘起居一,典故居二,对偶居三,摘句居四,诗文居五。因所采编帙愈多,不可以书名为先后也。且派别支分,较之原本,弥觉井井。其第一条以《释名》《说文》《尔雅》居前,经史子集次之。典故以朝代为次序。对偶不拘朝代,但以工致相俪。若散

句或摘自序记,或采从诗赋,单词只句,务取华赡,以备览观。诗文亦各以体类补入。①

"原本《类函》"指《唐类函》。此书史料来源较为单纯,主要是唐代四大类书,故每个二级类目在史料编次上,主要依据文献来源分为五部分,一是《艺文类聚》,二是《初学记》,三是《北堂书钞》,四是《白孔六帖》等,五是采自文集的诗文作品。《渊鉴类函》极大拓展了史料来源,所采文献浩如烟海,无法再以某种书名来组织、编次材料,故二级类目根据文献内容和性质分为释名总论沿革缘起、典故、对偶、摘句、诗文五部分。这种分类,比单纯、机械地依据书名分类,显然更为合理。一方面,能提高读者学养,使读者对每个二级类目的命名、性质、起源、发展、变化等有系统认识,所谓"务使远有所稽,近有所考,源流本末,一一灿然"②;另一方面,又为士人学习写作、操觚为文提供了便利。凡例又曰:"是书以供诗赋之用,词尚风华,义资典核。"③明确表达了此书资于诗文写作的编纂宗旨。而典故、对偶、摘句三部分正是从使事用典、遣词造句、修辞润色等方面为士子提供语料和学习内容。诗文部分,则以结构完整的典范作品为习作者提供揣摩对象。这种从知识学养到字句修辞,到作品篇章的进阶模式,既符合文学学习和教育的一般规律,又体现了对诗文写作必备素养的认知,是一种精心设计、具有丰富的思想内涵和理论深度的编次体例,其优势是《唐类函》无法比拟的。

除了体例优势,《渊鉴类函》的文献价值,也远非《唐类函》所能企及。凡例曰:

> 原本《唐类函》,所载《艺文类聚》《初学记》《北堂书钞》《白帖》,旁及《通典》《岁华纪丽》诸书,此皆初唐以前典故艺文。

---

① 《渊鉴类函》卷首,《景印文渊阁四库全书》第982册,第9页。
② 永瑢等《四库全书总目》卷一三六《渊鉴类函》提要,中华书局,1965年,第1157页。
③ 《渊鉴类函》卷首,《景印文渊阁四库全书》第982册,第9页。

今自初唐以后,五代、宋、辽、金、元,至明嘉靖年止,所采《太平御览》《事类合璧》《玉海》《孔帖》《万花谷》《事文类聚》《文苑英华》《山堂考索》《潜确类书》《天中记》《山堂肆考》《纪纂渊海》《问奇类林》《王氏类苑》《事词类奇》《翰苑新书》《唐诗类苑》,及二十一史、子、集、稗编,咸与搜罗,悉遵前例编入。①

《唐类函》的史料来源,主要是唐代四大类书,旁及《通典》《岁华纪丽》诸书,所涉典故诗文,都出自初唐以前,初唐以后浩如烟海的典籍则付之阙如,故文献范围较窄,史料数量也非常有限。而《渊鉴类函》则将文献范围扩展、延伸到初唐之后,经五代十国、宋、辽、金、元,直至明嘉靖年间,这是此前任何一部类书都无法比拟的。至于征引史料种类、数量之繁富,除《永乐大典》外,无可比肩者。可惜《永乐大典》修成不久,尚未刊刻,正本即下落不明,副本和所据底本又因多次火灾和战乱,而不断散佚,无从窥其全貌。乾隆年间,四库馆臣搜罗散佚,辑得经、史、子、集著作385种,4946卷。因此,至康熙年间止,《渊鉴类函》无疑是规模最浩大、征引文献最丰富、史料价值最高的一部存世类书。其中最有新意、贡献最大的,是对唐以后浩瀚文献的搜集、整理和保存。康熙序称此书"自有类书迄于今,千有余年,而集其大成"②,颇有一览众山小的自负。四库馆臣也极力称扬《渊鉴类函》规模之巨、文献价值之高,认为《太平御览》虽为千卷,此书卷帙仅及其半,"然《御览》以数页为一卷,此则篇帙既繁,兼以密行细字,计其所载,实倍于《御览》,自有类书以来,如百川之归巨海,九金之萃鸿钧",乃"亘古所无之巨制"。③这显然是对康熙"集其大成"说的呼应。

---

① 《渊鉴类函》卷首,《景印文渊阁四库全书》第982册,第9页。
② 康熙《渊鉴类函御制序》,同上书,第2页。
③ 永瑢等《四库全书总目》卷一三六《渊鉴类函》提要,中华书局,1965年,第1157页。

二、从"文学部"看"文"与"学"

在《渊鉴类函》45个部类中,文学部位居第十三,其前有天部、岁时部、地部、帝王部、后妃部、储宫部、帝戚部、设官部、封爵部、政术部、礼仪部、乐部,紧随其后的是武功部、边塞部、人部、释教部、道部等。这种序次,大致可以看出文学部在古人社会生活和知识谱系中的地位。此部14卷,计有66个二级类目,分别为经典总载、周易、尚书、毛诗、春秋、礼记、史、书籍、帙、诵读、写书、藏书、校书、求书、载书负书、赐书、借书、文字、著述、文章(敏捷、叹赏附)、诏(敕附)、制诰、章奏、表、书记、檄、移、图、谶、符、诗、赋、七、颂、箴、铭、集序、论、射策、连珠、诔、碑文、哀辞、吊文、儒术(儒教、理学附)、劝学、善诱、讲论(谈并载)、名理、好学、博学、幼学、从学、同学、废学(不学附)、笔(笔架、笔格、笔床、笔匣、笔筒并载)、砚(砚匣、砚滴附)、纸、墨、策、简、牍(牒附)、札、刺、券契、封泥。这些类目,大致沿袭《唐类函》,而稍有调整,如改"礼"为"礼记",改"策"为"射策",改"碑"为"碑文",又在"儒术"条后附加"儒教""理学"二目。

综观"文学部"66目,内容较为庞杂,大体包含学术、文章以及与读书、问学、作文相关的人事活动和器物工具,可见编者心目中的"文学",并非狭义的文章和文章之学,而是泛指文章、学术及相关活动;"文学部"的内涵,略同于传统类书中的"艺文部"或"经籍部"。这种文学观,自然源于先秦两汉的儒学传统,似乎是一种较为守旧的观念。但对于康熙朝君臣而言,此观念并非只是简单、消极、被动地因袭传统,而是积极、主动的文教建设,体现了清初上层士人对文学史上重文轻学、重学轻文等风气的评判和抉择。

自先秦开始,儒家士人就形成了崇尚博学的传统。孔子年轻时即以博学闻名诸侯。兴办私学招收门徒后,总是不断勉励、引导弟子勤奋好学。颜回曾感叹"夫子循循然善诱人,博我以文,约我以礼,欲罢不能"①。子夏称:"博学而笃志,切问而近思,仁在其中矣。"②孟子谓:"人皆知粪其田而莫知粪其心。何谓粪心?博学多闻也。"③可见儒家把博学多闻作为培养君子人格的重要条件。其中颜回所谓"博我以文"之"文",与先秦时期的"文学""文章"等语词一样,主要指以儒家礼乐文化为核心的文化学术修养,当然也不排除狭义的"文学"所指向的文章藻采之义。汉代以后,随着儒家思想成为主流意识形态,崇尚博学之风长盛不衰,甚至提出"一物不知,君子所耻"④的论士标准。魏晋六朝,文学逐渐自觉。随着社会对诗赋辞章的推崇,文学逐渐摆脱对学术的依附,获得了独立的地位。士人开始有意识地区分"文"和"学",认为文学创作虽然需要一定的知识积累,但优秀作家更仰赖的是天赋、灵性而非博学。渊综广博、学富五车者很可能成为一流学者,但未必成为一流作家,历代博学而不善属文者比比皆是。钟嵘讥笑在诗歌创作中堆砌典故、卖弄博学的人为"虽谢天才,且表学问"⑤,俨然有重文轻学之意。因为在崇尚自然的六朝士人看来,基于自然天赋的文学创作,比基于后天勤奋、积累的学问,更加难能可贵;能文之士,也比博学之士更易获得社会声誉。隋唐时期,随着诗赋取士制度的建立,进一步强化了重文轻学之风,俗谚"三十老明经,五十少进士"⑥,表面看只是感慨两种科目难易悬殊,其深层则蕴含着由科举制度引发的"文贵于学"的价值判断,因为进士科主要考察诗赋创作,明经科只需经学知识和素养。宋代理学兴起。理学家以儒学嫡传自居,主张通过格物致知、正心诚意,总结、体悟出涵摄万事万物的"理",进而实现治

---

① 刘宝楠《论语正义》卷一〇《子罕》,中华书局,1990年,第338页。
② 同上书卷二二《子张》,第740页。
③ 李昉等《太平御览》卷六一二引,中华书局,1960年,第2753页。
④ 管辂《管氏地理指蒙》,齐鲁书社,2015年,第136页。
⑤ 钟嵘《诗品序》,钟嵘著,曹旭集注《诗品集注》(增订本),上海古籍出版,社2011年,第228页。
⑥ 王定保《唐摭言》卷一"散序进士"条,上海古籍出版社,2012年,第3页。

国平天下的儒家理想。在他们看来,文士耽于辞藻,空疏不学,浮华轻薄,既妨害心性修养,又无助于弘扬儒教、经济世务,故有"作文害道"之斥,彻底否定文学价值。"文"与"学"的对峙,空前激烈。明代八股取士,士人往往全身心揣摩经义,其他一切束之高阁,不但知识面空前狭窄,诗赋辞章也一窍不通,"文"和"学"都遭受了前所未有的戕害。至明代后期心学末流鼓荡天下,束书不观,游谈无根,进一步加剧了学风之空疏,辞章之学也日益衰落。

清初朝廷和士林对于明代学风、文风之弊病感受深刻,记忆犹新。《渊鉴类函》作为清代第一部大型官修类书,承担着稽古右文、改造学风和文风、重建主流意识形态的重任。《渊鉴类函御制序》曰:

> 朕几务余暇,博涉艺林,每揽一书,必尽其全帙,沉潜往复,既得其始终条理精义之所存,而文句英华亦常读之矣。尝谓古人政事、文章虽出于二,然文章以言理,政事则理之发迹而见远者也,岂仅以其区区文句之间,而可以自命为学术乎?自六朝乃有类书,而尤盛于唐,此岂非求之文句之间者哉?虽然,理之所寓于斯,萃焉弗可废也。①

可以看出,在"文"与"学"的关系上,康熙一方面喜欢赏玩"文句英华",而不像理学家那样排斥、否定辞章;另一方面又好探求文章著述中"始终条理精义之所存",俾娴于政事,经世济民,而不像文士那样耽于辞章,空疏不学,无补于世务。在他看来,溺于文句,不明事理,不可自命为学术。而要明理,必须读书问学。"文"与"学"相辅相成,相生相济,不可须臾睽离,更非势不两立。《渊鉴类函》正是本着这样的理念编纂而成的,故康熙称赞此书"于格物致知之功,修辞立诚之事,为益匪浅鲜矣"。"格物致知"主要指向学,"修辞立诚"主要指向文。两者的融合,成就了《渊鉴类函》在清初文教

---

① 《渊鉴类函》卷首,《景印文渊阁四库全书》第982册,第1页。

事业中的导向地位。正因如此,此书设"文学部",没有采用后世兴起的狭义的"文章之学"的概念,而采用了源于先秦两汉,文章、学术浑融未分的"文学"概念。在"文学部"二级类目的设置上,先以经典总载、周易、尚书、毛诗、春秋、礼记等目。这些早期的儒家经典,不仅是经学中最权威的元典,是历代儒士的知识底色,也是儒家文化背景下一切学术、文章的思想根柢,故高居"文学部"之首。五经之后,次以书籍、诵读、写书、赐书、校书、载书、借书、文字、著述等与读书治学密切相关的条目。在此之后,才是狭义的文学和文体条目,如文章、诏、制诰、章奏、表、书、记、檄、移等。而在这些文体类目后,又紧接着儒术、儒教、理学等条目,再次强调了儒家学说在文章、学术中的核心地位。而"儒术"条目后增附"儒教""理学"条,尤其意味深长。这一方面显示理学与儒学同源共脉,是传统儒学发展到宋代以后的产物,换言之,理学是特定时代的儒学。另一方面,随着理学思想逐渐成为宋代以后占统治地位的思想,在明清时期的知识谱系中,理学已有不可忽视的地位,故特增"理学"一目,附"儒术"条之后。

综观"儒术"条目的内容,传统儒学篇幅很少,而宋代以来理学家事迹及著述异常丰富。胡瑗、邵雍、程颢、程颐、张载、朱熹、吕祖谦、真德秀、吴澄、许衡,以及明代的宋濂、吴与弼、戴良、蔡清、薛瑄等理学家著述,都反复征引,其中频率最高的是朱熹,其次是二程。与此形成鲜明对比的是,关于王守仁的史料,一次也未出现。明代中期以来鼓荡天下、声势浩大的心学思潮,就这样被悄悄磨灭了。可见,《渊鉴类函》编者心目中的儒学,除了传统儒学外,最重要的是程朱理学一脉,而以王守仁为巨擘的心学一脉,则成为康熙朝君臣严防深拒的异端邪说,未能进入儒学统绪。故"文学部"中的"学",其首要和核心内容,是儒学,尤其是程朱理学;"文学"的内涵,虽然沿用孔门文章、学术浑融未分的观念,但已注入了全新的时代内容。稽古右文而以程朱理学为指导思想,正是康熙朝的基本文教理念。《渊鉴类函》的编纂及"文学部"的体例设置和内容采撷,都较好践行了这一理念,故深得康熙帝赞赏。张英、王士禛等编纂大臣,对此也颇为自负。《渊鉴类函进表》称此书"日星河岳,部次贵于精详;礼乐兵农,制度求其明备,以及禽鱼草木,罔不搜罗;道德性情,更加阐发,踵孔门文学之科,究历代图书之府","譬夫剪裁在手,集千縢而成裘,组织任心,瓣五丝以为采;庶几方名象数,幼学者展卷神开;理干文条,旷览者含毫色喜"。① 长期分裂、对峙的"文"与"学",在这部类书中实现了较好的融合。

三、文体疆域与文体观念

《渊鉴类函御制序》阐述类书编纂的意义曰:"昔者孔子之系《易》也,曰'方以类聚',又曰'本乎天者亲上,本乎地者亲下,则各从其类也'。于诸卦则曰:'其称名也小,其取类也大。'盖以天下古今事物之理,毕具于《易》,而《易》之为书,因理象物,因物征辞,以断天下之疑,而成天下之务者,各从其类以明之。然则类书之作,其亦不违于圣人立言之意欤?"② 从圣人经典中为类书编纂寻找合理依据,不仅出于经典的权威性,更因所引经典内容能正确指明"方以类聚"既是客观世界的存在规律,称名取类、以类相从自然也就是认识世界、掌握古今事物之理行之有效的方法。文学作品作为人类精神活动的产物,同样体现着"古今事物之理"。当类书编纂者涉及这一部分内容时,自然也会采用以类相从的原则与方法,从而为后人考察当时的文体分类、文体范围和文体观念提供独特而行之有效的视角。一般而言,类书的文体类目,集中在"艺文部""文学部"或"经籍部""杂文部"等主要记载诗赋辞章、学术文化的部类中。如《北堂书钞》"艺文部"录诗、赋、箴、连珠、碑、哀辞等15种文体;《艺

---

① 张英等《渊鉴类函进表》,《渊鉴类函》卷首,《景印文渊阁四库全书》第982册,第3页。
② 《渊鉴类函》卷首,《景印文渊阁四库全书》第982册,第1页。

文类聚》"杂文部"录史传、诗、赋、连珠、檄等9种文体;《玉海》"艺文部"录诗、赋、铭、奏疏、序等12种文体。总体而言,综合性类书的文体分类简括,类目较少。这是因为,在类书构建的知识谱系中,世间万物纷繁复杂,体例上只能粗略划分大部类,体现人们对当时最重要、最常用文体的集体认知,而不能像文体学专书那样尽可能搜罗一切文体;也难以在具体文类下再分小类,如诗分古诗、乐府、律诗、绝句、四言、五言、七言、杂言,赋分骚体、古赋、骈赋、律赋、文赋等,在文体学专著或文章总集中很常见,因为这体现的是专业领域的精深认知;而综合性类书体现的是非专业领域的社会集体意识和普遍知识,故对二级类目较少细致区分。

《渊鉴类函》"文学部"文体类目有诏、章奏、表、移、谶、诗、赋、七、颂、论、射策、吊文等24种。这个数量,与总集或文体学专著如萧统《文选》39种、吕祖谦《宋文鉴》59种、吴讷《文章辨体》59种、徐师曾《文体明辨》127种等相较,自然不算多。但与此前的类书相比,却已非常突出。这说明,在公共知识谱系中,文体疆域比前代已有较大拓展,对不同文体的区分也更为深入、细致,从而导致了文体类目的增长。尽管《渊鉴类函》"文学部"这24种类目,主要沿袭明人俞安期的《唐类函》,并非独创,然而,采纳这种分类,至少说明清初士人接受、认可明人的文体认知,否则,编者完全可以增删废立,甚至另起炉灶。

尽管《渊鉴类函》"文学部"的文体范围,与前代类书相比,有较大拓展,但主要还是在传统诗文范围的有限拓展,对于产生年代较晚而广为流行的新生文体,如词、八股、戏曲、章回小说等,基本采取视而不见的"默杀"态度。不但"文学部"没有设置相关类目,全书各大部类的总论、典故、对偶、摘句、诗文部分,也很少有相关作家、作品。以词为例。许多以词名家的词人,如李璟、晏几道、李清照、张炎、王沂孙、朱敦儒等,全书一次都未引录。有些词家虽曾入编,但并非以词人身份,也无关词作。如李煜、冯延巳、晏殊作为国君或宰相，虽然入编频率较高，但或纪其政事，或载其经历、逸闻，或录其诏令、章表、奏疏等，没有一次与其词作、词人身份、词学活动相关。又，韦庄作品被引 22 次，数量不算少，但全是诗，如《对雪》《闰月》《台城》《悼亡姬》《南省伴直》《送崔郎中往使西川行在》《饶州余干县琵琶洲……》等，没有一首词。而就文学史地位来说，韦庄词作影响显然大于诗作。与词家、词作的缺场相应，《渊鉴类函》对许多著名词集，如温庭筠《金荃集》、冯延巳《阳春集》、柳永《乐章集》、晏殊《珠玉词》、欧阳修《六一词》、王安石《半山词》、苏轼《东坡乐府》、周邦彦《片玉词》、李清照《漱玉词》、辛弃疾《稼轩长短句》等，都一无所涉。相关的词学知识，如最常见的词牌浣溪沙、忆秦娥、如梦令、一剪梅、沁园春、卜算子、鹊踏枝（蝶恋花）、喜迁莺、风入松、苏幕遮、采桑子、虞美人、渔家傲、阮郎归、满江红、念奴娇、水龙吟、鹊桥仙、南乡子、江城子、六州歌头、满庭芳、声声慢、瑞龙吟、水龙吟、凤凰台上忆吹箫等，也付之阙如。这种有着将近千年历史，自宋代以后在士人日常生活和文学创作中占据重要地位，且一直活跃至明清时期的重要文体，在《渊鉴类函》构建的知识谱系中，就这样被抹除殆尽。① 究其原因，词自产生之初，即被目为诗余或游戏之作，是不登大雅之堂的小道。北宋西昆派著名诗人钱惟演曾自称"平生惟好读书，坐则读经史，卧则读小说，上厕则阅小辞"②，足见其地位卑下，几近秽物。正因如此，"文章豪放之士，鲜不寄意于此者，随亦自扫其迹，曰谑浪游戏而已"③，流露出对这种新兴文体既喜爱又蔑视的矛盾心态。《渊鉴类函》之"扫其迹"，显然是继承了这

---

① 当然，《渊鉴类函》也并非完全未涉词作。如卷三二"地部·湖二"引柳永《望海潮》词句，卷二四七"人部·妾五"录苏轼赠柔奴《定风波》词，卷三七八"服饰部·枕三"引《山堂肆考》载晁以鹰《鹧鸪天》词句等，但都是偶然涉及，数量极少，相对于全书 450 卷的巨制，几如沧海微尘。

② 欧阳修《归田录》卷二，《宋元笔记小说大观》第 1 册，上海古籍出版社，2001 年，第 620 页。

③ 胡寅《向芗林〈酒边集〉后序》，《斐然集》卷一九，中华书局，1993 年，第 403 页。

种传统文体观。

  戏曲和章回小说的情况类似。《渊鉴类函》中没有收录关汉卿、王实甫、郑光祖、白朴、高明、邵灿、沈璟等著名戏曲作家的作品。丘濬贵为内阁首辅、文渊阁大学士、武英殿大学士,《渊鉴类函》载其修撰《英宗实录》《宪宗实录》《续修通鉴纲目》的事迹,又录其关系国政朝纲的章表奏疏以及标志理学名臣身份的《大学衍义补》,而未涉戏曲《五伦全备记》,哪怕这是宣扬封建伦理道德的典范作品。关于汤显祖材料有两条,一是卷二六一"人部·手二"引《明诗小传》"汤显祖,字义仍,生而有文在手"[1];二是卷三一七"释教部·戒律三"之"三衣法一钵歌"条引其诗句"寒守三衣法,饥传一钵歌"[2],只涉汤显祖作为诗人的事迹和佛教题材的诗作,与其戏曲作家身份和戏曲创作毫无干涉。事实上,戏曲史上的名作如《窦娥冤》《单刀会》《救风尘》《西厢记》《汉宫秋》《琵琶记》《荆钗记》《白兔记》《拜月亭记》《五伦全备记》《香囊记》《牡丹亭》《紫钗记》《南柯记》《邯郸记》等等,《渊鉴类函》都未涉及。至于章回小说作家及作品,如罗贯中《三国演义》、施耐庵《水浒传》、吴承恩《西游记》、兰陵笑笑生《金瓶梅》,所谓四大奇书,也踪迹全无。这种缺场,显然是一种有意味的形式,表现出对兴起于民间、由下层文人创作的通俗文学文体的轻视和排斥,体现了清初上层士人的文体价值观,即重传统诗文,轻词曲小说;重早期产生的高古文体,轻近世滋生的新兴文体;重雅体,轻俗体。这种文体观,与康熙后期开编、成书于乾隆年间的《古今图书集成》相较,表现得特别明显。此书《理学汇编·文学典》将古今各体文章分为 48 部,文体疆域有了进一步拓展。尤其值得关注的是,48 部中,特设经义部、词曲部,搜集并保存了大量与八股、词、戏曲相关的文体史料,体现出对后世新生文体、俗文体的接受和认可。同为大型官修类书,《渊鉴类函》的文体观更近传统而偏于保

---

[1] 《渊鉴类函》卷二六一,《景印文渊阁四库全书》第 988 册,第 576—577 页。
[2] 《渊鉴类函》卷三一七,《景印文渊阁四库全书》第 990 册,第 333 页。

守。其原因大概在于,此书编于立国之初,文教政策中确立正统、整饬观念、排除异端乃当务之急。而到了清中叶的乾隆时期,这一任务已经完成,故可以更开放、更包容的胸襟来接受更为丰富、复杂的文化遗产。

考察《渊鉴类函》的文体观念,"文学部·诗四"的材料值得特别注意。其中有三言、四言、五言、六言、七言、九言等条目,是从句式上对二级类目"诗"的细分。又有以时而论的建安体、正始体、太康体、元嘉体、齐梁体、南北朝体、唐初体、盛唐体、大历体、元和体、晚唐体,以人而论的苏李体、曹刘体、陶体、谢体、徐庾体、沈宋体、少陵体、太白体、元白体、东坡体、山谷体、王荆公体、邵康节体、杨诚斋体等等。这些三级类目,是编纂者新设的,名称虽沿袭严羽《沧浪诗话·诗体》,却体现了编者对文体内涵的另一种理解。此处之"体",显然不是体裁、体式,而是体貌风格。以时而论的,指向时代风格;以人而论的,指向作家风格。可见,编者心目中的文体,兼有形而下的体式体征和形而上的风格特征两种内涵。需要特别指出的是,明诗若干体,也为编者所采撷,如何李体、李长沙体、公安体、竟陵体①等。众所周知,随着明清易代和文学转型,清初士林兴起了对明代学风、文风的反思与批判,前后七子、公安派、竟陵派等所受诟詈最剧。《渊鉴类函》不随波逐流,在书中设置了相关条目,表明编者没有抹杀这些在明代文学史上曾经产生重要影响的文体和文派。这种尊重历史事实的理性态度,无疑值得肯定。

四、斟酌于唐宋之间

诗学史上的唐宋诗之争,自以苏、黄为代表的"宋调"形成之初即露端倪。至严羽《沧浪诗话》以禅宗"妙悟"说诗,标举兴象,推尊盛唐,批评宋人"以文字为诗,以才学为诗,以议论为诗"②,宋调日

---

① 《渊鉴类函》卷一九八,《景印文渊阁四库全书》第987册,第172页。
② 严羽《沧浪诗话》,中华书局,2014年,第23页。

渐消沉,宗唐之风蔚为元、明两代诗坛主流。尤其是明代前后七子崛起于文坛,以秦汉文、盛唐诗相号召,高倡宋无诗等论调,宗唐抑宋之风达到顶峰。明清之际,钱谦益痛诋七子派理论的偏执和创作的弊端,主张论诗不以时代为限,当转益多师、兼宗唐宋,打破了唐诗笼罩文坛的独尊地位。稍后钱陆灿、孙枝蔚、黄宗羲等呼应钱氏之论,进一步倡导宋诗。康熙十年(1671),吕留良、吴之振、吴自牧编刊的《宋诗钞》盛行于京师,有力促进了清代宋诗风的兴盛。许多作家,如汪琬、田雯、宋荦、邵长蘅、汪懋麟等,都由宗唐转向宗宋。宋调与唐音开始并驾齐驱,甚至渐有压倒宗唐之势。

《渊鉴类函》的编纂,正值文坛风气丕变之际。作为康熙朝右文政策的重要工程,必然对当时日趋激烈的唐宋诗之争作出反应。因为此书的编纂有"以供诗赋之用"的明确宗旨,学文路径、师法典范等是无可回避的问题。《四库全书总目》卷一三六《渊鉴类函》提要曰:

> 考《辍耕录》载赵孟頫之言,谓作诗才使唐以下事便不古,其言已稍过当。明李梦阳倡复古之说,遂戒学者无读唐以后书。梦阳尝作"黄河水绕汉宫墙"一篇,以末句用"郭汾阳"字,涉于唐事,遂自削其稿,不以入集。安期编次类书,以唐以前为断,盖明之季年,犹多持七子之余论也。然诗文隶事,在于比例精切,词藻典雅,不必限以时代。汉去战国不远,而词赋多用战国事。六朝去汉不远,而词赋多用汉事。唐去六朝不远,而词赋多用六朝事。今距唐几千年,距宋元亦数百年,而曰唐以后事不可用,岂通论欤?况唐代类书,原下括陈隋之季,知事关胜国,即属旧闻。既欲搜罗,理宜赅备,又岂可横生限断,使文献无征?是以我圣祖仁皇帝特命儒臣因安期所编,广其条例,博采元明以前文章事迹,胪纲列目,荟为一编,务使远有所稽,近有

所考,源流本末,一一灿然。①

《渊鉴类函》的编纂,以《唐类函》为基础。而《唐类函》的编纂,则深受七子派尊秦汉、重盛唐、不读唐以后书等观念的影响,史料来源以唐四大类书为基础,所涉文章、典故,则以先唐为主,偶涉初盛唐,中唐以后直至宋元明一概不录,故名其书曰《唐类函》。四库馆臣以隶事用典为例,痛斥七子派以时代论诗,抹杀唐以后文学发展和创新的理论弊端,批评《唐类函》受盲目崇古、厚古薄今思潮影响造成类书史料上的重大缺陷,盛赞康熙朝君臣破除宗唐、宗宋的成见,广搜博采唐宋以后的各类文献,修成具有集大成意义的《渊鉴类函》。就康熙本人来说,虽然推崇盛唐气象,但并不排斥宋诗。位列《渊鉴类函》四位总纂官之一的王士禛,是康熙年间的诗坛盟主,早年宗唐,中年入宋,晚年鉴于学宋流弊,又转向宗唐,"以清才救一般人宗唐之弊,以雅调救一般人学宋之弊"②,虽宗尚有变,但只是斟酌于唐宋之间,根据诗坛利弊调整诗学路径而已,从来没有否定宋诗的价值。事实上,在清代的唐宋诗之争中,即使是宗唐派如吴伟业、陈维崧、吴乔、陈恭尹、宋琬、朱彝尊等,都不像明人那样彻底否定宋诗,而是在理论上能认清七子派的弊端,肯定宋诗镕铸异质、求变创新的贡献,创作上往往宗唐而阑入宋调。这种转益多师、兼容并蓄的态度,在《渊鉴类函》中处处都有显著体现。

类书既是一种工具,也是一种典范。每类事物下所选的例文,应是编选者心目中与该事物或主题相关的典范之作。从这个角度看,有些类书略似于选本。以《渊鉴类函》卷三百四"人部·言志五"为例。此卷收录的是历代以"情志"为主题的诗歌。所录作品,汉魏六朝二十家诗,分别为傅毅《迪志诗》、仲长统《述志诗》、郦炎《见志诗》,曹植《矫志诗》《言志诗》、阮籍《咏怀》、嵇康《述志

---

① 永瑢等《四库全书总目》卷一三六,中华书局,1965年,第1157页。
② 郭绍虞《郭绍虞说文论》,上海古籍出版社,2000年,第158页。

诗》、何晏《言志诗》、张华《励志诗》、张翰诗、张协诗、释支遁《述怀》、史宗《咏怀》、谢灵运《忆山中》、谢惠连诗、鲍照《杂诗》、谢朓《冬绪羁怀示萧咨议虞田曹刘二常侍》、江淹《效阮公》、吴均《咏怀》、庾信《咏怀》、颜之推《古意》等。唐代十家诗，分别为魏徵《述怀》、崔日知《冬日述怀奉呈韦祭酒张左丞兰台名贤》、张九龄《述怀》、李白《书怀赠南陵常赞府》、杜甫《写怀》、元稹《纪怀赠李六户曹崔二十功曹五十韵》、独孤及《丙戌岁正月出洛阳书怀》、李商隐《咏怀寄秘阁旧僚二十四韵》、马戴《失意书怀呈知己》、崔涂《言怀》等。宋代四十家诗，分别为寇准《秋夜独坐勉友》、魏野《书友人屋壁》、王禹偁《酬种放征君》《谪居感事》《遣兴》、韩琦《后园闲步》、苏舜钦《离京后作》、张咏《幽居诗》、梅尧臣《闲居诗》、欧阳修《书怀》、林逋《湖山小隐》、孔平仲《和朱君况卜居》、王安石《寄曾子固》、陈师道《次属沈东老》《绝句》《和沈世卿推官见寄》、黄庭坚《次韵答柳通叟求田问舍之诗》、苏轼《和人见赠》《和归田园居》、郑侠《次韵知郡登高言怀》、王令《杂诗》、张耒《有感》《夏日杂感》、秦观《春日杂兴》、韩驹《元符戊寅与无敌弟卜居绵城东述情》、海康《书事》、沈与求《秋日闲居》、陈与义《寄若拙弟兼呈二家叔》《述怀呈十七家叔》《散发》、李觏《寄怀》、王炎《答黄一翁》、唐庚《直舍书怀》、张元幹《漫兴》、叶梦得《庚午正月七日自咏》《会稽旅舍言怀》《和白乐天写怀仍效其体》、朱熹《述怀》《卜居》《自述》、陈傅良《月夜书怀》、杨万里《云卧庵》、薛季宣《乡思》、楼钥《酒边戏作》、刘克庄《野性诗》《示儿》《示同志》、刘宰《得轩即事》、王阮《和贫士》、戴复古《感遇》、郑震《归去诗》、文天祥《涉世诗》、林景熙《述怀次柴主簿》、真山民《幽兴》等。可以看出，所录宋代作家数量不仅远超唐代，甚至超过汉魏六朝隋唐所有作家之和。当然，不能据此得出编者有宗宋抑唐的倾向。因为，某个朝代的作者可能更热衷于某种主题的创作，所存此类作品自然较多，不是所有部类都是宋人占绝对优势。但综合《渊鉴类函》全书统计，宋代确实超过唐代，此其一。

其二,每个部类所录作品,都是编者心目中某种主题的优秀甚至典范之作,可供读者学习揣摩之用。《渊鉴类函》宋诗数量如此之多,至少说明了海纳百川、兼包并容的立场,没有刻意贬抑、遮蔽宋诗。这是无可置疑的。

后人诟病宋诗的一个重要口实,是以议论为诗,甚至出现了邵雍《击壤集》这样以阐发儒家伦常、性理为主题的理学诗。《渊鉴类函》对此类诗并不排斥,多有收录。如卷一九二"文学部·周易三"引邵雍《闲行吟》:"否泰悟来知进退,乾坤见了识亲疏。"①卷一九二"文学部·周易五"录邵雍《乾坤吟》:"用九见群龙,首能出庶物。用六利永贞,因乾以为利。四象以九成,遂为三十六。四象以六成,遂为二十四。如何九与六,能尽人间事。"②卷一九二"文学部·周易五"录朱熹《易诗》:"立卦生爻事有因,两仪四象已前陈。须知三绝韦编者,不是寻行数墨人。"③卷二六八"人部·贤五"录朱熹《感兴》诗:"颜生躬四勿,曾子日三省。中庸首谨独,衣锦思尚䌹。伟哉邹孟氏,雄辩极驰骋。操存一言要,为尔挈裘领。丹青著明训,今古垂焕炳。何事千载余,无人践斯境。"④此类作品,用理学术语演绎理学思想,毫无美感可言,只是押韵的讲义,完全背离了吟咏性情、比兴寄托的古典诗歌传统。收录此类作品,一方面可能基于清初理学立国的政策,一方面也体现了对宋诗最大程度的包容。除理学诗,宋诗还有一个特点,即题材琐细、语言通俗化,与唐诗的气质高华、风姿绰约形成鲜明对比。《渊鉴类函》收录了不少此类作品。如卷三八九"食物部·馒头二"录陆游《食野味包子戏作》诗,同卷"面二"条引陆游《朝饥食齑面甚美戏作》诗;卷三九八"菜蔬部·菜蔬五"录宋杨万里《菜圃》诗;卷四三六"兽部·猫四"录黄庭

---

① 《渊鉴类函》卷一九二,《景印文渊阁四库全书》第 986 册,第 823 页。
② 同上书,第 826 页。
③ 同上书,第 826 页。
④ 《渊鉴类函》卷二六八,《景印文渊阁四库全书》第 989 册,第 20 页。

坚《乞猫》诗、《谢周元之送猫》诗;卷四四六"虫豸部·蝇五"录梅尧臣《蝇诗》、杨万里《秋蝇》。这类题材,前人可能入笔记、小说,很少入诗,而宋人则于诗中津津乐道。又,前人诗中即使偶尔涉及此类题材,也往往通过用典、借代、譬喻等修辞手法,使作品雅化,宋人则摇笔即来,不避俚俗。如杨万里《晒衣诗》:"亭午晒衣晡襞衣,柳箱布幞自携归。妻孥相笑还相问,赤脚苍头更阿谁。"①题材、意趣、遣词造句,都充分日常化、口语化、通俗化,是宋诗范式的重要表征。《渊鉴类函》的大量收录,体现了对宋人开拓诗歌题材、丰富诗歌审美意蕴的受容。面对唐宋诗之争,康熙君臣没有出奴入主、宗唐废宋的偏激,而是在肯定唐诗经典地位的同时,肯定宋诗的特质、意义及其在诗歌发展史上的贡献。《渊鉴类函》大量征引、收录宋诗,不但提高了宋诗的地位,促进了宋诗的接受、传播和经典化,也为清中期镕铸唐宋、兼师唐宋思想的普遍流行打下了坚实基础。

第三节 《古今图书集成·文学典》的文学与文体观

清陈梦雷编纂、蒋廷锡校订《古今图书集成》是一部规模宏阔、征引丰富、结构严谨、体例完备的大型综合性类书,是古代类书编纂的集大成之作,对于保存和研究中国传统学术,具有无可替代的作用。此书编纂始于康熙三十九年(1700),至雍正四年(1726)完成修订,历时20余年。全书共10000卷,目录40卷,字数约1.6亿字,图片10000余幅,引用文献达6000多种,是我国现存规模最大的类书,保存和收录了大量经、史、子、集的典籍。就编纂体制而

---

① 《渊鉴类函》卷三七三"服饰部·衣服五",《景印文渊阁四库全书》第992册,第193页。

言,该书虽然对前代类书有所借鉴,又重新发凡起例,架构出更为精密的知识体系。其汇编、典、部及下列各项编排经纬交织,且条理清晰。在《进〈汇编〉启》中,陈梦雷提及受皇子胤祉之命:"三《通》《衍义》等书详于政典,未及虫鱼草木之微;《类函》《御览》诸家,但资词藻,未及天德王道之大。必大小一贯,上下古今,类列部分,有纲有纪,勒成一书,庶足大光圣朝文治。"①可见此书旨在建构一种古代中国人大至"天德王道"微至"虫鱼草木"的对于自然与社会巨细无遗、包罗万象的知识体系。全书分为"历象""方舆""明伦""博物""理学""经济"六汇编,每汇编之下再分若干典,共计 32 典。每典之下再分若干部,全书共计有 6117 部。汇编、典、部这三级分类通常被称为《古今图书集成》的"经目"。每部之下,大致又分汇考、总论、图、表、列传、艺文、选句、纪事、杂录、外编等 10 个细目,称为"纬目"。文学知识、文体观念是这个经纬交织的知识体系的重要组成部分。

一、从《文学典》看"文学"观念与地位

《文学典》属于《理学汇编》,共 49 部,具体又可以分为"文学总部"(1 部)与"文体分部"(48 部)两大部分。从中可以看出,编者力求全面而系统地收录文学各个方面的文献,其体制编排与资料摘录方式反映出编者对文学家、文学批评、文本形态、相关制度等方面史料的认识,也反映出编者的文学观念。在此基础上,可以讨论《文学典》隐在的文学观念。

纵观历代综合性类书,为"文"专设部类者不少,其名称不尽相同。如《北堂书钞》称"艺文部"、《艺文类聚》称"杂文部"、《初学记》《太平御览》称"文部"、《事物纪原》称"经籍艺文部"、《玉海》称"艺文部"、《事文类聚》称"文章部"。不过,这些部类所收内容相当

---

① 陈梦雷《松鹤山房文集》卷二,《续修四库全书》第 1416 册,第 38 页。

宽泛,远非在文章学的范围之内。如《北堂书钞·艺文部》有易、春秋、好学、读书、笔、纸、砚、墨等目。《艺文类聚·杂文部》有经典、谈讲、读书、史传等目。《初学记·文部》有经典、史传、文字、讲论、笔、纸等目。《太平御览·文部》有史传、笔、墨、砚、纸等目。《事物纪原·经籍艺文部》有论语、孝经、印板、巾箱、文字、音韵等目。《玉海·艺文部》有论语、孝经、经解、小学、论史、诸子等目。以上所举诸书"文"部之目,与今人"文学"内涵相距颇远。

《渊鉴类函》与《古今图书集成》是两部编纂时代相近的大型类书,最有可比性。《渊鉴类函》以明代俞安期《唐类函》为基础扩展而成。《唐类函》仅载唐代诸书,《渊鉴类函》则博采广收,自初唐至明嘉靖年间止,所有类书及二十一史、子、集、稗编,咸与搜罗,依例编入。俞书分 43 部,《渊鉴类函》扩充为 45 部,部下再分类。四库馆臣对于《渊鉴类函》评价很高,以为"自有类书以来,如百川之归巨海,九金之萃鸿钧矣。与《佩文韵府》《骈字类编》皆亘古所无之巨制,不数宋之四大书也"①。

《渊鉴类函》"文学部"与《古今图书集成》"文学典"同称为"文学",但内容差异很大。《渊鉴类函》所分 45 部,"文学部"排列第十三,处于"乐部"之后,"武功部"之前。"文学部"分为 14 类,详见上一节列举内容。《渊鉴类函》所设"文学部","文学"的内涵非常宽泛,与传统类书中"艺文部""经籍部"大致相类。从第一部"经籍总载"到第四部"文字、著述",从第十部"儒术、劝学、善诱"到第十四部的"纸、墨"都与狭义的"文学"基本没有关系。

比较一下《古今图书集成·文学典》和《渊鉴类函·文学部》的内容,其差异是非常明显的。可以说,《渊鉴类函·文学部》差不多等于《古今图书集成》的"理学汇编"。《渊鉴类函·文学部》中的"经典总载""文字、著述""儒术""博学""纸、墨"等内容,在《古今

---

① 永瑢等《四库全书总目》卷一三六《渊鉴类函》提要,中华书局,1965 年,第 1157 页。

图书集成》中被分别放到《经籍典》《学行典》《字学典》等部类中。相比《渊鉴类函·文学部》而言,《古今图书集成·文学典》更集中在传统的文章学领域中,其内容大致就是文学批评、文学家与文体学几大部分了。

在中国古代,"文学"内涵在不断发展,具体语境不同,内涵也就产生变化。从《古今图书集成·文学典》所收文献来看,编者心目中的"文学"内涵虽是源于先秦儒学经典的"文",但其主体部分,却是独立于经籍、学行、字学之外的文章之学。《文学典》的内容较为纯粹,更接近现今的文学观念与文学范畴。《古今图书集成·凡例》谈到文学典时说:"文以载道,其绪余也,故《文学》又次之。"①然而蒋廷锡上表谓《文学典》:"惟天地之元音,至文章而挥发,故缘情体物,不厌雕镂,征事属词,无妨绮丽。始则本原六籍,既乃泛滥百家。相如多扬厉之篇,子云有覃精之作。散行骈体,固可兼收,只句单词,亦堪吟玩。矜连城之白璧,握径寸之骊珠,不徒纂组为工,实亦性灵攸托。"②《文学典》的"文学"虽有"文以载道"之任,实际上则多是"缘情体物"之作。编者心目中的"文学",就在于形式上"纂组为工"之美,而内容上则有"性灵攸托"之妙,应该是比较狭义的文章概念了。"始则本原六籍,既乃泛滥百家。"虽然强调文学在理学知识体系之中,文本于经,但重点又是后代文学性强的作品。

从《文学典》所称的"文学名家"也大致可以看出其"文学"观念。"文学"这个概念,先秦时代所取比较宽泛,最早见于孔门四科之说,指"文章博学"。《论语·先进》曰:"德行:颜渊、闵子骞、冉伯牛、仲弓。言语:宰我、子贡。政事:冉有、季路。文学:子游、子夏。"邢昺疏:"若文章博学,则有子游、子夏二人也。"③在《文学典》中言

---

① 陈梦雷编纂,蒋廷锡校订《古今图书集成》第1册,中华书局、巴蜀书社,1985年,第14页。
② 同上书,第9页。
③ 《十三经注疏》整理委员会编《论语注疏》,北京大学出版社,2000年,第160页。

偃(子游)、卜商(子夏)二人列于《文学名家列传》之首,意即取此,表现出文学源于儒学之意。《文学典》还把邹衍、庄周、墨翟、韩非等先秦诸子,左丘明、公羊高、穀梁赤等著史传经的学者列为"文学名家",也显然是承"文章博学"之意而来。不过,从屈原、宋玉开始,"文学家"的内涵越来越接近近世以来的文学家概念,即文章之士。从总体来看,《文学名家列传》中 4000 多名"文学家"主要还是指文章之士,反映出《文学典》的"文学"观念始于儒学而独立于文章学的历史过程。

《古今图书集成·凡例》谈到《文学典》内容则说:"盖文各有体,作者亦各有擅长,类别区分,各极文人之能事而已。"①编者强调它收集文献与体制编排重点就是文体、文人与文章。与前文所举其他类书所设立"文"部相比,可以看出,《文学典》的"文学"概念是比较集中而单纯的,更典型地反映中国古代后期定型的杂文学或者文章之学及其文体观念。这是《古今图书集成》与其他以前类书最大的差异。

类书不像一般的文学总集或诗文评著作,比较直接地表现作者或编者的文学观念,但类书又有独特的优长之处,其典目设立、内容编排与选择可以反映出编者对文学在整个社会生活与知识体系中所占地位的认识。《古今图书集成》全书分为"历象""方舆""明伦""博物""理学""经济"六汇编,有意识构成一个严密的、有内在联系的知识体系:"法象莫大乎天地,故汇编首'历象'而继'方舆'。乾坤定而成位,其间者人也,故'明伦'次之。三才既立,庶类繁生,故次'博物'。裁成参赞,则圣功王道以出,次'理学''经济',而是书备焉。"②《文学典》属于"理学汇编",据蒋廷锡的上表所说,"理学汇编"的编纂宗旨与内容是:"盖凡往圣精微之理,先儒实践之修,春华

---

① 陈梦雷编纂,蒋廷锡校订《古今图书集成》第 1 册,中华书局、巴蜀书社,1985 年,第 20 页。
② 《古今图书集成·凡例》,同上书,第 13 页。

秋实之各擅其长,考古宜今之有适于用,莫不备于是编矣。"①"理学"之得名,似受宋明理学影响,但又比较宽泛,指人文义理及其践行之学。《古今图书集成·凡例》曰:

> 理学汇编其典四。一曰经籍,二曰学行,三曰文学,四曰字学。理莫备于六经,故首尊经籍。学成行立,伦类判矣,故学行次之。文以载道,其绪余也,故文学又次之。书契之作,典籍之权舆也,故字学亦及之。②

《古今图书集成》体系严密,其典目的次序安排明显体现了价值序列。在"理学汇编"之中,依次为"经籍""学行""文学""字学"。《文学典》的内容按《古今图书集成·凡例》所言:"《文学典》,在'经籍'之外。盖文各有体,作者亦各有擅长,类别区分,各极文人之能事而已。而《列传》则总之为'文学名家',虽尊之'艺术'之上,而不遽许之为圣贤,人可以知所重矣。"在儒学体系之中,"文以载道",在"理学"体系中,"文学"处于"经籍""学行"之下,"字学"之上,"文学名家"的地位虽然高于"艺术",但绝不能称为"圣贤"。就《古今图书集成》所展现的中国传统社会知识谱系中,"文学"所处位置与地位是十分直观、清晰的。

二、文体分类与辨体观念

辨体是中国古代文学批评与文学创作的传统与原则,这种原则也清晰体现在《古今图书集成》之中。《文学典》总49部,其中48个部类为文体部类,辨体在《文学典》中的重要性与分量是不言而喻的。在历代综合性类书"文部"中,《文学典》为文体所设的部类是最多的,以下列举数种以资比较:

> 《北堂书钞·艺文部》:诗、赋、颂、箴、连珠、碑、诔、哀辞、吊

---

① 《古今图书集成》第1册,中华书局、巴蜀书社,1985年,第10页。
② 同上书,第13—14页。

文、诏(敕附)、章、表、书记、符、檄；

《艺文类聚·杂文部》：史传、集序、诗、赋、七、连珠、书、檄、移；

《太平御览·文部》：诗、赋、颂、赞、箴、碑、铭、铭志、七辞、连珠、御制、诏、策、诰、教、诫、章表、奏、劾奏、驳奏、论、议、笺、启、书记、诔、吊文、哀辞、哀策、檄、移、露布、符、券契、铁券、过所、零丁；

《事物纪原·经籍艺文部》：诗、五言、七言、律格、联句、唱和、次韵、赋、论、策、议、赞、颂、箴、连珠；

《玉海·艺文》：诗(歌附)、赋、箴、铭、碑、颂、奏疏、策、论、序、赞、经；

《事文类聚·文章部》：诏(制、表附)、露布、檄(移文附)、箴、铭、颂(赞附)、诗、赋、连珠、判；

《渊鉴类函·文学部》：诏(敕附)、制诰、章奏、表、书记、檄、移、图、谶、符、诗、赋、七、颂、箴、铭、集序、论、射策、连珠、诔、碑文、哀辞、吊文。

《文学典》卷一至卷一三六为"文学总部"，卷一三七至卷二六〇为分体史料。共有"诏命"（诏、命、谕告、玺书、赦文）、"册书""制诰"、"敕书"（敕、敕榜、御札）、"批答""教令""表章"（表、章、致辞）、"笺启"、"奏议"（奏、奏疏、奏对、奏启、奏状、奏札、封事、弹事、上书、议、谥议）、"颂"、"赞"（赞、评）、"箴"（箴、规）、"铭"、"檄移"（檄、移、关、牒、符）、"露布"、"策"（策问、策）、"判"、"书札"（书记、书、奏记、启、简、状）、"序引"（序、序略、引）、"题跋""传""记""碑碣""论""说""解""辩""戒""问对""难释""七""连珠"、"祝文"（祝文、祭文、瑕辞、玉牒文、盟）、"哀诔"（诔、哀辞、吊文）、"行状"、"墓志"（墓志铭、墓碑文、墓碣文、墓表）、"四六""经义""骚赋"（楚辞、赋、俳赋、文赋、律赋）、"诗"（古歌谣辞、四言古诗、五言古诗、七言古诗、杂言古诗、近体歌行、近体律诗、排律诗、绝句诗、六言诗、拗体、和韵诗、联句诗、杂句诗、杂言诗、杂体诗、蜂腰体、断弦体、隔句体、偷春体、首尾吟体、盘中体、回文体、仄句体、叠字体、五仄体、双声叠韵体、杂韵诗、杂数诗、杂名诗、离合诗、风人体、诸言体)、"乐府"、"词曲"(诗余)、"对偶""格言""隐语""大小言"、"文券"(铁券文、约)、"杂文"(杂著、符命、原、述、志、纪事、说书、义、上梁文、文)共 48 部 124 卷。《文学典》各种文体的篇幅差异极大,如"诗部"共 45 卷,包括汇考、总论、艺文、纪事、杂录等纬目,而不少文体部类则只有一卷。48 部类并不全是单一文体,不少部类包括了两种以上的文体形态,实际上 48 部类涉及的文体总数近 140 种,不仅远远超过了其他综合性类书的文体分类,比之许多总集所收录的文体种类也毫不逊色。①

《文学典》文体部类的纬目编排大致如下:汇考、总论、艺文、纪事、杂录、选句、外编,但并不是所有文体都有这些纬目。在这些纬目中,汇考、总论、艺文三纬目有比较高的文体学理论文献价值,而纪事、杂录、选句、外编则对于研究古代各体文章发展史有重要的参考价值。其中最重要的是汇考与总论。

按《古今图书集成》体制,"汇考"本欲明"一事因革损益之源流,一物古今之称谓,与其种类性情及其制造之法"②,《文学典》中的各文体也不例外。"汇考"重点在于"考",其史料来源非常广泛,经、史、子、集皆可收录,但重点在于考释文体源流、文体名称、文体制度与形态。在追溯文体渊源时,先秦经典往往是文体史料的首要来源,《文学典》不但引用经典,还征引历代的经注,这反映出《古今图书集成》"文本于经"的思想。在考察文体名称时,许慎《说文解字》、刘熙《释名》等小学著作亦多被采录。在考察文体制度时,则

---

① 比如,明代徐师曾所编的《文体明辨》选入 121 种文体的作品,已是古代文体分类最为细密的总集之一了,所涉文体种类仍少于《文学典》。
② 《古今图书集成凡例》,《古今图书集成》第 1 册,中华书局、巴蜀书社,1985 年,第 14 页。

更多利用史籍。以《诏命部·汇考》为例，该部收录《周礼》的《天官·大宰》《春官·大祝》《内史》《外史》及注释以追溯文体渊源；收录《史记·秦始皇本纪》、刘熙《释名·释典艺》、蔡邕《独断·诏书》以考释文体名义；收录《隋书》的《礼仪志》《百官志》、《唐会要》"黄麻纸写诏"、李肇《翰林志》"诏书纸色"条以考释文体制度。《文学典》非常重视文体与历代典章制度、礼仪制度的关系，收录了大量典章制度文献，体现出一种新的研究理念。同时《汇考》收录了大量的文体形态、文体的文本格式，对于研究文体的原始语境与实物形态提供了丰富的文献，尤其是实用性文体，如《表章部·汇考》收录《明会典》的"表笺""表式"，《大清会典》的"表式"等，详细记载了明清两代表章的具体样式；《奏议部》收录《明会典》的"奏启题本格式""奏本式""题本式"、《大清会典》的"题奏本式"，具体地描述了奏议文本的篇幅、大小、疏密、行数、字数以及姓名、抬头等格式，为文体学研究提供了与书写载体融为一体的鲜活的文本样式。又如《奏议部·汇考》引《明会典》《大清会典》对奏本、题本的用纸格式以及书写字画的要求；《敕书部·汇考》引陆游《老学庵笔记》言"元丰新制""署敕不著姓"。《檄移部·汇考》引《明会典》中各级官府的公移体式和写作格式。《制诰部·汇考》引《宋史·职官志》备载宋徽宗时文武官制诰用"绫纸"及"褾带网轴等饰"的等级、形制种类，记载了文体书写与文体功用相关的物质载体形制。

"汇考"所收以经史文献为主，内容多为相关制度的考订，而"总论"所收以诗文评文献为主，主要是历代评论家对各文体发展演变规律、创作方法的归纳总结，大都有较高的理论性。《文心雕龙》文体论诸篇分别归入《文学典》25 个文体部类的"总论"，《文学典》31 部收入吴讷《文章辨体》序题，43 部分别收入《文体明辨》中的文体序题。从全书看，《文心雕龙》与《文章辨体》《文体明辨》这三部最有代表性的文体学著作,已悉数收录在《古今图书集成》之中。①

《文学典》在文体史料之分类、编排与选录中,体现出一些值得注意的辨体观念。

（一）文体次序与文体价值。在中国古代的文体谱系中,文体排列的次序往往暗含着编纂者对文体价值高下的判断。六朝至宋,许多总集编选体例采用《文选》诗、赋居前的文体分类模式。《文选》以赋、诗、骚、七先于诏、册、令、教、策、表等文体,宋人开始对此有不同看法。宋陈仁子撰《文选补遗》"以为诏令,人主播告之典章;奏疏,人臣经济之方略。不当以诗赋先奏疏,矧诏令？是君臣失位,质文先后失宜"②。故《文选补遗》以"诏诰"置于书首。《三国志文类》分诏书、教令、表奏、书疏、谏诤、戒责、荐称、劝说、对问、议、论、书、笺、评、檄、盟、序、祝文、祭文、诔、诗赋、杂文、传等23门,把诏书置于各文体之首,体现了以王权政治为本位的文体价值秩序,具有强烈的政治色彩。自唐以来,类书文体分类的排序大致有两种不同方式,一是以诗、赋居前,实用文体居后,如《北堂书钞·艺文部》《太平御览·文部》《玉海·艺文》等;一是以实用文居前,诗赋居后,如《艺文类聚·杂文部》《渊鉴类函·文学部》。《古今图书集成·文学典》以诏、册、制、敕及表、奏等实用性文体为先,以诗、赋居后,文体部类的排列次序大致遵循以下潜在规则与文体价值谱系:按文体应用场合尊卑的次序排列;按作者身份的高低排列;按语体先笔后文的次序排列。从其文体排序来看,明显以实用文为先,其中又以帝王的下行文为先,表现出重视实用性文体与尊卑有别的正统的文体思想。

---

① 《四库全书》对吴讷《文章辨体》与徐师曾《文体明辨》评价很低,皆列入"存目",而正编只收入贺复徵《文章辨体汇选》,《古今图书集成》基本收录了《文章辨体》与《文体明辨》的所有序题,而不录《文章辨体汇选》。《文章辨体汇选》在文体学学术史上的价值确远不及《文章辨体》与《文体明辨》。在此问题上,四库馆臣的眼光逊于《古今图书集成》的编纂者。

② 赵文《文选补遗·序》,《景印文渊阁四库全书》集部第1360册,第3页。

（二）对"纯文学"与"俗文学"文体的重视。这与上述"重视实用性文体"的传统观念似乎矛盾，但又是统一的。如果我们从文体史料内容的编纂比例来看，《文学典》体现出某些新的文体观念：对抒情文体、俗文体这些近代以来被视为"纯文学"文体表现出相当的重视。在《文学典》的文体48部中，诗、词、曲、赋所占分量最大，其中骚赋6卷、诗45卷、乐府8卷、词曲14卷，这几类文体所占的分量已超出《文学典》总量的一半以上。《文学典》"词曲部"中收录大量杂剧史料，在古代类书中罕见。在传统文体价值序列中，词、曲地位低于诗文，曲的地位又低于词，叙事性的戏曲地位又低于抒情性的散曲。此前综合类的文体学著作，几乎都不重视词、曲，尤其是戏曲，如《文章辨体》《文体明辨》就没有收录戏曲。在《古今图书集成》之前的类书，也没有专门为戏曲立目。《古今图书集成》特设"词曲部"，"曲"的内涵，包括了散曲与戏曲，其中收录了大量的戏曲史料。如卷二四八词曲"汇考"六收录了"群英所编杂剧共五百六十六本，元五百三十五本，内无名氏一百七本，娼夫十一本"①。记载了元杂剧作者与剧作，卷二五六"词曲部·杂录二"又收录不少杂剧史的记载与评论，对于研究戏曲史颇有价值。《古今图书集成》重视戏曲文体文献，一方面真实地反映出元明以来文坛的实际情况，另外或许和清代前期最高统治者比较重视戏曲、肯定戏曲教化作用有一定的关系。当然，我们不可据此而过高评价《文学典》对于俗文学的认同。若综合起来看，《文学典》对于俗文学文体虽然有所重视，但还是不够的。比如在《文学名家列传》之中，并没有收录戏曲家。② 而《文学典》没有为小说专门设立部类，表现出编者对小说文体的忽视或轻视态度。

---

① 《古今图书集成》第64册，中华书局、巴蜀书社，1986年，第78126页。
② 按《文学典》卷八六《文学名家列传》虽然收入王和卿，并附有关汉卿，但重点只是其散曲《咏大蝴蝶》和关汉卿的友善与雅谑。所以实际上，元代戏曲大家关汉卿、白朴、马致远、郑光祖、王实甫诸人都未被《古今图书集成》当作"文学名家"。

(三)独特的分类。《文学典》有关文体的 48 部类涉及的文体总数近 140 种,其中"四六部""对偶部""隐语部""格言部""大小言部"几个部类的设置和体例与其他以功能命名的文体部类有所不同,它们是根据其修辞特色或文体形态特点来命名的。历代类书总集极少设置这些文体类别,《文学典》专门为它们设立部类,比较敏锐地反映出宋明以来文体的新发展,实有创意,同时也出现一些问题。

1."对偶"与"隐语"。对偶、隐语本是古代许多文体所共有的修辞方式,早在先秦时期就被广泛使用。魏晋以来文学批评,亦有所论及。《文心雕龙·谐讔》已提到"君子嘲隐,化为谜语"。《文心雕龙·丽辞》在讨论骈文时涉及对偶问题,谓:"夫心生文辞,运裁百虑,高下相须,自然成对。"然人们有意识地大量创作对联、谜语则是到了宋代才开始的,诗文评亦论及对联与谜语,一些应用写作类书和民间日用类书亦有所收录。① 明清时期,对联谜语更加盛行,一些文集开始收录此类文体的作品。如明代徐渭的《徐文长逸稿》就收入"对联灯谜诸作",叶秉敬《叶子诗言志》收入"杂录对联偶语",清代上官铉的《诚正斋集》、张贞生《王山遗响》、熊赐履《澡修堂集》都收入"联语"。《文学典》设立"对偶""隐语"部类,正是在文体分类学上对当时流行的对联、谜语的肯定与反映。

2."格言"。格言的语言形态起源很早,到了宋代,格言成为文人有意识创作的文体。明清时代清言、箴言作品大量出现,晚明清言往往只是片言只语的随感录,却是深思熟虑的人生经验或人生哲理的思考,与格言是一致的,如明代沈周《客座新闻》、陈继儒的《读书镜》《岩栖幽事》《安得长者言》、太室山人(徐学谟)《归有园麈

---

① 刘应李《新编事文类聚翰墨全书》后戊卷九"杂题门"即收入上流社会与民间社会三教九流各种场合的对联,相当有趣。如"眼科"的对联是"妙手扫开云雾翳,举头喜见日星明","帽行"的对联是"一举手中俱了当,万人头上着工夫"。

谈》等,都被《文学典·格言部》收录了。① 除了专门汇集格言的著作外,明清人也开始将其格言作品与诗文并置于文集中,如清初毛奇龄撰《诰赠翰林院侍讲学士高公崇祀乡贤主阴事状》中云高厚"所遗诗二卷、文一卷、格言一卷"②,将格言与诗、文并置。《文学典》为格言单立文体部类,体现了编者对这种文体的关注与重视。

3."大小言"。大言、小言自其产生之初就以诗赋等文体为载体,历代作品本来不多。徐师曾《文体明辨》"诸言体"条说:"自宋玉有《大言》《小言赋》,后人遂约而为诗。诸语、诸意,皆由此起。"③《文体明辨》在"诙谐诗"之下有"诸言体""诸语体""诸意体"。这种文体的特点就是极度夸张与谐趣,所以徐师曾以之归入"诙谐诗"。但是此类作品体兼诗赋,旁及谐语,不是诗歌文体所能包括的,故编者以此类文体的修辞特征共性而立体,专列"大小言部"。"大小言"与许多文体相比,显得琐细,但如果从哲学的角度来看,"大言"与"小言"不仅是一种修辞方式,它还有特别而重要的哲学意蕴,反映出古人对于宏观世界与微观世界的理解。④

4."四六"。严格来讲,"四六"并非一种具体文体,而是一种可广泛使用于不同文体的语体。历代兼收众体的文章总集,极少有设置"四六"一体的。《文心雕龙》以骈偶为《丽辞》置于"剖情析采"的下篇而非"论文叙笔"的上篇,没有把骈偶当作具体的文体看待。关于"四六"的文评,至唐宋以后始盛。《文学典》专立"四六部"一卷,反映出唐宋以来四六文盛行的情况,是无可厚非的。然编者将"四六部"置于"墓志部"与"经义部"之间,以"四六"为与诸体相并列的文体,似有不妥。"四六部"的位置,宜与几种语体或修辞为特征的文体部类相邻。另外,"四六部"既无"汇考",也无"总部",所

---

① 参考吴承学《论晚明清言》,《文学评论》1997 年第 4 期。
② 毛奇龄《西河集》卷一一一,《景印文渊阁四库全书》第 1321 册,第 227 页。
③ 吴讷《文章辨体序说》,人民文学出版社,1962 年,第 163 页。
④ 参看吴承学《中国古代文体学研究》,中华书局,2022 年,第 7—8 页。

以"四六"的内涵颇为含糊。在该部的"艺文"中,也只选有李商隐的两篇文集自序与刘克庄的一篇跋,又相当简单,略嫌随意。

5."经义"。自北宋熙宁年间实施以经义取士,"经义"就成为与文人命运相关的重要文体,但是文章总集或别集基本不收录此类科举文字,①各种类书的文体部分,亦罕有涉及。《文学典》新设"经义部",虽然经义不等于八股,然而《文学典》"经义部"重点是八股文。这在文体学上反映出八股在明清两代所受的重视。此部重点收集了一些明清八股文渊源与体制、八股理论与八股技法的重要文献,为研究明代八股文提供了相当重要的材料。这些文献的选择与收录,也体现出编者的八股文史观。如历来对八股文文体的渊源说法甚多,②但《文学典·经义部·汇考》首则引《宋史·神宗本纪》载熙宁四年(1071)二月丁巳朔,罢诗赋,以经义论策试进士。明确以宋代考试文体为八股文的渊源,而不采其他说法。

由于《永乐大典》的散佚,《古今图书集成·文学典》是现存最为丰富的中国古代文体史料库,是文体学史料的集大成者。《文学典》对48个文体部类之间的划分和排列次序反映出各文体之间的相互关系,而各种文体的功用特征和文本形态特征又通过文献的编排来展现。《文学典》不仅是对我国古代文体论的全面总结,也体现了编者对各文体特征的认识和文体分类观念。48个文体部类与《文学总部》分别构成了《文学典》中两个相对独立却又相辅相成的体系。

但是,由于《文学典》篇幅巨大,在文体分类与史料选录方面不免瑕疵。对此,前文讨论中已有所涉及。又如在中国古代"杂文"或"杂著"种类繁多,相当复杂,而《文学典·杂文》一卷颇显草率。虽然分了汇考、总论、纪事、杂录数纬目,但都非常简单,如"汇考"一

---

① 吕祖谦编《宋文鉴》卷一一一收入两篇"经义",《文体明辨》卷四六有"义"一体,有所涉及,亦收入《宋文鉴》所收两篇经义文,见《四库全书存目丛书》集部第312册,第93页。但这种情况相当少见。

② 参看吴承学《中国古代文体形态研究》第十章"明代八股文"第一节"从八股文起源诸说看其文体特点",中山大学出版社,2000年,第174—187页。

目,只收《释名》数语。而"总论"纬目,收录《文心雕龙·杂文》《文章辨体·杂著》与《文体明辨》之杂著、符命、原、述、志、纪事、说书、义、上梁文、文诸体题序。按:《文体明辨》之符命、原、述、志、纪事、说书、义、上梁文、文诸体与杂著相提并论,彼此之间并无附属关系,而《文学典》以诸体皆列入"杂著",确为少见。当然,"杂著""杂文"自六朝以来,并无定体,何为"杂文",可见仁见智,但文体分类,应有前后统一性,其中如"义",乃为"经义"之"义",属于考试文体,《文体明辨》卷四六"义"体,下有"经义"之目,并收录宋代张庭坚两篇经义。① 而《文学典》卷一八〇至卷一八二即为"经义部",故"义"之一体,宜置"经义部"中。又如"问对部·艺文"只收三首诗词:明僧来复的《主上于奉天门赐坐焚香供茶午就赐斋问以宗门大意首以灵山付嘱继以迦叶感化为对喜赋诗以献》和宋方岳的《哨遍·问月》《哨遍·月对》,虽有些别出心裁,但所选作品在"问对"体中代表性不强,显得随意。②

三、从《古今图书集成》看康熙年间的文化与文学风气

《古今图书集成》始于私修,主要成于陈梦雷一人之力。他在康熙四十五年(1706)所写的《告假疏》中已谓"此书规模大略已定"③。另外,陈梦雷《进〈汇编〉启》自谓:"不揣蚊力负山,遂以一人独肩斯任。谨于康熙四十年十月为始,领银雇人缮写。蒙我王爷殿下颁发协一堂所藏鸿编,合之雷家经史子集,约计一万五千余卷。至此四十五年四月内书得告成,分为汇编者六,为志三十有二,为部六千有零。"④可见《古今图书集成》全书框架设计、材料去取,甚至资料筹备,都是陈梦雷"独肩斯任"的。尽管如此,该书却不是代表陈梦雷一己

---

① 《四库全书存目丛书》集部第312册,齐鲁书社,1997年,第92页。
② 这个问题可参考吴讷《文章辨体》、徐师曾《文体明辨》之"问对"部分及选文。《文体明辨》卷四三"问对"收入柳宗元《晋问》、韩愈《对禹问》、柳宗元《愚溪对》等作品。
③ 陈梦雷《松鹤山房文集》卷一,《续修四库全书》1416册,第33页。
④ 同上书卷二,第38页。

之知识,而是代表集体意识与普遍知识,甚至也代表当时社会主流文化意识形态。此书编纂毕竟是奉皇子胤祉之命,得到其支持与裁定后又经集体修订补充,得到康熙赐名、雍正制序,故笔者认为始于私修的类书《古今图书集成》虽与纯粹官修的丛书《四库全书》体制不同,然在代表当时社会主流文化意识形态方面,两书性质是有一致之处的。

康熙、乾隆并称盛世,其政治、文化乃至文学风气则有差异。康熙、乾隆以来文字狱大兴,然两朝对于文人思想文化钳制的程度有所不同,也有其发展过程。另一方面,康熙与乾隆年间主流社会的审美风尚亦处于演变之中。这种微妙的政治、文化差异也反映到图书编纂上。《古今图书集成》编纂于康熙年间,《四库全书》编纂于乾隆年间,前后相差五六十年之久,然皆代表各自时代主流的意识形态,其政治目的首先都在于表明"文治"之功。不过,在不同具体时段中,由于政治风气、文化政策不同,两部巨制对于文献的态度与处理方式上也有变化。当然,类书与丛书的性质完全不同。类书求全,宽于去取;丛书求精,严于抉择。两者之间实难以强加比较。不过,当我们把审视的眼光集中到对待同一文献对象的态度时,两部巨制之间仍具有一定可比性。

首先,《古今图书集成》收录的许多著作在编修《四库全书》过程中却成了禁毁或存目书籍,其中最典型的例子是钱谦益的著作。①《古今图书集成》大量收录钱谦益的作品,仅《列朝诗集》作家小传就被引录近千次,②《文学典·总论》收录的明代作家传记部分则以钱谦益《列朝诗集》的作家小传为主。而在《四库全书》中,钱谦益则成为最典型的抨击与禁毁对象,所有涉及钱谦益的文字都必须毁弃,而《列朝诗集》也是受攻击的主要对象。《四库全书总目》

---

① 关于《四库全书》禁毁书,可参考中国第一历史档案馆编《纂修四库全书档案》,上海古籍出版社,1997年;姚觐元编,孙殿起辑《清代禁毁书目·补遗 清代禁书知见录》,商务印书馆,1957年;吴哲夫《清代禁毁书目研究》,台北,嘉新水泥公司文化基金会研究论文,第164种,1969年。

② 本节的统计数据采自北京爱如生数字化技术研究中心研制的《中国类书库》。

卷一四八"集部总叙"："大抵门户构争之见，莫甚于讲学，而论文次之。……至钱谦益《列朝诗集》，更颠倒贤奸，彝良泯绝，其贻害人心风俗者，又岂鲜哉？"①又《四库全书总目》卷一九〇《明诗综》提要："至钱谦益《列朝诗集》出，以记丑言伪之才，济以党同伐异之见，逞其恩怨，颠倒是非，黑白混淆，无复公论。"②可以看出四库馆臣对于钱谦益与《列朝诗集》的极端厌恶之情。钱谦益的《列朝诗集》《牧斋初学集》《牧斋有学集》皆为《四库全书》禁毁书籍。

这并非偶见现象。又如被《古今图书集成》收录而被《四库全书》禁毁的晚明著名文集，就有钟惺《隐秀轩集》、袁宗道《白苏斋类集》、袁宏道《潇碧堂集》、袁中道《珂雪斋集》、焦竑《澹园集》、陈继儒《白石樵真稿》《晚香堂集》《眉公诗钞》等。③两书这种强烈的差异与类书、丛书体例之别并无直接关系，主要原因是受到各自时期政治文化风气的影响。

其次，《古今图书集成》与《四库全书》对待晚明文学文献的态度迥异。《古今图书集成》收录晚明文学文献甚多，其中有代表性的人物陈继儒的著作如《群碎录》《枕谭》《安得长者言》《岩栖幽事》《虎荟》《妮古录》《书画史》《见闻录》《书蕉》《狂夫之言》《太平清话》《辟寒部》《偃曝谈余》《销夏部》《珍珠船》《读书镜》《香案牍》《逸民史》《书画金汤》《读书十六观》等都被征引，而且征引频率极高。④而在《四库全书》中，除了陈继儒《白石樵真稿》《晚香堂集》被列入禁毁之外，《四库全书总目》著录陈继儒著作31种，均入存目，无一正选。四库馆臣对晚明文风极为排斥，并对陈继儒的著作

---

① 永瑢等《四库全书总目》卷一四八，中华书局，1965年，第1267页。
② 同上书卷一九〇，第1730页。同为明诗总集，四库馆臣痛贬钱谦益《列朝诗集》而力捧朱彝尊《明诗综》，此非公论。两书之异同优劣，可参容庚《论〈列朝诗集〉与〈明诗综〉》，载《岭南学报》第11卷第1期，1950年1月。
③ 集部之外，这种情况也相当多，如《古今图书集成》收录的屈大均《广东新语》、陈继儒辑《通纪会纂》皆为《四库全书》所禁毁。
④ 如引《珍珠船》358次、《太平清话》243次、《读书镜》128次、《书蕉》106次。

大加贬斥,基本持否定态度,其批评大概着眼于三点:一是浅陋,如评《妮古录》:"议论殊为浅陋。"①二是粗率,如评《书蕉》:"随笔札记,颇无伦次。"②评《笔记》:"取杂事碎语,钞录成帙,略无伦次。"③评《珍珠船》:"既病冗芜,亦有讹舛。"④评《见闻录》:"叙次丛杂,先后无绪,仍不出其生平著述潦草成编之习。"⑤评《虎荟》:"漫为牵缀。"⑥三是纤佻,如评《岩栖幽事》:"词意佻纤,不出明季山人之习。"⑦在文学方面,四库馆臣对陈继儒的批评,多是与批评晚明小品习气有关。如《书画史》提要说陈继儒所著的《书画金汤》:"尤不脱小品陋习,盖一时风尚使然也。"⑧《张氏藏书》提要说:"明之末年,国政坏而士风亦坏。掉弄聪明,决裂防检,遂至于如此。屠隆、陈继儒诸人不得不任其咎也。"⑨《四库全书总目》把陈继儒看成当时的士风与文风也即所谓的晚明习气的代表性人物。《四库全书》极端鄙视晚明文风,大肆刊落晚明文学文献,既有政治上的导向,也有审美上的原因,但与丛书体例关系不大。

最后,《古今图书集成》以理学为旨归,而《四库全书》馆臣更推崇汉学。受汉学影响,四库馆臣治学相当严谨,在文献方面讲求目录版本与考据之学,成就远在《古今图书集成》之上。如《古今图书集成·格言部·杂录》引"林逋《省心录》",按《省心录》即《省心杂言》,《四库全书总目》卷九二《省心杂言》提要据《永乐大典》考出此书作者并非林逋,乃宋初李邦献所著。⑩ 又如,《古今图书集成·经

---

① 永瑢等《四库全书总目》卷一三〇,中华书局,1965年,第1115页。
② 同上书卷一二八,第1105页。
③ 同上书卷一三二,第1127页。
④ 同上书卷一三二,第1127页。
⑤ 同上书卷一四三,第1224页。
⑥ 同上书卷一一六,第1005页。
⑦ 同上书卷一三〇,第1115页。
⑧ 同上书卷一一四,第976页。
⑨ 同上书卷一三四,第1137页。
⑩ 同上书卷九二,第779页。

义部·汇考》"附王安石《经义式》",收录王安石"经义"六篇。王安石与经义考试制度关系密切,但《古今图书集成》所收王安石《经义式》,在文献来源上存在一些疑点。俞长城编次的《一百二十名家全稿》略早于《古今图书集成》①,也收入王安石经义 10 篇。可见,关于所传王安石的经义文其真实性是康熙年间知识界比较普遍的共识。但是,四库馆臣对此提出疑问。《四库全书总目》卷一八九《经义模范》提要云:"康熙中,编修俞长城尝辑北宋至国初经义为一百二十家稿,然所录如王安石、苏辙诸人之作,皆不言出自何书,世或疑焉。"②明确对王安石等经义作品表示审慎的存疑态度。其实,《古今图书集成》所收王安石"经义"六篇系后人所编写或以八股文形式去改写王安石《论议》而成的。③ 所以《古今图书集成》收录王安石《经义式》确是有问题的。四库馆臣对于世传王安石经义文的存疑比《古今图书集成》的无疑而录显然更为严谨,也更有眼光。

《古今图书集成》与《四库全书》对于文学类图书的不同态度与处理方式,某种程度上反映出从康熙年间到乾隆年间文化与文学风气的转变:在文化上逐渐走向专制,力排"违碍"。在审美价值观上体尚宏大,痛贬佻纤放诞。在文学批评标准与批评尺度上则更为严厉,甚至苛刻。在文学文献与史料的辨析和考据上,则更为审慎和精严。

综上所述,《古今图书集成》成书于清代,从上古至清初的资料尽在收录范围之中。④ 其内容广博,体系细密,可称历代类书之集大

---

① 《一百二十名家全稿》卷首有张希良序,其落款署"康熙己卯孟冬朔日楚黄年眷弟张希良顿首拜题",可见其成书不迟于康熙三十八年(1699)。
② 永瑢等《四库全书总目》,中华书局,1965 年,第 1716 页。总纂官纪昀在《嘉庆丙辰会试策问五道》之四也就此发问:"经义始宋熙宁。传于今者,惟《刘左史集》载十七篇,《宋文鉴》载一篇,《制义模范》载十六篇而已。坊刻有王安石、苏辙等经义,果有所传欤,抑伪托欤?"(《纪晓岚文集》卷一二,河北教育出版社,1995 年,第 1 册,第 270—271 页)这里所谓"坊刻有王安石、苏辙等经义",应指《一百二十名家全稿》所录。
③ 参考黄强《八股文与明清文学论稿》第六章"附录"《现存宋代经义考辨》,上海古籍出版社,2005 年,第 221 页。
④ 《古今图书集成》亦采录部分清初文献,如《康熙字典》《日知录》《经义考》等。

成者。在中国古代文学与文学批评研究领域,其价值尚未得到应有的重视。纵览《古今图书集成》全书,可以更清晰地认识在中国古人心目中,文学在整个社会生活中的地位以及文学与社会生活其他方面的联系。《古今图书集成·文学典》在现存历代类书文学部类中,不但分量是最大的,其"文学"内涵也最接近现今的文学概念。它在编排方式、分类体系与文献选录中体现出编者对文学、文人、文章、文体等问题的认识。可以说,《古今图书集成·文学典》就是一部文学批评、文学史与文体学的史料集成。它以类书的特殊方式,某种程度上体现出清代康熙年间主流社会的文学观念与风气。

(本节由吴承学执笔)

第十一章　明清戏曲文体论

　　明代戏曲,继承金元杂剧而进一步发展,作家辈出,作品林立,主要体式包括杂剧和传奇两大类。杂剧代表作有朱有燉《仗义疏财》、刘东生《娇红记》、王九思《杜子美沽酒游春》、康海《中山狼》、徐复祚《一文钱》、孟称舜《桃花人面》、吕天成《齐东绝倒》、陈与郊《文君入塞》、王衡《郁轮袍》、冯惟敏《不伏老》、徐渭《四声猿》等。其中不少作品打破了元杂剧"一本四折"和"一人主唱"的惯例,体制上发生了引人注目的变化。传奇主要从宋元和明初南曲戏文发展而来,又融合了北曲声腔和元杂剧精华,与杂剧相比,篇幅较长,一本两卷、分出标目,结构形式固定,审美趣味越来越趋向文人化、案头化。明初邱濬《五伦全备记》、邵璨《香囊记》,明中叶李开先《宝剑记》、梁辰鱼《浣沙记》、王世贞《鸣凤记》等,是明传奇早期和中期的代表作。万历年间,汤显祖《牡丹亭》等问世,标志着传奇艺术和明代戏曲创作的高峰。随着戏曲创作和演出的发展,戏曲理论与批评也兴盛起来,涌现出朱权《太和正音谱》、魏良辅《南词引正》、徐渭《南词叙录》、沈璟《南九宫十三调曲谱》、王骥德《曲律》、吕天成《曲品》、沈德符《顾曲杂言》、凌濛初《南音三籁》、祁彪佳《远山堂曲品》《远山堂剧品》、沈宠绥《度曲须知》、沈自晋《南词全谱》等大批戏曲批评著作。入清之后,戏曲创作和理论都继续保持发展趋势,吴伟业《秣陵春》、尤侗《钧天乐》、朱素臣《十五贯》、李玉《清忠谱》、李渔《笠翁十种曲》《闲情偶寄》、洪昇《长生殿》、孔尚任《桃花扇》、张坚《玉燕堂四种曲》、唐英《古柏堂传奇》、蒋士铨《红雪楼九种曲》、黄图珌《雷峰塔传奇》,以及徐于室辑、钮少雅订《南曲九宫正始》、吕士雄等《南词定律》、周祥钰等《九宫大成》,等等,充分体现了清代戏曲创作水平和理论成就。戏曲文体的文体渊源、体性体征及其产生、发展、嬗变等问题,都得到了充分讨论和阐发,丰富、拓展了古代文学和文体学的理论成果。

第一节 戏曲著作凡例与戏曲批评

明清时期戏曲著作如百卉千葩,争奇斗艳。其中许多著作与明清经、史、子、集四部典籍一样,卷首缀以标举科条的凡例,既介绍编刊体例,又开展戏曲批评,具有重要的戏曲理论价值。

一、明清戏曲著作凡例概况

明清时期是古代图书编纂体例高度成熟和完善的时期。著述重发凡起例,成为这个时期的普遍学术风气。明文澍《武陵志后序》:"余惟纪述必谨凡例。凡例定则条序章而区类不紊,夫然后可以垂永永。"①曹学佺《周易象通序》:"一书之成,必有凡例。"②清章学诚《报黄大俞先生》:"今长者欲论次其书,宜先定为凡例。"③韩梦周《理堂文集》卷一:"凡例者,著书之纪纲也。凡例明则体要得,大义彰,惩劝昭。凡例不明,则前与后殊词,首与尾异法,戾书体,乖名义,丛疑起争,著书之旨晦矣。"④此类议论,在明清人的著作中俯拾皆是。在他们看来,不论著书作文,还是读书论文,明凡例都是首要条件。正是这种自觉意识,使明清图书编纂中撰写凡例蔚为风气,其"数量之多、内容之丰富,反映了人们对于凡例的高度重视,反映了古代图书编撰规范化的发展趋势,它是我国古代图书编撰日渐

---

① 陈洪谟纂修《(嘉靖)常德府志》卷一八,《天一阁藏明代方志选刊》第56册,上海古籍书店,1982年,第52页。
② 曹学佺《石仓文稿》卷一,《续修四库全书》第1367册,第824页。
③ 章学诚著,仓修良编注《文史通义新编新注》,浙江古籍出版社,2005年,第634页。
④ 韩梦周《纲目凡例辨》,《理堂文集》卷一,《清代诗文集汇编》第367册,第16页。

成熟的一个重要标志"①。

　　明清著述撰写凡例风气之盛,不仅体现在传统的经史子集著作中,也蔓延至素为正统儒士所轻视的戏曲著作中。笔者粗略翻检明清时期创作、编纂或刊刻的单种杂剧、传奇、选本及曲律、曲谱、曲论等著作,得凡例120余篇,虽远非全部,但足见数量之多。在这百余篇凡例中,明代有40多篇,清代70多篇。这种差距,是由清代戏曲著作的绝对数量多于明代而造成的。至于凡例的作者,大致可分两类,一类为作品编撰者本人,如明黄正位《新刻阳春奏》凡例末署"尊生馆主人漫语","尊生馆主人"为黄正位之号;清张坚《怀沙记》凡例末署"洞庭山人又笔","洞庭山人"即张坚自称。另一类为作品的刊刻者,如明《重校题红记》凡例末署"秣陵陈大来录梓",《清晖阁批点玉茗堂还魂记》凡例落款署"著坛主人张弘毅孺父谨识",陈大来、著坛主人皆为相关剧作的刊刻者。

　　明清戏曲著作凡例的数量虽比不上序跋,但从总体看,所包含的信息远比序跋丰富。序跋多简介撰述缘起或概括性评价作家、作品,同时往往以简洁而抒情的笔调寄寓作者的某种情怀,带有显著的辞章色彩;而凡例多以平实的说明性文字介绍著述内容和编纂体例,蕴含着与作家、作品相关的大量信息,同时往往以议论性文字阐发自己的学术思想和文学观念。明王骥德《新校注古本西厢记》自序称:"若编摩之概,与诠释之指,并见凡例中,序不能悉。"②可见凡例有许多"序不能悉"的内容。清李文瀚《银汉槎》自序假托客之口斥责其"顾为此离奇光怪之文以骇俗",作者答曰:"亦非也。予特有望于天心默转,胥百世而享海晏河清之福。吾侪小臣,得以悠游于尧天舜日中,弄笔墨以当歌舞,借丝竹以奏升平。是则予谱传奇之

---

① 曹之《中国古籍编撰史》,武汉大学出版社,1999年,第557页。
② 王骥德《新校注古本西厢记》卷首,《续修四库全书》第1766册,第4页。

初意,而他何计焉。子如不释,可以览凡例而忖度予心。"①明确以"凡例"作为揭示创作宗旨、表白作者心迹的渠道。故序中有不尽之意,"可以览凡例而忖度予心"。对凡例这种表达功能的认识,明清时期极为普遍。它表明,凡例已成为一种活跃的文学批评体式,并获得了独立的文体地位,故李东阳《怀麓堂集》、程敏政《篁墩文集》、章学诚《文史通义》等都收入多篇这种文体,而清末吴曾祺《涵芬楼古今文钞》立"例言"之体,王兆芳《文体通释》立"例"之体,则说明凡例已进入文体学家的研究视野。

与通常的凡例相似,明清戏曲著作凡例多置卷首,位于序跋和目录、插图之间,以排比科条的形式,说明该著作的主要内容、撰述宗旨、编纂体例等,体制灵活,长短不拘,全视著述内容而定。由于戏曲著作性质不一,有单个作品、选本、曲谱、曲律、曲评等区别,故其凡例尽管都表达曲学思想,特色和价值则各有侧重。如单个作品的凡例往往有广告性质,重在介绍题材来源、剧情梗概、角色设置、情节安排、体制结构等,以便迅速吸引读者的阅读兴趣,故篇幅往往比较短小,语言也多简明扼要,通俗易懂,其价值主要体现在戏曲文学史上。至于曲选,性质与诗文选本相似,具有择优汰劣的批评功能,故其凡例多表现出鲜明的理论立场和思辨色彩。如张楚叔《吴骚合编》凡例第四则:"词场佳句多矣,然于曲体及用韵混乱者,虽美不贵。"②体现了格律派的曲学观。锄兰忍人《玄雪谱》凡例称,"传奇不拘新旧,不循虚名,惟以情词美恶为去取","何敢执旧谱而为之赘疣也"③,是典型的文辞派曲学观。可以看出,选本凡例是选家鼓吹戏曲理论的重要载体,具有较高的戏曲文学理论和批评价值。曲谱、曲律凡例重在阐发戏曲格律,其价值主要体现在戏曲音乐理论

---

① 李文瀚《银汉槎》卷首,《傅惜华藏古典戏曲珍本丛刊》第91册,学苑出版社,2010年,第293—294页。
② 张楚叔《吴骚合编》卷首,《续修四库全书》第1743册,第573页。
③ 锄兰忍人《玄雪谱》卷首,《善本戏曲丛刊》第4辑第50册,台北,台湾学生书局,1987年,第17、19页。

上。由于曲律深奥精微,难以在短小篇制中论述透辟,再加曲谱、曲律著述主要是为填词家提供格律依据,而非直接面对普通读者,较少考虑大众接受问题,因此,其凡例语言更为严谨、专业,篇制也多长于单个作品、选本的凡例。如周祥钰等《新定九宫大成南北词宫谱》卷首有"南词宫谱"凡例 16 则,"北词宫谱"凡例 17 则,计 5000 余字。王正祥《新定十二律京腔谱》凡例 27 则,近 10000 字,详论京腔的起源、发展、流变,以及宫调、曲牌、联套、腔格、犯调、板眼、滚白、引尾、平仄、押韵、衬字等,可谓关于京腔格律的长篇专题论文。由于篇幅长,内容复杂,有些曲谱、曲律的凡例,每则还拟有标题,以醒读者眼目,如徐于室、钮少雅《南曲九宫正始》凡例 13 则各立标题,依次为"论备格""论定韵""论审音""论用字""论增灭""论句读""论核实""论检讹""论订正""论引证""论寻真""论阙疑""论衬字"等。沈自晋《重定南词全谱》凡例立 10 题,分别为"遵旧式""禀先程""重原词""参增注""严律韵""慎更删""采新声""稽作手""从诠次""俟补遗"等;每题之下,各有若干则,总计 24 则。24 则后,又有《重定南词全谱凡例续记》4 则。这种包含两个层级,并在正篇后加续记的凡例形式,在明清众多凡例中非常独特,显示了其内容的丰富性和复杂性。

二、从凡例看戏曲的大众文化属性

明清戏曲作品凡例在形式上,虽与诗文著作凡例一样,都以排比科条的方式揭示著述宗旨、编撰体例,但语言更为朴实、明晰,表述更为提纲挈领、要言不烦,较少诗文著作凡例常见的长篇大论,体现出一种立足于大众的传播观念。从文化品位看,传统诗文是雅文学的代表,其创作和阅读主要出于精神需求,而戏曲是俗文化兴起的产物,作家和读者之间除了精神交流外,还有更为重要的经济关系。这种文学生产、消费关系的差异,造成了戏曲创作、传播上迥异于诗文的特性,并在凡例撰写中表现出来。

明清时期,许多单种杂剧、传奇凡例往往详载作品篇制、书写款式、版本特征等,这在诗文、小说凡例中很少见到。其原因在于,戏曲具有场上搬演性质,作品的真正完成需要读者、演员、观众等的共同参与才能最终实现。这使作家的创作在刊刻、上演过程中常遭遇多次"再创作",其内容被大量增删改写,从而丧失了原貌,如"《西厢记》一书,刻者无虑数十家,大都增改原文十之四五"①,"今《长生殿》行世,伶人苦于繁长难演,竟为伧辈妄加节改,关目都废"②等,不一而足。有鉴于此,有些戏曲作家或刊刻者遂在凡例中详载作品信息,防止后人随意篡改。如孔尚任《桃花扇》凡例第十六则:"全本四十出,其上本首试一出,末闰一出,下本首加一出,末续一出,又全体四十出之始终条理也。有始有卒,气足神完,且脱去离合悲欢之熟径,谓之戏文,不亦可乎?"③明确记载《桃花扇》的本、出之数及各本首末安排,并强调全本条理始终、神完气足的艺术特征,自负之中含有防止他人删改的深层动机。凡例其他条目可进一步印证这种动机,如第四则曰:"每出脉络联贯,不可更移,不可减少。"第五则曰:"各本填词,每一长折,例用十曲,短折例用八曲。优人删繁就简,只歌五六曲,往往去留弗当,辜作者之苦心。今于长折,止填八曲,短折或六或四,不令再删故也。"④清金兆燕《旗亭记》凡例第九则也有类似表述:"全本三十六出,起伏回环,一线串成。每出内科白曲文,各有穿插照应。名部度曲,腔版必迟。而时派奢华,如《游春》《女卫》等出,无不极力铺张。照《琵琶》《荆钗》之例,分二日扮演为宜。若随意节删,则血脉不贯。"⑤对于"随意节删"的高度

---

① 吴山三妇评笺本《西厢记》凡例,蔡毅编著《中国古典戏曲序跋汇编》,齐鲁书社,1989年,第725页。
② 洪昇《长生殿》卷首"例言",人民文学出版社,1983年,第1页。
③ 孔尚任《桃花扇》卷首,人民文学出版社,1959年,第12页。
④ 同上书,第11页。
⑤ 金兆燕《旗亭记》卷首,《傅惜华藏古典戏曲珍本丛刊》第41册,学苑出版社,2010年,第28页。

警惕,甚至促使某些作者在凡例中详载作品字数。如王骥德《新校注古本西厢记》例第三十五则:"本记正讹,共八千三百五十四字(曲一千八百二十五字,白六千五百二十九字)。其传文及各考正,共三百七十三字。"①如此精确的记载,为后人辨别其书真伪提供了有力证据。相较而言,诗文著作读者面较窄,传播远不及戏曲广泛,流通环节相对简单,文本远比戏曲作品稳定,故其凡例重在阐发文学思想,很少关注这一类信息。又张照《劝善金科》凡例第四则:"宫调,用双行小绿字;曲牌,用单行大黄字;科文与服色,俱以小红字旁写;曲文,用单行大黑字;衬字,则以小黑字旁写别之。"②诗文、小说作品中,除了评点内容外,正文绝少如此烦琐的字体大小、颜色等错杂配置。戏曲文本则重视版式设置,这是由戏曲文体的特殊性决定的。作为一种供场上搬演的音乐文体,宫调、曲牌、曲文、科白、服色、衬字等,都关系到演出效果。从字体、设色上区分文本,是为了使这些内容更为清晰、醒目,便于演员阅读、理解和演出,充分实现戏曲文体的大众文化传播功能,同时也体现其版本特征。

传统诗文的预想读者,一般是与作者文化程度相当的士人,故作者虽也希望被理解和欣赏,但不会刻意迎合读者。戏曲作品面向社会各阶层,一方面要满足饱读诗书的士人的审美旨趣,另一方面又要时时关注文化程度较低的下层读者的阅读要求和欣赏习惯,因为这一层次的读者人数更多,范围更广,蕴含着巨大的市场利益。明屠隆《昙花记》凡例第二则:"虽尚大雅,并取通俗谐口,不用隐僻学问,艰深字眼。"③清西泠词客《点金丹》凡例第九则:"谱中不免点缀

---

① 《续修四库全书》第 1766 册,第 26 页。
② 张照《劝善金科》卷首,《古本戏曲丛刊》九集第 18 册,国家图书馆出版社,2016 年,第 181 页。
③ 屠隆《昙花记》卷首,《古本戏曲丛刊》初集第 28 册,国家图书馆出版社,2016 年,第 293 页。

处,然不点缀,则不足邀雅俗共赏矣。"①虽然标榜"雅俗共赏",其实,由于下层读者数量众多,"俗"的需求往往成为关注重点。王骥德《新校注古本西厢记》例第七则:"今易末曰生,易洁曰本,易俫曰欢,店小二直曰小二,亦为谐俗设也。"②金兆燕《旗亭记》凡例第十则:"经传子史,以及方言里语,入曲各有所宜。而字面或非所常见、平仄习于舛混者,另为注释于后。"③周之标《吴歈萃雅》选例第六则:"图画止以饰观,尽去难为俗眼,特延妙手,布出题情,良工独苦,共诸好事。"④不管是脚色名称的更易、方言俗语的采用,还是注音释词、画图绣像,都是为了"谐俗",即满足广大市民百姓的阅读需求。之所以如此重视这种需求,是因为戏曲创作不仅仅是精神活动,也是商品生产,经济效益是制约戏曲创作的重要因素。王思任《清晖阁批点玉茗堂还魂记》凡例第三则:"曲争尚像,聊以写场上之色笑,亦坊中射利巧术也。"⑤谢国《蝴蝶梦》凡例第五则:"曲之有像,售者之巧也。"⑥都明确指出戏曲作品插图主要是提高阅读兴趣的一种促销手段,而非作品本身所必需。其实,不仅是图像,对多数作家言,戏曲创作、刊刻的每一环节,都很难摆脱市场这只大手的牵引。

市场利益的驱使,使明清戏曲作品凡例中出现许多近似广告的内容,这也是除坊刻时文选本外的一般诗文著作凡例所罕有的。杨之炯《蓝桥玉杵记》凡例第八则:"本传兹因海内名公,闻多渴慕,故

---

① 西泠词客《点金丹》卷首,蔡毅编著《中国古典戏曲序跋汇编》,齐鲁书社,1989年,第2500页。
② 《续修四库全书》第1766册,第23页。
③ 金兆燕《旗亭记》卷首,《傅惜华藏古典戏曲珍本丛刊》第41册,学苑出版社,2010年,第28—29页。
④ 周之标《吴歈萃雅》卷首,《善本戏曲丛刊》第2辑第12册,台北,台湾学生书局,1984年,第21页。
⑤ 王思任《清晖阁批点玉茗堂还魂记》卷首,蔡毅编著《中国古典戏曲序跋汇编》,齐鲁书社,1989年,第1232页。
⑥ 谢国《蝴蝶梦》卷首,《古本戏曲丛刊》三集第6册,国家图书馆出版社,2016年,第16页。

急刊布,未遑音释,重订有待。"①《清晖阁批点玉茗堂还魂记》凡例第五则:"本坛原拟并行四梦,乃《牡丹亭》甫就本,而识者已口贵其纸,人人腾沸,因以此本先行。海内同调须善藏此本,俟三梦告竣,汇成一集。佳刻不再,珍重,珍重。"如此自卖自夸的口吻,显然是为了挑起读者的阅读与购买欲望。《清晖阁批点玉茗堂还魂记》凡例第七则又云:"翻刻乃贾人俗子事,大足痛恨。远至之客,或利其价之稍减,而不知其纸板残缺,字画模糊,批点遗失。本坛独不禁翻刻,惟买者各认原板,则翻者不究自息矣。"②作品翻刻,一方面体现了旺盛的市场需求,一方面伤害了原出版者的利益,因而为多数书坊主痛恨。著坛主人却不禁翻刻,体现了独特的经营理念,也为后世了解明代书商如何应对激烈的市场竞争提供了生动的个案。这些内容,绝少见于诗文著作凡例。盖诗文多为自抒情志、自表识见而作,重在名山事业,经济利益一般不在考虑之中。而戏曲作品,既是案头之书,更是场上之作,必须时时关心市场需求和读者、演员、观众的心理期待。尤其是明代中叶以后,随着商品经济的发达、市民阶层的扩大以及印刷技术的进步,阅读成本大为降低,越来越多下层读者加入戏曲作品消费中来。因此,即使是在戏曲向着日益雅化的文人传奇发展的时期,"谐俗"的需要和经济利益的追求始终都是戏曲创作的强大动力。这种面向大众的俗文化品性,在戏曲作品凡例中得到了充分展现。

三、从凡例看戏曲的雅化

戏曲面向大众的俗文化品性,并不意味着与雅文学的绝缘。事实上,戏曲的艺术感染力和巨大的教化作用,早为统治阶级所关

---

① 杨之炯《蓝桥玉杵记》卷首,《古本戏曲丛刊》初集第35册,国家图书馆出版社,2016年,第26页。
② 王思任《清晖阁批点玉茗堂还魂记》卷首,蔡毅编著《中国古典戏曲序跋汇编》,齐鲁书社,1989年,第1232页。

注,并通过上层文人亲自创作、改编、校刻等,将源于市井勾栏的戏曲创作引向雅文学道路。其标志为:自高明《琵琶记》问世后,源于南方的传奇逐渐成为明清戏曲的主体,戏曲作家也由元杂剧的以书会才人为主转向明清时期的以文人雅士为主,并在戏曲创作主旨、题材、方法、技巧、语言、审美旨趣等方面呈现出雅化趋势。这种趋势,可从戏曲作品凡例中窥见一斑。如王骥德《新校注古本西厢记》例称"订正概从古本",对市井风行的各种坊本、俗本、今本颇为不屑,力图通过校注复其古雅面目。例第八则:"记中凡宫调不伦,句字鄙陋,系后人伪增者,悉厘正删去。"例第十三则:"今本,每折有标目四字,如'佛殿奇逢'之类,殊非大雅,今削二字,稍为更易。"例第二十四则:"俗本宾白,凡文理不通,及猥冗可厌,及调中多参白语者,悉系伪增,皆从古本删去。"①王骥德论曲,格律、文情并重,代表着文人雅士的审美观念,故对俗本《西厢记》中宫调不伦、句字鄙陋、文理不通、猥冗可厌者,一概目为增伪,尽行删去。可见,其所谓"校注",并非力求客观的古籍整理、校勘,而是一种尖锐的批评方式,带有强烈的主观倾向。经过这一番校注删改,削弱了俗本《西厢记》的大众文学色彩,加快了这部市井风行的戏曲作品的雅化、文人化进程。

除了校注,文人改编旧本也是戏曲雅化的重要途径。张照《劝善金科》凡例第一则:

> 《劝善金科》,其源出于《目连记》。《目连记》,则本之大藏《盂兰盆经》。盖西域大目犍连事迹,而假借为唐季事,牵连及于颜鲁公、段司农辈,义在谈忠说孝。西天此土,前古后今,本同一揆,不必泥也。顾旧本相沿,鱼鲁豕亥,其间宫调舛讹,曲白鄙猥,今为斟酌宫商,去非归是,数易稿而始成。旧本所存者不过十之二三耳,仍名《劝善金科》云者,其义具载开场白中,兹

---

① 《续修四库全书》第1766册,第22—25页。

不复缀。①

《劝善金科》为目连剧之一,搬演佛经中的目连救母故事,康熙年间曾上演数十年不衰。乾隆初,张照奉旨改编康熙旧本,除了内容的增饰、删补、修改外,还有脚色的调整和曲牌的规范等。通过改编,克服了原剧"宫调舛讹,曲白鄙猥"等俗文学常见弊端,使之更符合统治阶级的教化需要和审美旨趣。② 槃薖硕人增改定本《西厢记》在这方面也颇具代表性。其凡例第一则称:"是本曲皆从王、关二氏之旧。王之曲无可改,特其段中或字句重复,前后语意相戾者微换易之,然亦十中之一二耳。关所续后四折,其曲多鄙陋秽芜,不整不韵,则所改者十之四五矣。"可见此剧曲律的改动,主要针对"鄙陋秽芜,不整不韵"而发。又凡例第四则称:"元本白语,类皆词陋味短,且带秽俗之气,盖实甫亦工于曲,而因略于此耳。今并易以新卓之词,整雅之调,绰有风味。"可见,其科白之自创新词,也是因原本科白"词陋味短,且带秽俗之气",不符合文人的欣赏口味。此外,在情节、体制、结构上,改编者也颇下功夫。其凡例第二则:"从来元本,皆分二十折。兹从前后文事想玩,欲求其事圆而意接,则或从元折内分段,或另为新增,演为三十折。"第三则:"元本实甫创调颇高,但间有未体贴处。如《闹道场》一折,合宅哀惨,而张生独于老夫人前,直以私情之词始终唱之,此果人情乎? 果礼体乎? 又如饯别之时,莺生共于夫人僧人之前,直唱出许多眷恋私情,其于礼体安在? 今皆另立机局,巧为脱活,而曲则依其原韵,善之善矣。"③可以看出,槃薖硕人改编《西厢记》,主要因不满原作的浅薄、鄙陋、秽俗,追求"事圆而意接"、词之新卓、调之整雅以及契合人情礼体

---

① 张照《劝善金科》卷首,《古本戏曲丛刊》九集第18册,国家图书馆出版社,2016年,第179—180页。
② 关于《劝善金科》的改编情况,可参戴云《劝善金科研究》,北京师范大学出版社,2006年。
③ 槃薖硕人增改定本《西厢记》卷首,《国家图书馆藏〈西厢记〉善本丛刊》第9册,国家图书馆出版社,2011年,第17—20页。

等,充分体现了文人雅士的思想情感和艺术旨趣。

明清戏曲创作讲究虚实结合,往往实者虚之,虚者实之,既渗透着史家意识,又富有艺术创造性。而史家使命与艺术创造的完美结合,正是"立言不朽"传统下文人雅士孜孜以求的文化理想,是戏曲创作雅化的重要表现。这以历史剧创作最有代表性。孔尚任《桃花扇》凡例第二则:"朝政得失,文人聚散,皆确考时地,全无假借。"①作为一部表现近代史的剧作,作者坚持征实求信的原则,基本做到了"实人实事,有根有据"。然而,剧中对儿女之情的点染,未必皆有实事;写忠、奸两类人物结局,则纯出虚幻之笔。唯其实中有虚,故能在存一代之史的同时更深刻地表达文人的历史观和家国兴亡之感。董榕《芝龛记》以明末秦良玉、沈云英二女将事迹为主线,组织明万历、天启、崇祯三朝史事和明朝灭亡始末,与《桃花扇》并以考实著称。其凡例第一则曰:"所有事迹,皆本《明史》及诸名家文集、志传,旁采说部,一一根据,并无杜撰。"第九则曰:"记中极小人物,皆无虚造姓名。如小丑脚色中,石砫、小奚、来狩,见褚稼轩《坚瓠集》。顾昆山青衣马锦,取侯朝宗《壮悔堂集》。余仿此。"②可见,此剧不但基本史实、主要人物绝无杜撰,甚至次要脚色也有文献可征。这种征实倾向对作家的知识结构提出了较高要求,必须饱览典籍、学识渊博,非一般书会才人或腹笥贫瘠者可为。当然,作者强调信而有征,并非机械照搬史料,而是精心组织材料,巧妙安排情节。凡例第四则:"记中叙事虽多,实一意贯串。且较原传原文,已多用剪裁檃括之法。如秦之东援,及邦屏之战死浑河,用影叙追叙。良玉先后克红崖墩、观音寺、青山墩诸大巢,蜀中底定,复援贵州等事,用串叙。天启三年上书,兼劾李维新一节,用代叙。秦翼明豫楚战功,用议论撮叙。"仅叙事法,即有追叙、串叙、代叙、撮叙等,足见

---

① 孔尚任《桃花扇》卷首,人民文学出版社,1959年,第11页。
② 董榕《芝龛记》卷首,《古本戏曲丛刊》七集第四函,国家图书馆出版社,2018年,第46a页。

文人创作对艺术表现的苦心追求。值得注意的是,在这样一部以考实见长的历史剧中,也涉鬼神报应等子虚乌有之事。凡例第七则:

> 是非著则惩劝明,原不必谈因果。然彭生大豕、赵王仓犬等事,见之《左》《史》。汉唐以后,纪载尤多。有明之末,人鬼混杂,《五行志》已不胜书。九莲菩萨著灵等事,见之列传。毛西河《彤史拾遗》、张白云《玉光剑气》所载,历历不爽。舞榭歌场,亦可稍为烘托。记中前后两层,上下果报昭彰,皆有依据,未敢偏枯。但亦不过偶一点染,以为文章伏应,或如司马相如传中,子虚乌有之伦,无不可也。①

儒家素有"不语怪力乱神"的传统,神仙鬼怪类传说、故事,主要在民间流传,具有鲜明的俗文化特征。而上引凡例表明,尽管强调实录,作者对《左传》《史记》等史学名著中的鬼神、灵怪、报应描写,持认可态度;对于要面向下层民众的戏曲艺术而言,则更不可或缺。因为,在实笔中适当穿插鬼神灵异等虚笔,往往能收到开拓文境、推动情节、突出题旨、渲染气氛等效果。只有在尊重史实的基础上合理运用虚构手法,虚实结合,真幻相参,才能达到历史真实与艺术真实的完美结合,充分实现戏曲艺术的抒情、审美、娱乐和教化功能。这种创作观念,显示了文人学士对俗文化的认可以及俗文学对雅文学的渗透。综观明清戏曲的发展进程,实际上正是援雅济俗、汲俗入雅,雅、俗文学不断互动、交融的过程。这从明清戏曲作品凡例中已可得其大概。

四、从凡例看戏曲的音乐特征

戏曲的音乐特征决定了格律在戏曲文体中的重要性。明清戏曲著作凡例自然会关注于此,大量探讨宫调、曲牌、押韵、衬字、板式等

---

① 董榕《芝龛记》卷首,《古本戏曲丛刊》七集第四函,国家图书馆出版社,2018年,第48a页。

音乐格律问题,从而形成迥别于诗文、小说凡例的论题特色。

宫调是中国古代音乐组织结构的要素之一,宋元以来形成南曲和北曲两大系统。北曲宫调成熟较早,在金、元散曲和杂剧中已有严谨的体式。而南曲戏文创作,在很长时期内不受宫调约束,直到明嘉靖以后,随着文人传奇的兴盛,尤其是吴江派的崛起,严守宫调才成为南曲音乐体式的基本要求。相关的讨论,也渐趋热烈。如明卜世臣《冬青记》凡例第一则:"宫调按《九宫词谱》,并无混杂,间或一出用两调,乃各是一套,不相联属。"①《九宫词谱》指沈璟《南曲全谱》,又称《南九宫曲谱》《南九宫十三调曲谱》等,是南曲格律化进程中里程碑式著作,被许多传奇作家、批评家奉为圭臬。《冬青记》宫调即谨遵沈谱,在套曲的安排上尽量做到同一宫调的整饬与完整。又张楚叔《吴骚合编》凡例第三则:"歌先审调,不知何调,则音律乱矣。兹选照谱所序宫调分列各宫,正曲居先,犯调列后。"②范文若《花筵赚》凡例第二则:"记中每出一宫,始终不敢出入。"③韩锡胙《渔邨记》凡例第八则:"各宫各调,不宜相犯。"④如此等等,都是严守宫调的意思。当然,这种观点,并未占绝对优势。不但重文辞的临川派多轻视格律,即使吴江派内部,也有不同声音。如王骥德《韩夫人题红记》凡例第二则:"北词取被弦索,每出各宫调自为始终,南词第取按拍,自《琵琶》《拜月》以来,类多互用。传中惟北词仍全用,章首署曰某宫某调。南词即间用,亦不复识别,以眩观者。"⑤王骥德与沈璟过从甚密,赞同其"合律依腔"的戏曲观,但并不像沈璟

---

① 卜世臣《冬青记》卷首,《古本戏曲丛刊》二集第 17 册,国家图书馆出版社,2016 年,第 329 页。
② 《续修四库全书》第 1743 册,第 573 页。
③ 范文若《花筵赚》卷首,《古本戏曲丛刊》二集第 30 册,国家图书馆出版社,2016 年,第 329 页。
④ 韩锡胙《渔邨记》卷首,蔡毅编著《中国古典戏曲序跋汇编》,齐鲁书社,1989 年,第 1844—1845 页。
⑤ 王骥德《韩夫人题红记》卷首,《古本戏曲丛刊》二集第 14 册,国家图书馆出版社,2016 年,第 233 页。

那样绝对。在他看来,北曲当严守宫调,南曲则不妨宽假。又汤世潆《东厢记》凡例第七则:"填词宫谱,某宫几套,某套几阕,某阕几韵,虽有定例,然亦不必过拘。譬如玉茗《四梦》,兴到疾书,往往不守宫格,字之平仄聱牙,句之长短拗体,不胜枚举。长洲叶堂尝谱《四梦》,皆宛转就之,而被之管弦,较他曲之出出合拍,阕阕中矩者,反别有一种幽深艳异之致。此以知移宫换吕,偶有不谐,原无碍于演唱,敢以质诸知音者。"①戏曲音乐体式的格律化,既是戏曲艺术发展规律的内在要求,又受特定时期的社会审美心理、艺术旨趣的制约,因而不能将格律凝固化、绝对化。有些宫调不谐的作品,不仅"无碍于演唱",反而"别有一种幽深艳异之致"。这种从艺术实践出发而得出的结论,对于如何客观地看待曲谱、曲律,不断激活戏曲的艺术生命,颇有启发意义。

在戏曲格律中,每一宫调统辖若干曲牌。所谓曲牌,指曲调调名,又称牌名。周祥钰《新定九宫大成北词宫谱》凡例第十四则:"曲出于词,故曲之牌名,亦大半本诸诗余。"②揭示了曲牌与词牌的密切关系。当然,曲牌在戏曲创作中的使用,远比词牌复杂。金兆燕《旗亭记》凡例第五则:"近日词曲,往往但标牌名,不载宫调。不知有同一牌名,而移置别宫即迥不相同者。如[夜游宫]在[仙吕]为一曲,在[羽调]则另为一曲。又有一宫调之曲,而分引子、过曲。如[仙吕]之[风入松慢],在引子为一曲,在过曲则另为一曲,均难混淆。"③指出同一牌名,在不同宫调中,即为不同曲子。又,曲牌根据其使用性质、排列位置不同,可分为引子、过曲、尾声三类。即使是同一宫调中的同一牌名,处于不同位置,体式又有区别,故曲牌的使用,有较严格的限制。为了突破这种限制,曲牌联套中常出现"犯

---

① 蔡毅编著《中国古典戏曲序跋汇编》,齐鲁书社,1989年,第2224—2225页。
② 周祥钰《新定九宫大成南北词宫谱》卷首,《善本戏曲丛刊》第6辑第87册,台北,台湾学生书局,1987年,第72页。
③ 金兆燕《旗亭记》卷首,《傅惜华藏古典戏曲珍本丛刊》第41册,学苑出版社,2010年,第24—25页。

调"现象。《新定九宫大成南词宫谱》凡例第十一则:"词家标新领异,以各宫牌名汇而成曲,俗称'犯调',其来旧矣。然于'犯'字之义,实属何居?因更之曰集曲。"①可见,"犯调"实为缀集若干曲牌之调形成新调,故又名"集曲"。王正祥《新定十二律京腔谱·凡例》第十八则:"词曲而至犯调,无非学士骚人遣兴炫才,以发难端于歌者,原非词曲正体。而《九宫》每将犯调各曲,或相杂于整曲之间,或妄置于某宫之后,皆不得其宜也。"②说明犯调原为打破格律限制而用的权宜之计,非词曲正体。万历以后,曲家为显示才情,多有热衷于此道者,成为戏曲创作中的普遍现象。

押韵是曲律的重要内容,戏曲著作凡例对此也多有探讨。金兆燕《旗亭记》凡例第七则:"诗韵之变为词韵,以诗韵中有不协于歌之字故耳。词韵无不可歌,而又改为曲韵者,以戏曲盛于元时,其始但有北调,而南音非北人所习,故另为谱,今之《中原音韵》是也。如车遮、家麻之分为二韵,缘北人读车遮字,但有从车遮韵之一音,而无从家麻韵之一音,是以不可以入六麻之调。若南曲则兼用南音。南音之车遮,即与家麻相叶,词韵本合,有何应分之处?是以填北曲必用中原韵,填南曲则参用词韵。《琵琶》《拜月》以及各名本,莫不皆然。"③北曲成熟早,体制严,韵律守《中原音韵》,一出之中很少换韵、出韵。南曲则因语音差异,换韵、借韵、通韵、犯韵现象极为普遍,尤其是昆腔发源地苏州地区作家的创作,被讥为"操吴音以乱押者","先天、帝纤随口乱押,开闭罔辨,不复知有周韵矣"。④ 当然,这只是问题的一个方面。另一方面,明中期的传奇创作,已有用

---

① 周祥钰《新定九宫大成南北词宫谱》卷首,《善本戏曲丛刊》第6辑第87册,台北,台湾学生书局,1987年,第46页。
② 王正祥《新定十二律京腔谱》卷首,《善本戏曲丛刊》第3辑第35册,台北,台湾学生书局,1985年,第82—83页。
③ 金兆燕《旗亭记》卷首,《傅惜华藏古典戏曲珍本丛刊》第41册,学苑出版社,2010年,第26—27页。
④ 徐复祚《曲论》,《中国古典戏曲论著集成》(四),中国戏剧出版社,1959年,第237页。

《中原音韵》者。尤其是万历以后,经沈璟倡导,韵律向北曲靠齐,以《中原音韵》为准则,逐渐成为南曲主流。陈与郊《诗痴符·樱桃梦》凡例第二则"正韵"题:"词韵不得越周德清,犹诗韵不得越沈约。夫正韵且不敢入诗,况沈韵敢入曲乎?故记中一以《中原》十九韵为则。"①范文若《花筵赚》凡例第一则:"韵悉本周德清《中原》,不旁借一字。"②足见风尚所在。不仅明代如此,直至清末传奇衰落之时,《中原音韵》一直是南曲作家用韵的主要参考书。

明清戏曲著作凡例中,还有不少探讨板式的内容。所谓板式,指戏曲唱腔的节拍形式。《新定九宫大成南词宫谱》凡例第十六则:"曲之高下徐疾,俱从板眼而出。板眼斯定,节奏有程。"③《新定九宫大成北词宫谱》凡例第九则:"曲之分别宫调,全在腔板","有字数句法虽同,而腔板迥异,即截然两调","今悉依宫调以定腔板,或转因腔板以正宫调"。④ 以上可知,板式为戏曲音乐体式的构成要素,腔板之出入,可改变宫调之属性。又《新定九宫大成北词宫谱》凡例第七则:"北曲落板,与南曲不同。一起三四调,俱作底板。其落板之曲,或有于第三、四句方落实板,或一两曲已落实板,而忽又搜板不落,或煞尾前半阕已落实板,后半阕作收煞,每据一用底板,此皆度曲之跌赚处。总之,北曲贵乎跌宕闪赚,故板之缓急,亦变动不居。常有一字而下三四板者,至衬字多处,亦不妨增一二底板以就之。"这说明,南、北曲落板有别。大致而言,北曲贵乎跌宕,复杂多变,南曲相对舒缓、平稳。又《新定九宫大成南词宫谱》凡例第八则:"衬字无正板,盖板固有定式也。俗云'死腔活板'者,非

---

① 陈与郊《诗痴符·樱桃梦》卷首,《古本戏曲丛刊》二集第14册,国家图书馆出版社,2016年,第260页。
② 范文若《花筵赚》卷首,《古本戏曲丛刊》二集第30册,国家图书馆出版社,2016年,第329页。
③ 周祥钰《新定九宫大成南北词宫谱》卷首,《善本戏曲丛刊》第6辑第87册,台北,台湾学生书局,1987年,第52页。
④ 同上书,第66页。

但词先而板后,若词应上三下四句法,而误填为上四下三,则又不得不挪板以就之。修好词句,究属迁就,非端使然也。"①可见,板虽有定式,但并非僵化,往往随曲词特征而有所调整,故有"死腔活板"之说。

衬字在戏曲创作中极为普遍,也是影响曲律的重要因素。黄振《石榴记》凡例第二则:"衬字,北曲视南曲较多。盖北曲以气行腔,稍多数字,与歌喉无碍。若南曲过多,不免促腔赶板,与本调音节大有关碍。然曲中抑扬顿挫,偷声换气,全在衬字。果多寡中节,自疾徐合拍。筝琶之外,别有余韵萦人矣。"②这表明,衬字在南、北曲中使用有差异,北曲可稍多,南曲则不宜过多。衬字运用得当,便于偷声换气,使音节抑扬顿挫,增强艺术表现效果。而在实际创作中,多有正、衬不分者,不仅影响了曲意的表达和理解,更会造成宫调、曲牌、板式等的混乱,正如金兆燕《旗亭记·凡例》第四则所云:"盖填词必有衬字,往往讹为正文;又转将正文讹为衬字,以致宫商舛误。"③如《山坡羊》第八句,《琵琶记》作"没主公婆教谁管取",原本七字句而衬一"教"字,虽八字而七字之节故在。有误认八字句者,填作"种种思量踌蹰惆怅","既用八字,而惆字又用平声,即欲衬一字而调已捩矣"。又如《玉抱肚》第五句,《琵琶记》作"相看到此不由人珠泪流",本七字句,"不由人"三字为衬。时人不识,误于"人"后添一"不"字,遂读此句为"相看到此,不由人不珠泪流",而"四字作衬既难,不得不添出一板,而以为《玉抱肚》有两体矣"。④ 这种由不识衬字造成的曲律乖舛,在在有之,故明清戏曲著

---

① 周祥钰《新定九宫大成南北词宫谱》卷首,《善本戏曲丛刊》第6辑第87册,台北,台湾学生书局,1987年,第44页。
② 黄振《石榴记》卷首,《古本戏曲丛刊》七集第六函,国家图书馆出版社,2018年,第23b页。
③ 金兆燕《旗亭记》卷首,《傅惜华藏古典戏曲珍本丛刊》第41册,学苑出版社,2010年,第24页。
④ 凌濛初《南音三籁》卷首凡例,《善本戏曲丛刊》第4辑第52册,台北,台湾学生书局,1987年,第10页。

作凡例多为论析辨正。

五、从凡例看戏曲的舞台性

中国古代戏曲既是诗性、写意的文学艺术，又是唱念做打兼备的综合舞台艺术，必须通过舞台演出，才能充分实现其艺术价值。明清戏曲作品凡例为研究戏曲舞台艺术提供了独特的视角和丰富的史料，从而形成迥别于诗文、小说凡例论题的又一显著特色。卜世臣《冬青记》凡例第九则："近世登场，大率九人。此记增一小旦、一小丑。然小旦不与贴同上，小丑不与丑同上，以人众则分派，人少则相兼，便于搬演。"①古代戏剧脚色分生、旦、净、末、丑五大类，然而在篇制宏大、人物众多的传奇中，这种分类在描摹人情世态时未免粗疏，因此，每大类往往又细分家门，如生分大官生、小官生、巾生，旦分正旦、小旦、贴旦等。具体到每部作品，其脚色家门则因情节、人物而定，并无成规，如《冬青记》在当时常见的生、小生、旦、老旦、净、末、外、丑、贴九种脚色之外，增设了小旦、小丑，全剧共十一脚色。规模大的戏班，每个演员可各司一脚；规模小的戏班，则可能身兼数脚，或一脚兼扮数人。兼扮者，登场时当改易装扮以作区别。如董榕《芝龛记》凡例第五则详载脚色分工，其中末脚兼扮秦邦屏与其子翼明，"前扮邦屏应带须，后扮翼明不带须，便有分别"，净脚"扮李闯用粉墨，扮彭仙则洗去粉墨"。②当然，身兼数脚，并非各脚平均用力，而是有主有次，即所谓有正扮、借扮，正扮为主戏，借扮为兼戏。借扮是为克服有限的演员与众多的戏曲人物的矛盾而产生的分工，并非所有脚色都适合借扮。如韩锡胙认为，生、旦两脚，"乃属梨园屹然两柱"，"犹人家冢子冢妇，不宜被以丑恶不洁之

---

① 卜世臣《冬青记》卷首，《古本戏曲丛刊》二集第17册，国家图书馆出版社，2016年，第330页。
② 董榕《芝龛记》卷首，《古本戏曲丛刊》七集第四函，国家图书馆出版社，2018年，第49a页。

名",故其《渔邨记》凡例第三则明确指出,此剧"以生扮慕蒙,小旦扮梅影之后,即不复派其更扮杂色人等,再使登场,一以清观者之目,一以正传奇之体也"。第四则又称:"梨园子弟,进退上下,须使之梳妆易服,稍有余闲,方免喘急之病。兹《渔村记》所派各色目,俱属匀称,清歌妙舞,合之两美矣。"①可见,韩锡胙一方面强调生、旦二脚的重要性,一方面主张脚色分工中要兼顾各演员戏份的轻重得体,劳逸均衡,方能取得理想的演出效果。

歌唱是古代戏曲舞台艺术的中心环节,在戏曲表演中占有特别重要的位置。王骥德《新校注古本西厢记》凡例第十则:"古剧四折,必一人唱。记中第一折,四套皆生唱;第三折,四套皆红唱,典刑具在。惟第二、四、五折,生、旦、红间唱,稍属变例。今每折首,总列各套宫调,并疏用某韵,及某唱于下,亦使人一览而知作者之梗概也。"②元杂剧多为一本四折,每折一人主唱。《西厢记》打破了这种通例,借鉴院本、南戏的演出形式,在有些折中,生、旦等脚色轮番主唱,便于安排戏剧冲突,塑造人物形象。又曲牌声情各异,故演唱要求不同,正如陈所闻《南宫词纪·凡例》第七则所云:"牌儿名,各有理趣,须要唱出。如[玉芙蓉]、[玉交枝]、[玉山颓]、[不是路],要驰骋;如[针线箱]、[黄莺儿]、[江头金桂],要规矩;如[二郎神]、[集贤宾]、[月云高]、[本序]、[刷子序],要抑扬。"③演唱者唯有把握曲牌的声情特征,才能各得其趣,各尽其妙。又,许多曲牌,不但在南曲内部,甚至在南、北曲之间,都可用不同声腔演唱,故槃薖硕人《刻西厢定本》凡例第八则曰:"每段虽列牌名,而唱则北人北体,南人南体。"④王正祥《新定十二律京腔谱》第九则:"谱内之

---

① 韩锡胙《渔邨记》卷首凡例,蔡毅编著《中国古典戏曲序跋汇编》,齐鲁书社,1989年,第1844—1845页。
② 《续修四库全书》第1766册,第23页。
③ 《续修四库全书》第1741册,第649页。
④ 槃薖硕人增改定本《西厢记》卷首,《国家图书馆藏〈西厢记〉善本丛刊》第9册,国家图书馆出版社,2011年,第23页。

曲,皆以京腔唱为正格,而或间有可以昆腔唱者,如[朝元令]、[二犯江儿水]、[赛观音]、[人月圆]之类。"①杨之炯《蓝桥玉杵记》凡例第四则:"本传腔调,原属昆、浙。"②如果说,《新定十二律京腔谱》以京腔为正格,只有部分曲子可用昆腔,那么《蓝桥玉杵记》整本既可用昆腔唱,又可用浙腔唱,最能说明问题,即宫调、曲牌的演唱,与不同声腔没有必然联系。

明清戏曲著作凡例还对舞台设计、表演、舞蹈、服装等发表见解。张照《劝善金科》凡例第七则:"从来演剧,惟有上下二场门,大概从上场门上,下场门下。然有应从上场门上者,亦有应从下场门上者;且有应从上场门上,而仍应从上场门下者;有从下场门上,仍应从下场门下者,今悉为分别注明。若夫上帝神祇,释迦仙子,不便与凡尘同门出入,且有天堂必有地狱,有正路必有旁门,人鬼之辨亦应分晰,并注明每出中。"③在张照看来,演员的上、下场位置颇有讲究,不可苟且,故在剧本中一一注明。槃薖硕人《刻西厢定本》凡例第七则批评梨园优人"不通文义,其登台演习,妄于曲中插入诨语,且诸丑态杂出",如念"小生只身独自处"句,"捏为红教生跪见形状,并不想曲中是如何唱来意义,而且恶浊难观;至于佳期之会,作生跪迎态,何等陋恶?"④古代优人往往文化程度不高,有些甚至不具备基本阅读能力,以至有"终日唱此曲,终年唱此曲,甚至一生唱此曲,而不知此曲所言何事,所指何人"⑤者。这样的演员,自然不可能出众,不沦为"丑态杂出""恶浊难观"已是大幸。《长生

---

① 王正祥《新定十二律京腔谱》卷首,《善本戏曲丛刊》第3辑第35册,台北,台湾学生书局,1985年,第68—69页。
② 杨之炯《蓝桥玉杵记》卷首,《古本戏曲丛刊》初集第35册,国家图书馆出版社,2016年,第25页。
③ 张照《劝善金科》卷首,《古本戏曲丛刊》九集第18册,国家图书馆出版社,2016年,第182页。
④ 槃薖硕人增改定本《西厢记》卷首,《国家图书馆藏〈西厢记〉善本丛刊》第9册,国家图书馆出版社,2011年,第22—23页。
⑤ 李渔《闲情偶寄》,《李渔全集》第3卷,浙江古籍出版社,2014年,第77页。

殿》例言第五则也批评演家因不通文义、不解剧情而乱改情节、妄置服色,如"增虢国承宠,杨妃忿争一段,作三家村妇丑态,既失蕴藉,尤不耐观";"其《哭像》折,以'哭'题名,如礼之凶奠,非吉祭也。今满场皆用红衣,则情事乖违,不但明皇钟情不能写出,而阿监宫娥泣涕皆不称矣";"至于《舞盘》及末折《演舞》,原名《霓裳羽衣》,只须白袄红裙,便自当行本色","今有贵妃舞盘学《浣纱舞》,而末折仙女或舞灯、舞汗巾者,俱属荒唐,全无是处"。① 这些由戏曲作家本人提出的表演意见,多深中肯綮,值得特别关注。

明清时期,对于上演某些特殊题材的剧作,特别强调演员的敬畏态度。如《蓝桥玉杵记》凡例第二则:"本传中,多圣真登场。演者须盛服端容,毋致轻亵。"②屠隆《昙花记》搬演"圣贤讲说,仙宗佛法",故其凡例对演员、观众提出诸多特殊要求,如演员"不当以嬉戏传奇目之,各宜斋戒恭敬",若不能斋戒上演,至少"须戒食牛、犬、鳗、鲤、龟、鳖、大蒜等荤秽之物","本日如有淫欲等事,不许登场";演出时,"虽在官长贵家,须命坐扮演","不许梨园坐演者,不必扮演";观众"遇圣师天将登场","须坐起立观","如有官府地方体统,不便起立者,亦当怀尊敬整肃之念,不然,请演他戏"。③ 这些近乎苛刻的要求,体现了对宗教神灵的敬畏心态,也透露了明人迷信佛法仙道的精神风貌。

除探讨戏曲创作、传播、格律、表演外,明清戏曲著作凡例还论及戏曲起源、功用、体性特征、体制结构、戏曲作家作品批评等,足见其论题之广泛,内容之丰富,是戏曲理论专著及戏曲作品序跋之外,研究古代戏曲的重要史料来源。与曲话、曲评、曲律、曲谱等理论专著相较,凡例论曲或许在内容之丰富、体系之完整、论述之详尽

---

① 洪昇《长生殿》卷首,人民文学出版社,1983年,第2页。
② 杨之炯《蓝桥玉杵记》卷首,《古本戏曲丛刊》初集第35册,国家图书馆出版社,2016年,第25页。
③ 屠隆《昙花记》卷首,《古本戏曲丛刊》初集第28册,国家图书馆出版社,2016年,第294—295页。

上有所不及。然而,作者的曲学观点,以发凡起例的形式来阐发,足见其在论者心目中之纲领与核心地位。凡例的观点与著作正文互相发明,互为支撑,这是一般曲学理论专著所不具备的,充分显示了凡例论曲的独特魅力与价值。

第二节 王骥德《曲律》的戏曲论

中国古代戏曲文体观念和理论发展至明代基本成熟,其标志是王骥德《曲律》的问世。作为我国第一部内容全面、体系俨然的戏曲理论专著,此书系统总结了元明以来特别是明代戏曲理论和实践的成果,"门类详备、论述全面、组织严密、自成体系"①,在戏曲批评和戏曲文体思想史上具有崇高地位。

一、《曲律》中"体"的含义

《曲律》一书,多次出现"体"字,用法多样,含义丰富。其中有指曲调类型的,如《论调名第三》所言无考之"古体";有指诗歌之"体",如《论韵》说的"近体"、《论巧体》说的"巧体"。有指用韵的,如"用此体,凡平声每韵各赋一首"②。有指整体风貌的,如"论曲,当看其全体力量如何"③、"体裁轻俊"④、"体调流丽"⑤等。有指情节、主旨的,如"元人杂剧,其体变幻者固多"⑥、"《西厢》组艳,《琵琶》修质,其体固然"⑦等。又将"体"和"用"相对,如"不贵说体,只

---

① 王骥德著,陈多、叶长海注释《曲律注释》,上海古籍出版社,2012年,第6页。
② 同上书,第203页。
③ 同上书,第264页。
④ 同上书,第315页。
⑤ 同上书,第317页。
⑥ 同上书,第247页。
⑦ 同上书,第252页。

贵说用"①。所谓"体""用",《中国诗论史》认为,"'体'为物之形,'用'为物所寄托、蕴含、透露的情韵"②。郑传寅认为,王骥德所说的"体",指外在形迹;"用",指内在的精神,都涉及王骥德对戏曲文体的认识。③

王骥德有关"体"的表述,最多的是"体制规范"之义。符合规范的,他称之为"得体",否则"非体"。如称《琵琶记》的落诗"得体","每折先定下古语二句,却凑二语其前,不惟场下人易晓,亦令优人易记"。"非体",包括用混了南北曲"韵"④、[集贤宾]次调起句用八字等情况。又有"变体"之义,如谓《拜月》以两三人合唱,改变了南戏曲"每人各唱一只"的做法为"变体"。⑤

王骥德心目中的曲"体",有不同的分法,如"文词家一体"与"本色一家"、"北剧"与"南戏"、"大曲"与"小曲"等。《论家数》说:

> 曲之始,止本色一家,观元剧及《琵琶》《拜月》二记可见。自《香囊记》以儒门手脚为之,遂滥觞而有文词家一体。⑥

"文词家一体"与"本色一家"对应。这里的"体",是指体貌。后文又说,"纯用本色,易觉寂寥;纯用文词,复伤雕镂",二者不可偏废。如《琵琶记》者,"小曲语语本色","大曲引子……未尝不绮绣满眼,故是正体",又批评《玉玦记》"大曲非无佳处",而"小曲亦复填垛学问"。看来王骥德所说的"正体",关键是要求"小曲本色"⑦。二"体"之中,作者认为最优秀的作者是梅鼎祚、汤显祖。《杂论》曰:

---

① 王骥德著,陈多、叶长海注释《曲律注释》,上海古籍出版社,2012年,第192页。
② 霍松林主编,漆绪邦、梅运生、张连第撰著《中国诗论史》(中),黄山书社,2007年版,第930页。
③ 郑传寅《传统文化与古典戏曲》,湖南人民出版社,2004年,第301页。
④ 王骥德著,陈多、叶长海注释《曲律注释》,上海古籍出版社,2012年,第244页。
⑤ 同上书,第256页。
⑥ 同上书,第154页。
⑦ 同上书,第154—155页。

> 问体孰近？曰：于文辞一家得一人，曰宣城梅禹金，摛华捈藻，斐亹有致。于本色一家，亦惟是奉常一人，其才情在浅深、浓淡、雅俗之间，为独得三昧。余则修绮而非垛则陈，尚质而非腐则俚矣。①

《论剧戏》将"北剧"和"南戏"对称为不同的"体"，称"剧之与戏，南、北故自异体"②。《杂论》又明确称为"南体""北体"：

> 予昔谱《男后》剧，曲用北调，而白不纯用北体，为南人设也。已为《离魂》，并用南调。郁蓝生谓：自尔作祖，当一变剧体。既遂有相继以南词作剧者。后为穆考功作《救友》，又于燕中作《双鬟》及《招魂》二剧，悉用南体，知北剧之不复行于今日也。③

此言"北体""南体""剧体"，将北剧北调，与南词南调相对，认为它们是当时戏曲文体中的两种不同体裁。

此外《论过曲》亦将"大曲""小曲"分为两"体"，各有要求。前者"宜施文藻，然忌太深"，后者"宜用本色，然忌太俚"。④

二、戏曲体制规范论

《曲律》论曲，重视体制规范，每以"律""法"标准来衡裁曲体，批评背离曲律的不良创作风气。冯梦龙《叙曲律》介绍《曲律》的撰述背景，乃有感于作者云涌，"翻窠臼""画葫芦"，"传奇不奇，散套成套"，也有创新太过、脱离曲律规范的"乖体"现象，以致"饾饤自矜其设色，齐东妄附于当行"⑤等弊端。王骥德《曲律自序》可与此印证："曲何以言律也？以律谱音，六乐之成文不乱；以律绳

---

① 王骥德著，陈多、叶长海注释《曲律注释》，上海古籍出版社，2012年，第332页。
② 同上书，第206页。
③ 同上书，第364页。
④ 同上书，第212页。
⑤ 同上书，第1页。

曲,七均之从调不奸"①,强调严守曲律的重要性。《论曲禁》重申:"曲律,以律曲也。律则有禁。"②《杂论》强调:"曲之尚法,固矣。"③为此,他细求声律,强调词调、曲调不同,赞扬沈璟"于曲学、法律甚精",称赞"作北曲者,每凛凛遵其型范,至今不废",批评"南曲无问宫调,只按之一拍足矣,故作者多孟浪其调,至混淆错乱,不可救药","不寻宫数调之一语"乃"开千古厉端"(《论宫调》)。④可以说,"律"和"法"是《曲律》一书的核心关键词。全书"律""法"二词出现频率极高,各 90 多次,含义也比较集中、明确。

先讨论"律"。除了作为书名、作为"一律""律诗"等固定用法,《曲律》中的"律"主要有音律和律法两层含义。

其一,"律"指"音律"者,有"声律""律吕""音律""六律""十二律"等。这类名词,也可以单独使用,如"非字字合律也"(《杂论》),"然古乐先有诗而后有律,而今乐则先有律而后有词"(《论宫调》)等。

其二,"律"字指"律法""规范"者,如"曷其制律,用作悬书"(《自序》),"子信多闻,曷不律文、律诗,而以律曲何居?"(《杂论》)

其三,"律"字也兼有音律和律法的意思,如书名《曲律》中,既讲音律之法,又进行音律的规范。王骥德说:"曲何以言律也?以律谱音,六乐之成文不乱;以律绳曲,七均之从调不奸。"⑤认为"律"既是谱"音"的规则,也是规范"曲"的方式。按照他的说法,"律"字单独使用时,只要是指音律、声律等意思,都具有"律法""可以律之"的性质。

次讨论"法"。在《曲律》中,"法"主要有方法、法则等含义。

第一,具体的方法、途径。如"章法""字法""句法",以及"半字

---

① 王骥德著,陈多、叶长海注释《曲律注释》,上海古籍出版社,2012 年,第 7 页。
② 同上书,第 177 页。
③ 同上书,第 264 页。
④ 同上书,第 92 页。
⑤ 王骥德《曲律自序》,同上书,第 7 页。

之法"(《论调名》)、"旋相为宫之法""古调声之法""古谱曲之法"(《论宫调》)、"反切之法"(《论平仄》)、"唱法""过搭之法"(《论用事》)、"取务头法"(《杂论》)、"歌法"(《杂论》)等等,全书列之甚详。

第二,由具体方法、途径衍生而来的规范、法则等。如"布法益密,演数愈繁"(《自序》),"夫作法之始,定自悬慎,离之盖自《琵琶》《拜月》始"(《论宫调》),"曲之尚法,固矣"(《杂论》),"临川汤奉常之曲,当置'法'字无论,尽是案头异书","词隐之持法也,可学而知也;临川之修辞也,不可勉而能也","夫临川所诎者,法耳","然为法苛刻,益难中之难"(《杂论》),等等。也有合具体的作曲唱曲方法、广义的规则规范者。如"乖其法,则曰拗嗓"(《论平仄第五》),另外尚有"程法""古法""遗法"等,可兼指以上二义。

由方法、法则又衍生出师法、学习等义项。如《曲律》之《论平仄》曰:"用四平声字,此以中有截板间之故也,然终不可为法。"《论引子》曰:"《宝剑》引子,多出已创,皆不足为法。"

在曲律废弛、乖体成风的乱象下,明确、强调戏曲的"律"和"法",就是倡导严守戏曲的文体规范。在《曲律》中,王骥德又将这些规范分解成不同层面的问题,从一般规则、古今演变、南北不同、品评比较等方面,逐一展开论述。如《论平仄》,先述源流,然后说明"识字"是作曲的基础,反切是识字的先声,继而具体讲解四声,讲入声在南北曲中的不同,讲"欲令作南曲者悉遵《中原音韵》"的荒谬。接着讲"词曲之有入声"的妙处,说明南曲"不得以北音为拘",又举《琵琶记》《玉玦记》等例子,具体解说其用法。在《论阴阳》中,王骥德将"阴阳"理论引入曲论,说明这是北曲《中原音韵》的组成部分,而南曲"久废不讲","其法亦湮没不传矣"。他从理论和实践层面,具体分析字的阴阳、平仄、清浊及相互关系,强调音律和谐。[①]

[①] 王骥德著,陈多、叶长海注释《曲律注释》,上海古籍出版社,2012年,第103页。

《论声调》要求曲调清、圆、响、俊、雅、和,流利轻滑而易歌。为了达到这种效果,他提出"其法须先熟读唐诗",得"声调之美"。① 凡此种种,不一而足。总体来看,其论述无一不是在批评和建设,所谓"吾姑从世界阙陷者一修补之耳"②。

明人论文,重视辨体,强调文章各有体裁,唯有遵守文体规范才能当行本色。曲体与诗、词虽有渊源关系,但又有其独特性。《曲律》论曲,强调曲本位,坚持曲体之"正"。全书始于"曲源第一""南北曲第二",终于"曲亨屯",所有论述,其初衷和结穴都是维护戏曲文体的本色。这种本色,融合了音乐性和文学性的文体特征。在《论曲源》里,王骥德梳理了戏曲的发展演变,认为"曲,乐之支也"。他对曲的乐源的理解,并非笼统的"古乐",而是类似《康衢》《击壤》这样内容充实、能够歌唱的乐歌,汉乐府、六代歌辞至合乐可唱的唐绝句、宋词等。入明之后,在元曲的基础上发展出的南曲,兼美善、声调之致,为曲的顶峰。③

王骥德以文体之间的递承嬗变观念来解释戏曲的发展:"后《三百篇》而有楚骚也,后《骚》而有汉之五言也,后五言而有唐之律也,后律而有宋之词也,后词而有元之曲也。"(《古杂剧序》)以"南曲"为"北曲"之"变",这个观点与胡应麟相似。事实上,南戏的产生未必在杂剧之后,也并非杂剧的变体。称"南曲"为"北曲"之"变",不尽符合历史事实;梳理戏曲的发展历程而未涉及表演因素,也是其短处。但是,能用发展变化的观点来审视曲体,又是其长处。王骥德清醒地认识到,虽然"曲"是诗、词之"变",但已衍变为一种新文体,有其独立的文体地位。在他看来,"曲"已是与诗、词完全不同的文体类型,作法不同、风格不同,不能够以诗、以词为曲:

今吴江词隐先生又厘正而增益之者,诸书胪列甚备。然词

---

① 王骥德著,陈多、叶长海注释《曲律注释》,上海古籍出版社,2012年,第158页。
② 同上书,第375页。
③ 同上书,第21页。

之与曲,实分两途。①

　　词之异于诗也,曲之异于词也,道迥不相侔也。诗人而以诗为曲也,文人而以词为曲也,误矣,必不可言曲也。②

　　曲与诗原是两肠,故近时才士辈出,而一搦管作曲,便非当家。③

这种严分诗和词、词和曲的态度,正是为了坚持戏曲文体的独立地位,也是遵守戏曲体制规范的前提条件。

《曲律》虽然以曲为本位,以曲为戏曲的主体,戏曲的表演性、舞台性并非关注重点,但是,王骥德清醒地认识到,也曾明确提出,戏曲特点的形成,在于"并曲与白而歌舞登场"。《杂论》曰:

　　古之优人,第以谐谑滑稽供人主喜笑,未有并曲与白而歌舞登场,如今之戏子者。又皆优人自造科套,非如今日习现成本子,俟主人拣择而日日此伎俩也。如优孟、优旃、后唐庄宗,以迨宋之靖康、绍兴,史籍所记,不过《葬马》《漆城》《李天下》《公冶长》《二圣环》等谐语而已。即金章宗时董解元所为《西厢记》,亦第是一人倚弦索以唱,而间以说白。至元而始有剧戏如今之所搬演者。是此窍由天地开辟以来,不知越几百千万年,俟夷狄主中华,而于是诸词人一时林立,始称作者之圣。呜呼异哉!④

这段话有三层含义。首先,王骥德认为,古代戏曲的雏形,不过古优人自创或即兴的诙谐滑稽,并无戏曲文本创作,如先秦优孟、优旃的"葬马""漆城",后唐敬新磨的"李天下"、宋优人的"公冶长""二圣还"等,都只是雏形,并非真正的戏剧。即使如《西厢记》,也

---

① 王骥德著,陈多、叶长海注释《曲律注释》,上海古籍出版社,2012年,第31页。
② 同上书,第284页。
③ 同上书,第296页。
④ 同上书,第255页。

是"一人倚弦索以唱,而间以说白"这样简单的故事讲述和演唱。其次,"剧戏"的形成是在元代,以剧本的出现为标志,强调必须有"现成本子"即文字形态的、成型的比较完整的剧本。因元代词人林立,从事专门创作,故"剧戏""至元而始有","始称作者之圣"。这既凸显了戏曲的文学性,同时又强调了戏曲文体发展过程中文学创作所起的革命性作用。最后,"剧戏"由"曲""白""歌舞"三要素组成,由艺人"并曲与白而歌舞登场",将曲、歌、舞结合起来,文学性与舞台性结合起来,搬之场上。其所谓"剧戏",与王国维《宋元戏曲史》"必合言语、动作、歌唱以演一故事,而后戏剧之意义始全"的"真戏剧"概念非常接近,已是比较清晰、成熟的戏剧观念了。

戏曲之本色特征、体制规范等,有南、北之异,不可一概而论。故《曲律》在"剧戏"的框架下,将戏曲分为北剧和南戏两种不同的文体,倡言"剧之与戏,南、北故自异体"①。这种南、北之分,是《曲律》一开始就反复阐明的立场,并贯穿于全书的论述中。在《论曲源》里,王骥德提出,金代的"北词"《西厢记》等,在元代扩展体制、协调声律,成为"北曲",即元杂剧。"北曲"使用北方的弦索和语言声调,不合适南方人。于是,到明代"又变为南曲",其风格"婉丽妩媚,一唱三叹,于是美、善兼至,极声调之致"。南北鼎立的局面形成之后,南曲日盛,北曲渐微。在《总论南北曲》中,王骥德从辞、地、声等方面,对南北内容、风格、演唱、伴奏等的不同进行了讨论,既综合、吸收了胡翰、吴莱、康海、王世贞诸家意见,又多自我裁断。主要有如下数端:

第一,南北语言不同:"北曲方言时用,而南曲不得用者,以北语所被者广,大略相通,而南则土音各省、郡不同,入曲则不能通晓故也。"②

第二,南北音调不同。这首先是北方语音中入声已派入平、上、

---

① 王骥德著,陈多、叶长海注释《曲律注释》,上海古籍出版社,2012年,第206页。
② 同上书,第246页。

去三声,南方还保留着入声,因此不能以《中原音韵》强制要求。王骥德说,入声在曲中变化多样,非常必要,"不得以北音为拘"①。

第三,南北曲韵不同:"南曲之必用南韵也,犹北曲之必用北韵也,亦犹丈夫之必冠帻,而妇人之必笄珥也。作南曲而仍纽北韵,几何不以丈夫而妇人饰哉。"②南曲用南韵、北曲用北韵,不可掺杂混乱。

第四,南北用字不同。如"者""兀""您"等字,唯北剧有之,今人用在南曲白中,"皆大非体也"③。

第五,南北脚色不同。如《论部色》说,南戏的名色与元杂剧不同,作用也不一样。

第六,南北风格不同。北剧沉雄,南戏柔婉。北剧看重篇章结构,南戏重文采修辞。北剧的特点在气骨,南戏在色泽。北词"如沙场走马,驰骋自由",南词则"如揖逊宾筵,折旋有度",前者容易"芜蔓",而后者易"局踏"。④

第七,南北唱法不同。《曲律》称:"南戏曲,从来每人各唱一只,自《拜月》以两三人合唱,而词隐诸戏遂多用此格。毕竟是变体,偶一为之可耳。"⑤

第八,南北制题不同。杂剧命名经常三字标目,"南戏自来无三字作目者,盖汉卿所谓《拜月亭》,系是北剧,或君美演作南戏,遂仍其名,不更易耳"⑥。

尽管《曲律》对南、北剧戏多有比较和讨论,但其关注点始终在南曲。《曲律自序》曰:

> 惟是元周高安氏有《中原音韵》之创,明涵虚子有《太和词

---

① 王骥德著,陈多、叶长海注释《曲律注释》,上海古籍出版社,2012年,第98页。
② 同上书,第370—371页。
③ 同上书,第244页。
④ 同上书,第286页。
⑤ 同上书,第256页。
⑥ 同上书,第254页。

谱》之编,北士恃为指南,北词禀为令甲,厥功伟矣。至于南曲,鹅鹳之陈久废,刁斗之设不闲。彩笔如林,尽是呜呜之调;红牙迭响,祇为靡靡之音。俾太古之典刑,斩于一旦;旧法之澌灭,怅在千秋。①

王骥德认为,北曲已经有了《中原音韵》《太和正音谱》等明文规范,矩度严密,有章可循。北曲作者,多能遵守规范,鲜有逾越;而南曲作者,从高明、施惠等人开始就立法不严,"平仄声韵,往往离错","作法于凉,驯至今日,荡然无复底止,则两君不得辞作俑之罪,真有幸不幸也"。② 故《曲律》之作,旨在为南曲树法则、立规范,从而振兴南曲创作。这一方面源于王骥德个人的文艺立场,另一方面也是深受徐渭的影响。徐渭《南词叙录》感慨南戏不振曰:

北杂剧有《点鬼簿》,院本有《乐府杂录》,曲选有《太平乐府》,记载详矣。惟南戏无人选集,亦无表其名目者,予尝惜之。客闽多病,呫呫无可与语,遂录诸戏文名,附以鄙见。岂曰成书,聊以消永日,忘歇蒸而已。③

王骥德早年师事徐渭,曾比邻而居,往来频密,多奇文共赏、疑义相析之乐,对乃师人品、创作推崇备至,奉为南词第一人。④ 其曲学立场、观点,多由《南词叙录》发展而来。如《南词叙录》主要记录南戏名目,而《曲律》则着力于南戏、传奇律法,既补南戏缺乏曲律之憾,也为南戏立法,将徐渭开创的"南词"理论和实践发扬光大。故王骥德论曲,摈弃"天下翕然宗之"的《中原音韵》,鼓吹适合本地实际情况的"南方之音",这在当时,是非常之革命,也是作为徐渭后继

---

① 王骥德著,陈多、叶长海注释《曲律注释》,上海古籍出版社,2012年,第7—8页。
② 同上书,第260页。
③ 《中国古典戏曲论著集成》(三),中国戏剧出版社,1959年,第239页。
④ 虽然王骥德说"于南词得二人",将汤显祖也列了进去,但是,纵观《曲律》全书,他对徐渭无一微词,而对汤显祖多处批判。见《论须识字》《论讹字》等处。他对汤显祖的意见主要是在音律上。

者对南戏艺术的有力维护。至于《曲律》中脱胎于《南词叙录》的具体观点,俯拾皆是,不一一展开。

三、戏曲"本色"与"文词"

明代李开先、徐渭、何良俊等戏曲家为了拯救当时戏曲创作的流弊,纷纷倡导天然本色。王骥德自幼浸染于此,每以本色论曲。据《曲律》载,徐渭"好谈词曲,每右本色,于《西厢》《琵琶》皆有口授心解;独不喜《玉玦》,目为'板汉'"①。从《南词叙录》"本色"论曲的实例看,其所谓本色,既不能俚俗,又不能有时文气,必须符合戏曲文体的本质特征和审美意趣。王骥德批评《香囊记》《玉玦记》"句句用事,如盛书柜子"②,将其列为与"本色"相对的"文词家一体"。这只是针对无视戏曲的音乐特征、搬演需求而沉溺文词、卖弄学问的流弊而发,并不意味着绝对禁止"文词"和"学问"。在《论剧戏》中,王骥德说:"大雅与当行参间,可演可传,上之上也。"③戏曲的本色、当行与大雅、辞藻并非势不两立,只有两者兼善,方称上上之品。戏曲创作既要追求文辞美,也要重视演出效果,否则仅是"案头之书",甚至沦为卖弄学问的学究。王骥德举汤显祖《南柯记》等为例,说明"本色"和"丽语"应该相互参错,巧妙搭配:

> 至《南柯》《邯郸》二记,则渐削芜颣,俯就矩度,布格既新,遣辞复俊,其掇拾本色,参错丽语,境往神来,巧凑妙合,又视元人别一溪径,技出天纵,匪由人造。④

他甚至将"组艳"的《西厢记》和"修质"的《琵琶记》奉为本色之至:

> 《西厢》组艳,《琵琶》修质,其体固然。何元朗并訾之,以为《西厢》全带脂粉,《琵琶》专弄学问,殊寡本色。夫本色尚有胜

---

① 王骥德著、陈多、叶长海注释《曲律注释》,上海古籍出版社,2012年,第321页。
② 同上书,第173页。
③ 同上书,第207页。
④ 同上书,第307页。

二氏者哉？过矣！①

在王骥德看来，作曲如果一律本色，易觉单调；如果纯用文调，则伤于雕镂，应兼参并美，各得其所。具体到创作中，则有所侧重，如大曲引子可以文词优美蕴藉，小曲不必过求。又《论过曲》云：

> 过曲体有两途：大曲宜施文藻，然忌太深；小曲宜用本色，然忌太俚。②

施文藻而忌态深，用本色而忌太俚，正是要把握好文词和本色之间的尺度，不可偏废任何一方。王骥德在强调这一基本原则的前提下，对戏曲创作如何保持本色、如何修饰文词等，提出了自己的看法，认为"作剧戏，亦须令老妪解得，方入众耳，此即本色之说也"③。本色就是要"谐里耳"，"词藻工，句意妙，而不谐里耳，为案头之书，已落第二义"④。《曲律》举了很多过求文词之雅而伤害本色的例子：

> 夫《琵琶》久用本色语矣，（"岂忍见公婆受饿"）饿字亦何俗之有，乃妄改之，而反以不韵为快耶？⑤

> "书寄乡关"二曲，皆本色语，中着"啼痕缄处翠绡斑"二语及"银钩飞动彩云笺"二语，皆不搭色，不得为之护短。⑥

虽然《琵琶记》被王骥德视为追求本色的代表作，但其中仍有过于点缀文词、破坏本色的毛病。此乃文人习性，难以根除，可见保持戏曲本色之不易。

当然，追求戏曲本色、"谐里耳"、人人明白易懂，又不能"太

---

① 王骥德著，陈多、叶长海注释《曲律注释》，上海古籍出版社，2012年，第252页。
② 同上书，第212页。
③ 同上书，第272页。
④ 同上书，第207页。
⑤ 同上书，第229页。
⑥ 同上书，第257页。

俚",不能流于"凑插俚语""张打油"①。因此,要提高戏曲品味,作者必须多读书,不断提高知识水平和文学修养,如此方能跻身"大雅"之列,臻达"大雅与当行参间,可演可传"之境。为此,《曲律》专立"论须读书",指点途径:

> 词曲虽小道哉,然非多读书以博其见闻,发其旨趣,终非大雅。②

王骥德以词曲为文人能事,强调作曲者首先是"文人",明确宣告《曲律》"不为担菜佣、若咬菜根辈设"③。这与《太和正音谱》载赵孟𫖯强调"行家""戾家"的划分,强调杂剧乃"鸿儒硕士、骚人墨客所作"的文人曲观一脉相承。王骥德希望自己才学出众,成为左思那样能作《三都赋》的大文豪,感慨元代士流耻于为教坊乐工修改,导致当时的戏曲多猥鄙俚亵、悖理不通。他评王实甫曰:"实甫要是读书人,曲中使事,不见痕迹,益见炉锤之妙。今人胸中空洞,曾无数百字,便欲摇笔作曲,难矣哉!"④那么,如何丰富腹笥,提高戏曲创作水平呢? 王骥德认为,要博览历代诗、词、曲经典作品,从《诗经》《离骚》、汉乐府、汉魏六朝及唐诗,以及《花间集》《草堂诗余》等词集,一直读到金、元杂剧诸曲,甚至还要读古今诸部类书,"博搜精采,蓄之胸中"。文学经典、知识积累具足,将其"神情标韵"融入自己思想,配合宫商律吕,则写作时自然就有"声乐自肥肠满脑中流出,自然纵横该洽",奔腾千里。他赞扬"胜国诸贤,及实甫、则诚辈,皆读书人,其下笔有许多典故,许多好语衬副,所以其制作千古不磨",已臻大雅之境。⑤

戏曲与诗、词关系密切。因此,要追求文词之美,提高戏曲创作

---

① 王骥德著,陈多、叶长海注释《曲律注释》,上海古籍出版社,2012年,第207页。
② 同上书,第152页。
③ 同上书,第375页。
④ 同上书,第456页。
⑤ 同上书,第152页。

的文学性,必然借鉴诗学思想。王骥德一方面坚持戏曲的文体本位,一方面又将诗歌审美移诸戏曲,将"曲之调"比喻成"诗之调",以公认最富有生命力、最俊朗豪迈、"音响宏丽圆转,称大雅之声"的初盛唐诗歌作为效法对象。至于中、晚唐诗以及宋元诗歌,则渐趋而下,若"以施于曲,便索然卑下不振"①,因此不必学、不能学。这显然是严羽以来宗唐诗学在戏曲创作和理论上的延伸。《曲律》之《杂论》正以严羽诗论作为当行本色论的肇始。具体到如何作曲,《曲律》也多有吸收《沧浪诗话》的理论成果。王骥德以传统文人身份、诗学审美,倡导戏曲创作中的雅、才、情、致等观念,每将"大雅之士"与一般的"优人及里巷小人"②、"北里之侠,或闺阃之秀"③、"烟云花鸟、金碧丹翠、横垛直堆,如摊卖古董,铺缀百家衣,使人种种可厌"的"小家生活"④等相对比,旨在赋予戏曲雅文学品质,提高戏曲家的文坛地位。在《曲律》末章《论曲亨屯》中,王骥德以诗的笔触,描摹他所向往的生活场景:华堂青楼之中,名园水亭之旁,有雪阁,有画舫,花柳轻拂,微风送爽,月色朗朗。美人启动娇喉,少年曼声歌唱,伶人知音晓文,名士雅集,丽人相伴,诗篇相与,走笔新声,有美酒香茗,有明烛珠箔,倚箫合笙,有慷慨的主人,有勤快的奴仆,有精美的篇章。凡此种种,既是王骥德生活理想与艺术理想的生动写照,也可视为其融合雅俗、本色与文词兼美的戏曲观念的形象化表述。

综上所论,《曲律》作为我国第一部系统、全面的戏曲理论专著,为中国古代戏曲理论作出了重大开拓性贡献。吕天成谓《曲律》"起八代之衰,厥功伟矣"⑤,诚非溢美。

(本节由徐燕琳执笔)

---

① 王骥德著,陈多、叶长海注释《曲律注释》,上海古籍出版社,2012年,第157页。
② 同上书,第241页。
③ 同上书,第249页。
④ 同上书,第268—269页。
⑤ 《中国古典戏曲论著集成》(六),中国戏剧出版社,1959年,第207页。

第三节　四库馆臣的戏曲观

作为官修丛书,《四库全书》以"敦崇风教,厘正典籍"①为去取宗旨,曲文一概不录,曲论类多存目或无视。但综观《四库全书总目》,不难发现,四库馆臣对戏曲并非一概否定,发表了许多精辟的批评意见,值得后人借鉴。

一、《四库全书总目》关于曲、戏的区分

《四库全书总目》之末 3 卷,即卷一九八至卷二〇〇著录词曲类。末 3 卷之最终部分,也就是整套丛书的末尾,收录并评论包括《中原音韵》《雍熙乐府》等在内的一批曲书,较为集中地讨论了一些戏曲问题。这种体例安排,可见古代典籍中词曲地位之低下。《四库全书总目》词曲类小序曰:

> 词、曲二体在文章、技艺之间,厥品颇卑,作者弗贵,特才华之士以绮语相高耳。然《三百篇》变而古诗,古诗变而近体,近体变而词,词变而曲,层累而降,莫知其然。究厥渊源,实亦乐府之余音,风人之末派。其于文苑,同属附庸,亦未可全斥为俳优也。今酌取往例,附之篇终……曲则惟录品题论断之词及《中原音韵》,而曲文则不录焉。王圻《续文献通考》以《西厢记》《琵琶记》俱入经籍类中,全失论撰之体裁,不可训也。②

馆臣认为"词曲"为才华之士以绮语相高的文字,品位卑下,作者不重视,只能附于文苑之末。在传统观念中,文章正宗是诗文,词已是文章之末,曲则尤甚,和"技艺"相当接近。馆臣之所以给曲

---

① 永瑢等《四库全书总目》卷首,中华书局,1965 年,第 18 页。
② 同上书卷一九八,第 1807 页。

一席之地,只因曲词源于诗歌,乃乐府余音,风人末派,故得附庸之席。需要指出的是,馆臣所谓的曲,只是戏曲中的唱词。至于俳优伶人场上搬演,被后世称为"戏剧"的作品,如《西厢记》《琵琶记》等,则纯为技艺,不能跻身经籍之列。这体现了清代学界主流对于戏曲文体地位的基本判断,其观念由来已久,并非清人独有的偏见。

以古代类书中戏曲的位置为例。隋唐以后,随着戏曲的发展,关于戏曲的记载越来越多,对这种文体的评判和归类也从模糊趋向清晰。这种情况在各种类书的编纂中得到鲜明体现,充分反映了编纂者的戏曲文体观。

隋虞世南编《北堂书钞》,卷八二礼仪部"飨燕篇"收录了各种燕乐歌舞。卷八九礼仪部"祭祀总下"记录了祭祀乐舞。卷九二礼仪部有"挽歌",包括"梁商倡乐终以薤露之歌"等记载。卷一○六、卷一○七、卷一一二"歌篇""舞篇""四夷""倡优"均隶乐部。

唐徐坚《初学记》卷一四礼部"飨燕""挽歌"记录了宴飨歌舞和丧家之乐的情况。卷一五乐部上分雅乐、杂乐、四夷乐、歌、舞五部分。雅乐类甚至列入郑舞齐讴、羌笛胡筰等内容。杂乐类则包括了郑声艳曲、楚巫宋溺、东山妓西巴唱、侏儒戏烂熳巫、百戏假面等。

宋李昉等编纂《太平御览》卷四六五人事部有讴、歌、谣;卷五三○礼仪部有傩。卷五六三至卷五七四乐部有雅乐、律吕、历代乐、鼓吹乐、四夷乐、宴乐、女乐、优倡、淫乐、歌、舞等部分。卷五二六礼仪部"祭礼下"和卷七三四、七三五方术部记录了舞、巫歌巫舞、鼓舞等。卷七五五工艺部有角抵的记录。

明俞安期纂辑《唐类函》卷九五礼仪部有挽歌,卷九七、卷九八乐部收入歌、舞、女乐、淫乐、倡优、杂戏、四夷乐。卷一三○人部有讴谣。卷一三八人部"讽"条有优孟的记载。

清陈梦雷编《古今图书集成》之《理学汇编·文学典》卷二三五至卷二四二为乐府部,记载了铙歌、公莫舞、拂舞等歌舞;《博物汇编·艺术典》卷八一六至卷八一八为优伶部,有"唐崔令钦教坊记"

"元周密杂剧段数"等条目;卷八〇五技戏部有影戏、舞轮、百戏等。

从上述情况看,古代戏曲及相关活动在类书中既见于礼仪部、乐部、优伶部,而以乐部为主,同时也散见于人事部、工艺部等日常记录之中,但从未见有入文学部、文章部或艺文部者。值得注意的是,明《永乐大典》类目出现"曲""杂剧""戏",显示出对"戏""剧"与"曲"体有所区分的意识。《古今图书集成·理学汇编·文学典》有乐府部、词曲部,《艺术典》有技戏部、傀儡部、娼妓部等。这种编次体例,说明编纂者对戏曲兼具文学性、音乐性以及舞台表演性等特点已有所了解,观念虽较为庞杂,但无疑都是构成四库馆臣戏曲文体观的传统因素。

《四库全书总目》在对戏曲书籍归类时已注意到上述情况,并表现出自觉的辨体意识。卷三八乐类序指出:"大抵《乐》之纲目具于《礼》,其歌词具于《诗》,其铿锵鼓舞则传在伶官。"①此虽为肯定隶属经部的"乐"的地位,却也显示了音乐乃至戏曲创造、实践和传播的复杂性。同时,馆臣认为,早期音乐入经部,乃以其"宣豫导和,感神人而通天地,厥用至大,厥义至精"。汉以来俗乐艳歌,体卑格低,属于"末派",已经与传统的乐不类。机械沿袭古法,笼统归之于乐,实在"悖理伤教"。②故总目分列杂艺、词曲两类,以明雅俗、辨正声。

从"乐"中抽出"艳歌侧调、讴歌末技、弦管繁声",分入杂艺、词曲两类,是对戏曲文体特征较为准确的辨析和定位。前者入《四库全书》子部艺术类,后者入集部词曲类。词、曲二体虽并为一类,但在馆臣心目中还是有所区别。《宋名家词》提要称:"词萌于唐,而盛于宋。当时伎乐,惟以是为歌曲。而士大夫亦多知音律,如今日之用南北曲也。金、元以后,院本杂剧盛,而歌词之法失传。然音节婉转,较诗易于言情,故好之者终不绝也。于是音律之事变为吟咏之

---

① 永瑢等《四库全书总目》卷三八,中华书局,1965年,第320页。
② 同上。

事,词遂为文章之一种。"①肯定词为文章之一体,有其独特的价值。对于戏曲,四库馆臣的态度较为含糊。《四库全书总目》卷一九八词曲类序所谓词曲"在文章、技艺之间",只是笼统言之。若分而论之,词既已被视为文章之一种,则依违于文章、技艺之间的,只能是曲。如前所论,曲词与诗有渊源关系,勉强可附文章之末;而场上搬演之戏,只能是优伶技艺,无关乎文章。《竟山乐录》提要谓:"惟宁王谱今已不传,存录是编,俾唐以来教坊旧调、金以来院本遗音犹有考焉,亦技艺之一种也。"②《朝野新声太平乐府》提要言:"是集前五卷为小令,后三卷为套数。凡当时士大夫所撰及院本之佳者皆选录之。亦技艺之一种。"③皆可看出馆臣对场上搬演的戏曲的文体定位。大致而言,馆臣心目中戏曲范畴包括两个方面:文人所作曲词和俳优的表演技艺。对于前者,既不提倡,也不反对,因为它是"乐府之余音,风人之末派";对于后者,虽未能入《四库全书总目》,评论中却必须涉及,旨在戏曲辨体、正名。这种观念,固然表现了轻视戏曲技艺的局限,却明确区分"戏"和"曲",厘清了长期以模糊不清的戏曲概念,为戏曲乃"戏"与"曲"相统一的文体观念的形成奠定了基础。陆炜指出:"中国古代的戏剧本体论,经历了表演伎艺——诗歌文学——综合艺术的发展过程,由'戏'到'曲',再到戏与曲的统一,表现为一个正、反、合的演进逻辑。"④李渔《闲情偶寄》分"词曲部"和"演习部"建构其戏曲理论,李调元作《曲话》,又作《剧话》,将曲和剧、曲学和戏剧学明确区分开来,焦循作《曲考》《剧说》《花部农谭》等,都对戏剧本体论的发展作出了贡献。但这些都是曲论家的个人贡献,其影响远远不能与四库馆臣作为官方和主流学者区分曲、戏相提并论。

---

① 永瑢等《四库全书总目》卷二〇〇,中华书局,1965 年,第 1833 页。
② 同上书卷三八,第 328 页。
③ 同上书卷二〇〇,第 1836 页。
④ 陆炜《中国戏剧观念的历史演进》,《戏剧艺术》1986 年第 1 期。

二、《四库全书总目》的戏曲体性论

《四库全书总目》卷一九九《钦定曲谱》提要认为曲源于诗,延续了诗歌的抒情传统,并在此基础上"被以弦索","象以衣冠","依附故实,描摹情状,连篇累牍"①,体例趋繁,叙事功能增强,逐渐超越了诗词缘情而发、抒写性灵的牢笼,具有惩恶扬善、裨益世教的教化意义。这是四库馆臣对戏曲起源、体性、功用等的基本看法。这里稍展开论述。

如前所述,四库馆臣认为,戏曲与传统诗词有渊源关系。而诗词"抒写性灵,缘情绮靡"②的传统,必然在戏曲创作中打下烙印。元胡祗遹提出戏曲"九美说",要求戏曲演员"心思聪慧,洞达事物之情状","分付顾盼,使人人解悟","发明古人喜怒哀乐,忧悲愉佚、言行功业,使观听者如在目前,谛听忘倦,惟恐不得闻"。③ 所谓"发明古人喜怒哀乐",即要求戏曲缘情而发,吟咏性情,这与诗词功能是一致的。明人论戏曲,同样重情,且丰富了"情"的内涵,广泛涉及戏曲人物的性格个性、情感表达和复杂的社会生活,并往往与"人情物理"连用。阳明心学对自我内心的开掘以及从"真"而行的文艺观,与艺术创造的规律不谋而合,"真"和"情"也因此作为时代风尚的反映和理论思想的升华,成为明人共同的艺术追求和审美取向,并带来了戏曲理论的重大发展。李贽提出"童心说",徐渭闻之如"冷水浇背,陡然一惊",叹为"兴观群怨之品"。④ 汤显祖高举情帜,又特别拈出"人之大欲"——男女之情,以呕心沥血之作《牡丹亭》,来表现他"情不知所起,一往而深,生者可以死,死可以生"⑤的至情思想,影响广泛而深远。四库馆臣未必同意这些比较激进的观

---

① 永瑢等《四库全书总目》卷一九九,中华书局,1965 年,第 1828 页。
② 同上。
③ 胡祗遹《黄氏诗卷序》,《胡祗遹集》卷八,吉林文史出版社,2008 年,第 224 页。
④ 徐渭《答许口北》,《徐渭集》,中华书局,1983 年,第 482 页。
⑤ 汤显祖《牡丹亭记题词》,《汤显祖全集》,北京古籍出版社,1999 年,第 1153 页。

点,但他们认为曲有抒情写景之用,"得乐府之遗"①。因为伴随诗词"抒写性灵,缘情绮靡"而来的,是对社会现实、人生经历、思想情感的描摹、表现和抒发。肯定戏曲的抒情功能,也就意味着对戏曲反映人生这一基本功能的认知和接受。

戏曲在抒情功能上同于诗词,但戏曲又有区别于传统诗词的重要因素,即叙事功能。可以说,叙事是戏曲的骨架,是这一艺术形式独立并区别于诗词的重要支柱。没有情节和叙事,戏曲很难场上搬演。《钦定曲谱》提要强调了戏曲的叙事性,运用追源溯流的方法,从《诗经》、汉乐府探究戏曲叙事的源头,如"《国风》'氓之蚩蚩'一篇,已详叙一事之始末","乐府如《焦仲卿妻诗》《秋胡行》《木兰诗》,并铺陈点缀,节目分明,是即传奇之滥觞矣"。② 这里所用的"铺陈""点缀""节目"等,是明清小说戏曲批评中与叙事相关的重要术语。能够拈出这些术语,可见提要作者对戏曲叙事功能的把握是比较敏锐、准确的。又,《四库全书总目》卷一九九《钦定曲谱》提要曰:"王明清《挥麈录》载曾布所作《冯燕歌》,已渐成套数,与《词律》殊途。沿及金、元,此风渐盛。"③以《冯燕歌》作为戏曲叙事发展的标志性里程碑,以金、元为戏曲叙事艺术繁荣和成熟的重要时段,说明元曲的文体优势在于既能叙事,又能抒情,是一种"叙事抒情"文学。这种探源和定性,确实高出一般批评家简单地以戏曲攀附唐传奇,或者将戏曲叙事溯源至唐传奇就不再深入探讨的成见。

除了抒情性、叙事性,《四库全书总目》还认为,戏曲具有舞台性、音乐性,是具有角色扮演功能的视听艺术。"其初被以弦索,其后遂象以衣冠"④,说明戏曲有音乐性,但不是简单地演奏音乐,而是音乐与其他表演艺术的结合。戏曲离不开"象",须加上种种服饰道

---

① 永瑢等《四库全书总目》卷二〇〇,中华书局,1965年,第1836页。
② 同上书卷一九九,第1828页。
③ 同上。
④ 同上。

具,扮演一定的角色,以达到艺术化的真实。在馆臣看来,戏曲表演艺术经历了漫长的发展阶段。最早是叙事性的徒歌,后增加了乐器伴奏,再后又出现了表演功能,需要有角色扮演的性质、代言体的特征。也就是说,戏曲要场上搬演,是视觉和听觉双重的艺术欣赏。

以上论述,是符合戏曲发展的历史事实的。由于艺术起源的现实基础及其所具备的反映现实生活的共同特点,亚里士多德在《诗学》中提出,艺术通过媒介进行模仿。戏剧需要模仿以扮演行动中的人。司马迁《史记·滑稽列传》所载优孟衣冠的故事,说明我国早期戏剧即以扮演人物为主要表现手段,并以与原型的相似程度作为演出好坏的评判标准。这种模仿、仿效特征,也成为宋人判断是否杂剧的标志之一,《太和正音谱》等理论著作,已明确出现"扮杂剧""子弟所扮"等字样。明清时期,剧论家对戏曲扮演性质越来越重视,并逐渐形成了文体共识:戏曲是通过模仿和扮演来塑造人物形象、讲述故事情节的综合性艺术,角色扮演是戏剧的本质。《四库全书总目》充分认识到这个问题的重要性,并简要勾勒了戏曲曲词与音乐、叙事、表演等逐步结合的过程,其理论意义不容忽视。

此外,四库馆臣对戏曲的教化作用也较为关注。《钦定曲谱》提要指出,戏曲"叙述善恶,指陈法戒,使妇人孺子皆足以观感而奋兴,于世教实多所裨益",并认为大多数戏曲达到了这样的教化效果。同时,馆臣也指出戏曲末派"矜冶荡而侈风流"的弊习,却并没有因此苛责于戏曲本身,还辩护说:"辗转波颓,或所不免。譬如《国风》好色,降而为《玉台》《香奁》。不可因是而罪诗,亦不可因是而废诗也。"[①]这是比较宽容和公允的意见。

三、《四库全书总目》的戏曲音律论

周德清的《中原音韵》宗旨在"正言语",以其为"作乐府"的首

---

① 永瑢等《四库全书总目》卷一九九,中华书局,1965年,第1828页。

要条件。此书甫一问世即被奉为曲坛圭臬。《录鬼簿续编》载:"人皆谓德清之韵,不但中原,乃天下之正音也;德清之词,不惟江南,实天下之独步也。"①传奇出现后,沈璟等人亦以此为准绳,"欲令作南曲者,悉遵《中原音韵》"②。对戏曲理论和实践都深有研究的李渔,在《闲情偶寄》中将音律列为词曲部第三项要求,其"恪守词韵"条谓:"一出用一韵到底,半字不容出入,此为定格。旧曲韵杂出入无常者,因其法未备,原无成格可守,不足怪也。既有《中原音韵》一书,则犹畛域画定,寸步不容越矣。"③可谓推崇备至。

对这样一部音韵经典,四库馆臣却自出裁断,没有人云亦云。《中原音韵》提要称:"全为北曲而作……乐府既为北调,自应歌以北音。德清此谱,盖亦因其自然之节,所以作北曲者沿用至今。言各有当,此之谓也。至于因而掊击古音,则拘于一偏,主持太过。"认为《中原音韵》记录的是北方语音,适用于北曲,不可以此衡裁一切语音,因为"语言各有方域,时代递有变迁,文章亦各有体裁",不可以今律古,以此律彼。馆臣又举《诗经》以来各种实例,说明参用方音、随时变转、各因体裁用韵等情况,进一步指出"词曲本里巷之乐,不可律以正声",唐宋亦无词韵,"间或参以方音,但取歌者顺吻、听者悦耳而已矣","至元而中原一统,北曲盛行,既已别立专门,自宜各为一谱,此亦理势之自然;德清乃以后来变例,据一时以排千古,其傎殊甚"。④批评不算激烈,而所论有理有据,对于历来盲目推崇、机械套用《中原音韵》的时风,实有摧陷廓清之功。

这里不能不提到汤、沈之争。在南北曲关系问题上,明代大多数曲家认识比较模糊,往往以南曲为北曲之流裔,并以北曲为至尊,奉为准绳。沈璟等人虽也发现用《中原音韵》作传奇实在勉为其难,但

---

① 钟嗣成等《录鬼簿(外四种)》,古典文学出版社,1957年,第107页。
② 王骥德《曲律》卷二,《中国古典戏曲论著集成》(四),中国戏剧出版社,1959年,第105页。
③ 李渔《闲情偶寄》,《李渔全集》第3卷,浙江古籍出版社,2014年,第26—27页。
④ 永瑢等《四库全书总目》卷一九九,中华书局,1965年,第1828—1829页。

囿于音律成见也只能因陋就简,并以此号令天下。就在这种背景下,"家传户诵,几令《西厢》减价"①的《牡丹亭》问世。这部石破天惊、引起巨大轰动的传奇作品,偏偏出于对音律很不耐烦的汤显祖之手。以音律为先的沈璟,改动了《牡丹亭》中许多他认为不协音律之处。这引起了汤显祖的不满,并通过给友人的书信,多次表明自己追求"意趣神色"等主张,抨击曲坛时风曰:"周伯琦作《中原韵》,而伯琦于伯辉、致远中无词名。沈伯时指乐府迷,而伯时于花庵、玉林间非词手。词之为词,九调四声而已哉!且所引腔证,不云未知出何调、犯何调,则云又一体又一体。彼所引曲未满十,然已如是,复何能纵观而定其字句、音韵耶?"②在汤显祖看来,戏曲是一种复杂的综合艺术,所涉并非只有音律,戏曲的评判标准主要也不是音律。由音律引发的论争,因此公开化,并牵动了曲坛,发展成为对戏曲文学本质问题的讨论,牵涉晚明戏曲观念、戏曲整体流变的脉络、规律和意义等重大问题。

今人认为,"临川四梦"用韵不同于《中原音韵》音系,有其通语和方音上的特点,这与汤显祖的传奇创作理论是一致的,应该看作汤显祖依据实际读音用韵的表现。正因为这样,其作品音律才会受人诟病。王骥德《曲律》卷四说:"临川之于吴江,故自冰炭。吴江守法,斤斤三尺,不欲令一字乖律,而毫锋殊拙;临川尚趣,直是横行,组织之工,几与天孙争巧,而屈曲聱牙,多令歌者舌。"③甚至《琵琶记》等南戏和早期传奇用韵,也在王骥德的批评之列。《曲律》卷二抨击南曲"孟浪其调""旁入他韵"等现象,说《琵琶》《拜月》的"不寻宫数调","开千古厉端"。④ 凌濛初《谭曲杂札》也批评汤显祖:"惜其使才自造,句脚、韵脚所限,便尔随心胡凑,尚乖大雅。

---

① 沈德符《顾曲杂言》,《中国古典戏曲论著集成》(四),中国戏剧出版社,1959年,第206页。
② 汤显祖《答孙俟居》,《汤显祖全集》,北京古籍出版社,1999年,第1392页。
③ 王骥德著,陈多、叶长海注释《曲律注释》,上海古籍出版社,2012年,第308页。
④ 同上书,第92页。

至于填调不谐,用韵庞杂,而又忽用乡音,如'子'与'宰'叶之类,则乃拘于方土,不足深论。止作文字观,犹胜依样画葫芦而类书填满者也……只以才足以逞而律实未谙,不耐检核,悍然为之,未免护前。况江西弋阳土曲,句调长短,声音高下,可以随心入腔,故总不必合调,而终不悟矣。"①李渔《闲情偶寄》卷二亦谓"犹有病其声韵偶乖、字句多寡之不合者"②。明代不少批评家盛赞汤显祖,包括他的文章才气、思想内容乃至当行本色,但这种不拘成法、恣肆骀荡的用韵,支持者却不多见。

《四库全书总目》在这个问题上据理持论,客观中允。馆臣首先肯定《中原音韵》的合理内核,认为此书乃是据北音、为北曲而作:"乐府既为北调,自应歌以北音","既已别立专门,自宜各为一谱,此亦理势之自然"。指出《中原音韵》能够被作北曲者接受并沿用下来的原因,在于符合语言运用的实际情况,乃理势之自然。在《顾曲杂言》提要里,四库馆臣认为沈德符"北曲以弦索为主,板有定制;南曲笙笛,不妨长短其声以就板"之说"颇为精确"③。凡此种种,持论都非常通达。与此同时,馆臣又指出《中原音韵》"掊击古音,则拘于一偏,主持太过"的偏执。盖语音有地域、时代差异,文章各有体裁,不可执一御万。就音韵言,"词曲本里巷之乐,不可律以正声",意谓曲源于民间,体、韵等自然有民间格调,不能用一般的正声雅韵去要求。而从历史事实考察,三百年间并无统一的词韵,"间或参以方音,但取歌者顺吻,听者悦耳而已矣",认可方音入词曲,不必强求统一,即《琼林雅韵》提要所谓"曲韵自用方音,不能据古韵为增减"④。鉴于以上认知,四库馆臣总结这场音律之争曰:"德清乃以后来变例,据一时以排千古,其俱殊甚。观其瑟注音史,塞注音死,今

---

① 凌濛初《谭曲杂札》,《中国古典戏曲论著集成》(四),中国戏剧出版社,1959年,第254页。
② 《李渔全集》第3卷,浙江古籍出版社,2014年,第28页。
③ 永瑢等《四库全书总目》卷一九九,中华书局,1965年,第1828页。
④ 同上书卷二〇〇,第1836页。

曰四海之内,宁有此音,不又将执以排德清哉?然德清轻诋古书,所见虽谬,而所定之谱,则至今为北曲之准绳。或以变乱古法诋之,是又不知乐府之韵本于韵外别行矣。"①既肯定其合理内核,又指明其偏执之弊,表现了非凡的气度和见识,可谓《中原音韵》之争的定谳。

(本节由徐燕琳执笔)

---

① 永瑢等《四库全书总目》卷一九九,中华书局,1965 年,第 1829 页。

第十二章　明清说部入集论

在目录学传统中,小说长期依违于子、史之间,缺乏稳定的归属,是一种边缘化的著述门类。而在文集与文学批评传统中,小说则长期被排斥于文苑之外,无缘于古代文体谱系。王世贞编《弇州四部稿》,创造性地设立赋、文、诗、说四部来汇聚生平所作,使长期以来处于边缘地位的小说,与赋、文、诗并驾齐驱,提高了小说的文体地位,为小说进入文苑、跻身古代文体之林开辟了通道。"说部"一词,自此成为"小说"的代名词,在明清时期广泛流行,直至民国时期依然十分活跃。

第一节　明清说部的内涵

"说部"一词,肇始于明代中叶以后。较早使用此词并产生广泛影响的,是王世贞。万历初,王世贞手自编定《弇州四部稿》170余卷,将平生所撰之文分赋部、诗部、文部、说部四大类编次,故称"四部稿",不同于传统目录学上的经、史、子、集四部。其中"说部"收录《札记内篇》《札记外篇》《左逸》《短长》《艺苑卮言》《艺苑卮言附录》《宛委余编》七种著作。这些著作内容庞杂,没有明确、集中的主题,体制灵活自由,行文采用随笔札记的形式,难以独立成篇。如果比照目录学史上对相似作品的著录,不难发现,此书"说部"的内涵,与传统目录学上的"小说家"关系密切。如《札记内篇》《札记外篇》《宛委余编》主要记载读书心得,类似读书笔记或学术札记。这类著作,宋代以来颇为盛行,著名的如陆游《老学庵笔记》、曾慥《类说》、郎瑛《七修类稿》、王世贞《史乘考误》等,焦竑《国史经籍志》皆著录为"小说家"。《左逸》《短长》为野史逸闻类,相似著作,如王嘉《拾遗记》,《隋书·经籍志》入史部杂史类,而《宋史·艺文志》《四库全书总目》皆入子部小说类;《汉武故事》,《隋书·经籍志》入史部旧事类,《宋史·艺文志》入别史类,《四库全书总目》入子部小说类。《艺苑卮言》《艺苑卮言附录》为谈诗论文之作,这类作品,虽然《四库全书总目》入集部诗文评类,但因其"体近说部",故多有归入小说家者,如《宋史·艺文志》子部小说类录苏轼《东坡诗话》、陈师道《后山诗话》、谢伋《四六谈麈》等。尽管古代"小说"内涵驳杂,文体界限模糊,同一著作,可能入子部小说家,也可能入杂家;如果叙事、记人成分较多,还有可能入史部杂史、杂传、别史等类目,但《弇州四部稿》"说部"七种,依作品体性而言,在目录学史上都有著录为"小说"的先例。因此,其"说部"内涵,大致相当于目录学家心目中的"小说"概念,这一点当无疑义。

王世贞之后,"说部"一词逐渐流行,其基本内涵也大体不出传统"小说"范围。如明陈继儒《藏说小萃序》:

> 书之难,难在说部。余犹记吾乡陆学士俨山、何待诏柘湖、徐明府长谷、张宪幕王屋,皆富于著述,而又好藏稗官小说,与吴门文、沈、都、祝数先生往来。每相见,首问近得何书,各出笥秘,互相传写,丹铅涂乙,矻矻不去手。其架上芸裹缃袭,几及万签,率类是,而经史子集不与焉。经史子集,譬诸梁肉,读者习为故常,而天厨禁脔,异方杂俎,咀之使人有旁出之味,则说部是也。第小说所载,其中多触而少讳,子孙之贤者扃锢不敢行,而不肖者,愕然如坐云雾中,不解祖父撰述为何语。间有诣门而求之,彼且狡狯掩匿,诧以十袭之藏,邀以千金之享,转展一二传,而皆已化为鼠壤蠹夹中物。①

从《藏说小萃》所录作品《公余日录》《水南翰记》《存余堂诗话》

---

① 陈继儒《陈眉公集》卷五,万历四十三年(1615)刻本。

《延州笔记》等来看,陈继儒序文中的"说部",多笔记丛谈之类,与《弇州四部稿》"说部"性质相近。当时许多藏书家以说部为尚,奉为秘笈珍宝,而对常见的经史子集著作,即使是墨楮精良的宋刻,也不屑一顾。其原因在于,传统经史子集,譬如粱肉,司空见惯;而说部如"天厨禁脔,异方杂俎",故为世所重。序文或称说部,或称稗官小说,所指皆无二致。吴中士人藏书特重说部,暗示着明中叶以来士大夫个人阅读兴趣与传统文化价值观念的冲突,也透露出小说在明清时期日益风行的潜在原因。清王士禛《蓉槎蠡说序》:"说部之书,盖子史之流别,必有关于朝章国故,前言往行,若宋王氏《挥麈》三录、邵氏前后《闻见录》之属,始足为史家所取衷。予尝于《居易录》自序中略其例矣,而平生先后所撰著游历、记志而外,则又有《池北偶谈》《香祖笔记》《古夫于亭杂录》诸种,未知视宋人何如。然备掌故而资考据,或亦不为无补。"①汪师韩《说部四种题词》之"韩门缀学"条:"诸子十家,终于小说。小说十五家,终于《虞初》《周说》。班氏谓可观者九家,固以小说为不足观也。刘向采群言为《说苑》,列于儒家,为后世说部书所自始。后人说部,盖兼十家而有之。"②两条引文中的"说部",皆指小说类著作。又如《四库全书总目》批评明沈越《嘉隆两朝闻见纪》"所附案之文如五元臣皆不利之类,亦体杂说部"③、王士性《广志释》"盖随手记录,以资谈助,故其体全类说部,未可尽据为考证也"④,清汪为熹《鄢署杂钞》"大抵多采稗官说部一切神怪之言,盖本储地志之材,而翻阅既多,捃摭遂滥,又嗜奇爱博,不忍弃去,乃裒而成帙,别以杂钞为名","是特说部之流,非图经之体也,今存目于小说家中,庶从其类"⑤,等等,都流露出对学术著作而采用小说笔法的不满。从这些批评中不难看出,

---

① 王士禛《带经堂集》卷七三,《清代诗文集汇编》第134册,第724页。
② 汪师韩《上湖分类文编》卷四,光绪十二年(1886)汪氏刻丛睦汪氏遗书本。
③ 永瑢等《四库全书总目》卷四八,中华书局,1965年,第434页。
④ 同上书卷七八,第676页。
⑤ 同上书卷一四四,第1232页。

四库馆臣笔下的"说部"等同于小说家著述。又,顾广圻《重刻古今说海序》曰:

> 说部之书,盛于唐宋,凡见著录,无虑数千百种,而其能传者,则有赖汇刻之力居多。盖说部者,遗闻轶事,丛残琐屑,非如经义、史学、诸子等,各有专门名家师承授受,可以永久勿坠也。独汇而刻之,然后各书之势常居于聚,其于散也较难。①

对说部题材及文体特征的概括,如"遗闻轶事,丛残琐屑"等,正源于目录学家对"小说"的描述,亦可见"说部"即"小说"。这种观念,不仅贯穿于明代中后期和整个清代,甚至一直延续到民国时期。如王韬《镜花缘序》:"《镜花缘》一书,虽为小说家流,而兼才人、学人之能事者也","阅者勿以说部观,作异书观亦无不可"。②吴曾祺编《旧小说·例言》曰:"搜罗说部诸书,自汉魏六朝,以迄近代,都为六集。其中多世所罕见本,佚文秘典,往往而在,蔚为小说之大观。"③既称"说部",又称"小说",实为同义互指。又,民国初年,上海国学扶轮社出版《古今说部丛书》十集六十册,其中所录大部分作品,都曾被目录学家归入小说类,足见明清以来,以"说部"指称小说,已深入人心。

需要注意的是,明清时期,以"说部"指称小说,仅是大体而言;在一些具体语境中,也可能别有所指,不可绝对化。如清金堡《遍行堂续集》分体编次,各体以"部"冠名,计有说部、序部、疏部、记部、传部、赞部、题部、跋部、书义部等。其中"说部"录《善覆无为说示黄碧生太守》《天下无不可为之事说》《圣学说为刘子安赠别》《以德报怨说》《宗门不必开戒说》等,皆独立成篇的论说文体,既不同于《弇州四部稿》中的"说部",也与目录学上的"小说"没有直接关系。当

---

① 顾广圻《思适斋集》卷一〇,道光二十九年(1849)徐渭仁刻本。
② 李汝珍《绘图镜花缘》卷首,中国书店影印上海点石斋版,1985年。
③ 吴曾祺编《旧小说》卷首,上海书店,1985年。

然,这种含义,属于个别现象,不影响对明清"说部"基本内涵的整体判断。另外,从语言系统看,传统目录学上的小说,主要是文言小说,许多作品学术性重于文学性。明清以后,随着白话小说的兴起,传统小说的内涵得到丰富和拓展,主于写人叙事、追求文学性的白话小说也随之纳入说部范畴。如王蕴章《然脂余韵》称:"《红楼梦》为说部名著,形诸题咏,无虑百十人。"①《红楼梦》以及此前的《水浒传》《西游记》等白话章回小说,在传统目录学,尤其是官方目录学中,很少得到著录,但在清代乾嘉之后,特别是晚清民国时期,不但跻身说部之林,且走上了与日俱增的经典化之旅。

第二节　传统文集中小说作为文体的缺失

明清"说部"的概念,大致相当于目录学上的"小说",已如前论。而目录学上小说的内涵及地位,则早在汉代即奠定基本格局。《汉书·艺文志·诸子略》"小说家"序云:

> 小说家者流,盖出于稗官。街谈巷语,道听涂说者之所造也。孔子曰:"虽小道,必有可观者焉,致远恐泥,是以君子弗为也。"然亦弗灭也。闾里小知者之所及,亦使缀而不忘。如或一言可采,此亦刍荛狂夫之议也。②

这段为后世学者反复称引的小序,所论"小说"虽然只是一个被归入"诸子略"类的学术概念,并非文体范畴,却成为研究小说早期发展状态和观念的重要史料,而"稗官"也成为后世小说的代名词。在传统儒家看来,小说只是"街谈巷语,道听涂说"之小道,难以臻于

---

① 王蕴章《然脂余韵》卷三,《民国诗话丛编》第5册,上海书店出版社,2002年,第85页。
② 班固《汉书》卷三〇,中华书局,1962年,第1745页。

大道,故"君子不为","诸子十家,其可观者九家而已"①,小说不在"可观者之列"。然而小说可广见闻、补史阙、昭劝诫,有一定的社会意义,故也不必刻意抹灭。这种以社会功用为唯一标准的价值判断,决定了小说在传统学术体系中的边缘地位和卑下品级。又因表现"小道"的方式灵活多样,没有稳定的形态特征,再加上内容驳杂,遂使小说在目录学上常处于忽此忽彼、摇摆不定的尴尬境地。就《汉书·艺文志》著录的十五家小说看,"或托古人,或记古事,托人者似子而浅薄,记事者近史而悠缪者也"②。托古人者主于记言,如《伊尹说》《黄帝说》等;记古事者近乎野史,如《周考》《青史子》等。这种或似子或近史的性质,是小说在后世目录学著作中经常依违于子、史之间,缺乏稳定归属的重要原因。

从目录学看,《汉书·艺文志》"诗赋略"是四部分类法中集部的前身,而"诗赋略"对诗赋作品的著录和分类,则被视为文集编纂的雏形,诚如章学诚《汉志诗赋》所论:"三种之赋,人自为篇,后世别集之体也;杂赋一种,不列专名,而类叙为篇,后世总集之体也。"③因此,若追溯目录学渊源,小说在《汉书·艺文志》中属"诸子略",与"诗赋略"没有任何关系;后世小说尽管常常出入子、史之间,但绝少阑入文集。这种目录学传统,直接影响到文集的编纂。如现存第一部文章总集《文选》分体编次,收录了先秦直至萧梁时代的赋、诗、骚、七、诏、册、令、教、策、文、表、上书、启、弹事、笺、奏记、书、移、檄、难、对问、设论、辞、序、赞、符命、史论、史述赞、论、连珠、箴、铭、诔、哀、碑文、墓志、行状、吊文、祭文等 39 种文体。这些类目,代表着时人心目中最重要、最常用的文体,大致划定了六朝时期的文体疆域,而小说没有进入域内。其原因首先在于,在《汉书·艺文志》开创的目录学传统中,"小说"是一种学术著作门类,而非"诗赋略"那

---

① 班固《汉书》卷三〇,中华书局,1962 年,第 1746 页。
② 鲁迅《中国小说史略》,上海古籍出版社,1998 年,第 2—3 页。
③ 章学诚著,叶瑛校注《文史通义校注》,中华书局,1994 年,第 1065 页。

样的文体范畴,故尽管可入子部甚至史部,但不能入文集。萧统《文选序》即明确表示,其收录范围是单篇辞章,不录经、史、子著作。在六朝人看来,辞章写作"以能文为本",追求辞藻华美、声韵和谐。经、史、子著作尽管也有不少富有文学性的作品,但读者主要不是从文章欣赏和写作角度看待这类著作的,其性质、宗旨迥异于辞章,如经部"姬公之籍,孔父之书,与日月俱悬,鬼神争奥",乃"孝敬之准式,人伦之师友",故"岂可重以芟夷,加之剪截";至于"记事之史,系年之书,所以褒贬是非,纪别异同,方之篇翰,亦已不同";子书如"老庄之作,管孟之流","盖以立意为宗,不以能文为本"①,因此原则上不予选录。② 这种取舍标准,意在划清辞章与学术著作的界限,体现了文学创作开始摆脱对学术的依附,发展为一门独立学科的历史趋势。而小说则因长期以来隶属于学术范畴,遂被摒弃于六朝文体谱系之外。

除了目录学传统,小说作为一种著述形式,不像诗、赋、骚、诏、策、令等那样具有稳定的文体形态特征,也是未能进入文体谱系的重要原因。众所周知,六朝时期,小说创作已蔚为大观。在萧统《文选》之前,甚至产生了第一部以"小说"命名的小说总集,即殷芸《小说》。此书《旧唐书·经籍志》《新唐书·艺文志》《崇文总目》《郡斋读书志》等皆入小说类。从现存160多条佚文看,其取材范围极为广泛,计引《三齐略记》《风俗通》《西京杂记》《说苑》《幽明录》《典论》《六韬》《荆州记》《俳谐文》等50余种文献,而所涉文体也极丰富,有诏、令、上书、启、书、对问等。这些文体,多为《文选》收录。换言之,殷芸《小说》虽在公私目录学著作中普遍被视为小说,但体制驳杂,形态模糊,没有明确、稳定、可以区别于其他文体的显著特征,因此,无法像赋、诗、诏、令、策等那样在《文选》中立为文之一体。

---

① 萧统《文选序》,萧统编,李善注《文选》卷首,上海古籍出版社,1986年,第2—3页。
② 当然,《文选》收录了史书中的一些论赞、序述,一方面是因为这些作品"综辑辞采","错比文华","事出于沉思,义归乎翰藻",符合辞章的审美标准;另一方面,这些文体并非史书独有,也不是史书的代表性文体,而是广泛存在各类著述中,早已获得独立的文体地位,究其实质,是辞章文体在史书中的运用而已,因此酌情收录,不算自乱体例。

不仅总集如此,汉魏六朝的别集也只收单篇辞章,不录经、史、子著作,自然也造成小说的缺失。《后汉书》著录传主的撰述情况,往往详载辞章文体类目和篇数;如有著作,则多与辞章分开著录,如卷六〇上《马融传》载融"著《三传异同说》,注《孝经》《论语》《诗》《易》《三礼》《尚书》《列女传》《老子》《淮南子》《离骚》,所著赋、颂、碑、诔、书、记、表、奏、七言、琴歌、对策、遗令,凡二十一篇"①,卷六〇下《蔡邕传》载邕"所著诗、赋、碑、诔、铭、赞、连珠、箴、吊、论议、《独断》《劝学》《释诲》《叙乐》《女训》《篆艺》、祝文、章表、书记,凡百四篇,传于世"②,卷八〇《文苑传》载杜笃"所著赋、诔、吊、书、赞、七言、《女诫》及杂文,凡十八篇,又著《明世论》十五篇"③等,这种体例,足见严格区分辞章和学术著作之意。又,任昉《王文宪集序》云:"昉尝以笔札见知,思以薄技效德,是用缀缉遗文,永贻世范。为如干秩,如干卷。所撰《古今集记》《今书七志》,为一家言,不列于集。"④序文显然是介绍自编别集的情况。结合《后汉书》的文体著录体例,可以看出,"为一家言"的著述不入文集,在六朝时期是普遍风气,并形成文集编纂传统。在这个传统下,出入子、史的小说不能作为一种独立文体跻身别集和总集之中。不唯六朝如此,整个唐代也不例外。甚至到了明清时期,大多数文集仍严守这种编纂体例。

第三节 明清文集中的小说

文集不录学术著作和小说的传统,从汉魏六朝开始,唐人因袭不

---

① 范晔《后汉书》,中华书局,1965年,第1972页。
② 同上书,第2007页。
③ 同上书,第2609页。
④ 萧统《文选》卷四六,上海古籍出版社,1986年,第2084页。

改,直到宋代才开始出现变化。周必大编《欧阳文忠公集》,除录诗赋辞章外,学术著作也搜罗殆尽,涵盖经、史、子各部。如《易童子问》3卷为经学著作,《崇文总目叙释》1卷为史部目录类著作;《于役志》1卷、《归田录》2卷为史料笔记性质,多入子部小说家或史部杂史类;《诗话》1卷,或入子部小说家类,或入集部"文史"类、"诗文评"类,与别集、总集并列,而绝少入别集、总集者。周必大卒后,其子纶手订《文忠集》200卷,既录诗赋辞章,又录《辛巳亲征录》《归庐陵日记》《泛舟游山录》《玉堂杂记》《二老堂诗话》《二老堂杂志》等著作。这些例子表明,别集到了宋代,除表现辞章藻采外,又增加了表彰学术的功能,打破了文集不录著作和小说的传统惯例。然而,这种现象,并不意味着宋人已把小说视为文之一体收入文集。事实上,他们收录包括小说在内的学术著作,主要是出于保存文献的动机。如周必大称其编纂《欧阳文忠公集》,旨在"补乡邦之阙"①,即保存乡邦文献。又陆游编《渭南文集》,录《入蜀记》《牡丹谱》等著作,并向陆子遹解释说:"如《入蜀记》《牡丹谱》、乐府词,本当别行,而异时或至散失,宜用庐陵所刊《欧阳公集》例,附于集后。"②这一解释恰恰表明,在宋人观念中,学术著作本当别本刊行;收入别集,只是防止文献散佚的权宜之计,这在一些求多求全、有作必录的"大全"类别集中尤其明显。此端既肇,遂成风气,辞章而兼收著作的别集越来越多。如宋刘克庄《刘后村集》录《诗话》2卷,金王若虚《滹南遗老集》录《著述辨惑》1卷、《诗话》3卷,明舒芬《舒梓溪先生全集》收《东观录》1卷、韩邦奇《苑洛集》收《见闻考随录》5卷等。这些自成卷帙的作品进入别集,与《欧阳文忠公集》《渭南文集》所录性质一样,皆非以辞章之体跻身文苑,而仅是以学术著身份

---

① 周必大《欧阳文忠公集后序》,周必大《文忠集》卷五二,《景印文渊阁四库全书》第1147册,第550页。
② 陆子遹《渭南文集跋》,陆游著,朱迎平笺校《渭南文集笺校》,上海古籍出版社,2022年,第2533页。

附缀于文集之中。

至于总集,历来只录单篇辞章,不收成部著作。值得注意的是,宋代以后的一些文章总集,如《文苑英华》《唐文粹》等,收录了韩愈《毛颖传》、柳宗元《童区寄传》、陈鸿《长恨歌传》、沈亚之《冯燕传》等屡屡入选后世小说选本的作品。这些作品都有浓厚的小说意味或传奇色彩,但它们进入《文苑英华》等总集,是凭借传统辞章中的"传"体文身份,而非小说身份。换言之,宋代文集中,无论总集还是别集,尽管收录了一些被后世视为小说的作品,但小说仍然没有在文章谱系中获得独立的文体地位。这种坚冰,一直到明代王世贞编《弇州四部稿》才开始打破。

如前所述,《弇州四部稿》将平生所撰之文分为赋、诗、文、说四部。其中赋部2卷,分赋、骚两类。诗部52卷,下立风雅类、拟古乐府、三言古、五言古、七言古、五言律、五言排律、七言律、五言绝、七言绝、杂体、杂言、回文、词等二级类目。文部84卷,有序、记、纪、传、墓志铭、墓表、神道碑、墓碑、碑、行状、颂、赞、铭、祭文、奏疏、史论、杂记、读、策、书牍、杂文跋、墨迹跋、画跋等子目。说部36卷,没有二级类目,收录《札记内篇》《札记外篇》等通常被目录学家归入"小说"类的作品。综观全书体例,不管一级类目还是二级类目,都是按文体类聚区分的。其中二级类目所列是各种具体文体,而一级类目则依据文体共性对这些具体文体的合并归类。因此,无论一级类目或二级类目,都具有显著的文体学意义。其中最引人注目的是,在一级类目中,收录小说的说部与赋部、诗部、文部并列,成为文体的一大门类,从而使小说得了明确、独立的文体地位。这在文集编纂史上是一大创举。那么,王世贞这一创举,是偶尔为之的率意之举,还是深思熟虑的体例设计呢?《又与徐子与》云:"比间寂寂,公署若深山中道院。了得全稿,诗、赋、文、说凡四部,百五十卷,可百余万言。"①《又与张助甫》云:"弟校集,凡赋、诗、文、说部,将百三十万言,得百七十余卷。异时更得玄晏一序,便足忘死矣。"②所谓"了得全稿",指王世贞五十岁时,初步编成《弇州四部稿》150余卷;后经不断增补校订,得定稿170余卷,即"弟校集"之谓。可见,《弇州四部稿》在编纂过程中,尽管内容、篇目时有增补,但按赋部、诗部、文部、说部四大门类编次的体例,始终保持稳定。稍有变化的是,在初稿与定稿之间,赋和诗的位置有所调整,但不影响整体格局。换言之,说部获得与诗、赋、文并列的文体地位,这是一以贯之的。不仅如此,王世贞还在书信中屡屡提及《弇州四部稿》中的说部。《与陈玉叔》:"今年梓拙稿成,得百八十卷","聊上说部一种之半,或足佐握麈耳"。《又与陈玉叔》:"鄙集于说部大有损益,先上一部,有续刻者亦俟此期致之。"③对自刊文稿的其他内容不置一词,却于说部再三致意,足见其自得、自重之意。这也从另一侧面表明,说部与赋、文、诗并列,并非率意为之,而是精心设计的体例,自有深意寓焉。作为一代文宗,王世贞不像心学家那样漠视辞章,也不像纯学者那样仅将辞章视为表见学问之具,而是充分肯定文学的独立价值,不遗余力投身于文学理论和创作实践。《弇州四部稿》中的赋、诗、文三部集中体现了这种努力的成果。然而,王世贞并不满足于只做一个文人,他的理想是在文章和博学上都达到最高水平,因此特意在《弇州四部稿》中立"说部"以表见其学问。在前后七子等复古派作家看来,博学与文章是相辅相成的,所谓"文以阐乎学,学以博乎文"④,是优秀作家必不可少的修养,而表现这种博学的最佳形式,则是说部中没有明确主题,形式自由灵活而学术性较强的笔记丛谈。因为这类作品没有集中的主

---

① 王世贞《弇州四部稿》卷一一八,《景印文渊阁四库全书》第1281册,第22页。
② 同上书卷一二一,第65页。
③ 王世贞《弇州续稿》卷一八九,《景印文渊阁四库全书》第1284册,第694页。
④ 胡应麟《少室山房集》卷一〇〇《策一首》,《景印文渊阁四库全书》,第1290册,第728页。

题,凡"上下古今之迹,百家众技之方,礼乐声明事物之烦,鸟兽昆虫草木之细"①,无所不载,最能表现一个人的博学程度,故自宋代以来,成为文人学士喜闻乐见的著述形式。明代号称博学的士人,如杨慎、陈耀文、焦竑、胡应麟等,无不热衷于此类著述。唯其如此,王世贞才创造性地在自刊文稿中设立"说部",与赋、诗、文并驾齐驱,践行其文章、学术并臻极盛的文化学术理想。《弇州四部稿》也因文章、博学两方面的杰出成就,呈现出牢笼百家、博大宏丽之美,既克服了心学末流空疏不学之习,也没有后世考据文章烦琐细碎之弊,因此成为明代后期文人之文与学者之文相结合的典范。②

王世贞是后七子领袖,影响文坛至为深远。明末艾南英曾批评七子派流害曰:"后生小子不必读书,不必作文,但架上有前、后《四部稿》,每遇应酬,顷刻裁割,便可成篇。骤读之无不浓丽鲜华,绚烂夺目,细案之一腐套耳。"③这种尖锐的指责,恰恰透露了《弇州四部稿》对后学读书、作文的巨大影响。明刘城《李善承元胤罢太仓司训归里》诗有"忆得之官正乱初,干戈弦诵竟何如?饱看娄子江涛色,多读王家说部书"④句。太仓为王世贞故里,即使身处战乱,里中士子依然弦诵弇州说部而不辍。比照艾南英的批评,可知诗中所写王氏著作的影响力并非虚夸。这种影响,除了具体作品外,也包括文集立"说部"这种编纂体例。如明吴沛《西墅草堂遗集》按诗、文、说、论四部编次。其中"说部"仅收《题神六秘》一篇,分竖、翻、寻、抉、描、疏、逆、离、原、松、高、入诸题,专谈八股作法,其性质与弇州说部中的《艺苑卮言》《艺苑卮言附录》相似,属诗文评著作。而全书立说部,与诗、文、论三部并列的编次体例,显然也受了王氏影响。又,清王士禄《燃脂集例》"部署"条曰:"仆之此

---

① 胡应麟《少室山房集》卷一〇〇《策一首》,《景印文渊阁四库全书》第1290册,第728页。
② 详参何诗海《〈弇州四部稿〉"说部"发微》,《文学遗产》2015年第5期。
③ 永瑢等《四库全书总目》卷一七二,中华书局,1965年,第1508页。
④ 刘城《峄桐诗集》卷九,《四库禁毁书丛刊》集部第121册,第663页。

书,颇杂采《文选》《文粹》及《弇州四部稿》诸书体例,而间参以己意,总为四部,曰赋,曰诗,曰文,曰说,析为六十四类。"①《燃脂集》是王士禄辑录的先秦至清初女作家诗文总集,全书 230 余卷,卷帙浩繁,体例精严,对于研究女性文学有重要意义。可惜原书已佚,而介绍其编纂体例的《燃脂集例》一卷保存完好,为后人了解此书原貌提供了宝贵文献。例文明确表示此书编纂杂采《文选》《唐文粹》及《弇州四部稿》诸书分体编次的体例。事实上,《文选》《唐文粹》的影响,主要体现在二级类目即各种具体文体的名目上。至于全书整体框架结构,即一级类目上立赋、诗、文、说四部,则完全沿袭王世贞的体例。其中说部录"杂著之自为一书者"②,如班昭《补列女传》《女诫》、方维仪《宫闱诗评》、李清照《打马例》等。与《弇州四部稿》说部七种一样,这些作品不再以史部或子部著作的身份附缀于文集之末,而是以文体门类的身份与赋、文、诗并列于文集之中。又,周亮工《南昌先生四部稿序》曰:

> 盖诗古文之派,天下主于分,而先生主其合。先生统于合,而天下各得其所分也。譬诸昆仑条为支山三千,拟之百川赴于朝宗之海。故天下操觚之士,宜取准的于豫章,而豫章之士,又受函盖于先生。观其四部之书,与弇洲(州)同目。孰大孰小,孰至孰不至,必有能辨之者。顾先生更有其至,岂独诗文之统合? 诗与文之标流,无弗合也哉!③

"南昌先生"指李明睿,字太虚,江西南昌人,明天启年间进士,历任左中允等职,文誉甚隆,为豫章文士领袖、吴伟业座师;论文兼容并蓄,不立门户,此即周亮工序中所谓"先生主其合"者。正因如此,在明末清初讨伐前后七子的声浪中,李明睿不为所动,其自编

---

① 《四库全书存目丛书》集部第 420 册,第 731 页。
② 王士禄《燃脂集例》,《四库全书存目丛书》集部第 420 册,第 731 页。
③ 周亮工《赖古堂集》卷一四,《清代诗文集汇编》第 39 册,第 147 页。

文集,书名和编纂体例都一仍王世贞《弇州四部稿》,将生平所作分赋、诗、文、说四部编次。这足以体现王世贞开启的说部入集体例影响之大,徐枋称"至杂说家者流,则自升庵别集,弇州说部,衣被天下"①,洵非虚言。

如果说《弇州四部稿》等文集中的说部,主要还是传统目录学家心目中的小说,学术性重于文学性的话,那么,晚明宋懋澄《九籥集》所录小说,则更具文学价值。此书虽也分体编次,但不像《弇州四部稿》那样有两个层级,而是直接切入具体文体,计有记、传、序、论、铭、诔、诗、书、表、说、祭文、赤牍、稗等文体。在这些文体中,最有新意也最引人注目的是稗体,即稗官小说,收在此书《前集》卷一和《后集》卷二、三、四,共有40多篇作品。其中《掷索》《齿跳板》等篇是传统笔记体小说,仅以短短数十字的篇幅,记载趣闻异物,基本没有情节。而更多的作品,如《刘东山》《葛道人传》《珠衫》《耿三郎》《李福达》《负情侬传》《顾思之传》等,以记人叙事为主,篇幅较长,情节曲折,叙事生动,艺术水平较高,与弇州说部相较,显然更符合今人的文学小说文体观。

明清之际,"稗"体不仅在别集中获得文体地位,也在总集中得以立目。如黄宗羲编《明文海》482卷,为著名的明代文章总集。全书分体编次,计有赋、奏疏、诏表、碑、议、论、说、辨、考、颂、稗等29类文体。其中卷四七九、卷四八〇两卷为稗类,可见,小说作为文之一体进入文集,已非偶尔一见的个别现象。

第四节 明清说部入集的文体学意义

《汉书·艺文志》确立的目录学传统对小说的学术定位,汉魏

---

① 徐枋《读史杂钞序》,《居易堂集》卷五,《清代诗文集汇编》第81册,第224页。

六朝别集编纂传统以及《文选》作为现存第一部文章总集在文体收录和编次体例上的经典示范意义，都使得小说长期被排斥在辞章之外，不能成为古代文体谱系中的一员。这种观念，也反映在文学批评著作中。如刘勰《文心雕龙》的文体范畴远比同时代的《文选》宽泛，不但诗赋、乐府、铭箴、碑诔等有韵之文皆有专篇探讨，还特立《史传》《诸子》篇，论述明确被《文选》排斥在篇翰之外的史部和子部文体。《文心雕龙》按照一定程式系统论述的文体有30多种，再加上附于《书记》《杂文》两篇之后略作说明或仅列其目的40余种，包括谱籍簿录、方术占试、律令法制、契符券疏、关刺解牒等应用文，几乎穷尽了当时一切文字体式。然而，即使在这样庞杂、宽泛的文体家族中，依然没有小说的一席之地。虽然《诸子》篇有"青史曲缀以街谈"①，《谐隐》篇有"文辞之有谐隐，譬九流之有小说"②等语，似乎论及小说。然而，这些只言片语，只是刘勰在评价作品或探讨文学技巧时，涉及一些符合小说特征的因素而已，而非明确把小说作为一种文体来探讨。③ 尽管《文心雕龙》中的"文"所指如此庞杂，但刘勰并未突破汉魏六朝人的普遍观念，将小说纳入文体之林。对此，钱锺书曾深表遗憾：

> 然《雕龙·论说》篇推"般若之绝境"，《谐隐》篇譬"九流之小说"，而当时小说已成流别，译经早具文体，刘氏皆付诸不论不议之列，却于符、簿之属，尽加以文翰之目，当是薄小说之品卑而病译经之为异域风格欤。是虽决藩篱于彼，而未化町畦于此，又纪氏之所未识。小说渐以附庸蔚为大国，译艺亦复傍户而自有专门，刘氏默尔二者，遂使后生无述，殊可惜也。④

钱先生推测，在"小说已成流别""渐以附庸蔚为大国"的背景

---

① 刘勰著，范文澜注《文心雕龙注》，人民文学出版社，1958年，第308页。
② 同上书，第272页。
③ 详参郝敬《刘勰〈文心雕龙〉不论"小说"辨》，《贵州师范大学学报》2011年第4期。
④ 钱锺书《管锥编》第3册，中华书局，1979年，第1157—1158页。

下,"刘氏皆付诸不论不议之列,却于符、簿之属,尽加以文翰之目"的原因,"当是薄小说之品卑"。这一判断自然不错。然而,簿录、符契、券疏等日用文体,历来不为文论家重视,亦可谓"品卑"。刘勰称这些文体为"艺文之末品"①,即有看轻之意,但毕竟能居"艺文"之列。可见,"品卑"并非刘勰不论小说的全部或唯一原因。目录学传统以及小说作为一种著述门类,形态特征模糊,也是重要因素。总之,《文心雕龙》作为六朝文学批评的高峰,与《文选》作为六朝选集和总集的典范,不约而同地摒弃小说,恰恰体现了一个时代共同的文学思想和文体观念,并对后世产生了深远影响,使小说长期游离于文苑之外。

唐宋以后,随着小说创作的发展,尤其是传奇、话本等富有文学色彩和艺术感染力的体裁的兴盛,从文学创作或辞章欣赏、写作角度论小说者越来越多。如唐沈既济《任氏传》:"嗟乎,异物之情也,有人道焉。遇暴不失节,徇人以至死,虽今妇人有不如者矣。惜郑生非精人,徒悦其色而不征其情性。向使渊识之士,必能揉变化之理,察神人之际,著文章之美,传要妙之情,不止于赏玩风态而已。惜哉!"②《任氏传》是讲述狐仙故事的传奇名篇,在唐代文士中广为流传。沈既济在这段交代创作缘起的文字中,流露出他心目中的传奇小说观,即当"著文章之美,传要妙之情"。这种文学性追求,迥异于一般的史著或子书。宋洪迈《容斋随笔》卷一五云:"大率唐人多工诗,虽小说戏剧,鬼物假托,莫不宛转有思致。"③肯定唐人小说虚构设幻的创作方法,欣赏其思致婉转的叙事水平和艺术感染力。在此基础上,洪迈进一步赞美唐小说"小小情事,凄惋欲绝,洵有神遇而不自知者,与诗律可称一代之奇"④。这种摆脱社会功用的束

---

① 刘勰著,范文澜注《文心雕龙注》,人民文学出版社,1958年,第457页。
② 李昉等编《太平广记》卷四五二,中华书局,1961年,第3697页。
③ 洪迈《容斋随笔》,中华书局,2005年,第194页。
④ 莲塘居士辑《唐人说荟》卷首凡例,同治八年(1869)版。

缚,完全从艺术标准出发对小说的推崇,在小说观念史上是重大突破。此外,刘辰翁评点《世说新语》不仅开创了一种小说批评新体式,并在对小说人物形象塑造、故事情节刻画等艺术特点和创作规律的探讨上,作出了超越前人的贡献。这些批评,都在理论层面推动了小说的文学化进程。然究其本质,主要还是站在文章学立场来考察文苑之外的小说,并没有把小说视为文苑成员。与此相应,宋代别集中尽管收录了一些小说,但并未赋予小说明确的文体地位。

明代以后,小说的文学化批评进一步发展,并且出现了新的趋向,即不仅站在文章学立场看文章之外的小说,甚至直接把小说视为文章之一种。桃源居士《唐人小说序》:"唐三百年,文章鼎盛,独律诗与小说,称绝代之奇。何也? 盖诗多赋事,唐人于歌律以兴以情,在有意无意之间。文多征实,唐人于小说摛词布景,有翻空造微之趣。至纤若锦机,怪同鬼斧,即李杜之跌宕,韩柳之尔雅,有时不得与孟东野、陆鲁望、沈亚之、段成式辈争奇竞爽。"①以律诗与小说并称"绝代之奇",是唐代文章鼎盛的标志,而小说的艺术成就,有李杜诗、韩柳文所不能及者。这在小说观念史上可谓又一次飞跃。汤显祖《点校虞初志序》云:"《虞初》一书,罗唐人传记百十家,中略引梁沈约十数则,以奇僻荒诞,若灭若没,可喜可愕之事,读之使人心开神释,骨飞眉舞。虽雄高不如《史》《汉》,简澹不如《世说》,而婉缛流丽,洵小说家之珍珠船也。"②充分肯定了小说《虞初志》"奇僻荒诞,若灭若没,可喜可愕"的题材特点和使人"心开神释,骨飞眉舞"的艺术效果,其评价标准是文章审美而非史学实录精审或知识性、学术性。至李贽将不登大雅之堂的章回小说《水浒传》与《史记》《杜子美集》《苏子瞻集》《李献吉集》并称为"五部大文章",更是振聋发聩之论。这些观点,并非个别思想家的孤明先发,而是明

---

① 桃源居士辑《唐人小说》卷首,程国赋编著《隋唐五代小说研究资料》,上海古籍出版社,2005年,第23页。
② 《汤显祖全集》,北京古籍出版社,1999年,第1652页。

代文学思潮的反映。明中叶以后,文学批评界出现了一种"泛文章"倾向。许多评点家,把一切著述都视为文章,从文学角度广泛评点包括小说在内的经、史、子、集等各类著作。这种风气,一定程度上打破了传统四部分科的藩篱,为小说以文之部类甚至文之一体的身份进入文集克服了障碍。正是在这种时代氛围中,才能出现《弇州四部稿》这样于别集中设立说部,与传统赋、诗、文并列的文集编纂新体例。

当然,《弇州四部稿》中的说部,多为学术笔记,主要是传统目录学家心目中的小说,而非文学家心目中的小说。王世贞编《弇州四部稿》时,早已完成《世说新语补》《剑侠传》的编纂工作。但这两部以写人叙事见长、更具文学性的著作,却未能入选《弇州四部稿》,可见其小说观念偏于保守。尽管如此,王世贞以一代文宗之尊,将历来被逐于文苑之外、依违于子史之间的小说,破天荒地收入自编文集中,与传统赋、诗、文并驾齐驱,这对于提高小说的文体地位,仍有重要意义。由于"小说"或"说部"内涵的丰富、驳杂,既包括学术性的笔记丛谈,又包括文学性的志怪、传奇,《弇州四部稿》立"说部"的创举,打破了千余年来层层冻结的坚冰,为文学性小说进入文集、跻身文体谱系开辟了尽管狭窄但极其珍贵的通道。宋懋澄《九籥集》正是经此通道,在文集中立"稗"体,收录大量情节曲折、叙事生动、描写细腻的传奇小说的。需要指出的是,《弇州四部稿》中的"说部"尽管获得了与赋、诗、文并列的文体地位,却是以文体部类的身份出现,其文体形态并不清晰。而《九籥集》中之小说,不是以文体部类,而是以一种具体文体的身份,与诗、书、铭、诔、论、传、记等传统文体并列于文集中的。因此,此书所录稗体文,都是独立成篇的辞章,而非弇州说部那样的成部著述。小说至此才真正成为文章家族中的一员,其文体地位远比面目笼统、模糊的"说部"更为具体、明确和清晰。也许,正是在这个意义上,王利器对《九籥集》作了高度评价,认为是明代末年小说"登上大雅之堂的破天荒之举","是中国小说发展史上一件大事,应该加以大书特书的"。① 如从文学小说观念看,这一评价无可非议,但不能因此忽略了《弇州四部稿》"说部"在发凡起例上的开辟之功。

不过,由于文集编纂传统及其所蕴含的文学思想、文体观念的强大惯性,小说明确以文之一体的身份进入文集,在整个中国古代文学史上并不常见,更未成为普遍风气。明末张燮编《七十二家集》,其凡例第二则曰:"集中所载,皆诗赋文章。若经翼史裁,子书稗说,听其别为单行,不敢混收。盖四部元自分途,不宜以经、史、子而入集也。"②可见,文集不收经、史、子著作,小说不入文集,不在文章之列,是何等根深蒂固的编集传统和文体观念。这种传统和观念,即使到了古代文学的最后阶段即明清时期,依然占据主流和正统地位。这一点,在目录学中更为显著。明清时期的图书著录,不管是正史艺文志、官修目录如《内阁藏书目录》《明史·艺文志》《四库全书总目》还是私家目录如明高儒《百川书志》、晁瑮《宝文堂书目》、徐𤊹《徐氏红雨楼书目》、清黄虞稷《千顷堂书目》、祁理孙《奕庆藏书楼书目》、张之洞《书目答问》等,小说依然徘徊于子、史之间,未见录入集部的特例,诚如姚明达所论:"凡非实写之小说故事,旧目录学家皆归之子部小说家;鬼神传记则有归之史部传记类者","要之皆不承认为文学,故未尝侧入集部焉"。③ 目录学著作在对图书的整理、分类和著录中,体现的主要是对传统和当代知识界限、范畴、谱系及谱系成员之间的关系、地位等的一般性认识。而明确将小说视为文之一体,则只是明清文学领域个别先行者燃起的星星之火,没有成为知识界一般的知识、思想而被广泛接受。正因如此,尽管文学批评界和文集编纂者已出现可贵、大胆的创新,但在目录学中,小说入子、入史而不入集的基本格局没有任何突破。事实

---

① 王利器《〈九籥集〉——最早收入小说作品的文集》,《社会科学战线》1981年第1期。
② 张燮编《七十二家集》卷首,《续修四库全书》第1583册,第1页。
③ 姚名达《中国目录学史》,上海书店,1984年,第336—337页。

证明,依靠传统文化内部的自我调适和更新,无法完成这一突破。小说堂而皇之地登上文学圣殿,并成为一种普遍观念,一直要到社会形态已发生天翻地覆的新文化运动时期。这种巨变的动力,主要是外来的,而非文学内部产生的。当然,在强调这种外来动力的同时,也不能无视传统文学内部早已潜滋暗长的流脉。

第十三章　《四库全书总目》的文体学思想

《四库全书》内容包罗万象，从文体学的角度看，此丛书对于各种图书的收录、编排以及《四库全书总目》（本章简称《总目》）涉及的文体批评集中反映出中国古代后期社会的文体学思想观念，并产生了深远的学术影响。下面从几个主要方面简要加以讨论。

第一节　文体谱系与文体本色

古今文体观念存在重大的差异。比如从现代文学观念看来，小说、戏剧与诗歌、散文是同等重要的文学文体，但在中国古代，情况恰恰不同。以《四库全书》为例，其文体谱系以诗文为中心，词曲（散曲）、小说（文言）为边缘文体，而作为叙事文学的白话小说与戏曲作品则被完全排斥在外。在《四库全书》中，这类文体的作品，无一入选，甚至其"凡例"中亦不加以说明，似乎是毋庸置疑、天经地义的。《总目》对这类书籍基本不提及，即使有所涉及，亦持蔑视的态度。如批评清代王复礼《季汉五志》一书："至于《三国演义》，乃坊肆不经之书，何烦置辨？而谆复不休，适伤大雅，亦可已而不已矣！"[1]批评明王圻《续文献通考》重要的著作没有著录，"而《琵琶记》《水浒传》乃俱著录，宜为后来论者之所讥"[2]。在元明两代之后古代小说、戏剧文体已完全成熟的情况下，《四库全书》根本不涉及这些文

---

[1] 永瑢等《四库全书总目》卷五〇，中华书局，1965年，第459页。
[2] 同上书卷一三八，第1169页。

体,正反映出传统与正统的文学、文体观念的偏颇。

在馆臣的观念中,子部中小说的地位比不上集部中的诗文。《总目》卷一四四《谐史集》提要说该书:"凡明以前游戏之文,悉见采录,而所录明人诸作,尤为猥杂。据其体例,当入总集,然非文章正轨。今退之小说类中,俾无溷大雅。"①《谐史集》收录历代俳谐游戏之文,从体例上看,当为总集。然因其多游戏笔墨,"非文章正轨",因此被逐出集部,"退之小说类中,俾无溷大雅"。以集部为"大雅","退"字反映出小说的地位是较低的。由于受了汉学实证思想的影响,四库馆臣对充满幻想虚构和神怪内容的作品,评价往往不高:"《孝经集灵》旧入孝经类,《穆天子传》旧入起居注类,《山海经》《十洲记》旧入地理类,《汉武帝内传》《飞燕外传》旧入传记类,今以其或涉荒诞,或涉鄙猥,均改隶小说。"②"虞淳熙《孝经集灵》,旧列经部,然侈陈神怪,更纬书之不若,今退列于小说家。"③其改动类别是有道理的,但语气显然流露出对于小说文体的轻视。

在传统文体观念中,集部里词曲品位较低,不能与正统的言志载道的诗文相提并论。《总目》卷一四八集部总叙曰:"集部之目,楚辞最古,别集次之,总集次之,诗文评又晚出。词曲则其闰余也……至于倚声末技,分派诗歌,其间周、柳、苏、辛,亦递争轨辙。然其得其失,不足重轻。姑附存以备一格而已。"④视词曲为集部之闰余,得失无关轻重,其品位可谓卑下。《总目》中还有许多具体论述,可与此相参。如卷一七三"别集类"结语称"歌词体卑而艺贱"⑤。卷一九九《花间集》提要:"后有陆游二跋。其一称斯时天下岌岌,士大夫乃流宕如此,或者出于无聊。不知惟士大夫流宕如此,天下所以岌岌,游未反思其本耳。其二称唐季、五代,诗愈卑而倚声者辄简古可

---

① 永瑢等《四库全书总目》卷一四四,中华书局,1965年,第1235页。
② 同上书卷首,第17页。
③ 同上书卷三二,第268页。
④ 同上书卷一四八,第1267页。
⑤ 同上书卷一七三,第1530页。

爱,能此不能彼,未易以理推也。不知文之体格有高卑,人之学力有强弱。学力不足副其体格,则举之不足。学力足以副其体格,则举之有余。律诗降于古诗,故中、晚唐古诗多不工,而律诗则时有佳作。词又降于律诗,故五季人诗不及唐,词乃独胜。此犹能举七十斤者,举百斤则蹶,举五十斤则运掉自如,有何不可理推乎?"①以为文之体格有高卑,律诗降于古诗,词又降于律诗,甚至把天下岌岌归咎于士大夫耽于歌酒词令,未免失实。

曲与词相比,则又等而下之。卷二〇〇《张小山小令》提要:"自五代至宋,诗降而为词。自宋至元,词降而为曲。文人学士,往往以是擅长。如关汉卿、马致远、郑德辉、宫大用之类,皆借以知名于世,可谓敝精神于无用。"②诗降而为词,词降而为曲,这种说法典型地反映出文体谱系中的文体等级观念。同卷《碧山乐府》提要:"明王九思撰。九思有《渼陂集》,已著录。此其所作杂曲小令也。自宋赵彦肃以句字配协律吕,遂有《曲谱》,至元代,如骤雨打新荷之类,则愈出愈新,不拘字数,填以工尺。俗传仅知有正宫越调为南北曲之分,而相带相犯之妙,填词家不知。度曲四声,别有去作平、上作平之例,故论其体格,于文章为最下,而入格乃复至难。九思酷好音律,尝倾货购乐工,学琵琶,得其神解。是编所录,大半依弦索越调而带犯之,合拍颇善。又明人小令多以艳丽擅长,九思独叙事抒情,宛转妥协,不失元人遗意。其于填曲之四声,杂以带字,不失尺寸,可谓声音文字兼擅其胜。然以士大夫而殚力于此,与伶官歌妓较短长,虽穷极窈眇,是亦不可以已乎?"③一则批评关汉卿、马致远等散曲名家"敝精神于无用",一则认为词曲体格于文章为最下,批评王九思以士大夫"与伶官歌妓较短长",足见其对曲体的轻视程度。

---

① 永瑢等《四库全书总目》卷一九九,中华书局,1965年,第1823页。
② 同上书卷二〇〇,第1835—1836页。
③ 同上书卷二〇〇,第1836页。

但另一方面,四库馆臣又非常重视和强调词曲渊源流变与文体特征。卷二〇〇《宋名家词》提要:"词萌于唐,而盛于宋。当时伎乐,惟以是为歌曲。而士大夫亦多知音律,如今日之用南北曲也。金、元以后,院本杂剧盛,而歌词之法失传。然音节婉转,较诗易于言情,故好之者终不绝也。于是音律之事变为吟咏之事,词遂为文章之一种。"①从追溯词的源流入手,阐明词的主要作用在于言情,是配乐演唱的娱乐性文体。正因如此,这种文体与诗之言志内容及雅正风格迥然有别,即所谓"诗人之言,终为近雅,与词人之冶荡有殊"②。又卷一九八《乐章集》提要解释柳永词家弦户诵的原因说:"盖词本管弦冶荡之音,而永所作旖旎近情,故使人易入。"③从词的本质出发,称赞柳永词"旖旎近情""使人易入"的艺术感染力。与诗的庄重典雅不同,词的语言应该自然平易、清新流畅,这样才易体贴人情,产生直接的情感共鸣。

自宋以来,何为词体正宗是历代词学争议的焦点。出于对词体本质的认识,馆臣不把政治教化功能强加于词,而把旖旎近情、风格婉约之作推为词体正宗。《总目》卷二〇〇《四香楼词钞》提要:"是集小令、中调、长调各自为编,而不分卷数。大抵宗法周、柳,犹得词家正声,而天然超妙不及前人,未免有雕镌之迹。"④卷一九八《东坡词》提要:"词自晚唐、五代以来,以清切婉丽为宗。至柳永而一变,如诗家之有白居易。至轼而又一变,如诗家之有韩愈,遂开南宋辛弃疾等一派。寻源溯流,不能不谓之别格。然谓之不工则不可。故至今日,尚与花间一派并行而不能偏废。"⑤同卷《稼轩词》提要:"其词慷慨纵横,有不可一世之概,于倚声家为变调。而异军特

---

① 《四库全书总目》卷二〇〇,中华书局,1965 年,第 1833 页。
② 同上书卷一九八,第 1817 页。
③ 同上书卷一九八,第 1807 页。
④ 同上书卷二〇〇,第 1832 页。
⑤ 同上书卷一九八,第 1808 页。

起,能于剪红刻翠之外,屹然别立一宗,迄今不废。"①馆臣对苏、辛词评价极高,以为"屹然别立一宗,迄今不废"。尽管如此,他们依然以周、柳为词之正宗,而以苏、辛为别格、变调。

《总目》对曲的文体特征及其发展历程也有精彩论述。卷一九九《钦定曲谱》提要曰:"考《三百篇》以至诗余,大都抒写性灵,缘情绮靡。惟南北曲则依附故实,描摹情状,连篇累牍,其体例稍殊。然《国风》'氓之蚩蚩'一篇,已详叙一事之始末;乐府如《焦仲卿妻诗》《秋胡行》《木兰诗》,并铺陈点缀,节目分明,是即传奇之滥觞矣。王明清《挥麈录》载曾布所作《冯燕歌》,已渐成套数,与词律殊途。沿及金、元,此风渐盛。其初被以弦索,其后遂象以衣冠。其初不过四折,其后乃动至数十出。大旨亦主于叙述善恶,指陈法戒,使妇人孺子皆足以观感而奋兴,于世教实多所裨益。虽迨其末派,矜冶荡而侈风流,辗转波颓,或所不免,譬如《国风》好色,降而为《玉台》《香奁》。不可因是而罪诗,亦不可因是而废诗也。"②馆臣强调曲体"依附故实,描摹情状"的叙事特征与"阐扬风化,开导愚蒙"的教化作用,具有完全不同于诗词"抒写性灵,缘情绮靡"的独特文体性质,同时又指出,在古诗中,已有"传奇之滥觞"。

第二节　文体分类与归类

文章的分体与归类是文体学的重要内容,《总目》对前代书籍的文体分类有相当多的批评。

从现代的眼光看,文体分类须在同一标准、同一概念层次下方可有效进行,否则就会引起混乱。但是在中国古代,文体分类标准不

---

① 《四库全书总目》卷一九八,中华书局,1965年,第1816—1817页。
② 同上书卷一九九,第1828页。

一是普遍存在的现象。《总目》卷一八九赞扬《元诗体要》"去取颇有鉴裁",但又提出批评:"此本凡为体三十有六。曰四言,曰骚,曰选,曰乐府,曰柏梁,曰五言,曰七言,曰长短句,曰杂古,曰言,曰词,曰歌,曰行,曰操,曰曲,曰吟,曰叹,曰怨,曰引,曰谣,曰咏,曰篇,曰禽言,曰香奁,曰阴何,曰联句,曰集句,曰无题,曰咏物,曰五言律,曰七言律,曰五言长律,曰五言绝,曰六言绝,曰七言绝,曰拗体。较安所列,少七言长律体、侧体二种,未喻其故。各体之前,皆有小序,仿方回《瀛奎律髓》之例。其中或以体分,或以题分,体例颇不画一。其以体分者,选体别于五言古,吟、叹、怨、引之类别于乐府,长短句别于杂古体,未免治丝而棼。其以题分者,香奁、无题、咏物,既各为类,则行役、边塞、赠答诸门,将不胜载,更不免于挂漏。"①批评其文体分类"体例颇不画一"。或以体分,或以题分。即使以体划分,其内部标准也颇舛杂,如吟、叹、怨、引等各为乐府中的一类,却与乐府并列。又如五言古以句式分,选体则以总集名称立,其中包含了五言古,两者不可并列。又卷一九二批评《古诗类苑》:"割裂分隶,门目冗琐,如全书既以古诗为名,而第七十七卷人部又立'古诗'一门,是何体例乎?"②按:此书"古诗"门下收《古诗十九首》《古诗五首》《古诗二首》《古绝句四首》,似乎以诗题中含有"古诗"二字者为一类。然这里所谓"古诗十九首""古诗五首"等本非题目,而是后人为了称引方便所加上的称呼,以此为文体类别,可谓进退失据。《古诗类苑》中尚有"古意"门、"拟古"门等,其标准何在也颇为含糊。又卷一九二批评《文体明辨》:"首以古歌谣词,皆汉以前作,真伪不辨。而以李贺一诗参其间,岂东京而后,只此一诗追古耶?次四言诗,以分章者为正体,以不分章者为变体。次楚辞,分古赋之祖、文赋之祖、摹拟楚辞三例。次赋,分古赋、俳赋、文赋、律赋四例。又有正体而间出于俳,变体流于文赋之渐二变例。次乐

---

① 永瑢等《四库全书总目》卷一八九,中华书局,1965年,第1714页。
② 同上书卷一九二,第1752页。

府,全窃郭茂倩书而稍益以《宋史·乐志》,其不选者亦附存其目。次诗,取《文选》门类稍增之,所录止于晚唐,宋以后无一字。次诏诰诸文,皆分古体、俗体二例。次为书表诸表,则古体之外添唐体、宋体。碑则正体、变体之外又增一别体。甚至墓志以铭之字数分体。其余亦莫不忽分忽合,忽此忽彼。或标类于题前,或标类于题下,千条万绪,无复体例可求。所谓治丝而棼者欤?"①《文体明辨》分类标准混乱,遭到馆臣的严厉批评,被斥为"忽分忽合,忽彼忽此"、"千条万绪,无复体例可求",这也是该书被列入"存目"而非正选的主要原因。

　　文体分类既要周延细密,又要纲举目张,眉目清晰。《总目》对于古代文集尤其是总集文体分类琐碎之弊多有批评。卷一九〇《明文海》提要谓该书:"分体二十有八,每体之中,又各为子目。赋之目至十有六,书之目至二十有七,序之目至五,记之目至十有七,传之目至二十,墓文之目至十有三。分类殊为繁碎,又颇错互不伦。如议已别立一门,而奏疏内复出此体;既立诸体文一门,而《却巧》《瘗笔》《放雀》诸篇复别为一类。"②《明文海》482卷,分28体,可谓简括,然其子目却不胜繁碎。如"书"下分经学、论文、论诗、讲学、议礼、议乐、论史、字韵、数学、技术、国是、民事、筹远、士习、持正、忠告、考古、出处、自叙、忧谗、凄惋、感愤、颂美、颂冤、吏治、适情、游览等27类。其中有些完全可合为一类,如经学、讲学、议礼、议乐等,可并为论学类;国是、民事、吏治等,可并为政事类。分类的本质是要抓住某些事物的共同特点以概括出类别来,如果一事一类,则将分不胜分,也就失去分类的意义了。又卷一八九《文章辨体汇选》提要:"其中有一体而两出者,如'祝文'后既附'致语',后复有'致语'一卷是也。有一体而强分为二者,如既有'上书',复有'上言',仅收贾山《至言》一篇;既有'墓表',复有'阡表',仅收欧阳修

---

① 永瑢等《四库全书总目》卷一九二,中华书局,1965年,第1750页。
② 同上书卷一九〇,第1729页。

《泷冈阡表》一篇;'记'与'纪事'之外,复有'纪';'杂文'之外,复有'杂著'是也。有一文而重见两体者,如王褒《僮约》,一见'约',再见'杂文';沈约《修竹弹甘蕉文》,一见'弹事',再见'杂文';孔璋《请代李邕表》,一见'表',再见'上书';孙樵书《何易于事》一见'表',再见'纪事'是也。"①馆臣认为《文章辨体汇选》的分类也很琐碎混乱,"有一体而两出者","有一体而强分为二者","有一文而重见两体者"等。这些都是文体分类中应极力避免的。

分类标准确立以后,应根据相关标准,把所选作品归入某一类中,使各得其所。而在一些古代文集中,作品归类失当,与原标准发生了冲突。如卷一八六《才调集》提要,馆臣批评此书收录失当:"如李白录《愁阳春赋》,是赋非诗;王建录《宫中调笑词》是词非诗,皆乖体例。"②同卷《二皇甫集》提要:"又《酬杨侍御寺中见招》《送薛判官之越》《送魏中丞还河北》《赋得越山》,皆三韵律诗,而编五言古诗中。"③律诗、古诗区分素严,然其主要标准在于对与粘,而不在篇制长短。《酬杨侍御寺中见招》《送薛判官之越》等诗虽只三韵,然其粘对符合律诗标准,唐人自己也多有以这类作品为律诗者。《二皇甫集》归入五言古诗,显然不妥。又如卷一九二《诗学正宗》提要:"是集选历代之诗,起唐虞古辞,至唐人近体,自四言至七言绝句,分体有九。每体中又分正始、正音、正变、附录四门,其分系殊多未当。如孔子去鲁等歌,虽不免或有依托,然如以为伪,则当删汰;如以为真,则固圣人之作也。降而列之正变,于义未协。至既分古乐府一体,而《安世房中歌》则列之四言古诗,《长歌行》《怨歌行》《苦寒行》《箜篌引》之类则列之五言古诗,体例亦殊丛脞。"④凡用乐府古题创作的诗,都属古乐府,《安世房中歌》《长歌行》《怨歌行》等

---

① 永瑢等《四库全书总目》卷一八九,中华书局,1965年,第1723页。
② 同上书卷一八六,第1691页。
③ 同上书卷一八六,第1690页。
④ 同上书卷一九二,第1747页。

自应归入古乐府中。《诗学正宗》以之入古诗,可谓自乱其例。又卷一九二《广文选》提要:"其编次亦仿《文选》分类而颠舛百出,如《文选》陆机《文赋》无类可归,故别立'论文'一门,此书乃以荀卿《礼》《智》二赋及扬雄《太元赋》当之。其为学步,宁止寿陵余子耶?曹植《蝉赋》、傅咸《萤赋》入之鸟兽,而傅亮《金灯草赋》不入草木。谢朓《游后园赋》不入游览,陆云《南征赋》不入纪行,陶潜《陶花源诗》入咏史,《史记·礼书》、班固《律历志》入杂文,皆不可理解。"①批评《广文选》作品归类不能贯彻统一标准。又卷一九三《诗所》提要:"中如傅元《有女篇》本乐府而入之古诗,傅毅《冉冉孤生竹》一首本古诗而入之歌曲者,不可仆数。又《诗纪》搜采虽博,亦颇伤泛滥,故后来常熟冯舒有《匡谬》一书,颇中其病。懋循不能有所考订,而掇拾饾饤,以博相夸。又不分真伪,裨贩杂书以增之,甚至庾信诸赋,以句杂七言,亦复收入,尤为冗杂矣。"②批评《诗所》古诗、乐府不分,以至归类错乱,甚至误赋为诗。又同卷《唐乐府》提要:"是集汇辑唐人乐府,只登初、盛而不及中、晚,皆郭茂倩《乐府诗集》所已采,间有小小增损,即多不当,如王勃《忽梦游仙》、宋之问《放白鹇篇》之类,皆实非乐府而滥收,而《享龙池乐章》之类乃反佚去。至诗余虽乐府之遗,而已别为一体,李白《菩萨蛮》《忆秦娥》之类,亦不宜泛载。且古题、新题漫然无别,既无解释,复鲜诠次,是真可以不作也。"③诗与乐府、词虽有关系,但既各为一体,则当严加区别。《唐乐府》则因辨析不严而取舍失当。

以上分类弊端,是《总目》反复批评的,也是中国古代文体分类中普遍存在的主要问题。这些批评,反映出馆臣对于规范文体分类标准、建立合理文体分类体系的要求与想法。由于中国古代文体的纷繁复杂,批评者应该保持一种较为宽容的态度。不同时代、不同

---

① 永瑢等《四库全书总目》卷一九二,中华书局,1965年,第1744页。
② 同上书卷一九三,第1755页。
③ 同上书卷一九三,第1761页。

作者根据各自的理念和需要,各有不同的分类,其中还有约定俗成的因素,实在难以用统一的、固定的标准去衡量。文体分类的问题不易有圆满的解决,馆臣自己也并没有提出切实可行的分类构想。作为批评者,可能对这些问题看得很清楚,而自己操作也难臻尽善。如诏令奏议作为文体,结集后入集部,本无问题,《文献通考》《千顷堂书目》都是如此。而馆臣从内容着眼,认为这类作品乃"政事之枢机,非仅文章类也。抑居词赋,于理为亵"①,因此归之史部。如果馆臣能始终贯彻这种标准,也未尝不可。然《总目》卷一五〇著录陆贽《翰苑集》,此书收录作者奏议之文,多关政治得失者,若按馆臣自拟体例,应入史部奏议类,但此书却被归入集部别集类。箴很早就是一种独立成熟的文体了,若按文体分,吕本中《官箴》应入集部。而馆臣着眼于此书"所言中理","足以资儆戒","固有官者之龟鉴"的功用特征②,因此,入史部职官类。同样许月卿《百官箴》也入史部职官类。③ 又赋体作品通常入集部,但宋王十朋《会稽三赋》内容叙山川、物产、人物、古迹等,遂入史部地理类杂记之属。④ 明董越《朝鲜赋》赋其出使朝鲜所见所闻,馆臣入史部地理类外纪之属。⑤ 诗歌通常入集部,《事偶韵语》为五言绝句集,但因其内容为"历代君臣言行,多有补于世教"⑥者,故入史部史评类。《会稽三赋》《朝鲜赋》《事偶韵语》三部著作,若按体裁,均可归入集部,然四库馆臣完全从其功用特征出发,归之史部。以上四库馆臣分类自有其理由,但其中之利病得失,难以遽断。

———————
① 永瑢等《四库全书总目》卷五五,中华书局,1965年,第492页。
② 同上书卷七九,第687页。
③ 同上书卷七九,第687页。
④ 同上书卷七〇,第624页。
⑤ 同上书卷七〇,第632页。
⑥ 同上书卷八九,第759页。

第三节 文体源流论

追源溯流是文体学研究的重要内容,在《总目》中相关内容非常丰富,多散见于集部著作提要中。下面择要而论。

"文本于经"是中国古代文学批评的基本理念,也是古代文体学研究的重要问题。《总目》对此有独到的见解。卷一九二黄佐《六艺流别》提要:"是书大旨以六艺之源皆出于经,因采摭汉魏以下诗文①,悉以六经统之。凡《诗》之流五,其别二十有一;《书》之流八,其别四十有九;《礼》之流二,其别十有六;《乐》之流二,其别十有二;《易》之流十二,而无所谓别。分类编叙,去取甚严。其自序言欲补挚虞《文章流别》而作。然文本于经之论,千古不易,特为明理致用而言。至刘勰作《文心雕龙》,始以各体分配诸经,指为源流所自,其说已涉于臆创。佐更推而衍之,剖析名目,殊无所据,固难免于附会牵合也。"②馆臣赞成文本于经之说,以为是千古不易之论。然而,此说实际强调的是六经在儒家思想及精神风貌上对后世文章的影响,并非指后世所有文体一一来源于经书。因此,馆臣对《文心雕龙》等著作以实证的方法将各种文体与儒家经典一一对应的论述深致不满,以为"此亦强为分析,似钟嵘之论诗,动曰源出某某"③。黄佐的《六艺流别》以文章总集的形式,把各体文章分别归入《诗》《书》《礼》《乐》《春秋》《易》六大类中,构建了一个以经为本的庞大的古代文体体系,从而成为"文本于经"说集大成的总集。馆臣对此同样持否定态度,以为"剖析名目,殊无所据,固难免于附会牵合

---

① 此说不甚准确,《六艺流别》的选文范围上自先秦,下迄隋代,隋以后的文章不选。
② 永瑢等《四库全书总目》卷一九二,中华书局,1965年,第1746页。
③ 纪昀评《文心雕龙》语。引自黄霖编著《文心雕龙汇评》,上海古籍出版社,2005年,第20页。

也"。四库馆臣作为传统文化思想的代表,自然重视儒家伦理教化。但他们对文学的本质也有深刻的认识,因此,他们在肯定文本于经说的同时,又反对将文学与儒家经典盲目攀附牵合,表现了文学思想上的开明、通达之处。当然,从文章学的角度看,儒家经典本身具备某些文体因素和特征,后世某些文体确实与经书有直接的渊源关系,所以无论刘勰还是黄佐的理论都是有其合理性的,对此不可一概否定。四库馆臣把《六艺流别》列入存目,评价有失公允。

八股文(经义)是明清两代最有特色、对士子生活与心态影响最大的文体之一。与传统的文体思想一致,《四库全书》对于为举业而作的时文持轻视态度,除了《四书文》一书之外,不收录其他时文集子,但《总目》对于八股文文体的渊源流变却相当重视,而且有非常重要的意见。关于八股文的起源,历来众说纷纭。卷一八七魏天应《论学绳尺》提要通过考察宋代《礼部贡举条式》以及当时的记载,认为论之一体在宋代考试文体中非常重要,"当时每试必有一论,较诸他文,应用之处为多。故有专辑一编,以备揣摩之具者,天应此集其偶传者也。其始尚不拘成格,如苏轼《刑赏忠厚之至论》,自出机杼,未尝屑屑于头、项、心、腹、腰、尾之式。南渡以后,讲求渐密,程式渐严,试官执定格以待人,人亦循其定格以求合。于是双关、三扇之说兴,而场屋之作遂别有轨度,虽有纵横奇伟之才,亦不得而越。此编以绳尺为名,其以是欤?绍兴重修《贡举式》中'试卷犯点抹'条下,有论策、经义连用本朝人文集十句之禁,知拘守之余,变为剽窃,故以是防其弊矣。然当日省试中选之文,多见于此,存之可以考一朝之制度。且其破题、接题、小讲、大讲、入题、原题诸式,实后来八比之滥觞,亦足以见制举之文源流所自出焉"①。此提要既叙述了论作为宋代考试文体的发展变化,又认为宋人论体中许多具体的文体形态如破题、接题、小讲、大讲、入题、原题,是八股文的滥觞,揭示

---

① 永瑢等《四库全书总目》卷一八七,中华书局,1965年,第1702页。

了八股文文体形态的历史渊源,这是非常有见地的。《钦定四书文》提要谓:"盖经义始于宋,《宋文鉴》中所载张才叔《自靖人自献于先王》一篇,即当时程试之作也。元延祐中,兼以经义、经疑试士。明洪武初定科举法亦兼用经疑,后乃专用经义。其大旨以阐发理道为宗,厥后其法日密,其体日变,其弊亦遂日生。有明二百余年,自洪、永以迄化、治,风气初开,文多简朴。逮于正、嘉,号为极盛。隆、万以机法为贵,渐趋佻巧。至于启、祯,警辟奇杰之气日胜,而驳杂不醇、猖狂自恣者,亦遂错出于其间。于是启横议之风,长倾陂之习,文体弊而士习弥坏,士习坏而国运亦随之矣。"①虽字数寥寥,然简要精当地概括了明代八股文的渊源流变。

《总目》对于一些文集编排、分类的批评,亦涉及对文体渊源的辨析。如卷一九三屠本畯《情采编》提要:"是编选汉魏至唐之诗,既踳驳不伦,又参以杜撰。如古诗之名,《文选》所有也;古绝句之名,亦《玉台新咏》所有也。此外则王融、沈约以下,文用宫商,当时谓之永明体,唐人谓之齐梁体而已。至律诗之名,始于沈佺期、宋之问,《唐书》列传可考。排律之名,始于杨士宏《唐音》,亦可考也。本畯乃于古诗、律诗之间别立一名,谓之声诗,以齐梁体当之,已为妄作;乃复以齐邱巨源等四十人之诗列为五言律诗,以梁元帝等十三人之诗列为五言排律,则创见罕闻。殆因杨慎《五言律祖》之说,而弥失弥远者矣。"②这里详细分析了古诗、古绝句、永明体、律诗、排律等诗体名称产生的时间,并对《情采编》因不明其产生源流而妄立名目、任意归类提出严厉批评。又如卷一八八《古赋辨(辩)体》提要对俳赋、文赋产生缘起以及赋、颂在源流关系上的分合等作出论断,对于研究文体史也都有参考价值。③

---

① 永瑢等《四库全书总目》卷一九〇,中华书局,1965年,第1729页。
② 同上书卷一九三,第1761页。
③ 同上书卷一八八,第1708页。

第四节　折中骈散的文体立场

自六朝开始,四六成为文章写作的重要语体形式。自唐代以来,骈散两种文体引起文学批评界的激烈论战,一直延续到清代。乾嘉时期骈散相争,对立两派势同水火:"世之剿徐庾者诮八家为空疏,而袭史汉者每讥六朝为撦拾。"①但是四库馆臣对骈散两体持兼容中和、不偏不倚的态度。《总目》卷一八九《四六法海》提要勾勒四六发展历史:"秦汉以来,自李斯《谏逐客书》始点缀华词;自邹阳《狱中上梁王书》始叠陈故事,是骈体之渐萌也。符命之作,则《封禅书》《典引》;问对之文,则《答宾戏》《客难》,骎骎乎偶句渐多。沿及晋宋,格律遂成。流迨齐梁,体裁大判,由质实而趋丽藻,莫知其然而然。然实皆源出古文,承流递变。犹四言之诗,至汉而为五言,至六朝而有对句,至唐而遂为近体。面目各别,神理不殊,其原本风雅则一也。厥后辗转相沿,逐其末而忘其本。故周武帝病其浮靡,隋李谔论其佻巧,唐韩愈亦斷斷有古文、时文之辨。降而愈坏,一滥于宋人之启札,再滥于明人之表判。剿袭皮毛,转相贩鬻。或涂饰而掩情,或堆砌而伤气,或雕镂纤巧而伤雅,四六遂为作者所诟厉。宋姚铉撰《唐文粹》,至尽黜俪偶;宋祁修《新唐书》至全删诏令。而明之季年,豫章之攻云间者,亦以沿溯六朝相诋。岂非作四六者不知与古体同源,愈趋愈下,有以启议者之口乎?"②馆臣描绘了自己心目中的四六发展史,以为秦汉时期,骈体渐萌,至晋宋成熟定型,齐梁时期体裁大判,日趋丽藻,唐代则走向声律化,宋代以后其体日坏,遂为论者诟病。馆臣不像古文家那样排斥四六,以为四六"原本

---

① 师范《二余堂文稿》卷四《摘刊四六丛话缘起序》,《丛书集成续编》集部第132册,上海书店出版社,1994年,第515页。
② 永瑢等《四库全书总目》卷一八九,中华书局,1965年,第1719页。

风雅","与古体同源",自是文之一体,不可废弃。至于后来体格日下,这是创作主体与时代风气造成的,非文体自身之病。从源流演变上为四六正名,以简明扼要的语言清晰地勾勒出四六发展变化的脉络,表现了馆臣卓越的识见和对四六史的准确把握。后人对四六历史的描述,其轮廓大致不出馆臣所论。如孙梅所撰,成书稍后于《总目》的《四六丛话》,素被视为四六论集大成之作,其论四六发展史,实有脱胎于《总目》的痕迹。

正因为馆臣文学思想和文体观念比较通脱和包容,所以他们对骈散之争能保持清醒、客观的态度,而不至于畸重畸轻,偏执一端。蔡世远选编《古文雅正》,以推尊古文为宗旨,但也收录了一些骈文,所以有人对此提出疑议。馆臣则为此辩护,以为散体变为骈体,与古诗变为律诗一样,是文学发展的客观规律,其中并无体格尊卑或高下之分。古文、四六之间,不必划疆分界,判若鸿沟。《古文雅正》兼收骈俪,"深明文章正变之故"①,正是其见识超卓之处,而不是瑕疵。又卷一八九《梁文纪》提要:"一代帝王,持论如是,宜其风靡波荡,文体日趋华缛也。然古文至梁而绝,骈体乃以梁为极盛。残膏剩馥,沾溉无穷。唐代沿流,取材不尽,譬之晚唐五代,其诗无非侧调,而其词乃为正声。寸有所长,四六既不能废,则梁代诸家亦未可屏斥矣。"②梁代是六朝骈文的极盛时期,也是最为古文家所不齿的时代。馆臣则以为四六既为文之一体,不能废弃,则梁代创作也不可屏斥。梁代文风虽然华缛,但其艺术成就对后代文学发展有深远的影响,所谓"残膏剩馥,沾溉无穷。唐代沿流,取材不尽"。从骈文的艺术价值出发来肯定骈文,比仅仅追溯骈文源流更为合理,也更有说服力。

既然肯定了骈文的价值,四库馆臣对历史上重要的骈文作家,也就往往予以积极的评价。卷一四八《庾开府集笺注》提要:"其骈偶

---

① 永瑢等《四库全书总目》卷一九〇,中华书局,1965年,第1732页。
② 同上书卷一八九,第1721页。

之文,则集六朝之大成,而导四杰之先路。自古迄今,屹然为四六宗匠。初在南朝,与徐陵齐名。故李延寿《北史·文苑传序》称:'徐陵、庾信,其意浅而繁,其文匿而采。词尚轻险,情多哀思。'王通《中说》亦曰:'徐陵、庾信,古之夸人也,其文诞。'令狐德棻作《周书》,至诋其'夸目侈于红紫,荡心逾于郑卫',斥为词赋之罪人。然此自指台城应教之日,二人以宫体相高耳。至信北迁以后,阅历既久,学问弥深,所作皆华实相扶,情文兼至。抽黄对白之中,灏气舒卷,变化自如,则非陵之所能及矣。张说诗曰:'兰成追宋玉,旧宅偶词人。笔涌江山气,文骄云雨神。'其推挹甚至。杜甫诗曰:'庾信文章老更成,凌云健笔意纵横。后来嗤点流传赋,不觉前贤畏后生。'则诸家之论,甫固不以为然矣。"①庾信作为六朝骈文的集大成者,往往成为思想守旧者或古文家最重要的讨伐对象,甚至被斥为"词赋之罪人"。四库馆臣对这些偏激的攻击一一驳斥,肯定了庾信骈文的艺术成就及其在文学史上的崇高地位。这些评论,对于清代骈散合一思想的形成有重大影响。

第五节　史传与小说之辨

在传统文体谱系中,史传与小说的关系错综复杂。尤其是面对一些具体作品,到底如何归类,往往言人人殊,莫衷一是。《四库全书》吸取了历代官、私书目,尤其是官修目录的分类成果,把各种史著按体裁分为15大类,分别是正史、编年、纪事本末、别史、杂史、诏令奏议、传记、史钞、载记、时令、地理、职官、政书、目录、史评。有些大类之下设有子目。如诏令奏议类分诏令、奏议,传记类分圣贤、名人、总录、杂录、别录,地理类分宫殿簿、总志、都会郡县、河渠、边防、

---

① 永瑢等《四库全书总目》卷一四八,中华书局,1965年,第1275—1276页。

山水、古迹、杂记、游记、外纪,职官类分官制、官箴,政书类分通制、仪制、邦计、军政、法令、考工,目录类分经籍、金石等。与传统的官修书目相比,《四库全书》的分类既有沿袭,又有创新。如《隋书·经籍志》《旧唐书·经籍志》《新唐书·艺文志》等都有起居注类,《总目》则入编年类。在馆臣看来,起居注、实录之类,其体例皆以年月为次,故可并入编年类中,不必单独设类。又《隋书·经籍志》《宋史·艺文志》史部设"霸史"类、两《唐志》设"伪史"类,皆纪伪朝国史。馆臣以后人追记者为载记,以当时自撰者为伪史。而当时记载,多散佚无存;存于今者,则多追记,故去"伪史""霸史"之名,以"载记"为目,其实殊无二致。纵观《总目》的分类,主要是受历代官修书目的影响,其类目或分或合,或增或删,或仅易名称,多有前代目录学依据。

《四库全书总目》史部15类,每类前各有小序,论述此类的起源、性质及其在目录学史上地位的发展变化,有重要的文体学意义。如卷五七"传记类"小序:"纪事始者,称传记始黄帝,此道家野言也。究厥本源,则《晏子春秋》是即家传,《孔子三朝记》其记之权舆乎?裴松之注《三国志》、刘孝标注《世说新语》,所引至繁,盖魏、晋以来,作者弥夥。诸家著录,体例相同。其参错混淆,亦如一轨。今略为区别:一曰圣贤,如孔孟年谱之类。二曰名人,如《魏郑公谏录》之类。三曰总录,如《列女传》之类。四曰杂录,如《骖鸾录》之类。其杜大圭《碑传琬琰集》、苏天爵《名臣事略》诸书,虽无传记之名,亦各核其实,依类编入。至安禄山、黄巢、刘豫诸书,既不能遽削其名,亦未可薰莸同器,则从叛臣诸传附载史末之例,自为一类,谓之曰别录。"①同卷《晏子春秋》提要后按:"《晏子》一书,由后人摭其轶事为之。虽无传记之名,实传记之祖也。旧列子部,今移入于此。"②在馆臣看来,传记是记载人物生平事迹的一种体裁,始于《孔

---

① 永瑢等《四库全书总目》卷五七,中华书局,1965年,第513页。
② 同上书,第514页。

子三朝记》《晏子春秋》。后者虽以"春秋"命名,实非编年体,而是人物传记。根据传主的不同,又可分为圣贤、名人、总录、杂录、别录五类,每类各列举相关作品。卷五八"传记类杂录之属"按:"传记者,总名也。类而别之,则叙一人之始末者为传之属,叙一事之始末者为记之属。以上所录,皆叙事之文,其类不一,故曰杂焉。"①又根据叙人叙事之不同,将传记分为传和记两类。这些意见,对于文体学上"传记"体的考察,是有参考价值的。

在四库馆臣眼里,史传的地位自然远高于小说,但是小说与史传的关系看似分明,实际上又相当复杂,馆臣对此多有辨析。馆臣认为小说文体"迹其流别,凡有三派:其一叙述杂事,其一记录异闻,其一缀辑琐语也"②。前二派与史传关系密切——他们有共同的叙事功能。《总目》卷一四一子部"小说家类杂事之属"按语云:"纪录杂事之书,小说与杂史最易相淆。诸家著录,亦往往牵混。今以述朝政军国者入杂史,其参以里巷闲谈、词章细故者则均隶此门。《世说新语》古俱著录于小说,其明例矣。"③许多书籍体裁完全相同,馆臣的处理方法是从内容的性质上加以区分:朝政军国者则入史部,仅闲谈细故者则入小说。卷一四一《癸辛杂识》提要:"是编以作于杭州之癸辛街,因以为名,与所作《齐东野语》大致相近。然《野语》兼考证旧文,此则辨订者无多,亦皆非要义;《野语》多记朝廷大政,此则琐事杂言居十之九。体例殊不相同,故退而列之小说家,从其类也。"④可见,这种标准是贯穿在馆臣的典籍著录实践中的。又史书有一基本要求,即真实可信。因此,对于一些体例与史书相近,而内容上夹杂神怪传说,恍惚无征、荒诞不经的著作,则一概归入小说。如卷一四二《穆天子传》提要后按语:"《穆天子传》旧皆入起居注

---

① 永瑢等《四库全书总目》卷五八,中华书局,1965年,第531页。
② 同上书卷一四〇,第1182页。
③ 同上书卷一四一,第1204页。
④ 同上书卷一四一,第1201页。

类,徒以编年纪月,叙述西游之事,体近乎起居注耳,实则恍惚无征,又非《逸周书》之比。以为古书而存之可也,以为信史而录之,则史体杂,史例破矣。今退置于小说家,义求其当,无庸以变古为嫌也。"① 又同卷《神异经》提要:"旧本题汉东方朔撰。所载皆荒外之言,怪诞不经,共四十七条。陈振孙《书录解题》已极斥此书称东方朔撰、张茂先传之伪。今考《汉书》朔本传,历叙朔所撰述,言凡刘向所录朔书俱是,世所传他事皆非。其赞又言后世好事者取其奇言怪语附著之朔云云,则朔书多出附会,在班固时已然……《隋志》列之史部地理类,《唐志》又列之子部神仙类。今核所言,多世外恍惚之事,既有异于舆图,亦无关于修炼,其分隶均属未安。今从《文献通考》列小说类中,庶得其实焉。"② 可见,馆臣认为小说与史传的共性在于叙事,而两者之间的差异在于:史传记录的是朝政军国大事,小说则是里巷闲谈、词章细故;史传的品格是真实可信的,小说则是恍惚无征、荒诞不经的。这些都真实地反映出馆臣对小说文体的认识,这种认识基于把小说与史传相比较而带有鲜明的文体价值判断。

当然,馆臣也认为小说仍具有一定价值。《总目》卷九一《子部总叙》:"稗官所述,其事末矣,用广见闻,愈于博弈,故次以小说家。"③ 其意出于班固,盖稗官所述,多街谈巷语、琐细末事,是通常史书所无暇顾及的。然其又有观风俗、寓劝诫、广见闻的价值,未可一概摒弃。因此,立小说家类,正可补史文之阙。《总目》尽管对《珍席放谈》一书"颇乖公议"、不能持平是非而深致不满,但又称此书所载"皆本传所未详,可补史文之阙","一代掌故,犹借以考见大凡。所谓识小之流,于史学固不无裨助"。④ 正是从小说可补史之不足的

---

① 永瑢等《四库全书总目》卷一四一,中华书局,1965年,第1205页。
② 同上书卷一四一,第1205—1206页。
③ 同上书卷九一,第769页。
④ 同上书卷一四一,第1194页。

角度,充分肯定了其价值。类似评价在《总目》中甚多。① 馆臣又认为小说的价值还在于可资考证,卷一四〇《南部新书》提要:"是书乃其大中祥符间,知开封县时所作,皆记唐时故事,间及五代。多录轶闻琐语,而朝章国典、因革损益,亦杂载其中。故虽小说家言,而不似他书之侈谈迂怪,于考证尚属有裨。"②卷一四一《萍洲可谈》提要:"所记土俗民风,朝章国典,皆颇足以资考证。即轶闻琐事,亦往往有裨劝戒。较他小说之侈神怪,肆讥嘲,徒供谈噱之用者,犹有取焉。"③同卷《山居新语》提要:"至于辨正萨都剌《元宫词》,谓宫车无夜出之例,不得云'深夜宫车出建章';擎执宫人紫衣,大朝贺则于侍仪司法物库关用,平日则无有,不得云'紫衣小队两三行';北地无芙蓉,宫中无石栏,不得云'石栏杆畔银灯过,照见芙蓉叶上霜';又辨其《京城春日》诗,谓元制御沟不得洗手饮马,留守司差人巡视,犯者有罪,不得云'御沟饮马不回首,贪看柳花飞过墙';则亦颇有助于考证。虽亦《辍耕录》之流,而视陶宗仪所记之猥杂,则胜之远矣。"④《幽闲鼓吹》提要:"唐张固撰。固始末未详。是书末有明顾元庆跋,称共二十五篇,与晁公武《读书志》所言合。今检此本乃二十六篇,盖误断元载及其子一条为二耳。……固所记虽篇帙寥寥,而其事多关法戒,非造作虚辞,无裨考证者。比唐人小说之中,犹差为切实可据焉。"⑤都可看出对于小说考据价值的认可。

无论是"补史文之阙"还是"有助于考证",四库馆臣对于小说价值的认识仍然是以史传为中心和参照的。从这个角度来看,馆臣对于小说文体的本质及价值的认识仍是相当保守的,与明清一些小说

---

① 如《四库全书总目》卷一四〇《金华子》提要、卷一四一《高斋漫录》提要和《菽园杂记》提要。
② 永瑢等《四库全书总目》卷一四〇,中华书局,1965年,第1189页。
③ 同上书卷一四一,第1197页。
④ 同上书卷一四一,第1203页。
⑤ 同上书卷一四〇,第1185页。

批评家相比,甚至可以说是滞后的。①

《四库全书总目》在中国文体学史上具有独特的价值与地位。作为一部官方组织、集体编纂的目录学著作,《总目》编纂者多为当时各领域的权威学者。《总目》编撰的目的是对历代文化典籍的总结与批评,其考察视野之开阔,涉及问题之纷繁与广博,是许多文体学专著所无法比拟的。《总目》编纂的目的不在表现个人的独到见解,而在于表述出集体性的权威说法②,这正是其价值的独特之处:它代表了官方的、主流的与正统的学术立场,其学术地位与学术影响是个人著作所不能相比的。当然,由于时代局限,《总目》在文体学上也存在许多问题。在某种程度上,可以说《总目》的优长与缺陷都比较集中地、有代表性地反映了清代前中期的文体学思想与认识水平。

(本章由吴承学、何诗海执笔)

---

① 参赵振祥《从〈四库全书〉小说著录情况看乾嘉史学对清代小说目录学的影响》,载《明清小说研究》1999 年第 1 期。

② 参吴承学《论〈四库全书总目〉在诗文评研究史上的贡献》,载《文学评论》1998 年第 6 期。

第十四章　清代骈文理论与批评的发展

　　骈文是基于汉语单音节、多声调等语言特征以及对立统一思维方式而诞生、发展起来的,富有鲜明民族特色的文章体类。先秦文章,骈散并施,混融未分。两汉文章,骈语渐增,为骈文之胚胎期。魏晋南北朝骈风日盛,散文和辞赋都不约而同地趋向骈俪,至南朝徐陵、庾信,设色敷藻,光曜文苑,蔚为中国骈文史上的第一座高峰。唐宋时期,以韩、柳、欧、苏为代表的八大家,激扬古文思潮,骈文深受影响,面貌一新,由雕章绘句、绮丽精工丕变为自然流利、明白晓畅、切于实用。经唐宋古文思潮的涤荡,元明时期,骈文走向衰落,应用范围不断收缩,且多粗制滥造、庸廓肤浅,难登大雅之堂,甚至有以骈文为文章之厄,鼓吹以行政命令禁绝骈文习作者。入清之后,文学发展的内在规律与特殊的政治生态、科举制度、学术环境的交互激荡,迎来了骈文的全面复兴。与此相应,清代骈文理论和批评也出现了前所未有的繁荣。李渔《四六初征》、曾燠《国朝骈体正宗》、李兆洛《骈体文钞》、吴鼒《八家四六文钞》、王先谦《十家四六文钞》等骈文选本,以及孙梅《四六丛话》、蒋士铨《评选四六法海》、孙德谦《六朝丽指》等文论专著,共同构成了清代骈文批评的盛况。尤其是发生在古文家和骈文家之间的争论,几乎贯穿整个清代文学批评史。骈文的称名、起源、功用、地位、体式特征、审美精神等重要问题,都得到了系统、充分、深入的探讨。

第一节　清代骈文正名与辨体

　　自晚唐李商隐名其集《樊南四六》后,历经宋、元、明诸朝,"四六"一直是骈文的主流称谓。到了清代,随着骈文创作的复兴,"骈体""骈体文""骈文"等名称逐渐兴盛,与"四六"杂陈混用。与此同时,清代文学批评界兴起了骈文正名、辨体之风。文论家就骈文的称名、骈文和四六的关系等,展开了热烈的讨论,其持续时间之久,参与人数之众,影响文学实践之显著,在中国文学批评史上都属罕见。然而,学界对这一风气的文体学意蕴缺乏关注,相关研究也不够充分。如吕双伟认为,"在今天的学术研究中",文体学意义上的四六即骈文,"两者异名同构"①,此论忽视了清人斤斤于辨析四六、骈文之异的深层原因以及"骈文"之名最终取代"四六"的历史必然性。陈曙雯、张作栋等虽意识到了清人区分骈文、四六的尊体意识,惜论述稍简,未能敷畅其旨。② 本章拟在前贤已有研究的基础上,就以上问题略陈管见。

一、从"四六"到"骈文"

六朝骈文大盛,可是时人并未给这种以骈偶为显著特征的当代辞章一个明确的文体命名,而仅用"今文""今体"等临时性指称。这种有骈文之实而无其名的状况,一直延续到晚唐。李商隐在柳宗元"骈四俪六"之语的基础上,提炼出"四六"一词,为自己的骈文集命名,即《樊南四六》,骈文终于获得了具有明确文体内涵的称名。此后历经宋、元直至明、清,"四六"成为骈文的通称,不但产生了众多以"四六"命名的别集、总集、文话著作,书信、序跋以及诗文评也多以"四六"指称骈文。到了清代中期,"四六"之名继续流行,同时

---

① 吕双伟《清代骈文理论研究》,人民出版社,2011年,第13页。
② 详参陈曙雯《清嘉道以降骈文尊体思潮探析》,《南京大学学报》2009年第5期;张作栋《从四六到骈文——论骈文的名称演进与文体辨析》,《广西师范大学学报》2015年第3期。

又兴起了骈体、骈体文、骈文、俪体、偶体等名称。① 如曾燠《国朝骈体正宗》、李兆洛《骈体文钞》等选本,以"骈体"或"骈体文"命名。袁枚自许"骈文追六朝,散文绝三唐"②。陈璞《何宫赞遗书序》称美何若瑶"古文意高而体洁","骈文沉博而茂密"③。上述语境中,"骈文"与"骈体""骈体文"诸词所指显然相同,"骈文"不妨视为"骈体文"的简称。此外,清人还用"俪体"指骈文,如康熙年间程元愈编《俪体文钞》,乾隆年间马俊良编《俪体金膏》等,都是骈文总集。又有称"偶体"者,如罗汝怀《湖南文征例言》:"是编以二体分录,亦昔人以偶体为外集之义,即附散体各类之后。"④"偶体"与"散体"相对,亦即骈体、骈文。当然,"俪体""偶体"的使用频率,远比不上"四六""骈体""骈文"等。

以上分析表明,骈文的称名,主要包含两大类:一为着眼于句式上"四字六字相间成文"⑤的"四六",一为着眼于骈偶特征的"骈体""骈体文""骈文""俪体"等,可以"骈文"统之。⑥ 这两类名称,前者历史悠久,是清代之前七八百年的主流称谓,入清后仍广泛使用,后者则主要活跃于清代中期以后。在清人笔下,"四六""骈文"两类称名往往错杂混用而所指相同。如孙梅《四六丛话》以"四六"名书,而论历代骈文创作和批评。此书卷三三评李刘曰:"梅亭四六,雕琢过甚,近于纤冗。排偶虽工,神味全失。骈体至此,发泄太尽,难以复古矣。"⑦文中"四六"与"骈体"并用,而指向同一范畴。

---

① 关于骈文名称及其演变,可参阅:于景祥《中国骈文通史》绪论,吉林人民出版社,2002 年;莫道才《骈文研究与历代四六话》上编,辽海出版社、中华书局,2005 年;张仁青《中国骈文发展史》绪论,浙江大学出版社,2009 年。
② 袁枚《子才子歌示庄念农》,王英志主编《袁枚全集》第 1 册,江苏古籍出版社,1993 年,第 271 页。
③ 陈璞《尺冈草堂遗集》卷一,清光绪十五年(1889)刻本。
④ 罗汝怀《绿漪草堂文集》卷一六,清光绪九年(1883)罗式常刻本。
⑤ 朱一新《无邪堂答问》卷二,中华书局,2000 年,第 90 页。
⑥ 下文凡表示与"四六"对举的"骈文"类,都包括骈体、骈体文、俪体、偶体等名称。
⑦ 孙梅《四六丛话》,人民文学出版社,2010 年,第 704 页。

这种交错杂陈而所指相同的现象,在清代极为常见。

当然,所谓"四六""骈文"交错杂陈,只是一个笼统描述。若细加区分,两类称名在清代前、中、后期各具鲜明的阶段性特征,而从总体上表现出此消彼长的显著趋势。不过,由于文献浩繁,很难从统计学上对各不同阶段两类称名进行穷尽性的统计和精确的比较。尤其是诗话、文话、书信、序跋、笔记等著述,若非在辨体语境下,称名往往沿袭传统而不刻意区分。因此,无法仅据使用数量的多少来判断两类称名的消长变化以及作者是否有意区分骈文、四六。而从骈文选本命名入手,不失为行之有效的考察路径。因为选本是表达文学观念、开展文学批评的重要载体,严肃的选家,在选本的宗旨、体例、取舍标准上都经过深思熟虑,其命名一般也比较慎重,从而为考察选家文学观念提供一个有效的视域。

关于清代骈文选本的数量,据昝亮《清代骈文研究》(杭州大学博士学位论文,1998年)中的"清代骈文文献综录"和洪伟、曹虹《清代骈文总集编纂述要》(《古典文献研究》第十三辑)可得其大概。具体而言,清代前期,即康熙、雍正年间,有骈文选本13种,其中以"四六"命名的有李渔《四六初征》、焦袁熹《此木轩四六文选》等12种,"四六"之外的称名,只有程元愈《俪体文钞》1种。可见清初因袭宋、元、明的传统,"四六"之名占绝对优势。清代中期,即乾、嘉年间,情况发生了变化。此期骈文选本15种,其中以"四六"命名的,有蒋士铨《评选四六法海》、顾枬《历朝四六选》等6种;以"骈文"类命名的,有曾燠《国朝骈体正宗》、李兆洛《骈体文钞》等6种。可以看出,乾嘉时期,"四六"之名已丧失了绝对优势,"骈文"之称勃然兴起,足与"四六"平分秋色。清代后期,即道光至宣统年间,有骈文选本20种,其中以"骈文"命名的,有林昌彝《近代骈体文选》、王先谦《骈文类纂》等16种,以"四六"命名的,仅有王以宽《皇朝四六大观》、王先谦《十家四六文钞》等3种。另有许梿《六朝文絜》以时代命名。可见,这个时期,与清初正好相反,"骈文"之名遥遥领先,占绝对优势,"四六"之称已是晓星寥落,盛况难再。

总而言之,有清一代,"四六""骈文"两种名称之使用,明显呈现出此消彼长的大势。由清初"四六"的一枝独秀,到中期"骈文""四六"平分秋色,再到后期"骈文"的占尽风光,"四六"向"骈文"演进的轨迹历历分明。这种演变趋势,也可从别集命名中得到印证。《清史稿·艺文志》著录清骈文别集14种,其中以"骈文"命名的有曾燠《赏雨茆屋骈体文》、梅曾亮《柏枧山房骈体文》等13种,而以"四六"命名的,只有陈师恭《陈检讨四六注》1种,所占比重微乎其微。又刘锦藻《皇朝续文献通考》为张廷玉《皇朝文献通考》的续作,所载典章制度始于乾隆五十一年(1786),至宣统三年(1911)止,时间跨度正好是清代中后期。其中《经籍考》著录清中后期骈文别集24种,全部以"骈体""骈体文"或"骈文"命名,没有一种称"四六"的。尽管以上著录未必穷尽骈文别集,统计数据难以绝对精确,但不影响对"四六""骈文"二名消长变化总体趋势的判断。虽然清人在诗话、文话、序跋、书信、笔记杂纂中时有混称"骈文"和"四六"的情况,在编纂总集尤其是前代骈文集时,也不妨沿袭由来已久的"四六"之名,但在为自己或同代作家编别集时,却格外慎重,不约而同地扬"骈文"而抑"四六",绝少再用"四六"之名。这是时代的共同选择,体现了清代中后期对"四六"之名的排斥和对"骈文"之名的普遍认可。活跃了近千年的"四六"之名至此淡出历史舞台,最终为"骈文"所取代。

"骈文"之取代"四六"成为通称,从命名学角度看,前者确实较后者优越。一种事物的理想称名,其内涵应体现该事物的本质属性,其外延则应尽可能囊括符合此属性的对象。骈文的本质特征是讲究骈偶,对句式字数的要求并不严格。"四六"在最初命名的时候,尽管也取骈偶之义,所谓"骈四俪六",但在其接受过程中,易因字面义误解为"四字六字相间成文",从而偏离骈文的根本属性;在此误解下,又易把众多非典型四六句式的作品排除在骈文之外,从而缩小骈文的外延。在骈文批评家看来,"四六"只是骈文史的一个环节,是骈文发展到特定阶段的产物,不能含括历代骈文,正如郭象升所云:"四六之目,出于李义山,其辞不典,又不足以概括东京、魏晋之文。是故言骈文,四六在其中矣;言四六,骈文不尽在其中也。"①而"骈文"之名,没有这些缺陷,在内涵的揭示和外延的容纳上,都比"四六"更为科学、合理,因此逐渐取代"四六"而为文坛和学界普遍接受。

二、清代骈文正名与辨体思潮

尽管"骈文"之名较"四六"更为合理,更容易被接受,但"骈文"之取代"四六",并非一个自发的过程,而是与批评家的积极鼓吹密切相关。如前所论,宋、元、明直至清初,"四六"一直是骈文的主要称谓。从清代中期开始,出现了"四六""骈文"杂陈混用的局面。几乎与此同时,有论者致力于为骈文正名,对以"四六"称骈文深表不满。程晋芳《胡稚威文集后序》:

> 今其集中赋则规仿六朝,散文则墨守《文粹》,诗出入昌黎山谷间,然未有若骈体之独绝者也。其睥睨一时,无敢抗手,宜哉!往稚威尝告余曰:"吾最恶四六二字。夫骈体者,散体之变耳,古人文单句行双句中何限,乌有字必四句必六者?"②

胡天游字稚威,天才绝特,文名早著,张维屏《艺谈录》将其与洪亮吉并列为乾隆骈文之最,刘声木甚至推其骈文为"国朝冠冕"③。作为一代骈文大家,自称"最恶四六二字",强调的显然是一种正名意识,即反对以"四六"称骈文。因为骈文原为散文的变体,虽讲究偶对,但多出于骈、散相间的自然行文,并非一味俳偶,更非仅以

---

① 郭象升《文学研究法》,余祖坤编《历代文话续编》,凤凰出版社,2013年,第2035页。
② 程晋芳《勉行堂文集》卷二,清嘉庆二十五年(1820)冀兰泰吴鸣捷刻本。
③ 刘声木《苌楚斋随笔·三笔》,中华书局,1998年,第494页。

四字、六字句成文,"四六始立专体"①是宋以后的事。胡天游本人的创作即取法六朝,打破四六相间成文的陋习,将古文浑灏流转的笔调和气势融入骈文之中,文笔奥衍奇肆、矫健纵横,远非软媚俗熟的宋、元、明四六所可牢笼。强溱《石笥山房集序》云:"稚威骈体文直掩徐、庾,散行耻言宋代,一以唐人为归。"②可见,胡氏不但骈文推崇六朝而鄙薄宋四六,散体古文也耻言宋代而以唐为归,足见他对宋文的彻底否定。而"四六"之名,正是宋代盛行起来的。他对宋文的鄙薄,连带起对"四六"这一名称的厌恶。因为以"四六"称骈文,容易暗示、强化"骈四俪六"等板滞、僵化的程式特征,不仅缩小了骈文的疆域和内涵,且易形成狭隘的文体观念,削弱骈文的艺术表现力,不利于其健康发展。这是作为骈文大家的胡天游所不愿看到的,故力辨这一名称之谬。

乾隆时期,另一骈文大家袁枚也对"四六"之名提出疑议。其《胡稚威骈体文序》指出,骈文也有明道功能,且修辞之工在古文之上。骈文须用典,重博学,富有渊雅典丽之美,不像散文易滋蹈空不学之弊,故其品位高于散文。而"四六"乃世俗之名,降低了骈文的品格。李商隐偶以"四六"自名文集,并无严谨的学理依据。事实上,他在《樊南甲集序》解释命名之意时,将四六与博戏相比,可见其俗下品位和自嘲之意。后人"沿此名文,于义何当"?③ 有鉴于此,袁枚与胡天游一样,反对以"四六"称骈文,主张以"骈体""骈文"等取代"四六"。这些观点,后世颇有响应者。如孙梅《四六丛话》推尊骈体厥功至伟,颇得时誉,谭献却批评此书"采撷甚富,而宗旨无闻",原因在于,"骈俪之学,既知探源《骚》《选》,而目曰'四六',称名已乖。正不得以王铚为借口也"。④ 这种批评,不仅是为骈文正

---

① 来裕恂著,高维国、张格注释《汉文典注释》,南开大学出版社,1993年,第388页。
② 胡天游《石笥山房集》卷首,《续修四库全书》第1425册,第316页。
③ 王英志主编《袁枚全集》第2册,江苏古籍出版社,1993年,第199页。
④ 谭献《复堂日记》,河北教育出版社,2001年,第328页。

名,更涉及对骈文文体源流、基本特征的认识,直接影响到著述宗旨、编纂体例的是非得失,故其批评远较胡天游、袁枚等尖锐。

胡天游、袁枚等的骈文辨名,主要是批评"四六"称名之舛,这里暗含一个前提,即在他们心目中,通常所称"四六",实际就是骈文,两者所指相同,只是从文体命名看,"四六"这一名称失当而已。而有些论者则认为,四六与骈文是两种不同文体,骈文批评遂由正名发展为辨体。如孙梅《四六丛话·选叙》:"余既有《丛话》之役,以为四六者,应用之文章;《文选》者,骈体之统纪。《选》学不亡,词宗辈出。"①认为四六、骈文的性质、功用各异。尽管在具体使用上,孙梅常混同骈文、四六,为此还遭受谭献的批评,但那多半出于因袭传统的称名旧习,是惯性所致,并不意味着孙梅对两者毫无区别意识。至少在上引材料中,已可看出他对"四六""骈文"之异的辨析。

由正名而辨体,将四六、骈文作为两种相关而不同的文体加以辨析,此论肇端于清中叶,至晚清民国而其风益盛,其辨益精。朱一新《无邪堂答问》曰:

> 宋人名骈文曰"四六",其名亦起于义山(见樊南《甲乙集自序》)。四字六字相间成文,宋、齐以下,乃如此。其对偶亦但取意义联贯,并不以骈四俪六、平仄相间为工。永明以前,本无四声之说,要其节奏自然,初无所为钩棘也。六代、初唐,语虽裦襮,未有生吞活剥之弊,至宋而此风始盛。②

强调六朝骈文与宋以后的四六迥然有别,四六只是骈文发展到特殊阶段的产物,二者不是对等概念,不能以后起的"四六"来指称一切骈文。孙德谦对此心有戚戚,认为"六朝文只可名为骈,不得名

---

① 孙梅《四六丛话》,人民文学出版社,2010年,第2页。
② 朱一新《无邪堂答问》卷二,中华书局,2000年,第90页。

为四六也"①,因为"骈体与四六异","六朝文中,以四句作对者,往往只用四言,或以四字、五字相间而出。至徐、庾两家,固多四六语,已开唐人之先,但非如后世骈文,全取排偶,遂成四六格调也","而世以四六为骈文,则失之矣"。② 孙德谦以是否"全取排偶"为标准,明确把骈文、四六区分为两种不同文体。他认为六朝只有骈文,四六是唐宋以后才兴起的,将骈文名称的演变与文体发展演变史结合起来,将辨体与正名结合起来,努力达到历史与逻辑的统一,这无疑加强了骈文正名、辨体的说服力。

除了句式、排偶等标准外,晚清、民国论者还从审美风格、气韵等方面区分骈文与四六。徐寿基《骈体正宗续编序》曰:"文章之有骈俪,其所以别于四六者,托体既殊,奏响尤异,要以选辞尚雅,择言必庄,详而不烦,廉而不刿,典丽而不诡于则,研炼而不伤于凿。"③认为骈文与四六既为不同的文体,艺术气质和审美风格上必有不同的要求。这是骈文异于四六的根本所在,外在形貌上的差别倒在其次。钱基博在此基础上进一步区分骈文与散文、四六曰:"主气韵,勿尚才气,则安雅而不流于驰骋,与散行殊科;崇散朗,勿矜才藻,则疏逸而无伤于板滞,与四六分疆。"④这些论析,都使骈文辨体日趋深化,四六、骈文是两种不同文体的观念更为深入人心。影响所及,来裕恂《汉文典·文章典》将古代文章分为韵文、骈文、四六文、散文四大类,四六、骈文各自独立,并列于古代文体之林,充分显示了清人的辨体成果。

当然,清人辨析四六、骈文之异,并不意味着他们认为这两种文体毫无关系。事实上,如前所述,辨体论者多把四六作为骈文发展史的一个环节或阶段,辨析两者之异,只是强调阶段性特征,反对将

---

① 孙德谦《六朝丽指》,王水照编《历代文话》,复旦大学出版社,2007年,第8497页。
② 同上书,第8425页。
③ 徐寿基《酌雅堂骈体文集》,光绪十一年(1885)刊本。
④ 钱基博《骈文通义》,上海古籍出版社,2012年,第116页。

两者混为一谈,尤其反对以后起的"四六"之名指称一切骈文。从逻辑学看,"骈文"是泛称,是属概念,而"四六"是特称,是种概念,是骈文的特殊形态。前者可以含括后者,而后者不能含括前者。循此逻辑,凡用"四六"处,都可用"骈文",而用"骈文"处,除特指宋、元、明四六外,一般不能用"四六",这样必然造成两个称名使用频率的此消彼长,高下悬殊。正因"骈文"之名比"四六"更具涵摄力,再加上清代文论家正名、辨体的大力鼓吹,所以"骈文"迅速为各界所接受,最终取代了通行已久的"四六"。至晚清民国时期,以"骈文"命名而包涵四六的著作,如金敏伦《骈文观止》、谢无量《骈文指南》、瞿兑之《中国骈文概论》等,数不胜数。相反,以"四六"命名而指称历代骈文的著作,几近绝迹。这种鲜明对比充分显示,清人骈文正名的成果,已为近代学者普遍采纳。

三、骈文正名、辨体的尊体宗旨

命名的科学、合理固然有助于名称的通行,然而,事物名称的接受,除了学理性外,还有一个重要属性,即约定俗成。许多事物,最初的命名往往有偶然因素,经不起后人严格的学理推敲,但它一旦流传开来,为整个社会所接受,并在长期的运用中积淀为某种集体无意识后,要废除旧名改立新名便极其困难。如"碑"是一种成熟极早的文体,汉代已确立文体之名并普遍使用。宋人孙何《碑解》却对其命名提出疑议,认为"碑"指碑石,只是书写的载体,本身不是文章,不可作为文体的名称。此说仅仅推敲字面意义,无视称名约定俗成的规律,故尽管言之凿凿,却未在学界引起反响,更未对"碑"这一文体名称的实际使用产生丝毫影响。那么,清代骈文正名为何蔚为风气,并驱迫活跃了近千年的"四六"淡出历史舞台,而为新兴的"骈文"所取代呢?仅从两者命名的优劣上,无法充分解释这一现象。事实上,清人的骈文正名,绝非限于字面意义的辨名析理,而是有着复杂的文学背景,裹挟着文学新思潮的涌动。概言之,就是在骈文创作复兴的背景下，通过正名、辨体，为骈文争取地位，为复兴骈文廓清障碍。正名本身不是目的，通过区分"骈文""四六"以推尊骈体才是更内在、更根本的原因。

兴盛于六朝的骈文，尽管在唐初即遭受史臣的严厉抨击，但这种无视骈文艺术价值，纯从政教功利出发的批评，未能遏制六朝文风在唐代的流衍。经韩柳古文运动和宋代诗文革新，骈文才真正走向衰落，文体地位日趋卑下。明代开国后，又屡屡下令"凡诰谕务简古，毋用四六文"①，"凡表笺奏疏，毋用四六对偶，悉从典雅"②，遂使骈文疆域进一步萎缩，成为"大雅所羞称"③的文体。清初骈文创作尽管出现了复兴的苗头，但文坛主流仍是古文。被誉为清初"古文三大家"之一的侯方域，少喜骈文，壮而悔之，故名其堂曰"壮悔堂"。桐城派方苞主张"文，所以载道也"，而载道之文，"六经尚矣，古文犹近之"，"至于四六、时文"等，"以言乎文，固甚远也"④，明确把四六逐出文苑。甚至到了骈文创作已如火如荼的乾、嘉、道时期，时论仍"盛推归、方，崇散行而薄骈偶"⑤，"业此者既畏骈之名而避之"⑥。这种来自古文传统的成见，必然会对骈文作者产生巨大压力，阻碍骈文的进一步发展。要为骈文争取生存空间，一方面要在实践中创作出众多优秀作品，另一方面，在文体观念上，要打破"散体文尊，骈体文卑"⑦的传统偏见，努力推尊骈体，提高骈文的文体地位。而为骈文正名，区分骈文与四六，将四六从骈文中剔除出去，正是推尊骈体的重要策略。

那么，何以区分"骈文"与"四六"可以推尊骈体？这是因为，在

---

① 邓元锡《皇明书》卷一，明万历刻本。
② 黄光昇《昭代典则》卷七，明万卷楼刻本。
③ 曾国藩《求阙斋读书录》卷七，清光绪二年（1876）传忠书局刻本。
④ 苏惇元《望溪先生年谱》，《方苞集》附录，上海古籍出版社，1983年，第890页。
⑤ 包世臣《艺舟双楫》卷七下，《续修四库全书》第1082册，第736页。
⑥ 李兆洛《代作〈骈体文钞〉序》，《养一斋集文集》卷八，《续修四库全书》第1495册，第119页。
⑦ 盛大士《朴学斋笔记》卷七，民国嘉业堂丛书本。

推崇骈文的论者心目中,六朝为骈文鼎盛期,虽讲究偶对、丽藻,但大多"华实相扶,情文兼至,于抽黄俪白之中,仍能灏气舒卷,变化自如"①,与古文"迹似两歧,道当一贯"②,原无尊卑之别。唐文"词虽骈偶,而格取浑成"③,因袭六朝而善于变化,名家辈出,名作纷呈,为骈文的新变和进一步发展期。骈文体格之卑下,很大程度上是由宋、元、明四六之弊造成的。曾燠《国朝骈体正宗序》:"骈体之文,以六朝为极则,乃一变于唐,再坏于宋,元明二代,则等之自郐,吾无讥焉。"④谭莹《论骈体文绝句十六首序》:"骈体文盛于汉魏六朝,洎晚唐以迄两宋,已有江河日下之势,至元明两代,则等之自郐无讥可耳。"⑤两家说法相近,都推崇六朝而鄙薄宋、元、明,体现了清人对骈文史的普遍评判。与此相应,骈文所遭受的轻视、鄙薄、斥责,主要也是以通行于宋、元、明时期的"四六"之名来承担的。湛若水《格物通》:"四六之文近俳,文士之有识者,犹耻为之,而况人君之严重乎?"⑥以作四六为文士之耻。故王世贞自称"平生不作四六"⑦,姚希孟在家书中叮嘱儿辈"毋作骈偶四六语"⑧。赵南星甚至以四六为蠹政乱国之由,"厌四六犹齐宣王之于败紫也"⑨。尽管明人笔下的这些"四六",还是"骈文"的统称,未必专指宋以后彻底格式化、应酬化的四六,但种种讥斥,无不集矢于"四六"之名,"四六"已成为文体"恶谥",则殊无疑义。王志坚《四六法海序》曰:

> 至其末流,乃有诨语如优,俚语如市,媚语如倡,祝语如

---

① 梁章钜《学文》,《退庵随笔》卷一九,《续修四库全书》第1197册,第418—419页。
② 曾燠《国朝骈体正宗》卷首,《续修四库全书》第1668册,第2页。
③ 永瑢等《四库全书总目》,中华书局,1965年,第1783页。
④ 曾燠《国朝骈体正宗》卷首,《续修四库全书》第1668册,第1页。
⑤ 谭莹《乐志堂诗集》,《续修四库全书》第1528册,第543页。
⑥ 湛若水《格物通》卷二五,《景印文渊阁四库全书》第716册,第227页。
⑦ 王世贞《觚不觚录》,《景印文渊阁四库全书》第1041册,第437页。
⑧ 姚希孟《文远集》卷二七,《四库禁毁书丛刊》集部179册,第689页。
⑨ 赵南星《废四六启议二首》,《赵忠毅公诗文集》卷一七,明崇祯十一年(1638)范景文等刻本。

巫，或强用硬语，或多用助语，直用成语而不切，叠用冗语而不裁，四六至此，直是魔胃，所当亟为澄汰，不留一字者也。①

这段话主要针对元以后四六而发，所谓"诨语""俚语""媚语"等猥俗尘下之风，在已彻底沦为应酬工具的元、明四六中确实普遍存在，故王志坚斥为"魔胃"，呼吁"亟为澄汰，不留一字者也"，以保持骈文的文体尊严。

清代骈文论家不像明人那样严厉否定骈文，但对骈文衍变为宋以后的四六，也颇多指责。前引曾燠、谭莹之论，足窥一斑。又，《四库全书总目》卷一九五《四六话》提要论宋四六"但较胜负于一联一字之间"，"惟以隶事切合为工，组织繁碎，而文格日卑"②；卷一八九《四六法海》提要批评骈体自唐以后，"降而愈坏，一滥于宋人之启札，再滥于明人之表判，剿袭皮毛，转相贩鬻，或涂饰而掩情，或堆砌而伤气，或雕镂纤巧而伤雅，四六遂为作者所诟厉"③。四库馆臣这些批评，从形式、功用、风格等方面精辟分析了宋、明四六何以造成文体败坏、文格日卑、"为作者所诟厉"等问题，为区分"骈文"和"四六"提供了令人信服的学理依据，也为如何将骈文从猥俗、卑下、庸滥的泥淖中擢拔出来提供了反面借鉴。

总之，在宋以后的骈文批评史上，"四六"之名背负着过于沉重的历史包袱。如不抛开这些包袱，骈文很难跻身文苑，获得正当的文体地位，更遑论与散文争立坛坫了。面对此种困境，为骈文正名，不失为推尊骈体的有效策略。首先，根据释名以彰义的文体学传统，指摘以"四六"称骈文的谬误，从而在称名上将骈文与文格卑下的"四六"撇清干系。胡天游、袁枚、谭献等人的骈文正名，就是做这步工作。其次，根据追源以溯流的文体学研究方法，以唐末为界，将清代之前的骈文史分为两大段，每段各为不同的文体，即唐前

---

① 王志坚编《四六法海》，《景印文渊阁四库全书》第 1394 册，第 297 页。
② 永瑢等《四库全书总目》，中华书局，1965 年，第 1783 页。
③ 同上书，第 1719 页。

的骈文和宋、元、明的四六,并反复辨析这两种文体的差异,坚决反对混为一谈。由于骈文名称的演变史和清人眼中的骈文发展史高度吻合,使得这种区分极具说服力。曾燠、孙梅、谭莹、朱一新、孙德谦等致力于这部分工作。两部分工作,尽管内容、方法有别,但宗旨一致,即通过正名、辨体,将骈文发展过程中的种种流弊归于"四六",从而使骈文涤净长期因袭的历史污垢,以新的名称、新的姿态跻身文苑,与古文并驾齐驱甚至争夺文章正宗地位。

四、骈文辨体、尊体的两个向度

历代对四六的诟病,主要集矢于两点。一是形式上拘于骈偶行文和四六句式,二是功能上局限于应用文字。清人辨析骈文与四六之异,多以这两点为界标。与此相应,有效克服这两大弊端,遂成为骈文尊体的两个基本向度。先看形式之骈偶四六。宋邵博《邵氏闻见后录》卷一六:"本朝四六以刘筠、杨大年为体,必谨四字六字律令,故曰四六。然其敝类俳语可鄙。"①这种严守律令的拘谨形式,积习既久,必然走向板滞僵化,格熟调庸,"或残杯冷炙,触鼻腥腐之气;或农歌辕议,刺耳俳谐之音"②。骈文至此,"精神尽失,风格日卑,等于俳优"③,"无复作家风韵"④。有鉴于此,清人反对从外在形式衡裁骈文。如谭嗣同《三十自纪》曰:"所谓骈文,非四六排偶之谓,体例气息之谓也。"⑤孙德谦亦称:"盖所贵乎骈文者,当玩味其气息。"⑥虽然没有解释何为"气息",但显然不是排偶工整、四六成句等外在形式上的,而是对性情、神韵、风骨等更高层次的艺术气

---

① 邵博《邵氏闻见后录》,中华书局,1983年,第124页。
② 曾燠《有正味斋骈体文序》,吴锡麒《有正味斋骈体文》卷首,《续修四库全书》第1468册,第599页。
③ 陈作霖《与朱子期论骈文书》,《可园文存》卷四,清宣统元年(1909)刻增修本。
④ 孙梅《四六丛话》,人民文学出版社,2010年,第11页。
⑤ 蔡尚思、方行编《谭嗣同全集》(增订本)上册,中华书局,1981年,第55页。
⑥ 孙德谦《六朝丽指》,王水照编《历代文话》,复旦大学出版社,2007年,第8444页。

质、风貌的追求。汪琬《说铃》称赞陈维崧"排偶之文,芊绵凄恻,几于凌徐扳庾","自开宝以后七百余年无此等作矣"。①"芊绵凄恻"出于性情的深厚真挚,"自开宝以后七百余年无此等作"则暗含着对宋、元、明四六寡于性情、多门面习套语等弊端的批评。又,吴蕡《问字堂外集题辞》曰:

> 夫排比对偶,易伤于辞。惟叙次明净,锻炼精纯,俾名业志行,不掩于填缀,读者激发性情,与雅颂同。至于揽物起兴,似赠如答,风云月露,华而不缛,然后其体尊,其艺传。后生末学,入古不深,求工章句,乃日流于浅薄佻巧。于是体制遂卑,不足俪于古文词。②

主张骈文创作当叙次明净,华而不缛,富于比兴寄托,激发读者性情,如此方能尊其体,传其艺,与古文并重于文苑,明确揭橥尊体宗旨及途径。

除尚性情外,又有重风骨、尚情韵者。吴宽《棕亭古文钞序》:"窃谓文有风骨,骈体尤尚。盖体密则易乖于风,辞缛则易伤于骨。能为其难,则振采弥鲜,负声有力。"③张维屏《松心骈体文钞序》:"骈体所贵,树风骨于汉魏,撷情韵于六朝,以意运辞而不累于辞,以气行意而不滞于意,与古文体貌虽异,神理弗殊。"④追求风骨、情韵之美,实际上是以传统的诗歌、古文标准来要求骈文,这对于提升骈文品质、推尊骈体地位,不啻一剂良方。如此品质,六朝文往往有之,盖六朝文虽"无非骈体,但纵横开阖,与散体文同也"⑤。骈文要臻性情、风骨、神韵之美,必须摒弃形式上的陈规陋习,打破骈、散壁

---

① 汪琬著,李圣华笺校《汪琬全集笺校》,人民文学出版社,2010年,第2229页。
② 吴蕡《吴学士文集》卷四,清光绪八年(1882)江宁藩署刻本。
③ 金兆燕《棕亭古文钞》卷首,《续修四库全书》第1442册,第275页。
④ 张维屏《听松庐骈体文钞》,《清代诗文集汇编》第533册,第521页。
⑤ 梁章钜《学文》,《退庵随笔》卷一九,《续修四库全书》第1197册,第419页。

垒,盖"骈中无散,则气壅而难疏;散中无骈,则辞孤而易瘠"①。唯有骈散交融,奇偶错综,"参义法于古文,洗俳优之俗调"②,才能兼收骈、散之长而克服其短,创作出一流作品来。乾、嘉之后,融合骈散逐渐成为理论界的普遍声音和创作上的指导原则③,甚至有高倡"骈散合一乃为骈文正格"④者。长期背负诟厉的"四六"之名,则因与形式板滞、陈腐庸滥等负面形象紧紧捆绑在一起,难以受容骈散合一的新思潮,故最终为时代所抛弃。

再看四六文体功能之局限。自唐代古文运动和宋代诗文革新后,古文俨然成为文章正宗,肩负着载道、言志等崇高使命,骈文生存空间被严重挤压,只能在公牍文书和应酬日用中苟延一线。王之绩《铁立文起》分体论文,其中"四六类"录启、帐词、上梁文、乐语四种,都是为正统文人所轻视,主于应酬的庸音俗体,可见清人心目中四六畛域之狭隘。清初编纂的许多骈文总集,如李渔《四六初征》、胡吉豫《四六纂组》等,宗旨都是为各类公私文书提供范本甚至套式,故其体例安排往往表现出显著的应酬交际色彩。如《四六初征》把所录之文,根据应酬对象、场合不同,分为生辰、乞言、嘉姻、诞儿、宴赏、馈遗、祖送等二十部。沈心友《四六初征凡例》曰:

> 此种文字,系身民社者,政事殷繁,既不及拈毫穷索,即代庖幕府者,应酬纷杂,亦不暇逐字推敲,若非司选政者别开一径,使之便于采摘,不几蹙额呕心,以奚囊为苦海欤?⑤

明确表示这类选本,只为应酬场合"便于采摘"而编,其格调之鄙俗、文风之庸滥,不登大雅之堂,势所难免。正因如此,陆世仪主

---

① 刘开《与王子卿太守论骈体书》,《刘孟涂集·骈体文》卷二,《续修四库全书》第1510册,第425页。
② 王先谦《骈文类纂序例》,《虚受堂文集》卷一五,光绪二十六年刻本。
③ 参见曹虹《清嘉道以来不拘骈散论的文学史意义》,《文学评论》1997年第3期。
④ 孙德谦《六朝丽指》,王水照编《历代文话》,复旦大学出版社,2007年,第8451页。
⑤ 李渔辑《四六初征》卷首,《四库禁毁书丛刊》集部第134册,第623页。

张"四六文竟不必作",因为"唐文所以为四六者,束于功令耳,今则未尝有功令,何苦取青俪白,即使能工,亦记室之才耳"①,表现了对"记室之才"即公牍应酬写作的鄙视。在清人看来,这种以应用为主的四六文,如"伧父之祝词,俗吏之书牍"等,"日以败坏其体,宜其文益卑"②,无论格调、气韵还是性情,皆不可望六朝骈文之项背,故必须与骈文划清界限。刘禺生《世载堂杂忆》载:

> 晚清传常州骈文派者,庄思缄尊人仲述先生,实为巨擘。……一日参督衙,总督特班召语曰:你的文章,四六最好。庄曰:不会四六,只会骈文。总督大声曰:不要客气;连称四六最好,四六最好。庄回寓告人:我今日变为书启师爷矣。③

在庄氏看来,骈文而被目为"四六",简直是一种侮辱,以致自嘲沦为"书启师爷"。这则轶事颇有代表性,表现出晚清人的文体观念中,四六、骈文之功能、地位,如楚河汉界,壁垒森严。四六作为酬酢应用文字,地位低下,无干文章著述,为庄人雅士所羞称。将四六从骈文中剔除出去,尊骈文而薄四六,正是要在文体功用上使骈文突破猥俗庸滥的应酬藩篱,提高文体品位,拓宽表现领域,凡载道论理,抒情纪事,无不挥洒自如,触处逢春。唯其如此,骈文才能彻底摆脱猥俗、卑下的地位,与古文并驾齐驱。清代骈文的创作成就,充分验证了这一点,如陈维崧之作"言情则歌泣忽生,叙事则本末皆见"④,汪中《哀盐船文》恸盐船失火、《经旧苑吊马守真文》悼一代名妓,胡天游《拟一统志表》、孔广森《戴氏遗书总序》之议论经史,彭兆荪《小谟觞馆文集》"一真孤露,吹万毕发,氤氲于意象之先,消息

---

① 陆世仪撰,张伯行编《思辨录辑要》卷五,《景印文渊阁四库全书》第724册,第48页。
② 秦缃业《小鸥波馆骈体文钞序》,潘曾莹《小鸥波馆骈体文钞》卷首,《清代诗文集汇编》第629册,第245页。
③ 刘禺生《世载堂杂忆》,中华书局,1960年,第301页。
④ 毛际可《俪体文序》,陈维崧《湖海楼全集·湖海楼俪体文集》卷首,《清代诗文集汇编》第96册,第555页。

于单微之际,上者载道,下者载心"①,等等,可谓挥斥八极,包罗万象,绝无公牍、应酬之体的俗态。骈文的表现功能得到前所未有的丰富和拓展。这是清代骈文繁荣的重要标志,也是骈文地位得到提高的重要原因。

综上所述,兴起于清代中期并持续了一百多年的骈文正名与辨体思潮,并非一场抽象的名学问题的探讨,而是在骈文复兴的大背景下,为提高骈文地位、繁荣骈文创作而展开的文学批评。文论家结合骈文发展的历史,从文体名称、形式、风貌、功能等方面,将骈文与长期背负恶名的"四六"划清界限,使清代骈文以新名称、新品格、新面貌跻身文苑,甚至与古文争夺文章正宗地位。正名、辨体本身不是目的,而只是一种尊体策略,是关于骈文创作在经历数百年的消沉、衰落后如何破旧立新、别开生面的理论探讨。这种探讨,与清代骈文创作实践形成了良性互动,推动了骈文复兴的进程,因而获得了空前的成功。

第二节 骈散之争背景下的《四六丛话》

清代骈文复兴,名家辈出,佳作如林,创造出深闳博丽的时代风格,足以与六朝前后辉映。与此相应,骈文家为了摆脱唐宋以来骈文长期遭受压制、歧视的地位,有意与古文家争席位乃至争正统,从而引发了清代文学批评史上延续将近两百年的骈散之争。孙梅《四六丛话》即是在这旷日持久的论争中产生的骈文理论专著。据其族弟孙宁衷《四六丛话跋》载:"于庚戌春季,甫脱稿,即以是秋捐馆。"②可知此书成稿于乾隆五十五年(1790)春,书成不久,孙梅即

---

① 王芑孙《小谟觞馆文集序》,彭兆荪《小谟觞馆诗文集·文集》卷首,《续修四库全书》第1492册,第623页。
② 孙宁衷《四六丛话跋》,孙梅《四六丛话》,人民文学出版社,2010年,第715页。

辞世,当未及付梓。门生阮元督学浙江,嘱其子刊刻,至嘉庆三年(1798)告成,时距孙梅去世已经九年。此书问世后,颇获好评。陈广宁云:"萧统之《文选》、刘勰之《文心雕龙》,不过备文章,详体例,从未有钩玄摘要,抉作者之心思,汇词章之渊薮,使二千年来骈四俪六之文若烛照数计,如我夫子之集大成者也!"①虽有溢美成分,但就骈文理论和批评而言,大体不差。钱基博评此书云:"谈骈文者,莫备于乌程孙梅松友《四六丛话》。"②刘麟生云:"关于批评骈文之书籍,至孙梅《四六丛话》而始告美备。"③可谓近代学界之公论。

一、《四六丛话》的骈文文体论

《四六丛话》是我国古代骈文理论批评的集大成之作,在骈文研究史上具有里程碑意义。全书33卷,前28卷叙文体,每章之首,均有叙论,而以参考资料附于后;后5卷论作家,并网罗资料附于作家之后,间有按语。该书凡例、文体叙论、作家按语等是孙梅三十年研究之心得,蕴含着丰富而深刻的骈文思想,而重中之重则是文体叙论。刘麟生称:"叙论之穷源溯委,精审赅备,得未曾有。"④其文体论之精审主要体现在三个层面,一是体性辨析,二是文体分类,三是骈文史。兹分而论之。《四六丛话凡例》云:

> 陆机《文赋》,区分十体,魏晋前其流未广。西山真氏以四体撰《文章正宗》,亦仅挈其纲。若乃辨体正名,条分缕析,则《文选序》及《文心雕龙》所列,俱不下四十。而《雕龙》以对问、七发、连珠三者,入于杂文,虽创例,亦其宜也。唐设宏词科,试目有十二体,则皆应用之文。今自《选》《骚》外分合之为体十

---

① 陈广宁《四六丛话跋》,孙梅《四六丛话》,人民文学出版社,2010年,第714页。
② 钱基博《骈文通义》,上海古籍出版社,2012年,第125页。
③ 刘麟生《中国骈文史》,东方出版社,1996年,第118页。
④ 同上书,第118页。

八,亦就援引考据所及而存之。其章疏与表,分而为二者,以宣公奏议之类,不可入表故也。碑志与铭分为二者,碑用者广,志专纳墓,而铭则遇物能名,各有攸当。其余悉入杂文,又列谈谐,皆《雕龙》例也。①

孙梅广泛吸收陆机《文赋》、萧统《文选》、刘勰《文心雕龙》等的文体分类成果,取长补短,斟酌古今,将历代骈文分为18种文体。鉴于《文心雕龙》"探幽索隐,穷形尽状。五十篇之内,百代之精华备矣","自陈、隋下讫五代,五百年间,作者莫不根柢于此"②,孙梅的文体分类和文体论,以《文心雕龙》为主要参照对象。阮元《旧言堂集后序》曰:"吾师乌程孙松友先生,学博文雄,尤深《选》学,挚虞、刘勰,心志实同。夫且上溯初唐,下沿南宋,百家书集,体裁所分,古人用心,靡不观览。是以濡墨洒翰,兼擅众长,不泥古而弃今,不矜今而废古。曩撰《四六丛话》二十篇,各穷源委,冠以叙文,学者诵习,得研指趣。"③赞美孙梅文体分类和文体论穷原竟委,兼擅众长,可谓深得乃师文论之精髓。

孙梅骈文文体论的第一个特点是"各穷源委"处补充、丰富了刘勰《文心雕龙》的内容。主要表现在四个方面:(一)体性认知的深化。如《四六丛话·谈谐》篇认为"谈有虚实之分,谐有雅郑之异"④,刘勰的《谐讔》篇则仅讲雅郑。(二)新文体的补充。如刘勰《杂文》篇涵盖答问、七发、连珠三种文体,孙梅增有上梁文、致语、乐语、口号、青词、疏语、祝寿文。(三)文体新体制的丰富。孙梅将赋分为古赋、文赋、律赋、骈赋、骚赋,与这些名目相关的赋体变化在刘勰时代尚未出现。(四)阐述内容避重出新。刘勰《文心雕龙》建立起原始以表末、释名以章义、选文以定篇、敷理以举统的文体学研究

---

① 《四六丛话凡例》,孙梅《四六丛话》,人民文学出版社,2010年,第10页。
② 孙梅《四六丛话》卷三一,人民文学出版社,2010年,第626页。
③ 阮元《揅经室集》卷五,广陵书社,2023年,第723页。
④ 孙梅《四六丛话》卷二七,人民文学出版社,2010年,第519页。

模式,其持论之精,有文体论科律之誉。孙梅既以《文心雕龙》为参照,又尽量回避重复,自出心裁。如判、记、序三体因成熟时间较为晚近,《文心雕龙》关注不足,孙梅由此获得了纵横驰骋的空间,其体性辨析以此三体最为精彩,创意尤多。

  孙梅骈文文体论特点之二是文体分合更趋合理。孙梅认为"西山真氏以四体撰《文章正宗》,亦仅挈其纲"①,分类过于笼统,而更倾向于刘勰的分类法,但又不完全一致。其不同之处除《凡例》所云"章疏与表,分而为二""碑志与铭分为二"之外,还有记、序、判等的分立。《文心雕龙》有书记而无记。随着文学的发展,记体创作数量增加,文体独特性也日益得到体现,孙梅将记体独立分出;《文心雕龙》将序入论说,孙梅认为序非论说文,并详明序的多样性;《文心雕龙》判入契券类,孙梅则认为"按《周礼·媒氏》之判,实男女之婚籍,后世之判,乃州郡之爰书,亦名同而实异耳"②。孙梅还纠正了刘勰檄与露布不分的状况:"夫檄与露布,六朝不甚区别,故《文心》合而为一。唐宋以后,则檄文在启行之先,露布当克敌之后,名实分矣。"③如此调整之后,《四六丛话》分体18种,几乎囊括了骈文写作中最常用的文体,既不像《文章正宗》那样简略、笼统,又不流于繁复、琐碎,颇有执简驭繁之效。

  《四六丛话》文体论的第三个特点是对骈文发展史的深入考察。孙梅首先考察了"四六"名称的来源,《四六丛话凡例》云:

> "四六"之名,何自昉乎?古人有韵谓之文,无韵谓之笔,梁时"沈诗任笔",刘氏"三笔六诗"是也。骈俪肇自魏晋,厥后有齐梁体、宫体、徐庾体,工绮递增,犹未以四六名也。唐重《文选》学,宋目为词学;而章奏之学,则令狐楚以授义山,别为专门。今考樊南甲乙,始以四六名集,而柳州《乞巧文》云"骈四俪

---

① 《四六丛话凡例》,孙梅《四六丛话》,人民文学出版社,2010年,第10页。
② 孙梅《四六丛话》卷一九,人民文学出版社,2010年,第386页。
③ 同上书卷二四,第454—455页。

六,锦心绣口",又在其前。《辞学指南》云"制用四六,以便宣读",大约始于制诰,沿及表启也。

孙梅固然不以考据名家,但这段引文从考据"四六"称名之始切入,梳理"四六"称涵盖范围的变化,可谓"原始以表末"的传统方法与清代考据学风的有机集合。在他看来,骈俪肇自魏晋,而"四六"之名,唐代才出现。那么,《四六丛话》又何以将《选》《骚》列为卷首?孙梅解释说:

> 《选》实骈俪之渊府,《骚》乃词赋之羽翼。杜少陵云:"熟精《文选》理。"王孝伯云:"熟读《离骚》,便成名士。"是知六朝、唐人词笔迥绝者,无不以《选》《骚》为命脉也。是编以二者建为篇首,欲志今体者探本穷源、旁搜远绍之意。①

《选》叙与《骚》叙对此作了进一步说明:"余既有《丛话》之役,以为四六者,应用之文章;《文选》者,骈体之统纪。《选》学不亡,则词宗辈出"②,"其列于赋之前者,将以《骚》启俪也"③。可见,孙梅以《选》《骚》为骈文之本源,旨在界定骈文的统绪、形貌与内质,诚如刘麟生所言:"卷首专论《诗》《骚》,以明系统。"④

孙梅认为先秦时期骈散不分,骈体胎息于西汉,至东汉而更为整赡。魏晋时期骈体形态特征日趋明朗,孙梅较为称许这个阶段的骈文:"古文至魏氏而始变,变而为矜才侈博,六朝由此增华,然而质韵犹存。沉刻峭拔,是其所长,无斁积饾饤之迹也,如钟、索初变隶法,尚留古意。述俪者于此寻源,溯古者于此辨异。"⑤俨然以魏晋为骈文发展史的分水岭。关于六朝骈文,《总论》云:"六朝以来,风格相承,妍华务益,其间刻镂之精,昔疏而今密;声韵之功,旧涩而新

---

① 《四六丛话凡例》,孙梅《四六丛话》,人民文学出版社,2010年,第10—11页。
② 孙梅《四六丛话》卷一,人民文学出版社,2010年,第2页。
③ 同上书卷三,第46页。
④ 刘麟生《中国骈文史》,东方出版社,1996年,第118页。
⑤ 孙梅《四六丛话》卷三一,人民文学出版社,2010年,第610页。

谐。非不共欣于斧藻之工,而亦微伤于酒醴之薄矣。"①既肯定其斧藻之工,又批评其微失醇厚。孙梅对唐代骈文评价较高,认为"瑰丽之文,以唐初四杰为最,而四子之中,尤以王氏子安为尤"②,并将张说、柳宗元、令狐楚奉为唐代三大家,魏徵、陆贽、杜牧、李商隐等次之。唐以后,孙梅独赏欧、苏,而南宋讫明则无足观:"四六至南宋之末,菁华已竭,元朝作者寥寥,仅沿余波,至明代经义兴,而声偶不讲,其时所用书启表联,多门面习套,无复作家风韵。"③对于本朝骈文之盛,孙梅褒奖有加:"圣朝文治聿兴,己未、丙辰两举大科,秀才词贤,先后辈出,迥越前古,而擅四六之长者,自彭羡门、尤悔庵、陈迦陵诸先生后,迄今指不胜屈,但各家俱有专集,而脍炙腴词,激扬绪论,若侯芭、桓谭之流,犹有待焉。"④既肯定本朝骈文名家辈出,佳作如林,又指出骈文批评尚付缺如,颇有以此自期之意。

关于骈文发展史,王志坚《四六法海》、吴蔚光《骈文源流》、李兆洛《骈体文钞序》、刘开《与王子卿太守论骈体书》等均有涉及,而以孙梅《四六丛话》最为系统、全面。清末民初,西学东渐,现代学术开始建立,各类文学史编纂蔚然成风。当近世学人试图从古人著述中寻求学术资源时,《四六丛话》便以其体系之俨然、论述之精辟脱颖而出。师范《摘刊四六丛话缘起序》云:"癸亥夏,偶于陈董庵明府见其《四六丛话》,借归细阅,为类共二十,各序其首,温粹清转,较刘彦和、刘知几更为通晓,遂摘录之,刻为丛书之第二,俾继《古文词序目》之后,仍附以王伯厚《词学指南》十二则,与吴讷《文章辨体序题》遥相映带","吾愿操觚者即以是深思其义,庶于立言之体得所归宿焉"。⑤ 认为《四六丛话》论文体,比《文心雕龙》《史通》更为通

---

① 孙梅《四六丛话》卷二八,人民文学出版社,2010年,第532页。
② 同上书,第532页。
③ 《四六丛话凡例》,孙梅《四六丛话》,人民文学出版社,2010年,第11页。
④ 同上。
⑤ 师范《二余堂文稿》卷四,《丛书集成续编》集部第132册,上海书店出版社,1994年,第516页。

晓、精微,可谓推崇备至。

二、以意为统宗的写作原则

《四六丛话·总论》曰:"文以意为之统宗","极而论之,行文之法,用辞不如用笔,用笔不如用意"。① 这是孙梅倡导的骈文写作原则,也是孙梅骈文理论的核心。《续修四库提要》评价《四六丛话》(《二余堂丛书》辑本)云:"品题藻鉴,格取浑成,不斤斤以声律章句分工拙,持论尚称近正。"②论骈文而不斤斤于声律章句,正是以意为统宗原则的贯彻。

孙梅之前,袁枚的骈文理论带有唯美主义色彩,宣称"古圣人以文明道,而不讳修词;骈体者,修词之尤工者也"③,并不讳谈骈文美学技巧。汪士铎《四六金桴》、邵齐焘《答王芥子同年书》、吴鼒《问字堂外集题词》等亦多从修辞角度探讨骈文写作。然而,乾嘉时期研究骈文语言和修辞绝非主流,这固然由于精英诗学推崇"至法无法",也是乾嘉时期整个骈文批评都围绕骈散之争而展开的特定形势下的必然选择。骈文因注重文字修饰而背负"靡丽""华而不实"等指责,所以在清代骈文尊体思潮中,沉溺于文字技法是不合时宜的。更何况骈文并不像八股、试律诗那样事关利禄功名,所以也不存在为后生说法、指示门径之类的现实要求。陈维崧《四六金针》"对于唐宋以来骈文的体裁、优劣和作法等等,均有具体的详述,启示学习骈文者以门径"④,被四库馆臣斥为"浅陋",以致怀疑《四六金针》非陈维崧所作,亦可见当时之风气。但细细推究,孙梅以意

---

① 孙梅《四六丛话》卷二八,人民文学出版社,2010年,第532页。
② 《四六丛话缘起》提要,《续修四库全书总目提要》(稿本)第19册,上海古籍出版社,2015年,第252页。
③ 袁枚《胡稚威骈体文序》,《小仓山房诗文集·文集》卷一一,上海古籍出版社,1988年,第1398页。
④ 蒋伯潜、蒋祖怡《骈文与散文》,上海书店出版社,1997年,第89页。

为统宗观念的形成,更直接的原因是受《四库全书简明目录》的影响。①

孙梅甚为推崇《四库全书简明目录》。《四六丛话》"至近人著述,并不登入,以是编所录作家,讫于宋元故也",却破例悉录《四库全书简明目录》中的文体论材料。《四六丛话凡例》云:"恭读《钦定四库全书简明目录》一书,于前代文集存佚评鉴,无不详备,集千古之大成,树艺林之标准。是编于作家诸卷,谨悉恭录,盖蠡测鼷之义,取资无尽云。"②四库馆作为皇朝最高修书机构,网罗一时精英,左右学界治学与为文风尚。《四库全书简明目录》内含的文学思想成为孙梅骈文观念的坐标,对于提升孙梅骈文理论有着重要意义。如《四库全书简明目录》评王铚《四六话》云:"所论多宋人表启之文,大抵举其工巧之联,而气格法律,皆置不道,故宋之四六日卑。"③评谢伋《四六谈麈》云:"其论四六,多以命意遣词分工拙,所见在王铚《四六话》上。其论长句全句,尤切中南宋之弊也。"④王铚重遣词,谢伋兼重命意,故品高一等。孙梅汲取了《四库全书简明目录》这种衡文标准,所以不斤斤计较字句之工拙。

孙梅既然倡导行文以意为主,故主张对偶"言对为易,事对为难,反对为优,正对为劣",原因在于"此用意之长也"。⑤他欣赏杨亿"朝无绛、灌,不妨贾谊之少年;坐有邹、枚,未害相如之未至"句,因为"用事有意,则活泼泼地,如贾生厄于绛、灌,以致时宰,岂复佳事,然翻转说来,弥见属对之长,此丹成九转,点铁成金手

---

① 《四库全书简明目录》由馆臣赵怀玉于乾隆四十七年(1782)录出,四十九年刊刻于杭州,而《四库全书总目》刊刻于乾隆五十四年。《四库全书简明目录》入选提要删繁就简,先于《四库全书总目》刊行,加之便于检阅,遂得以广泛流传。而《四六丛话》成书于乾隆五十五年,是年孙梅去世,故该书应未受《四库全书总目》影响。
② 孙梅《四六丛话》,人民文学出版社,2010年,第11页。
③ 永瑢等《四库全书简明目录》卷二〇,上海古籍出版社,1985年,第875页。
④ 同上书,第877—878页。
⑤ 孙梅《四六丛话》卷二八,人民文学出版社,2010年,第533页。

也"。① 孙梅又主张"隶事之方,用史不如用子,用子不如用经",这是因为经、子、史意蕴逐次退减之故:"九经苞含万汇,如仰日星,诸子总集百灵,如探洞壑,此子不如经之说也。南朝之盛,三史并有专门,隋唐以来,诸子束之高阁,而挦扯稍广,理趣不深,此史不如子之辨也。苟非笔意是求,而惟辞之尚,非无纤秾,谓之剿说可也。若非经史是肄,而杂引虞初,非不博奥,谓之哇响可也。"②

本着文以意为统宗的原则,孙梅骈文批评强调以意运转材料,追求自然天成。《四六丛话》卷一四:"盖粗才贪使卷轴,往往堆砌地名人名,以为典博,成语长联堆排割裂以为能事,转入拙陋。至于活字,谓不妨杜园伧气,殊不知大为识者所嗤。惟作家主于用意,不主于用事,当其下笔,若自抒胸臆,谛加玩味,则字字有来处,浑然天成,此杜诗韩笔,所以绝妙古今也,不知此者,不可与言四六。"③《四六丛话》卷三二:"义山章奏之学,得自文公,盖其具体而微者矣。详观文公所作,以意为骨,以气为用,以笔为驰骋出入,殆脱尽裁对隶事之迹……由其万卷填胸,超然不滞,此玉溪生所以毕生服膺,欲从末由者也。"④再三强调"主于用意""以意为骨"等原则。

李商隐与汪藻之骈文作品表现出了两种不同的风格追求,前者意足而后者文工。陈振孙《直斋书录解题》评汪藻《浮溪集》:"四六偶俪之文,起于齐、梁,历隋、唐之世,表章、诏、诰多用之。然令狐楚、李商隐之流号为能者,殊不工也。本朝杨、刘诸名公犹未变唐体,至欧、苏始以博学富文,为大篇长句,叙事达意,无艰难牵强之态,而王荆公尤深厚尔雅,俪语之工,昔所未有。绍圣后置词科,习者益众,格律精严,一字不苟措,若浮溪尤其集大成者也。"⑤崇汪藻而薄李商隐。《四六丛话》收录了这则材料,但孙梅按语却与陈振孙

---

① 孙梅《四六丛话》卷一四,人民文学出版社,2010年,第287页。
② 同上书卷二八,第533页。
③ 同上书卷一四,第286页。
④ 同上书卷三二,第658—659页。
⑤ 陈振孙《直斋书录解题》卷一八,浙江古籍出版社,2021年,第1102—1103页。

针锋相对:"骈俪之文,以唐为极盛。宋人反诋讥之,岂通论哉!浮溪之文,可称精切,南宋作者,未能或先,然何可与义山同日语哉!古之四六,句自为对,语简而笔劲,故与古文未远。其合两句为一联者,谓之隔句对,古人慎用之,非以此见长也。故义山之文,隔句不过通篇一二见。若浮溪非隔句不能警矣,甚至长联至数句、长句至十数字者以为裁对之巧,不知古意浸失,遂成习气,四六至此弊极矣,其不相及者一也;义山隶事多而笔意有余,浮溪隶事少而笔意不足,其不相及者二也。若令狐楚文体尤高,何可妄为轩轾乎!"①以笔意之丰寡为标准,扬义山而贬汪藻,正是文以意为统宗原则在作家论上的践行。

孙梅以意为统宗的衡文原则赢得了近交的认同,程杲云:"近时翻类书,举故事,往往一意衍至数十句,不惟难者不见其难,亦且劣者弥形其劣。孙夫子于《总论》篇中,有以意为主之说,学骈体者,不可无别裁之识。"②秦潮云:"松友上溯《选》《骚》,下迄宋元,荟捃百家,标举一是。其言曰:用辞不如用笔,用笔不如用意。匪第为俪体说法,凡抽思弄翰者,悉受范焉。"③认为孙梅提出的原则,不仅适用于骈文,也是一切文章写作和批评的标准。

三、骈散合一的文体立场

乾嘉骈散相争之初,"袭徐庾者诮八家之空疏,而袭史汉者每讥六朝为撏拾"④,势如水火,壁垒分明。古文家多有道学气息,偏向程朱理学,重视文以载道,抨击骈文耽于雕琢辞藻,倡言古文写作不可沾染骈体习气,如方苞云:"古文中不可入语录中语、魏晋六朝人藻

---

① 孙梅《四六丛话》卷三三,人民文学出版社,2010年,第695—696页。
② 程杲《四六丛话序》,孙梅《四六丛话》卷首,人民文学出版社,2010年,第6页。
③ 秦潮《四六丛话序》,同上书,第1页。
④ 师范《二余堂文稿》卷四《摘刊四六话缘起序》,《丛书集成续编》集部第132册,上海书店出版社,1994年,第515页。

丽俳语、汉赋中板重字法、诗歌中隽语、南北史佻巧语。"①汉学家的小学功底,为骈文写作提供了雕琢文字、音韵、藻采的素养,是清代骈文复兴的重要动力。阮元等以对偶工整、富有藻采声韵之美的骈文为正宗,将散体古文逐出文苑,更加剧了骈散之间的对峙。故方东树《汉学商兑》云:"由是以及于文章,则以六朝骈俪有韵者为正宗,而斥韩欧为伪体。"②道出了当时骈散对峙之势。

考察唐宋以来的文学史,不难发现,经过古文思潮的涤荡,单行散体的古文地位日益高涨,追求俪偶藻采的骈文则不断衰落,越来越为庄人雅士所不齿。王若虚云:"四六,文章之病也,而近世以来,制诰表章率皆用之。君臣上下之相告语,欲其诚意交孚,而骈俪浮辞,不啻如俳优之鄙,无乃失体耶! 后有明王、贤大臣一禁绝之,亦千古之快也。"③以四六为"文章之病",已成为根深蒂固的观念。到了清代,随着骈文复兴局面的到来,骈文家亟须为骈体正名,争取生存空间。而有意识地向古文靠拢,是这一时期论家的普遍策略。至于凌廷堪、阮元等独钟骈文,以骈体为文章正宗,实为异数。故孙梅《四六丛话》虽专论骈文,却不激化骈散对立,而是倡导骈散合一。其《总论》曰:

> 尚心得者遗雕伪,以为堆垛无工;富才情者忽神思,则曰空疏近陋。各竞所长,人更相笑。仆以为齐既失之,而楚亦未为得也。夫一画开先,有奇必有偶;三统递嬗,尚质亦尚文。剪彩为花,色香自别,惟白受采,真宰有存。④

批评当时论家各执一端、势不两立之弊,认为奇与偶相对相

---

① 沈廷芳《方望溪先生传》,《隐拙斋集》卷四一,乾隆刻本。
② 江藩等《汉学师承记》(外二种),生活·读书·新知三联书店,1998年,第384页。
③ 王若虚《文辨》,胡传志、李定乾校注《滹南遗老集校注》卷三七,辽海出版社,2005年,第426页。
④ 孙梅《四六丛话》卷二八,人民文学出版社,2010年,第532页。

生,文与质相辅相成,此自然之道,不可悖离。折中骈散之意,显而易见。孙梅将《骚》作为骈文源泉之一,颇具深意。《四六丛话》卷三云:"《丛话》曷为而次《骚》也?曰:观乎人文,稽于义类,古文、四六有二源乎?大要立言之旨,不越情与文而已。……诗人之作,情胜于文;赋家之心,文盛其情。有文无情,则土木形骸,徒惊纡紫;有情无文,则重台体态,终恶鸣环。屈子之词,其殆诗之流,赋之祖,古文之极致,俪体之先声乎?"①从文章统绪的高度寻找骈散融合的纽带。孙梅高明处在于,他不像乾嘉一般学者那样只是纠结于句式奇偶之争,而是把骈散之争置换为情与文、文与质、辞与意等相互关系的议题,更逼近文学艺术的本质特征。孙梅高倡文以意为统宗,强调情文并重等,正是快刀斩乱麻,截断一切形式、修辞上的枝蔓,论旨鲜明,立意高远。《四六丛话》卷三一云:"越石寥寥数篇,才气杰然,足盖魏晋,其《劝进表》《答卢谌诗序》,豪宕感激,从肺腑流出,无意于文而文斯至。"②卷一〇云:"若以堆垛为之,固属轮辕虚饰,纯以清空取胜,亦无非臭腐陈言。一言以断之:惟情深而文明,沛然从肺腑流出,到至极处,自能动人。作之者非关文与不文,感之者亦不论解与不解,手舞足蹈,又不知其然而然者。"③凡此种种,皆不谈文字骈散和工拙,可见孙梅倡导骈散合一的内涵及重心所在。其要点有三:一是开拓题材,二是汲取古文艺术,三是贯穿儒家经世精神。

清代骈文尊体的一个重要方面就是开拓骈文的表现领域,正如马积高所论,"清朝一些骈文家既有意与古文家争席乃至争文统,凡六朝人已用骈体来写的体裁固然用骈体来写;唐宋古文家所开拓的文章领域,他们也试图用骈体来写"④。颜之推、郦道元、温大雅等人

---

① 孙梅《四六丛话》卷三,人民文学出版社,2010年,第45页。标点略有校正。
② 同上书卷三一,第616—617页。
③ 同上书卷一〇,第211页。
④ 马积高《清代学术思想的变迁与文学》,湖南人民出版社,1996年,第109页。

以四六为论为叙,引起了孙梅高度关注。《四六丛话》卷三一云:"四六长于敷陈,短于议论。盖比物连类,驰骋上下,譬之蚁封盘马,鲜不踬矣。乃六朝之文,无不以骈俪行之者,而《颜氏家训》尤擅议论之长。街谈巷说,鄙情琐语,一入组织,皆工妙可诵。习骈俪者,于以探赜观澜,非徒成一家言也。"①对六朝骈文无施不可的表现力赞赏有加。孙梅又以饱满的热情称颂《文心雕龙》《文赋》《史通》等为"论说之精华,四六之能事"②。而《四六丛话》文体叙论20篇,均以工整的骈体写成,正是其拓展骈文表现力的身体力行。

唐宋古文思潮沉重打击了骈文的发展。然而,从创作实践看,古文八大家并未摒弃骈文,甚至也是骈文大家。《四六丛话》评欧阳修云:"宋初诸公骈体,精敏工切,不失唐人矩矱,至欧公倡为古文,而骈体亦一变其格,始以排奡古雅争胜古人,而枵腹空筒者,亦复以优孟之似,借口学步,于是六朝三唐格调浸远,不可不辨。"③评苏轼云:"东坡四六,工丽绝伦中,笔力矫变,有意摆落隋唐五季蹊径。以四六观之,则独辟异境;以古文观之,则故是本色,所以奇也。"④对欧阳修、苏轼的骈文成就赞不绝口。更耐人寻味的是,孙梅将骈文批评中素来缺席的柳宗元提升为唐代骈文三大家之一,并解释其原因曰:"惟子厚晚而肆力古文,与昌黎角力起衰,垂法万世。推其少时,实以词章知名。词科起家,其镕铸烹炼,色色当行。盖其笔力已具,非复雕虫篆刻家数。然则有欧、苏之笔者,必无四杰之才;有义山之工者,必无燕公之健。沿及两宋,又与徐、庾风格去之远矣。独子厚以古文之笔,而炉鞲于对仗声偶间。天生斯人,使骈散、古文合为一家,明源流之无二致。呜呼,其可及也哉!"⑤在孙梅看来,柳宗元作为古文运动领袖,其骈文变革突出表现在句法上的骈散交

---

① 孙梅《四六丛话》卷三一,人民文学出版社,2010年,第625页。
② 同上书卷二二,第427页。
③ 同上书卷三三,第675页。
④ 同上书卷三三,第684页。
⑤ 同上书卷三二,第653页。

错,而后来由欧、苏开创的新四六则以古文之气运乎骈文,骈中有古意,散中有工整,与孙梅骈散合一、源流无二的思想高度契合。此外,魏晋骈文"述俪者于此寻源,溯古者于此辨异",是古文与骈文交融阶段,故也深受孙梅褒扬。

清代斥骈文者多以骈文无用为口实。袁枚驳之曰:"足下之答绵庄曰:'散文多适用,骈体多无用,《文选》不足学。'此又误也。……夫物相杂谓之文。布帛菽粟,文也;珠玉锦绣,亦文也;其他浓云震雷,奇木怪石,皆文也。足下必以适用为贵,将使天下之大,化工之巧,其专生布帛菽粟乎?抑能使有用之布帛菽粟贵于无用之珠玉锦绣乎?人之一身,耳目有用,须眉无用,足下其能存耳目而去须眉乎?是亦不达于理矣。"①袁枚试图以功能多元性消解骈文无用论的攻击,这种驳斥存在着一个重大缺陷,即在实用价值上已经承认了骈文的无能为力。而孙梅从骈文同样可经世致用的高度,将骈文与古文合而为一。《四六丛话》卷三三:"读书长白,断齑画粥,研穷六经,而成王佐之学,曷尝沾沾于词章哉!譬之本根,日加培溉,而蒸菌吐华,不期自致焉尔。"②认为范仲淹深研六经,成王佐之学,故发为辞章,不论骈散,皆可经纬天地。又,《四六丛话》卷一〇曰:"令狐文公于白刃之下,立草遗表,读示三军,无不感泣,遂安一军。与宣公草《兴元赦书》,山东将士读之流涕。同一手笔,必如此,始为有用之文,四六所由与古文并垂天壤也。"③唐宋以后,尽管骈文式微,但朝廷公文大多仍以骈体写作,其中多涉军国大事,不得目之无用。只要以六经为根本,以经世为己任,不断提高道德修养,则文辞之骈散,皆不碍其用。否则,即使散体古文也于世无益。

陈子展总结乾嘉骈散之争概况云:"有的以为骈散并尊,不宜歧

---

① 袁枚《答友人论文第二书》,《小仓山房诗文集·文集》卷一九,上海古籍出版社,1988年,第1548—1549页。
② 孙梅《四六丛话》卷三三,人民文学出版社,2010年,第676页。
③ 同上书卷一〇,第211页。

视,如曾燠、吴鼒、孔广森诸人的主张便是,有的以为骈文才可以叫做文,说是孔子解《易》,于乾坤之言,自名曰文,此千古文章之祖,并痛斥散文不得自命曰文,且尊之曰古,俨然要和古文家争文章正统,如阮元、阮福父子的主张便是。后来刘师培也同此主张。……有的以为骈散合体,不应分家,如汪中、李兆洛、谭献诸人的主张便是,总之这一时期的骈文家敢和古文家抗衡,敢和古文家争正统。"①孙梅生活之时代,主张骈散合一者并不多见。曾燠等人虽都强调骈散两种文体具有共同表述功能,骈体也应以达意为主,也可用来谈经论史,但旨在宣扬骈散并尊,唯汪中与孙梅桴鼓相应。嘉庆末年以后,汉宋学术趋向合流,崛起新秀如李兆洛、包世臣、蒋湘南等皆倡导骈散相融,骈散合一最终成为骈散两派的一种共识。在这一发展历程中,《四六丛话》起到了重要的桥梁作用。

(本节由陈志扬执笔)

第三节 "四六难于叙事"说发微

清代骈文批评和理论争鸣的活跃,已引起学界较多探讨。然而,清乾嘉时期,孙梅提出"四六难于叙事"这一重要论断,其理论意义尚未得到关注,值得深入考察。

一、"四六难于叙事"说的提出及内涵

骈文不擅长叙事,历代作家和评论家多有直观感受,但明确提出这一问题,却迟至清乾隆年间。孙梅《四六丛话》曰:

> 四六之文,议论难矣,而叙事尤难。《颜氏家训》、郦氏《水经注》,援据征引则有之矣,叙事尤未也,其惟《创业起居注》乎?

---

① 陈子展《中国文学史讲话》,北新书局,1933年,第263—264页。

以编年之体,为鸿博之辞,不惟对属之能,兼有三长之目。学者与陆宣公奏议参观之,知熟于此道者固无施不可。①

要理解孙梅"四六难于叙事"说的内涵,必须厘清四个问题。首先,是四六与骈文的关系。四六是骈文的特殊形式,除语言骈偶外,主要着眼于句式上"四字六字相间成文"②;而骈文主要着眼于句式的骈偶相对,含括但不限于四六句式。因此,从统属关系看,骈文可涵摄四六。自晚唐李商隐自名其集《樊南四六》,直至明代,骈文的主流称谓一直是"四六"。入清之后,逐渐兴起"骈体""骈文""骈体文"等名称,与"四六"杂陈混用。除非为推尊骈体而有意区分"骈文"与"四六",在清代前、中期的一般文论语境下,所谓"四六",大致与"骈文""骈体"等通用。孙梅《四六丛话》虽以"四六"名书,而论历代骈文创作和批评,并不局限于"四字六字相间成文"的作品,可见其所谓"四六",实为骈体之文的代称。这一点,可从书中用例得到验证。如此书卷三二曰:"自有四六以来,辞致纵横,风调高骞,至徐、庾极矣","沿及两宋,又于徐、庾风格去之远矣!独子厚以古文之笔,而炉鞴于对仗、声偶间。天生斯人,使骈体、古文合为一家,明源流之无二致。呜呼,其可及也哉!"③卷三三曰:"梅亭四六,雕琢过甚,近于纤冗,排偶虽工,神味全失。骈体至此,发泄太尽,难以复古矣。"④"四六""骈体"杂糅于同一语境,所指并无二致。所谓"四六难于叙事",谈的正是骈文的表达局限问题。由于清代中期以后,经过批评家正名与辨体的努力,"骈文"之名逐渐取代活跃了近千年的"四六",成为主流称谓⑤,下文相关讨论,一般称"骈文",不称"四六",并将孙梅论题的原始表述改造为"骈文难于叙

---

① 孙梅《四六丛话》卷三二,人民文学出版社,2010年,第634页。
② 朱一新《无邪堂答问》卷二,中华书局,2000年,第90页。
③ 孙梅《四六丛话》卷三二,人民文学出版社,2010年,第653页。
④ 同上书卷三三,第704页。
⑤ 关于清人对"四六"与"骈文"称名的辨析,可参本章第一节。

事"。表述虽有差异,但"骈偶之文难以叙事"这一核心意蕴没有改变。

其次,不管"四六"还是"骈文""骈体""俪体"等,在古代文论语境中,主要是语体概念,指向以骈偶为基本特征的语言体式,而不指向具体的文章体裁。只有当与"散体""古文""散文"等对举时,"四六"或"骈文""骈体"等才有笼统的文体学上的文类意味,表示此类作品骈偶程度较高,区别于以单行散句为主的文章。故《文心雕龙》文体论中没有骈文论,只有《丽辞》篇专论骈偶问题。而骈偶作为一种修辞或语体,几乎可用于一切文体。如萧统《文选》收录富有骈偶、丽藻、声韵之美的作品,被誉为"骈俪之渊府"①,所录文体有赋、七、诏、册、令、教、策、文、表、启、笺、奏记、书、移、檄、难、设论、序、赞、符命等 39 种,几乎囊括了南朝最常用的各种文体,骈偶程度较高是入选作品共同的语体特征。此外,《四六法海》《骈体文钞》《国朝骈体正宗》《骈文类纂》等著名骈文总集,也都兼收各种体裁,而非单录某种文体。

再次,在古代文论语境中,"叙事"之"事",既可指动态发展的"事件",也可指静态的"事物",而孙梅所论之"事",主要指向前者。宋王柏《书疑》曰:"盖《书》有六体,典、谟、训、诰、誓、命也。《尧典》《禹贡》,此史官叙事之文也。"②黎庶昌《禹贡三江九江辨》:"《禹贡》圣经也,《尚书》叙事之文,无若此谨严者。"③皆以《尚书》之《禹贡》为史官叙事之典范。《禹贡》详载九州疆域、山脉、河流、泽薮、土壤、物产、贡赋、交通及五服制度等,被目为后世史书中"书志体"的鼻祖。其所谓"叙事"显然指对天地万物的记载铺陈。然而,汉代以后,史书最重要的三种体裁,即编年体、纪传体、纪事本末体等,主要记载的却是以人物活动为中心的历史事件。孙梅论骈体叙事之难,而以温大雅记述唐高祖起事始末的骈体《大唐创业起居

---

① 孙梅《四六丛话凡例》,孙梅《四六丛话》卷首,人民文学出版社,2010 年,第 10 页。
② 王柏《书疑》卷二,上海古籍出版社,2022 年,第 41 页。
③ 黎庶昌《拙尊园丛稿》卷四,《清代诗文集汇编》第 733 册,第 631 页。

注》为典范,称此书"以编年之体,为鸿博之辞",可见其所谓"叙事",指叙述人物活动和历史事件。如果是记载、铺陈天地万物,则骈体不但不难,反而具有先天优势,正如余丙照所论:"赋之对仗,贵极精工。骈四俪六,对白抽黄,所谓律也。大凡天地之物,莫不有偶。如天文地理,草木鸟兽,各以类对,固自易易。"①认为以骈文偶对形式,敷写相对并生的天地万物,可谓如鱼得水,无往不利。

最后,孙梅以"议论"为陪衬,强调骈文"尤难于叙事",但并非主张骈文不能叙事。事实上,他赞美温大雅《大唐创业起居注》以工整的骈体叙述唐高祖创业始末,兼具史才、史学、史识,认为真正精于骈文者,议论、叙事无施不可。可见,在孙梅看来,骈文也能叙事,只是要兼具文人藻采和史学修养,难度极大。《四六丛话》论及长于骈体叙事者,除温大雅外,只有蔡邕、欧阳修、苏轼等寥寥数家,足证骈文难于叙事,绝非虚言。

厘清以上四点,是理解和讨论孙梅"四六难于叙事"说的前提,否则难免无端牵扯而莫衷一是。回到《四六丛话》的原始语境,可以看出,孙梅提出骈文"难于叙事"的初衷,只是借以凸显温大雅《大唐创业起居注》骈体叙事之难能可贵,本无意提出一个理论命题,故未就此展开学理阐释。综观《四六丛话》全书,也未有任何进一步的论证。然而,由于此论契合骈文史的发展事实,故得到了此后文论家不同形式、不同程度的呼应。如孙梅弟子阮元推尊骈文,认为"文"当富有骈偶声韵之美,而源于史传、单行散句的叙事文体,不得跻身文苑,所谓"传志记事,皆史派也","惟沉思翰藻,乃可名之为文也"。②言外之意,叙事非骈文本职,也暗含着骈文不便叙事之意。阮元乡裔刘师培将古人著述分为三大类:一曰文言,藻绘

---

① 余丙照《赋学指南》卷三,《历代赋学文献辑刊》第195册,国家图书馆出版社,2017年,第147页。
② 阮元《书梁昭明太子〈文选序〉后》,《揅经室集》,广陵书社,2023年,第642—643页。

成文,杂以骈语韵文以便记诵者,如《易经》卦辞、《诗经》之类;二曰语,包括记事之文、论难之文,"用单行之语而不杂以骈俪之词",如《春秋》《论语》之类;三曰例,明法布令,语简事赅,以便民庶遵行,如《周礼》《仪礼》之类。① 此说将骈文与单行散体的记事之文分疆划界,与阮元一样,暗指骈文不便叙事。王蒔兰《复庄骈俪文权序》:"意双则陈理易达,句耦则言情易深。此盖天地自然之文,阴阳对待之谊,非文人之狡变,实太始之元音也。"② 认为骈偶之文,符合自然之道,长于说理、抒情,而未及叙事,显然也暗含骈体不便叙事之意。又,孙德谦论文,主张骈散相济,交互为用,"骈体之中使无散行,则其气不能疏逸,而叙事亦不清晰"③,可见纯粹的骈体,难以清晰叙事。章太炎认为,骈文、散文各有长短,不可偏废,"头绪纷繁者当用骈,叙事者止宜用散"④,从反面揭示骈文不宜叙事。这些观点,都可与孙梅之论互相申发、印证、补充,说明"骈文难于叙事"虽非郑重其事的理论命题,却在晚清民国引起了广泛共鸣。那么,此论究竟纯属一时兴到之谈,还是基于丰富的创作实践和直观感受而提出的卓识精见? 其学理依据何在? 有什么样的理论价值? 这些问题,学界尚少关注,亟须细细考量。

二、骈文集中传体文的缺位

文体作为一种语言存在体,是人类在与自然及社会长期交往的历史中,形成艺术地感受世界、表现社会生活的语言系统与精神结构,体现了某种经过长期积淀的集体审美趣味。每种文体,都有自己独特的文体功能、表现对象、语体特征和审美旨趣,因此,也有自己最适宜的使用场合。《史记·太史公自序》:"《易》著天地阴阳

---

① 刘师培《论文杂记》,王水照编《历代文话》,复旦大学出版社,2007年,第9484页。
② 姚燮《复庄骈俪文权二编》卷首,《续修四库全书》第1533册,第437页。
③ 孙德谦《六朝丽指》,王水照编《历代文话》,复旦大学出版社,2007年,第8443页。
④ 章太炎《文学略说》,《国学讲演录》,华东师范大学出版社,1995年,第243页。

四时五行,故长于变;《礼》经纪人伦,故长于行;《书》记先王之事,故长于政;《诗》记山川溪谷禽兽草木牝牡雌雄,故长于风;《乐》乐所以立,故长于和;《春秋》辩是非,故长于治人。"①在古人看来,五经各有体,各有其所擅长的独特功用,也必然各有所短。后世辞章,既原于五经,又以五经为典范,则作家创作时,当遵循文体规律,扬长避短,选择最为契合表达需要的文体样式,以获得最理想的表现效果。至于选择或不选择某种文体,虽有作家学养、个性等主观因素的影响,但更多受制于文体规范与题材之间的契合度,吕莫尔称之为"一种逐渐形成习惯的对于题材的内在要求的适应"②。契合度高的文体及表达方式,自然会成为众多作家的共同选择,得到广泛应用;反之,契合度低,具有明显表达局限的体式,则会被有意无意地避开。此类选择或回避,很多时候并无明确的理论表述,而仅表现为一种集体无意识的潜在观念。

那么,在古代文章发展史上,作家在叙事文写作中,究竟是热衷于选择骈体,还是有意避开骈体选择散体,抑或是随兴所至,并无明显倾向?这个问题貌似复杂,难以量化统计,却不难通过考察文学史知其梗概。抒情传统在中国文学和文学批评中源远流长,占据主导地位,而文体叙事功能及相关理论探讨,主要由史家和史学著述来承担。史传则被目为传记、行状、墓志等叙事文体的起源。"史书者,记事之言耳"③,"叙事之文,全是史法"④,"古文辞之有传也,记事也,此即史家之体也"⑤等,成为古人理解叙事与史学关系的老生常谈。与此相应,《左传》《史记》等不但被奉为叙事文的圭臬,甚至

---

① 司马迁《史记》卷一三〇,中华书局,1982年,第3297页。
② 〔德〕黑格尔著,朱光潜译《美学》第1卷,商务印书馆,1979年,第372页。
③ 刘知几,浦起龙通释《史通通释·内篇》卷五《因习》,上海古籍出版社,2009年,第126页。
④ 李绂《秋山论文》,王水照编《历代文话》,复旦大学出版社,2007年,第4000页。
⑤ 汪琬《跋王于一遗集》,汪琬著,李圣华笺校《汪琬全集笺校》,人民文学出版社,2010年,第907页。

被明清文论家奉为古文辞的最高典范,如方苞推尊"三《传》、《国语》《国策》《史记》为古文正宗"①,认为后世古文家无不取法左丘明、司马迁。这些作为古文正宗和叙事典范的史著,在语体应用上,无不以单行散体为主,所谓"史体从无以四六成文"②者。而如《大唐创业起居注》那样以骈体叙事的史著,则寥如晨星,故在骈文家看来,尤为难能可贵。

如果说,史学传统对史书著述形成了强大制约,那么,后世文人频繁撰写的,具有叙事功能的单篇作品,是否突破了史学传统,而大量运用骈体呢?这个问题比较复杂,不可一概而论。从《文选》《四六法海》《骈体文钞》《国朝骈体正宗》《骈文类纂》等总集以及众多骈文别集看,碑铭、墓志、序、记乃至行状等古人心目中的叙事文体,都有众多骈俪之作。然而,这些作品往往叙事内容单薄、笼统,在整篇文章中分量很轻;更多篇幅则以骈偶句式铺排场景,抒情咏叹,或堆砌典故,议论说理,并非典型的叙事文体。③ 而与史传关系最为密切、最典型的叙事文体,即人物传记,则很少出现在骈文集中。徐师曾曰:

> 按字书云:"传者,传也。纪载事迹以传于后世也。"自汉司马迁作《史记》,创为"列传"以纪一人之始终,而后世史家卒莫能易。④

可见,无论如何创新、破体,传体文最基本也最核心的内容,始终是记载人物事迹。这种文体,始于《史记》之人物列传,六朝已多

---

① 方苞《方苞集·集外文》卷四《古文约选序例》,上海古籍出版社,1983年,第613页。
② 陈球《燕山外史凡例》,《燕山外史》卷首,《〈燕山外史〉傅注校证》,上海人民出版社,2015年。
③ 关于此类叙事文体的叙事特征及局限,可参王运熙《从〈文选〉所选碑传文看骈文的叙事方式》,《上海大学学报》2007年第3期;钟涛《六朝骈文形式及其文化意蕴》第六章,东方出版社,1997年,第167—172页。
④ 徐师曾《文体明辨序说》,人民文学出版社,1962年,第153页。

文人私传，如嵇康《高士传》、皇甫谧《韦氏家传》、陆机《顾潭别传》、谢朗《王堪传》、陶渊明《五柳先生传》、孙绰《孙登别传》等。但成书于南朝的《文选》未录一篇人物传记。盖《文选》所录文章以骈体为主，充分体现了六朝崇尚骈偶的风气，而文人撰写的单篇传记，与史书列传一样，以散体为主，不合当时的审美标准，故一概黜落。综观《文选》全书，叙事文只录了碑志6篇、行状1篇，与全书700多篇作品相较实在少之又少。而碑志"其序则传，其文则铭"①，六朝人更看重的是其富有藻采声韵之美的铭文部分，叙事之序只是附属功能，绝非时人关注中心。至于行状，乃"状死者行业上于史官"②，与传记一样，本当缕叙状主生平事迹，而《文选》所录任昉《齐竟陵文宣王行状》，于史实只是略陈梗概，而着力于铺陈功业德行，多抑扬咏叹之致，非叙事佳境。可见，尽管六朝骈俪文风盛极一时，但尚少波及以散体叙事擅长的人物传记。又，王志坚编《四六法海》12卷，收录魏晋以来至元代骈体之文，分体编次，计有敕、诏、制、令、教、表、章、弹事、笺、启、书、颂、檄、露布、序、论、碑文、志铭、行状、铭、赞、连珠、判、杂著等42种，几乎囊括了文人笔下所有常用文体，却没有以写人纪事见长的传体文，行状只录沈约《齐司空柳世隆行状》一篇，其笔法与任昉《齐竟陵文宣王行状》相近。文末评语曰："柳世隆传事迹尚多。休文为状，寥寥数语。"③可见尽管从文体属性说，行状重叙事，但以骈体作行状，即使状主经历复杂，事迹丰富，叙事内容也极其单薄。又，李兆洛《骈体文钞》选录秦汉至隋唐骈体文章700多篇，分上、中、下三编，各编再分体类，计有铭刻、箴、颂、诏书、策命、告祭、教令、策对、奏事、驳议、劝进、贺庆、荐达、陈谢、檄移、弹劾、书、论、序、墓碑、志状、诔祭、设辞、七、连珠等30多类，同样未录传体文，仅在"志状"类中录行状4篇，稍具叙事性质。此外，曾燠

---

① 刘勰著，范文澜注《文心雕龙注》，人民文学出版社，1958年，第214页。
② 吴讷《文章辨体序说》，人民文学出版社，1962年，第50页。
③ 王志坚编《四六法海》卷一二，《景印文渊阁四库全书》第1394册，第766页。

《国朝骈体正宗》录清代前、中期骈文名家陈维崧、毛奇龄、胡天游、吴锡麒、杭世骏、袁枚、洪亮吉等骈体作品170多篇,所涉文体颇繁,而无一篇人物传记。这些产生于不同时代,编纂宗旨和选录对象有着显著差异的著名选本,却不约而同地黜落以写人纪事为主要内容和基本特征的传体文,绝非偶然巧合,只能是古今选家以及作者共同的文体观念所致,即叙事是散体的职责和专长,纵使偶有打破常例以骈体作传记者,也非当行本色,难入选家法眼。

除了总集,从骈文别集也可看出骈文创作的文体选择及其所蕴含的文体观念。不过,明代之前,罕有骈文别集传世。清代骈文复兴,作家辈出,骈文地位不断提高,涌现出越来越多骈文别集。仅据《清代诗文集汇编》统计,就得51种。这些骈文别集,有些系作者生前手定,有些出自门生或后裔辑录,大多分体编次,所涉文体不尽相同,充分体现出作者的创作个性,但仍可归纳出若干文体选择和应用规律。赋、序、跋、赠序、寿序、奏、笺、章、表、策、记、书、启、判、箴、碑、铭、颂、赞等,都是骈文创作中使用频率较高的文体。而典型的叙事文体如传记等,则很少以骈体写作。其中大部分别集,如沈叔埏《骈体文钞》2卷、董基诚《栘华馆骈体文》2卷、熊少牧《读书延年堂骈体文存》2卷、周沐润《柯亭子骈体文集》6卷、方朔《枕经堂骈体文》3卷、赵树吉《郁鄢山房骈文》2卷、张鸣珂《寒松阁骈体文》2卷、杨浚《冠悔堂骈体文钞》6卷、王诒寿《缦雅堂骈体文》8卷、杨葆光《苏盦骈文录》5卷、黄炳堃《希古堂骈文》2卷、张荫桓《铁画楼骈文》2卷、张之洞《张文襄公骈文》2卷、叶德辉《观古堂骈俪文》1卷等,都未收录传体文。尽管每位作家在文体选择上容有各自的偏好或特色,但这么多产生于有清一代不同时期的骈文专集,在传体文的缺位上却表现出高度一致,这同样不能以偶然巧合来解释,它是由骈文表达机制的自身局限造成的,有其内在必然性。

当然,由于别集只录一家之作,而一般作家在创作中很难众体兼备,因此,骈文集中传体文的缺位,也可能是作者从未有过撰写传体文的机缘或客观需要,而非主观上刻意回避以骈体写传记。要确凿无疑地证明是否刻意回避,除了作者留下明确的文字说明外,最有效的途径是,考察有传体文存世的作家,究竟用骈体还是散体撰写这种叙事文体。幸运的是,现存清代的丰富文集,为这种考察提供了可能。如前所述,《清代诗文集汇编》录骈体文集51种,这些集子往往以"骈文""骈体文""骈俪文""俪体文"乃至"四六"命名,以区别于作者的散体文或古文集。这种区别,使得作者写传体文时的骈、散选择意向一目了然。如陈维崧《湖海楼俪体文》12卷,录赋、序、书、启、颂、赞、碑、记、题跋等,无传体文,而《湖海楼散体文》6卷,卷五录《邵山人潜夫传》《马羽长先生传》《许肇篪传》等5篇传记,叙事文体的骈、散分工极为明确。程鸿诏《有恒心斋文集》11卷,卷八专录传体文23篇,卷九又录事述、行状、书事等叙事文体,而《有恒心斋骈体文》6卷仅录奏折、笺、书、启、赋、连珠、碑铭、序等,无传体文;梅曾亮《柏枧山房文集》录《侯起叔先生家传》《墨生传》《朱宜人家传》《汪泪斋先生家传》《总兵刘公家传》《陶愚斋家传》等传体文30多篇,而其《柏枧山房骈体文》仅录书、寿序、吊文、启谏等,无一篇人物传记。此外,金兆燕、洪良品、潘曾莹、熊少牧、陆初望、张维屏等,其骈文集和散体古文集皆分开编纂,人物传记皆见于古文集而不入骈文集。此类例子,还有很多,虽不能枚举,却足以说明,尽管许多文体可兼用骈、散,但在写人纪事的传体文写作中,操觚者往往有意区分骈散,选择散体而回避骈体,从而造成了骈文集中传体文的普遍缺位。

　　当然,普遍缺位并非绝对缺位。文学活动中打破常规的现象时有发生。宋世荦《确山骈体文》录《纪临海柯烈女事》《陈萝屋传》,胡敬《崇雅堂骈体文钞》录《罗节母何太孺人传》《高母许孺人传》,吴锡麒《有正味斋骈体文》录《何双溪检讨传》《保洁斋传》《严筠轩传》《王尺鱼妻陈孺人传》《戴节母传》等人物传记,可见,清代作家也有以骈体作传者。但一来此类作品数量很少,不能改变传体文以散为主的基本事实;二来在骈散相争的背景下,有些骈文家为了与古文争地位,尝试突破文体疆界,以骈体撰写本属古文疆域的文体,却罕见成功之例。故骈文选本,不管是总集还是别集,都鲜有录传体文者。这进一步证明骈体叙事具有难以克服的局限性,也充分显示,骈文"难于叙事"是基于骈文创作实践而提出的,具有充分事实基础和实践依据的文章学论断。

三、骈文修辞与叙事审美的冲突

自唐宋古文运动后,以写人纪事为主的传体文成为文人文集中的重要门类,但绝大多数都是散体古文。纵使偶有作家破体为文,逞才炫技,也鲜有认可,一般的骈文选集,很少入选,造成了骈体传记在骈文集中的普遍缺场。这是一种自觉的回避,因为骈体叙事,有着难以克服的局限,达不到理想的叙事效果。那么,到底有哪些局限呢?这要从叙事文的衡裁标准与骈体文在语体、修辞及深层表达结构上的深刻矛盾谈起。

如前所述,在抒情文学传统中,叙事被视为史家和史著的职责,叙事文体的评价标准,往往就是史学标准。而史学著作,从早期的《春秋》《左传》开始,到后世编年体、纪传体、纪事本末体三种主要著述体裁,都是以散体为主。六朝骈风盛行,难免对修史和叙事文写作造成不良影响。刘知几即以史学标准,对此提出了严厉批评。在他看来,"夫国史之美者,以叙事为工,而叙事之工者,以简要为主","然则文约而事丰,此述作之尤美者也",明确提出以简为美的叙事原则。而骈文写作追求对偶、藻采、声韵之美,往往"寻其冗句,摘其烦词,一行之间,必谬增数字,尺纸之内,恒虚费数行"[①],于无关叙事处,却极力铺排雕饰,缛旨星稠,繁文绮合,严重违背了叙事简约的审美追求。更有甚者,为了对偶需要,明明一个词语或

---

① 刘知几著,浦起龙通释《史通通释》卷六《叙事》,上海古籍出版社,2009年,第156页。

一句话就可以表达清楚的意思,不得不拼凑、拉扯出两个词语或两句话,如言日落则"于时斜照将敛,初蟾欲生"①,指仲春则"当夫鱼鱼逐队,燕燕寻巢"②,记初夏则"苔暝生烟,梅酸作雨"③。如此之类,比比皆是,诚如刘知几所斥:"自兹已降,史道陵夷,作者芜音累句,云蒸泉涌。其为文也,大抵编字不只,捶句皆双,修短取均,奇偶相配。故应以一言蔽之者,辄足为二言;应以三句成文者,必分为四句。弥漫重沓,不知所裁。"④芜音累句,重复拖沓,悖离叙事简约的审美目标,这是刘知几反对以骈体作史传的重要原因。当然,叙事简约,并非粗略苟简,而是要求"文约而事丰",即删汰无关叙事的繁芜雕琢,以简洁明快的语言,记载尽可能丰富的叙事信息,如时间、地点、人物、环境等叙事要素具足,翔实、清晰地呈现事态发展、事件进程等。如果为求简而牺牲事件要素和进程,则非叙事佳境。赵翼称赞李延寿修《南史》《北史》,能参考沈约《宋书》、萧子显《南齐书》、魏收《魏书》而"删去芜词,专叙实事,大概较原书事多而文省,洵称良史"⑤。其中"事多而文省",正是刘知几"文约而事丰"之意,强调文辞简洁与事迹丰赡翔实的统一。俪词偶句,藻绘满眼,对骈文来说,正是本色;对叙事而言,反成累赘,湮没了人物事迹,虽长篇累牍,而"必取其所要,不过一言一句耳"⑥,可谓"文繁而事寡",故一般作家都有意无意地回避以骈体写人物传记。

骈文好用典故、借代、譬喻等修辞手法,也易成为叙事障碍。明清论家多以源于史学的叙事文为古文正宗,倡言"传人适如其人,述

---

① 吴锡麒《柳影倡和诗序》,《有正味斋集·骈体文》卷五,《清代诗文集汇编》第 415 册,第 263 页。
② 吴锡麒《姚春漪镶闱诗序》,同上书,第 262 页。
③ 吴锡麒《管蛰白哭幼子耆儿诗序》,同上书,第 262 页。
④ 刘知几著,浦起龙通释《史通通释》卷六《叙事》,上海古籍出版社,2009 年,第 162 页。
⑤ 赵翼《陔余丛考》卷八,中华书局,1963 年,第 147 页。
⑥ 刘知几著,浦起龙通释《史通通释》卷六《叙事》,上海古籍出版社,2009 年,第 158 页。

事适如其事"①,以质朴晓畅的语言,准确清晰地写人纪事,"最忌辞赋藻丽,骈体工巧字句,破坏古文法度","如故乡自可曰父母之邦,而或以'桑梓'绮语代之,不知'桑梓'本为二木名也;伯仲自可曰昆弟,而或以'埙篪'绮语代之,不知'埙篪'二乐器也"②。近人骆鸿凯列举六朝骈文好"代语"例,如言"日"则"曰曜灵,曰灵晖,曰悬景,曰飞辔,曰阳乌,皆替代之词也",言"月"则"曰素娥,曰望舒,曰玄兔,曰蟾魄,此以典故代也","言池塘则曰潴、沼;言车则曰轺辕,此以训诂代也"。③ 此类修辞,避陈趋新,化直为曲,用于诗赋,或成妙笔,但对叙事文体言,反使叙事要素晦暗模糊,难以清晰呈现人物经历和事态发展。至于用典,多借历史人物、事件来暗示、比拟当下所述人和事,虽可含蓄曲折地表情达意,但同样会使叙事要素模糊不清,无法缕述事件进程和具体细节。如侯景之乱后,湘东王萧绎即位,庾信奉命出使西魏,结果被迫羁留北地,身心饱受摧残。此事不管对梁朝政权还是庾信个人命运来说,都是重大变故,具有重要历史意义,值得详述始末。而庾信《哀江南赋序》述及丧乱和出使羁留,仅用"信年始二毛,即逢丧乱,藐是流离,至于暮齿"十数字轻轻带过,随即用一系列典故来抒情言志,如王褒《燕歌行》咏北地苦寒、《汉书·龚舍传》龚胜不事王莽、《列女传·贤明》南山玄豹雾雨七日不下食、《左传·定公四年》申包胥乞师秦庭、《史记·伯夷列传》伯夷叔齐让君位而不食周粟、《后汉书·范式传》孔嵩旅居下亭而马被盗、《后汉书·梁鸿传》梁鸿至吴居皋桥、《淮南子注》鲁酒薄而邯郸围等。这些典故,或正用,或反用,或古典,或今典,并未丰富叙事信息,推进叙事功能,只是以络绎不绝的典故暗喻时世,反复渲染乱世漂泊的哀伤、屈仕敌国的屈辱煎熬,情感深挚动人,意境凄苦苍凉。曾国藩称此类作品乃"习于情韵者类也","以情胜者,多悱恻

---

① 章学诚《古文十弊》,叶瑛校注《文史通义校注》,中华书局,1994年,第508页。
② 章学诚《评沈梅村古文》,《章学诚遗书》,文物出版社,1985年,第612—613页。
③ 骆鸿凯《文选学》,中华书局,2015年,第235—236页。

感人之言,而其弊常丰缛而寡实"①,事件只是情感的触媒或铺垫,事实本身、事件过程和具体细节等,既非所措意,亦难以缕述,读者自然难以得到关于人物经历和事件发展的详尽信息。姚文田《与孙云浦书》谓:"文体自东汉之季,往往排比经言,惟以文辞相尚。比例则常嫌于过实,叙述则又病于不明,六朝更为骈丽之辞,遂使记事记言必先览者旁置史传,然后本末乃可详考。"②正因借代、用典等修辞手法造成的叙事晦暗不明,才须借助史传详尽了解人物的言行事迹。故就叙事功能言,骈文难以满足读者对叙事文体的阅读期待。如果以叙事文的更高审美标准,如叙事细腻传神、刻画栩栩如生的人物形象等来衡量,则骈文更是一筹莫展。乔光烈《伯珪公家传》文末评语:"英姿毅魄,飞动满纸,若叙事传神,须眉欲活,直逼史迁。"③此类评语,所评对象一般是散体小说或古文,以《史记》为最高典范,骈体传记罕见享此盛赞。

四、骈文表达机制与叙事思维的冲突

追求藻饰,好用借代、比拟、典故等,只是修辞手法给叙事带来的伤害,是表层的问题。其实,骈文难于叙事,更根本的原因,是以骈偶为特征的深层表达机制,以及其背后的思维方式所带来的障碍。《文心雕龙·丽辞》曰:

> 造化赋形,支体必双;神理为用,事不孤立。夫心生文辞,运裁百虑,高下相须,自然成对。唐虞之世,辞未极文,而皋陶赞云:罪疑惟轻,功疑惟重。益陈谟云:满招损,谦受益。岂营丽辞,率然对尔。《易》之《文》《系》,圣人之妙思也。序《乾》四

---

① 曾国藩《湖南文征序》,《曾文正公文集》卷四,《续修四库全书》第1537册,第669—670页。
② 王葆心《古文辞通义》卷一,王水照编《历代文话》,复旦大学出版社,2007年,第7080页。
③ 乔光烈《最乐堂文集》卷三,《清代诗文集汇编》第304册,第118页。

德,则句句相衔;龙虎类感,则字字相俪;乾坤易简,则宛转相承;日月往来,则隔行悬合:虽句字或殊,而偶意一也。至于诗人偶章,大夫联辞,奇偶适变,不劳经营。自扬马张蔡,崇盛丽辞,如宋画吴冶,刻形镂法,丽句与深采并流,偶意共逸韵俱发。至魏晋群才,析句弥密,联字合趣,剖毫析厘。然契机者入巧,浮假者无功。①

刘勰继承了《周易》阴阳合和化生万物的哲学思想,认为天地万物相对而生,相辅而成。文章作为表现客观万物和人类精神世界的语言形式,骈偶相对,符合自然之道。儒家早期经典如《周易》《尚书》《诗经》中,已多俪词偶句。魏晋以后,骈风大盛,文人"俪采百字之偶,争价一句之奇"②,将骈偶艺术发挥得淋漓尽致。由古人对立统一之思维方式所产生的系列范畴,如阴阳、乾坤、天人、形神、名实、有无、高下、短长、远近、寿夭、本末、体用、刚柔、善恶、理法、道器、知行、奇偶、方圆等两两相对的范畴及胎息其中的耦合性思维方式,成为古人认知世界、阐释世界的重要途径。这种思维方式,运用在训诂学上,往往对同一汉字,采取"背出与并行之分训而同时合训"③的阐释方法;运用在骈文写作中,则形成了剖别两端、分溯二柄、正反对比、主客映衬的深层表达机制,赵益将其概括为"并行背出,同时合观"④。"并行"者,彼此不同亦不悖;"背出"者,彼此相反而相成;"合观"者,将骈文的出句、对句视为构成一个自足整体中互补的两面,是从不同角度表达同一思想的统一体。这种表达机制,便于驰骋笔墨、淋漓尽致地抒情体物、议论说理,故在六朝蔚然成风,几乎蔓延至一切辞章写作中,以至于《文镜秘府论》有"在于文

---

① 刘勰著,范文澜注《文心雕龙注·丽辞》,人民文学出版社,1958年,第588页。
② 刘勰著,范文澜注《文心雕龙注·明诗》,人民文学出版社,1958年,第67页。
③ 钱锺书《管锥编》,中华书局,1979年,第6页。
④ 赵益《孙德谦"说理散不如骈"申论——兼论骈文的深层表达机制》,《文学评论》2017年第4期。

章,皆须对属;其不对者,止得一处二处有之。若以不对为常,则非复文章"①等极端论调。

二元并立的事物形态及其思维方式虽然普遍,但并未牢笼人类物质世界和精神生活的一切领域,独立单行的事物和情境在在有之。具体到文章领域,骈文这种基于对立统一、相反相成的辩证思维的表达方式,与叙事思维有着根本的对立和冲突,难以在叙事文体写作中自如驰骋。因为骈文以对偶为基本语义单元,习惯于从两个或更多角度来考察一个事物、一种思想,并以言对、事对、正对、反对、虚实对、错综对等修辞方式来表达认知成果或对生活的感受,构建具有多维度和立体感的语意场,是双向并行的耦合性思维方式在文章写作中的应用,体现了对平衡、对称、齐整、和谐的空间美感的追求。而叙事文体,尽管所述之事离不开特定的空间场域,也有场景的铺叙、情感的宣泄、事理的阐发,但更重要的是按事件发生过程,将时间、地点、人物、事件等要素依次述出。其最根本、最核心的目标,是呈现事件的发展过程。而事件的发展,是在时间流逝中进行的。故叙事必须确定时间起点、终点,展现发生在起点和终点之间的主要情节,追求环环相扣、自然流畅的动态之美,其思维方式是单向、线性、流动的,不可重复、回流、左顾右盼、节外生枝。骈文工整的对偶和"并行背出,同时合观"的表达机制,恰与单向、线性、流动的叙述走向背道而驰。因为骈文多用互为偶对的两个句子表现同一对象,使原本由前而后单向发展的事件,不得不在出句、对句之间反复停顿、回旋,叙事节奏迟缓拖沓、辗转迂回,无法自然、流畅、紧凑地叙事。如庾信《周大将军司马裔神道碑》写司马裔除西宁州刺史,未至官而卒,其文曰:"方欲关沬、若,徼牂柯,见夜郎之侯,习昆弥之战,而飞鸢堕水,马援去而无归,金马骋光,王褒行而不返。

---

① 〔日〕弘法大师原撰,王利器校注《文镜秘府论校注》北卷《论对属》,中国社会科学出版社,1983年,第491页。

呜呼哀哉！"①其中，"方欲关沬、若，徼牂牁，见夜郎之侯，习昆弥之战"两组短对，用《史记·西南夷列传》《汉书·司马相如传》等典故，不过写授官之事，出句和对句之间，仅并列关系，对句并未增加叙事内容；"飞鸢堕水，马援去而无归，金马骋光，王褒行而不返"以工整的长对和马援、王褒等典故，写司马裔之卒，对句也未推进叙事。不仅如此，这段引文的上文既有"授……西宁州刺史"六字述其授官，下文又有"七年正月十六日薨"八字述其道卒，从叙事角度看，把这两个散句连缀成"方授……西宁州刺史，而于七年正月十六日薨"，语意已足，几组骈对，丝毫无补于叙事的推进，即使删除，也不影响叙事要素的完备和事件进程的呈现。换言之，在骈文叙事中，骈体部分往往用于铺陈场景、渲染气氛、抒发情感等，并无叙事功能，真正的叙事功能，还是由散句承担的。孙德谦评庾信碑志文，"观其每叙一事，多用单行，先将事略说明，然后援引故实，作成联语，此可为骈散兼行之证"②，精辟概括了骈文叙事的特色和骈体、散体在叙事文中的明确分工。这恰恰进一步显示了纯粹的骈体，在叙事上的无能为力。

正因骈文在叙事功能上具有难以克服的先天障碍，一般作家，自然趋易避难，选择以散体写作人物传记。如果强行以骈体叙事，往往费劲不讨好，难以写出佳作。以吴锡麒骈体《高凤诏传》为例。此文最后一段，叙述高凤诏染病去世的经历，文曰：

> 方冀健翮高盘，强台直上。而乃悬布再登而再坠，焦桐半死而半生。琼瑰之泪盈怀，孝廉之船千里，风云荡气，烟水招魂。归次练市，卒于舟中。年仅三十有六。余闻信悼心，遗书唁友，以为二惠竞爽，又弱一个。岂意原鸰永叹，荆树同摧。怕伤春草之心，合作秋坟之唱。曾不旬月间，而其弟之凶耗又至矣。

---

① 庾信撰，倪璠注《庾子山集注》卷一三，中华书局1980年版，第801—802页。
② 孙德谦《六朝丽指》，王水照编《历代文话》，复旦大学出版社，2007年，第8450页。

呜呼,丧予祝予,徒失声于吾党;食子收子,竟爽报于善人。鬼伯不仁,天道难信。哀哉!①

高凤诏,字丽江,号心斋,浙江仁和人,吴锡麒挚友高秋崖次子,聪颖好学,不喜趋迎,科场蹭蹬,英年早逝。上文记载其生命最后阶段的经历,以"悬布再登而再坠,焦桐半死而半生"暗示科场再次失利和染上重疾二事,以"琼瑰之泪盈怀,孝廉之船千里,风云荡气,烟水招魂"写其病情加剧,离京归里;写其辞世,仅用"归次练市,卒于舟中"轻轻带过。更多笔墨,则用于抒写对故人之子不幸早逝的哀恸惋惜。可以看出,骈体叙事,对事件只能粗陈梗概,长于以典故、譬喻、借代、场景铺排等暗示事件走向,却难以缕叙事件细节和具体过程。如上文中高凤诏所染何疾、病情如何加重、是否就医、如何诊断、为何不治而亡等对叙事文体来说更为关键的内容,一概付之阙如。同样的内容,沈赤然散体《高凤诏传》与吴作形成鲜明对比:

> 丙辰再下第,即日与其徒孝廉某脂车而南,途次得热疾,至清江浦,医曰:"此痧也。"法当下,会其徒以方中柴胡重,为减去太半,服一剂无效而止,然尤未甚剧也。过吴门,日尚谈笑,啜粥如平时,明日至乌戍,疾遽笃急,叙舟访医,已不能言语矣,过练市五里而殁。疑是日天气骤热,篷底郁蒸,必为暑气所中,而舟中人竟无一念及者。②

传主落第回乡,生徒随行,途中染热疾。文章按时间顺序及行程推进,详载医生诊断、生徒擅改药方、沿途所经之地、传主病情之发展及溘然长逝,并通过补述当日天气,推测其因中暑加剧病情导致猝死等。与骈体叙事相较,不仅时间、地点、人物、事件等叙事要素更为具体、翔实,更重要的是,文章以旅程推进为线索,缕述传主从

---

① 吴锡麒《有正味斋集·骈体文》卷二四,《清代诗文集汇编》第 415 册,第 403 页。
② 沈赤然《五研斋诗文钞·文钞》卷四,《清代诗文集汇编》第 411 册,第 361 页。

染病到去世的过程。这种过程，以时间的自然流逝为基础，是单向、线性、变动不居、不可逆转的，贴近自然语言的单行散句足以得心应手地加以记载。刻意淬炼的对偶之句，其双向思维和两两相对的表达机制，反而时时中断叙事进程，成为推进叙事的严重阻碍。骈化程度越高，这种障碍越突出。正因如此，即使如吴锡麒这样的骈文名家，面对叙事文最关键的要素——事件进程，也束手无策，只能草草带过。

当然，叙事文体多有倒叙、插叙、补叙等刻意中断、打乱叙事时序的情况。这是因为，文章写作中的叙事时间是一种单向、线性的时间，而事件实际发生的时间是多维、立体的。在同一时段，可以发生若干互有关联的不同事件。在人物经历、事件进程、情节线索比较复杂的叙事中，为了揭示不同事件之间错综复杂的关系，呈现人物行为、情节发展的前因后果、来龙去脉，往往需要打破自然时序，以倒叙、插叙等来组织叙事要素，突出主要情节，完善叙事逻辑，同时使文章曲折有致，引人入胜。需要强调的是，在传记类叙事文体中，这种刻意打破正常时序的倒叙、插叙等，在整个叙事结构中，只是局部、辅助的叙事手段，按时间和事件发展的自然逻辑展开的顺叙，始终占据主导地位。骈文"并行背出，同时合观"的表达机制，虽有抒情、说理上的优势，但大多数互为偶对的语意单元，不但没有增加叙事因素，反而稀释叙事内容，干扰叙事进程，既损害叙事的连贯性、流畅性，又模糊了叙事主线，就叙事效果而言，主要是消解性、破坏性的，不像叙事文体中的倒叙、插叙那样，可以更为周密、圆融地叙事。

综上所述，骈文"难于叙事"说是基于骈文发展史而提出的，具有充分事实基础和实践依据的文章学论断，理论意蕴丰富而深刻。骈文的繁芜雕饰和用典、借代、譬喻等常用修辞手法，严重损害了叙事文简洁、清晰、言约事丰的审美旨趣；骈文"并行背出，同时合观"的表达机制，是双向耦合性思维在文章写作中的应用，体现了对平衡、对称、齐整、和谐的空间美感的追求,与单向、线性、流动的叙事思维格格不入。这些因素综合作用,给骈文叙事带来难以克服的严重阻碍。深入考察骈文"难于叙事"说的理论意蕴,对于探讨语体与文体的关系,从语音、词汇、句法、韵律、修辞等语言学层面观照古代文体及相关理论,揭示其独特表现功能、审美旨趣等,具有重要的启发意义。

结　语

　　明清是传统学术与文学的集大成时代,也是六朝之后文体学发展的又一个高峰期。明清文体学的发展、繁荣,是以明清文体创作实践为基础与内在动力的。传统诗文文体在前代高峰的压力下,尽管难以再现辉煌,却依然在文人创作生涯和文体谱系中占据核心地位,作家众多,作品浩瀚,在文集中占绝对优势。有些文体,如赋、词、骈文等,都在明清时期呈现出不同程度的复兴,相关的理论探讨也随之兴起。八股、试帖诗等新兴应试文体以及通俗小说、戏曲、弹词等市民文学的勃兴,拓宽了文体创作疆域,改变了古代文体谱系的构成。这种文备众体的创作实绩,是明清之前的任何一个时期都无法比拟的,很大程度上决定了明清文体学在内容丰富、疆域广阔等方面超越前代。而明清时期作为古代文体学的结穴阶段,有着历史时间、文献储存、理论积累等方面的天然优势,便于明清学人整合历代文体学资源,开展更系统、更有深度的文体学研究,并在文体形态、文体分类、文体批评及文体学史等方面的探讨与阐述,都表现出集大成与新开拓并举的气象。

　　本卷以专题研究的形式,探讨明清文体学的主要内容、基本特征、学术贡献和地位,涉及文章总集与文体学、复古思潮与辨体批评、作为批评文体的文集凡例、文集冠首文体的文体学意义、史传入集、说部入集、戏曲文体论、八股批评、骈文理论与批评、类书与文体学等重大文体学问题。此外,本卷还对明清时期争端不断、文体学内涵丰富的一些论题展开深入考量,如"诗文难易之辨""文体不废应酬""唐无赋""宋无诗""古无私人作传""四六难于叙事"等参与讨论面广、富有时代特色的问题。本卷的研究思路与方法,主要有

四个方面:

(一)结合创作实践考察明清文体学。古代文学理论和批评不重抽象的理论探讨,往往有总结创作经验、引导创作实践的目的。明清文学作为中国古代文学史的最后阶段,既是发展期,又是总结期,作家众多,社团林立,流派纷呈,作品浩繁,各种文体争妍斗奇,如云蒸霞蔚。历史上产生的一切重要文体形式,几乎都在这个时期出现过复兴和繁荣局面。这种众体兼备、包罗万象的创作实绩,为明清文体学研究提供了丰富、具体的实践基础,使这个时期文体学学术视野之开阔、研究内容之丰富,远远超过前代。

(二)综贯文学思潮考察明清文体学。明清时期文学流派众多,思潮纷涌,深刻影响着文体学的发展。如七子派煽起的复古思潮,带动了辨体批评的兴盛。盖复古必须确立师法对象和文体典范,而这正是通过辨体制、溯源流、明正变、品高下来实现的。辨体批评因此成为明代文学批评的核心,产生了许多以"辨体"命名的文章总集,如《文章辨体》《文体明辨》《文章辨体汇选》《诗源辩体》等。而明清时期诸多文体学论题,如七子派与唐宋派之争、七子派内部的何李之争以及唐人七律第一之争、诗史之辨、诗文之辨、格调说、性灵说等,无不以"辨体"为枢纽。清代诗学发生了由宗唐到宗宋的转向,辨体批评也出现了新变。在诗文关系的认识上,清人不像明人那样严守诗文疆界,反对破体为文,而多主诗文一理、诗文相通。其根本原因在于宗宋思潮的崛起,而理论基础则是"诗文相通"说。清人通过辨析诗文体性、功用、艺术手法、审美旨趣等方面的相通相近,确立了"以文为诗"的正当性和宋诗的艺术价值及历史地位,从而为清诗的发展开辟了道路。

(三)挖掘、凸显明清文体学的特色。一是时代特色,即明清文体学区别于其他时代的特有内涵。如复古思潮的兴起与辨体批评之盛、戏曲批评、八股批评、骈散之争等,都是明清时期别开生面的文体学内容。二是学科特色,即文体学不同于文学史、批评史等相近学科的独特性。比如,古代文章总集编纂,一般有两个目的,一是保存文献,二是择优汰劣。而明清许多诗文总集,其主旨却在辨体。吴讷《文章辨体》较早开此风气。此书以"辨体"命名,已明确揭橥编纂宗旨。稍后徐师曾在《文章辨体》的基础上踵事增华,编成《文体明辨》。作者在自序中明确表示:"是编所录,唯假文以辩体,非立体而选文,故所取容有未尽者"①,即所编总集不是为了荟萃菁华,而是用以辨析文体,因此,有些优秀作品尽管很有影响,但辨体意义不大,也不予选录。"唯假文以辩体"将此类总集的辨体宗旨和功能概括得极为准确、显豁,充分显示了明清文体学研究的特征。从传统选本角度看,这些总集在文学史和文学批评史上影响不大,但在文体学史上,却具有重要意义,是明清时期最具特色的辨体批评形式。与一般诗话、文话相比,总集辨体的突出优势在于,将具体作品与文体阐释结合起来,可看出古人对文体的文本感知和辨体批评的内在逻辑,而非抽象笼统、泛泛而谈的文体理论。

(四)文体学史料的挖掘和拓展。明清时期,出版业空前繁荣,使得这一时期产生、留存的文献数量远远超过前代所有文献之总和。这些遍布经史子集各部,浩如烟海的传世典籍,包蕴着纷繁复杂、取之不尽的文体学史料,为拓展文体学研究疆域、发掘新的文体学问题提供了肥沃的土壤。经部如万时华《诗经偶笺》、孙维祺《明文得》、徐乾学《读礼通考》,史部如黄光昇《明代典则》、赵翼《廿二史札记》、章学诚《文史通义》、纪昀等《四库全书总目》,子部如胡应麟《少室山房笔丛》、方以智《通雅》、顾炎武《日知录》、赵翼《陔余丛考》等笔记杂撰,以及《永乐大典》《渊鉴类函》《古今图书集成》等规模宏大的官修类书,都是明清文体学研究的史料渊薮。集部除传统的选本、诗话、文话、评点、序跋外,凡例值得特别关注。明清时期,图书编纂中撰写凡例蔚然成风。凡例的确立,并非只是图书编

---

① 徐师曾《文体明辨序说》,人民文学出版社,1962年,第78页。

纂体例和技术问题,还取决于作者的编纂宗旨、学术理念,所以,具有重要的学术批评意义。就集部文献看,文集分体编次的传统,使文体分类、序次同时具有了编纂体例意义,而文体起源、体性、功用、分类等内容,往往会在凡例中得到阐释。文集凡例因此成为研究文体分类思想的重要文献,并发展为明清时期文体批评的活跃体式,许多重要文学批评论题,如唐诗发展的"四唐""九格"说、总集的辨体功能、桐城古文义法说、八股衡文清真雅正的标准等,都通过文集凡例得到深入阐发。可见,明清文集凡例除了拓宽明清文体学史料来源的文献学意义外,其本身就是颇有学术价值的文体学研究对象。

遵循以上思路考察明清文体学,对于灵活把握、凸显明清文体学的重大问题、时代特色和理论创新,其功效显而易见,但在体系建构,内容完备,揭示明清文体学发生、发展、演变的完整历程等方面的局限,也毋庸讳言。以内容而论,明清时期的赋、词创作都出现了复兴局面,在明清文体谱系中占有显赫地位,相关的文体批评、理论探讨也非常热烈,涌现出了一大批赋、词选本以及赋话、词话类著作。赋学方面,李鸿《赋苑》、施重光《赋珍》、王修玉《历朝赋楷》、张惠言《七十家赋钞》、李元度《律赋正鹄》、李调元《赋话》、王芑孙《读赋卮言》、林联桂《见星庐赋话》等,对历代赋体创作的评价以及探讨赋的体性、起源、发展、演变等,较前人更为系统、深入。词学方面,有吴讷《唐宋名贤百家词》、杨慎《词林万选》、陈耀文《花草粹编》、毛晋《宋六十名家词》、卓人月《古今词统》、朱彝尊《词综》、沈时栋《古今词选》、孙星衍《历代词钞》、张惠言《词选》、周济《词辨》等选本以及陈霆《渚山堂词话》、杨慎《词品》、李渔《窥词管见》、沈谦《填词杂说》、王又华《古今词论》、王士禛《花草蒙拾》、万树《词律》、李调元《雨村词话》、郭麐《灵芬馆词话》等词话著作。这些著作对于赋、词文体的批评和理论探讨,显然是明清文体学的重要组成部分,本卷付之阙如,自是缺憾。有些问题,虽然有所探讨,但还可作更为深入、细致的考量。如关于明清时期的诗文难易之辨,本卷主要就诗、文两大类之间的创作难易进行比较和阐释,各类内部的下属文体之间的难易关系,尚未细细探究。自严羽系统提出诗体难易序列后,明清两代不乏嗣响,但明代许多论家刻意忽略严羽"绝句难于八句"之论,强调律体难于古体,七律最难说几乎成为诗坛共识。明代中期以后,出现了"诗无易作,古体尤难"[①]之类主张。贺贻孙则明确批驳严羽律诗难于古诗之论,认为"彼以律诗敛才就法为难耳,而不知古诗中无法之法更难",高倡"古诗难于律诗"[②]。这些争论,虽有诗人创作体验差异因素,但更根本的原因,是不同论家对古诗、律诗、五言、七言等诗体的体性特征、审美追求上的分歧所致,蕴含着文体观念史、批评史和文学思潮嬗变等方面的丰富信息,值得深入挖掘。又如,作为引领清代文坛二百余年的桐城派的古文理论,一直是清代文学研究的热点。然而,学界在探讨这些理论主张时,主要采用一般的文学理论阐释法,很少采用文体学视镜。其实,从方苞到刘大櫆、姚鼐,直至晚清的曾国藩、张裕钊等,其古文理论尽管各有差异,却都贯穿着鲜明的辨体意识。如方苞的"义法"说,从《左传》《史记》中挖掘、提炼、总结出来,其心目中的"古文",在文体上主要指向源于史书的叙事文;标榜"雅洁",倡言古文写作不可掺入语录语、魏晋六朝藻丽俳语、汉赋板重字法、诗歌隽语、南北史佻巧语,将古文与其他流俗文体划清界限,从而保持其高古品位,是以辨体而达尊体之旨。又,刘大櫆、曾国藩、张裕钊等以音节、声调论古文,则借鉴诗歌的音乐特征,矫正因拘泥"义法"造成古文板滞、偏枯、审美性和表现力不足的弊端,是破体观念在古文理论上的发展和应用。可见,以文体学方法观照桐城文论这一早已深

---

① 李其永《漫翁诗话》卷下,《清诗话全编》第9册,上海古籍出版社,2018年,第5524页。
② 冒春荣《葚原诗说》卷三,郭绍虞编选《清诗话续编》,上海古籍出版社,1983年,第1603页。

耕熟耘的领域,仍然可以开辟新境。

  明清学术、文化与文学的关系,比其他任何时代都更为紧密,更为重要,相关的文体学考察,也有更为宽广的学术空间。如明代中期以后,商业出版兴盛,促进了章回小说、戏曲等俗文学的发展繁荣,而印刷文本取代写本或钞本,成为文本流通的主要模式,促进了小说、戏曲体制规范的成熟、定型,对此学界已有充分探讨。那么,商业出版是否促进了传统诗文的变革?《唐诗品汇》《唐宋八大家文钞》《宋诗钞》《古文辞类纂》等诗文选本的经典化,是否受商业出版的影响,进而形塑了明清文人的唐诗观、宋诗观、古文观以及相应的文体知识谱系?目前,这方面的研究还几近空白。又,清儒大煽考据之风,本着实事求是的精神,通过校勘、辨伪、辑佚、注疏、考订辨析等,对浩如烟海的古代典籍辨伪纠谬、正本清源,使考据由一种治学方法学蔚为有清一代主流学术。文体学研究,也浸润于考据风气中,充满实证精神。此类例证,在清人的笔记杂撰中俯拾皆是。如顾炎武《日知录》卷一六明经、科目、制科、甲科、十八房、经义论策、三场、拟题、题切时事、试文格式、程文、判等条目对科举考试文体的讨论,卷二一对七言诗、一言诗、柏梁体等文体的探究,因闻见广博,材料丰富,考辨精审,往往孤明独发,道人所未道,充分显示了清儒擅长的考据法成效。王士禛《池北偶谈》、赵翼《陔余丛考》、焦循《易余籥录》等,也有考据文体称名、起源、体式特征、发展演变等丰富内容,将刘勰确立的"原始以表末,释名以章义"①的文体学传统发挥得淋漓尽致。总之,以明清文体学之千汇万状、错综复杂,本卷无暇顾及、学界也较少关注者所在多有,唯祈来哲继武光大之。

---

① 刘勰著,范文澜注《文心雕龙注》,人民文学出版社,1958年,第727页。